치우천왕기 ⑤

음모의 부활 —이우혁 장편소설

엘릭시르

차례

유망의 재진격

단재 신채호 선생이 북경에 있을 때,
동(東)몽골의 노승을 만나 동서남북을 가리키며 몽골 말로 무엇이냐 물으니
노승은 '동은 준라, 서는 열라, 남은 우진라, 북은 회차'라 답했다.
단재 선생은 그 명칭이 고구려의 순나(順那), 연나(涓那), 관나(灌那), 절나(絶那) 등
동서남북 사부와 비슷한 것에 놀랐다. 뒤이어 한자를 써서 문답하다가
원 태조를 칭기즈 칸(成吉思汗)이라 칭한 뜻을 묻자 몽골 말로 성길(成吉)은
'싱크'이니 가장 큰, 최대라는 뜻이고 사(思)는 음이 '쓰'로 위세와 권력,
한(汗)은 제왕이란 뜻이라 했다. 단재 선생은 이전부터 사서에 나오는
고구려 연개소문의 벼슬 태대대로(太大對盧)를 '싱크마리',
신라 김유신의 벼슬 태대각간(太大角干)은 '싱크쇠뿔한'으로 읽어야 한다고 주장하며
조선 고어의 '싱크'를 중시했는데 이 뜻이 몽골어와도 상통함을 기이하게 생각했다.
— 신채호, 「고사상 이두문 명사 해석법」에서 참조

"서둘러라. 서둘러서 움직여야 한다."

유망은 부하들을 독려했다. 그는 형천과 축융 그리고 삼만 오천에 달하는 전사들을 이끌고 북진하고 있었다. 공상 싸움 이후 많은 병력을 잃은 유망이 동원할 수 있는 병력은 이것이 전부였다. 쓸 만한 전사들을 그야말로 최후의 한 명까지 긁어모은 대군이었다. 게다가 말과 가축까지 거느린 거대한 유망의 행렬은 조금이라도 다쳤거나 늑장을 부리는 자가 있으면 기다리지 않고 남겨 둔 채 행진을 재촉했다.

"이렇게까지 서둘러 전사를 움직일 필요가 있습니까?"

축융이 의아한 듯 물었지만 유망은 고개를 저었다.

"서둘러야 해. 이번이 마지막 기회일지도 모르거든."

유망의 눈빛은 맑았으며 총기가 넘쳤다. 공상 싸움 이후, 유망은 초

인적인 인내심을 발휘하여 약을 끊고 정상적인 상태로 돌아왔다. 그런 그가 가장 먼저 한 일은 동원령을 내린 것이었다. 그리고 하루라도 빨리 주신으로 치고 올라가라고 부하들을 다그쳤다. 형천은 유망이 정상으로 돌아온 것을 기뻐했으나 그의 서두름을 걱정했다.

"정말 그놈의 말을 믿을 수가 있습니까?"

형천이 걱정스러워하자 유망은 딱 잘라 말했다.

"믿을 수 있을 거야. 모든 일이 그렇게 굴러가는 조짐이 보여……. 이봐, 축융. 너 잘 조사했지?"

축융이 고개를 숙이며 대답했다.

"조사한 것은 틀림없습니다."

유망은 하늘을 보고 껄껄 큰 소리로 웃어 젖혔다.

"그래, 그래. 주신 동쪽의 사울아비들이 신시 부근으로 향했다. 주신과 우리 사이의 경계를 지키던 사울아비들도 절반 이상 신시로 몰려갔다. 한마디로 모든 사울아비들이 신시로 모여들고 있는 거야. 이건 주신 신시에 무슨 일이 생겼다고밖에 볼 수 없지. 치우천 그 녀석이 무슨 일을 저질렀든지, 아니면 다른 일이 터진 거야."

"함정인지도 모릅니다."

축융이 볼을 실룩거리며 불만스러운 듯 내뱉자 유망은 씩 웃어 보이며 말했다.

"이봐, 축융. 함정을 팔 만한 일이 아냐. 경계를 지키는 사울아비를 빼내면서 함정을 파는 머저리가 어디 있냐? 더구나 신시의 귀족들은 전부 '싸움은 무서워! 싸움은 무서워!' 노래를 부르는 판인데 함정은 무슨? 핫핫!"

유망은 웃다가 곁을 지키고 있던 호위병들을 쳐다보았다.

"너희는 웃기지 않나? 웃기는지 아닌지 구별할 대가리조차 없는 거냐?"

호위병들이 기겁을 하여 억지웃음을 지었다. 그중 몇몇은 공허한 너털웃음을 터뜨려 보였다. 유망은 그것만으로도 기분이 좋은 듯 고개를 끄덕였다.

"내 계획을 말해 주지. 북으로 치고 올라가서 마갸르족 나무 울타리 요새를 무너뜨리고 공상 대신 성을 쌓아 우리 땅으로 삼는 거야. 거기는 넓고 평평하여 많은 사람을 둘 수 있거든. 공상보다 나은 곳이 될 거다."

유망이 말하는 곳은 지금의 북경 지역이었다. 형천은 조심스레 말했다.

"그곳은 좋은 곳입니다만, 산도 없고 주변에 성을 쌓을 큰 돌이 많지 않아 지키기는 힘든 곳입니다. 그러려면 그 북쪽의 산맥 아래턱까지 밀고 나가야 합니다."

유망을 허벅지를 철썩 후려치며 되받았다.

"오, 그래! 맞다, 형천. 너는 역시 대단하구나. 다들 들었나? 형천의 말이 맞아. 그래, 그곳은 지키기가 쉽지 않지. 그곳이 싸움터가 되면 안 되니까 북쪽을 막아야 해. 그러려면 산맥을 넘자마자 바로 보이는 보금자리, 대나무골을 점령해야 한다! 그곳을 움켜쥐면 서쪽과 북쪽의 길을 틀어쥐는 셈이 되거든! 그곳을 잡으면 주신과 미아우와의 길이 끊기고 주신과 남쪽 마갸르와의 길도 끊긴다! 그렇게 주신의 간섭만 막으면 미아우는 독 안에 든 쥐다! 공상도 다시 빼앗을 수 있고 마갸르의 절반인 남쪽 부족은 우리가 멱을 움켜쥐게 된다!"

"남쪽 마갸르와 맞닿아 있는 타타르족과 키탄은 어떨까요? 그들이 마갸르를 돕는다면……."

축융이 걱정스레 말끝을 흐리자 유망은 호쾌하게 웃음을 터뜨렸다.

"주신이 나서지 않으면 그들은 마갸르를 돕지 않아! 늑대와 양이 돼지 떼를 도울 리 없다. 서로 못 잡아먹어 안달이니까. 만약 그렇지 않다면 축융, 자네가 서로 으르렁거리게 만들면 될 테고. 하하핫."

유망도 치우천처럼 대나무골(현재의 탁록)의 전략적 가치를 정확하게 짚고 있었다. 그곳이 끊어지면 미아우와 남쪽 마갸르는 주신과 길이 닿기 힘들게 되며, 두 부족을 손에 넣을 경우 지나족은 주신을 능가하는 큰 세력을 갖게 된다. 그리만 된다면 주신은 물러설 수밖에 없다.

축융과 형천은 얼굴을 마주 보았다. 유망의 성격은 그리 변하지 않았으나 머리는 확실히 맑은 것 같았다. 이러한 전략적 식견은 약에 취했을 때는 볼 수 없던 모습이었다. 그러나 형천은 만약의 경우를 생각하지 않을 수 없었다.

"치우천 녀석이 어떻게 나올까요? 주신의 다른 놈들은 모르겠습니다만, 그 녀석 하나는 상당히 부담되는데요?"

치우천 이야기가 나오자 유망은 환하게 웃으며 인상을 활짝 폈다.

"아…… 세상 제일의 대용사 형천이 겁내는 놈이 있다니. 하긴 나도 그놈을 무시 못하지. 그놈은 참 묘하다, 그렇지?"

"묘하다니요?"

축융이 고개를 갸웃거리며 묻자 유망은 킥킥 웃으며 말했다.

"그놈은 우리를 참 여러 번 몰아붙였지. 놈 때문에 부하들을 잃고 도망치기를 몇 번이나 했잖아. 그런데도 이상하게 밉지 않단 말야. 오히려 그놈 덕분에 나는 약을 끊게 되었고 말야. 더구나 나는 그놈 다리도 고쳐 주기로 약속했거든."

축융은 놀라 작은 눈을 억지로 크게 뜨며 물었다.

"다리를 고쳐 주신다고요?"

유망은 아무렇지도 않게 고개를 끄덕였다.

"해 줘야지."

"놈은 우리의 가장 큰 적입니다! 우리가 대나무골로 나갈 때도 그놈이 나타나 방해할지도 모르고요! 그런데 어떻게……."

유망은 갑자기 눈을 부릅뜨며 축융의 말을 끊었다.

"축융?"

"아…… 예?"

"네가 내 위야? 내가 네 위야?"

유망이 싸늘한 목소리로 묻자 축융은 얼굴이 흙빛이 되어 고개를 숙였다.

"무슨 말씀을……. 당연히 저는 염제 신농님만을 섬기는 몸이옵니다!"

"그런데 왜 말이 많아, 응? 내가 죽을 고생을 하여 약을 끊은 게 누구 때문인지 알아? 그놈과의 약속을 지키려고, 있는 힘을 다해 한번 겨뤄 보려고 그런 거야. 그걸 몰라? 응?"

유망이 말을 하며 흥분되는 듯 눈빛이 번쩍거리기 시작하자 축융은 겁에 질린 듯 더욱 고개를 조아렸다.

"하오나……."

"젠장! 내가 누구냐? 염제 신농이다! 한번 한 말은 지킨다. 안 그러면 누가 나를 따르겠어? 그러니 이번에 한 약속도 반드시 지킨다! 놈이 적이란 건 잊지 않아. 허나 적과의 약속도 지켜야 하는 거야. 난 그래서 공상에서 진 후 동쪽으로는 절대 나가지 않았어. 그리고 이제 겨루려는 거야. 놈의 방식대로!"

유망이 너무 흥분하는 것 같아 형천이 나직한 목소리로 달래듯이 물었다.

"놈의 방식이라뇨?"

"치우천 놈은 머리로 싸운다. 놈은 칼도 도끼도 활도 들지 않지만 가장 무섭게 싸우지. 나도 그걸 알았다. 싸움터에 나가 봐야 내가 도끼를 들고 설칠 일은 없다. 그러니 짜증만 났지. 이제부터 나는 머리로 싸울 거다. 하나의 싸움터나 당장 싸울 땅만 보는 게 아니라 미리 싸울 곳을 생각하고 어떤 일이 일어날지 재 본다. 그게 놈의 싸움 방식이고, 이번에 내가 싸울 방식이야. 알겠어?"

유망은 떠들면서 기분이 풀린 것 같았다. 눈치를 챈 축융이 한마디 끼웠다.

"염제 신농님은 역시 훌륭하십니다."

유망은 몸에 붙은 검불을 털어 버리는 듯한 목소리로 되받았다.

"아부할 것 없어, 축융. 아부 안 해도 내가 너를 어쩌겠어? 겁먹지 마. 그러니까 아부 같은 것 하지 마라. 아부를 들으니 약에 취한 기분이 들잖아. 젠장, 하지 마."

축융이 얼굴을 붉히며 고개를 숙이자 유망은 계속 말을 이었다.

"하긴 나도 거기가 중요한 곳인 줄 아는데 놈이 모를 리 없어. 놈도 신시로 돌아가면서 분명 그곳을 지났을 거고, 그곳이 얼마나 중요한 곳인지 알 거야. 그러니 놈이 먼저 수를 쓰기 전에 우리가 빼앗아야 해. 먼저 빼앗으면 훨씬 유리해진다. 주신을 반 토막으로 줄일 수 있는 기회야. 더구나……."

유망은 씩 웃으며 어깨를 들썩거렸다.

"헌원 놈이 돕겠다고 나섰으니 더 좋고 말야."

형천이 고개를 저으며 나섰다.

"헌원을 믿으시면 안 됩니다."

"믿는 것이 아냐. 이용하는 거다. 헌원 놈은 북으로 치고 올라가서 동쪽으로 진군을 할 거다. 신시에 무슨 일이 터졌으니 치우천 놈은 금방 발을 뺄 수가 없을 거야. 발을 뺀다 해도 우리보다는 헌원 쪽으로 먼저 가겠지. 놈도 헌원은 만만하게 생각하지 못하니까."

"대나무골이 소중한 곳이라면 헌원을 제쳐 두고 그리로 달려올 수도 있습니다."

"달려온다 해도 헌원을 무시할 수는 없을 테지. 가진 힘의 절반은 빼놓고 올 테니 그것만으로도 헌원을 끌어들인 가치는 있다."

"조건이 너무 후했습니다."

축융이 그것만은 참을 수 없다는 듯이 툴툴거렸다. 유망은 고개를 저었다.

"어허, 헌원에게 서쪽 지나족의 권리를 인정한 것 말야? 어차피 서쪽 지나족은 그놈 손아귀에 있는데 그깟 것을 가져서 뭐하게?"

"그것이 아닙니다. 헌원을 다음번 염제 신농…… 아니, 염제 바로 다음의 황제(黃帝) 지위를 주겠다고 하신 것이 아무래도……."

유망은 손사래를 치며 껄껄 웃었다.

"이름 좋지 않아? 내가 지어 주었지만 정말 그럴듯하단 말야! 염제 신농과 맞먹는 것 같잖아? 황제 헌원, 하면 말야. 하지만 실속 없어. 나는 신농씨야. 세상 사람들에게 곡식 심는 법을 알려 준 신농씨의 후손이지. 하지만 헌원 놈은 별것 없어. 황제면 뭐해? 공손씨에 뭐 변변한 조상이 있나? 유웅씨 핏줄에서 가지 쳐서 나온 놈일 뿐이잖아. 먹지도 못하는 이름 하나 던져 주어 놈의 수만 명 전사를 끌어냈으니 대단한 이득이잖아!"

유망은 쉽게 말했으나 축융은 아무래도 석연치 않은 것 같았다. 그러자 다시 형천이 말했다.

"치우천 놈이 대나무골을 빼앗으러 올지 모릅니다. 무슨 계획이라도 있으십니까?"

"하핫! 대나무골 옆에는 강이 하나 흐르지."

"네? 그런데요?"

"대나무골은 땅이 아주 고운 진흙이다."

"무슨…… 말씀인지?"

유망은 눈을 반짝이며 막힘없이 술술 말했다.

"우리가 주신의 사울아비 놈들을 뭐 때문에 무서워할까? 구리 무기와 싸움 솜씨지. 허나 가장 큰 이유는 놈들이 말을 귀신같이 잘 타기 때문이다. 그런데 대나무골로 강을 끌어들여서 주변을 여기저기 물이 흐르는 뻘로 만들면 어떻게 될까?"

축융과 형천은 동시에 아! 하며 탄성을 터뜨렸다. 유망은 호들갑스럽게 웃으며 빠른 말투로 떠들어 댔다.

"말이 달리지 못하면 놈들은 반은 죽은 목숨이다. 놈들 중에는 헤엄치는 법을 모르는 녀석들도 많을 거야. 허나 우리는 장강과 황하 주변에서 잔뼈가 굵은, 헤엄 잘 치는 전사가 칠천 명이 넘는다! 치우천 녀석이라도 이건 어쩔 수 없을 거야! 하하핫!"

형천은 이제야 굳었던 표정을 풀며 입가에 웃음을 머금었다.

"염제 신농님, 정말…… 정말 놀랍습니다. 이번에야말로 신농님께서는 치우천 녀석을 물리치실 수 있을 것입니다! 놈에게 머리로도 이기실 수 있습니다!"

"정말?"

유망이 좋아하자 형천은 확신을 주듯 말했다.

"이번에야말로 틀림없습니다. 벌써 신농님께옵서는 치우천 녀석을 능가할 만큼 모든 것을 넓게 보고 많은 생각을 하실 수 있게 되었습니다. 반드시 그 녀석을 모든 면에서 이길 수 있을 것이옵니다."

"그 녀석을 이겨야겠지, 그래."

"틀림없습니다. 반드시 이기실 것입니다."

"놈이 대나무골로 올까? 와야 하는데 말야."

"올 것입니다."

형천이 말하자 유망은 입이 찢어질 정도로 미소를 지어 보이면서 고개를 끄덕였다.

"그렇게 되면 좋겠어. 그놈의 반반한 낯짝을 다시 보고 싶다니깐? 놈이 헌원과 싸우다 죽으면 참 슬플 거야. 먼저 다리를 고쳐 주고, 그다음에 싸우기 시작해야지. 그래서 놈의 목을 베고…… 커다란 무덤을 만들어 줄 거야. 흙과 돌을 높이 쌓아서, 세상에 치우천이라는 잘난 놈이 있었다고 길이길이 알게 해야지. 아…… 그런데 뭣들 하고 있는 거야? 어서 서둘러!"

유망이 정색을 하며 윽박지르자 잠시 멈추어 숨을 돌리던 행렬이 움직이기 시작했다.

돌연 유망은, 등을 돌리고 제 위치로 가려던 형천을 넌지시 불러 세웠다.

"이봐, 형천."

"예, 염제 신농님."

유망의 얼굴엔 예전의 그 쓸쓸한 표정이 가득 어려 있었다.

"아무에게도 말하지 마. 응?"

"예."

유망은 갑자기 감상에 젖은 듯, 담담한 미소를 지으며 하늘을 올려다보고 말없이 한참을 있었다. 형천은 유망이 이런 표정을 짓는 것을 요 몇 년 사이 한 번도 본 적이 없었다. 형천은 조용히, 방해하지 않고 정중한 태도로 유망의 말이 떨어지기를 기다렸다.

마침내 유망이 입술을 떼었다.

"나는 말야, 원래 사람을 고치는 신농씨였어. 그런데 허구한 날 싸움질이나 해 대려니, 원 참……. 이 염제 신농이란 자리도 못해 먹을 짓이야, 지긋지긋하기도 하고……."

"허허……."

너무도 솔직한 말이라 형천이 어이없다는 듯 웃자 유망도 웃으며 말을 이었다.

"허나 치우천이라는 놈이 나와서 따분하지 않게 되었어. 이번에는 어떻게든 결판이 나겠지. 안 그래?"

"신농께옵서 이기실 것이옵니다."

"그래, 그렇겠지? 그런데…… 그런데 그놈을 죽이고 나면 뭘 하지? 내가 지면 그땐 또 뭘 하지? 따분한 옛날로 돌아가겠지? 안 그래?"

"치우천을 이기더라도 정복할 땅은 많고도 많습니다. 주신도 남아 있고……."

"주신을 다 먹으려면 힘들어. 힘들다기보다 재미없는 싸움이야. 난 안 할 거야. 적당히 주신을 겁주고 우리 일에 못 끼어들게 하면 그뿐이지, 주신을 정복할 생각 같은 건 없어. 한평생이 걸릴지도 모르고……."

"하오나 공상도 되찾아야 하며……."

"대나무골만 빼앗으면 공상을 칠 것도 없어. 에워싸고 몇 년 지나면 말라 죽을 테니까. 창힐에게 그쪽을 떼어 주면 알아서 잘하겠지."

"남쪽 부족들도 다시 한번 손을……."

"그건 축융에게 떼어 주면 그만이고……."

"헌원은……?"

"형천, 네가 있잖아?"

"허……."

형천이 말을 잇지 못하자 유망은 키득거리며 말했다.

"이번 싸움에서 결판이 나면 말야, 형천. 우리 부족을 잘 돌봐 줘야해. 알았어?"

"그게 대체 무슨 말씀이십니까? 아직 유망님은 젊으시고……."

"난 젊지 않아. 좀 있으면 머리칼과 수염도 허옇게 되겠지? 그전에 하고 싶은 일이 있어. 만약 말야, 이 싸움이 끝나면…… 결과가 어떻게 되든 말이지…… 지나족 대부족장 자리는 네가 가져라."

유망은 아무렇지도 않은 것처럼 말했으나 형천은 놀라 순간 몸이 휘청거렸다.

"그…… 그럴 수는 없습니다! 그것은 절대……."

"뭐가 그럴 수 없어? 내가 준다는데?"

"저 같은 놈이 어떻게 그러겠습니까? 저는 절대……."

"대인족도 꽤 크지만 네가 잘 이끌잖아. 염제 신농이 되어도 잘할 거야."

형천은 사색이 되어서 고개를 저었다.

"저는 신농씨가 아닙니다!"

"난 자식도 없는걸? 신농씨는 이제 없단 말야, 하하. 그래, 염제 신농 자리 같은 것 없애 버리지, 뭐. 네가 해. 염제 형천이 되라고. 나, 농담하는 거 아냐……."

형천은 얼굴이 허옇게 질려서 멍하니 있다가 이윽고 천천히 입을 열기 시작했다.

"염제의 자리는 결코 저처럼 힘만 있는 놈이 될 수 있는 자리가 아닙니다. 대인족 하나만도 저는 벅찹니다. 그보다도…… 저, 형천, 염제 신농님께 감히 한 말씀 드리고 싶습니다."

"말해 봐."

"이 형천이 염제 신농님께 드리는 말씀이 아니오라, 옛 친구이자 부족을 일으켜 세웠던 유망님께 드리는 말씀이옵니다. 허락해 주시겠습니까?"

유망은 유쾌하게 껄껄 웃으며 형천의 어깨를 쳤다.

"허락하고 말고가 아니라, 오래전부터 듣고 싶었던 말이었어. 허나 틀린 게 있어. 옛 친구가 아니라, 지금도 자네는 내 가장 가까운 친구야."

유망이 목청을 높여 외치고는 손짓을 하자 주변의 호위병들이 저만치 물러섰다. 그러자 형천이 말했다.

"그 옛날, 유망님이……."

"님이 뭐야? 처음 우리가 만났을 때, 네가 나보다 몇 살 위라고 항상 반말했으면서? 항상 형 노릇을 했잖아? 뭐 지금도 그렇지만……."

"험험…… 그러면 편하게 말하겠습니다. 정말 그래도……."

"된다니까! 안 하면 내가 형이라고 부른다?"

"알았습…… 아니, 알았네. 우리가 처음 만나 함께 지나족을 일으키자고 한 지 벌써 삼십 년이 다 되어 가는구먼. 길다면 긴 세월이었지."

유망은 형천의 반말이 마치 듣기 좋은 음악이라도 되는 듯이 눈을 반쯤 지그시 감고 음미하듯 고개를 까딱거렸다.

"그래. 그런데?"

"긴 세월 동안 우리가 정복한 부족이 여든여섯 개고, 치른 싸움이 몇백 번은 되겠구먼."

"그래…… 지긋지긋하게 많이도 싸웠어. 그걸 다 셌어?"

"그런데 말야, 유망……. 그 세월 동안 자네와 난 떨어진 적이 없었지. 내가 많은 상처를 입고 죽어 갈 때에도 자네는 절대 나를 버리고 도망치지 않았지……."

유망은 피식 웃으며 말했다.

"자네가 죽을 뻔한 게 네 번이고, 내가 죽을 뻔한 게 두 번이지. 하지만 우리는 서로를 버리고 간 적이 없어. 적어도 염제 신농이 되기 전에는 말야."

유망은 코끝을 약간 찡그리며 덧붙였다.

"내가 염제 신농이 된 다음에는 자네는 나와 함께 싸운 적이 없었어. 그래서 그럴 일이 없었지. 아, 그때부터는 참 지겨운 세월이었어."

"자네가 염제 신농이 된 다음부터 나와는 비할 수 없을 정도로 중요한 몸이 되었기 때문이지."

"난 그게 지겨워."

"듣게. 자네는 염제 신농이 되었지. 그날이 내가 살면서 가장 기뻤던 날일세."

유망도 감회에 젖은 듯 고개를 끄덕이다가 고개를 돌리며 말했다.

"그러니 염제 신농 자리를 내놓으면 안 된다는 말이야? 안 돼. 난 이 자리에 더 있다간 미쳐 버릴걸? 또 약에 취해 해롱거리다가 나와 자네, 두 사람 다 죽이게 될 거야. 정신 맑아진 김에 그만둬야 해!"

"자넬 말리려는 게 아니야. 허나 생각해 보게. 나에게 염제 신농을 맡을 능력이 있었다면 진작부터 자네를 밀지 않았을 거야. 그런데 이제 와서 덜컥 나에게 그 자리를 떠넘기려 한다면…… 그건 말이지…… 참으로 곤란해. 유망 자네는 뭘 하려는 거지? 사람 고쳐 주는 일로 돌아가려는 건가?"

유망은 뜨끔한 듯 어깨를 움찔하다가 천천히 대답했다.

"그…… 그래. 젠장. 속일 수가 없군! 사람 고쳐 주는 게 내가 타고난 일 같아. 그런데 사람 죽이는 짓을 하고 있으니 이거야 원……. 난 말야, 이번에 결심했어. 자네라도 말릴 수 없어. 이번 치우천 녀석과 한판이 끝나면 어찌 되었건 염제 신농 자리는 그만둘 거야. 그러니 날 말릴 생각은 말고……."

형천은 듬직하게 미소를 지으며 고개를 끄덕였다.

"말리려는 게 아니야. 나는 항상 자네 옆에 있는데, 이제 나에게 귀찮은 자리를 넘기고 혼자 가 버린다고? 그건 배신 아닌가?"

"그러면……."

"같이 가야지. 이참에 빌어먹을 세상 제일 용사라는 자리도 덤으로 떼어 놓고 말야. 그것도 오래 해 먹으니 지겹더구먼. 나도 이제 늙을 거고, 치우비나 끽구 같은 놈이 몇 년만 더 크면 틀림없이 날 잡아 죽이려고 덤빌 거야. 난 늙어 가는데 말야. 허허, 맞아 죽기 전에 그만둬야지."

"나와…… 같이 간단 말인가?"

유망이 눈을 크게 뜨며 묻자 형천은 힘차게 고개를 끄덕였다.

"자네가 어딜 가든 같이 안 가면 내 마음이 안 놓여."

"나는 어디로 갈지도 안 정했어."

"어디로 가든 뭐가 걸리겠는가?"

"그럼 빌어먹을 염제 신농 자리는 누구에게 주고?"

"자네 좋을 대로 하게나. 자네 것이니 자네 마음대로 해야지. 우리는 편하게 쉬자구."

형천이 넉넉한 미소를 지으며 가슴을 펴자 유망은 기분이 좋아 웃으면서 발을 구르다가 또 하늘을 보고 큰 소리로 웃는 등 한참 법석을 떨었다. 덩치 크고 허우대 멀쩡한 염제 신농으로서의 처신은 아니었지만 형천은 그런 유망을 따스한 눈길로 바라보았다.

이윽고 마음을 추스른 유망이 힘주어 말했다.

"그래, 이번 일만 해결하면! 주신이 꼼짝 못하니 이제 지나족도 문제없을 거고……. 다음번 염제 신농이나 세상 제일의 용사가 나올 때도 되었어. 그래, 우리가 이기면…… 염제 신농 자리 따위는 창힐 놈에게나 줘 버리자. 그놈은 침착하니까 사람들을 평화롭게 잘 다스릴 거야. 그리고 우리는 가는 거야! 하핫!"

형천은 밝게 웃으며 고개를 끄덕이면서 한마디 덧붙였다.

"우리는 이만큼 했으면 충분히 했어. 이제는 쉴 때도 된 것 같아."

"그래, 그래!"

유망은 어린애처럼 들뜬 목소리로 맞장구쳤다. 그러다가 다시 정신을 차리고는 작은 목소리로 속삭였다.

"축융 놈에게는 말하지 마. 그놈은 어두운 편이라서……. 헌원은 물론 말할 것도 없고."

"축융이 배신할 놈은 아니지만, 모든 걸 버리고 갈 사람은 못 되지. 말하지 않도록 함세."

"자네와 함께라……. 정말 좋군그래. 꼭 그렇게 하자."

유망이 다시 한번 다짐하자 형천은 웃으며 정중히 말했다.

"하오면, 염제 신농께옵서는 이제 가던 길을 마저 재촉하시지요?"

"알았어! 제길!"

유망은 퉁명스럽게 대답하면서도 호탕하게 웃었다. 그는 혼잣말로 '이번 싸움만 끝나면……'이라고 수없이 되뇌며 길을 재촉하기 시작했다. 주신의 목줄이라 할 수 있는 대나무골, 탁록과 판천 지방을 공략하기 위해서.

한웅과의 담판

순우곤(淳于髡)이 맹자에게 물었다. "남녀가 손을 잡지 않는 것은 예(禮)입니까?"
맹자가 그렇다고 답하자 순우곤이 다시 물었다.
"만약 형수가 물에 빠졌다면 손을 잡고 구해야 하는 것입니까?"
맹자가 답했다. "구하지 않는다면 짐승과 다를 바 없습니다.
남녀가 직접 손을 잡지 않는 것은 예법이지만 형수를 구하기 위해 하는 것은
임기응변의 방책이니 탓할 수 없을 뿐 아니라 반드시 해야만 하는 일입니다."
순우곤이 되물었다. "그렇다면 지금 천하의 백성이 고통에 빠져 있는데,
선생께서는 왜 나서서 그들을 구하려 하시지 않습니까?"
맹자가 답했다. "형수가 물에 빠진 것은 손으로 구하지만,
천하의 백성이 고통에 빠지면 도(道)로써 구해야 하거늘,
당신은 어찌 손으로 천하 백성을 구하려 하십니까?"
—『맹자(孟子)』, 「이루(離婁)」 편에서

"동쪽의 고시울률이 한웅님을 뵈옵고자 하오!"

"무슨 일이십니까?"

고시울률의 큰 목소리에 화답하여 나온 사람은 치우바람이었다. 이미 오래전에 한웅의 집 근처를 지키고 있던 치우가람의 적극적인 추천으로 치우바람은 이번 전투가 벌어진 사이 소속이 바뀌었다. 치우가람과 함께 사와라 한웅의 명에 따라 한웅의 집 근처를 지키게 된 것이다.

치우바람은 밖에 나오자마자 어리둥절한 표정을 지었다. 다른 때와 달리 고시울률이 백 명 가까운 사울아비들과 함께 한웅의 집 바로 앞까지 들어온 것이다. 고시울률 정도 되는 사람이라면 아무 제재 없이 들어올 수 있었지만 부하들은 한웅이 있는 집 앞까지는 들어올 수 없었다.

"어인 일로 사울아비들을 데리고 오신 것입니까?"

치우바람이 영문을 모르겠다는 표정으로 묻자 고시울률은 차분하게 말했다.

"내 큰 죄인을 잡았기에 그럴 수밖에 없었네."

고시울률이 눈짓을 하자 몇 명의 사울아비들이 비켜섰다. 그 뒤에는 눈을 가리고 꽁꽁 묶여 재갈까지 물린 치우천과 아예 얼굴을 가죽 주머니로 덮어씌운 사람들이 있었다. 치우바람은 눈을 크게 뜨며 놀랐다.

"치우천을 잡으셨습니까?"

"그렇다네. 그런데 놈이 말하는 게 하도 이상해서 한웅님을 꼭 뵈어야 할 듯하네."

"싸움은 어찌하고요?"

치우바람이 걱정스러운 듯 묻자 고시울률은 싱긋 웃어 보였다.

"모두 물리쳤네. 놈들은 도망치고 있다네."

치우바람이 놀라면서 황급히 고개를 숙였다.

"고시울률님의 공이 크십니다! 하루 만에 놈들을 물리치시고 대장을 잡으시다니! 대단하십니다!"

"그러니 어서 한웅님께 아뢰게."

고시울률이 재촉하자 치우바람은 당황한 기색을 보였다. 그는 몇 번 눈을 끔뻑이다가 말했다.

"그게…… 한웅님께서 몸이 썩 좋지 않으시다 들었습니다만……."

고시울률이 호통을 쳤다.

"이보다 중요한 일은 없네! 어서 아뢰게!"

"하오나……."

치우바람이 꾸물거리자 고시울률은 눈을 가늘게 뜨고 경멸 어린 미소를 지으며 그를 노려보았다.

"이리로 옮긴 지 하루박에 안 되었는데 참 많이 컸군, 자네?"

"예…… 예……!"

치우바람은 얼굴이 벌겋게 되어서 안으로 달려 들어갔다. 잠시 후, 들라는 소리 대신 치우가람이 나왔다. 그는 재빨리 고시울률에게 인사하며 말했다.

"하늘 군대의 치우가람이 말씀드립니다. 한웅님께옵서 몹시 불편하시옵니다. 전하실 말씀이 있다면 저에게 알려 주시면……."

고시울률은 싸늘한 표정이 되어 치우가람에게 다가갔다. 치우가람의 바로 옆까지 간 고시울률은 그에게 말했다.

"난 한웅님을 뵙고 싶다고 했네. 자네가 아니고 말야."

그리고 소리를 낮추어 속삭였다.

"너 따위가 알 일이 아니란 말이다. 알아들었나?"

치우가람은 꿈쩍도 하지 않고 딱딱하게 굳은 표정으로 되받았다.

"한웅님께서 명하신 일이옵니다. 잘못한 게 있다면 죽여 주시옵소서."

고시울률은 갑자기 껄껄 웃었다.

"과연……! 과연……!"

고시울률이 왜 웃는지 알 수 없어 치우가람이 굳은 표정으로 고개를 뻣뻣이 들고 고시울률을 쳐다보았다. 고시울률은 냅다 치우가람의 뺨을 후려쳤다.

"그럼, 죽어라!"

치우가람은 뺨을 맞았지만 미동도 하지 않고 뻣뻣이 서 있었다. 고시울률은 치미는 화를 이기지 못해 뒤에 있던 사울아비 한 명의 칼을 빼어 들려 했다. 사울아비들은 놀라서 고시울률을 말리려 했다. 여기까지 칼을 가지고 온 것만도 불경인데, 칼을 뽑는다면 제아무리 고시울률이라도 그냥 넘어갈 수 없는 노릇이었다. 그러나 고시울률은 말리는 사울아비들을 뿌리치고 칼을 뽑아 치우가람을 내리치려 했다. 그때 안에서 낭

랑한 목소리가 들려왔다.

"멈추시오!"

고시울률은 예상이나 하고 있던 것처럼 칼을 멈추었다. 꼼짝도 않고 서 있는 치우가람의 표정이 침통하게 바뀌었다. 곧이어 한웅의 집 안에서 여자들이 우르르 몰려나왔다. 부루버들과 시녀들이었다. 부루버들은 나이를 먹어 몸이 약간 불었으나 여전히 눈부실 정도로 아름다웠다. 그녀는 노기 띤 표정으로 고시울률에게 목소리를 높였다.

"이 무슨 짓입니까? 여기서 칼을 뽑다니요? 한웅님께 반역하겠다는 것입니까?"

고시울률은 치미는 화를 재빨리 억누르고 이내 웃으며 칼을 옆으로 내동댕이쳤다. 돌을 깐 바닥에 쨍그랑 소리를 내며 칼이 떨어지자 고시울률이 이죽거리듯 말문을 열었다.

"나는 그럴 배짱도 없는 놈이오. 잘 아실 것인데?"

전에 없이 고시울률의 무례한 말투에 부루버들은 파르르 떨며 분노를 터뜨렸다.

"당신이 아무리 고시씨의 웃뜸이라 해도 이런 짓은……."

고시울률이 버럭 소리를 지르며 부루버들의 입을 막았다.

"당신은 한웅님이 아니잖소이까! 한웅님의 여섯째 마누라에 불과하오! 나, 고시울률에게 그렇게 말해도 된다고 누가 그랬소? 당신 아비도 나에게 그리는 못해!"

고시울률의 말은 부루버들의 아버지인 부루위단을 겨냥한 말이었다. 고시울률의 말에도 일리는 있었으나 그동안 누구도 부루버들에게 이렇게 대든 사람이 없었다. 그녀가 금방 기절해도 이상하지 않을 정도로 펄쩍 화를 내며 험악한 말을 내뱉으려는 순간이었다. 그때 안쪽에서 사와라 한웅의 쇠약한 목소리가 희미하게 들려왔다.

"그렇게 중요한 일이오?"

고시울률은 금세 예의를 갖추어서 고개를 숙였다.

"고시울률이 한웅님께 말씀드리옵니다. 아주 중요한 일이옵니다. 무례를 용서하소서."

"부하들을 왜 끌고 오신 게요?"

"치우천과 부하들을 잡아 왔기 때문에 부하들과 함께 오지 않으면 위험하기 때문이옵니다."

"성 밖의 적은?"

"물리쳤사옵니다."

"사로잡은 자들을 풀어 주셨다던데?"

얼마 지나지 않은 일임에도 사와라 한웅이 정확하게 짚어 말하자 고시울률은 움찔했으나 곧 천연덕스럽게 대답했다.

"잔챙이들을 잡아 무엇하리까? 대신 치우천과 더 중요한 놈들을 잡았으니 마음 놓으소서. 모든 것을 소상히 말씀드리겠나이다."

"꼭 직접 이야기해야 하오?"

"그러하옵니다."

"그럼 부하들을 놓아두고 안으로 드시오."

"몇 분을 같이 불러 주셔야 하옵니다."

"누구를 말이오?"

"큰마누라님과 부루 집안의 부루위단을 불러야 하옵니다. 그리고 여기 있는 사람들은 이곳에서 떠나지 말아야 합니다. 큰 소리로 부르면 바로 들어올 수 있도록 밖에서 기다리게 해야 하옵니다."

이 말에는 사와라 한웅도 놀란 듯 목소리가 떨렸다.

"꼭 그래야 하오?"

"그 정도로 중요한 일이옵니다."

사와라 한웅은 아무 말이 없다가 이윽고 허탈하게 말했다.

"삼사도 같이 부르시오."

부루버들과 치우가람 형제의 눈이 크게 벌어졌다. 부루버들은 뭐라 외치면서 안으로 뛰어들려고 했으나 고시울률이 큰 소리로 막았다.

"한웅님의 말씀이시오. 모두 가만히 기다리시오. 여봐라!"

고시울률이 부르자 사울아비 큰스승으로 보이는 두 사람이 나와 고개를 숙였다.

"아무도 여기서 꼼짝하지 못하게 하라. 한웅님의 말씀이 계셨으니 삼사와 큰마누라님, 부루위단을 부르도록 하라. 누구든 떠나려 하면 용서하지 말라. 이것은 한웅님이 직접 내리신 명령이다. 알았느냐?"

"예!"

두 명의 사울아비 큰스승이 큰 소리로 화답하자 고시울률은 꽁꽁 묶인 치우천만을 데리고 안으로 들어섰다.

사와라 한웅의 큰방은 그의 성격을 보여 주듯 별다른 장식이 없이 밋밋했다. 한웅의 상징이라 할 수 있는 천부인 문양과 커다란 솟대 형상의 새 조각상 두 개 말고는 아무것도 없었다. 사와라 한웅은 방 한가운데에 반쯤 누운 자세로 새털로 만든 이불을 덮은 채 눈을 감고 있었다. 옆에는 두 명의 시녀가 있었는데, 고시울률이 들어오며 눈을 부라리자 서둘러 옆문으로 나가 버렸다.

고시울률이 예를 올렸고, 치우천도 손이 뒤로 묶인 상태이지만 가까스로 무릎을 꿇고 사와라 한웅에게 예를 올렸다. 그러고 나자 치우천은 몸을 똑바로 일으키기가 힘들었다. 사와라 한웅은 못 본 듯 조용히 있다가 예가 끝나자 물었다.

"대체…… 무슨 일이시오?"

고시울률은 한숨을 쉬며 말했다.

"아주…… 복잡하고도 어려운 일이옵니다."

고시울률은 고개를 들어 천장을 바라보다가 나직하게 말을 이었다.

"모든 것이 얽히고설켜 제대로 알아볼 수 없었는데, 매듭을 풀고 나니 부끄럽고도 암담할 따름입니다."

"뭐가 얽혔고 무슨 매듭을 어떻게 풀었다는 말씀이오?"

사와라 한웅은 잠시 입을 다물었다. 바깥을 보는 시늉을 하며 씁쓸하게 웃어 보였다.

"나를 잡아가기라도 하려는 거요?"

고시울률은 눈을 부릅뜨며 되받았다.

"무슨 말씀을! 그럴 리가 있사옵니까?"

"아니, 그러고도 남지. 그러고도 남아, 하하."

사와라 한웅이 허탈하게 웃자 고시울률은 아랫입술을 깨물었다.

"저는…… 그렇지 않사옵니다. 한웅님께옵서는 제게 못마땅한 점이 많겠지요. 허나 저도 나름대로는 주신을 위해 평생을 바쳤사옵니다. 그것을 뒤흔드는 짓 따위는 하지 않사옵니다."

"그게 고시울률, 자네의 약한 점이지. 무서운 점이기도 하고."

"뭐라 말씀드리기가 어렵나이다."

고시울률은 얼굴이 벌겋게 되어 어정쩡한 자세로 누워 있다시피 한 치우천을 일으켜 앉혔다. 사와라 한웅이 그 모습을 물끄러미 지켜보다가 물었다.

"천에게 무슨 이야기를 들었는가?"

고시울률이 치우천의 입을 막은 재갈을 풀기 시작하면서 중얼거리듯이 대답했다.

"들었지요. 많이 들었습니다."

"자네는 저 아이를 싫어하지 않았던가? 마음에 쌓인 것도 많은 듯한데?"

재갈이 하도 단단히 묶여 잘 풀리지 않자 고시울률은 힘을 주느라 이를 악물며 말했다.

"싫어합니다. 이놈은 어미를 잡아먹은 놈이고 장차 주신을 말아먹을 놈입니다. 쌓인 것도 그대로오이다. 허나 이번 일은 그렇게 넘어갈 것이 아니오이다. 어젯밤 이놈은 내 방에 뛰어들어 말할 기회를 달라 했소이다. 도망칠 수 있었는데도 그렇지 않고 말이외다……"

마침내 치우천의 재갈이 풀리자 고시울률은 사와라 한웅에게로 시선을 돌렸다.

"저는 이놈만큼 번지르르한 말재주가 없으니 한웅님께옵서 직접 들어 보시오소서."

고시울률은 치우천을 향해 냉랭하게 말했다.

"그대로 아뢰어 보아라."

입을 묶었던 재갈 자국이 얼굴에 선명하게 나 있었으나 치우천의 표정은 태연하고 차분했다. 그러면서도 왠지 슬퍼 보이기도 했다. 사와라 한웅이 참지 못하고 물었다.

"네가 직접 고시울률의 집으로 들어가 말하기를 청했더냐?"

치우천은 말이 잘 나오지 않아 몇 번 헛기침을 하고는 대답했다.

"그러하옵니다."

"왜 그랬느냐?"

치우천은 길게 한숨을 쉬며 말했다.

"모든 것을 알아볼 수 있을 것 같아 그랬사옵니다."

"무엇을?"

사와라 한웅이 눈을 가늘게 뜨자 치우천은 두어 번 헛기침을 하고 숨을 골랐다.

"주신의 앞날에 대해서 말이옵니다."

"주신의 앞날이라……."

사와라 한웅은 희미하게 웃어 보였다.

"네가 맥달 선인도 아닌데 앞날을 어찌 알겠느냐?"

"정해진 앞날이 아니라 만들어 가는 앞날 말이옵니다. 혹은 우리가 준비한 앞날이겠지요."

"무슨 소리냐?"

사와라 한웅이 약간 목소리를 높이자 치우천은 고개를 조아렸다.

"한웅님의 이야기를 입에 올리는 것 자체가 힘드옵니다. 무슨 말이 나올지 모르옵니다만 부디 허락해 주옵소서."

사와라 한웅은 잠시 생각하다가 한숨을 쉬며 말했다.

"이 판국에 무슨 이야기를 못하게 하겠느냐? 꺼리지 말고 어서 말하거라."

"한웅님께옵서 못난 것을 어여삐 여기시어 많은 힘을 주시려 한 것, 잊지 않고 있사옵니다."

"난 너를 사막에 버리기도 했잖았느냐?"

사와라 한웅이 쓸쓸한 표정을 짓자 치우천은 담담하게 말했다.

"그것도 잊지는 않고 있사옵니다."

"허……."

"주신의 사울아비 큰스승이자 작은 주신의 부족장인 치우천이 한웅님께 감히 아룁니다. 저는 예전부터 아주 이상한 것에 대해 고민해 왔습니다."

"무엇을 말이냐?"

"누군가 주신 안에서 저를 숨은 눈으로 살펴보고, 저를 이용하려 한다는 것을 말이옵니다."

사와라 한웅이 대답하지 않자 치우천의 말이 계속 이어졌다.

"그뿐이라면 모르겠지만, 그자는 저를 이용하여 무슨 일을 꾸미는 것 같았사옵니다."

"무슨……?"

사와라 한웅이 고개를 갸웃하자 치우천은 눈을 빛내며 말했다.

"저와 고시울률님을 서로 싸우게 만들려는 일 말이옵니다."

"허……."

탄식 같은 소리를 내뱉던 사와라 한웅이 물었다.

"너와 고시울률은 원래 사이가 좋지 않은 걸로 아는데?"

"그러하옵니다. 비록 고시울률님께옵서 제 어머님을 딸로 두신 분이 지만, 우리는 전부터 인연을 끊고 남남으로 지내 왔사옵니다. 그 가장 큰 이유는 제 어머님이자 고시울률님의 따님이셨던 미리내님이 돌아가 신 이유가 서로 상대방 때문이라고 믿었기 때문이옵니다. 고시울률님 은 못난 저 때문에 당신의 따님이 목숨을 내던진 것이라 믿었고, 저는 고시울률님이 신수를 건드리는 것이 겁나 어머님을 혼자 가게 해서 결 국 돌아가시게 되었다고 믿었사옵니다."

사와라 한웅은 고개를 끄덕였다.

"그 이야기는 나도 들은 바가 있다. 그놈이 아마 번개범이겠지."

"그러하옵니다. 번개범. 여기서 시작되어 저와 고시울률님은 사이가 나빠졌사옵니다. 그런데 한웅님께옵서는 저를 어여쁘게 보아 주셔서 높이 되게 해 주셨사옵니다."

"너를 예쁘게 본 것이 아니라 네가 그만한 일을 해냈기 때문이다."

고시울률이 참지 못하고 끼어들었다.

"그보다는 나에게 맞서는 녀석을 하나 두시려고 그랬을 테지요. 제가 제일 꺼림칙해하는 녀석이고 하는 짓도 맹랑하니 딱 좋았겠지요. 저도 바보는 아니옵니다."

상당히 무례한 말이었으나 사와라 한웅은 개의치 않는 듯했다.

"치우천은 계속하라."

사와라 한웅의 말에 치우천은 말했다.

"그러나 저와 고시울률님, 둘 다 이해하지 못했습니다. 설마 그 일의 뒤에 한웅님이 계시리라고는 말이지요."

"내가 있다?"

치우천은 단호한 목소리로 되받았다.

"저를 이용하여 고시울률님의 힘을 막으려 한 것은 충분히 이해할 수 있는 일이옵니다. 그러나 문제는 이번 신시 싸움이옵니다. 제가 신시를 치는 것도 마다하지 않으려 한 이유는 한웅님께옵서 위험하다 여겼기 때문이옵니다. 저를 키워 주신 것은 한웅님이시옵니다. 헌데 신시의 분위기가 이상했습니다. 저를 싫어하는 고시울률님이 모든 것을 거머쥔 것이라 생각될 만큼 말이옵니다."

"너는 상을 받으러 들어왔다가 잡히지 않았느냐?"

"저는 미리 생각하고 있었사옵니다. 제가 신시로 향하기 전부터 고시울률님의 아랫사람인 부루위단님이 먼 곳에서 사울아비들을 모았사옵니다. 그것은 제 곁의 누가 제 말을 고시울률님에게 털어놓았다는 뜻이기도 하옵니다. 저는 가급적 주신과 싸우지 않으려 했사오나 위험한 일에는 대비해야 한다고 생각하고 그것을 제 주변 사람들에게 말했습니다. 그 일이 미리 알려지지 않았다면 이렇게 많은 사울아비들을 신시 주변에 모아 둘 리 없사옵니다."

"만에 하나를 대비하여 모을 수도 있지 않은가?"

치우천은 완강하게 고개를 저었다.

"절대 아니옵니다."

"어떻게 장담하느냐?"

"저는 신시 안에 있어서 싸움을 보지는 못했사오나 어떻게 하다 보니 바깥소식을 전해 듣게 되었사옵니다. 헌데 제 아비가 이번 싸움에 끌려왔다 하더이다."

"치우우레 말인가?"

"그러하옵니다. 치우광이라는 사울아비가 우리 편에 들어 알려 준 것인데, 부루위단님이 직접 그리했다 하옵니다. 제 아비가 말을 듣지 않아 글자 주술로 다른 사람을 제 아비로 꾸미기까지 하였다 들었사옵니다."

고시울률도 그것만은 의외라는 듯 눈을 크게 떴다. 사와라 한웅이 목소리를 높였다.

"부루위단 밖에 있는가?"

소리가 안 들렸는지 아무런 응답이 없자 고시울률이 밖으로 얼굴을 내밀고 불러서야 부루위단이 조심스레 들어왔다. 사와라 한웅은 치우천에게 다시 말하라 한 뒤 부루위단에게 그런 일이 있었느냐고 물었다. 부루위단은 쩔쩔매며 대답했다.

"그러하옵니다. 저놈과 저놈의 아우는 싸움을 잘하니, 꼼짝 못하게 하려면 그 방법이 가장……."

"됐다."

치우천이 뭐라 말하기도 전에 사와라 한웅이 손짓을 하며 부루위단에게 물러가라 했다. 부루위단은 새파랗게 질려 황급히 밖으로 나갔다.

고시울률이 치우천을 보며 말했다.

"네가 쳐들어온다는 말을 듣고 내가 사울아비를 준비하라 일렀지만, 그 일은 내가 시킨 것이 아니다. 우레는 내 아들과 같은 사위인데…… 부루위단 저 작자가 뭘 믿고…… 흠흠. 네놈들은 나와 상관없지만 치우우레는 어쨌거나 내 사위다. 그 일은 나중에 따질 것이다."

"아버님은 사울아비 큰스승이옵니다. 그런 분을 단지 제 행동이 심상치 않다는 이유만으로, 벌어지지 않은 일 때문에 함부로 대할 수는 없는 일이옵니다. 고시울률님은 정말 모르셨습니까?"

고시울률은 얼굴이 벌겋게 되어 소리쳤다.

"네가 아무리 그런 눈으로 본다 해도 나는 그런 사람이 아니다! 이런 일까지 있었다니…… 부루위단, 저 녀석을 가만두지 않겠다."

치우천은 고개를 끄덕이며 고시울률을 쳐다보았다.

"잘 기억해 두십시오. 어떻게 이런 일이 있어났는지도 설명할 수 있습니다."

"어제 다 이야기하지 않았느냐?"

사와라 한웅은 이해가 안 된다는 듯 고개를 갸웃거리기만 했다.

"분명 누가 중간에 나서서 제 이야기를 고시울률님에게 전해 주었사옵니다. 그것이 한웅님 아니셨사옵니까?"

사와라 한웅은 아무 말이 없었다. 그러자 고시울률이 나섰다.

"한웅님께옵서 전해 주시지 않았사옵니까? 저 녀석이 딴마음을 먹고 있다고 말입니다."

사와라 한웅이 화를 내며 외쳤다.

"그렇다. 내가 그랬다. 그것이 어쨌단 말이냐? 나는 한웅이다. 나에게 죄를 물을 참이냐?"

예상이라도 하고 있었다는 듯이 치우천은 침착하게 되받았다.

"저도 주신 사람이옵니다. 어찌 그럴 수 있겠사옵니까? 저를 죽이시면 죽어야 하고, 저를 내치시면 내쳐져야 하겠지요."

"너희가 지금 나에게 따지자는 것이냐?"

고시울률이 말했다.

"한웅님께 따지거나 죄를 물으려는 것이 아니옵니다. 이 녀석의 말을 듣자니 지금 한웅님이 위험하기에 그런 것이옵니다."

"위험하다? 무슨 소리냐? 내가 일을 꾸며서 내가 이렇게 만든 것인데, 내가 위험하다?"

치우천은 고시울률에게 눈짓을 하고는 대답했다.

"한웅님께옵서 이야기를 하셨다는 것을 어제야 깨달을 수 있었사옵니다. 사실, 그전까지는 전혀 알 수가 없었습니다."

"똑똑한 녀석이 왜 몰랐느냐?"

"간단하옵니다. 외람된 말씀이오나, 한웅님을 제외하고 주신에서 가장 힘이 센 사람은 고시울률님이옵니다. 그래서 한웅님께옵서는 계속 고시울률님을 견제하기 위해 저를 키워 주셨사옵니다. 그런데 제 이야기를 고시울률님께 미리 전한다면 그것은 저를 죽이기 위한 방법밖에는 아니 되옵니다. 저를 키워 주신 것은 한웅님이시온데, 한웅님께서 저를 죽이려 하는 것이 도무지 이해되지 않사옵니다."

사와라 한웅은 화가 치밀어 오른 표정으로 무섭게 외쳤다.

"네 녀석이 생각보다 너무 컸기 때문이다. 아무도 함락시키지 못한다 믿던 공상성을 몇 안 되는 수로 무너뜨렸고, 주변 부족들에게 인정을 받아 엄청난 세력을 키웠다. 네놈이 마음을 달리 먹으면 고시울률보다 더 위험한 놈이 될 것은 뻔한 일이 아니더냐! 되었느냐? 내, 네놈의 목을 쳐 버리리라!"

으르렁거리는 한웅을 쳐다보며 치우천은 통탄스럽게 말했다.

"그것은 한웅님의 목을 스스로 치시는 것과 같사옵니다."

"신시에 쳐들어온 놈이 말이 많구나! 네놈이 정말 내 생각만 하는 심복이라는 게냐? 나는 네놈을 한 번 죽이려 한 적이 있다. 네놈은 잊었다고 했지만 절대 잊을 수 없을 것이다. 그런 놈이 크는 것은 위험하고, 나는 그것을 그냥 두고 볼 수 없었다! 그래서 이번 기회에 없애 버리려 한 것이다!"

치우천은 서글픈 표정으로 고개를 저었다.

"맞는 말씀이오나…… 그것이 전부가 아니옵니다."

"무슨 헛소리냐?"

"아니옵니다. 언뜻 들어맞는 듯하오나 그뿐일 리가 없사옵니다. 그렇게 저어되면 왜 저에게 사울아비 웃뜸스승 자리를 말하셨사옵니까? 그것만 없었더라도 제가 이리 위험한 사람이 되지는 않았을 것이옵니다."

"네가 정말 공상을 빼앗을 줄은 몰랐다."

"아니옵니다. 그랬다고는 믿어지지 않사옵니다. 오히려 정말 공상을 칠 정도였기에 웃뜸으로 앉혀서 고시울륭님과 맞설 정도로 만들려 하신 것이 분명하옵니다. 허나…… 허나…… 이렇게 당장 싸움이 일어날 상황으로 만든 것은 이해가 되지 않았사옵니다. 만약 고시울륭님이 패한다면 어찌 되겠사옵니까? 그러면 저는 더더욱 위험한 사람이 될 것이옵니다. 그래서 저는 한웅님이 위험하다고 생각할 수밖에 없었나이다."

"네가 이길 리가 없을 텐데도?"

치우천은 싱긋 웃었다.

"고시울륭님이 이기면 어찌 되겠사옵니까? 그렇다면 반대로 고시울륭님이 더더욱 위험한 사람이 될 것이온데요?"

"너는……."

사와라 한웅이 말을 채 잇지 못하자 치우천은 차분하게 말을 이어나갔다.

"그러하옵니다. 어떻게 하든지 참 이상한 일이 되옵니다. 한웅님은 현명하신 분이옵니다. 그런 것을 생각하지 않으셨을 리가 없사옵니다. 그래서 저도 참으로 갈피를 잡지 못했고, 모든 것이 헛갈렸사옵니다. 누가 이기든 한웅님께는 나쁜 일이옵니다. 만약 한웅님이 가운데 서 주셨더라면, 저는 저대로 그냥 남고, 고시울률님이 한웅이 되셨을 것이옵니다. 그러나 한웅님께는 뭔가 그리할 수 없는 이유가 있어서 둘 다 지는 길을 만드셨습니다."

"둘 다 지다니?"

고시울률이 근엄한 표정을 지으며 대신 대답했다.

"저 녀석은 하나에서 열까지 한웅님을 생각한다고 했사옵니다. 저놈의 아우는 싸움에서 무서운 놈이고, 따르는 부족이 수도 없이 많습니다. 그러니 제가 이겨 저놈을 죽이더라도 따르는 부족까지 전부 죽일 수는 없을 것입니다. 그 부족들이 복수심을 가질 것은 말할 것도 없지요. 결국 제 땅은 저놈을 따르던 녀석들에게 침략을 받아 엉망이 될 것입니다. 그러면 제 힘도 없어질 테고, 결국 제 마음대로 사울아비를 써서 일을 저질렀다고 목을 치실 수도 있겠지요."

치우천이 그 말을 받았다.

"만약 제가 이기고 고시울률님을 잡거나 목을 벤다면…… 나중에라도 신시에 다른 부족 군대를 몰고 온 것이나 또 다른 이유를 들어서 제 목을 베기는 쉬운 일이겠지요. 누가 이기든 우리 둘의 목은 붙어 있지 않을 것입니다."

사와라 한웅이 씩씩거리며 외쳤다.

"내가 미친 줄 아느냐? 내가 왜 그런 짓을 해? 너와 고시울률, 둘 다 문젯거리지만, 둘 다 없어지면 주신에 누가 남느냐? 그러면 네가 말한 두 가지 일이 다 내 발등에 떨어지는 것 아니냐? 그런 말을 누가 믿겠느냐?"

치우천이 고개를 숙이며 말했다.

"그렇습니다. 만약 싸움을 도맡다시피 한 제가 죽고, 안의 일을 도맡아 하신 고시울률님이 없어지면 주신은 엉망이 될 것입니다. 더구나 한웅님도 몸이 편찮으시고 뒤를 이를 자도 없는 마당에 그런 일을 하실 리는 없지요. 저도 그 때문에 모든 일들이 믿어지지 않았사옵니다. 아무리 한웅님께옵서 제가 밉고 고시울률님이 탐탁지 않다 하셔도 주신을 망하게 하실 리는 없을 테니까요."

"네가 이상하게 생각한 것이다. 나를 놀리려 들다니!"

치우천의 눈빛이 강렬하게 빛났다.

"허나…… 이미 한웅님께옵서는 억지로 우리 둘을 부딪히게 하려 하셨습니다. 그럴 이유가 없는데도 말이옵니다. 그 때문에 신시가 전쟁에 빠지는 것도 아랑곳하지 않으셨사옵니다. 한웅님께옵서 한 말씀만 하신다면 저는 웃뜸사울아비건 주신 사람으로 돌아오는 것이건 포기하고 물러날 수 있었사옵니다. 그런데도 한웅님께옵서는 그런 길을 택하지 않으시고 저와 고시울률님을 부딪히게 만드셨사옵니다. 저 또한 한웅님이 일을 꾸몄을 리 없다 생각하여 몹시 고민했사옵니다만, 한웅님이 틀림없다면…… 이 모든 일이 일어날 수 있는 한 가지 조건이 있음을 깨달았사옵니다."

"뭐라고?"

"거북한 이야기지만 들어 주소서. 한웅님께서는 늙으셨사옵니다. 그 때문에 지금에 와서 고시울률님이나 저를 내치는 것은 될 일이 아닐지도 모르지요. 허나 한 가지가 있다면……."

"무슨 소리냐?"

사와라 한웅의 눈이 험악하게 빛났으나 치우천은 이를 질끈 악물다가 말했다.

"한웅님, 한웅님께옵서 아드님을 얻으신 것이 아니옵니까? 얼마 전에 말이옵니다……."

별안간 사와라 한웅이 거칠게 이불을 차내며 몸을 일으키려 했다. 고시울률의 얼굴도 새파랗게 질렸다. 치우천은 눈을 딱 감았다. 실로 엄청난 말을 내뱉는 것이다. 사와라 한웅은 금방이라도 치우천에게 달려들 것 같았으나 기침이 걷잡을 수 없이 터져 나왔다. 고시울률의 이마에서 땀이 주르륵 흘렀고, 치우천마저도 이마에 땀방울이 비쳤다. 사와라 한웅의 기침이 가라앉자 치우천은 눈을 떴다가 다시 질끈 감고 말했다.

"사울아비 큰스승 치우천, 목숨을 걸고 감히 말씀드리옵니다. 한웅님은 결코 까닭 없이 일을 벌일 분이 아니시옵니다. 더구나 이번 일은, 한웅님께는 어찌 되었거나 좋지 않은 결과만을 낳는 일이옵니다. 그러나 생각을 바꾸어서, 한웅님께서 한웅님의 자리를 물려줄 수 있는 아드님을 얻으셨다면, 그리고 아드님이 너무 어려서 앞날이 밝지 않다고 하면…… 모든 것이 설명되옵니다."

"헛소리!"

사와라 한웅이 괴로운 표정으로 부르짖었으나 치우천은 침착하게 계속 말했다.

"아니옵니다. 그것 말고는 이유가 없사옵니다. 그것 말고는 저와 고시울률님을 아울러 힘 있는 이들을 쳐 없앨 이유가 없사옵니다. 이전까지는 그런 움직임이 없었습니다. 그러므로 분명 한웅님은 근래에 아드님을 얻으셨을 것입니다."

"내 나이가 몇이냐? 어찌……."

사와라 한웅이 차마 말을 잇지 못하고 더듬거리자 치우천은 주저하지 않고 말했다.

"그 때문에 문제가 된 것이겠지요. 한웅님께서 오래전에 아드님을 얻으셨다면 아무 문제가 없었을 것입니다. 허나 한웅님께서 어린 아드님만 남기고 돌아가신다면…… 문제가 크옵니다. 한웅의 자리를 감당하기에 어리고, 나이 들어 얻은 자식이라 하여 말이 많을 것이옵니다. 하지만 한웅님께옵서는 아들을 한웅 자리에 앉히고 싶으실 것이옵니다. 그러려면 방법은 하나, 주신의 힘 있는 자들이 없어져야 하옵니다. 한웅님께서 저를 키워 주시다가 갑자기 내치려 하는 이유, 주신에 걷잡을 수 없는 혼란이 오는데도 이런 일을 벌이신 이유, 그 모두가 설명되옵니다……."

사와라 한웅은 무척이나 혼란스러워 보였다. 치우천은 마지막으로 방점을 찍듯이 힘 있게 말했다.

"한웅님, 말씀해 주소서."

고시울률은 붉게 충혈되어 섬뜩한 눈길로 사와라 한웅을 노려보았다.

"한웅님, 말씀해 주소서……."

사와라 한웅의 얼굴에 혼란스러움과 번민이 가득 차기 시작했다.

"저와 고시울률님은 그런 생각을 가지게 되었사옵니다. 제가 여기서 죽는다 할지라도 고시울률님께옵서는 그에 대비하여 손을 써 두었사옵니다. 엎질러진 물입니다. 말씀해 주소서."

사와라 한웅은 손을 덜덜 떨었다. 손 떨림이 번져 어깨와 수염까지도 걷잡을 수 없이 떨리기 시작했다. 그러다가 떨림을 가까스로 추스르고 길게 한숨을 쉬며 힘없이 말했다.

"너…… 너는 정말 무서운 놈이구나…… 그것을…… 그것을 어떻게……."

치우천은 어깨에 힘이 풀려 자기도 모르게 몸을 숙이며 깊은 숨을 토해 냈다.

'정말…… 그랬다면…….'

고시울률이 껄껄 웃었다. 고시울률은 어제 치우천에게서 그럴 가능성에 대해 이야기를 들은 바 있었다. 고시울률은 나이 많은 사와라 한웅의 뒤를 자신이 이을 것으로 생각해 왔고, 신시나 주신의 사람들 또한 그렇게 믿고 있었다. 사와라 한웅에게 어린 아들이 생겼다는 사실은 코앞의 전쟁을 능가하는 혼란을 예고하는 것이나 다름없었다. 뿐만 아니라 고시울률의 인생 전체를 뒤집어 버릴 수 있는 엄청난 사건이었다. 그 때문에 고시울률은 원수같이 여기던 치우천의 말을 듣고 그것을 확인하러 함께 온 것이다. 그리고 마침내 진실이 밝혀지게 되었다.

"아주 좋은 소식이구려! 한웅님, 축하드리옵니다! 아드님이라니요? 대단하십니다! 정말 대단하십니다! 하하핫! 하핫!"

"고시울률……."

사와라 한웅이 입을 열었다. 아까까지의 힘없는 목소리와는 전혀 다른, 섬뜩한 목소리였다.

"나는 아직 죽지 않았다."

고시울률은 섬뜩한 눈빛으로 한웅을 쏘아보며 재미있다는 표정을 지어 보였다.

"무슨 말씀이시옵니까? 섭섭하옵니다. 저를 그런 사람으로 보시지 마소서. 이런 좋은 일은 모두에게 알려야 하지 않겠사오이까? 더구나 그런 좋은 일을 위하여 이 치우천이나 저 고시울률이나, 모조리 쓸어버리고 신시를 싸움판으로 몰아넣기까지 하셨는데, 이보다 더 좋은 소식이 어디 있소이까? 하핫! 하하핫!"

고시울률이 드러내 놓고 비꼬자 사와라 한웅은 참지 못하고 버럭 소리쳤다.

"나는 주신의 한웅이다! 주신의 열세 번째 사와라 한웅이란 말이다! 주신의 모든 사람은 내 말을 들어야 하고, 내 뜻을 따라야 한다!"

고시울률은 눈을 가늘게 뜨며 이죽거렸다.

"알아 모시겠나이다, 한웅님. 누가 그것을 모르오리까? 이날까지 아무 불평 없이 당신을 위해 살아왔나이다. 앞으로 남은 날도 당신의 핏덩이, 징징거리며 똥오줌을 싸 대는 갓난쟁이를 위해 살아가야겠지요. 그 것이 한웅님의 뜻이라면 말입니다⋯⋯."

고시울률이 험악한 말투로 내뱉어도 사와라 한웅은 기죽지 않고 섬 뜩한 목소리로 되받았다.

"고시울률, 자네에게 내 잘못한 것이 있으니 무슨 소리를 떠들든 여기 서는 봐주겠네. 허나⋯⋯ 그 아이에게는⋯⋯ 절대⋯⋯ 절대 손댈 수 없네. 그 아이에게 손대면 자네는 죽네. 내가 죽어서라도 자네를 기필코 죽이고야 말겠네. 나는 아이를 위해서라면 죽을 수도 있네. 내가 죽기를 각오하면 누구든 같이 끌고 들어갈 수 있어. 이 점, 잊지 말게⋯⋯."

"한웅께옵서 말씀하시면 따라야 하겠지요. 허나⋯⋯."

사와라 한웅이 손사래를 치며 고시울률의 말을 막으며 쉰 목소리로 말했다.

"북쪽의 땅을 고시울률, 자네에게 주겠네. 동쪽과 북쪽 땅에 솟대를 따로 세우고 신시에 공물을 바치지 않아도 되게끔 해 주겠네."

솟대를 따로 세운다는 것은 실질적으로 독립을 시켜 준다는 것과 다 를 바 없었다. 엄청나게 파격적인 일이라 고시울률은 입이 딱 벌어졌다.

"무슨 말씀이시오니까?"

"단 두 가지만 들어주면 되네. 아주 쉬운 일일세."

고시울률이 홍미를 보이자 사와라 한웅은 재빨리 덧붙였다.

"첫째, 자네들 둘은 이 일에 대해 입을 다물어야 하네. 아니, 미리 알 고 있었던 걸로 해야 하네. 둘째, 신시의 싸움에 대해서는 오해였다고 해야 하네. 그래서 나와 이야기를 나눈 것으로 하면 될 걸세. 내가 책임 을 지겠네."

사와라 한웅은 늙었어도 여전히 민활한 사람이었다. 결국 타협을 하 자는 것이나 다름없었다. 고시울률은 홍분되어 옷자락까지 떨며 생각에 잠겼다. 원래 우유부단한 성격이라 눈앞의 조건에 심히 마음이 움직이는 듯했다.

"감히 한 말씀 드리오면……."

치우천이 한마디 끼우려 하자 사와라 한웅은 낮게 고함을 질렀다.

"귀신 같은 녀석! 허나…… 허나 좋다. 나는 한웅이다. 주신의 한웅이란 말이다. 내가 너희에게 사과를 해야 하는가? 엎드려 빌어야 하는가? 고시울률! 잘 생각해 보게나. 치우천, 너를 건드리지 않을 테니 염려 마라! 너는 웃뜸사울아비로 만들어 줄 것이며, 뭐든 달라는 대로 해 줄 것이다. 나는 내 아들이 내 자리를 잇게 되기를 바랄 뿐이다."

이 일을 어떻게든 좋게 해결하려면 치우천과 고시울률을 달래서 둘 다 무사히 내보내야 한다. 그렇지 않으면 잡음이 생기고 만다. 더구나 고시울률을 견제할 수 있는 치우천이라는 존재가 지금의 사와라 한웅에게는 반드시 필요했다. 둘 다 함정에 몰아넣으려는 막판에 손바닥 뒤집히듯 상황이 바뀌었으니 그들이 바라는 대로 무엇이든 들어주지 않을 수 없었다. 고시울률은 뭐라 말이 없었으나 치우천이 의심스러운 듯 물었다.

"한웅님께옵서는 정말 그것을 바라시옵니까? 다른 사람의 생각이 끼어들어 있는 것은 아니옵니까?"

사와라 한웅은 한숨을 쉬며 고개를 저었다.

"아니다. 다 내 생각이다. 다른 누구를 위한 것이 아니다. 죽음을 바로 앞에 두고 자식을 보게 되니 너무도 예쁘고 무엇이든 해 주고 싶은 마음뿐이었다. 그래서 자네들에게 몹쓸 짓을 했다. 내 마음을 알아주었으면 한다. 내가 오래 살 수 있으면 몰라도…… 그럴 것 같지가 않다. 어린것이 걱정스러울 뿐이다. 그뿐이야. 그것을 위해서라면 무엇이든 내놓을 수 있다……."

사와라 한웅이 눈물까지 글썽이며 간곡하게 말하자 고시울률은 고개를 숙이며 말했다.

"어머니는 누구입니까?"

"바깥에서 낳아 온 아이가 아닐세. 부루버들이 낳은 아이야. 그 아이가 여섯째 마누라이기는 하나 큰마누라 말고 남은 마누라는 그 애뿐이지 않은가? 그러니 문제될 것은 없다네."

"허…… 그래도 참. 한웅님께옵서는 여든 살에 가까우신데…… 이렇게 늦게 나온 아이란 정말……."

사와라 한웅이 불쌍해서인지 새로 얻게 될지 모를 땅에 욕심나서인지 고시울률의 태도는 한층 누그러졌다. 우유부단하고 일이 벌어지는 것을 싫어하는 성격이라 그럴까. 아무튼 사와라 한웅은 다행이라는 듯 말했다.

"사람들이 뭐라 떠들든 상관없네. 자네들 둘이 잘해 주기만 한다면 잘될 것이야."

치우천은 말을 끊고 생각에 잠겨 있었다. 자신의 추측이 맞아들었고 여기까지는 생각대로 잘 풀렸다. 그러나 이상했다. 사와라 한웅은 너무도 나이가 많았다. 나이가 많다고 아이를 못 갖는다는 법은 없지만 한웅은 오랫동안 병을 앓고 있었다. 그리고 상대가 부루버들이라는 말에 의심이 생겼다.

초조한 기색으로 사와라 한웅이 물었다.

"아까 삼사와 다른 사람들도 부르지 않았던가?"

고시울률은 고개를 숙이며 말했다.

"그러하옵니다."

"그러면 들라 하게. 이참에 이야기를 해야 하겠네."

"너무 급하신 것 아니옵니까?"

그러나 고개를 저으며 사와라 한웅은 서둘렀다.

"그러지 않으면 안심이 되질 않네. 모두 부르자는 것이 아니라 알 만한 사람들만 부르자는 것이야. 삼사, 큰마누라와 버들이, 부루위단과 치우가람 형제를 불러서 확실하게 하세나."

"운사 신지울태님은 성 밖에 계십니다."

"괜찮아. 있는 사람만 부르도록 하세."

고시울률은 문을 열고 사람들을 모이게 하라고 외쳤다. 치우천은 사와라 한웅이 서두른다는 느낌과 더불어 어딘지 모르게 이상하다는 생각이 들었다. 고시울률은 계속 입을 다물고 있는 치우천의 얼굴을 쭈뼛거리며 쳐다보았다. 치우천은 뭐라 할 말이 없었다.

사와라 한웅이 고시울률에게 넌지시 말했다.

"목이 마르네. 저기서 술이나 가져다주게나."

고시울률은 머뭇거리며 주위를 둘러보았다. 그러나 지금 움직일 사람은 자신밖에 없음을 알고 구석에 놓여 있던 술을 한 잔 따라서 사와라 한웅에게 올렸다.

사와라 한웅이 잔을 받아들며 말했다.

"고맙네. 천하의 고시울률이 직접 따라 주는 술이로군."

"별말씀을."

사와라 한웅은 술을 천천히 마시다가 막 사람들이 들어오는 소리가 들리자 다시 고시울률에게 말했다.

"한 잔 더 줄 수 있겠는가?"

고시울률은 별 생각 없이 다시 한 잔을 따라 왔다. 그사이 비렴과 병예, 큰마누라인 부소구슬과 부루버들, 부루위단과 치우가람 형제가 안으로 들어섰다. 그들이 한웅에게 예를 취하는 사이 고시울률은 사와라 한웅에게 술잔을 넘기고 옆에 가서 섰다.

사와라 한웅은 두 번째 잔을 마시지 않고 천천히 말했다.

"여러분을 부른 것은 중요한 할 말이 있기 때문이오."

병예는 고시울률에게 강제로 붙잡혔고 비렴도 비슷한 처지를 겪었던지라 별로 기분이 좋지 않았다. 한웅의 큰마누라 부소구슬은 치우천이 묶여 있는 모습을 보자 가볍게 한숨을 쉬었으며, 부루버들과 치우가람 형제의 표정은 딱딱하게 굳어 있었다. 부루위단만이 어쩔 줄을 모르고 있었다.

"여기 두 사람과 이야기한 뒤에 나는 결심했소. 이제 나에게 아들이 있으니 그 아이로 내 다음을 잇게 하고 싶구려."

사와라 한웅이 그 말을 하는 순간 치우천은 재빨리 사람들의 표정을 살폈다. 비렴과 병예는 크게 놀라 눈을 둥그렇게 떴다. 치우가람과 치우바람 형제는 몹시 놀라는 시늉을 지어 보였다. 부소구슬은 길게 한숨만 내쉬었으며, 부루버들과 부루위단은 얼굴빛이 밝아졌다.

비렴이 더듬거리며 물었다.

"아드님……이 있으셨습니까? 대체……."

부루버들이 자못 당당하게 나섰다.

"몇 달 되었습니다."

치우천의 얼굴이 새파랗게 질렸다. 부루버들의 등 뒤에서 어쩔 줄을 몰라 입을 크게 벌리고 있는 치우가람의 얼굴을 보았기 때문이다.

치우천은 놀라고 경악해 비렴과 사와라 한웅이 나누고 있는 이야기가 귀에 들리지 않았다. 묶인 채 꿇어앉혀져 있는 몸이 덜덜 떨렸다. 도무지 믿고 싶지 않았다. 그러나 과거의 많은 사실들이 정확한 얼개로 딱딱 들어맞았다.

치우천이 미처 생각을 정리하기도 전에 갑자기 큰 고함 소리가 귓전을 때렸다. 치우천은 깜짝 놀라 눈을 크게 떴다. 사와라 한웅이 술잔을 떨어뜨리며 뒤로 넘어지려는 것을 비렴이 몸을 날려 부축하고 있었다. 동시에 고시울률이 사색이 되어 물러서고 있었다. 귓전을 울려 온 커다란 목소리는 무슨 말이었더라?

"독!"

우사 병예가 커다랗게 소리를 쳤으며 부소구슬이 기절해 쓰러졌다. 곧이어 부루버들이 찢어지는 듯한 비명을 질렀다. 치우가람이 품에서 짧은 칼을 뽑고 치우바람이 고시울률의 소맷자락을 잡았다. 고시울률이 고개를 저으며 크게 외쳤다.

"내가 아니다! 이게 무슨 짓이냐!"

그러나 사와라 한웅의 처절한 외침이 모든 것을 덮어 버렸다.

"고시울률……! 고시울률……!"

한웅의 입에서 검은색 피가 솟구쳐 나오고 있었다.

"나는 아니야!"

고시울률이 소리치며 치우바람의 손을 뿌리치고 밖으로 달려 나가려 했다. 그러나 치우가람이 재빨리 막아섰다. 고시울률이 다시 한번 아니라고 외치며 문을 박차는 순간 치우가람의 손에 들린 칼이 고시울률의 목을 겨누었다.

"나를 죽이려 한다!"

고시울률은 그 칼에 아랑곳하지 않고 발악하듯 외쳤다. 그와 동시에 치우가람도 외쳤다.

"고시울률이 한웅님을 죽이려 했다! 움직이는 놈은 모두……!"

비렴이 사태의 심각성을 파악하고 커다랗게 외쳤다.

"단군을 불러와라! 솟대 단군을……! 어서!"

병예는 한웅이 떨어뜨린 술잔을 집어 들며 부들부들 떨었다.

"독이다!"

치우천은 아직도 묶인 그대로였다. 속이 울렁거리며 눈앞이 물결치는 듯 흔들렸다. 뭐가 뭔지 하나도 알 수 없는 혼란스러움이었다. 생각이 정리되지 않았다. 술잔은 분명 고시울률이 사와라 한웅에게 건네준 것이었다. 그 안에 독을 탔다는 말인가?

'말도 안 돼……'

고시울률이 사와라 한웅에게 술을 건넬 기회가 있으리라고 예상했을 리는 없다. 고시울률은 맥달이 아니다. 그러면 원래부터 독이 있었는가? 아니다. 그럴 리 없다. 그러면 누가? 누가?

치우천의 등에 소름이 돋았다.

'한웅님이 모두를 죽이려 한다. 자신을 포함하여 우리 셋 다!'

왜? 아이를 살리기 위해 고시울률을 죽이려는 것이다. 아까 말한 것이 바로 이런 의미였다.

"그냥 두면 안 된다! 잡아라! 어서 잡……."

발작에 가까운 사와라 한웅의 목소리였다. 평상시와는 울림부터 달랐다. 치우가람이 기다리고 있었다는 듯이 칼을 휘둘렀다. 고시울률은 놀라고 당황하여 몸을 제대로 움직이지 못했다. 치우천은 으드득 소리가 날 정도로 이를 악물며 있는 힘껏 몸을 날렸다. 손이 뒤로 묶인 채였지만 개의치 않았다. 고시울률이 죽으면 자신도 살아날 수 없다. 신시를 친 죄로 여지없이 죽음을 당하리라. 어떻게든 막아야 했다.

치우천의 머리가 아슬아슬하게 치우가람의 허리를 쳤다. 칼은 살짝 빗나가 고시울률의 어깨를 그었다. 고시울률은 손을 뻗어 뭐라도 움켜잡으려고 허우적거렸다. 치우천의 결박 지어진 팔이 잡혔다. 고시울률과 치우천은 함께 넘어지며 방문 밖으로 나뒹굴었다. 고시울률이 굴러떨어지자 뜰 밖에서 기다리던 고시울률의 심복 사울아비들이 몰려들었다. 치우가람이 찢어지는 소리로 험악하게 외쳤다.

"감히 움직이는 놈은 뭐냐!"

치우가람은 다시 칼을 휘둘렀다. 이번에는 치우천과 고시울률을 동시에 베었다. 중상은 아니었으나 제법 깊게 베여 선혈이 튀었다. 사울아비 하나가 달려들어 구리칼로 치우가람의 칼을 막았다. 치우가람이 버럭 소리를 쳤다.

"감히 한웅님의 집에서 칼을!"

그러자 그 사울아비가 이를 악물고 되받았다.

"네가 먼저 꺼냈다!"

사울아비와 치우가람은 한참을 겨루었다. 치우가람은 짧은 칼 하나로 사울아비의 능수능란한 장검을 잘도 막아 냈으나 공격을 하지는 못했다.

한바탕 난리가 벌어지자 한웅의 집을 경비하던 사울아비들이 여기저기서 몰려오기 시작했다. 치우천은 기가 막혔다. 이게 무슨 일인가? 그러나 지금은 다른 방법이 없었다. 치우천은 사태를 깨닫지 못하고 멍해 있는 고시울률에게 다급하게 외쳤다.

"사울아비들을 둥글게 세우시오! 그리고 나와 다른 이들을 풀어 주시오!"

고시울률은 무슨 말을 하려 했으나 놀란 터라 말이 잘 나오지 않았다. 그러자 다른 사울아비 한 명이 칼을 휘둘러 치우천의 묶인 것을 단번에 끊어 주었다. 치우천은 고시울률에게 외쳤다.

"잘못하면 모두 죽습니다!"

"나…… 나는…… 그러지 않았어. 나는 아냐!"

고시울률은 몸을 덜덜 떨며 칼에 베인 상처에서 흘러내리는 붉은 피만 바라보았다.

"내가 대신 명령하게 해 주십시오!"

치우천의 외침에 고시울률은 멍하니 고개를 끄덕였다. 치우천은 즉시 커다란 소리로 명령을 내렸다.

"나는 치우천이다! 사울아비들은 명을 따르라!"

치우천의 목소리가 힘 있게 퍼지자 뭐가 뭔지 모르는 상황에서 혼란스러워하던 사울아비들이 일제히 눈을 돌렸다.

"이쪽을 등지고 둥글게 둘러서서 아무도 안으로 들어오지 못하게 하라! 묶여 있는 내 벗들을 풀어 주고 그들에게도 무기를 주어라! 어서!"

치우천의 빈틈없는 명령에 고시울률을 따라왔던 사울아비들은 훈련받은 대로 어깨를 맞대며 둥글게 몸을 돌려 밖에서 아무도 들어올 수 없도록 했다.

치우천의 근엄하기 그지없는 명령이 이어졌다.

"스무 명은 활을 재어 이쪽을 겨누어라! 무슨 일이 생기면 가차 없이 쏴라!"

고개를 돌려 치우천은 안쪽을 보고 외쳤다.

"한웅님 집으로 활을 겨누는 것을 용서하소서! 모두 움직이지 마십시오! 절대로!"

두건을 씌운 채로 끌려왔던 사람들이 풀려났다. 치우천의 사울아비 벗들이었다. 고시울률은 치우천보다 먼저 들어왔던 그들을 잡아 두고 있었다. 치우천은 어젯밤 고시울률과 담판을 하면서 증인으로 세운다는 명목으로 그들을 데리고 왔던 것이다. 쇠돌이와 부루벼락, 거서기와 삼 그리고 도단이였다. 치우천은 외쳤다.

"자네들은 무기를 들고 내 곁으로 오게!"

그들은 일의 영문을 모르고 정신없어했지만 치우천의 명령에 따라 즉각 움직였다. 그때 안에서 탄식 섞인 비렴의 목소리가 들려왔다.

"천아, 이게…… 이게 도대체 무슨 일이냐?"

"비렴님! 저를 믿으실 수 있습니까? 저는 절대 주신과 한웅님을 배신하지 않습니다!"

치우천이 방으로 고개를 돌려 외치자 비렴은 멈칫하다가 고개를 끄덕였다. 병예도 고개를 끄덕였다.

"병예님은 어서 가셔서 숫대 단군 중 독을 잘 아는 사람을 데려오십시오. 혼자 가셔야 합니다."

"알았느니라."

병예는 몸을 일으켜 밖으로 나섰다.

치우천은 고시울률에게 고개를 돌렸다.

"고시울률님, 우리는 좋건 싫건 같은 배를 탔습니다. 고시울률님이 해를 입으면 저도 무사하지 못합니다. 그러니 저에게 맡겨 주십시오. 제가 일의 잘잘못을 밝히겠습니다."

고시울률은 의심스러운 눈으로 치우천을 보았지만 마지못해 고개를 끄덕였다. 상황이 그나마 정리되자 약간 안정을 찾은 것 같았다.

"그래…… 그렇겠지……."

치우천은 고시울률이 데려온 사울아비들을 향해 말했다.

"내 말을 따라야 한다. 그러지 않으면 마구잡이로 싸움이 시작되고 전부 죽는다. 당장 죽지 않더라도 죽어도 벗어날 수 없는 큰 죄를 짓게 된다. 내가 책임을 지겠다. 그러니 내 말을 따르라."

부루버들이 앙칼진 목소리로 외쳤다.

"네가 무엇이냐? 무엇인데 감히 나서느냐? 당장 저놈의 목을 치지 못할까?"

치우천은 부루버들을 노려보며 당당하게 되받았다.

"나는 아무것도 아니지만 모든 것을 아는 사람은 나밖에 없습니다. 내 말을 들으시오!"

"치우천…… 네놈이……."

치우가람이 쉿소리 같은 목소리로 끼어들자 치우천은 벼락같이 노려보며 말했다.

"입 다물라. 저자가 제일 먼저 칼을 뽑아 휘둘렀다. 다시 움직이면 활을 쏘아 꼬챙이로 만들어라!"

"이……."

치우가람이 뭐라 말하기도 전에 부루벼락이 날쌔게 달려 나가 칼을 목에 겨누었다.

"조용히 해."

치우천은 쇠돌이를 남겨 두고 거서기와 삼에게 눈짓을 하며 다시 방으로 들어섰다. 그러다가 도단이가 가만히 있는 모습을 보고는 옷자락을 잡아끌었다. 장님이라 눈짓을 볼 수 없었기 때문이다.

치우천은 사와라 한웅을 보았다. 사와라 한웅의 입가에 피가 흘러내렸고, 힘겨운지 눈을 반쯤 감고 누워 있었다. 치우천이 말했다.

"소란이 벌어져서 안되었습니다만, 지금 아니면 밝힐 기회가 없을 듯하옵니다."

치우천은 비렴에게로 시선을 돌렸다.

"좀 어떠십니까?"

"글쎄다……. 도대체 이것이 어찌 된 일인지……."

치우천은 짧게 탄식하며 심호흡을 했다.

"전부 말하자면 아주 긴 이야기가 되겠습니다만…… 짧게 말하면 이렇습니다."

"어떻단 말이냐?"

"힘을 끌어올리기만 하면 힘으로나 싸움 기술로나 비렴님을 당할 사람은 아무도 없다고 알고 있습니다. 한 사람만이 아니라 백 사람이라도 혼자 상대하실 수 있으니, 비렴님이 무기를 드신다면 아무도 서툰 짓을 할 수 없겠지요."

치우천은 혼잣말처럼 중얼거리고는 덧붙였다.

"비렴님이 판단하십시오. 다만 제가 말을 끝내기 전에는 아무도 움직이지 못하게 하셔야 합니다. 제 이야기를 들으시고, 다 들으신 후에 사실을 확인해 보십시오. 다른 사람들은 이곳에서 한 발짝도 움직이지 못하도록 해야 합니다. 아 참, 세 사람이 더 있어야 합니다. 하늘 제사 때 춤을 추었던 흰 단군과 검은 단군, 불그네라는 큰마누라님의 계집종도 불러야 합니다. 검은 단군이 올 수 있을지는 모르겠습니다만."

"너도 무기를 버리겠지?"

"물론이오이다. 제 말이 틀리면 저를 벌주십시오. 맞다면 제가 말한 자를 벌주십시오. 물론 한웅님은 아니시옵니다. 아무 잘못도 없으십니다."

고시울률이 의아한 듯 치우천을 바라보았다. 치우천은 못 박듯이 단호히 말했다.

"한웅님이 잘못하셨다면 누가 죄를 물을 수 있겠습니까? 지금 이 일은 한웅님과 저, 고시울률님의 다툼처럼 보입니다. 그러나 저는 방금 깨달았습니다. 이 다툼을 꾸미고 부추긴 자는 따로 있습니다. 그들을 잡아 따져 보면 못된 꾀가 밝혀질 것입니다."

"무슨 꾀 말이냐?"

치우천은 어이가 없다는 듯 한숨을 쉬며 대답했다.

"주신을 통째로 말아먹는 꾀 말입니다."

그림자의 정체

자묵자(子墨子)*께서 말씀하셨다.
"지금 천하의 군자들이 진실로 도를 따르고 백성을 이롭게 하며
인의의 근본을 살피려 한다면 하늘의 뜻을 따라야 한다."
하늘의 뜻을 꼭 따라야 한다면, 하늘은 무엇을 바라고 무엇을 미워할 것인가?
자묵자께서 말씀하셨다.
"하늘의 뜻은 큰 나라가 작은 나라를 치는 것을 바라시지 않고,
큰 집이 작은 집을 어지럽게 하는 것을 바라시지 않는다. 강자가 약자를 위협하는 것,
다수가 소수를 몰아붙이는 것, 간사한 자가 어리석은 자를 속이는 것,
귀한 자가 천한 자에게 오만한 것 등은 모두 하늘이 바라시는 바가 아니다."
―『묵자(墨子)』,「천지(天志)」중편에서

다른 사람들은 무기를 내려놓고 비렴 혼자만 칼을 차고 있었다. 아침 나절이었으나 문과 창문을 닫았기에 방 안은 꽤 어두웠다. 방에는 정신을 잃은 듯이 보이는 사와라 한웅과 비렴, 부소구슬과 부루버들, 치우가람과 치우바람, 부루위단과 고시울률, 그리고 거서기, 삼, 도단이가 있었고 부름을 받고 달려온 흰 단군과 불그네가 있었다. 검은 단군은 비울걸이 잡아서 어디다 가두었는지 오지 않았다.

우사 병예가 솟대에서 데리고 온 늙은 단군이 한웅의 상태를 살폈다. 아무도 입을 열지 않아 방 안에는 적막함만이 감돌았다. 늙은 단군은 가져온 보따리를 한참 뒤지더니 작은 토기 병을 꺼내 안에 든 것을 한웅에

---

* 묵자의 이름은 묵적(墨翟)이라는 설이 유력한데 그는 저서에서 '자묵자'라는 이름을 사용했다.

게 먹인 뒤에 입을 열었다.

"뱀과 벌레에서 뽑은 강한 독입니다. 다행히 얼마 드시지 않아 크게 위험하시지는 않을 듯합니다. 잘 듣는 약초 즙을 드시게 했으니 큰 염려 하지 않으셔도 될 것이옵니다……."

치우천이 나지막한 목소리로 물었다.

"다른 독의 느낌은 없습니까?"

"무슨 말인가?"

"천천히 몸을 망가뜨리지만 흔적이 남지 않는 독 말입니다."

솟대 단군이 머뭇거리자 치우천은 알았다는 듯이 고개를 끄덕이면서 계속 한웅의 상태를 지켜봐 달라고 말했다.

먼저 비렴이 근엄한 목소리로 입을 열었다.

"주신의 풍백 비렴이 말하오. 저는 한웅님을 뫼시지만, 안파견 한님 께 맹세하건대, 옳은 일만을 따르오. 삼사의 권한으로 내가 판단을 내리 겠소."

삼사는 경우에 따라서 한웅의 잘못을 말할 권한이 있는 유일한 직책 이었다. 비렴은 말을 이었다.

"먼저 치우천의 이야기를 들을 것이고, 그에 반대되는 이야기도 들을 것이오. 원래대로면 제가 함부로 이리할 수 없는 분들도 계시지만 지금 이 문제는 너무도 심각하니 제 말을 따라 주시기를 바라오. 이 자리에서 는 지나간 그 어떤 비밀도 숨기지 말고 털어놓아야 하며, 여기서 나온 이 야기는 절대 밖으로 나가서는 아니 되오. 이참에 모든 것을 밝히지 않으 면 아니 되니, 부끄러운 이야기나 옛날의 죄 역시 숨기지 말고 밝혀야 할 것이오. 저는 이 일의 판정을 내리는 것 말고는 어떤 것도 남에게 말하지 않을 것이오. 여러분 모두 사실대로 말할 것을 맹세했으면 합니다."

비렴이 먼저 안파견 한님의 이름으로 맹세를 시작하자 한 사람씩 걱정스럽고 불안한 눈빛으로 저마다 맹세를 했다. 비렴은 사울아비들에게 나머지 사람들이 밖으로 나가지 못하도록 감시하라 명령한 뒤에 치우천만 데리고 외진 방 한곳에 자리를 잡았다.

"이야기해 보아라."

치우천은 천천히 숨을 내쉬고는 말문을 열었다.

"제가 말씀드리는 것은 제 나름대로 이것저것 아귀를 맞춘 이야기입니다. 말하다 보면 높은 분들의 좋지 못한 이야기가 나올지도 모릅니다. 이해해 주십시오."

"이를 말이냐. 너 역시 숨김없이 말해야 할 것이다. 나를 믿어라."

"비렴님 말고는 이야기할 수도, 뒷일을 부탁할 수도 없습니다. 비렴님이 계셔서 다행입니다."

"치우천, 나는 너를 좋은 녀석이라 생각한다. 허나 지금은 참 지긋지긋하고 싫은 녀석이기도 하다. 네 주변에는 항상 말썽이 벌어지고 문제가 생기니 말이다. 내가 너를 믿고, 네 말을 믿는 것은 네가 좋아서가 아니다. 아무리 내용이 엄청나더라도 네 생각이 가장 깊고, 네가 말하는 것이 앞뒤가 맞으며, 진실에 가깝기에 네 말을 듣고, 믿는 것이니라. 거짓을 말하면 언제든 너를 내칠 수 있다. 알겠느냐?"

비렴이 날카롭게 쳐다보며 말하자 치우천은 흡족하게 미소를 지으며 고개를 끄덕였다.

"그러신 분이니 제가 더 믿고 말할 수 있습니다."

비렴의 빛나는 눈을 보며 치우천은 이야기를 하기 시작했다.

"스물여섯 해 전, 비렴님은 식인종인 가리족을 토벌하러 나갔습니다. 비렴님과 함께 나선 동맹 부족들은 가리족을 물리치고 전멸시켰다고 생각했지요. 그런데 그때 거의 몰락한 가리족을 번개범이 사는 구름골로 몰아넣은 사람이 있었습니다. 그 사람은 치우괄괄님이었고, 한웅의 표식을 지니고 있었습니다. 치우괄괄님은 천부인의 상징이 새겨진 구리 물건을 그들에게 주어 팔아 쓰게 만들었습니다. 그것은 사와라 한웅님이 직접 시키신 일이 아니라 큰마누라님이 시키신 일이었습니다. 나중에 확인해 보시면 분명해질 것이오나 워낙 마음의 상처를 입을 수 있는 일들이니 조심해서 다루어 주십시오."

"걱정 말고 말해 보아라."

치우천은 번개범과 부소구슬의 이야기부터 하기 시작했다.

부소구슬이 처음 번개범과 가리족을 기르기 시작한 이유는 한웅에 대한 증오심이었다. 두 번째 부인을 얻은 사와라 한웅에 대한 그녀의 반감의 표현이었는지도 모른다. 그러나 부소구슬은 몇 년 지나지 않아 그 일을 그만두었다. 열여덟 해 전에 그 일을 해 주던 치우괄괄이 중풍으로 쓰러졌고, 그다음 네 해 동안 치우 집안의 다른 사람을 시켰으나 종내는 그만두고 말았다. 번개범을 키우기가 힘겨웠을 뿐만 아니라 자신도 늙어서 일을 벌이기보다는 조용히 지내는 것이 좋을 듯했기 때문이다. 가리족은 물건이 오지 않자 혼란에 빠졌으나, 두 해가 지나자 새로운 사람이 왔다. 즉 열두 해 전이며 치우천의 어머니 미리내가 구름골에서 아홉 구비를 얻은 뒤 최후를 맞은 해였다.

"어젯밤, 마누라님은 잡혔던 저를 신시 밖으로 내보내려 했습니다. 그때 번개범을 부린 것은 마누라님이라고 말씀하셨지요. 그것은 사실과 다릅니다."

"다르다니?"

"마누라님은 번개범이 제 어머님을 해친 것으로 알고 계십니다. 하지만 저는 그때 어머님의 상처를 직접 보았고, 나중에 번개범과 직접 맞닥뜨려도 보았습니다. 비렴님도 아시겠지만 번개범은 보통 호랑이 크기가 아닙니다. 산더미만 한 크기이지요. 제 아우는 덩치가 큰데도 그놈의 눈꺼풀에 끼어 죽을 뻔한 적도 있습니다. 그렇게 큰 번개범이 낸 상처라 보기에는 너무도 작았지요. 제 어머님은 사람이 해쳤습니다. 그것도 가리족 같은 야만족이 아니라 예리한 구리 무기를 가진 사람이지요. 마누라님은 그런 세세한 것까지는 모르고 그냥 말씀하신 것이겠지요. 누군가의 꾐에 넘어갔든지 협박을 받아서 말입니다."

"그게 누구란 말이냐?"

"마누라님 말고, 나중에 번개범을 부릴 생각을 한 사람입니다. 그 사람은 번개범을 얻게 되자 비밀을 유지하려고 주변에 지키는 사람을 두었겠지요. 어머님은 그 사람들에게 죽음을 당한 것입니다. 마누라님은 자신이 그런 것과 다름없다 생각하시고 아직까지도 슬퍼하시지만 말입니다."

"흠……."

"예전에 저는 그 사람을 그림자라고 불렀습니다. 드러나지 않는 사람이라서 말입니다. 뭐, 판단은 비렴님이 하실 것이니 저는 이야기나 계속하겠습니다. 일곱 해 전, 태산 회의가 열렸을 때 번개범이 나타나 한웅님의 행차를 습격했습니다. 저는 후에 번개범과 이야기를 할 기회가 있었고, 다시 제 벗 하나가 구름골을 찾아가 번개범에게 들은 이야기를 모아 왔는데, 그때 그 일을 시킨 것은 한웅님의 천부인 표식을 지니고 있는 주신 사람이었다고 합니다."

"천부인 표식이라! 그건 한웅님 말고는……."

"아니, 한 분 더 계십니다. 마누라님도 계시지 않습니까?"

"그건 그렇다만…… 마누라님은 번개범에서 손을 떼셨지 않느냐?"

치우천은 빙긋 웃었다.

"그림자가 마누라님을 협박했다면 얻을 수 있을 것입니다."

"뭐로 마누라님을 협박했을까?"

"예전에 번개범을 기른 사실로 그리했겠지요. 마누라님이 한웅님께 맞서기 위해 번개범을 기르기 시작한 것은 분명하니까요."

비렴의 이마에서 땀이 한 방울 흘러내렸다.

"이것은 예사로운 이야기가 아니다. 너, 네 말에 책임을 질 수 있겠느냐?"

치우천은 살짝 웃어 보이며 고개를 끄덕였다.

"아까도 말씀드렸다시피 마누라님께 직접 들은 말입니다."

"어젯밤에 말이냐?"

치우천은 비렴에게 부소구슬, 고시울률과 나누었던 이야기를 들려주었다. 비렴은 갈수록 막막해지는 것 같았다.

"허…… 이것 보통 일이 아니구나."

치우천은 웃음을 거두고 다소 심각한 얼굴이 되어 비렴의 표정을 살폈다.

"이제 누가 그림자인 줄 아실 만도 합니다만……."

비렴은 눈썹을 찡그리며 아랫입술을 깨물었다.

"복잡하구나. 여러 사람이 벌인 일들이 서로 얽힌 것 같다. 마누라님도 계시고 한웅님도 계시고 고시울률에 치우가람, 부루버들까지……."

치우천은 생각을 고르다가 느닷없이 말했다.

"지나족도 이 일에 끼어 있습니다."

"지나족?"

"그렇습니다. 유망은 공상 싸움에서 정보를 얻었습니다. 그리고 예전에 유망 스스로 주신에서 정보를 얻고 사람들과 결탁하는 일은 그만두겠다고 말하기까지 했습니다."

"유망이라…… 유망이라……."

"그리고 짐작입니다만, 헌원도 끼어든 듯합니다."

"헌원이? 어째서?"

"잊지 마셔야 할 것이 있는데, 태산 회의 때 한웅님은 번개범에게만 당한 것이 아니라 늑대와 소 떼에게도 습격을 받으셨습니다. 굳이 말하자면 늑대겠지요. 늑대가 소 떼를 몰아붙였으니까요."

"그런데 그것이 어째서?"

"헌원의 부하 중 비휴라는 사람이 있습니다. 늑대를 마음대로 부리는 기인입니다. 예전 카린에서 저는 헌원에게 비휴가 그 일에 끼었냐고 직접 물었는데, 헌원은 '비휴는 간 적이 없다'고만 했습니다."

"헌원이 거짓말을 한 것은 아닐까?"

치우천은 고개를 저었다.

"헌원은 거짓말을 하는 사람이 아닙니다."

"그럼 헌원은 관련이 없잖느냐?"

치우천은 슬며시 웃었다.

"저도 처음엔 그런 줄 알았는데 그렇게 보지 않을 수도 있더군요. 나중에 저는 몇 번인가 본의 아니게 거짓말을 해야 할 일이 생겼습니다. 그때 저는 이렇게 생각했죠. '거짓말 같은 것은 하늘의 노여움을 사니 절대로 할 수 없다. 더구나 거짓말을 하는 것은 내 스스로의 가치를 떨어뜨리는 일이다. 그러니 할 수 없다'고요."

비렴은 어이가 없다는 듯 허, 하고 웃었다.

"누가 그렇게 생각하지 않겠느냐?"

"그래서 저는 이렇게 생각했습니다. '거짓말을 하지 않더라도, 상대가 다르게 생각하도록 말하면 그만이다.' 그렇게 했더니, 마음도 편하고 거짓말을 한 것과 다를 바 없었습니다. 물론 좋은 일은 아닙니다만 적어도 하늘이 벌을 주지는 않을 것 같더군요."

말을 듣다가 비렴은 눈치를 챘다.

"그럼 헌원도……?"

"그렇습니다. 비휴가 직접 그리 간 것은 아닐 겁니다. 허나 비휴가 가르친 사람이나 부하가 갈 수도 있고, 늑대들만 풀 수도 있습니다. 헌원은 결코 '자기가 하지 않았다'고는 말하지 않았습니다. 비휴가 가지 않았다고만 했죠. 그렇게 많은 늑대를 다룰 수 있는 사람은 비휴밖에 없습니다. 그리고 천 마리가 넘는 소를 풀어서 그런 일을 꾸밀 만큼 재산이 많은 사람도 몇 안 됩니다."

"그럼 헌원도 한웅님을 해치려 했단 거냐? 어째서? 사와라 한웅님은 헌원을 지나족의 지배자로 올려 준 은인이 아니더냐?"

치우천은 쓴웃음을 지었다.

"헌원은 그런 은덕 하나로 감지덕지할 인물이 아닙니다. 그때 한웅님께 변고가 생겼다면 누가 한웅이 되었겠습니까?"

"고시울률님이겠지."

"그러면 주신이 잘 돌아갔겠습니까?"

비렴은 한숨을 쉬었다. 치우천은 이어서 말했다.

"제가 보기에 우리 주신 입장에서는 헌원이 가장 위험한 사람입니다. 유망도 위험하나 헌원에 비할 바가 못 됩니다. 유망은 잦은 싸움으로 힘을 많이 썼지만 헌원은 애당초 유망 쪽에 발길을 끊고 오랫동안 힘을 쌓아 왔습니다. 유망이 주신을 한 번쯤 이겨 보려 하는 사람이라면, 헌원은 주신을 통째로 먹으려는 사람입니다. 온 세상을 자기 손에 넣기 위해서라면 헌원은 무슨 짓이라도 할 것입니다. 주신이 흔들릴 만한 기회가 생긴다면 어떤 일이든 마다할 리 없습니다."

비렴은 고개를 설레설레 저으며 물었다.

"너는 어찌 헌원 이야기만 나오면 흥분하는 게냐? 지나치지 않으냐?"

"세상에 헌원의 마음속을 들여다볼 수 있는 것은 저뿐입니다. 유망도 위험하고 그림자도 위험하지만, 주신을 가장 위협하는 것은 헌원입니다!"

치우천이 답답한 듯 약간 목소리를 높였으나 비렴은 당부하듯이 되받았다.

"헌원이 그런 꿍꿍이가 있더라도 아직 일을 벌이지 않았다. 누구에게도 꼬투리를 잡히지 않은 이상 아무도 네 말을 믿지 않을 것이다. 믿는다 해도 어떻게 손을 쓸 수 없지 않느냐? 지금은 다른 중요한 이야기가 많으니 그 이야기는 그만하자. 원래의 이야기부터 결론을 내자. 그럼 번개범을 부려 한웅님을 습격한 것은 그림자라는 말인데……."

비렴이 차분하고도 진중하게 말하자 치우천도 애써 흥분을 가라앉히고 말했다.

"그렇습니다. 유망도 관련이 있을 것입니다. 거기에 헌원이 끼어들었는데, 헌원은 유망님의 계획이 만에 하나 실패할 것을 대비하여 두 번째 함정을 덧붙인 것이 틀림없습니다."

"뭐하러 그렇게 복잡한 짓을?"

"헌원은 신중한 사람입니다. 성공하건 실패하건, 자신이 그런 일을 벌였다고는 아무도 생각 못하게 일을 꾸밀 사람입니다. 유망의 계획이 성공하면 좋고, 실패할 경우 두 번째 계획을 밀면 한웅님을 위험에 빠뜨릴 수 있다고 생각했을 겁니다. 번개범이 강하다고는 하나 한웅님 옆에는 주신 삼사와 많은 사울아비들이 있습니다. 실패하기 쉽다고 여겼겠지요. 사실 그때를 돌이켜 보면, 번개범이 사납게 날뛰었어도 한웅님께는 조금도 피해를 주지 못했습니다. 한웅님이 정말 위험했던 건 두 번째 습격이었습니다."

"그건…… 그렇구나……."

"더구나 두 번째 습격으로 한웅님을 해치게 된다 해도, 사람들은 오히려 첫 번째 범인을 찾는 데 더 힘을 쓸 것이 분명합니다. 본 사람이 많을뿐더러 신수까지 나타났기 때문입니다. 두 번째 계획도 당연히 첫 번째 계획을 세운 자가 신중하게 파 놓은 함정이라 생각하기 쉽겠지요. 저는 헌원과 몇 차례 겨루었지만, 헌원은 한 가지 수에 모든 것을 거는 계획을 짜지 않습니다. 몇 배로 많은 사람을 쓰고, 몇 배로 많은 함정을 파는 사람입니다."

"헌원 문제는 나중에 이야기하기로 하고, 우리 문제로 돌아가자꾸나. 그러면 그림자는 누구란 말이냐?"

치우천은 눈을 크게 뜨고 되물었다.

"짐작이 가지 않으십니까?"

"한웅님은 아니겠지?"

치우천은 고개를 가로 저으며 한숨을 쉬었다.

"한웅님이야말로 가장 크게 속고 계신 분입니다. 그러니 일이 어려워졌지요. 그림자는 모든 책임을 한웅님이 뒤집어쓰도록 함정을 팠습니다. 우리는 일의 일부를 알아내도 한웅님을 탓할 수도 없고, 한웅님은 그림자의 존재를 모르니까요. 아니, 믿지 않으려 하시는지도 모르지요."

"믿지 않으려 하시다니?"

"한웅님은 나이가 많으십니다. 물론 나이가 많다고 아이를 보지 못하란 법은 없습니다만 한웅님은 아주 오랫동안 병으로 고생하셨습니다. 더구나 독까지 드셨습니다. 그런 분이 과연 아이를 낳을 수 있을까요?"

"나도 믿어지지 않는다. 허나 한웅님 스스로 자기 자식이라 하시는데……."

치우천은 침울한 표정으로 천천히, 힘주어 말했다.

"비렴님, 예전 일을 생각해 보십시오. 제가 사막에 버려진 일 말입니다. 한웅님은 남자로서의 자존심을 중요하게 여기는 분이십니다. 저는 그때 한웅님의 목숨을 구했으면서도 소녀 사건 때문에 한웅님의 자존심을 건드려 사막에 버려졌습니다. 외람된 말씀입니다만, 일단 모든 일을 함께 생각해 보아도 되겠습니까?"

"그래라. 다만 다른 사람에게 함부로 입을 놀려서는 아니 된다."

"알겠사옵니다. 자, 한웅님께서 예뻐하시는 부루버들님에게 아들이 생겼다 들었을 때, 한웅님은 어찌하셨겠습니까? 아마 우리 못지않게 한웅님 스스로 의심하셨을 것입니다. 허나 전혀 증거가 없고, 아이를 보고 예쁘다는 마음이 드셨을지도 모릅니다. 한웅님은 외로우신 분이었으니까요. 고시 집안분이시지만 고시울률님과는 사이가 좋지 않았습니다. 게다가 한웅님은 가까운 일가붙이가 없습니다. 그렇게 외롭고 나이 많은 분에게 귀여운 아들이 태어났다고 하니 그 마음이 어떻겠습니까? 나이 많은 분일수록 아기를 좋아합니다. 한웅님 스스로도 처음에는 믿지 않으려 하셨겠지만 결국 아기를 예쁘게 되었을 것입니다. 그리고 이렇게 생각하셨을지도 모르지요. '누가 뭐라든 이 아기는 내 아이다. 이 아이의 아버지를 의심하는 놈은 용서치 않을 것이다. 그보다 더 큰 망신이 어디 있는가? 내가 정을 주고, 내가 내 아들로 삼으면 그뿐 아닌가? 이 아기는 내 아이다!' 하고 말이죠……."

단숨에 말을 끝낸 치우천은 길게 한숨을 쉬었다. 비렴은 쓴웃음을 지으며 말했다.

"나는 한웅님 곁에서 수십 년을 보냈는데, 네가 한웅님 성격을 더 잘 아는구나."

"한웅님 생각에 목숨이 달려 있으니 한웅님에 대해 생각을 많이 하게 되는 것은 당연한 일입니다."

치우천은 머리를 긁적이며 덧붙였다.

"물론 그러한 한웅님의 뜻을 받들 수도 있습니다. 한웅님의 피를 이

어받았는지 아닌지 분명치 않더라도 한웅님이 그렇다 하시면 별 문제가 없지 않겠습니까? 그러나 한웅님이 돌아가시고 나서를 생각하면……그럴 수 없습니다. 사와라 한웅님이 돌아가시고 그 아이가 한웅이 되어도 여전히 부루버들님이 있으며, 그림자도 뒤에 있습니다. 사와라 한웅님은 고시 집안의 두 번째 한웅님이시니 아드님까지는 한웅이 되실 수 있잖습니까?

고시울률님도 되실 수 있습니다만, 고시울률님이나 다른 사람이 없다면 당연히 부루버들님의 아버지인 부루위단님이 권세를 쥐겠지요. 아이가 철없는 동안에는 물론이고, 철이 들어도 여전히 부루버들님의 손아귀와 그림자의 손아귀에서 벗어나지 못합니다. 아이는 그들 손에서 자랄 테니까요. 결국 그러면…… 주신은 그림자의 손에 들어갑니다.

더 큰 문제는, 그러기 위해 주신의 힘을 다 떼어 팔아먹을 것 같다는 점입니다. 그림자는 자신의 능력을 과신하고 있습니다. 못된 음모를 꾸미는 데는 제일이겠지만 그가 그 밖에 다른 많은 능력을 가지고 있다고는 믿기 어렵습니다. 그러면 그게 사람입니까? 하하, 결국 과거 그림자의 약점을 아는 지나족에게 땅을 떼어 주거나, 다른 부족과 발길을 끊어 결국 지나족 세상이 되겠지요. 참…… 뭐라 말하기조차 힘듭니다만……."

"그럼 부루위단이 그림자란 말이냐?"

"부루위단은 그림자의 손에서 놀아나는 사람일 뿐입니다."

"그럼? 네 생각이 지나친 것은 아니냐?"

"지나치지 않습니다. 지나치지 않을뿐더러 더 나쁠 수도 있습니다. 헌원이나 유망이 당장 이 혼란을 틈타 쳐들어온다면 누가 막겠습니까? 제가 죽으면 제 아우나 다른 부족들이 가만있지 않을 것이며, 고시울률님이 돌아가셔도 동쪽 땅은 반란에 휩싸일 겁니다. 신시를 함락시킬 만한 사람은 없을지도 모르지만 주신은 그날로 힘을 잃고 서서히 망해 가기 시작할 겁니다. 그림자 한 사람의 욕심 때문에 말입니다. 하나도 지나치지 않습니다……."

비렴은 심각한 표정으로 말했다.

"그림자는 결국 한웅님의 아드님이라는…… 그 아이의 아버지란 뜻이겠지?"

치우천은 한숨을 내쉬며 고개를 끄덕였다.

"맞습니다. 바로 그 점을 이용하여 한웅님의 마음에 못된 생각을 심어 주었을 것입니다. 뭐, 부루버들을 시켜 '이 아이의 앞날이 캄캄하다'라고 두어 번 울며 매달리게 했을지 모르죠. 한웅님은 자연히 아이를 지키려고 고시울률님과 저를 없앨 계획을 꾸미셨을 것입니다. 한웅님이 누구의 말을 듣고 움직이는 분은 아니지 않습니까? 그러면 누가 한웅님 스스로 움직이도록 부추겨야 하겠지요. 무서운 계략입니다."

"짐작이 간다만…… 나는 믿을 수 없다. 도저히 믿을 수 없구나."

괴로운 듯 비렴의 미간에 깊은 주름이 잡혔으나 치우천은 냉정하게 잘라 말했다.

"모든 일이 하나로 얽혀 있습니다. 많은 사람이 얽이어 있고, 저마다 벌인 일들이 많아서 알아내기 어렵습니다만, 그림자는 모두의 뒤에 있었습니다. 결국 그의 목적을 생각해 보면, 주신을 자기 손에 넣겠다는 생각, 오로지 그 하나뿐이었습니다. 고약하고도 대단한 놈입니다."

치우천은 처연한 표정으로 위를 올려다보았다. 옛 생각이 떠오르자 눈물이 날 것 같았다.

"처음에는 저도 그런 줄 모르고 많은 세월을 헤매었습니다. 그림자는 제 어머님을 해쳤으며 지나족과 내통했고 한웅님을 위험에 빠뜨린 일들의 뒤에 있습니다. 그가 바라고 한 짓도 있고 모르고 한 짓도 있겠습니다만…… 다른 것은 뒤로 한다 해도 한웅님의 마누라와 정을 통해 아이를 낳고 그 아이를 조종하려는 음모를 꾸민 것만으로도 용서받을 수 없습니다. 아무리 죄를 줄인다 해도 그 책임은 그가 져야 합니다……."

"대체 그가 누구라고 생각하느냐? 나는 통 헷갈리느니."

"일이 복잡합니다만 이렇게 생각해 보십시오. 그림자는 첫째로는 지나족과 내통한 자이며, 주신의 일을 잘 알고 수작을 부릴 수 있는 사람입니다. 신시에 있는 사람이겠지요."

"그렇겠지."

"두 번째로, 저나 고시울률님 같은, 힘 있는 주신 사람을 몰아낼 목적을 지닌 사람입니다."

"그도 그렇다."

"여기까지는 전에 생각했습니다만, 답이 나오지 않았습니다. 허나 어제와 오늘 사이에 마누라님을 만나 뵙고 고시울률님과 이야기를 나누었으며, 마지막으로 한웅님을 뵙게 된 뒤에 깨닫게 되었습니다. 세 번째로, 그림자는 마누라님이 번개범을 부리는 것을 알고 있었으며, 번개범을 직접 조종하거나 그것으로 마누라님을 협박할 수 있는 사람이어야 합니다. 이 역시 신시에서 상당히 높은 지위에 있는 사람이 아니고서는 안 됩니다."

"그도 그렇다."

"네 번째, 그림자는 부루버들님과 가깝고 자주 만날 수 있는 사람입니다."

"그것도……."

치우천은 살짝 실없이 웃어 보이며 말했다.

"그리고 그림자는 어느 정도 젊은 사람이어야 할 것입니다."

"음? 그건 어째서냐?"

"대단히 송구스러운 이야기입니다만…… 부루버들님과 가까워지려면…… 늙은 사람이면 곤란하지 않겠습니까?"

"허…… 그러하면 누구란 말이냐?"

비렴이 놀란 표정을 짓자 치우천은 주저하지 않고 단숨에 말했다.

"모든 것을 만족시키는 사람은 단 한 명뿐입니다. 바로…… 치우가람입니다!"

새로운 시작

날개가 있는데 만리 창공 어딘들 날아오를 수 없겠는가?
그런데도 나방은 스스로 불에 몸을 던져 자신을 태운다.
맑은 물과 푸른 풀이 있는데 어찌 먹을 것이 없겠는가?
그런데도 올빼미는 한사코 썩은 쥐만을 파먹는다.
아! 세상에 나방이나 올빼미가 아닌 사람이 몇이나 되겠는가?
—『채근담(菜根譚)』에서

"설마…… 그 말이 사실이냐? 하지만 나는 이해가 되질 않는구나."

비렴이 쉽게 납득하지 못하자 치우천은 설명을 했다.

"첫 번째와 네 번째부터 풀어 보겠습니다. 태산 회의에서 저는 유망의 막사에 잡혀 있었는데, 소녀의 도움을 받아 연락을 하려 했죠. 그때 제 아우가 소녀와 솟대 밑에서 만났는데, 개 백 마리를 들먹이는 사울아비 기술을 지닌 녀석과 싸웠습니다. 치우가람 같았습니다만 그때는 확실히 밝혀내지 못했습니다."

"그렇지. 증거가 없었지."

"중요한 것은 따로 있습니다. 그때 그 사실을 한웅님께 말한 사람은 부루버들입니다. 그 말을 전한 사람이 치우가람이든 아니든, 그림자는 태산 회의부터 부루버들님과도 가까웠다는 뜻이지요. 이 점이 대단히 중요합니다."

"부루버들님과 치우가람이 얽혀 있다는 증거가 되어서? 허나 그때 솟대 밑에 나온 녀석이 치우가람이라는 증거가 없다."

"치우가람 말고 누가 있습니까? 부루버들님과 치우가람이 가깝지 않았으면 그 말이 한웅님께 전해질 리 없습니다. 솟대 밑에서 만난 녀석이 치우가람이 아니라 다른 녀석이었으면 부루버들님을 뵐 수가 없었을 것입니다. 그러면 부루버들님이 어떻게 제 아우와 소녀가 솟대 밑에서 만났다는 것을 알 수 있단 말입니까? 그 말은 한웅님을 죽이려 한 음모에 치우가람과 부루버들님이 얽혀 있다는 증거입니다. 물증은 없지만, 그게 아니고서는 말이 되지 않습니다."

"그때부터 치우가람과 부루버들님이 가까웠다는 말인가?"

"분명합니다. 녀석이 제 아우의 눈에 띄어 겨루기까지 했는데, 그런 일을 나불거리고 다닐 이유가 없지 않습니까? 가까운 사람이나 일을 같이 꾸미는 사람 아니고는 이야기할 턱이 없습니다. 그때는 사막에 버려지게 된 터라 저도 제대로 일을 깨닫지 못했습니다만……."

비렴은 골치 아픈 생각을 하는 듯 눈을 가늘게 떴다. 치우천은 마치 그 생각에 덧붙이듯 말했다.

"치우가람은 젊고, 여자들의 눈을 끌게 생겼습니다. 더구나 하늘 군대의 사울아비 큰스승 자리를 맡아서 한웅님의 집을 지키고 있습니다. 그렇다면 한웅님의 집에 있는 부루버들님과 누가 만날 수 있겠습니까?"

치우천은 슬쩍 비렴의 눈치를 살피며 약간 짓궂은 말투로 말을 이었다.

"죄송한 말씀입니다만, 저는 비렴님이 그림자가 아닐까도 의심해 본 적이 있었습니다. 고시울률님을 의심한 적도 있고 솟대 단군을 의심하기도 했습니다. 심지어는 제 아버님을 의심하기까지 했습니다. 허나 다들 부루버들님의 눈에 들기에는 나이가 드셨더군요. 수염이 길게 자라신 분들 아닙니까?"

비렴은 비로소 맥없이 웃음을 터뜨렸다.

"허 참…… 나야 당연히 생각해 보았겠지만 네 아버님까지 의심했느냐?"

"의심한 것이 아니라 의심하려고 애써 본 것입니다만."

"과연. 계속해 보거라."

"허나 어제 부루버들님에게 아이가 있다는 것을 알게 되자 모든 것이 명백해졌습니다. 부루버들님은 나이 많은 한웅님을 모십니다. 그렇기에…… 죄송한 말입니다만, 바람을 피운다면 나이가 많은 사람은 거들떠보기도 싫었을 것입니다. 그렇지 않습니까? 그렇지 않더라도 다른 분들은 부루버들님과 가까이 지낼 수가 없습니다.

한웅님의 집을 지키는 사울아비들도 부루버들님 거처에는 가까이 들어갈 수 없습니다. 그 부근은 사나운 여자 종들이 빽빽하게 지키지요? 어떤 남자가 그곳에 들어갈 수 있겠습니까? 한웅님 말고는 딱 두 사람, 부루버들님의 아버지인 부루위단과 한웅님의 집을 지키는 치우가람만 들어갈 수 있습니다. 마누라님의 종인 불그네의 말로도 부루버들의 말을 전하러 온 사람은 부루위단이 아니면 치우가람이었다고 합니다. 그리고 부루버들님이 몇 달 넘게 밖에 나오질 않았다는 이야기도 들었지요. 별것 아닌 이야기였지만 거기서 이번 일이 풀리기 시작했습니다. 여자가 몇 달이나 바깥출입을 못하는 이유는…… 아무래도 아이를 가졌기 때문이 아닐까 싶었죠."

비렴은 크게 고개를 끄덕이며 말했다.

"좋다. 치우가람을 문초하면 알 수 있겠지. 그래도 그것으로는 부족하다. 그저 치우가람이 부루버들님과 바람을 피운 증거밖에는 나오질 않는다. 네가 말한 그림자라는 것이 분명해지려면 더 그럴듯한 증거가 필요하지 않겠느냐? 그렇다고 한웅님이 아이를 낳을 수 있나 없나 따질 수도 없는 노릇 아니냐?"

치우천은 조목조목 따져 말했다.

"치우가람 놈은 분명 주신을 말아먹으려 했습니다. 놈이 나이가 어렸고, 생각 또한 자주 바뀌었기 때문에 정체를 알아내기가 쉽지 않았습니다. 너무 많은 짓을 저질렀고, 지위도 그리 높은 편이 아닌데다가 고시울률님의 밑에 웅크리고 있어서 설마 했던 겁니다. 허나 그놈은 그때그때 필요에 따라 움직였을 뿐입니다. 치우 집안의 웃뜸 격이 되었을 때 번개범의 비밀을 치우괄괄 아저씨에게서라도 전해 들었겠지요. 그때부터 놈은 야심을 가졌을 겁니다."

"어찌 그것까지 짐작할 수 있느냐?"

"저는 그 녀석과 같이 자란 셈입니다. 마음에 감춘 것이라면 몰라도 놈의 사람됨은 미루어 알 수 있지요."

"하지만 말이다……"

비렴은 신중하게 말을 이었다.

"네 말대로라면 번개범을 손에 넣은 것이 그림자라고 했고, 그림자는 치우가람이겠지?"

"그렇습니다."

"그때 치우가람은 어렸잖느냐?"

"제가 지금 스물넷이니 그는 지금 스물일곱일 겁니다. 열두 해 전이라면 열다섯 살이겠지요."

"그래, 맞다. 열다섯 살이다. 그 나이에 번개범을 부린다고? 그건……"

비렴이 이의를 제기했으나 치우천은 고개를 저었다.

"그래서 더 말이 됩니다. 그는 그때 치우괄괄 아저씨가 맡으셨던 웃뜸 자리를 물려받고 큰 재산을 가지고 있었습니다. 그리고 치우괄괄 아저씨는 마누라님의 명령을 받고 비밀리에 번개범을 다루었습니다. 그 일을 다른 누구에게 말했겠습니까? 치우괄괄님의 성격으로 남에게 그런 비밀을 말할 분은 아닙니다. 허나 치우가람만은 알 수 있었겠지요.

열다섯 살이면 어리기는 합니다만, 세상일을 전혀 모를 나이는 아닙니다. 꾀 많고 호기심 많은 치우가람 녀석이라면 그런 재미있는 일을 놓칠 리 없었겠지요. 엄청나게 많은 종을 부리게 되고, 엄청나게 많은 재산을 가지게 된 열다섯 살짜리 꼬마야말로 그런 짓을 하기에 딱 알맞습니다."

"그건 참……."

비렴은 믿기 힘든 듯했으나 치우천은 신랄하게 파고들었다.

"구름골에 신수가 있습니다. 치우가람은 신수를 부리는 자들을 아버지가 손에 쥐고 있다는 걸 알아냈습니다. 얼마나 입맛 당기는 일이었겠습니까? 번개범을 손에 넣으면 세상이 자기 것이 되리라는 망상에 사로잡혔을 것입니다. 그래서 그는 천부인이 새겨진 물건을 가지고 가서 가리족을 계속 부리려고 했을 것입니다. 주변에 지키는 사람까지 두고 말입니다. 가리족을 부릴 물건이 모자라면 마누라님을 은근히 찾아가 얻어냈는지도 모릅니다. 그 점은 비렴님이 마누라님께 물으시면 확인하실 수 있을 것입니다."

"그래서?"

"헌데 문제가 생겼습니다. 누가 구름골에 들어가서 번개범을 만났고, 그곳을 지키던 사람들이 그 사람을 죽였습니다. 바로…… 제 어머님 말입니다……."

치우천은 침통하게 말했다.

"그때부터 치우가람 놈은 이유 없이 저희 형제를 괴롭히기 시작했던 것 같습니다. 그전부터도 탐탁지는 않았겠지만 죽이지 못해 안달할 지경은 아니었습니다. 처음부터 그들 형제를 미워한 것은 아닙니다. 우리는 어릴 적부터 같이 놀며 자랐습니다. 그런데 놈들이 우리를 미워하자 우리도 놈들을 미워하게 되었지요. 돌이켜보니…… 그때부터 그놈이 변했던 것 같습니다. 그 후로 우리를 못살게 굴고 쫓아내려 했으며 심지어 죽이려고까지 했습니다. 아마…… 아마도 제 어머니를 자기가 죽인 셈이라는 생각 때문에 그리했는지도 모릅니다. 아아…… 그렇게 따지고 보면 고시울률님과 우리가 갈라서게 된 것도 그놈의 농간이 아니라고는 못하겠지요. 그때 놈은 고시울률님의 밑에 달라붙었지요. 이제야 이해가 됩니다."

치우천은 어머니 생각에 눈물을 글썽이며 잠시 조용히 있었다. 비렴도 그런 치우천을 숙연하게 지켜보았다. 잠시 후 치우천이 입을 열었다.

"어쨌든…… 그렇게 키워 오던 번개범이었지만 나이가 들면서 신수를 부리는 것이 까다롭다고 생각했을 것입니다. 신수란 것이 속을 통 알 수 없고 언제 어디로 튈지 모르는 존재니까요. 그러니 할 수 있을 때 크게 한번 이용해 보려고 생각했을 테고, 그래서 지나족과 내통해서 번개범을 이용하여 한웅님을 해치려 했지요. 아마도 헌원과 내통했을 것입니다. 혹은 유망과요. 태산 회의 솟대 아래서 제 아우가 들은 이야기가 바로 그것입니다."

"그놈도 그때 한웅님의 행렬을 따라가지 않았느냐?"

치우천은 고개를 숙였다.

"싸움이 벌어졌을 때 그놈의 모습은 보이지 않았습니다. 싸움이 끝나고 나타났지요."

"놈은 무엇을 바라고 그렇게 했을까?"

"그때는 지나족의 힘을 업고 일을 꾸미려 했을 것입니다. 유망이나 헌원이 한웅님이 없는 틈을 타서 주신을 치고 난 뒤 놈을 한웅으로 만들어 주겠다고 했는지, 아니면 큰 땅이라도 떼어 준다고 했는지 그것까지는 모르겠습니다. 그건 비렴님이 알아내 주시기 바랍니다."

"흠…… 그리고?"

"그런데 그 일은 실패로 돌아갔습니다. 놈은 제 아우의 고발로 조금 위험해졌습니다만, 부루버들님을 시켜 되레 저를 모함하여 사막에 버려지게 했지요. 이것도 작은 증거입니다만, 사막에서 저희 형제가 살아날까 봐 놈들은 말로 못할 정도로 엄청난 상금을 우리 목에 걸었습니다. 그 정도의 상금은 치우 집안의 웃뜸이라도 걸 수 없을 만큼 높은 상금이었습니다."

"얼마나 되기에?"

"소 삼천 마리에 구리솥 다섯 개, 구리칼 백 자루였다고 기억합니다."

"허!"

비렴이 놀라며 어이없어하자 치우천은 씁쓸하게 말했다.

"놈은 자기가 지은 죄 때문에 저를 그만큼 껄끄러워했습니다. 그 엄청난 물건은 지나족이든지 누구에게 받았을 것입니다. 놈을 다그치실 때 그렇게 많은 물건이 어디서 났느냐고 따지셔도 좋을 듯싶습니다. 순리대로라면 놈은 한웅님의 의심을 받아 이렇게 높은 자리까지 올라가지 못했어야 합니다. 그러나 부루버들님과 고시울률님의 힘, 그리고 마누라님의 힘까지 업어 그럴 수 있었으리라 봅니다."

"마누라님의 힘을 업었다는 것은 무슨 뜻이냐?"

"놈은 사악한 꾀를 타고났습니다. 번개범을 끌어낸 것은 분명 그놈입니다. 허나 놈은 마누라님을 협박했을 것입니다. 마누라님이 키우던 번개범이 한웅님을 덮쳤다고 말입니다. 누구라도 그런 상황에서는 마누라님을 의심하게 될 것입니다. 애초에 번개범을 키울 생각을 한 것이 마누라님이니까 말입니다. 그것을 빌미로 마누라님도 꼼짝 못하게 만들었겠지요. 어젯밤 마누라님이 저를 풀어 주시려 한 것도 놈의 꾀일 것입니다. 제가 나서서 신시를 흔들어 주어야 고시울률님과 저를 둘 다 쓰러뜨릴 수 있을 테니까 말입니다."

치우천의 목소리는 어느덧 침울하게 변했다.

"놈의 목적은 주신을 송두리째 흔드는 것이겠지요. 안 그러면 약해진 치우 집안 출신으로, 더군다나 전쟁터를 누비며 공을 쌓을 재주도 없는 처지에 그토록 높은 자리로 올라갈 수는 없을 것이니까요. 놈의 계획대로라면 주신은 지나족의 습격을 받아 위험해지고, 힘 있고 능력 있는 사람들이 떼죽음을 당했어야 합니다. 그런데 제가 나섰기에 주신은 지지 않고 지나족이 계속 졌습니다. 그건 놈의 예상과는 크게 다른 일이었겠죠. 제 이야기를 제가 하니 쑥스럽습니다만……."

"너는 충분히 자랑스러워할 만한 공을 세웠다. 쑥스러워할 것 없느니."

치우천은 그에 대꾸하지 않고 다음 이야기로 넘어갔다.

"그 뒤 저는 유망과 싸웠습니다. 유망은 저에 대한 정보를 많이 가지고 있었습니다. 누가 정보를 빼돌리는 것 같았습니다. 그래서 저는 도단이, 질쾌와 일부러 싸움을 하고 그들을…… 치우가람, 바람에게 접근하도록 일을 꾸몄습니다. 그때 들은 의미심장한 이야기가 하나 있습니다."

"그게 무엇이냐?"

"자기들에게 협력하면 솟대 단군이나 삼사 자리 중 하나를 마음대로 줄 수 있다고 했다더군요. 그때는 깊이 생각하지 않았습니다만……."

"그들이 무엇인데 그런 자리를 마음대로 해?"

"그런 일은 지금의 고시울률님도 마음대로 할 수 있는 일이 아닙니다. 그보다 훨씬 큰…… 그러니까 한웅님을 등에 업지 않고서는 안 될 일이지요."

"그냥 허풍을 친 것인지도 모르잖느냐?"

"놈은 거짓으로 꾸밀 때 말고는 허풍을 치는 성격이 아닙니다. 그리고 그때 놈은 도단이에게 맥달님을 죽이라고 시켰습니다. 물론 맥달님이 제 편을 들지 못하도록 그리해야 한다는 이유로 고시울률님을 꼬드기기는 했습니다만, 그보다는 앞날을 빈틈없이 읽고 맞히는 맥달님이 두려웠을 것입니다. 그래서 맥달님을 해치게 한 것이지요."

"흠……."

"그런데 그때쯤 놈은 계획을 바꾸었을 것입니다. 마침 부루버들님에게 아이가 생기자 그 아이로 모험을 걸었습니다. 사와라 한웅님은 자존심이 강하고 특히 여자에게 자존심을 세우려고 애쓰는 분이었습니다. 태산 회의 일도 그렇고요……. 결국 놈의 계획대로 되어, 한웅님은 보이지 않는 손에 놀아나면서도 당신의 아이를 위해서 한 일이라고 믿게 된 것입니다. 한웅님이 드신 독도 그렇구요."

"독에 대해 더 아는 게 있느냐? 누가 해치려 했느냐?"

치우천은 서글프게 말했다.

"누가 해치려던 게 아니라고 생각합니다. 한웅님은 자식을 지키려는 마음에 조금씩 독을 드셨을 것입니다. 그 독은 몸에 쌓이기는 합니다만 양을 조절하면 죽지는 않습니다. 아니, 아예 약간만 드시고 이후에는 드시지 않았을지도 모릅니다. 만에 하나, 고시울률님이 일을 벌이면 자신이 드신 독을 고시울률님이 넣었다고 몰아붙이려는 생각이셨겠지요. 독을 탄 사람은 고시울률님이 아닙니다. 한웅님이 최후의 수단으로 독을 스스로 드신 것이 분명하지요."

"한웅님은 도대체 어찌하여……."

"한웅님은 그 아드님이 인정받기 어렵다는 것을 알고 계셨습니다. 누구라도 의심하지 않겠습니까? 나이가 여든이 넘으시고 더군다나 병을 앓으시는 분에게서 어떻게 아기가 생기겠습니까? 그렇지 않았다면 왜 아드님이 생겼을 때 주신의 사람들에게 알리지 않으셨겠습니까? 사람들이 한웅님의 진짜 아드님이 맞는지 믿지 못할까 봐 그러신 것 아니겠습니까?"

비렴은 탄식하며 길게 한숨을 내쉬었다.

"그것은…… 맞다. 허나…….'

"한웅님께서 어찌하시건 비렴님이나 저는 그대로 따랐을 것입니다. 허나 모든 사람이 그럴 리는 없지요. 고시울률님은 더더욱 그렇습니다. 그렇다고 그런 일을 공공연하게 드러내는 것은 한웅님으로서는 견딜 수 없는 일이겠지요. 다른 사람들도 한웅님이 살아 계신 동안은 참을지 모릅니다. 허나 돌아가시면 분명 큰 문젯거리가 될 것이니, 그때를 대비하여 고시울률님과 저를 없애고, 나아가서는 문제가 될 사람을 제거하기 위해 방패막이로 독을 이용하실 생각까지 하신 것이 분명합니다. 생각해 보면, 모험 하나로 저와 고시울률님을 한꺼번에 몰아낼 수 있는 기막힌 수였습니다."

"내 잘못이다. 내가 한웅님 곁에 있었어야 하는데…….'

비렴이 안타까운 마음에 고개를 떨구었다.

"한웅님은 마누라님이 계시지만, 항상 부루버들님과 어울려 지내셨습니다. 고시울률님이 실권을 쥔 상태에서는 한웅이라는 지위가 외로우셨을 것입니다. 부루버들님은 치우가람과 어울려 나름의 목적을 지니고 있었을 테니 한웅님께 유달리 잘해 드렸겠지요. 그런 여인네와의 사이에 낳은 자식을 소중하게 생각하는 것은 당연한 일입니다만…….서글픈 일입니다. 대주신의 한웅이면서 스스로의 목숨을 담보로 자신이 죽은 뒤에 남을 어린 자식을 지키겠다는 생각을 하시게 된 것, 한웅으로서 주신 안에서 그런 싸움이 일어나게 스스로 만들었던 일이 말입니다…….

아니, 어쩌면 오래전부터 신시 전체가 반쯤 미쳐 돌아가고 있었는지도 모릅니다. 저는 치우가람의 죄를 늘어놓았고, 비렴님이 조사하시면 낱낱이 죄가 드러날 것입니다만, 어쩌면 치우가람 혼자서 벌인 짓은 아니었을지도 모릅니다. 다른 사람이 엮이고 관련되어 있을지도 모릅니다. 사람들이 저마다의 욕심만 차리고, 자기에게 유리한 일만, 자기가 옳다고 생각하는 것만 고집부리다 보니 일이 이렇게 복잡해지고 커졌을 것입니다. 고시울률님도, 부루버들님이나 부루위단님도, 마누라님도, 한웅님도 이 문제에서 발을 뺄 수는 없을 것입니다. 작건 크건 서로 얽혀 있으니 이제 비렴님께서 신중하게 판단하여 처리해 주실 일만 남았습니다. 저는 이 일을 판단할 수도 없고, 주제넘게 나설 처지도 아닙니다. 비렴님이 아니 계셨으면 저도 손을 댈 수 없었을 것입니다……."

"아니다. 그게 삼사가 해야 할 일이고 내가 맡은 일이니, 네 말대로 조사를 해 보겠다. 치우가람이나 부루버들님은 물론이고, 마누라님이나 한웅님이라 해도 그냥 넘어갈 수는 없다. 내 안파견 한님께 맹세하건대 목숨을 걸고 이 일의 진상을 밝혀내리라."

비렴이 신중하면서도 단호한 어조로 말하자 치우천은 고맙다는 듯 고개를 숙였다.

"그것만이 주신을 구할 수 있는 길입니다."

치우천의 마음은 한결 가벼워졌다. 그동안 쌓이고 쌓였던 개인적인 일들과 주신의 묵은 문제들을 한꺼번에 해결한 기분이었다. 비렴은 누구보다도 신중하고 사리에 밝았으며, 강직하기까지 하여 이 일을 분명하게 처리해 줄 사람이었다. 그때 비렴이 웃음을 띤 표정으로 말했다.

"너는 이 일에 모든 사람이 얽혀 있다고 말했는데, 내 보기엔 너도 벗어나지 못할 듯하구나."

"무슨 말씀이시온지?"

"너는 신시를 공격한 대장이 되어 죄를 쓰지 않았느냐?"

치우천은 가볍게 웃으며 대답했다.

"고시울률님과 이야기하여 신시의 공격을 멈추었습니다. 멈추지 않을 수 없었지요."

"무슨 말이냐?"

"제 아우가 잘해 주어서 군세가 무너지지 않은 것이 첫째고, 고시울 률님에게 명분이 없는 것이 둘째고, 일이 크게 번지기 전에 싸움이 끝나 버렸으니 제가 더 이상 죄를 쓰지 않을 것이 셋째며, 여기서 터진 일이 너무도 크기에 제 일은 따지기도 힘들 것입니다. 그리고 이 일을 밝힌 데는 제 공로도 조금은 있을 것이며, 그것을 밝히고자 신시에 흠을 낸 것이니 용서받을 만하다 생각되고요."

치우천이 입심 좋게 말하자 비렴은 허허 웃었다.

"말 하나는 정말 잘하는구나. 어찌하고 싶어도 할 수 없게 만드는구 나. 네가 그렇게 휘저어 곪은 상처를 터뜨리듯 일을 벌이지 않았으면, 이런 문제들이 드러나지도 않고, 좋건 나쁘건 결말을 짓기도 어려웠을 것이다. 한웅님의 문제나 마누라님의 문제, 부루버들님과 아기의 문제 는 내 풍백이라 하나 일이 터지기 전에 감히 꺼낼 수 없지 않겠느냐?"

치우천은 대답 대신 빙그레 웃었다. 비렴은 덧붙여 말했다.

"솔직히 나 역시 네가 감히 신시로 들어오고, 두 번이나 벗어날 기회 가 있었으면서도 벗어나지 않은 것에 놀랐다."

"제가 나가면 제 몸 하나야 편하겠습니다만 다른 사람들이 많이 다칠 까 두려웠습니다."

"신시를 공격하려 했으면서 다른 사람 걱정을 했다?"

치우천은 고개를 끄덕였다.

"그림자 손에 신시가 넘어가게 되었다면, 저는 차라리 신시를 공격해 무너뜨렸을지도 모릅니다. 성벽이야 다시 세우면 그만이지만, 주신의 기운이 어그러지는 것은 두고 볼 수 없는 일입니다."

"너 자신을 위한 일이 아니었단 말이지?"

비렴이 묻자 치우천은 당당하게 가슴을 폈다.

"저는 제 뜻을 위해 벗들이나 아우마저도 싸움터로 내몰았습니다. 하지만 무슨 일을 하건 저 자신을 위해 사는 놈은 아닙니다. 뜻을 위해서라면 제 목숨이나 고생 따위는 하나도 두렵지 않습니다."

비렴은 흡족한 듯 고개를 끄덕이며 말했다.

"알았다. 너는 잡힌 몸이면서도 이런 문제를 터뜨려 그들을 물리쳤으니, 내 이미 여러 번 너에게 감탄했지만 다시 한번 감탄하지 않을 수 없구나. 너 하나만으로도 수천 명의 사울아비나 열 마리의 신수 이상이라고 본다."

"감당할 수 없습니다."

치우천이 고개를 숙였다. 비렴은 잠깐 생각하다가 치우천에게 그만 물러가라고 하면서 당부하듯이 말했다.

"남은 일은 나에게 맡기거라. 성 밖에 네 아우가 아직 군대와 함께 머물고 있지?"

"그렇습니다."

"너는 일단 신시 밖으로 나가 있는 편이 좋겠다. 내가 일을 풀 것이니 너도 힘이 되어 다오."

"무슨 말씀이신지?"

"이번 일은 너무도 크고 위험해서 나도 부담스럽다. 네가 신시 밖에 수십천의 군대를 거느리고 있다면, 신시 안에서 내가 움직이기가 쉬워질 것 같아 하는 말이다. 내가 고시울률과 한웅님, 마누라님 일까지 조사해 보고 네 말대로라면 순리대로 처리하겠다. 알아듣겠지?"

비렴은 이번 일을 해결할 때 고시울률에게 압박을 가하기 위해 치우천의 군대를 이용하려는 것이었다. 치우천의 군대가 밖에 있으면 고시울률로서도 치우 형제의 일을 다룰 때 신경이 쓰여 비렴의 말에 무조건 반대할 수는 없을 것이기 때문이다.

치우천은 단박에 알아듣고 고개를 끄덕였다.

"물론입니다. 허나 제가 밖으로 나가면 안 되지 않습니까? 제 말이 틀릴 경우 도망치면 어떻게 하시려고요?"

"나는 너를 잘 안다. 안에 있다고 너를 잡아 둘 수 없고, 밖에 있다고 도망칠 녀석이 아니라는 것을 말이다. 네가 밖에 있는 편이 내가 움직이기 편하니 그리하거라. 우사님과 함께 나가면 아무도 막지 않을 것이다. 밖에 나가거든 운사 신지울태를 만나서 이야기를 들려주거라. 그 사람은 한웅님의 성화에 못 이겨서 글자 주술을 쓴다고 나갔다. 네가 사람을 보내면 만나러 올 것이다."

비렴이 확신에 찬 목소리로 말하자 치우천은 고개를 끄덕였다. 치우천이 물러나려 할 때 비렴은 조용히 덧붙였다.

"네 말이 옳다면 이제 주신의 모든 것이 새롭게 시작될 것이다. 이번 일을 씨앗으로 해서 말이다. 네가 할 일이 많다."

치우천은 조용하지만 흐뭇하고 홀가분한 기분으로 대답했다.

"제가 해야 할 일이라면 무엇이든 하겠습니다. 새로운 시작이라면 더더욱 좋고 말입니다."

치우천은 비렴에게 뒷일을 맡기고 우사 병예의 배웅을 받으며 신시 성문 밖을 나섰다. 치우천이 돌아오기를 눈이 빠지게 기다리고 있던 치우비는 물론, 야율쿠리나 초초룬, 보돈차르 등 사람들의 기쁨은 이루 말할 것도 없었다. 미리 풀려나 있던 치베와 키타야, 구르, 유쌍, 리미, 개르도 기뻐했다. 치베는 치우천이 자신을 지키기 위해 목숨을 아끼지 않았다는 이야기를 유쌍에게 전해 들은 후라 더욱 기뻐했다.

알한과 차오스, 그리고 마냥이나 싱카의 도깨비 부대도 기쁨으로 가득 찼다. 울라트는 깡충깡충 뛰었고 기운을 차린 울쿠타와 야쿠타도 욱신거리는 상처 때문에 아파하면서도 미소를 띠며 치우천을 맞이했다. 치우천은 막강한 사울아비 부대를 맞아 모든 대장들이 분전했다는 이야기를 듣고 공로를 치하했다. 그러나 자기 하나가 없다고 효율적인 지휘가 이루어지지 않아 싸움이 어렵게 풀린 것이 내심 불안했다.

'역시 내가 있어야 하나 보다.'

치우천은 그렇게 생각하면서도 겉으로는 내색하지 않고 그들의 분전을 일일이 치하했다. 이번 싸움의 결과를 살펴보건대, 치우비나 보돈차르, 와난수 와난강의 부대는 큰 피해를 입을 만큼의 혈전을 치르지 않았으며, 피해가 큰 편인 야율쿠리와 초초룬의 부대도 부상자는 많지만 사망자가 적다는 것이 그나마 다행스러웠다. 수만 명이 붙어 싸웠지만 사망자는 몇백 명도 되지 않았고 부상자만 몇천 명에 달했다.

주신 역시 한 부대가 뿔뿔이 흩어지기는 했지만, 고시가라의 부대는 번개범을 보고 하늘의 징조라 여겨 스스로 물러섰고 다른 한 부대는 승리한 참이라 피해가 적었다. 적으로 싸웠지만 원래 같은 부족이니만치 피를 적게 흘렸다는 것은 다행 중의 다행이었다.

치우천은 있는 힘을 다해 구름골에 가서 번개범을 몰고 와 아버지와 치우비 부대를 위험에서 구해 준 무라에게 특히 고마워했다. 무라는 당연한 일을 했다는 듯이 돌처럼 딱딱한 태도로 일관했다. 번개범은 싸움이 끝난 것을 알았는지 어디론가 사라진 다음이었고, 일행 중 단 한 명, 비울걸이 또 어디로 갔는지 보이지 않았다. 치우천은 치우광도 만났다. 치우광의 혈기 넘치면서도 해맑은 모습을 보자 든든한 느낌이 들었다. 아직 어렸지만 잘 자라면 치우비에 버금가는 큰 사울아비가 될 것 같았다.

사람들을 둘러보고 난 뒤 마침내 진영으로 돌아온 치우천은 쇠약해진 아버지 치우우레를 만났다. 치우천은 치우우레에게 신시의 일을 비렴에게 맡겼으니 잘 해결될 것이라고만 말해 두었다. 한웅에 대한 충성심이 신앙심보다 더 깊은 아버지에게 추잡한 사건들에 대해 말하고 싶지 않았다. 치우우레도 지친 터라 더 묻지 않고 힘없이 웃으며 고개만 끄덕였다.

치우천은 치우비를 비롯해 무라와 몇몇 벗들에게 신시 안에서 벌어진 사건의 전말에 대해 그저 잘 처리될 것이라고 했을 뿐 입 밖에 내지는 않았다. 한웅의 위신은 주신의 위신과 직결된 문제라서 벗들에게도 함부로 이야기할 수 없었다. 사건이 곧 해결되리라고 간단히 암시했을 뿐이다.

"그림자는 한웅님이 아니었다. 그리고 그는 잡혀 있다. 그러니 앞으로는 염려할 것 없다."

"그럼 누구였습니까?"

무라가 묻자 치우천은 싱긋 웃으며 금방 알게 될 것이라고만 말했다.

우사 병예는 치우천을 비롯한 부족장들을 모아 놓고 피차 불필요한 싸움이 벌어진 것에 대해 애석하다는 뜻을 표하고, 주신과는 이제 더 이상 싸우지 말고 평화롭게 지내 줄 것을 당부했다. 병예는 늙었지만 강단이 있어서 목소리에는 아직도 힘과 호소력이 있었다.

진영을 나선 치우천은 치우비, 병예와 함께 신시 저만치에 머물고 있는 주신 부대를 찾아갔다. 그곳의 밝혀지지 않은 지휘관은 바로 운사 신지울태였다.

"내가 자네 아버지에게 못할 짓을 한 것이야. 아무리 한웅님의 명령 때문이었다지만 자네 앞에서는 얼굴을 들 수 없음이야."

신지울태는 치우천을 만나자마자 탄식 섞인 목소리로 털어놓았다. 글자 주술을 사용하여 가짜 치우우레를 만든 것은 신지울태였다. 처음 그 사실을 알았을 때는 치우천도 화가 났지만 신지울태가 솔직하게 심정을 털어놓자 원망하는 마음이 많이 가셨다. 한웅의 명령으로 그랬다면 할 수 없는 일이었다. 치우천은 비렴이 당부한 대로 신시에서 있었던 일을 신지울태에게 이야기했다. 곁에서 이야기를 듣던 치우비는 놀라움을 금할 수가 없었다. 숨은 그림자가 다름 아닌 치우가람이라는 데에는 분노를 이기지 못해 얼굴이 벌게졌다.

신지울태는 치우천의 긴 이야기를 듣고 나서 한숨을 내쉬었다.

"이제 보니 내가 잘못한 것이야. 나도 내 뜻과 다르게 그놈을 도와준 것이 되었어."

치우천은 놀라며 물었다.

"운사님이 말씀입니까?"

"자네 사울아비 벗들의 이야기를 한웅님께 전한 것이 바로 나야. 나는 한웅님이 안심하시라고 전했는데…… 그것이 이렇게 될 줄은 몰랐던 것이야……. 부끄럽기 짝이 없는 일이야……."

신지울태는 제자인 스름이를 통해 그 이야기를 전해 들었고, 스름이는 그 이야기를 삼에게 전해 들었다고 했다. 이는 치우천의 추측이 약간 빗나간 경우였다.

알고 보니 스름이는 몇 해 전, 아내를 잃은 삼과 은근히 가까운 사이가 되어 있었다. 스름이는 비록 표정은 침울했으나 마음씨가 고우며 성격이 강직하여 믿을 만한 사람이었고, 치우천과 함께 과거 번개범과 맞서 목숨을 걸고 싸우기도 했다. 그런 성격인데다 운사 신지울태의 제자로 앞날이 촉망받는 사람이었으니 삼은 스름이에게 그 이야기를 거리낌 없이 들려주었던 것이다.

스름이 또한 비밀을 지켰지만 스승이자 할머니처럼 따르는 운사 신지울태에게는 입을 다물고 있을 수 없었다. 신지울태는 한웅에게 그 말을 전했고, 한웅은 부루버들에게 말했고 부루버들을 통해서 마침내 치우가람에게로 말이 흘러 들어가게 된 것이다. 아마 스름이나 삼 말고도 다른 사람 역시 다른 경로로 비밀이 새어 나가게 된 것 같았다. 배신자는 없었지만 본의 아니게 모두 이용당한 셈이었다. 치우천은 여기서 크게 깨닫는 바가 있어서 나중에 치우비에게 말했다.

"말이라는 것은 정말로 무섭구나. 비밀이라는 것은 혼자만 알고 있어야 비밀이지, 아무리 믿을 사람이라고 해도 일단 입 밖으로 내뱉게 되면 어떻게든 퍼지게 되어 있구나. 발귀리 선인이 하신 말씀의 뜻 중에서 이제야 깨달을 수 있는 게 있구나."

"비밀이라고 혼자 알고만 있으면 다인가? 자다가 잠꼬대라도 하면 어쩌려고."

치우비가 툴툴거리며 내뱉자 치우천은 씨익 웃었다.

"그래, 그것도 그렇구나. 비밀을 지키는 게 어쩌면 싸움보다 더 어려울지도 모르겠다. 치우가람 놈은 그런 면에서는 귀신같은 놈이다. 마누라님이나 한웅님, 어쩌면 부루버들님이나 고시울률님까지도 그런 식으로 비밀을 캐내어 약점을 잡아 이용했을지도 몰라. 자기가 앞에 나서지도 않으면서 주신 전체를 흔들려고 했으니……."

치우천은 신지울태에게 그 일에 대해 더 이상 뭐라 하지 않았다. 그러나 신지울태는 언젠가 반드시 치우천을 위해 무슨 일이든 하겠노라고 몇 번이나 당부했다. 이번 잘못을 빚이라고 생각하는 모양이었다.

자오지 한웅

주신이 가장 숭배하고 높이 친 신수는 맥이 아니라 자오지이다.
가장 신통한 영험이 있는 신수는 맥이었지만 새 신수이자 다리가 셋 달리고
불과 광채를 뿜는 신수인 자오지야말로 주신 사람들이 가장 높이 받든 신수였다.
주신에서 신성하게 여기는 솟대 끝에 새긴 새 조각이 바로 그것이며,
이는 자오지가 과거 안파견 한의 전설에서 큰 역할을 했기 때문이라 전해진다.
시일이 지나며 그 전설조차도 부분부분이 잊히고 변형되어 자오지는
해 속의 불까마귀나 삼족오, 봉황 등으로 변해 갔지만 주신 자체를 상징하는 존재가
신성한 새라는 사실은 변하지 않았다. 삼국, 고려 시대는 물론이고
중국의 복식 체계를 거의 그대로 따랐던 조선조에서도 봉황 흉배는 왕실의 적통만이
사용할 수 있었고, 현재 대한민국에서도 국장(國章)은 쌍봉황이다.

꼬박 여드레가 지난 후에야 신시에서 소식이 왔다. 비렴이 직접 신시 성문을 열고 밖으로 나왔다. 비렴은 치우천과 가깝게 지내던 사울아비 벗들을 데리고 왔다. 무료하게 신시 밖에서 기다리던 치우천 일행은 반갑게 비렴을 맞이했다.

비렴은 치우천을 보자마자 치우천의 어깨를 두드리며 말했다.

"모든 일이 잘 풀렸네. 천 자네의 추측을 전부 밝힌 것은 아니지만, 중요한 것들은 밝혀냈네. 본 사람과 들은 사람들도 찾았지. 자칫하면 큰일 날 뻔했네."

치우천은 반가운 소식에 환히 웃으며 말했다.

"주신을 위해서 다행한 일입니다."

치우천은 더 묻고 싶었으나 입을 다물었다. 비렴의 표정이 근엄하게 변했기 때문이다.

"주신의 사와라 한웅님께서 치우천에게 하신 말씀을 주신의 풍백 비렴이 전한다. 잘 들거라."

치우천은 고개를 숙였다. 치우비도 얼른 고개를 숙였으나 치우 형제 주변에 서 있는 벗들은 주신 사람이 아니기에 그대로 경청하기만 했다.

비렴은 엄숙한 목소리로 덧붙였다.

"사와라 한웅께서는 이번에 신시에서 벌어진 싸움에 대해 마음 아파하셨지만 다행히 하루 이틀 만에 일이 진정되었으니 그 일에 대해서는 책임을 묻지 않는다 하셨다. 그리고 이전 공상 싸움에서의 약속을 지켜 큰 공을 세운 치우천을 주신의 웃뜸사울아비로 삼는다. 작은 주신의 사람도 주신 사람으로 받아들인다. 이것은 한웅님의 뜻이고 주신 삼사와 귀족들이 동의한 일이니 치우천은 명령을 받아서 주신에 더욱 충성하도록 하라."

비렴의 말이 끝나자마자 주변 사람들은 일제히 환호했다. 비로소 원하던 바를 이루게 된 것이다. 주신 사람이 된 작은 주신의 전사들은 이 소식을 전해 듣자 얼싸안고 기쁨의 눈물을 흘렸다. 그들 대부분은 여기저기 흩어져 있던 힘없는 작은 주신 부족 출신이라 주신 사람이 된 것을 몹시 기뻐했다. 누구보다 기뻐한 사람은 치우비였다.

"웃뜸사울아비래! 형! 웃뜸사울아비! 원 참! 이게 정말······! 정말······!"

치우비는 좋아서 치우천을 번쩍 들어 빙빙 돌렸다.

"이 녀석, 내려놔라! 하하······. 이게 무슨 짓이냐? 하하······."

치우천은 아우가 기쁘니 자신도 좋았지만 그보다는 치우비의 아이 같은 행동에 어이없다는 듯 웃었다. 그 틈에 치우천은 치우비에게 속삭였다.

"너, 전에 내가 한 말을 잊었니? 웃뜸사울아비는 내가 아니라 네가 되는 거다. 곧 너에게 자리를 물려줄 테니 기다리거라."

"허 참, 그건……."

치우비가 뭐라 하기도 전에 비렴이 다시 엄숙하게 말했다.

"잠깐. 한웅님의 말씀은 아직 끝나지 않았다. 마저 듣거라."

치우천과 치우비는 머쓱해져서 자세를 바로 하고 고개를 숙였다. 비렴이 목을 가다듬고 말했다.

"치우천과 치우비는 신시로 들어와서 한웅님을 뵈옵고 웃뜸사울아비 의식을 치르도록 하라. 그리고 이번에 못된 꾀를 꾸미다 잡힌 반역자들의 처리를 자네들의 첫 번째 일로 맡기기로 한다. 그러니 어서 서둘러라."

치우천 형제는 큰 소리로 대답했다. 치우천은 그 의미를 잘 알고 있었다. 어차피 이번 일은 자신의 머리로 풀어낸 것이다. 그러니 지저분한 소문이 돌지 않도록 뒤처리도 자신에게 맡기려는 것이리라. 아울러 자의든 궁지에 몰려서든 한웅이 자신에게 큰 권력을 주게 되었으니 다른 감정을 갖지 않도록 직접 만나려는 의도가 분명했다.

비렴은 서둘러 신시로 들어가라고 재촉했다. 눈치를 보아 하니 치우천이 입이라도 잘못 놀려 소문이 퍼질까 두려워하는 것이 분명했다. 치우천은 비렴의 말을 따르기로 했다. 몇몇 벗들은 신시로 들어가면 다시 위험에 빠지는 것 아니냐고 걱정했지만 치우천은 이번에는 그럴 리 없다고 잘라 말했다.

신시로 들어가는 길에 치우천은 비렴과 이야기를 나누었으며, 치우비는 친한 사울아비 벗들과 이야기를 나누었다. 그들은 전에 고시울률에 의해 감금되었다가 치우천의 담판으로 풀려났다. 그리고 비렴이 진행했던 치우가람과 부루버들의 문초를 맡은 모양이었다.

부루벼락이 신이 난 듯 목소리를 높였다.

"나는 처음부터 그놈이 큰일 낼 놈인 걸 알고 있었지. 사람들이 줄줄이 딸려 나오는데 등골이 다 오싹해지더구먼그래. 허허, 그나저나 그놈을 쥐어패는데 어찌 그리 속이 시원하던지……."

치우비는 씁쓸하게 웃으며 말했다.

"사람을 때리면서 속 시원할 건 뭔가요?"

부루벼락이 낄낄거리며 치우비의 어깨를 툭 쳤다.

"자네는 속도 좋네. 전에 자네들을 사막으로 끌고 가면서 그놈에게 얼마나 이를 갈았는지 모른다네. 헌데 놈은 아무리 두들겨 패도 절대 바른 소리를 하지 않고 다른 사람을 끌어들이면서 요리조리 빠져나갈 구멍만 찾더구먼. 그 아우…… 치우바람 놈은 내내 입을 다물고 말야."

"헌데 어떻게 다른 사람을 알아냈나요?"

"부루버들 말야. 그 여자가 먼저 입을 열더군. 그리고 부루위단 그 덜떨어진 귀족 놈에게 겁을 주니까 줄줄 쏟아 놓고 말야. 놈들이 자꾸 마누라님하고 한웅님을 들이대는데 환장하겠더구먼. 비렴님이 두 분과 직접 이야기를 나누셨는데도 말야. 이 일에 얽인 놈들이 백 명도 넘으니 말 다했지 않은가?"

부루벼락이 사울아비를 대표하여 신이 나서 떠드는 동안 치우천은 약간 떨어진 곳에서 비렴과 이야기를 주고받았다.

"저 말고 제 아우가 웃뜸사울아비가 되면 안 되겠습니까? 한웅님이 들어주실까요?"

치우천이 조심스레 묻자 비렴은 넉넉하게 웃어 보였다.

"안 될 것 없지. 그럼 자네는?"

"제 아우가 더 잘 어울리는 자리입니다."

비렴은 살짝 입 끝을 올리며 물었다.

"자네는 그것만으로는 모자라는가?"

"그럴 리야……."

"내 이번 일 때문에 한웅님과 참으로 오랫동안 줄다리기를 했네. 한 웅님은 많이 늙으셨고, 이번 일로 마음에 큰 상처를 입으셨네. 자네 이 야기가 거의 다 맞아 들어가니 신기하기도 했네만, 그 때문에 몇몇 부분 은 끄집어 낼 수 없었지."

"무엇무엇을요?"

"번개범 이야기는 마누라님 문제가 있기 때문에 꺼내지 않았네. 부 루버들이 죄인이 된 것으로도 충분하잖나. 마누라님까지 죄를 받게 한 다면 주신이 뒤숭숭해지지 않겠는가?"

"그건…… 알겠습니다."

"한웅님의 아기 문제도…… 조용히 처리하기로 했다네."

"조용히 처리……라면 혹시……."

치우천이 어두운 표정을 짓자 비렴은 고개를 저었다.

"아무리 그래도 어린것을 어찌 해치겠는가? 아무도 정체를 모르게 하여 자식 없는 부모에게 줄까 생각중이네."

"그게 좋겠습니다."

고개를 끄덕이는 치우천을 바라보며 비렴이 다시 말했다.

"치우가람과 부루버들과의 일을 들춰 보니, 부루버들 주변의 몇몇 여 자들도 알고 있었더군. 그것만으로도 놈은 죽어 마땅하지."

"지나족과의 관계는 밝혀졌습니까?"

"놈의 집에서 일하는 종들 중 몇몇 지나족 놈들이 수상해서 잡아들였 지만 죽어도 입을 열지 않더군. 그 문제는 고시울률님과도 얽힌 모양이 라 손대기가 까다로워."

비렴이 한숨을 쉬며 말하자 치우천은 고개를 끄덕였다.

"고시울률님도…… 역시……."

"그럴 만한 사람이지. 그 사람은 주신이 손해를 보더라도 싸움이라면 무조건 피하고 보니까. 허나 그렇게 되면 고시울률도 큰 죄를 묻지 않을 수 없는데, 그러면 문제가 더욱 커지네."

"앞으로의 일만 막으면 됩니다."

"그렇다고 내가 그냥 물러선 것은 아니니 염려 말게. 내, 아까 대놓고 말하지는 않았지만 자네에게 전해 줄 기쁜 소식이 하나 더 있다네."

"네? 여태 들은 것만으로도 충분합니다."

치우천이 반색했으나 비렴은 지긋한 어조로 담담히 말했다.

"자네가 충분하다 해도 주신은 충분하지 않네. 주신이 얼마나 늙고 병들었는지 이번 일을 조사하면서 몹시 놀랐다네. 주신에 자네 같은 사람이 필요해."

"이미 저는 주신 사람이 되지 않았습니까?"

"그냥 주신 사람 말고, 주신을 다스릴 수 있는 사람이 필요한 거야."

비렴이 목소리를 낮추어 말을 이었다.

"내 그 문제 때문에 사흘이나 더 입씨름을 했네. 자네는 일단 웃뜸사울아비가 되어야 하네. 그런 다음 다음번 한웅의 후보가 되는 게야."

치우천은 놀라서 타던 말에서 떨어질 뻔했다. 침착한 치우천이었지만 이 이야기만큼은 놀라지 않을 수 없었다. 치우천은 재빨리 정신을 추슬렀으나 어깨가 미미하게 떨리고 있었다.

치우천도 물론 한웅이 되는 것을 생각해 본 적은 있었다. 그러나 그 일이 이렇게 빨리 다가오리라고는 생각지 못했다. 한웅이 된다 해도 적어도 고시울률이 죽은 다음의 한웅을 생각해 보았을 뿐이다.

"한…… 한웅 후보라니요? 저는 감히 거기까지는……."

비렴은 담담하게 고개를 저었다.

"내 뜻만이 아닐세. 삼사의 뜻이라 보아도 좋아."

"하지만 그것은…… 정말 그것까지는 생각하지 않았습니다."

비렴은 껄껄 웃었다.

"나에게까지 숨길 것은 없네. 신시를 들이쳐서 점령할 배짱을 가졌던 자네가 아닌가?"

"신시를 친다고 한웅이 되라는 법은 없습니다! 저는 한웅님께 충성하리라 생각했을 뿐입니다."

비렴은 말을 멈추고 깊고 지혜로운 눈으로 치우천을 똑바로 바라보았다.

"자네, 전에 나에게 이야기했지? 자네 자신을 위해서 살지 않는다. 자네의 뜻을 위해서 산다고 말일세."

"그랬습니다만……."

"그렇다면 자네의 뜻을 위해 이번에는 대주신의 한웅이 되도록 애써 보게나. 자네의 뜻을 펴는데 한웅님을 모시는 것과 한웅이 되는 것, 어느 쪽이 유리할지 생각해 보게나. 물론 자네는 아직 고시울률에 비해 모자라네. 허나 이제는 자네도 웃뜸사울아비이니 다음 한웅을 이을 자격이 있네. 아직은 후보일 뿐이지만. 이제 후보에 고시울률 말고 한 사람이 더 늘어나는 걸세."

"고시울률님이 알면 코웃음을 칠 것입니다."

비렴은 재미있다는 듯 웃으며 말했다.

"본 것처럼 말하는군그래."

"고시울률님도 아십니까?"

"고시울률과 한웅님이 같이 있는 자리에서 이야기를 꺼냈네. 코웃음만 치더군. 몇 가지 일들을 덮어 두는 조건으로 내가 힘들게 얻어 낸 것일세. 아직은 길이 멀겠지만 나는 자네를 믿네. 자네는 어떤 자리를 차지해도 거기에 휘둘리지 않고 마음껏 다룰 수 있는 사람이야."

치우천은 입을 굳게 다물고 눈을 크게 뜨고 깊은 생각에 잠겼다. 비렴은 그런 치우천을 넉넉한 미소로 바라보다가 말했다.

"안되었네만 사와라 한웅님은 이번 일로 충격을 많이 받아 오래 사시기는 어려울 듯하네. 원래가 쇠약한 몸에 독을 드신데다가 살 희망을 잃으신 거나 다름없잖은가. 하루가 다르게 기력을 잃고 계시지. 한웅님이 더 오래 사셔서, 자네가 고시울률을 누를 만큼 큰 공을 세우는 것을 보시기를 안파견 한님께 빌겠네. 안 그러면 수십 년을 더 기다려야 할 텐데, 자네나 나는 물론이지만 주신 전체에 그건 너무 긴 시간일세."

비렴은 조용히 당부하는 말을 전했으나 치우천은 다른 생각을 하고 있었다. 이것은 행운이었다. 그동안의 온갖 고생을 보상하기라도 하듯 커다란 행운이었다. 어쩌면 비렴이 그의 능력을 최대한 발휘해서 만들어 준 행운인지도 몰랐다. 분명 한편으로는 더 위험해질 수도 있었다. 허나……

'어차피 위험 속에서 살아온 나다. 그래……. 그렇다면 해 볼 만하다. 한웅이 된다면 신시와 주신을 새롭게 만들고 우리를 위협하는 헌원과 유망을 누르기 훨씬 쉬워진다. 세상 사람을 위해 그게 더 낫기 때문에 너는 더욱 노력해야 한다. 지금보다 더욱더 노력해야 한다!'

그런 생각을 하는 사이에 치우천은 문득 한웅이 되면 쓸 이름이 마음속에 떠올랐다. 일이 잘 풀린다면 주신의 열네 번째, 잘 안 되면 열다섯 번째 한웅이 될 이름은 '자오지 한웅'이었다.

맥달의 행방

치우천은 신시의 한웅 집으로 들어가 사와라 한웅 및 고시울률, 그리고 삼사와 함께 이야기를 나누었다. 치우비는 그 앞까지 따라갔지만 집 안으로 들어가지는 않았다. 웃뜸사울아비의 후보는 치우천이었기에 아직 치우비는 그리로 들어갈 처지가 아니었다.

회의를 여는 커다란 방에는 드물게 사와라 한웅의 큰마누라인 부소구슬도 참석해 있었다.

재주 좋은 단군들이 손을 쓴 덕분에 사와라 한웅은 제법 해독되었지만 이번 일의 충격으로 기력을 잃은 듯했다. 그저 건성으로 듣고 무슨 일이건 "자네들 좋을 대로 하게"라고 말하는 것이 고작이었다. 사와라 한웅에게 감정이 없다고는 말할 수 없지만 치우천은 죽은 고목 뿌리처럼 시들어 버린 그의 모습을 보자 서글픈 생각이 들었다. 도리어 그동안 조용히 지내 왔던 부소구슬이 한웅을 대신하려는 듯 이야기가 많았다.

치우천은 요 며칠 동안 신시 안에서 무슨 밀담이 오고 갔는지 알 수 없었으나 꽤 많은 일과 많은 거래가 있었음을 짐작했다. 비렴뿐 아니라 부소구슬도 치우천을 웃뜸사울아비와 다음 한웅 후계자로 올리는 데 커다란 역할을 한 듯한 눈치가 보였다. 미리내의 죽음에 간접적으로나마 책임이 있다고 여겼기 때문이었는지도 모른다.

치우천을 대하는 고시울률의 태도는 다시 냉소적으로 변했다. 아니, 이전까지는 멸시하는 정도였지만 이제는 적대적인 눈빛마저 보이는 듯했다. 그러나 고시울률은 드러내고 삼사와 부소구슬에게 반박하지는 않았으며, 조용히 이야기를 듣고 대강 동의하면서 넘어갔다. 아마도 이전의 많은 잘못이 그 대가로 덮어졌으리라.

그 자리에서 치우천은 별다른 의견을 제시하거나 비밀을 캐내려 하지는 않았으나 한 가지만은 고집했다.

"웃뜸사울아비는 저처럼 허약한 놈이 맡을 자리가 못 됩니다. 저보다 제 아우 비에게 주십시오. 그편이 훨씬 낫습니다."

비렴을 비롯한 삼사는 치우천에게 그 이야기를 들은 바 있어 흔쾌히 동의했고, 고시울률은 마음대로 하라는 듯 아무 말도 하지 않았다. 그러나 부소구슬이 의아하다는 듯 반대하고 나섰다.

"그 자리는 공이 있어야 주는 것이다. 자네 아우에게도 공이 없지는 않으나 자리에 앉아야 하는 것은 자네야. 자리라는 것이 그렇게 마음대로 남에게 미룰 수 있는 것이 아니야."

"웃뜸사울아비라는 것은 수많은 사울아비를 부리는 자리 아닙니까? 저처럼 몸이 편치 않은 녀석이 앉으면 사울아비들이 비웃으며 마음으로부터 따르지 않을 것입니다. 제 아우는 힘과 용기가 뛰어나니 그 자리에 앉을 만합니다."

부소구슬은 치우비를 본 적이 없었기에 고개를 가로저었다.

"지금 자네의 공에 보답하여 예전 한웅님께서 약속한 대로, 자네가 그럴 만한 역량이 있으니 그 자리를 준다는 것 아닌가?"

"제 아우가 그 자리에 앉는 것이 제가 앉는 것보다 더 기쁩니다. 저는 그 뒤에 있으면 그만입니다."

그사이 몸이 불편한 사와라 한웅이 연신 기침을 하자 결국 들것에 실려 처소로 자리를 옮겼다. 부소구슬이 한웅의 권한 대행이 된 셈이다. 한웅이 몸이 안 좋아지고 세상일에 의욕이 없어지기도 했거니와 이번 일로 부소구슬에게 단단히 빌미를 잡힌 모양이었다. 부소구슬은 상당히 고집이 세어 삼사는 한참을 설득해서야 간신히 그녀의 동의를 얻을 수 있었다. 다만 단서가 하나 붙었으니 치우천이 치우 집안의 웃뜸이 되어야 한다는 것이었다.

부소구슬은 사람들을 둘러보며 말했다.

"치우괄괄은 오래전부터 치우 집안의 웃뜸 노릇을 제대로 하지 못했습니다. 아들 치우가람이 그 일을 주로 맡았지만, 목이 떨어지게 되었으니 이제 치우천이 집안의 웃뜸이 되어야 합니다."

부소구슬은 다음번의 한웅 후보자로 치우천을 강력하게 밀기로 작정한 듯했다. 치우 집안의 웃뜸이면 웃뜸사울아비가 되지 않아도 다음번의 한웅 후보가 될 수 있었다. 허나 치우천은 정중하게 사양했다.

"치우가람의 죄는 용서할 수 없지만 치우괄괄 아저씨는 잘못이 없을 뿐더러 훌륭한 분입니다. 그분에게 신세도 많이 졌습니다. 그런 분의 자리를 빼앗을 수는 없습니다. 더군다나 제게는 아버님이 계시지 않습니까?"

우사 병예가 시무룩한 표정으로 끼어들었다.

"그건 말하고 말고 할 것도 없사옵니다. 치우괄괄은 이미 안파견 한님 곁으로 갔습니다."

부소구슬과 치우천은 깜짝 놀라 눈이 휘둥그레졌다.

"그게 무슨 말씀입니까?"

병예는 한숨을 쉬며 말했다.

"이 자리에서는 이야기하지 않으려 했는데…… 치우괄괄은 거의 움직이지 못하고 말도 잘 못했지만 귀는 들렸나 봅니다. 치우가람을 조사하는 중에 집이 소란스러워지자 무슨 일인지 눈치챈 것 같습니다. 종을 시켰겠지만 독을 먹고 스스로 목숨을 끊었습니다."

치우천은 아무 말 없이 허탈한 표정을 지었고 부소구슬은 탄식하듯 말했다.

"그러고도 남을 분이지요……."

병예는 입맛을 쩝쩝 다시면서 덧붙였다.

"그 사람은 참 많은 일을 해 왔는데……. 아들 농사를 잘못 지은 것 말고는 나무랄 데가 없었어요. 일이 그리 되었으니 치우웃뜸은 치우우레 말고는 맡을 사람이 없습니다. 다음번에는 자연스레 치우천이 되지 않겠습니까?"

비렴도 한마디 거들었다.

"치우우레의 성격을 보건대, 웃뜸을 맡고 싶어 할 사람이 아닙니다. 그러기에는 너무 꼬장꼬장하지요. 아마 치우천에게 바로 넘겨줄 것입니다. 그러니 마누라님은 걱정 마시옵소서."

그제야 부소구슬은 고개를 끄덕였다. 사와라 한웅이 예전에 했던 약속, 즉 작은 주신의 사람 모두를 주신 사람으로 받아들이는 일도 비렴이 공포한 대로 반드시 지키라고 당부했다. 허나 몇천 명이 넘는 사람이 한꺼번에 신시에 들어와서 살 수는 없으니 적절한 빈 곳에 자리를 잡고 살도록 하라는 조건을 내세웠다. 치우천은 겉으로는 내색하지 않았지만 속으로는 날아갈 듯 기뻤다.

'드디어 바라던 것들을 이루었구나! 작은 주신의 형제들도 주신 사람이 되었다. 더구나 아우가 웃뜸사울아비가 되었으니 녀석의 소원도

풀어 줄 수 있게 되었어!'

치우천이 가장 기뻐한 이유는 바로 아우 비 때문이었다. 비록 겉으로는 드러내지 않았으나 비가 공손발 생각에 여전히 힘겨워한다는 사실을 잘 알았기 때문이다. 이제 웃뜸사울아비의 이름으로 헌원에게 정식으로 청혼을 하면 그도 거절할 수 없으리라. 그러면 아우의 소원 풀이도 하고 지나족과도 평화를 이룰 수 있을 듯싶었다.

'그렇지만 유망이 있다. 유망은 적어도 한 번은 더 일을 벌일 것이다. 내 소식을 들으면 더더욱 그러할 것이다. 반드시 넘어야 할 산이다.'

대강 이야기가 끝나가자 고시울률은 냉랭한 미소를 지어 보이고는 먼저 일어나겠다며 밖으로 휙 나가 버렸다. 그가 나가자 이야기를 끝내겠노라며 부소구슬도 자리에서 일어섰다.

두 사람이 나가자 비렴이 치우천을 넉넉한 눈빛으로 쳐다보았다.

"자네 아우가 웃뜸사울아비가 되었으니 하늘에 알리는 제사를 지내야 할 것이네. 사울아비들을 잘 다스리게 해야 할 것일세. 비록 자네 아우가 자리에 올랐지만 자네도 웃뜸사울아비나 다름없으니 많은 일을 거들어야 할 것이네."

"당연한 일이지요."

"허허, 제사가 끝나면 자네 형제에게 지금처럼 말을 놓을 수도 없겠군그래."

"비렴님을 항상 스승님이나 아저씨처럼 생각하고 있습니다. 그런 말씀은 마시지요."

치우천이 펄쩍 뛰었으나 비렴은 흐뭇한 미소를 지으며 고개를 저었다.

"아닐세, 아니야. 절대 그럴 수는 없는 일이네."

"그렇게 되면 제가 너무나…… 몸 둘 바를 모르겠습니다."

"몸 둘 바를 몰라서는 아니 되네. 높은 자리에 오른 만큼 더 많은 책임이 있고, 몸 두어야 할 곳이 훨씬 많아진 게야. 그걸 제대로 해내지 못하면 안 되는 것이니 한층 더 몸가짐과 말에 신경 써야 할 것이네. 높은 자리에 오른다고 거기 취해서 우쭐대어도 안 되고 주눅이 들어도 아니 되네. 그러면 큰일을 못하네. 알겠는가?"

비렴의 근엄한 충고를 치우천은 즉시 깨닫고 깊이 고개를 숙였다.

"깨우쳐 주셔서 감사합니다."

비렴은 선선히 웃으며 대답했다.

"마지막으로 한 가지만 더 맡아 줄 일이 있다네."

"무엇입니까?"

"부루버들 부루위단 부녀와 치우가람 치우바람 형제를 잡아들였다네. 다만 흰 단군, 검은 단군 두 사람이 이 일에 얽힌 것 같은데 검은 단군은 앓아누운 것을 잡았지만 흰 단군만은 잡을 수 없었네. 뭐, 곧 잡히겠지만."

비울걸이 데려갔던 검은 단군은 비울걸에게 당해 꼼짝 못하고 있었는데 비렴은 앓아누운 것으로 생각한 듯했다. 다만 흰 단군은 무예가 놀랍고 뭔가 사연이 깊을 듯한데 사라져 버렸다니 왠지 찜찜했다.

"그 단군들은 곧은 사람 같던데 왜 치우가람 편이 되었답니까?"

"모르겠네. 사람 속을 알 수 있는가? 다만 그런 단군까지 자기편으로 만들다니 치우가람 놈이 대단하기는 하네. 그놈들을 그대로 둘 수는 없으니 어떻게 처리하는 것이 좋겠는가?"

"소문을 내지 않고 처리하려는 것이군요?"

"그렇다네. 하지만 한웅님의 위신과 고시울률의 체면이 걸린 일이라 조심스럽게 처리하지 않으면 아니 되네. 공개적으로 목을 칠 수도 없지 않은가? 그러면 신시에 소문이 돌 테니까. 그렇다고 소리 없이 없애고 행방을 감추었다고 해도 역시 입소문을 막을 수는 없을 것일세. 그 골칫거리들을 처리해 달라는 것이 고시울률이 내건 조건 중의 하나이기도 하다네."

치우천은 머리를 긁적이며 생각하다가 어두운 표정을 지었다.

"한 가지 방법이 있기는 합니다만……."

"무엇인가?"

"전에 저는 사막에 갔던 적이 있습니다만……."

비렴은 그 말의 의미를 깨닫고 무릎을 탁 쳤다.

"사막! 그거 괜찮군! 헌데 사막에 버리는 벌을 내리는 것도 죽이는 것과 다를 바 없잖은가? 소문이 돌 테니까 말야."

치우천은 고개를 저었다.

"아닙니다. 사막에 버린다고 소문을 낼 수는 없지요. 그게 아니라 사막을 지나지 않으면 갈 수 없는 곳에 간다고 소문내는 거죠."

"사막을 지나지 않으면 갈 수 없는 곳?"

"카린의 쑤앙마이는 대단히 유명한 선인이십니다. 그러니 부루버들이 아버지와 함께 그녀를 뵈러 간다고 하면 말이 되지요. 치우가람 치우바람 형제는 그녀를 호위하고요."

비렴은 크게 고개를 끄덕였다.

"그렇군! 그런 수가 있구나! 그러다가 사막에서 길을 잃어 변을 당했다고 한다면 일이 매끄럽게 풀리겠군! 정말 자네 꾀는 대단하군!"

비렴은 기뻐했으나 치우천은 그래도 어두운 표정을 거두지 않았다.

"허나 그건…… 저도 사막에 버려져서 압니다만…… 잔인한 일입니다. 치우가람 놈이야 그러고도 남지만, 치우바람 녀석은 형 하자는 대로 따라만 하는 순진한 녀석입니다. 싸움에서 여러 천 명을 죽이기도 한 저이지만, 그들이 죽기 전까지 받을 고통을 생각하면 마음이 답답하군요."

"자네, 마음이 약해졌는가?"

비렴이 넌지시 말하자 치우천은 한숨을 쉬며 되받았다.

"마음이 약해진 것은 아닙니다. 그들을 불쌍히 여기는 것도 아니고요. 죄는 어찌 되었건 다만 약한 여자인 부루버들과 어리석은 치우바람 놈이 받을 벌치고는 지나친 것 같다는 생각이 들었을 뿐입니다. 한데 언제 보낼 것입니까?"

"오늘 밤에라도 보내야지. 늦어질수록 그만큼 좋지 않으니까."

치우천은 말없이 고개만 끄덕였다.

"됐네. 이 일은 내가 알아서 처리하겠네. 전에 자네를 따라 사막에 갔던 자네 벗들에게 시키면 되겠군. 안 그래도 그중에 도단이가 이번 일에 가장 공이 컸다네."

"도단이가요?"

"그렇다네. 도단이가 치우가람 형제에게 일부러 가까이 다가가서 뒷이야기들을 많이 캐냈네. 그가 없었다면 치우가람이 이렇게 만만하게 붙잡히지는 않았을 거야. 도단이가 대놓고 털어놓으니 놈도 배겨 낼 수 없었던 게지."

비렴의 말에 치우천은 고개를 끄덕이면서 말했다.

"도단이가 고생을 많이 했겠습니다."

"고생뿐인가? 지금 옥에 갇혀 있다네."

"예?"

치우천이 놀라자 비렴이 커다랗게 한숨을 내쉬었다.

"도단이는 치우가람에게 가까이하려고 큰 죄를 지었다고 하더군. 맥달 선인 말인데……."

치우천의 안색이 순식간에 딱딱하게 굳어졌다. 허나 비렴은 멈추지 않고 말을 이었다.

"맥달 선인을 도단이가 죽였다고 하더군. 죗값은 반드시 치러야 한다면서 자기 발로 옥으로 들어갔네. 도단이의 공이 크기는 하나, 그런 잘못이 있다면 덮어 둘 수만은 없는 일이어서……."

치우천의 심정도 착잡해졌다.

"그건 제게도 책임이 있습니다. 제가 치우가람과 가까이하라고 했기 때문에……."

"그렇다고 자네가 맥달 선인을 죽이라 말한 것은 아니지 않는가? 도단이는 무엇보다도 자네를 볼 면목이 없다고 한다네."

그때까지 잠자코 있던 병예와 신지울태도 한마디씩 거들었다.

"도단이는 스스로 죽겠다며 물 한 모금 마시지 않고 있으니."

"앞은 못 보지만 참 아까운 아이인데……. 어떻게든 살릴 방법을 찾아야 할 것이야."

"살려야지요. 도단이를 죽게 놔둘 수는 없습니다."

치우천은 맥달의 이야기가 나오자 마음이 아팠지만 도단이를 그냥 둘 수는 없는 노릇이었다.

병예가 한숨을 푸욱 쉬며 고개를 저었다.

"도단이가 보통 고집이어야지. 옥에서 끌어내면 혀를 깨물고 죽겠다고 한다네."

비렴이 치우천의 눈치를 살피며 끼어들었다.

"비록 도단이의 죄가 있지만, 따지고 보면 그 일을 시킨 것은 치우가람이요, 고시울률이야. 그러니 고시울률을 생각해서라도 이 일을 밝힐 수는 없어. 그러니 도단이를 꺼내도 관계는 없네만 그 애가 나가지 않겠다고 하니 큰 문제일세. 도단이가 죽기라도 한다면 이 문제가 다시 떠들썩해질 것이고, 고시울률과 문제도 크게 불거진다네."

치우천이 놀라며 물었다.

"고시울률님이 맥달을 죽이라고 시킨 것이 사실입니까? 짐작은 했습니다만……. 어떻게 알아내셨습니까?"

이번에는 신지울태가 씁쓸하게 웃으며 대답했다.

"저번에 자네가 같이 조사하라고 했던 마누라님의 몸종 불그네란 아이가 있었을 것이야. 자넨 기억할 것이야."

"기억합니다만……."

"그 아이는 유달리 귀가 밝은 아이였던 것이야. 하늘 제사 때 치우가람과 고시울률이 맥달 선인을 죽이려 한다는 소리를 들었던 것이야. 그 아이는 무서워서 아무에게도 말하지 않고 있다가, 이번에 치우가람의 죄를 묻게 되자 그 일까지 이야기해서 알게 된 것이야."

치우천도 알지 못했지만, 예전 하늘 제사 때 고시울률과 치우가람의 부근을 지나갔던 여자가 불그네였다. 치우천은 굳은 표정이 되었다.

"그렇다면 고시울률에게도 책임을 물어야 하지 않습니까?"

그 말에 강직하기 짝이 없는 비렴이 전에 없이 심약한 표정이 되더니 한숨을 쉬었다.

"그럴 수는 없네."

"왜요?"

비렴은 원통하다는 듯한 표정으로 대답했다.

"몰라서 그러는가? 고시울률은 주신에서 가장 큰 힘을 쥐고 있다네. 신시 동쪽의 주신 반쪽은 고시울률의 손에 들어간 것이나 마찬가지잖은가? 고시울률에게 죄를 물었다가는 자칫 주신의 반쪽이 들고 일어나게 되네. 더구나 한웅님 문제도 들춰지게 되고……. 한웅님도 편치 않으신데…… 큰일을 불러일으킬 수도 있다네."

"도단이를 달래서 마음을 돌리게 하는 일이 그래서 중요한 것이야."

신지울태가 거들자 병예도 말했다.

"이 일은 자네가 해결해 주어야 하네. 도단이를 움직일 수 있는 것은 천 자네뿐이니까 말일세."

치우천은 입술을 깨물고 한참 생각하다가 눈을 크게 떴다. 그러고는 다시 고개를 갸웃거리며 곰곰이 생각하다가 신지울태에게 물었다.

"운사님, 운사님은 다른 사람을 저희 아버님으로 보이게 하는 주술을 쓰셨지요?"

신지울태는 민망하여 얼굴을 붉혔다.

"부끄러운 일을 왜 들추는 것이야?"

"들추려는 게 아니라 중요해서 그럽니다. 뭔가 없었던 일을 정말로 보이게 하거나, 하지 않은 일을 한 것처럼 믿게 만드는 주술도 가능합니까?"

"주술은 난데없이 왜?"

"중요하다니까요."

치우천이 정색을 하자 신지울태가 천천히 말했다.

"안 되지는 않을 것이야. 도의 힘이 깊은 사람이야 무엇인들 못하겠어?"

"보지 않은 것을 보았다고 믿게 하는 것도 되겠지요? 그것은 눈을 속이는 것입니까? 마음을 속이는 것입니까? 그러니까…… 말하기 힘듭니다만, 음, 없는 것을 만들어 보여 주는 것입니까, 아니면 마음을 움직여 본 것처럼 믿게 만드는 것입니까?"

신지울태는 가볍게 웃으며 고개를 끄덕였다.

"무슨 말인지 알아. 두 가지 다 될 것이야. 허나 없는 것을 만드는 것은 굉장한 도력이 필요한 것이야. 그럴 수 있는 사람은 세상에 많지 않을 것이야. 상대방의 마음이 그렇게 강하지 않다면 마음을 움직이는 편이 훨씬 쉬울 것이야. 마음을 움직여 보지 않은 것을 보게 만든다, 나라면 그렇게 할 것이야."

치우천은 환한 표정으로 벌떡 자리에서 일어났다.

"도단이를 만나 봐야겠습니다!"

치우천이 서두르자 삼사는 수가 생겼나 보다 싶어서 마주 보며 기뻐했다.

"그러게. 어서 가 보게나. 도단이는 감옥에 있네. 감옥 가는 길은 밖에 나가서 여기를 지키는 사울아비 작은 스승에게 물어보게. 치우가람 놈들이 갇힌 곳이기도 하다네."

치우천은 마음이 급했지만, 마지막이라고 생각하자 문득 치우가람의 얼굴도 보고 싶어졌다. 다른 사람은 가엾기도 했으되 치우가람은 불구대천의 원수였다. 수많은 생각들이 꼬리를 물고 갈래 치다가 증오심이 되어 저절로 표정에 나타났다. 치우천은 비렴에게 부탁했다.

"마지막으로 치우가람 놈의 얼굴을 한번 보아도 괜찮겠습니까?"

치우천의 눈빛이 증오로 이글거리는 것을 보고 비렴은 의아한 표정을 지었다.

"자네는 변덕스러운 성격은 아닌 것으로 아는데?"

"예? 그렇다고 생각합니다만."

"방금 전까지 그들이 불쌍하다고 한 사람의 눈빛치고는 무섭군."

치우천은 허탈하게 미소를 지었다.

"변덕이 아니라 경우가 다를 뿐입니다. 치우가람 놈은 갈아 마셔도 시원치 않을 뿐입니다. 한웅님을 속이고 제 어머님을 해치게 만들었으며 아버님을 저 지경으로 만든데다가…… 그…… 그…… 맥달님에 이르기까지 모두의 원수 아니겠습니까?"

맥달 이야기를 꺼내자 마음 한 켠에서 잊고 있던 무엇이 울컥 솟구쳐 올랐다. 더불어서 건잡을 수 없이 흥분이 되었다. 치우천의 얼굴이 느닷없이 붉어지자 비렴은 고개를 갸웃하면서 말했다.

"자네를 이해하기는 참 힘들군그래. 좋을 대로 하게나. 오늘 밤에 바로 떠나보낼 것이니 만나려면 지금 만나게."

치우천은 눈물이 쏟아질 것 같은 기분을 억누르며 간신히 말했다.

"가 보겠습니다."

치우천은 삼사에게 인사하고 밖으로 나왔다. 밖에는 치우비가 초조하게 기다리고 있다가 치우천을 보자 활짝 웃으며 뭔가 말하려 했다. 허나 치우천의 표정이 심상치 않다고 느꼈는지 걱정스러운 듯이 물었다.

"형. 왜 그래? 뭐가 잘못되었어?"

치우천은 억지로 웃으며 대답했다.

"아니다, 잘못되기는. 허허. 아니, 잘못된 일 없사옵니다. 웃뜸사울아비님."

"엥? 무슨 소리야?"

"네가 웃뜸사울아비가 되기로 했다."

"형이 아니구?"

"전에 이야기해 놓고 왜 또 그래? 네가 되는 것이 낫다."

그러나 치우비는 기뻐하기보다 치우천의 표정을 걱정스레 살피며 다시 물었다.

"그런데 표정이 왜 그래?"

아우가 기쁜 소식을 들었는데도 자신부터 걱정해 주자 치우천은 애써 얼굴을 살폈다.

"아니다. 도단이에게 문제가 생겼다는구나."

치우천은 비에게 도단이의 이야기를 해 주었다. 치우비는 놀라며 펄쩍 뛰었다.

"그래서는 안 되지! 비록 죄가 있어도 그렇게 할 수는……."

그러다가 맥달을 생각하며 고개를 저었다.

"하지만 맥달님을 생각하면 그것도 참……. 더구나 죄는 죄인 데…… 친하다고 풀어 주는 것은……."

치우비는 맥달을 존경하고 좋아하던 처지라 마음을 정하기 힘든 모양이었다.

치우천은 치우비의 어깨를 툭 치며 말했다.

"그럴 수는 없지. 아무리 삼사께서 그러길 바라신다 해도 도단이에게 죄가 있다면 그냥 덮을 수는 없다."

"그러면 어떻게?"

"도단이에게 물어봐야 할 것이 있다. 어쩌면 말이다, 도단이는 죄를 짓지 않았을지도 모른다."

치우비는 눈을 크게 뜨며 못 믿겠다는 표정을 지었다.

"말이 안 되잖아!"

"그건 가서 말해 봐야 안다. 어서 가자."

치우천은 서두르며 사울아비 작은스승을 찾았다. 치우비는 치우천이 평소와는 다르게 유달리 서두르는 것을 보며 생각했다.

'역시…… 맥달님 때문에 저러나?'

형제는 한웅의 회의실 앞을 지키던 사울아비 작은스승에게 말하여 안내를 받아 죄인들이 갇혀 있는 곳으로 향했다. 사울아비 작은스승은 눈치가 있는 사람인지 이미 치우천이 웃뜸사울아비가 되기나 한 것처럼 비위를 맞추려 했다. 전형적인 안사울아비의 모습이었다. 치우비는 불쾌한 기분이 든 듯 티가 났으나 치우천은 그런 내색이 없었다.

감옥은 한웅의 집 한 켠에 있는 나지막한 바위 동산 아래 판 굴이었다. 굴속은 생각보다는 넓었고 사울아비들이 곳곳을 지키고 있었다. 사울아비 작은스승은 그중 한 토굴 방에 도단이가 갇혀 있다고 알려 주었다. 도단이는 어둡고 퀴퀴한 돌방 한가운데에 앉아 있었다. 며칠 지나지 않았음에도 삶의 의욕을 스스로 버린 탓인지 놀랄 만큼 수척해져 있었다. 치우천이 방으로 들어서자 도단이는 고개도 돌리지 않고 조용히 입을 열었다.

"천, 비. 자네들 왔는가?"

도단이가 발소리만으로도 사람을 알아맞히는 것을 보고 치우천은 내심 놀랐으나 곧 부드럽게 물었다.

"그래, 날세. 그런데 자네 지금 무엇 하는 겐가?"

도단이는 서글픈 미소를 지으며 대답했다.

"내가 한 짓을 정리하려는 중일세."

"자네가 한 짓이라니?"

도단이는 살짝 체념한 미소를 지으며 말했다.

"무슨 소리인가? 알고 있잖은가? 나는 이미 전부터 이러려고 작정했다네."

치우비가 참지 못하고 호통을 쳤다.

"자네 이러면 안 돼! 치우가람 놈을 잡는 데 자네 공이 컸잖은가!"

도단이는 고개를 절레절레 저었다.

"공은 공이라 할 수 있지만, 죄는 죄대로 가야 하는 것일세."

치우천은 타이르듯 말했다.

"삼사께서는 자네를 벌하기를 바라지 않으신다네. 한웅님이나 고시울륨님도 그러기로 뜻을 모으셨네. 이럴 필요가 없어."

도단이는 웃으며 고개를 저었다.

"아니, 아무리 그래도 두 사람은 나를 용서하지 않을 걸세."

"음?"

"자네는 영영 그 일을 잊지 못할 걸세. 자네가 맥달 선인에게 품었던 마음, 지금에서는 알 것 같지만 그때는 정말 몰랐네."

치우천은 도단이의 말을 막았다.

"나는 자네를 탓하고 싶지 않아!"

"아니야. 자네는 나를 벌주지는 않겠지. 허나 잊지는 못할 걸세. 천, 자네는 내 벗일세. 나는 벗의 마음에 그런 상처를 새겨 둔 채로 살고 싶지는 않다네."

"아냐, 아냐. 자네는 나에 대해 잘못 생각하고 있어."

치우천이 부정했지만 도단이는 웃으며 말했다.

"자네가 정말 나를 용서한다면 마음이 편하겠네. 하지만 절대 나를 용서하지 않을 사람이 또 있어서 아니 되네."

"그게 누군가?"

도단이는 체념한 듯 허탈하게 웃으며 대답했다.

"바로 날세."

치우비는 할 말이 없다는 듯 푸욱 한숨을 쉬었다. 허나 치우천은 도단이에게 바싹 다가가 말했다.

"도단이, 나는 자네를 살리고 싶네. 아니, 살릴 것이네."

"자네 재주가 아무리 좋아도 스스로 죽겠다는 사람을 말릴 수는 없을 것이라 생각되는데?"

"아니, 할 수 있을지도 몰라."

치우천은 잠시 말을 끊었다가 물었다.

"자네, 사람의 피를 본 적 있는가?"

"만져 본 적은 많지만…… 본 적이야 있겠는가? 나는 날 적부터 눈이 보이지 않았는데 말야."

"그럼, 피가 무슨 색깔인지 아는가?"

"붉은색이라고 이야기는 들었네. 그런데 그건 왜 묻나?"

"그럼, 붉은색이 뭔지 아는가?"

도단이는 이해가 되지 않는다는 듯이 되물었다.

"내가 그걸 어떻게 알겠는가? 나를 놀리려는 겐가?"

치우천은 따지듯 빠르게 말했다.

"아니야, 중요한 일일세. 자네는 붉은색을 본 적도 없어. 그런데……
자네가 전에 했던 말이 있네. 맥달을 죽였다고 말할 때 자네는 마치 본
것처럼 이야기를 했어. 흰옷에 솟구치는 붉은 피를 잊을 수 없다고 분명
히 이야기했네! 그건 대체 어찌 된 일인가?"

도단이의 안색이 하얗게 변했다. 충격을 받은 듯 도단이는 몸을 부르
르 떨다가 더듬거리며 물었다.

"그랬네…… 그랬어……. 정말…… 정말 내가 어찌 알았지? 응? 어
찌 된 일이지?"

치우천은 심각한 목소리로 말했다.

"자네, 아직도 그것을 기억하는가? 자네가 '보았다'는 광경을 말이야."

도단이는 얼이 빠진 것 같았다. 그뿐만 아니라 치우비도 놀라서 입을
딱 벌렸다. 도단이는 한참 인상을 쓰며 생각을 되짚어 보려고 하다가 이
내 고개를 저었다.

"아냐, 못해. 못하겠네. 그 일은 기억은 나는데…… 정작 내가 보았
다는 그것은 무엇인지 기억조차 나질 않아. 내가 왜 그걸 '보았다'고 했
는지도 모르겠네. 이게 뭐지? 어떻게 된 건가? 응?"

치우천의 눈이 예리하게 빛났다.

"내 짐작이 맞다면 자네는 주술이 걸린 것일지도 몰라. 맥달을 죽였
다는 생각을 가지도록. 맥달은 죽지 않았을지도 몰라."

"어떻게 그럴 수가 있는가!"

도단이가 부르짖듯 외쳤지만 치우천은 침착하게 되받았다.

"나는 예전부터 맥달이 왜 스스로 죽음을 택했는지 이해가 되지 않

았네. 앞날을 꿰뚫어 보고, 자기가 죽을 날을 안다는 사람이 그렇게 죽었다는 것이 이해가 되지 않았네. 그때가 죽을 때였을지도 모른다 생각도 해 보았네만, 그러기에는 그녀의 행동이 이해가 되지 않았어. 그녀 정도의 신통력이면 자네가 오는 것도 분명히 알았을 텐데 말야. 그녀는 그 바로 전에 자신이 살아야 할 이유를 내게 묻고 몹시 기뻐하는 것 같았거든. 그런데 그렇게 어이없이 죽음을 맞이했을 리 없다네. 내 짐작이 맞다면 맥달은 죽지 않았어."

치우비가 다급하게 물었다.

"맥달님 스스로 모습을 감추어 버렸다는 거야?"

"그랬을 것 같지는 않아. 맥달 스스로가 그럴 생각이었다면 그전에 나에게 자기가 살아야 할 이유를 묻지도 않았을 거야. 그냥 자리를 피했겠지. 그게 아니라, 누가 자신을 구할 것을 알았기 때문에 그랬다면 모든 것이 제대로 풀린다. 스스로 몸을 숨길 생각이었다면 그런 이야기는 왜 물었겠나? 맥달이 아니라 다른 누가 구했을 가능성이 높네!"

"허나…… 아니야. 그 자리에는 나만 있었던 것이 아니야. 질쾌도 있었어!"

"질쾌도 같이 찔렸는가? 그 점이 중요하네."

도단이는 한참 생각하다가 말했다.

"아닐세. 질쾌는 사람을 구하는 단군이야. 사람을 찌를 수는 없다고 말했네. 허나 질쾌도 내내 같이 보고 있었네."

치우천은 열에 들떠 외쳤다.

"자네에게 주술을 걸어 헛것을 보게 만들었다면, 질쾌 또한 주술에 걸려 있었을 걸세. 주술을 쓴 사람은 자네가 장님인지 몰랐던 게 분명해. 그래서 그 광경을 본 것처럼 생각하게 만들고 맥달을 구해 갔겠지. 원래라면 아무도 모를 일이지만, 자네는 원래 '본다'는 것을 모르는 장

님이었기에 오히려 내게 그리 말하게 된 거야! 이제 분명해졌네. 맥달
은 살아 있어. 그러하면 자네도 더 이상 맥달을 죽인 죄를 안고 있지 않
아도 된다네!"

도단이의 파리해진 얼굴에 핏기가 올라오는 듯했다.

"그게…… 그게 정말일까? 허나…… 분명 그 자리에는 불에 탄 여
자 시체가 있었는데……."

"그냥 시체도 아니고 불에 탄 시체일세. 그 정도는 구하려면 얼마든
지 구할 수 있다네. 더구나 질쾌가 시체를 검사했다고 하지만 자신이 끼
어든 일이었으니 자세하게 조사했을 리도 없고!"

"그런데 누가…… 누가 그런 주술을 쓸 수 있지? 그런 재주를 가진
사람은 어디 있지?"

"나도 모르네. 허나 운사 신지울태님께서는 싸움터에서 다른 사람을
우리 아버님처럼 보이게 만드는 주술을 쓰시기도 했다네. 아까 언뜻 물
었네만, 운사님께서는 그 정도 주술은 쉽게 쓰신다는 듯이 말했다네. 그
러니 조사해 보면 알 수 있을지 모르네. 맥달을 찾아야 해. 누가 데려갔
는지는 모르지만 이렇게 오랫동안 소식이 없는 것을 보면 좋지 않은 상
황에 처해 있을지도 몰라."

치우비는 무심코 그런 것보다 맥달이 보고 싶기 때문이 아니냐고 물
으려다가 입을 다물었다. 얼른 그 생각을 지웠다.

"주술력이 대단한 사람이 데려간 것 같은데 자부 선인님이 도로 데려
가셨다면?"

"자부 선인께선 사람들 일에 일일이 끼어들 분이 아니잖아. 그랬다면
맥이 알았을 거다. 허나 맥은 맥달이 죽은 것을 몰랐고 그 얘기를 듣고
슬퍼했어. 그러니 사람들 중에 누가 그랬다는 이야기인데……."

치우천은 핀잔하듯 말하고 나서 고개를 숙인 채 생각에 잠겼다. 치우

비와 도단이도 숨을 죽인 채 아무 말도 하지 않았다. 잠시 후 치우천은 고개를 들고 도단이에게 물었다.

"맥달을 구하려면 그날 그 장소에서 맥달이 죽게 되어 있다는 것을 알았어야 하네. 그 일에 대해 아는 사람은 누구일까?"

도단이는 천천히 말했다.

"나와 질쾌…… 그리고 치우가람과 치우바람뿐이야. 허나 그놈들에게 주술을 부릴 재주는 없잖아."

"그놈들이 다른 사람에게 부탁했을 수도 있잖은가?"

"말이 안 되네. 치우가람과 치우바람은 맥달님을 죽이려던 놈들인데 그놈들이 구할 리는 없잖은가?"

치우천도 막막해졌다.

"정말 넷 말고는 아는 사람이 없을까?"

"더 있을 수가 없어. 우리 넷이 있는 자리에서 그 이야기를 했고 바로 그날 밤에 일을 치렀으니 어디로 새어 나갔을 리도 없잖은가?"

치우천이 할 말을 잃자 도단이의 얼굴이 해쓱해졌다. 도단이가 풀 죽은 목소리로 말했다.

"안 되겠네. 잠시나마 희망을 가졌네만…… 자네 생각은 추측에 불과하네. 내가 뭔가에 헛씌었을 수도 있어. 석연치는 않지만 그것만으로 맥달님이 죽지 않았다고 보기에는 무리가 있네. 내 마음을 돌리려는 자네 뜻은 눈물겹도록 고맙네. 허나 내가 지은 죄는 여전히 죄일세. 맥달님이 살아 계신 것이 확실하지 않는 한, 나는 마음을 돌릴 수 없다네."

"도단이! 그러지 말게나. 나와 함께 더 조사를……."

치우천이 간곡하게 말했으나 도단이는 막무가내였다.

"나를 자꾸 추하게 만들지 말게. 이 정도로 되었네. 고마우이."

도단이는 등을 돌리고 뒤로 돌아앉아 버렸다. 치우천은 희망을 손끝에 잡았다가 도로 놓쳐 버린 처참한 기분이 되었다. 잘만 하면 도단이도 구하고 맥달을 다시 볼 희망도 가질 수 있었는데 말이다. 치우천은 포기하지 않고 말했다.

"도단이 자네, 죽을 생각은 하지 말게. 내 무슨 일이 있어도 맥달이 죽지 않았음을 밝혀내고야 말 것이네!"

도단이가 조용히 말했다.

"천, 고깝게 들릴지도 모르겠네. 허나 말하겠네. 그러지 않는 편이 나을지도 모르네."

치우천은 놀라서 물었다.

"무슨 소리인가?"

도단이는 한숨을 쉬며 대답했다.

"자네, 맥달님에 대한 감정이 남다르지?"

"무슨 소리야? 자네가 어찌 알고?"

"자네처럼 철석간장을 가진 사람이 회의중에 목 놓아 울기까지 했네. 우리 벗들은 다 안다네. 허나 자네는 이미 안사람이 있지 않은가? 더구나…… 이런 말을 하기는 그렇네만…… 이제 다시 볼 수 없을지 모르니 자네를 위해 까놓고 말하겠네. 그 사람을…… 가벼이 보면 안 되네."

치우천은 영문을 몰라 눈을 커다랗게 떴다.

"무슨 소리인가?"

도단이는 탄식하듯 내뱉었다.

"자네 안사람만큼 예쁘고 재주 좋은 여자는 드물 걸세. 그래서 누구나 자네를 부러워했다네. 허나 작은 주신의 남자들은 이제 더 이상 자네를 부러워하지 않는다네. 그 이유가 뭔지 아는가?"

"자네, 형수님에게 지금 무슨 소리를 하는 건가?"

치우비가 놀랍고도 화가 나서 말꼬리를 돌리려 했으나 도단이는 아랑곳하지 않았다.

"얼굴이 화끈거리네만 그래도 참고 듣게나. 자네 안사람이 독하고 무서운 여자라는 사실은 작은 주신 사람들이 다 알고 있네. 자네 낯을 보아 아무도 말을 하지 않는 것뿐일세. 작은 주신 사람은 다 아는데, 자네 한 사람만 모르고 있는 것일세. 겉으로는 다정다감하고 온순하기 그지없지만 실은 자기 자매를 눈도 깜짝 않고 찔러 죽일 만큼 독하다고 말야. 독도 잘 쓰면 약이 되듯, 자네에게도 많은 힘이 될 수 있지. 허나……허나 자네가 맥달님을 계속 찾는다면……."

"맥달과 나와는 아무 관계가 없었네!"

치우천은 궁색하게 변명했다. 도단이는 못 들은 양 자기 할 말만 했다.

"어떤 사람은 많은 마누라를 거느리고 살기도 하지만, 자네 안사람이나 맥달님 같은 여자들은 세상에서 둘도 찾아볼 수 없는 사람일세. 여럿을 마음에 두어서는 안 된다는 뜻일세."

치우천은 가슴속을 바늘로 찔리는 것 같았으나 내색하지 않고 단호하게 말했다.

"나는 내 안사람을 배신하지 않는다네. 맥달님을 구하려는 것은 그녀를 존경하기 때문이네. 자네를 구하기 위해서이기도 하고."

다소 떨고 있는 치우천의 말을 듣고 도단이는 되받았다.

"자네 안사람에게 감정이 있는 것은 아닐세. 그분과 자네가 함께 소리를 낼 때에는 이렇듯 어울리는 사람들이 또 있을까 싶을 정도라네. 허나 자네가 마음을 정하지 않는다면, 자네보다 자네 안사람이 자네를 용서하지 않을지도 모르네."

치우천은 말문이 막혀 대답하지 못했다. 도단이는 차분히 말을 맺었다.

"나는 눈이 보이지 않는 대신, 다른 감이 예민한 편일세. 자네 집안일까지 나서서 이야기했네만 내 말이 틀리기를 바라네. 허나 천, 조심하게. 지나족 수십천의 칼이나 수십 마리 신수가 몰려와도 눈도 깜짝 않을 자네지만 자네 안사람만은 조심해야 할 것일세. 맥달 선인만은 못하지만 나도 앞날을 점칠 줄 아는 박수일세. 나에게는 그런 느낌이 있다네. 그리고…… 이제는 더 이상 할 말이 없네.”

도단이는 조개껍질처럼 굳게 입을 다물어 버렸다. 치우천은 할 말을 찾지 못해 망연하게 서 있을 뿐이었다. 뒤통수를 호되게 얻어맞은 기분이었다. 치우비가 어색한 분위기를 견디다 못해 형을 잡아끌다시피 하여 밖으로 나오자 치우천이 풀 죽은 목소리로 물었다.

“비야, 네가…… 네가 보기에도 그러니?”

“음? 뭐…… 뭐가?”

“네 형수 말이다. 정말…… 다른 작은 주신 사람들이 다 그렇게 알고 있니?”

치우비는 우물쭈물하며 형의 눈빛을 피하려 했으나 치우천이 따져 물었다.

“지난번 무라에게 약간은 들었다. 허나…… 허나 도단이도 알 정도라면……. 정말로 작은 사람들이 다 안단 말이냐? 너도 아니, 응? 솔직하게 말해 봐!”

치우비는 단념한 듯 짧게 말했다.

“그런 것 같아.”

치우천은 낙담하여 어깨를 축 늘어뜨렸다.

“비야, 나는 말이다. 분명히 네 형수를 사랑한다. 아무리 독한 마음씨를 가졌다 해도.”

“그래, 그래.”

“헌데…… 맥달 말이다. 죽었을지도 모르는데…… 왜 이러는지 나도 모르겠다. 내가 왜 이러지? 나는 정말 맥달을 미워했던 사람인데……
네 형수만큼 예쁘고 다정한 여자도 아닌데 말이다. 응?"

치우비는 형을 달래듯 조심스럽게 말했다.

"형이 잘한다는 것은 아냐. 허나 사람 마음을 어떻게 하겠어?"

치우비는 한숨을 푸욱 내쉬었다.

"그렇게 된다면 나야말로 안 이러게?"

치우비가 솔직하게 말하자 치우천은 우스워져 피식 웃었다.

"형제가 여자 때문에 꼴좋구나, 하하."

치우천이 웃자 치우비도 쑥스러운 듯 머리를 긁적였다.

"형은 안 그럴 줄 알았는데, 히히."

그러면서 치우비가 넓적한 손으로 등을 툭 치자 치우천은 훨씬 마음
이 풀리는 것 같았다.

"난 네 형수를 배신할 마음은 없다. 맥달과 맺어진다는 생각, 꿈에도
해 본 적 없어."

"알아, 알아. 형이 그럴 사람이 아닌 거."

"죽어도 난 네 형수를 배신 안 한다."

"당연하지. 그치만……."

소녀도 그렇게 생각할까 하고 치우비는 물으려다가 그 말을 꿀꺽 삼
켜 버렸다. 치우천이 비록 자신도 모르게 마음이 맥달에게 기울어졌다
고 해도 그것이 꼭 죄라고 보이지는 않았다. 여러 명의 마누라를 데리고
사는 남자들도 많았다. 허나 치우비가 보기에도 소녀의 경우는 결코 그
런 일을 용납할 사람 같지 않았다.

예전에도 가끔씩 소녀는 천연스러운 기색으로 맥달의 일을 치우비에
게 묻곤 했다. 겉으로는 둔해 보이지만 실제로는 감이 빠른 치우비는 부
드러운 물음 속에 깊이 숨어 있는 가시를 느끼고는 말을 돌려 버린 적이

많았다. 솔직히 형수인 소녀를 탐탁하게 여긴 적은 거의 없었다. 오히려 소녀가 독한 성격을 그대로 보여 주었다면 지금보다는 더 호감을 가졌을지도 모른다. 허나 소녀는 그런 마음을 깊숙이 감추다가 의표를 찌르듯 드러내 보이곤 했기 때문에, 치우비는 그녀를 싫어한다기보다는 두려워했다. 이런 상황에서 도단이가 터뜨린 말은 어쩌면 치우비가 형에게 하고 싶었던 말인지도 몰랐다.

치우비는 조심스럽게 형에게 말을 건넸다.

"형, 형은 이상하게 맥달님 이야기만 나오면 평상시와 달라져. 그래서 사람들이 그렇게 생각하게 되는 걸 거야. 아이쿠, 물론…… 물론 마음대로는 안 되겠지만 표가 안 나게 해 봐. 그러면 형수도 모르고 넘어갈 거야. 형이 무슨 죄를 지을 사람도 아니고…….."

치우비의 말이 끝나자마자 치우천이 심각하게 물었다.

"비야, 너도 맥달님을 좋아했잖니?"

"그야 그렇지. 허나 형과는…… 감정이 조금 다를지도…….."

"좌우간 말이다. 네가 그런다고 공손발이 너를 구박하거나 원망할까?"

오랫동안 꺼내지 않았던 공손발 이야기가 나오자 치우비는 찔끔했지만, 곧 허허 웃으며 말했다.

"난 그런 생각을 해 본 적도 없어. 그리고 나는 그분을 존경할 뿐인데, 뭘."

치우천이 날카롭게 말했다.

"나도 그렇다. 적어도 나는 내 마음을 다스리려 노력하고 있다. 그런데 내가 죄를 지은 것처럼 찔끔할 필요는 없다고 본다. 안 그러니?"

이럴 때의 치우천은 바늘 끝조차 파고 들어갈 틈이 없을 정도로 원칙론자가 되는 것을 잘 아는 치우비는 두루뭉술하게 말끝을 흐렸다.

"글쎄…… 뭐 그렇겠지."

"나는 주신에 큰 도움이 될 그 사람을 구하고, 벗인 도단이를 구해야 한다. 나는 맥달님을 찾아내고 말 거야. 내 마음보다 그 일들이 우선이다. 너에게 말해 봐야 소용은 없지만…… 아니, 나 자신에게라도 분명히 해 두고 싶다. 알겠니?"

"그래, 그럼!"

치우비는 사람 좋게 웃으며 이내 덧붙였다.

"형은 세상에서 제일 잘난 사람이지만, 만약 형이 세상에서 가장 못나고 가장 나쁜 사람이어도 난 형 편이야. 알지?"

진심 어린 치우비의 말에 치우천도 마음이 많이 풀렸다.

"이 녀석, 말 하고는."

치우천은 아차 싶어 말을 끊었다가 덧붙였다.

"아까 공손발 이야기를 꺼내서 미안하다. 너도 그동안 참느라 괴로웠을 텐데."

"뭘, 괜찮아."

"그런데 이제는 괴로워하지 않아도 된다."

"무슨 소리야?"

"이제 너는 대주신의 웃뜸사울아비다. 내일이라도 당장 정식으로 헌원에게 사람을 보내서 공손발을 네 색시로 달라고 요청할 거다. 제아무리 헌원이라도 거절할 수 없을 거야. 예전에 약속한 것을 이제야 지키게 되었구나. 녀석아, 좋겠다! 하하!"

치우천이 엄숙하게 말하다가 끝에 가서는 웃음을 터뜨리자 치우비는 멍해졌다가 입을 함박만큼 벌리면서 껄껄 웃었다.

"형! 고마워!"

"녀석, 그동안 참 오래 마음 고생했다. 이제는 즐겁게 지내라. 더 힘내고. 알겠니?"

"그럼!"

치우비가 싱글벙글 입가에 하나 가득 웃음을 머금고 있을 때 사울아비 작은스승이 다가왔다. 그제야 치우천과 치우비는 이야기를 멈추었다.

"일이 끝나셨습니까?"

그가 묻자 치우천은 고개를 저었다.

"지금 잡혀 있는 죄인들을 만날 수는 없을까? 치우가람 말이네."

"예? 안 될 것 없습니다만…… 무슨 일로?"

"물어봐야 할 것이 있어서 말일세."

사울아비 작은스승은 난감해하다가 말했다.

"비렴님께 여쭈어 봐야겠습니다만."

"그럼 그리하도록 하지."

이미 비렴의 승낙을 받았으나 그래도 절차를 밟아야 했기에 치우천은 고개를 끄덕였다.

사울아비 작은스승은 웃으며 얼른 손사래를 쳤다.

"그러실 것 없습니다. 제가 금방 여쭈어 보고 오죠. 웃뜸사울아비 되실 분을 오라 가라 했다고 나중에 제가 한 소리 듣습니다."

"그런 것 가지고 누가 뭐라 한다 그러시오?"

치우비가 마음에 들지 않는다는 듯이 이야기했으나 치우천은 웃으며 치우비의 말을 막았다.

"그럼 부탁하오."

"저야말로 앞으로 잘 부탁드립니다. 헤헤."

사울아비 작은스승이 달려 나가자 치우비는 입맛을 다시며 말했다.

"그러고 보니 웃뜸사울아비가 되면 안사울아비도 다스려야 하는군그래. 힘들겠는걸?"

치우천은 웃으며 치우비를 쳐다보았다.

"세상에 쉬운 일만 있는 건 아니지. 그렇다고 그들을 나쁘게만 볼 것은 없어. 그들에게도 배울 게 있단다."

"아부하는 거?"

치우비가 비웃듯 묻자 치우천은 고개를 저었다.

"다른 사람 기분을 맞추는 재주도 재주다. 아부하는 습관만 안 배우면 되잖니. 그것도 기술이라면 기술이야. 나쁜 건 아무 때나 아부부터 하는 습관이지. 너도 이제는 넓게 볼 줄 알아야 한다."

"그런데 치우가람 놈의 낯짝은 뭐하러 보려구?"

"치우가람 놈이 잡혀 이제 끝장나게 되었단다. 그것을 생각하니 온갖 생각이 나서 그런다. 더구나 맥달 일을 아는 건 그놈 형제뿐이잖아. 늦으면 다시는 못 볼 테니 반드시 물어봐야 하겠다."

치우비도 얼굴을 굳히며 고개를 끄덕였다. 순한 치우비였으나 치우가람에 대한 증오심은 형과 다를 바 없었다.

"그 녀석들 어떻게 되는데?"

"사막에 버려질 거다."

치우비는 잠시 놀라고 안쓰럽다는 표정을 짓다가 얼굴을 굳혔다.

"그래도 싼 놈들이야."

사울아비 작은스승이 금방 돌아와 그들을 안내했다. 치우가람이 갇힌 곳은 도단이가 있는 곳과는 달리 굴곡이 심하고 깊은 굴속이었다. 겹겹이 사울아비들이 지키고 있는 문을 지나 그들은 마침내 치우가람 형제가 결박당한 채 초췌한 표정으로 앉아 있는 방에 들어갔다. 그들의 옆방에는 부루버들과 부루위단 등의 죄인들이 잡혀 있다고 작은스승이 귀띔을 해 주었다. 허나 그들에게는 볼일이 없었다.

치우가람과 바람 형제는 그동안 얼마나 얻어맞았는지 만신창이가 되어 있었다. 허나 둘 다 정신은 멀쩡했다. 치우바람은 눈을 돌려 외면했으나 치우가람은 독기가 가득 고인 눈빛으로 치우천을 잡아먹을 듯이 노려보았다.

"여긴 왜 오셨나? 직접 죽이러 오셨나?"

치우가람이 쉰 목소리로 빈정대자 치우비가 화를 참지 못하고 입을 열었다.

"너, 전에 한웅님께 지은 죄가 있다면 편히 죽지 못할 거라고 맹세한 적이 있지? 맹세대로 되었구나. 꼴좋다!"

"흥! 내가 재수가 없어서 그리 된 것뿐이다. 잔말 말고 죽이려면 단숨에 죽여라."

치우비는 여전히 독살 맞은 치우가람이 징그럽다는 듯 고개를 저었다.

"지독한 놈이구나. 너 같은 놈은 죽어서도 안파견 한님께서 더 나쁜 곳으로 쫓아내실 것이다. 네놈들도 사막에 버려지게 되었으니 꼴좋게 되었다. 우리가 당한 만큼 되게 당해 봐. 너는 사막을 잘 안다니 우리처럼 살아 나올지도 모르지. 안파견 한님이 못 나오게 만드실 테지만. 거기서 죽어 비울걸이 부리는 도깨비나 되렴."

치우비가 악담을 퍼붓는데도 치우가람은 개의치 않고 한껏 비웃으며 되받았다.

"네놈들이 이겼다고 생각하지 마라. 내가 죽으면, 네놈들도 편히 죽지는 못할 것이다. 내가 먼저 안파견 한님 곁에 가서 네놈들을 기다리고 있다가 거기서 다시 한번 죽여 주겠다."

치우가람이 독살맞게 말하자 치우비는 질렸다는 듯 입을 다물어 버렸다. 치우천이 조용히 말문을 열었다.

"치우가람."

"왜 부르느냐?"

"마지막으로 물어볼 것이 몇 가지 있어서 너희를 찾아온 것이다. 대답해 줄 수 있겠느냐?"

치우가람은 미친 듯 웃다가 말했다.

"못한다! 못해! 너희 놈들이 좋아할 일은 하나도 해 줄 수 없다!"

치우천은 개의치 않고 되받았다.

"이제 서로 다시 보기는 어려울 것이다. 그러니 분명히 할 것은 분명히 해 놓는 편이 나만이 아니라 너희를 위해서도 좋을 거라 생각한다. 너희는 왜 우리를 그토록 미워했느냐? 우리 어머님을 돌아가시게 만들어서?"

치우가람은 흠칫하며 입을 다물었다. 그때 잠자코 슬픈 표정으로 있던 치우바람이 채근했다.

"형, 말 좀 해 봐!"

"입 닥쳐!"

치우가람이 표독스레 쏘아붙이자 치우바람은 찔끔하다가 이내 작은 목소리로 말했다.

"그건…… 그건 나중에 알았다. 그럴 수밖에 없었다……"

"입 닥치라니까!"

치우가람이 소리치는데도 치우바람은 못 들은 척 계속 말했다.

"너희 형제가 그것을 알면 우리를 그냥 두지 않을 테니…… 우리는 너희를 어떻게든 없애야만 했다. 돌이켜 생각하니 너희에게는 정말 미안하구나……"

"입 못 닥치냐?"

치우가람이 크게 소리치자 치우바람도 덩달아 외쳤다.

"우린 죽을 거야! 사막에서 죽을 건데……! 아직도 그래야겠어? 응?"

치우바람은 눈물을 줄줄 흘리면서 치우가람에게 애원했다.

"이제 그만…… 그만하자구. 난…… 난 정말 후회돼."

"못난 놈!"

치우가람이 이를 부드득 갈며 고개를 돌려 버리자 치우바람은 엉엉 울면서 말했다.

"그래, 모든 게 잘못됐다. 다 잘못된 거야. 나와 우리 형은 태어나지 말았어야 했어……."

치우비는 치우바람이 우는 모습을 보자 마음이 아파 고개를 돌려 외면했다. 치우가람이야 어찌 되었건 치우바람은 불쌍하다는 생각이 들었다. 그러나 치우천은 냉정했다.

"그러면 치우바람, 한 가지만 더 묻자. 이것만 솔직히 말해 주면 너희를 살려 줄 수는 없어도, 너만은 마음으로부터 용서해 주마."

"용……서……?"

치우바람은 멍하니 고개를 들었다. 치우천은 힘주어 고개를 끄덕여 보였다. 치우가람은 코웃음을 치며 눈을 돌렸지만 치우바람은 강한 호기심을 보였다.

"좋다, 말해 봐라."

치우천은 뜻밖의 질문을 했다.

"맥달 선인이 정말 죽었느냐?"

그 말에 치우바람은 깜짝 놀라는 표정을 지었고, 치우가람은 고개를 휙 돌리며 쏘아붙였다.

"죽었다. 더 할 말이 없다!"

치우천은 긴장된 음성으로 말했다.

"나도 그렇게 생각했다. 허나…… 이상하다. 석연치 않아. 도단이는 박수다. 배냇장님이란 말야. 그런데 그는 맥달님을 칼로 찌를 때 솟구치는 붉은 피를 보았다고 했다! 눈먼 도단이가 어떻게 피를 볼 수 있겠느냐? 아니, 본다는 느낌을 어떻게 가지고 있었겠느냐?"

그 말에 치우가람이 어깨를 흠칫거렸고 치우바람은 눈을 크게 떴다. 치우천은 계속 말했다.

"물론 아닐 수도 있다. 그냥 그런 느낌을 받았다는 것일지도 몰라. 헌데 주술이었을지도 모른다는…… 생각이 들었다. 다른 사람을 아버님처럼 보이게 만드는 주술이 있다면, 한 사람에게 헛것을 보게 만들어 사람을 찌르지 않고도 찌른 느낌이 들게 하는 주술도 있을 것이다. 그런 주술이었기에 눈먼 도단이가 볼 수 없는 것을 보았다고 착각을 했을 것이다. 나는…… 그렇게 생각……."

치우가람이 냉랭하게 치우천의 말을 끊었다.

"누가 알고 그렇게 주술까지 써 주겠느냐? 말도 안 된다. 그 여자는 네 편이라 하늘 제사에서 우리를 방해했으니 죽여야만 했다. 내 아우 때문에라도 죽어 마땅했다."

"내 이야기는 왜 해?"

치우바람이 버럭 소리치자 치우가람도 지지 않고 되받아 외쳤다.

"네놈이 그 여자에게 홀려서 정신이 나가지만 않았어도 그렇게 서둘러 죽이지는 않았을 거다!"

치우가람이 다시 치우천에게 말했다.

"이봐, 천. 그 여자를 왜 찾는지는 모르겠다만, 이미 죽었고 불에 타 버려서 가루도 안 남았을 거다. 꼴도 보기 싫으니 그만 꺼져라."

그때 치우바람이 간절한 목소리로 치우천에게 말했다.

"천아, 나는 이제 용서받을 수 없다는 것을 안다. 바라지도 않는다. 허나 나는 어린 아들이 있다. 그 아이는…… 어찌 되지? 응?"

"아들이 있느냐?"

"그래, 아직 열 살도 안 된 어린애다. 그 아이까지 벌을 받는 것은 아니겠지? 응?"

치우천도 모르던 일이라 뭐라 말할 수 없었다. 치우가람은 치우바람을 쏘아보았으나 치우바람은 눈길을 무시했다.

"아이가 죽지 않게 해 다오. 마지막으로 그 아이를 한 번만 보게 해 다오. 부탁이다. 제발 부탁이야."

"못난 놈!"

치우가람이 날카롭게 외쳤지만 치우천은 인상을 흐리다가 조용히 말했다.

"어린애라면 벌을 받지는 않을 것이다. 염려 마라."

"아니야. 나는…… 나는 불안하다. 한 번만 아이를 보게 해 주면 내 꼭 보답하겠다. 정말이다."

아무 말이 없는 치우천을 대신하여 치우비가 불쑥 말했다.

"네놈들을 용서할 수 없지만, 음…… 마지막 소원이니 들어줄게. 아니, 애써 볼게. 그러니…… 맘 편히 가거라."

"비야, 쉬운 일이 아닐지도 모른다."

치우천이 말했지만 치우비는 고개를 저었다.

"그래도 불쌍하잖아. 작은스승이 우리에게 설설 기던데 그 정도는 할 수 있을 거야. 아이 이름이 뭐냐?"

치우바람은 어깨를 들썩이며 기뻐했다.

"누리라고 부른다. 제대로 된 이름은 아직 없고. 고맙다. 정말 고맙구나."

치우천은 약간 누그러진 표정으로 치우가람에게 물었다.

"너에게는 아이가 없느냐?"

으르렁거리는 표정으로 치우가람이 쏘아붙였다.

"그런 것, 없다!"

"부루버들과의 사이에 난 아이는 그럼 누구 아기지?"

"그건 한웅님의 아이다!"

"다 드러난 일이다. 아직도 고집을 부리느냐?"

"흥! 나는 인정한 적 없다! 치우천, 네가 이겼다고 생각하지 마라! 아직 끝난 것이 아니다. 하핫! 끝나지 않았어!"

치우가람은 발작적으로 웃으며 덧붙였다.

"두고 봐라! 나는 살아날 거다! 사막에서 네놈이 살아난 것처럼 나도 살아날 것이다! 살아나서 너희 형제 놈들을 죽이고, 주신을 쓸어버리고 내 나라를 세울 것이다! 반드시 그렇게 하고야 말 것이다! 끝난 게 아니다! 끝난 게 아냐!"

치우천은 탄식하며 말했다.

"치우가람, 너는 아직까지도 헛것을 보고 있구나. 홀려 있어. 이루지 못할 꿈을 나쁜 꾀와 나쁜 수법으로 이룰 수 있다고 믿고 있어. 네가 지금껏 해 온 일들이 옳았다고 생각하느냐?"

"너와 내가 무엇이 다르냐? 네놈도 머리를 썼고 나도 머리를 썼을 뿐이다. 네놈도 사람을 수없이 죽였고, 나도 그랬을 뿐이다. 다를 것이 없다! 다만 넌 재수가 좋았고, 난 운이 없었을 뿐이다!"

치우천은 담담히 되받았다.

"아니, 그렇지 않다. 너는 남을 속이려 머리를 썼지만 나는 남을 실망시키지 않으려고 머리를 썼다. 너는 자신을 위해서 사람을 죽였지만 나는 정당한 이유 없이는 사람을 죽이려고 하지 않았다. 운으로 말하자면 네놈이 훨씬 운이 좋았고, 나는 살아남으려고 늘 허덕거려야 했다."

"말은 여전히 잘하는구나. 누구나 남보다 강해지고 싶고 자신의 적은 죽여 없애고 싶어 하는 법이다. 모든 산 것들이 그리하는데 내가 잘못했다고는 생각하지 않는다!"

치우천은 고개를 저으며 말했다.

"치우가람, 짐승은 그리한다. 사람은 그것이 싫어서 무리를 짓고 법을 만들고 가르침을 이으면서 모여 살게 되었다. 모여서 같이 살기 위해 함부로 다른 사람을 해치거나 속이는 것은 나쁜 짓이라 정하게 되었다. 너는 사람들 속에 살면서 그만한 것도 모르느냐? 그렇게 살고 싶으면 너 혼자 짐승들과 살 것이지, 왜 다른 사람들을 속이고 약점을 잡는 짓을 했느냐? 사람들 속에 모여 사는 덕을 누구보다 가장 크게 본 주제에 혼자만의 이익을 따진다면, 그 몰염치만으로도 죽어 마땅하다. 네가 아직도 이 모양인 것을 알았다면 더 큰 벌을 받게 할걸 그랬구나."

"나도 꿈꾸던 것이 있다. 내가 꿈꾸는 세상은 지금과 다르다. 모든 것이 바뀌는 세상이다! 나는 그것을 위해 애쓸 뿐이다!"

치우가람이 궤변을 늘어놓자 치우천은 화가 치미는지 목소리를 높였다.

"지금 있는 세상의 이치도 제대로 모르는 녀석이 새 세상이라고? 네놈이 꿈꾸는 세상은 빛깔만 좋은 독버섯이다. 되지도 못한 소리나 늘어놓는 너는 사람 독버섯이고!"

치우천은 소리를 지르고는 밖으로 나가 버렸다. 치우비는 치우가람을 쏘아보다가 측은한 눈길로 치우바람을 쳐다보고는 형 뒤를 따라 밖으로 나섰다.

치우비는 그날 밤, 사울아비 작은스승에게 부탁하여 치우바람과 그의 아들 누리를 만나게 해 주었다.

누리는 어렸지만 똑똑하고 마음씨가 굳세어 보였다. 두 부자가 무슨 이야기를 했는지 치우비는 알 수 없었으나, 누리는 밖으로 나오자마자 울면서 치우비에게 매달렸다.

"아저씨, 저를 죽이지 않을 거죠?"

마음 약한 치우비는 조그마한 아이가 울며 매달리자 쩔쩔맸다.

"그래, 그래. 너를 왜 죽이냐?"

"아버지가 아저씨만 믿고 따르래요. 제발 부탁해요. 저를 키워 주세요. 우리 집에는 아무도 없어요."

"네 엄마는?"

누리는 엉엉 울며 소리쳤다.

"없어요. 없어졌어요!"

함께 연루되어 벌을 받는 것이 두려워 자식을 내팽개치고 달아난 것이 분명했다. 일이 그렇게 되었으니 누리를 맡을 사람은 없는 것이나 다름없었다. 치우바람이 처형되었다는 소문이 나면 가족은 먼 곳으로 내쫓길 것이 분명하니 누리는 죽는 것이나 마찬가지였다. 치우비는 난감한 표정을 지었다.

"허…… 이것 참……."

엄밀히 따지자면 누리는 원수의 자식인 셈이다. 아이에 대해 그런 감정을 가질 만큼 치우비는 속이 좁지는 않지만, 아이가 커서 장차 어떤 감정을 품을지 모르는 일이었다. 그 때문에 난처해하는 치우비에게 누리가 말했다.

"아버지는 죽는대요. 허나 아저씨를 조금도 원망하지 말고 잘 따르라고 하셨어요. 맹세할게요. 그러면 반드시 보답할 거예요!"

치우비의 고민은 오래가지 않았다. 누리는 똑똑하고 영리하며 눈빛이 맑아 보였다. 치우비가 씩 웃으며 고개를 끄덕였다.

"보답은 무슨 보답이냐. 씩씩하게만 크거라."

그러면서 치우비는 누리를 번쩍 들어 어깨에 올려놓았다. 홀몸이지만 아이를 키우게 되었다는 걱정은 하지도 않았다. 누리는 그제야 울음을 그치고 치우비의 목을 다정하게 끌어안았다.

치우천은 치우비가 누리를 데려온 것을 보고 놀라며 한편으론 걱정했다. 허나 치우비는 신경도 쓰지 않고 친아버지라도 되는 듯이 누리와 놀아 주었다. 치우비가 누리를 귀여워하는데다 누리도 눈치도 빠르고 영리했기 때문에, 도깨비들과 치베, 알한, 차오스 같은 다른 사람들 또한 누리를 반기고 귀여워해 주었다. 울라트는 누리의 어머니처럼 일일이 챙겨 주었고, 말이 없는 무라도 누리에게 따뜻한 눈길을 보냈다.

마침내 치우가람은 치우바람, 부루버들, 부루위단 등의 죄인들과 함께 사막으로 옮겨졌다. 호송을 맡은 것은 바로 이전에 치우천을 따라 사막에 갔던 부루벼락, 쇠돌이, 마파람 등 네 명이었다. 양역과 부달은 여전히 공상에 남아 있었기 때문에 일행에 끼지 못했다. 예전에는 곤경에 처한 치우천 형제의 처지에 피눈물을 흘리면서 갔던 길이었으나 이제는 복수를 하는 후련한 심정으로 가게 되어 부루벼락 등은 통쾌해했다.

그들은 예전에 치우가람이 했던 대로, 꽁꽁 묶고 입에 재갈까지 물려 사막으로 옮겼으며, 한 모금의 물만 주고는 사막에서도 가장 깊숙한 곳에 버리고 돌아왔다. 그들이 겪은 고통은 치우천이 겪은 것과 거의 같았으나 그들에게는 치베나 마냥처럼 재주를 지닌 사람도, 비울걸 같은 기인을 만나는 행운도 없었다. 그들은 사막에서 길을 잃고 헤맬 뿐이었다.

"어디야…… 어디로 가야 하는 거야……."

나이 많은 부루위단이 중얼거리며 제일 먼저 쓰러졌다. 사흘째 되는 날이었다. 부루버들은 아버지가 쓰러지자 마음을 독하게 먹고 머리에 꽂았던 뾰족한 구리 비녀로 목을 찔러 자살했다. 다른 사람들은 애초부터 치우가람을 저주하며 사막일망정 다른 길을 찾겠다고 떠난 뒤라 이제 남은 것은 치우가람 치우바람 둘뿐이었다.

"형…… 어디로 가지? 어떻게 하지?"

치우바람이 바싹 마른 몸으로 힘겹게 중얼거렸다. 그러나 치우가람은 독기를 품은 눈으로 주변을 둘러보았다. 그는 포기하지 않았다. 그러다가 마침내 소리쳤다.

"저기다!"

치우가람이 가리킨 곳에 물웅덩이와 나무 그늘이 보였다. 사막을 몇 번 다녀 본 치우바람은 고개를 저었다.

"저건 헛것이야. 형도…… 형도 잘 알잖아……."

"아니다! 헛것이 아니야! 헛것이 아니어야 한다. 나는 살아날 거다! 살아날 거야!"

치우가람은 막무가내로 신기루를 향해 걸음을 옮겼다. 아니라고 외치는 아우를 잡아끌다시피 하며 힘겹게 걸음을 뗐다. 신기루인 줄 뻔히 알면서 그는 합리화했다. 세상의 이치에 자신을 맞추는 것이 아니라, 신기루 같은 자연의 이치까지도 자신에게 맞추려 들었다. 마지막 순간까지 치우가람은 자신과 아우를 속이며 확실한 죽음의 길로 한 발짝씩 가까이 다가갔다. 그의 마지막 여정은 그가 살아온, 길지 않지만 복잡했던 생애와 많이 닮아 있었다.

소녀와의 결별

질투는 자존심에서 비롯하는 것일까?
소유욕에서 비롯하는 것일까? 아니면 배신감에서 비롯할까?
그도 아니면 세 가지 모두에서 생겨나는 것일까?

　치우가람 형제가 사막에서 최후를 맞이할 때쯤 치우천 치우비 형제는 눈코 뜰 새 없이 바쁜 나날을 보냈다. 야율쿠리와 초초룬, 보돈차르, 키타야, 구르 같은 부족장들은 자기 부족으로 돌아갔다. 그들에게 공상을 치는 것을 도운 데 대한 정당한 대가가 주어졌음은 물론이다. 비록 신시 싸움에서 적지 않은 사상자를 내기는 했지만 그들은 주신과 감정의 앙금을 남기지 않고 산뜻하게 마무리를 지었다.

　치베를 필두로 하여 유쌍과 알한, 차오스는 작은 주신으로 떠났다. 작은 주신 사람들을 신시 주변으로 데려오기 위해서였다. 그중 알한은 특별한 임무를 수행중이던 불쇠와 질쾌를 데리고 오라는 명령도 받았다. 종적도 없이 사라져 버린 비울걸은 며칠이 지나도 나타나지 않았다. 그리고 나니 신시에 남은 사람은 치우 형제와 울라트, 도깨비 부대와 무라뿐이었다. 울라트는 무라와 함께 누리의 뒷바라지를 하며 시간을 보냈다.

　치우가람과 부루버들의 일은 별 탈 없이 마무리되었다. 우여곡절이 많았으나 어느덧 신시는 예전의 활기를 되찾기 시작했다. 그리고 얼마 지나 하늘 제사를 치른 뒤 치우비는 정식으로 웃뜸사울아비 자리에 올랐다.

치우 형제는 며칠 동안 잔치를 치르면서 수많은 사람들과 만남의 자리를 가졌다. 술에 대해 둘째가라면 서러워할 치우비도 곤드레만드레 곯아떨어져 아침에 눈을 뜨지 못할 정도였다. 치우우레는 비렴의 방문으로 그간의 사정을 듣고 자신이 일단 치우 집안의 웃뜸을 맡았다가 곧바로 치우천에게 물려주기로 했다. 치우우레는 쇠약해진데다가 병까지 얻어 자리를 털고 일어나지 못했지만, 두 아들이 그렇듯 높이 오르자 가슴이 벅찬 나머지 밤마다 감격의 눈물을 흘리기까지 했다.

치우천은 거서기와 삼을 불러 헌원을 방문해 달라고 부탁했다. 치우비와 발의 혼담을 넣으려는 것이다. 두 사람은 두말할 것 없이 좋아했고 염려하지 말라고 큰소리를 치며 길을 떠났다. 치우비는 좋아 입이 헤 벌어졌지만 왠지 가슴이 두근거렸다. 헌원을 방문할 두 사람이 출발하자마자 두 형제와 삼사는 머리를 맞대고 치우비가 웃뜸사울아비의 자리에 오른 것을 기회로 주신을 새롭게 하기 위한 계획에 착수했다.

능력은 있으되 출세하지 못했던 불우한 바깥사울아비들을 요직에 앉히는 일부터 시작하기로 했다. 태산 회의 때 이름을 떨친 부루벼락, 쇠돌이, 거서기, 삼, 부달, 마파람은 물론이고 양역이나 치우광도 계급을 올릴 예정이었다. 그렇다고 바깥사울아비들만 진급시키지는 않았다. 적으로 마주쳤지만 신시 싸움에서 빼어난 솜씨를 보인 고시가라와 신시 방어의 책임자였던 부소눌하 같은 사람들도 공정하게 계급을 올리거나 후하게 포상할 계획을 세웠다.

이 문제를 놓고 치우비가 치우천에게 먼저 말을 꺼냈다.

"재주 있는 사람을 높이는 것은 당연하지만 이참에 재주 없는 녀석들을 잘라 버려야 하지 않을까?"

치우천은 웃으며 고개를 저었다.

"웃뜸이 되자마자 사람들을 깎아 버리면 좋은 소리 못 듣는다. 일단은 후하게 시작하는 게 좋아. 다른 좋은 기회가 있을 테니 그때 쳐내도 된다."

"언제?"

"조금 있으면 치우가람이 죽었다는 기별이 올 거다. 그때쯤 서서히 쳐내는 거야."

치우천의 생각은 좋았으나, 실제로 일이 그리 만만하게 진행되지 않았다. 고시울률은 치우비가 웃뜸사울아비가 되는 것까지는 아무 말 없이 있었으나 치우천이 본격적으로 움직이자 사사건건 제동을 걸기 시작했다. 치우가람 일당이 없어졌다고 고시울률의 세력이 줄어든 것은 결코 아니었다.

비렴을 비롯한 삼사와, 거의 폐인이 되어 버린 사와라 한웅 대신 나선 부소구슬이 치우천의 편이었으나 수적으로는 고시울률의 세력에 밀렸다. 결국 치우천의 첫 번째 시도는 실패로 끝났다. 고시가라나 부소눌하 같은 안사울아비들은 대부분 원안대로 지위가 올랐지만 젊은 사울아비들은 약간의 상을 받는 정도로 그쳤을 뿐, 처음 생각대로 지위를 올리지는 못했다.

치우 형제는 낙담했지만 그들을 치우비의 직속 휘하로 옮기는 정도로 만족할 수밖에 없었다. 치우비는 한숨을 쉬었다.

"말이 좋아 웃뜸사울아비지, 뭐 하나 맘대로 할 수 있는 게 없네. 빛 좋은 개살구 같아."

"고시울률이 벼르고 있으니 쉽지 않은 게 당연하지. 하고 싶은 일이 많았는데 좀 더 기다려야 될 것 같구나."

치우천이 쓴웃음을 지으며 말했다. 치우비가 넌지시 물었다.

"형, 요즘도 맥달님 찾고 있지?"

치우천은 은근슬쩍 무시하며 대답하지 않으려 했으나 치우비가 집요하게 물었다.

"그렇지? 사람들이 수군거리더라고."

"뭘 수군거린단 말이냐?"

"형이 너무 애타게 찾는다고 말야. 형, 형 기분은 알겠지만 표 나게 그러지는 말아. 형수가 알면 좋아하지 않을 텐데……."

치우천은 완강하게 고개를 저었다.

"맥달이 죽었는지 그렇지 않은지 알아야 속이 시원해지겠다. 은혜를 입은 사람의 행방을 알려고 하는 게 뭐가 잘못이란 말이냐? 더구나 도단이의 생사가 걸린 일이다. 그냥 둘 수 없어."

치우비는 잠자코 입을 다물어 버렸다. 치우천이 잘못한다고 볼 수는 없었다. 허나 소녀가 이 일을 알면 절대로 좋아하지 않을 것은 분명했다. 물론 도단이를 구하는 것은 중요했다. 그러나 그렇게 소문 날 정도로 직접 돌아다니지 않아도 될 터인데, 치우천은 사람도 쓰지 않고 미친 듯이 홀로 찾아다녔다.

치우천은 굳은 표정으로 고집스럽게 말했다.

"내 알아서 할 테니 그런 소리는 마라. 그동안 알아낸 게 있다."

"뭘 말야?"

"그런 헛것을 보게 만드는 주술을 쓸 수 있는 사람들을 알아봤지. 신시 안에 대략 일곱 명이 있더구나. 주술사는 여러 백 명 있지만 그 정도 재주가 있는 사람은……."

치우비는 어이가 없다는 듯이 혀를 내밀었다.

"신시 안의 주술사를 전부 찾아다녔단 말야? 그러니 소문이 안 날 수가 있나!"

치우천은 못 들은 척, 아니 정말 듣지 못한 듯 계속 말을 이어갔다.

"그런데 전부 그런 일은 모른다고 하더란 말야. 딱 한 사람, 조사하지 못한 사람이 있는데, 그 사람이 얽혔을 가능성이 크다."

그쯤 되자 치우비는 흥미가 일어 살짝 물었다.

"그게 누군데?"

"전에 하늘 제사 때 춤추던 두 단군 중 흰 단군이다."

"아, 그 사람!"

치우비는 흰 단군과 직접 마주친 적은 없었지만 리미, 개르, 키타야, 구르, 치베 같은 용사들을 단숨에 꺾어 버린 무서운 실력을 지닌 사람이라는 이야기를 들은 바 있었다.

"아무래도 그 사람이 수상하다. 두 단군 중 검은 단군의 주술은 그리 세지 않지만 흰 단군은 대단하다고 하더구나. 더구나 흰 단군은 아직도 잡히지 않았어. 그가 맥달을 빼돌렸다면……."

"그 단군들은 치우가람과 한 패거리였잖아."

"그래서 더 이상한 거다. 흰 단군 외에는 그럴 만한 능력이 있는 사람이 없어. 그러니 흰 단군을 찾아내는 일에 좀 더 신경을 써야겠다."

"검은 단군은?"

"검은 단군은 그때 잡혀서 벌을 받고 신시 밖으로 쫓겨났으니 찾을 수 없지. 손발의 힘줄을 끊고 혀를 잘랐으니……."

그 형벌은 주신의 법이 아니라 솟대 단군이 내린 것이었다. 안파견 한님을 모시는 단군으로서 부정한 짓을 하거나 탐욕을 부리는 짓을 하면 단군 전체를 부정 타게 한다 하여 그런 무지막지한 형벌을 내린다. 게다가 단군만의 조직체인 솟대 거리에서 벌어지는 것이라 치우천이나 삼사는 개입할 수가 없다. 솟대 단군은 고시울률과 가까운 사이라서 꽤

한 소문이라도 날까 두려워 치우천이 손쓸 틈도 없이 재빨리 처리해 버린 것이 분명했다.

"그럼 찾을 수가 없잖아."

치우천은 심각한 표정으로 고개를 저었다.

"찾아야 한다. 맥달을 찾아야 도단이가 살잖아. 도단이는 죽어 가고 있다. 억지로 물을 먹여 목숨을 잇고는 있지만……."

"정말 흰 단군일까? 흰 단군이 뭐하러 맥달님을 빼돌린단 말야?"

치우천은 길게 탄식했다.

"나도 모른다. 허나 흰 단군 말고는 그럴 사람이 없다."

"형, 내 한마디 할 텐데 고깝게는 듣지 마. 맥달님이 안됐기는 하지만 정말 살아 계신 게 맞을까? 도단이가 이상한 말을 하기는 했지만…… 도단이도 잘 모르겠다고 하고…… 아무 증거도 없잖아. 차라리 도단이를 설득해 보는 게 어떨까? 응?"

허나 치우천은 고집을 꺾지 않고 그 후에도 계속 흰 단군과 맥달의 행방을 찾아다녔다. 어떨 때는 공식 회의마저도 빠뜨려 고시울률의 비웃음을 사고, 비렴을 화나게 한 일도 있었다.

문제는 뜻하지 않은 곳에서 터졌다. 분주하게 돌아다니다가 늦은 밤에 잠자리에 들려던 치우천에게 무라가 찾아온 것이다. 치우천은 뜨끔한 기분이었다.

'번개범과 비냐를 만나러 갈 적에 나는 소녀의 문제를 무라에게 맡긴다고 했다. 그동안 아무 말이 없었는데 오늘 결국 이야기를 하려는가 보다.'

아니나 다를까 무라는 나지막한 목소리로 말문을 열었다.

"그동안 바쁘신 것 같아 이야기를 드릴 기회가 없었습니다만 더 늦기 전에 말씀드려야 할 것 같아서 늦은 밤에 찾아왔습니다."

"안사람 이야기입니까?"

치우천이 한숨을 쉬며 묻자 무라는 가볍게 고개를 끄덕였다.

"저는 비냐와 꽤 오랫동안 이야기를 나누었습니다. 비냐와 번개범에게 치우천님의 처지도 잘 설명했습니다. 그러나 쉽게 마음을 풀 수는 없다고 합니다……."

"그렇겠지요."

치우천이 고개를 끄덕이자 무라는 조심스레 말했다.

"비냐는 조건 한 가지를 걸었습니다. 쉽다면 쉽고 어렵다면 어려운 일입니다."

"무슨 조건입니까? 내가 대신 감당할 수 있다면 무슨 일이든 하겠습니다. 어찌 되었건 나를 위해 한 일이었고, 또한 그녀는 내 안사람 아닙니까?"

"치우천님이 하실 수 있는 일이 아닙니다. 비냐는 소녀가 사과하기를 바랍니다. 자기와, 다른 자매들과 쑤앙마이게 잘못을 털어놓고 사과하면 마음을 풀겠다고 합니다."

"그게 정말입니까? 그 정도로 화를 풀 수 있다고 합니까?"

"그렇습니다."

치우천은 안도감이 일어 자신도 모르게 목소리가 들떴다.

"당연하고 쉬운 일 아닙니까? 대체 뭐가 어렵다는 것입니까?"

무라는 가볍게 한숨을 쉬며 물었다.

"소녀, 그 아이가 그렇게 할까요?"

"하도록 해야죠. 제가 타일러 보겠습니다."

"쉽지 않을지도 모릅니다. 소녀는 속마음이 굳답니다."

"그 점은 잘 압니다만, 이유야 어쨌건 자신이 죽이려 했던 사람에게 사과하는 것이 뭐 그리 힘든 일이겠습니까? 그렇게라도 비냐님의 마음이 풀린다면 응당 해야 할 일이죠."

치우천은 일이 잘 풀렸다며 좋아했으나 무라의 표정은 밝지 않았다. 무라는 더 말하지 않고 할 말을 다했다는 듯 조용히 밖으로 나갔다.

며칠이 더 지나자 작은 주신의 사람들이 신시 어귀에 도착했다는 소식이 있었다. 치우천과 치우비는 작은 주신의 전사들을 이끌고 신시 밖으로 마중을 나갔다. 오랫동안 떨어져 있던 가족들을 만나는 자리라서 사람들은 들뜨고 유쾌한 기분이었다. 저만치 사람들의 모습이 보이자 전사들은 달려 나가 가족을 만난 반가움과 기쁨에 눈물을 흘렸다.

치우천도 소녀에게 달려갔다. 소녀는 꽤 오랜 기간 떨어져 있었음에도 나이를 먹기커녕 전보다 더 화사해진 것 같았다. 소녀는 치우천을 보자마자 생긋 웃으며 절부터 했다.

"새삼스럽게 이게 뭐요?"

치우천이 웃으며 묻자 소녀도 활짝 웃으며 대답했다.

"큰 소원을 이루신 것을 축하드리는 것입니다."

"허허, 참. 자, 어서 갑시다. 내, 신시 구경을 시켜 주리다."

치우천은 소녀를 반갑게 맞아서 신시 안으로 들어갔다. 그 뒤에는 치우비가 흐뭇한 표정으로 뒤따르고 있었다. 소녀는 신시에 처음 와 보는 것이라 신기해하며 들떠 있었다. 카린도 신비한 곳이지만 신시처럼 사람이 많고 번화한 곳은 아니었기에 더욱 그랬을 것이다.

소녀의 용모가 워낙 출중한데다 이국적인 면모까지 있어 금세 사람들의 눈길을 끌었다. 한자리에 못 박힌 듯 서서 소녀의 모습이 사라질 때까지 넋을 잃고 쳐다보는 사람들도 있었다. 적어도 그날 하루, 치우천과 소녀는 그간 알게 모르게 쌓였던 앙금이 허물어지고 화목을 되찾는 것처럼 보였다.

허나 다음 날, 예기치 않은 곳에서 문제가 터졌다. 한웅의 집에서 열린 회의에서 문제가 생긴 것이다.

"치우웃뜸께서는 예쁜 안사람이 있으시더군요. 놀랐습니다."

귀족 중의 하나가 빈정대듯 치우천에게 말을 던졌다. 치우천은 무심히 넘기려 했으나 계속 주고받는 귀족끼리의 빈정거리는 대화가 충격적이었다.

"어느 먼 부족 출신이라던데…… 맞습니까?"

"모양새 좋군요. 한웅 후보라 하는 분의 큰마누라가 이름도 들어 보지 못한 먼 부족 출신이라……."

곧바로 이어진 작은 목소리가 벼락같이 치우천의 귀를 쳤다.

"잘못하면 대주신의 한웅에 잡종 피가 섞이겠군."

치우천은 매섭게 눈을 치떠 소리가 들린 곳을 노려보며 외쳤다.

"지금 말한 게 누구요?"

늙수그레한 귀족 하나가 코웃음을 치며 대답했다.

"귀도 밝구려. 나요. 왜, 내가 못할 말을 했소?"

치우천이 이글이글 타오르는 눈빛으로 쏘아보았지만 귀족들이 떼를 지어 있었기에 겁내는 기색이 없었다.

치우천은 말끝에 바짝 힘을 주어 말했다.

"내 안사람은 카린 출신입니다. 카린은 가장 큰 선인 중 한 분인 쑤앙마이께서 다스리는 곳이고, 안사람은 쑤앙마이께서 직접 키운 열세 자매 중의 하나입니다. 적어도 당신보다는 지체가 높은 것 같습니다만, 말한번 곱게 하시는군요. 쑤앙마이 앞에서 똑같이 말해 보시지요?"

카린은 잘 알려져 있지 않지만 쑤앙마이의 이름은 생존해 있는 대선인 중의 하나로 널리 알려져 있었다. 그 귀족은 질린 얼굴이 되어 입을 다물었다. 허나 다른 귀족이 꼬투리를 잡고 나왔다.

"키탄에, 마갸르에, 몽골에, 미아우족도 모자라 카린 부족의 힘까지 업으신 줄은 몰랐구려. 거, 대단하오. 그런데 치우천님은 한웅이 되면 주신을 지키려는 것이오? 아니면 주신을 다른 부족에게 내주려는 것이오?"

"주신 한웅은 주신을 위해 애쓰는 자리요. 다른 부족 좋은 일 시켜 주라고 맡는 자리가 아니오."

여기저기서 걷잡을 수 없이 수많은 말들이 쏟아지자 갑자기 분위기가 소란스러워졌다.

"흥! 수천 명의 떨거지를 주신 사람으로 받아들이고 아예 주신을 조각내서 나눠 주려는 모양이지."

"이게 뭣들 하는 짓이오? 조용히 하시오!"

참다못해 비렴이 호통을 쳤지만 귀족들은 물러서지 않았다.

"비렴, 당신에게도 묻겠소. 당신은 치우천을 다음 한웅 후보로 추천했지만, 우리는 이해할 수 없소."

"왜 안 되오? 당신들을 전부 합친 것보다 더 많은 공을 세운 사람이오! 이제는 치우웃뜸이기도 하니 함부로 말하지 마시오!"

비렴이 열을 냈지만 그 귀족은 다시 말했다.

"치우천의 공이 크다니 그렇다 칩시다. 그런데 치우천이 한웅이 되면 치우씨에서 첫 번째 한웅이 나오는 것이니 적어도 두 번은 더 치우씨가 한웅이 될 것이오. 치우천은 자기 자식이 생기면 그 아이를 한웅으로 만들려고 하겠지. 그런데 치우천의 마누라가 다른 부족 출신이니 치우천 다음부터 주신은 계속 잡종 한웅을 모셔야 한다는 소리 아니오?"

"주신 한웅은 주신의 순수한 피를 받은 사람이 아니면 안 되오! 안파견 한님이 가만두시지 않을걸?"

사태가 추악해지자 치우천이나 비렴도 더 이상 말을 할 수가 없었다. 어느 노골적인 귀족은 차마 입에도 담기 어려울 추악한 말들을 작지만 들릴 만한 소리로 빈정거렸다.

"치우웃뜸께옵서는 참 고민되겠구려! 한웅 자리를 먹으려니 예쁜 마누라를 떼어 놓아야 하고, 마누라를 그냥 두려니 한웅 자리가 멀어지는구나!"

"거, 사람들을 수없이 잘도 죽였잖소? 마누라 하나쯤 쓱싹하는 건 일도 아닐 테지."

치우천은 귀를 막고 싶었다. 치우비가 없기에 망정이지, 이 자리에 있었다면 피를 보았을지도 모를 일이었다. 결국은 나이 많은 병예와 늦게 들어온 고시울률이 조용히 하라고 호통을 쳐서 잠잠해지기는 했으나, 치우천은 회의 내내 혼란스럽고 고통스러움을 감내해야 했다. 마침내 회의가 끝나고 치우천이 나갈 때 신지울태가 어깨에 손을 얹으며 따뜻하게 한마디 해 주었다.

"고시울률 그 늙은 너구리가 자네를 의식하여 더러운 짓을 하는 것이야. 자기가 나서지 않고도 대신할 사람이 많이 있으니 말이지. 치우웃뜸, 그렇다고 꺾여서는 아니 될 것이야. 저런 더러운 수작에 기운을 잃어서는 아니 되는 것이야."

"감사합니다, 운사님. 헌데……."

"무엇이야?"

"정말 주신 한웅은 다른 부족 출신의 어머니를 둔 예가 없습니까?"

신지울태는 조용히 고개를 끄덕였다.

"그런 적은 아직 없다고 들었음이야……. 허나 그렇게 하지 말란 법이 있는 것도 아니야. 아버지가 자네면 그만이지 무엇을 더 따질 것이야? 다른 부족을 봐. 특히 부족장이 되면 여러 부족 여자를 얻는 건 당연한 일이야. 그런 것을 문제 삼는 사람도 없고 말이야. 시끄럽게 떠드는 참새들 소리는 귀를 막으면 그뿐인 것이야."

치우천은 신지울태가 고마웠지만 괴로운 심정은 쉽게 가시지 않았다. 선례가 없다면 이것이야말로 치우천의 약점이 될 수도 있었다. 이 문제는 한웅의 회의석상에서 그치지 않고 순식간에 신시 전체에 퍼졌다. 고시울률이 뒤에서 조종하여 악선전을 퍼뜨리는 것이 분명했다.

―치우천은 주신 출신이지만 어딘가 의심쩍다. 다른 부족의 힘을 업고 있을 뿐 아니라, 한웅이 되려 한다는데 마누라까지 듣도 보도 못한 서쪽의 먼 부족 출신이라고 한다. 치우천이 한웅이 되면 신시는 다른 부족 야만족 놈들에게 짓밟히고 주신은 망할 것이다.

―이번에 신시를 치다 말기는 했지만 신시로 활을 돌릴 수 있는 녀석이 한웅 후보가 된다는 건 말이 안 된다!

이런 정도는 그나마 각오한 바였으나 어처구니없는 소문까지 떠돌았다. 한번은 치우비가 밖에서 싸움을 벌여 혼자서 열댓 명의 사람들을 두들겨 패 초죽음을 만들어 놓은 사건이 벌어졌다.

웃뜸사울아비가 밖에서 주먹을 휘두르는 것은 결코 보기 좋은 일이 아니었다. 그만한 것쯤 모를 치우비가 아닌데도 그런 일이 벌어진 것은 치우비로서도 도저히 참지 못할 소리가 나왔기 때문이 분명했다. 치우천이 놀라 불러 물어보니, 치우비는 얼굴만 붉으락푸르락할 뿐 입을 꾹 다물었다. 다른 사람을 불러 알아보니 기막힌 소문이 떠돌고 있었다.

―치우천의 마누라는 쑤앙마이에게서 사람을 홀리는 재주를 배운 여우라더라. 예전에 자기 자매도 가리지 않고 찔러 죽인 요물인데 치우천은 거기 홀려 있다. 치우천이 한웅이 되면 요물의 새끼가 한웅이 될 것이니 그날로 주신은 망할 것이다.

그런 소리가 귀에 들어오는데 치우비가 참을 리 없었다. 떠들어 대는 자들을 한 주먹에 때려죽이지 않은 것이 다행이었다. 치우비가 주먹을 쓴 다음 날 한술 더 떠 엄청난 소문이 떠돌았다.

―치우천의 아우, 치우비도 지나족 여자를 마누라로 얻는다더라. 형제가 마찬가지다. 마누라가 하나뿐인 것을 보니 그 여자들에게 휘둘려 다른 부족에게 주신을 팔아먹을 것이 분명하다. 그놈들을 없애야 주신이 편안해진다.

치우비는 물론이고 생각이 깊은 치우천으로서도 이러한 악소문 악선전은 참기 힘들었다. 악소문에 대처할 뾰족한 방법을 찾을 수 없었다. 치우 형제가 지나가면 그래도 상당수의 주신 사람들은 부러움과 동경의 눈초리를 보냈지만 어디선가 그늘진 곳에서는 수군거리는 소리가 들리는 것 같았다.

치우비는 사울아비를 풀어서 헛소문을 퍼뜨리는 사람들을 엄하게 다스리자고 했으나 치우천은 고개를 저었다. 아직 신시는 고시울률의 손아귀에 있는 것이나 마찬가지라 효과를 거둘 수 있을지도 의문이고, 자칫 신시를 공포 분위기로 몰아간다며 더 큰 악선전을 야기시킬 수도 있었다. 그러나 소문은 또 다른 곳에서 치우천에게 결정적인 타격을 주었다. 바로 집안에서 문제가 불거지기 시작한 것이다.

"당신 아우가 주신의 웃뜸사울아비가 되고 당신이 치우 집안의 웃뜸이 된 거 맞나요? 그런 소리들이 도는데 어째서 보고만 있어요?"

치우천은 아무 말도 하지 않았는데 소녀가 먼저 신경질적인 반응을 보인 것이다.

"사람들이 되는 대로 떠드는 소리인데 그것을 어쩌겠소. 더구나 나를 싫어하는 사람들이 지어내서 퍼뜨리는 말이니 신경 쓰지 마시오!"

"어떻게 신경을 안 쓰나요! 당신은 이제 힘이 있잖아요!"

"사람들이 떠드는 소리까지 막았다간 더 난처해질 거요. 굳이 당신에게 말하는 사람도 없을 텐데, 괜스레 귀를 곤두세우지 말고 대강 넘기시구료."

소녀는 막무가내로 치우천을 졸라 댔다. 따지고 보면 자신의 치부가 소문에 섞여 있던 것이 놀랍고도 두려워서였다. 그러나 소녀 스스로만 다른 사람들이 모른다고 생각할 뿐 사실은 모두가 알고 있는 공공연한 비밀이었다. 그날은 대충 넘어갔으나 다음 날이 되자 소녀는 더욱 집요하게 파고들었다.

"당신, 내가 부담스러운 거죠? 주신에서 먼 카린족 출신이라서 나 때문에 한웅이 안 된다면 나를 버릴 거죠? 그렇죠? 당신은 한웅 자리가 더 중요할 것 아니에요?"

소녀가 눈물까지 줄줄 흘리면서 말하자 치우천은 기가 막혔다.

"그게 무슨 소리요? 나는 당신을 버리지 않을 거요. 나도 어려운데 당신이 이러면 안 되오. 나를 적으로 삼는 놈들이 좋아할 것 아니오?"

"아니에요. 당신은 내게 마음이 멀어졌어요. 멀어졌어!"

소녀는 앙칼지게 외쳤다. 치우천은 한숨을 길게 내쉬었다. 계속 일이 잘 풀리지 않는데다 악선전까지 돌자 치우천도 신경이 날카로워졌다.

"당신, 정말 왜 그러오? 난 주신 한웅이 못 되어도 당신을 버리지는 않소. 아니, 버린다는 생각을 하는 것 자체가 이상하구료. 왜 그러는 거요?"

소녀는 새하얗게 질린 얼굴로 중얼거렸다.

"내가…… 내가 자매를 찔러 죽였대요, 내 자매를……. 사람들이 떠들어요……!"

"비냐 말이오?"

치우천은 무심코 말했으나 소녀가 갑자기 눈을 치켜뜨며 외마디 비명을 지르듯 외쳤다.

"당신!"

소녀는 어깨를 와들와들 떨었다. 치우천은 아차 싶었으나 엎질러진

물이라 생각하고 이참에 무라와의 약속도 지켜야겠다는 생각에 조용히 타이르려 했다.

"알고 있었소. 무라도 알고 있고. 허나 잊어 버리시오. 그 때문에 당신을 욕하는 사람도 있지만 개의치 마시오. 나는 당신이 나를 위해 그리한 것을 누구보다도 잘 알고 있소. 당신 대신 내가 감당하고 싶은 심정이라오! 나를 믿고……."

소녀가 쩨는 듯한 소리를 질렀다.

"거짓말!"

치우천은 놀라서 잠시 멍해졌으나 이내 말을 이어갔다.

"거짓말이 아니오. 그 때문에 무라를 구름골로 보내 비냐와 번개범과 이야기해 보도록 부탁하기까지 했소. 비냐는 반쯤 죽은 참혹한 꼴이 되어 번개범의 몸속에서만 살 수 있는 신세가 되었소. 그랬지만 무라의 말을 듣고 신시 싸움에서 나를 도와주기까지 했다오. 어쨌거나 가엾지 않소? 그러니 찾아가서 사과를 하고 묵은 감정을 푸는 것이……."

"사과를 하라고요? 내가…… 내가 왜요?"

"어쨌건 당신이 비냐를 찌른 건…… 사실이잖소. 나를 위해 한 일이니 내가 옳다 그르다 하고 싶지는 않소만, 이제는 비냐도 적이 아니니 옛정을 생각하여 사과는 할 수 있잖소."

"나는…… 나는 잘못한 게 없어요! 그때 비냐는 적이었어요!"

"그건 나도 아오. 허나……."

"나는 당신을 위해 그런 거예요!"

소녀가 표독스럽게 소리를 지르자 치우천은 괴로웠다.

"잘 알고 있소. 내가 사과를 해서 될 일이라면 당장이라도 달려갔을 거요. 허나 당신에게 사과를 받고 싶어 하니 당신에게 부탁할 수밖에 없구려. 그것으로 마음의 응어리가 풀릴 수 있다면 좋은 일 아니겠소?"

소녀는 불신이 가득한 표정으로 되받았다.

"사과라고요? 그걸로 된다고요?"

"그렇게 들었소."

"그럴 리가 없어요. 그럴 리가! 나를 죽이려 할 거예요!"

"그렇지 않을 거요."

"당신이 어떻게 아나요? 당신은 나를 보내고 싶어 하는군요? 대체 왜……? 혹시……?"

치우천은 좋게 타이르려 했는데 소녀가 느닷없이 악다구니를 썼다.

"날 죽이려는 거죠!"

치우천은 기가 막혀 한참 동안 말도 하지 못하고 어리둥절하다가 간신히 입을 열었다.

"무……슨 소리요?"

"사과하라는 건 거짓말이지요? 나를 그리 보내서 비냐의 손에 죽게 만들려는 거죠?"

"말도 안 되오! 무라가 직접 듣고 온 일인데……."

"무라 언니가? 당신도? 모두…… 모두 짰군요."

치우천은 당황하여 말문까지 막혔다. 허나 소녀는 앙칼지게 외쳤다.

"모두 날 비웃고 있었어! 나를 놓고 뒤에서 수군거리고 있었어! 어떻게 그럴 수 있죠? 전부 날 미워하는 거죠? 그렇지?"

"그건 아니오. 절대로……."

"이제 알겠어! 다 알겠어! 날 비냐에게 보내서 죽이고 한웅이 되려는 거지!"

소녀는 울면서 소리를 바락 지르다가 별안간 놓여 있던 물건들을 닥치는 대로 치우천에게 집어 던지면서 외쳐 댔다. 치우천은 놀라서 소리쳤다.

"무슨 소리를 하는 거요? 이게 무슨 짓이오?"

소녀는 이를 빠드득 갈면서 치우천을 섬뜩한 눈빛으로 노려보았다.

"나…… 나는 너에게 모든 것을 걸었는데…… 바라던 것들을 이루니까 내가 거추장스러워졌어? 응?"

"무슨 소리냔 말이오!"

치우천은 어이가 없어 커다랗게 소리를 질렀다. 온순하고 아름다운 모습은 온데간데없이 사라진 소녀는 표독스러움만이 가득했다.

"뻔해! 뻔한 일이야! 한웅이 되려고 하니 독하고 야만족 출신인 나는 거추장스러워진 거야. 그래서 나를 증오하고 있는 비냐에게 보내 없애고, 새 마누라를 얻어서 살려는 거야. 그러면 모든 게 잘되겠지! 이 나쁜……."

"기가 막히는구려. 어이가 없소. 내가 왜 그런단 말이오? 그깟 사람들 소문이 무서워서 하나뿐인 마누라를 죽이려 한단 말이오? 당신, 나란 사람을 어찌 보고 있는 거요?"

치우천이 불같이 화를 내자 소녀는 약간 누그러지는 것 같았지만 이내 미친 듯이 고개를 저었다.

"그…… 그러면 왜 나를 비냐에게 보내려는 거야? 응?"

"내가 말했잖소? 당신의 일을 어떻게든 풀어 보려고 애를 썼소. 그래서 비냐와 자매들, 쑤앙마이께 사과만 하면 되도록 답을 받아 왔다지 않소?"

"아냐, 못 믿어. 못 믿어. 비냐는 죽었어. 내가 죽인 게 아냐. 지나족이 독을 써서……."

치우천은 안타까운 마음에 한숨을 길게 내쉬었다.

"사실대로 말해도 되오. 나를 위해 한 짓이니 탓하지 않소. 쑤앙마이나 다른 자매들도 당신에게 손끝 하나 못 건드릴 거요."

"내가 당신 마누라라서?"

"당연하지 않소? 더구나 내가 제일……."

사랑하는 사람이라 말하려는데 대뜸 소녀가 말을 끊었다.

"흥! 다른 사람이 마누라가 되면 나 따위는 소용없겠지?"

"해도 해도 너무하는구려. 그게 무슨 소리요?"

"내가 모를 줄 알아? 내가 전에 말했지? 나에게 너밖에 없으니, 너에게도 나밖에 없어야 한다고! 다른 여자가 있는 걸 모를 줄 알아?"

"다른 여자라니!"

치우천은 기가 막혀 펄쩍 뛰었다. 소녀는 집요하게 따지고 들었다.

"나도 눈이 있고 귀가 있어. 내가 온 다음에도 나는 뒷전으로 돌리고 그렇게 열심히 찾아다니는 맥달이라는 여자! 내 말이 틀려?"

치우천은 입술을 깨물며 한탄하듯 되받았다.

"그 사람과 나는 아무 관계가 없소! 은혜를 입었고, 재주가 아까운 도단이라는 친구 문제가 얽혀 있기 때문에……."

"집어치워! 다 집어치워! 너는 거짓말을 하고 있어! 그걸 내가 모를 것 같아? 응?"

소녀의 외침이 날카롭게 치우천의 가슴을 파고들었다. 떳떳하지 못한 일은 한 적이 없다고 자부하는 치우천이었지만 그래도 마음에 걸렸다. 치우비나 도단이에게는 그런 걸 걱정할 때가 아니라고 했으나 스스로를 속일 수는 없었다. 치우천은 굳은 표정으로 입을 열었다.

"그래……. 그렇다면 미안하오. 내 이참에 솔직하게 이야기하리다. 그러니 제발, 제발 소리 좀 낮추시오."

소녀는 화가 나서 쌕쌕거리면서 입을 다물었다. 치우천은 괴로워서 반쯤 눈을 감고 조용히 말했다.

"맥달과 나는 옛날부터 인연이 있소. 당신을 만나기 전부터 말이오.

허나 절대 남자 대 여자로서 가까이한 적도 없고, 그럴 마음을 가진 적도 없소. 처음에는 그 사람을 무섭다 생각하고 미워했지만, 그 사람도 괴롭고 힘든 길을 가는 사람이라 불쌍히 여기게 되었소. 그뿐이오."

"그러면…… 왜 그렇게 열심히 찾아다니는 거지? 죽은 사람이라면서?"

"내 벗인 도단이의 목숨이 걸려 있고 중요한 죄인 중 하나인 흰 단군과도 얽힌 일이라 조사하지 않을 수 없었소. 아니, 좋소. 찾아내고 싶은 마음이 앞섰다는 것을 인정하오. 그 사람 생각을 많이 했다는 것도 인정하오. 그렇지만 당신이 생각하는 그런 관계는 아니란 말이오. 조금도 거짓 없이 하는 말이오. 나에게는 당신뿐이오. 당신도 잘 알잖소?"

소녀는 공허한 울림이 깃든 목소리로 깔깔 웃었다. 치우천이 소녀에게로 눈을 돌리자 소녀는 매섭게 째려보았다.

"천, 기억나? 어두웠던 유망의 토굴. 그리고 태산 회의가 끝나고 사막에 버려지게 되었을 때의 일? 그때도 너는 나와 아무 관계가 아니며, 아무 일도 없었다고 사람들에게 말했어. 지금은 어떻지? 응? 하하. 너는 머리가 좋지만, 너무 머리만 믿어. 마음이 어디로 가고 있는지 정말 모르는 거야, 아니면 숨기는 거야?"

치우천은 답답하고 괴롭기도 하여 짜내듯 말했다.

"나는 숨기는 게 없소. 좋소. 그렇게까지 말한다면 나도 더 뭐라 할 수 없구려. 맥달 그 사람 생각이 자주 나고 불쌍하며 보고 싶기도 하오. 그것을 그렇게 부풀려 생각하면 내가 뭘 어쩌겠소? 더구나 죽은 사람 아니오?"

"죽지 않았다고 믿으니까 그리 찾고 있잖아!"

"찾을 가망이 거의 없다오."

"찾거나 찾지 않거나 그건 상관이 없어! 당신 마음에는 그 여자가 꽉 들어차 있고, 나같이 독한 야만족 출신 여자는 쫓겨난 거나 마찬가지인 걸!"

"내 마음속에는 아직도 당신으로 꽉 차 있소. 한구석밖에 차지하지 않은 맥달보다 훨씬 더."

"정말이야?"

"정말이오."

소녀는 코웃음을 치며 냉랭하게 되받았다.

"당신같이 마음이 강한 사람이 부족장들 앞에서 울음을 터뜨렸는데도?"

치우천은 말문이 막혔다. 그때의 일을 소녀가 어찌 알고 있나 의아했고, 그 일을 꼬집어 이야기하니 할 말을 잃었다. 소녀는 고삐를 늦추지 않고 집요하게 파고들었다.

"내가 죽어도 당신이 그럴까? 나는 당신이 아우 때문에 운 것 말고는 눈물을 흘리는 모습을 본 적이 없어. 그것도 사람들 앞에서는 절대로! 당신은 그런 남자야. 그런 당신을 사람들 앞에서 울게 만든 그 여자가…… 당신 마음을 한구석밖에 차지하지 못했다고?"

할 말을 잃은 치우천은 한참 만에 가까스로 말문을 열었다.

"그때 울음이 터진 이유는 나도 모르겠소. 정말이오. 사람의 마음이 어찌 뜻대로 되겠소?"

"뜻대로 안 되니까 그 여자에게 간다는 것 아니겠어? 응?"

소녀는 벌떡 일어서더니 시렁 위에 얹어 두었던 악기를 꺼내 바닥에 내동댕이쳐 박살 내 버렸다. 그것은 '슬'이라는 악기였는데, 소녀 스스로 개조하여 치우천과 함께 연주하던 물건이었다. 치우천도 그 악기를 잘 알고 있었다. 악기가 눈앞에서 산산이 박살 나는 모습을 본 치우천의 마음도 더없이 착잡해졌다. 어디서부터인지 모르게 금이 가 삐걱거리

던 두 사람의 사이를 그나마 메우던 것이 음악이었는데, 이제 그것마저
도 산산조각이 나고 말았다는 생각에 치우천은 눈앞이 캄캄해졌다.

"정말…… 이럴 거요?"

"난 더 이상 미움받으며 살기 싫어! 당신도! 무라 언니도! 모두 날 비
웃고 욕하고 있어! 아무도 날 소중히 여기지 않아! 난 귀찮고 지긋지긋
한 계집일 뿐이야!"

치우천은 듣다못해 한마디 했다.

"만약 당신이 그렇게 되었다면, 당신 스스로 자초한 거요."

소녀는 힘을 잃은 듯 스르르 그 자리에 주저앉았다. 치우천은 그런
소녀가 안쓰러워 조용히 덧붙였다.

"당신도 잘못이 있고, 나도 잘못이 없다곤 못하오. 허나 당신이 어떤
여자든 상관없소. 나는 당신을 사랑하오. 그리고 함께할 것이오. 다시
시작해 보지 않겠소?"

치우천의 말에 소녀는 발작적으로 울면서 치우천에게 매달려 마구
뺨을 비볐다. 그러다가 소녀는 독기 품은 목소리로 치우천에게 말했다.

"안 돼…… 안 돼. 이제…… 끝이야. 때가 된 것 같아. 우리 같이……."

치우천의 뒷덜미에 서늘한 감촉이 느껴졌다. 소녀가 비수를 꺼내 지
난번처럼 같이 찔러 죽으려는 것이다. 치우천은 안타깝기도 하고 슬프
기도 했다. 모든 것이 이토록 허무하게 끝나는가 싶어 허탈한 나머지 움
직이려 하지 않았다. 치우천은 마지막으로 감정을 이기지 못해 한마디
내뱉었다.

"죽더라도 이미 죽은 사람은 질투하지 마시오. 자, 우리 편안하게 갑
시다."

소녀는 그 말에 자극받은 듯 날카롭게 소리를 지르며 치우천의 뒷덜
미에 비수를 꽂으려 했다. 그때 치우천의 방문이 박살 나면서 두 사람이

동시에 뛰어들었다. 번개처럼 빠른 두 사람 중 하나가 비수를 낚아채 찌그러뜨렸고, 다른 한 사람은 소녀의 손목을 잡아 그녀를 치우천에게서 떼어 내 구석으로 내동댕이쳤다. 앞 사람은 치우비였고 두 번째 사람은 무라였다.

"형수! 아무리 형수라도 형을 해치려 하면 용서할 수 없소! 이러면 안 돼요!"

치우비는 눈을 꼭 감고 앉아 있는 치우천의 앞을 막아섰다. 무라는 소녀 앞에 태산처럼 버티고 섰다.

"형? 괜찮아?"

치우비가 묻자 치우천은 눈을 뜨지 않은 채 씁쓸히 말했다.

"부끄럽구나. 네가 어떻게……."

"아, 그렇게 집이 떠나가라고 소리를 지르는데 누가 못 들을까?"

치우비는 대뜸 소리치고는 소녀를 힐난하듯 쳐다보았다.

"형수, 형수 마음은 이해하우. 하지만 형님에게 칼을 휘두르다니! 이러면 안 되는 거요!"

무라는 돌같이 딱딱한 특유의 표정으로 말없이 소녀를 내려다보았다. 눈빛은 한 가닥의 감정도 내비치지 않고 고요했다. 그런 무라의 시선을 감히 맞받지 못하고 소녀는 눈을 돌렸다.

무라가 나지막한 목소리로 물었다.

"비냐에게 사과하러 가지 않겠어?"

"네…… 네가 뭔데!"

소녀는 무라의 시선을 애써 피하며 힘없이 외쳤다. 소녀가 가장 따르고 또 마음속으로 가장 두려워했던 사람이 무라였다. 여전히 무라는 눈하나 깜짝하지 않고 나직하게 말했다.

"자매의 이름으로 너에게 말한다. 여러 번 말하지 않는다. 구름골에 들러 카린으로 가자. 비냐와 쑤앙마이께 사죄해."

마치 무라의 모습이 산이 되어 자신을 짓누르는 것처럼 위압감을 느꼈지만 소녀는 안간힘을 쓰며 말했다.

"싫어. 난 저 남자를 위해 그런 거야. 저 남자가 책임져야 해."

"저 사람을 사랑해서 네 스스로 그런 것이니, 책임은 네가 져야 해."

"그럴 순 없어!"

그제야 무라는 탄식하며 말했다.

"이제 알겠구나. 너는 치우천님을 사랑한 것이 아냐. 치우천님, 아니, 세상에서 가장 훌륭한 남자에게 사랑받고 싶었을 뿐이야. 너는 아무도 사랑하지 않아. 너 자신도 사랑하지 않고, 세상의 아무도 사랑하지 않아."

"그렇지 않아. 난…… 난 사랑을 위해서라면 목숨까지 버릴 수 있어!"

무라는 아주 가볍게, 살짝 웃었다.

"고작 그런 정도로 사랑이라고? 그건 허영이야."

그러더니 돌연 굵은 목소리로 말을 이었다.

"소녀, 당장 여기를 떠나라. 나까지 자매의 피를 손에 묻히고 싶지는 않다."

"그건……."

치우천이 놀라 뭐라 말하려 했으나 무라가 말했다.

"치우천님은 예전에 이 아이의 처리를 제게 맡긴다 약속하셨습니다. 이 아이는 치우천님의 안사람이 되기 전부터 제 자매였습니다. 그러니 제게 맡기십시오."

치우천은 뭔가 더 말하려 했으나 치우비가 치우천의 입을 막았다. 뿐만 아니라 치우비는 형을 덥석 안아 들고는 밖으로 나가 버렸다.

"형, 미안해. 하지만 이게 낫겠어."

나가면서 치우비는 소녀에게 한마디 던졌다.

　"형수, 사랑하는 사람을 죽이려 드는 법은 없다오."

　치우천과 치우비가 나가자 무라도 등을 돌려 밖으로 나가면서 한마디 남겼다.

　"다시는 보지 말자."

　무라가 방을 나서자마자 소녀의 광기 어린 웃음소리가 방에서 울려 퍼졌다. 울음 섞인 웃음소리는 날카롭고도 섬뜩했으며, 끝내는 처절한 목소리가 오랫동안 밤하늘에 메아리쳤다.

　"너희…… 너희 모두…… 날 나쁜 여자로 만들었어! 그래! 좋아! 그렇다면 나쁜 여자가 되어 주겠어! 누구보다 나쁜 여자가 되어 너희에게 앙갚음하고 말 거야!"

걷잡을 수 없는 혼란

대나무골은 지금의 탁록(涿鹿) 지방을 말한다.
이곳은 과거에는 몇 개의 강이 흘렀고, '수초풍미(水草豐美)' 라 하여
대나무가 무성하고 사슴이 뛰놀던 곳이라 원래 죽록(竹鹿)이라 불렸다.
그러나 환경의 변화로 대나무 밭이 없어지자 대나무가 없는 지방의 이름에
죽(竹)자가 들어가는 것이 이상하다고 하여 같은 음을 지닌 '탁(涿)' 자를 써
탁록으로 변하였는데, 탁강은 탁록 중심부를 흐르던 강이다.
우리말로는 두 글자의 음이 다르지만 중국어로는 두 글자 모두 '주-(Zhu)' 로 읽힌다.
지금은 댐 건설로 인해 탁강도 말라 버려 강의 흔적만 깊은 골짜기처럼 남아 있다.

다음 날 아침 치우천의 집에서 소녀의 모습은 더 이상 보이지 않았다. 치우천은 소녀를 찾지는 않았지만, 낙심하여 몸을 가누기 힘들 정도가 되었다. 쑤앙마이에게 치료를 받은 후 별 문제가 없던 다리에 다시 저릿저릿한 통증이 파고들었으며 온몸에 불덩이처럼 열이 솟구쳤다. 바깥출입도 할 수 없었다.

치우비는 형이 걱정되어 바깥출입을 삼가고 시중을 들었다. 치우천은 고열로 신음하면서도 치우비와 주신의 일로 걱정이 태산 같았다. 그때마다 치우비는 걱정 말고 몸부터 추스리라면서 위로해 주었다. 한번은 치우천이 이렇게 중얼거렸다.

"사와라 한웅님이 왜 갑자기 힘을 잃었는지 이제 알 것 같다. 내 다리 병은 무서웠지만 마음의 병에 비할 바는 못 되는구나……"

치우천이 힘겹게 중얼거리자 치우비는 쓴웃음만 지었다.

무라는 소녀의 일이 바깥으로 퍼지지 않도록 입단속을 단단히 시켜, 그 일에 대해 아는 것은 울라트나 리미, 개르 등 가까운 몇몇 사람뿐이

었다. 울라트도 마음 아파했으나 슬기롭게 마무리 짓는 것이 좋겠다는 생각이 들었다.

"이왕 이렇게 된 것, 뭘 더 어쩌겠어요. 마침 천 오라버니가 아프시니 집안에 병이 도졌다고 하고, 소녀 언니도 병 때문에 카린으로 돌아갔다고 하면 될 거예요."

"좋다."

무라가 무뚝뚝하게 고개를 끄덕이자 울라트는 눈물을 글썽이며 말했다.

"그래도 소녀 언니는 나와 참 잘 지냈는데……. 이제 못 보겠지요? 그렇게 고운 사람은 다시는 볼 수 없을 거예요."

무라는 침울하게 고개를 숙였다. 무라도 누구 못지않게 마음이 아팠으나 내색하지 않고 꿋꿋하게 버텨 냈다.

어느 날, 의외의 소식이 들려왔다. 소식을 가져온 사람은 오랫동안 만나지 못했던 시기르타였다. 그는 치우천을 만나러 신시로 오는 길에 알한이 인솔해 오던 불쇠와 질쾌 일행을 만나 함께 오는 중이었다. 시기르타는 치우천이 아프다는 소식을 듣고는 바삐 서둘러 치우천의 집에 먼저 도착한 것이다.

"아이쿠, 치우천님. 이렇게 누워 계시면 제 장사는 어찌합니까?"

시기르타가 위로하는 말임을 아는 치우천은 고열로 신음하면서도 애써 미소를 지었다.

"이대로 죽더라도 걱정은 마시구려. 내 죽어도 안파견 한님과 거래를 터 줄 테니."

시기르타는 히히 웃으면서도 걱정스러운 눈빛으로 슬쩍 말했다.

"그게 아니라, 큰 장사가 기다리고 있는데 이렇게 누워 계시니 안타까워서 그럽죠."

"큰 장사?"

"그렇습죠. 큰 장사. 치우천님, 요즘 지나족이 크게 움직이는 것을 아십니까요?"

"지나족이라면…… 유망?"

"그렇습니다요. 유망입죠. 형천과 축융을 비롯해 부족장을 끌어 모아 수십천의 전사들과 함께 북쪽으로 올라가고 있다고 합니다요."

"그럴 것이라 생각은 했소. 헌데 북쪽이라면…… 어디를 노리고?"

치우천의 눈이 빛나자 시기르타의 눈 역시 빛났다.

"가는 길을 보아서는 동쪽 길을 타고 올라서서 대나무골을 향한다는 이야기가……."

치우천은 눈을 커다랗게 뜨며 몸을 반쯤 일으켰다.

"대나무골!"

"형, 왜 그래?"

곁에 있던 치우비가 놀라며 치우천을 부축했다. 시기르타는 영문을 몰라 고개를 갸웃했다.

"왜 그러십니까요?"

치우천은 바짝 긴장한 목소리로 다시 물었다.

"대나무골! 정말 거기가 틀림없소?"

"그들이 올라가는 길을 보면 거기밖에 없습죠. 더구나 전사들끼리 왜 대나무골로 가는지 모른다고 수군거리기도 한다더군입쇼."

"이건 예삿일이 아니야! 비야, 날…… 날 일으켜 다오."

치우천은 놀라며 전에 없이 서둘렀다.

"대체 왜 그래?"

"전에 말했잖느냐. 대나무골은…… 중요한 곳이다. 북쪽과 동쪽의 길을 끊을 수 있기 때문에 제일 중요한 곳이야. 그곳을 나만 눈여겨본 것이 아니라 유망도 눈여겨보았구나. 문제가 커진다. 어서 움직이지 않으면 돌이키기 힘들어진다!"

허나 치우천은 도저히 걸음을 뗄 수 없는 상황이었다. 치우천은 가쁜 숨을 몰아쉬며 치우비에게 부탁했다.

"비야, 비야. 네가 대신 비럼님께 아뢰고, 사울아비들을 끌고 대나무골로 먼저 가야 한다. 다른 부족장들에게도 서둘러 알려야 하고……. 대장들 대부분이 밖에 나가 있으니…… 너와 치우광만이라도 가야 한다. 서둘러라."

"거긴 우리 땅이 아니라 마갸르족 땅이잖아. 싸움이 난 것도 아닌데 귀족들이 말을 들을까?"

"그러면 안 된다. 지금 대나무골에 있는 마갸르족은 형천 축융을 상대로는 열흘도 채 못 버틸 거다. 연락이 닿으면 일이 끝난 다음이야. 대나무골을 빼앗기면 미아우와 마갸르족의 절반은 주신과 완전히 끊어져 서서히 죽어 갈 수밖에 없다!"

치우천은 사태가 심각한 터라 마지막 힘을 짜내듯 힘겹게 말하다가 까무러치고 말았다. 치우비는 치우천이 안쓰러워 어쩔 줄을 몰랐으나 치우천을 얼른 자리에 눕히고 형의 당부대로 밖으로 달려 나가려 했다.

그때 시기르타가 치우비를 불러 세웠다.

"형님이 아프시니 아우님에게라도 말씀을 드려야겠습니다요."

"나중에 이야기합시다. 지금은……."

"아니, 아니. 중요한 일이죠. 대나무골로 가실 때는 몸을 가볍게 해서 가시라구요."

시기르타가 정색을 하며 말하자 치우비는 얼른 이해가 가지 않아서 물었다.

"무슨 말입니까?"

"제가 이럴 줄 알고 먹을 것과 쓸 물건들을 싣고 대나무골로 움직이라 일렀습니다. 히히. 그러니 준비하느라 시간을 끌지 말고 사울아비들만 빼내서 달려가도 충분히 싸울 수 있도록 이 시기르타가 대비를 해 놓았단 말씀입지요. 헤헤헤."

치우비는 시기르타를 감탄에 겨운 눈빛으로 바라보았다. 시기르타는 일이 이렇게 돌아갈 것을 손금 보듯 예측하고 있었다. 대나무골의 전략적인 가치나 돌아가는 정세들을 치우천만큼이나 예리하게 보지 않고서는 도무지 할 수 없는 일이었다.

"시기르타, 이제 보니 당신 정말 대단하군요."

"저는 그저 장사꾼일 뿐입죠. 잔머리는 있습죠만 목숨을 걸 배짱이 없답니다요. 그러니 걱정 마시고 잘 싸워 주기나 하십쇼. 저도 큰 손님을 위해 할 수 있는 데까지는 해야 하니까요. 허나 값이 쪼오끔, 아주 쪼오끔 비쌉니다요, 헤헤헤."

시기르타는 늘어진 뱃살을 출렁거리며 채신머리없이 웃었으나 그 눈빛에 따뜻한 격려의 빛이 서려 있음을 치우비는 놓치지 않았다.

"부르는 대로 주겠소. 염려 마시구려."

치우비는 불쇠와 질쇄를 만날 틈도 없이 곧바로 한웅의 집으로 달려갔다. 치우비가 나가자마자 도착한 불쇠와 질쇄는 치우천의 정신이 들 때까지 한참을 기다렸다가 치우천과 뭔가 깊은 이야기를 나누고 어디론가 가 버렸다. 불쇠와 질쇄가 치우비와 울라트를 만나지 않고 바람같이 사라지자 사람들은 의아했다.

치우비의 예상대로 사울아비들을 대나무골에 투입하는 일에 대해 고시울률을 비롯한 귀족들의 격렬한 반대가 뒤따랐다. 난리가 난 것도 아닌데 공연히 사울아비들을 움직일 수 없다는 것이 중론이었다. 치우천이 회의에 나왔다면 전략적으로 설명해 줄 수 있었겠지만, 치우비는 그 뜻은 깨닫고 있어도 이모저모 조리 있게 설명하기에는 말재주가 부족했다.

비렴이 그나마 편을 들어 주었으나 병예나 신지울태마저도 대나무골을 선점해야 한다는 것에는 의구심을 보였다. 치우비는 치우천처럼 말솜씨는 없었지만 대신 뚝심이 있었다. 치우비는 밤이 깊어져 귀족들이 돌아가려 하자 팔을 걷어붙이며 딱 잘라 말했다.

"주신에 큰일이 닥쳤는데 편하게 잠이 오시오? 나는 이 일이 결판날 때까지 집에도 가지 않을 것이고, 먹지도 마시지도 않을 것이오!"

귀족들은 치우비의 오기에 꼼짝 못하고 밤을 새울 수밖에 없었다. 날이 밝자 귀족들 중 몇은 지쳐서 꾸벅꾸벅 졸기까지 했다. 치우비는 끄떡도 않고 똑같은 이야기로 열변을 토하며 출병해야 한다는 주장을 굽히지 않았다.

마침내 치우비의 고집에 못 이겨 고시울률이 지쳐 승낙을 하는 데까지 이틀이 걸렸다. 그러나 이번에는 출병 규모가 벽에 부딪혔다. 고시울률은 치우비의 직속이라 할 수 있는 작은 주신의 군대만 거느리고 가라고 했으나 치우비는 그것으로는 절대 부족하며 많은 지원이 있어야 한다고 버텼다. 치우천의 상태가 최악인데다가 믿을 만한 부족장과 벗들이 멀리 있는 이때, 최소한 치우광이나 고시기라, 부소눌하 같은 유능한 대장들을 동원해야 되겠다는 생각에서였다.

그러다 보니 회의는 또 늘어져 사흘이 더 지나갔다. 고시울률은 지쳐 나가떨어졌고, 귀족들도 태반은 자리를 비웠으나 치우비는 닷새 동안 물 한 모금 마시지 않고도 완강하게 버텼다. 결국 치우비의 뚝심에 밀린 고시울률은 오천의 사울아비를 동원하는 데 동의했다.

치우비는 그제야 씩씩거리며 일어났고 한웅의 집을 나오는 순간 나무에 기댄 채 잠이 들어 버렸다. 고시울률 역시 집으로 들어가 아예 누워 버렸고 삼사마저도 버틸 수 없었다. 그러던 중 아무도 예기치 않던 엄청난 일이 그날 밤, 치우천의 집에서 터졌다.

깊은 밤, 치우천은 고열로 신음하고 있었다. 울라트와 무라가 극진히 간호했으나 그들도 몹시 피곤해했기에 치우천은 가까스로 두 사람을 설득해 멀리 심부름을 보내 쉴 기회를 주었다. 그런 탓에 집 안에는 리미와 개르 등 도깨비 부대를 제외하고는 아무도 없었다. 그런데 문득 문 밖에서 리미의 겁먹은 목소리가 들려왔다.

"주…… 주인님……. 저 리미입니다."

치우천은 손끝 하나 까딱할 수 없었지만 간신히 입을 열었다.

"무…… 무슨 일이냐?"

"주인님……. 안주인님이…… 오셨습니다. 이거 참……. 안으로 모셔야 할까요?"

'소녀가?'

치우천은 반가운 마음보다는 불안한 생각이 스쳤다. 마음을 돌려 찾아왔다기에는 너무 늦은 밤이었고 리미의 목소리도 이상했다.

"모셔라."

방문이 열리고 사뿐사뿐 소녀의 발걸음 소리가 들려왔다. 방에 들어서자마자 소녀는 불을 밝히지 않고 리미에게 퉁명스럽게 말했다.

"멀리 떨어져 있어, 리미."

리미는 소녀에게 눈을 부라리며 움직이려 하지 않았다. 분위기가 심상치 않음을 눈치챈 치우천이 힘겹게 말했다.

"물러서 있어라, 리미. 괜찮다. 아무도 듣지 않게 해라."

"예, 주인님."

리미가 문을 닫자 소녀는 발랄한 목소리로 말을 건넸다.

"많이 아픈가 보네요? 일어나시지도 않네? 아니, 못 일어나시나?"

치우천은 쓴웃음을 지었다. 소녀는 무거워 보이는 큼지막한 보따리를 세 개나 손에 들고 있었으나 그게 무엇인지는 알 수 없었다.

"다시 돌아오기로 한 거요? 보고 싶었다오."

치우천이 안간힘을 써서 말하자 소녀는 킥킥 웃었다. 음산하고 광기 서린 소리였다.

"돌아와요? 아뇨. 꼭 해 주고 싶은 말, 보여 주고 싶은 것이 있어서 온 거예요."

"돌아오지 않는 거요? 아쉽구려."

"정말 아쉬울까요? 후훗, 무라가 없네요. 무라에게도 보여 주고 싶었는데."

어두운 방에 어스레한 달빛으로 윤곽만 보일 뿐 소녀의 얼굴은 자세히 보이지 않았다. 소녀는 커다란 보따리 하나를 치우천의 몸 위로 던지듯 놓았다.

"선물이에요."

묵직한 보따리가 얹힌 순간 치우천은 뭔지 몰라도 좋지 않은 느낌이 들었다. 치우천은 놀라서 물었다.

"이게 뭐요?"

"당신이 그렇게 핑계 대느라 안달이 났던, 그 친구의 머리. 또 핑계를 대 보세요. 누구였더라? 도단이라고 했던가?"

치우천은 숨이 컥 막히는 것 같았다. 자신의 귀를 믿을 수가 없었다. 보따리 밑에서 그제야 서서히 배어 나오는 축축한 것이 보였다. 촉감과 냄새로 보아 틀림없이 사람의 피였다. 치우천은 비명을 지를 뻔했으나 이를 악물고 소리쳤다.

"그럴 리 없어! 그럴 수 없어!"

"그럴 수 있어요."

소녀는 생글거리며 교태 어린 목소리로 되받았다. 치우천은 온몸이 덜덜 떨렸지만 이를 악물고 말했다.

"도단이는…… 한웅님의 감옥 깊은 곳에 있어. 당신이 목을 벨 수 없어!"

"아니, 할 수 있죠. 눈먼 장님인데다가 죽겠다고 마음먹은 사람이라 기운이 하나도 없었구요. 목을 베는 게 힘들긴 했지요."

"당신은 거기 들어갈 수 없어!"

치우천이 악을 썼지만 목에 걸린 쇳소리만 나올 뿐이었다. 믿어지지 않아서 눈물조차 나오지 않았다. 소녀는 소름이 끼칠 정도로 사악하게 킥킥 웃으며 보따리 하나를 다시 던졌다.

"이건 또 뭐요?"

"그건 더 안 믿어질 텐데요? 당신에겐 대단한 선물이거든요."

그것 역시 사람의 머리가 틀림없었다.

"이런 선물은 필요 없소!"

치우천이 소스라치게 놀라자 소녀는 깔깔 웃으며 말했다.

"당신이 가장 싫어하고 껄끄러워하는 사람이거든요. 당신 외할아버지이기도 했던가? 고시울률이라고."

치우천은 놀라움을 넘어 까무러칠 뻔했다. 고시울률의 머리라니! 세상의 누가 이렇듯 간단히 고시울률의 목을 벨 수 있단 말인가?

"당신은 거짓말을 하고 있어! 그럴 수 없어! 아니, 이건 꿈이야! 꿈!"

소녀는 다시 한번 소름이 오싹 돋을 정도로 길게 웃었다.

"고시울률은 사울아비를 꺼리지, 여자를 두려워하지는 않아요. 더구나 제 얼굴도 모르더군요. 힘은 좋았지만 그래도 나이가 있는지 금방 곯아떨어졌어요."

치우천은 차라리 이대로 정신을 잃었으면 좋겠다는 생각이 들었다. 소녀는 정체를 숨기고 고시울률을 유혹하여 목을 벤 것이 분명했다. 숨이 막혀 말조차 나오지 않았다. 몸에 부들부들 경련이 일었다.

"그건 말도 안 돼. 그럴 수는 없어! 절대로!"

"도움을 받은 사람이야 있죠. 아주 많아요. 내 몸뚱이로 그에 대해 충분한 대가를 치렀지요!"

치우천이 뭐라 하기 전에 소녀는 얼른 덧붙였다.

"물론 모든 것을 혼자 한 것은 아니에요. 허나 말이죠, 당신이 쓰레기 보듯 내던진 나를 보석같이 여기는 남자들이 얼마나 많은지, 당신은 알아야 해요. 이 사람처럼 말이에요."

그러면서 마지막 보따리를 다시 치우천의 몸 위로 던졌다. 치우천은 정신을 잃을 지경이라 누구냐고 물을 수조차 없었다.

"이 사람은 무슨 사울아비 스승인데, 한웅의 집을 지켰다던가? 감옥도 이 사람이 지키고, 고시울률의 집도 이 사람 말 한마디면 들어갈 수 있더군요. 나와 몇 번 자고 나더니 말을 잘 듣던데요? 무슨 짓이든 시키는 대로 다하고 말이에요. 당신과는 달라. 아주 달라……."

치우천은 꺽꺽거리며 울기 시작했다. 극에 달한 분노를 이기지 못해 폭포처럼 눈물이 쏟아져 나왔다.

소녀는 치우천이 우는 모습을 보고 깔깔 웃었다.

"지금 당신도 이렇게 만들 수 있지만 그건 너무 은혜를 베푸는 일이겠죠. 당신의 모든 것을 망치고 망가뜨린 다음에 당신 스스로 비참하게 죽도록 만들어 주겠어요. 그래 봐야 나를 비참하게 만든 데 비하면 작은 보답일 뿐이지만요."

치우천은 울다가 웃다가 자신도 모르게 중얼거리듯 말했다. 말하려는 생각이 있던 것도 아니고 그저 입에서 새어 나온 것에 지나지 않았다.

"당신이 사람이오? 내가…… 내가 그렇게 만든 거요?"

소녀는 오싹한 소리로 까르르 웃었다.

"난 사람이 아니에요. 당신이 절반, 내가 절반 만들었지요."

소녀는 치우천의 몸 위에 있는 사울아비 작은스승의 목을 발로 툭 쳐서 바닥에 굴리고는 말했다.

"잘해 봐요. 아, 한 가지 사실을 잊었네요. 내가 이들과 억지로 몸을 섞은 건 아니라는 점은 분명히 알아 두세요. 당신처럼 비실비실한 사람보다는 훨씬 낫던데요? 설마 질투하지는 않겠죠? 당신이 말했듯이 이젠 전부 죽은 사람이니까."

소녀는 깔깔 웃으며 방을 빠져나갔다. 다른 사람들은 멀리 떨어져 있어 아무 말도 들을 수 없을뿐더러 치우천의 방을 나온 소녀의 태도가 너무도 당당하여 감히 앞을 막지도 못했다.

리미는 의아하여 치우천의 방으로 뛰어 들어갔다. 치우천은 기절해 있었다. 리미는 그제야 모든 것을 깨닫고 도깨비 부대를 풀어 소녀를 찾으려 했지만 벌써 모습을 감춘 뒤였다.

리미는 그녀가 한 짓을 도무지 믿을 수가 없었다. 도단이나 사울아비의 머리는 제쳐 두더라도 고시울률의 머리를 치우천이 가지고 있으면 엄청난 화근이 될 수 있었다. 리미는 이대로라면 치우천이 몽땅 죄를 뒤집어쓸 수 있음을 깨달았다. 손발이 떨려 왔으나 당장 주변에 도움을 청할 사람이 전혀 보이지 않았다. 리미는 서둘러 집의 가장 후미진 곳에 땅을 파고 세 개의 머리를 묻었다.

다음 날 오천의 사울아비를 동원하는 데 성공한 치우비가 의기양양하게 돌아왔다. 그러나 그를 맞이한 것은 간밤에 벌어진 충격적인 소식이었다. 리미가 몸을 부들부들 떨면서 들려주는 이야기를 듣고 치우비는 눈이 뒤집힐 것 같았다.

치우비는 믿을 수 없었다. 소녀가 무슨 재주로 고시울률과 도단이의 목을 땄단 말인가?

이 일에 충격을 받고 정신을 잃은 치우천에게는 아무 말도 들을 수 없었다. 낮이 되어 간신히 정신을 차린 치우천은 한 차례 피를 토하기까지 했다.

고시울률의 느닷없는 죽음으로 신시는 발칵 뒤집혔다. 그의 위치에 비해 너무나도 어이없는 최후였다. 치우비는 까무러치고 싶은 심정이었다. 만에 하나 누가 소녀의 얼굴을 기억해 낸다면, 영락없이 치우천에게 죄가 씌워지게 된다. 치우천이 한웅이 되기 위해 아내를 시켜 정적을 유혹하고 암살했다는 의혹을 피할 방법이 없었다. 더구나 그의 머리가 집 안에 매장되어 있으니 누가 수색이라도 한다면 끝장이었다.

치우비는 이 엄청난 변고를 울라트나 무라 등 아무에게도 알리지 말라고 리미의 입을 단단히 막았다. 그러나 이틀도 못 되어 고시울률을 암살한 사람은 치우천일 것이라는 소문이 신시에 파다하게 퍼졌다. 고시울률이 그나마 통제하던 귀족들이 저마다 분노에 들떠 제멋대로 행동했고 치우천과 치우비를 잡아 죽여야 한다느니, 쫓쳐야 한다느니 하는 말을 공공연하게 해 댔다.

귀족들은 위험한 신시에 더는 있을 수 없다며 가족을 이끌고 신시를 빠져나가기 시작했다. 삼사와 부소구슬은 놀라 사건의 진상을 캐기 위해 노력했지만 오리무중이었다.

전혀 뜻하지 않은 사건으로 시간을 끄는 사이 유망의 대나무골 침공 소식은 사실로 밝혀졌다. 유망은 전광석화처럼 대나무골을 덮쳐 단 사흘 만에 그곳에서 살던 마갸르족에게 완전 항복을 받아 내고 길목을 점거했다. 게다가 주신의 기병이 힘을 쓰지 못하도록 강둑을 터뜨려 부근을 물바다로 만들었다는 소문이 돌았다.

그런 판국에 출동하기로 한 사울아비들은 귀족의 선동에 휩쓸려 고시울률이 다스리던 동쪽 지방에서부터 불온한 움직임을 보이기 시작했다. 치우천을 몰아낸다기보다는 고시울률이 없어진 이때 자신이 패권을 잡아 보겠다는 얄팍한 야심가들이 준동하기 시작한 것이다. 인덕이 모자라고 단점도 많았지만, 새삼 고시울률이란 존재가 얼마나 큰지 깨달았다. 자칫하면 주신 전체가 반란과 내란에 휩싸일 판이었다. 삼사의 고민도 엄청났으나 반란을 막는 데만도 벅찰 지경이었으며, 부소구슬조차도 고민에 시달리다가 끝내 앓아누워 버렸다. 충격이 큰 치우천은 몇 날 며칠 동안 전혀 의식을 차리지 못하고 있었다. 바야흐로 최대의 위기가 닥친 주신, 모든 짐은 치우비의 어깨 위로 떨어졌다.

그 와중에 지나족에게 발과의 혼담을 주선하러 갔던 거서기와 삼이 풀 죽은 모습으로 돌아왔다.

그들이 전한 이야기를 듣고 치우비는 몸을 떨었다.

—헌원의 부족도 주신을 압박하여 북쪽에서 동쪽으로 대나무골을 향해 나아가기 시작했다. 그 길목이 점령당했으니 몽골족이나 타타르족, 키탄족과의 길도 끊어져 버린 것이나 마찬가지다.

—유망의 군대는 북쪽에서 치고 올라와 미아우족과의 길을 막았으며, 주신으로 치고 올라올 조짐이 보인다.

유망은 쉽지 않은 상대인데다 마침내 헌원이, 그것도 유망과 함께 움직이기 시작한 것이다. 치우천이 정신이 있었더라도 수습하기 어려울 정도의 엄청난 위기 상황에서 치우비에게 개인적으로 결정타를 안긴 마지막 소식이 그를 기다리고 있었다.

"지나족과 싸움이 붙으면…… 그게 끝날 때까진 전혀 혼담이 안 되겠군."

치우비는 침울한 목소리로 입을 열었다. 그의 어깨는 축 처졌고 힘이 반쯤 빠져나간 듯했다. 기대가 컸던 만큼 실망도 컸던 것이다.

"참 안된 말이네만…… 그…… 공손발님 말이오. 그게……."

거서기가 우물거리자 삼이 눈을 질끈 감고 말했다.

"뜸 들이지 말게! 정말 안됐네만, 공손발은 죽었다고 하오!"

초조하게 귀를 기울이고 있던 치우비의 눈앞이 하얗게 변했다. 헌원이고 유망이고 대나무골이고 치우비의 머릿속에서 싹 사라졌다. 발의 얼굴만이 깊은 소용돌이에 잠기듯이 빙글빙글 맴돌며 희미해져 갈 뿐이었다.

불안한 출정

의심은 상상력의 사생아 같은 것이다.
의심을 통제하는 사람은 이를 만사에 대비하는 데 좋게 사용하나,
통제하지 못하는 사람은 의심의 노예가 되어 스스로를 망친다.
좋은 음식도 과식하면 건강을 망치며,
독약도 잘 쓰면 최고의 명약이 되는 것과 같은 이치이다.

"그럴 리가 없소!"

치우비가 자리를 박차고 일어서며 버럭 소리를 질렀다. 겸연쩍은 듯 고개를 숙이고 있던 거서기와 삼은 깜짝 놀랐다. 치우비는 얼굴이 붉게 달아올랐고 눈마저 벌겋게 충혈되었다. 자기도 모르게 꽉 움켜쥔 양 주먹에서는 피가 고이면서 우두둑 소리가 났다.

"발이…… 발이 왜 죽는단 말입니까? 멀쩡하던 발이 대체 왜? 왜?"

무섭게 흥분하는 치우비를 거서기가 진정시키려 했다.

"그건 나도 모르지. 허나 헌원에게서 직접 들은 이야기일세. 지나족 모두가 발의 죽음을 슬퍼하고……."

"아니, 그럴 순 없어요! 그럴 리가 없어요!"

거서기가 좋게 말하는데도 치우비가 고집을 피우며 칠 듯이 노려보자 성질이 괄괄한 삼이 보다 못해 외쳤다.

"우리가 거짓말을 한다는 겐가?"

치우비는 정신을 차리고 거서기를 노려보던 눈빛을 풀고 언성을 낮

추었다. 치우비는 한순간 온몸에 맥이 풀린 듯 웅얼거렸다.

"그럴 리가 없습니다. 그럴 리가……."

들리지 않는 목소리로 웅얼거리던 치우비는 눈을 크게 뜨고 어깨를 폈다. 그의 행동이 의아하기도 하고 어색하기도 하여 거서기와 삼은 자신들도 모르게 마주 보았다.

"하하핫!"

치우비는 갑자기 큰 소리로 웃었다. 그리고 양 손바닥을 펴서 얼굴을 몇 번 펑펑 소리가 나게 두드리고는 자못 쾌활한 어조로 외쳤다.

"그렇군요! 알겠습니다. 이제 알겠어요!"

"무슨 소린가?"

거서기가 조심스레 묻자 치우비는 명쾌하게 말했다.

"헌원이 피하고 있는 거군요! 그런 것뿐이에요!"

"피한다고? 뭘?"

삼은 이해가 되지 않는 듯 되물었지만, 생각 깊은 거서기는 약간 인상을 쓰며 말했다.

"정말 그렇다고 생각하나?"

"당연히 그렇죠! 당연히 그렇습니다! 기분 좋군요! 헌원이 나를 그 정도로 생각해 주다니, 좋은 일이군요!"

치우비는 쾌활하게 말했으나 약간의 떨림과 우울한 기색이 스며들어 있었다. 거서기는 그것을 놓치지 않았지만 잠시 뭔가 생각하다 이내 고개를 끄덕였다. 그러면서 거서기는 치우비에게 말했다.

"목소리를 높일 필요는 없네. 안 그러는 게 더 나아 보이네."

치우비는 멈칫하더니 약간 흐려진 얼굴로 고개를 끄덕였다. 삼은 무슨 일인지 이해가 되지 않아 거서기에게 물으려 했으나 거서기는 자리를 털고 일어났다.

"이만 가 봐야겠군. 그럼 다음에는?"

"형님의 말을 따라야지요. 바로 대나무골로 갑니다."

거서기는 고개를 끄덕이며 어투를 바꾸어 말했다.

"웃뜸사울아비로 돌아오시오. 지금 명을 내리시면 내가 대신 전해 드리리다."

치우비는 힘 있게 고개를 끄덕였다.

"가서 치우광에게 떠날 준비를 하라 일러 주십시오. 삼사께는 회의를 열어 달라 해 주십시오. 그리고 마지막으로……."

치우비는 잠시 눈을 감았다가 덧붙였다.

"회의가 끝난 다음에 삼사와 마누라님께서는 남아 계셔 달라고 살짝 전해 주세요. 다른 사람 모르게 해 주셨으면 합니다."

"알았소."

거서기는 그의 표정을 보자 눈물이 날 것 같았지만 애써 참으며 삼을 끌고 밖으로 나왔다. 밖으로 나오자 삼이 주위를 둘러보고는 거서기에게 물었다.

"잘은 모르겠지만…… 뭔가 좀 어색하네."

"어색하면 안 되는데요……."

거서기가 중얼거리자 삼은 미간을 찌푸렸다.

"설마……?"

삼은 어서 말하라는 듯 거서기를 흘겨보았지만 거서기는 아무 말도 하지 않았다. 삼은 참지 못하고 물었다.

"비가 정말 발의 죽음을 믿지 않는 건가? 그건 아닌 것 같은데?"

안색이 어두워진 거서기가 말했다.

"그렇다고 해야 합니다."

"이해가 안 되네."

"비도 죽을힘을 다해 참는 겁니다. 예전의 비 같으면 당장에라도 뛰쳐나갔겠죠. 이야기를 들어보니 비는 발이 보고 싶어 예전에 혼자 헌원의 마을로 쳐들어간 적도 있었다잖습니까?"

"그건 나도 들었네. 두 번이나 그랬다지?"

"허나 지금은 그러지 않습니다. 아니, 그럴 수 없다는 것을 잘 알기 때문이겠지요. 그리고 또 자기가 참는다 해도 비를 아는 다른 사람들 생각은 다를 겁니다."

"어떻게?"

"비와 발 사이를 아는 사람이라면 비가 뛰쳐나가지 않는 것을 의아해하겠죠. 전에 작은 주신이란 데서도 여러 번 그랬다는 이야기를 들었습니다."

"흠……."

"지금 비는 대장입니다. 대장의 기운이 꺾이면 부하도 기운이 꺾이는 게 당연하잖습니까. 그러니 무시하는 겁니다. 무시해서 모두가 기운을 잃지 않게 하려는 겁니다."

"역시……."

삼이 한숨을 쉬며 덧붙였다.

"비도 진짜 대장이 되어 가는군. 뭐, 나는 옛날 비의 모습이 더 좋지만…… 자기 마음도 속이고 남의 마음도 속이고 그래서야…… 어디 사는 게 사는 거 같겠는가?"

삼은 다시 한번 한숨을 쉬며 발길에 차이는 돌 하나를 걷어차려다가 꾹 밟아 땅에 박으며 말했다.

"오늘은 내버려 둬야겠지?"

"술이라도 한잔 권할까요?"

거서기가 말하자 삼은 고개를 저었다.

"나도 마누라를 잃어 봤네. 음, 밭이야 비 마누라는 아니지만……그래서 마음은 더 아플지도 모르지. 그건 술이건 뭐건 누구도 대신 삭여 줄 수 없는 거라네. 혼자 삭여 낼 수밖에 없어. 그게 가장 빨라."

"비가 망가지는 건 아닐까요?"

"그렇다고 어쩌겠나? 그냥 내버려 두세. 명령이나 전하러 가자구."

거서기도 씁쓸하게 말했다.

"그것밖에는 할 일이 없는 것 같아 답답할 따름입니다. 치우광이라고 했던가요. 비의 아우뻘 되는 사울아비에게 전하면 되겠죠."

하늘에서 방울방울 비가 떨어지더니 폭우가 되어 쏟아지기 시작했다. 삼은 빗속을 걸으면서 하늘을 보고 외쳤다.

"훠이. 비 좀 더 오셔라, 더! 후련해지게 오셔라."

쏟아져 내리는 빗줄기 소리가 들리자 집 안에 혼자 있는 치우비는 마침내 입을 틀어막고 울기 시작했다. 치우비의 흐느끼는 소리는 입을 틀어막은 자신의 손바닥과 빗소리에 묻혀 밖으로는 새 나가지 않았지만, 어느새 나타나 쏟아지는 비를 맞으며 묵묵히 서 있던 무라의 귀에는 똑똑히 들렸다. 그녀의 마음을 한없이 애달프게 하기에는 충분할 만큼.

거서기와 삼이 치우광에게 출진 명령을 전한 것은 틀림없었으나, 치우광은 명을 따를 수 없었다. 신시의 귀족들이 막아섰기 때문이다.

"지금 동쪽에서 반란이 일어났소! 신시가 위험할지도 모르는 상황에서 마갸르족 따위를 도우러 사울아비를 보낸다니 말도 안 되는 일이오!"

"가려면 동쪽으로 가시오!"

고시울률의 죽음 후로 많은 귀족이 신시를 등졌다. 신시의 가장 유력한 다섯 집안 중 특히 가장 강대한 세력을 형성했던 고시씨 귀족은 거의 신시를 떠났으며 부루위단의 죽음 이후 구심점을 잃은 부루씨 귀족도 신시를 비웠다. 지금 신시에 남아 있는 귀족은 대부분 부소씨를 주축으로 하고 있었으며 고시울률과는 거리가 있는 사와라 한웅 편의 고시씨도 더러 있었다. 치우씨와 신지씨는 숫자가 적어서 치우씨 집안과 신지울태 등등 몇을 제외하고는 이렇다 할 사람이 없었다. 그나마 신시를 비우지 않고 남은 다른 귀족은 치우 집안과 삼사, 혹은 사와라 한웅이나 그의 마누라인 부소구슬 때문에 떠나지 못하는 별 힘이 없는 자들뿐이었다. 허나 그런 그들도 자신의 목전에 닥친 위험은 느끼는 듯, 이전 고시씨가 출병을 반대하던 것보다 더욱 강력하게 반대했다. 다섯 집안에 속하지는 않지만 그다음 줄에 선 비렴의 비씨 집안조차도 들고 일어나 비렴의 손발을 묶어 버렸다. 신지울태도 신지씨 집안의 강력한 반대 때문에 꼼짝을 하지 못했고 병예는 노쇠하여 힘을 쓸 수 없었다. 치우천의 편이었던 부소구슬조차 부소씨 집안의 반대로 출병의 허가를 내주지 못하고 있었다.

치우비는 발의 죽음을 전해 듣고 속이 허물어지고 있었지만, 죽을힘을 다해 내색하지 않으려고 했다. 형의 의견을 듣고 싶었으나 치우천은 여전히 정신을 잃은 상태였다. 허나 그는 정신을 잃기 전에 치우비에게 대나무골의 전략적 중요성을 귀가 아플 정도로 설파했다. 아무리 상황이 안 좋아졌더라도 치우비는 대나무골의 탈환은 반드시 필요한 일이라 믿어 의심치 않았다.

치우비는 회의장으로 나가 있는 힘을 다해 다시 한번 그들을 설득해 볼 생각이었다. 정 안 되면 지난번 고시울률을 꺾은 뚝심과 고집이라도 다시 부릴 생각이었다. 속으로 무너지는 슬픔을 감추고, 더구나 자신이 떠맡기에는 너무도 큰일들이 연달아 터지는 통에 치우비는 마음속이 타들어 가는 것 같았다. 유망의 도전, 동쪽의 반란, 소녀의 배신과 치우천의 혼절, 거기다가 신시의 내분, 발의 죽음까지⋯⋯. 어느 한 가지도 가볍게 볼 일이 아니었다. 신시 공방전을 이겨 내고 치우가람 일파를 처단한 직후인데도 아직까지 이런 일들이 동시에 터진다는 것이 이상했다.

'좋지 않아⋯⋯. 좋지 않아⋯⋯.'

치우비는 이를 꽉 깨물었다. 비가 억수같이 쏟아지고 있었고 간간히 우렛소리마저 들려와 마음을 더욱 울적하게 만들었다. 치우비는 비를 흠뻑 맞으며 묵묵히 말 위에서 생각했다.

'어쩔 수 없다. 형님은 이보다 더 어려운 일들을 수없이 넘겼다. 그만큼 할 재주는 없지만 있는 힘을 다해야 한다. 내가 못하면 형님이 큰일 난다. 해야만 한다.'

수백 번을 더한 각오를 다잡으면서도 치우비는 가슴 한 편이 아리고 쓰려서 말에서 떨어져 버릴 것 같았다. 발의 얼굴이 잊히지 않았다. 먼 곳에서 우르릉 하는 우렛소리가 또 한 번 울렸다.

'일을 다 처리하면 네 옆으로 가마. 꼭 간다. 지금 당장 달려가지 못하는 나를 용서해 다오. 발⋯⋯.'

치우비가 하마터면 눈물을 쏟을 뻔할 순간, 누가 말을 걸어 왔다.

"형님?"

정신을 차려 보니 치우광의 모습 뒤로 치우벌을 필두로 한 다른 치우 집안 어르신 몇몇이 서 있었다. 그들도 비를 무릅쓰고 달려온 것인지 아니면 길목에서 한참 기다렸는지 온몸이 비에 젖어 있었다. 치우비는 애써 태연한 표정을 지으면서 어르신들에게 인사를 올렸다. 그러자 치우 벌이 어색한 태도로 헛기침을 하며 말했다.

"아버님은 어떠시냐? 네 형은?"

치우벌은 치우우레의 부장으로 아버지와 함께 평생 전장을 누빈 아저씨였다. 어릴 적부터 가까이 지낸 어른인지라 치우비는 공손하게 대답했다.

"그다지 좋아지시지는 않았습니다만 곧 일어나시겠지요. 형은 아직 정신을 차리지 못했구요."

"그렇구나."

치우비는 웃뜸사울아비란 자리에까지 올랐기에 점잔을 떨어야 할 때도 많았지만 집안 어르신인지라 평소처럼 약간 어리광을 부리는 말투를 썼다. 치우벌은 그것이 안심되는 듯 헛기침을 한두 번 하다가 말했다.

"그런데 어딜 가는 길이냐? 회의장으로 가느냐?"

"예."

"무엇 때문에?"

"하던 일은 해야 하지 않겠습니까?"

"대나무골로 가려느냐?"

"예."

치우벌은 깊은 한숨을 쉬었다.

"내 어릴 적부터 너를 보아 왔다만, 이제 너는 웃뜸사울아비이니 네가 명령하면 무조건 따라야겠지. 하지만 지금은 그렇게 이야기하는 것이 아니라, 어릴 적부터 너를 보아 온 아저씨로 이야기하는 것이니 그렇게 생각해 주려무나."

치우비는 미소를 지었다.

"아저씨가 하는 말씀을 제가 왜 안 듣겠어요? 웃뜸 자리 같은 이야기는 하지 마시구요. 어르신들을 대할 때 그런 것을 내세울 정도로 못난 놈은 아닙니다."

치우벌도 미소를 지으며 말했다.

"어릴 적에는 둔해 보였는데, 이제는 말도 잘하는구나. 네 형을 닮아 가는구나."

"아직 멀었죠, 뭐."

말을 돌리던 치우벌은 안색을 굳히더니 입을 열었다.

"사실 우리끼리 오래 이야기를 나누어 보았지만…… 지금 꼭 대나무 골에 가야 하겠느냐?"

치우비는 눈을 감았다. 그래도 누구보다 믿었던 어른들이었는데 그들 역시 반대 의견을 가진 듯했다. 약간은 서운하고도 서글픈 느낌이었다.

"지금 가지 않으면 안 됩니다."

"대나무골이 중요하다는 것은 나도 어렴풋이 알겠다. 허나 꼭 지금 갈 이유는 없지 않은가 하는 말이다."

치우벌은 말을 끊었다가 차분하게 말했다.

"유망은 대나무골에서 움직이지 않고 있다. 동쪽이 아무래도 시끄러 운 모양이야. 동쪽 주신 사람도 역시 주신 사람이기는 하지만, 그래도 솟대를 따로 세우자는 이야기가 대놓고 나올 정도로 고시씨 입김이 센 곳이다. 거기에 고시울률님이 갑자기 죽음을 당했으니 문제가 생겨도 크게 생길 게 분명하지 않으냐?"

치우벌은 땅이 꺼져라 한숨을 쉬며 말했다.

"대나무골도 좋고, 지나족도 좋고, 마갸르족도 좋다. 나도 도끼를 들 면서부터 마갸르족 편에 서서 싸웠던 사람이다. 그러나 지금은 주신이 위험하고 신시가 위험하다. 이런 판에 웃뜸사울아비인 네가 신시를 비 우는 것은 좋지 않다."

"위험하단 건 알죠. 허나……."

치우비는 생각을 정리하려는 듯 눈을 감고 말했다.

"유망이 더 위험합니다. 유망이 지금 움직이지 않는 건 저와 형님을 기다리고 있다는 뜻입니다. 우리 둘 중 누구라도 가지 않으면 유망은 무섭게 화를 낼 거고, 신시까지 산이 무너지듯 달려올 겁니다."

뒤에 서 있던 백발에 흰 수염을 길게 기른 노인이 나섰다. 그는 치우주먹이라는 이른바 치우 집안의 어르신으로, 큰 공을 세웠거나 무예가 뛰어나지는 않았지만, 가장 나이가 많았고 차분한 성품이었기에 어른 대접을 받는 분이었다.

치우주먹도 말했다.

"유망이 그러리라고 어찌 잘라 말할 수 있겠느냐?"

"제 형과 저는 유망과 여러 번 맞서 보았습니다. 특히 천 형님은 유망의 마음을 아주 잘 압니다. 그런 형님이 말한 것이니 틀림없습니다."

"네 형이 똑똑한 거야 알지만, 지금은 깨어나지 못하고 있잖느냐. 더구나 동쪽의 난리는 네 형이 정신을 잃은 다음에 생긴 일이다. 그런 일이 생긴 줄 알았다면 네 형도 그렇게 말하지는 않았을 것 같은데 말이다."

"저도 동쪽 일을 생각 안 한 것은 아닙니다. 그렇다고 신시에 주저앉아 있을 수도 없잖습니까? 그럼 제가 신시에 주저앉아 있는 것이 제일 좋은 방법이라는 겁니까?"

그 말에 치우주먹이나 치우벌을 비롯한 사람들은 입을 다물었다. 치우비는 간곡하게 말했다.

"아, 참 답답하군요. 나름대로 저도 여러 가지로 생각해 보았습니다만, 막막할 뿐입니다. 아무것도 안 할 수는 없습니다. 하나를 택해야 하는데, 저는 서쪽으로 가서 유망을 상대하는 것이 옳다고 생각합니다. 나름대로 생각한 방법도 있습니다."

"그건 무엇이냐?"

"정말 죄송스럽습니다만, 매우 큰 문제라서 한웅님께 먼저 아뢰지 않고 미리 입을 열 수는 없습니다. 회의장에서 말씀드릴 것입니다."

치우비가 그렇게 말하자 치우벌이나 치우주먹도 입을 다물 수밖에 없었다. 치우비가 슬픈 듯 지친 듯 걸음을 옮기려 하자 치우벌이 나지막이 속삭였다.

"나도 답답하여 그런 것이다. 어쨌든 너는 웃뜸사울아비요, 우리 집안사람이다. 어떤 결정을 내리든 나는 네 결정대로 따를 것이다."

"고맙습니다. 아저씨."

치우비는 회의장으로 걸음을 옮겼다.

회의에는 사와라 한웅을 대신하여 마누라님인 부소구슬과 비럼, 병예, 신지울태의 삼사, 그리고 다섯 집안의 대표들과 그 밖의 다른 집안사람 스무 명 정도가 참석해 있었다. 고시씨와 부루씨 집안사람 중 유명한 귀족은 많이 빠져 있었지만 그래도 그들의 숫자가 제일 많았고, 치우씨는 슬프게도 치우비 혼자뿐이었다. 치우괄괄, 치우가람, 치우바람이 죽고 치우천과 치우우레가 거동을 못하기 때문이었다. 다른 치우 집안사람은 한웅 주재의 회의에 참석할 만큼 높은 지위를 차지한 사람이 없었다. 하다못해 가장 적막하다는 신지 집안도 신지울태를 비롯하여 네 사람이나 참석했는데 말이다.

이 자리의 사람들은 대부분 치우 형제에 대해 반감을 가진 사람들이 아니었다. 그런 사람들은 신시에 거의 남아 있지 않았다. 허나 이들은 막상 큰일이 닥치자 어쩔 줄 모르고 불안해했으며, 흥분하여 떠들어 대고 있었다. 누구도 소신 있는 의견을 내놓지 않았으며, 다른 사람이 의견을 내놓으면 꼬투리를 잡아 반박하는 데에만 시간을 보내고 있었다. 삼사조차 이들에게 말꼬투리를 잡혀 적절한 의견을 내놓지 못하는 판이었다. 치우비는 서글퍼졌다.

'우리 편이라고는 하나 저들은 글렀구나. 형님, 형님. 우리가 옳게 가고 있는 거야? 말 좀 해 줘, 형님.'

차라리 고시울률이 이끌던 귀족이 저들보다 나을 것 같았다. 거만하고 무례하며 남 보기를 발가락 사이의 때만큼도 여기지 않던 자들이었지만, 적어도 그들은 어떤 의식을 가지고 움직였으며 어떻게든 대처하려고 했다. 치우 형제에 대해 악의를 지니고 있었지만 나름대로 일을 처리하는 능력이 있고 어떤 식으로 하겠다는 의지도 있었다. 허나 지금 모인 귀족은 그나마도 없었다. 자신들에게 호의를 지니고는 있었지만 아무 의식도 목적도 없이, 허튼 말싸움과 남의 꼬투리나 잡고 흠집 내는 것밖에는 할 줄 아는 일이 없는 것 같았다.

차라리 자신의 목숨이나 위치, 명예를 위해 혈안이 되었다면 이해가 될 텐데, 그들은 그런 의식조차도 없었다. 스스로도 아무 의지도 소신도 목적도 없이 공허하고 추악한 말싸움에서 이기기 위해, 주신이나 부족, 자신의 명예와 목숨마저도 팔아먹을 것 같았다. 고시울률 휘하 귀족 같은 악행을 표 나게 저지르지는 않았지만, 그들의 무능은 차라리 치우가람 같은 악당이 되레 멋있게 생각될 정도였다.

'눈앞이 캄캄하구나. 저런 사람들을 믿고 앞으로 무얼 할 수 있단 말인가?'

치우비는 어지간하면 사람들의 아우성이 끝날 때까지는 말을 않을 생각이었으나 짙어지는 마음의 그림자를 지우기 위해 결국 큰 소리로 외쳤다.

"웃뜸사울아비 치우비가 마누라님께 아룁니다! 저는 서쪽으로 가겠습니다!"

치우비는 고함을 지른 것이 아니었지만 그의 목소리는 회의장 전체가 울릴 정도로 힘이 있었다. 일순 아우성이 멈추었으나 이번에는 다른 소리들이 뒤를 이었다. 신시를 버리고 어딜 간다는 것이냐, 동쪽의 반란은 내버려 둘 것이냐……. 치우비는 그들의 아우성을 듣는 시늉도 하지 않다가 큰 소리로 외쳤다.

"어차피 나아갈 길은 네 가지뿐입니다!"

치우비는 목소리에 힘을 실어서 다른 사람이 뭐라 하건 간에 아랑곳하지 않고 회의장이 터져 나가게 큰 소리로 외쳤다.

"서쪽으로 가면 동쪽의 기운이 위험하기는 합니다. 동쪽으로 가면 서쪽의 유망이 가만있지 않을 겁니다. 그렇다고 얼마 되지 않는 신시의 힘을 동과 서로 나누면 양쪽에서 패할 것입니다. 신시만 지키고 앉아 있으면 결국 동쪽과 서쪽, 양쪽의 무리들이 신시를 에워싸서 결국 모두 죽게 될 것입니다!"

신지씨의 젊은 귀족 하나가 말했다.

"신지 집안의 신지사사가 말씀드립니다. 신시를 지키다가 동쪽과 서쪽 무리를 서로 싸움 붙일 수 없겠습니까?"

작고 맥없는 목소리였지만 자기 의견을 우기기만 하는 느낌이 들지 않아서 귀가 번뜩 뜨였다. 그나마 새로운 의견을 들은 것은 처음이라 치우비는 공손히 답했다.

"그러면 좋겠지만, 동쪽과 서쪽이 손을 잡으면 어쩔 것입니까? 동쪽에 솟대를 따로 세우고 신시를 유망에게 내준다면요?"

신지사사는 고개를 끄덕이며 입을 다물었다. 치우비는 파리하고 힘없는 그의 얼굴을 보며 속으로 생각했다.

'남의 말을 들을 줄 아는 사람도 있긴 있었구나.'

허나 다른 사람들은 다시 저마다 떠들어 대기 시작했다. 치우비는 더 듣기 싫어 외쳤다.

"제 생각은 간단합니다. 동쪽은 불안하지만 아직 싸움이 벌어지지는 않았습니다. 서쪽은 이미 싸움이 벌어졌습니다. 그러니 서쪽으로 갑니다."

"서쪽으로 간다고 신시를 비우고 동쪽을 그냥 놔둔단 말이오?"

부소씨의 늙은 귀족 한 명이 열에 들떠 자기 이름도 말하지 않고 외치자 치우비는 고개를 저었다.

"신시는 비우지 않습니다!"

사람들이 의아해하자 또 다른 중년의 여자 귀족 한 명이 앙칼지게 외쳤다.

"부소 집안의 부소댕기가 웃뜸사울아비께 묻습니다. 동⋯⋯."

여자가 외치려는데 다른 귀족 한 명이 소리를 쳤다.

"너는 누구냐? 못 보던 아낙인데 어찌 회의장에 나왔단 말이냐?"

한웅의 마누라인 부소구슬이나 우사인 신지울태 말고는 회의장에 여자가 나오는 경우가 없었다. 여자들의 권위가 높거나 부족장이 여자인 부족도 많았던 때이고, 주신에서도 눈에 띄게 차별하지는 않았지만, 실제로 신시에서 여자가 회의장에 나오는 일은 드물었다. 더구나 부소댕기는 이전에 한 번도 회의장에 모습을 드러낸 적이 없던 사람이었다. 치우비는 개의치 않고 말했다.

"부소댕기님의 말씀이 끝나지 않았습니다만."

여자는 화가 난 듯 표독스러운 목소리로 외쳤다.

"나올 만하니 나왔지, 그럼 못 나올 것이 나왔을까!"

하도 앙칼지고 독기가 서린 목소리라 오싹한 한기가 느껴졌다. 사람들의 눈이 그쪽으로 향했고 치우비의 눈도 저절로 여자를 향했다. 여자는 나이가 들어 보였으나 얼핏 보기에도 고운 얼굴에 통통하고도 후덕하게 생겨서 어디에도 그런 독기 서린 목소리를 지녔을 것 같지는 않았다.

허나 별 인상도 쓰지 않고 뱉어 내는 그녀의 말은 듣기 힘들었다. 말도 곱지 않았지만 그보다는 목소리가 기이하고, 특별히 악의를 띠지 않아도 듣는 이의 기분을 상하게 만들었다. 부소댕기가 순식간에 되받아

치자 말을 했던 귀족도 기분이 상한 듯 외쳤다.

"나올 만해서 나왔다니! 그 말버르장머리가 회의장에 어울리는 것이냐?"

부소댕기는 한 치의 양보 없이 되받아쳤다.

"자기가 누군지도 밝히지 않고 지껄이는 네 주둥이는 회의장에 어울리고?"

부소댕기가 특유의 독살스러운 말투로 험한 말을 하자 상대 귀족은 화가 나 얼굴이 새빨갛게 되었다가 분을 이기지 못하고 자리에 주저앉고 말았다. 다른 귀족들이 고함을 지르려는 찰나에 한웅의 마누라인 부소구슬이 한숨을 쉬며 입을 열었다.

"댕기야. 그만해 두려무나."

귀족들은 부소구슬과 부소댕기가 잘 아는 사이임을 직감하고 순식간에 움츠러들며 부소댕기에게 쏟아 놓으려던 욕을 집어삼켰다. 부소댕기는 기분 나쁜 어조로 킬킬 웃으며 말했다.

"고모님, 회의라는 것이 원래 이러한가요? 그 녀석 대신 처음 나온 것인데, 이럴 줄 알았으면 나오지 말 것을 그랬나 보군요."

그런데 부소댕기는 목소리도 기분 나쁘고 웃음소리도 흉하기 이를 데 없는데, 그런 말을 하는 표정만은 평안하고 스스럼없었다. 마치 부소댕기가 말한 것이 아니고 다른 여자가 숨어서 대신 떠든 것 같은 착각이 들 정도였다. 부소댕기가 부소구슬의 조카라는 말을 듣고 귀족들은 분을 집어삼키는데, 조금 전에 망신을 당했던 귀족은 화가 나서 그 말을 못 들은 듯 참지 못하고 큰 소리로 외쳤다.

"그 녀석이란 녀석이 도대체 누구냐? 누가 너를 이 자리에 나오게 했느냐?"

부소댕기는 눈조차 돌리지 않고 콧방귀를 뀌며 말했다.

"누구긴 누구야, 고시가라지."

주위가 조용해졌다. 고시가라는 지난번 신시 공방전에서 훌륭한 솜씨를 보였던 대장이었다. 보돈차르와 완안씨 부자를 전멸 직전으로 몰아붙인 유능한 장수였고, 번개범이 나타나지 않았다면 그들을 전멸시켰을지도 몰랐다. 고시울률의 편에 섰으나 실력을 인정받아 치우가람의 뒤를 이어 한웅을 지키는 하늘 군대의 대장으로 뽑힌 인물이었다.

이 자리의 누구도 고시가라의 아내가 이렇게 건방지게 독설을 퍼붓는 여인인 줄은 몰랐다. 그러고 보니 고시가라는 자신의 마누라에 대해 남에게 말하거나 다른 사람을 집으로 부르는 일이 없었다. 성격이 조용하고 차분해서 그런 줄 알았는데 남모르는 사연이 있었던 것이다. 부소구슬은 사람들을 타이르듯 말했다.

"고시가라 대장이 사울아비들을 다스리는 일이 바빠 이 아이가 대신 나온 모양이오. 이 아이는 원래 입이 저러하고 나에게도 할 말은 다 하는 아이이니 다들 신경 쓰지 마시오."

귀족들이 수군수군하자 부소구슬은 한숨을 쉬며 덧붙였다.

"저 아이 이름이 왜 댕기겠소? 어려서부터 하도 사람 거슬리는 말만 해서 아예 댕기로 입을 틀어막고 키우다시피 해서 이름이 댕기라오. 어려서 신수에게 저주가 씌어서 입만 열면 사람의 귀에 거슬리게 들린다오. 마음 씀씀이는 나쁜 아이가 아니고 저 아이 마음도 그렇지 않으니 다들 어여삐 보아 주시구려."

"저주라고요?"

누가 묻자 부소댕기가 뭐라 하려는 것을 부소구슬이 손을 들어 억지로 저지하고 말했다.

"나도 자세히는 모르지만, 남쪽 먼 곳에 산다는 못된 신수의 저주라고 들었소. 주룽이라는 신수라고 한다오. 좌우지간 그래서 입만 열면 말이 험하게 나온다오. 저 아이의 탓이 아니니 허물하지 마시오."

부소구슬이 그렇게까지 이야기를 했으니 사람들은 무조건 부소댕기의 말은 듣고 참아야 할 상황이 되었다. 치우비는 부소댕기의 목소리나 주룽이라는 신수에도 호기심이 생겼으나 코앞에 닥친 일들이 무엇보다 중요했다.

"웃뜸사울아비 치우비가 말합니다. 부소댕기님께서는 물으시던 말씀을 계속하시지요."

부소댕기는 정중히 고개를 숙이며 말했다.

"웃뜸사울아비께서는 나이도 어린데 생각하시는 것이 과연 다르시군요. 저 같은 것의 이야기도 들어 주실 줄 아시니 사내답고 웃뜸다우십니다. 사내랍시고 내 잘났네 못났네 떠드는 꼬락서니를 보다 보니 저도 모르게 함부로 입을 놀린 것을 용서해 주시기 바랍니다."

아까와는 달리 한껏 정중한 말투였으나 역시 말투에는 이상하게 사람의 비위를 건드리는 것이 있었다. 자기도 모르게 눈살이 찌푸려질 뻔했으나 치우비는 넉살 좋게 참으며 말했다.

"많은 사람들과 이야기해야 하니 빨리 말씀해 주셨으면 합니다."

부소댕기는 웃으며 말했다.

"지금 주신은 몹시 힘듭니다. 서쪽은 유망이 난리고 동쪽은 고시씨가 난리지요. 그리고 신시 안도 이렇게 쓸모없는 사람들만 가득하니, 몹시 걱정되시겠습니다. 꾀가 주신 제일이라는 치우웃뜸께서도 누워 계시니 웃뜸사울아비께서도 힘드실 것입니다. 웃뜸사울아비께서는 서쪽으로 가신다고 하는데 그렇다면 동쪽은 어떻게 하실 작정인지요?"

치우비는 속으로 생각했다.

'간단하게 물으면 될 것인데, 공연히 시간을 끌었군.'

치우비는 드디어 속에 담고 있던 말을 했다.

"동쪽의 일은 그렇게 바쁘지 않다고 생각됩니다. 비록 동쪽에서 좋지 않은 움직임이 있다지만, 그들도 주신 사람이며 우리와 같은 부족입니다. 싸움이 벌어졌다는 소식도 없는데 먼저 군대를 일으킬 수는 없습니다. 그러므로 저는 서쪽으로 갈 것입니다."

부소댕기는 웃으며 말했다.

"그렇군요. 웃뜸사울아비께서 서쪽에서 유망과 싸우시는 중에 동쪽에서 먼저 군대를 보내면 어찌하시렵니까? 싸우던 중에 털고 나오실 수는 없지 않습니까?"

치우비는 속으로 생각했다.

'비록 목소리는 듣기 싫지만, 저 여자가 생각하는 게 웬만한 귀족 나부랭이보다는 낫구나.'

치우비는 정중히 대답했다.

"싸움이란 것은 미리 정하고 할 수 있는 것이 아닙니다. 상대의 움직임을 그때그때 보아 가며 움직이는 것이 싸움입니다. 서쪽 일은 제 생각대로라면 금방 끝이 날 수 있습니다. 동쪽에서 오늘 군대를 보낸다고 해도, 동쪽 끝에서 신시까지 군대가 온다면 적어도 한 달 반은 걸립니다. 제가 여기서 내일 출발하여 힘껏 말을 달리면 대나무골까지는 열흘 정도면 갈 수 있습니다. 그러니 만의 하나 돌아오는 시간을 남긴다 해도 한 달 남짓 유망과 겨뤄 볼 틈이 생기는 것입니다."

"유망도 이번에는 준비를 많이 한 듯한데 한 달 안에 판가름이 날까요?"

치우비는 타이르듯 말했다.

"유망은 많은 군대를 거느리고 있습니다. 군대를 많이 거느릴수록 먹을 것과 쓸 물건들이 많이 들죠. 유망은 싸움을 빨리 결정지으려고 할 겁니다. 몇 달씩 싸움을 끌기는 어렵다고 생각합니다."

부소댕기는 어두운 얼굴빛을 하고 치우비에게 살짝 눈짓을 하며 말했다.

"그러하시군요. 감사합니다. 웃뜸사울아비님만 믿겠습니다."

처음에는 이 여자가 왜 끼어드는 것일까 싶었는데 지나고 보니 부소댕기는 치우비가 마음껏 말을 하도록 기회를 준 것 같았다. 자신을 편들어서 할 말을 다하게 해 준 것은 고마웠지만 치우비는 부소댕기의 낯빛이 왜 어두워졌으며 어째서 눈짓을 했는지 궁금해졌다.

'다른 깊은 생각이 있는 것 같구나……'

다른 사람들은 부소댕기의 발언 이후로 별다른 의견을 내지 못했다. 저마다 불안하여 툴툴거리기는 했으나 아무도 대안을 내놓을 수는 없었다. 결국 그렇게 치우비의 일방적인 출전 선언을 한 것으로 회의는 끝이 났다.

이제부터가 치우비가 생각한 진짜 회의 시간이었다. 사람들이 대강 물러난 다음에도 비렴과 병예, 신지울태와 부소구슬은 회의장을 떠나지 않고 남아 있었다. 거서기와 삼이 제대로 연락을 전해 준 것이리라.

그런데 의외로 다른 두 사람도 나가지 않고 남아 있었다. 신지사사와 부소댕기였다. 부소댕기는 부소구슬을 붙잡고 잡담을 하고 있었다. 부소구슬은 치우비의 눈치를 보면서 곤란해했으나 부소댕기가 자꾸 달라붙는 것 같았다. 신지사사는 뜻밖에도 다른 사람들이 다 나가자마자 힘없이 다가와서는 치우비의 옷깃을 잡고 늘어졌다.

"신지 집안의 신지사사입니다. 웃뜸사울아비님. 아까 하신 말씀, 정말입니까?"

작고 힘없는 목소리였지만 그의 말에는 안타까움과 절실함이 가득차 있었다. 치우비는 닭 잡을 힘도 없어 보이는 파리한 신지사사의 얼굴을 바라보며 곤란한 표정을 지었다.

"그렇습니다만……."

신지사사는 입술을 깨물고 있다가 치우비의 귀를 잡아끌었다. 치우비의 키가 그보다 훨씬 컸기 때문이다. 꽤나 무례한 행동이었지만 치우비는 얼결에 허리를 굽혔다. 신지사사는 귓속말로 속삭였다.

"죄송합니다. 그렇게 하시면 큰일 납니다. 그건 오도 가도 못하고 모두를 망치는 길입니다!"

치우비는 속으로 깜짝 놀랐다. 그때 신지울태가 화를 내며 꾸짖었다.

"사사야! 웃뜸사울아비께 무슨 짓이냐! 그만두고 무릎 꿇고 빌지 못할까!"

치우비는 버럭 화를 내며 외쳤다.

"네가 무엇인데 감히 이런 짓을 하는 거냐? 혼나고 싶으냐?"

치우비는 신지사사의 멱살을 잡고 들어 올리며 커다란 주먹을 꼭 칠 것처럼 을러멨다. 자그맣고 약해 빠진 신지사사의 몸은 치우비의 굵은 팔에 대롱대롱 들려 숨까지 막혀 버린 것 같았지만 그는 겁은 먹었으되 오히려 소리를 치려 했다.

"컥! 웃…… 웃뜸사울아비는…… 컥컥…… 영웅이라 들었는데 이렇게 생각이 없다니!"

치우비는 눈을 부릅뜨며 외쳤다.

"네놈이 죽고 싶은가 보구나!"

치우비의 힘을 잘 아는 삼사가 놀라서 뜯어말리려고 했다. 비렴은 무슨 생각이 들었는지 병예와 신지울태를 제지했다. 신지사사는 그쪽은 신경도 쓰지 않고 외쳤다. 얼굴은 흙 빛깔이 되었지만 기세는 당당했다.

"쳐 보아라! 어차피 신시가 무너지면 나는 죽는다. 컥컥…… 그러니 맘대로 해라!"

치우비는 곧바로 신지사사를 제자리에 놓고는 큰 소리로 웃었다. 신지사사는 놀라 어리둥절하다가 맥이 풀려서인지 다리가 후들거려서인지 하마터면 쓰러질 뻔했다. 치우비는 신지사사를 부축하고는 다시 한 번 크게 웃었다. 그러자 신지사사가 화난 표정으로 말했다.

"왜 웃어?"

치우비는 신지사사에게 깊이 고개 숙여 인사를 했다. 신지사사와 병예, 신지울태는 깜짝 놀랐다. 치우비가 말했다.

"웃은 것을 용서하십시오. 당신을 비웃은 것이 아니라 좋아서 웃은 것입니다."

"뭐가 좋아?"

신지사사는 화가 안 풀렸는지 아직도 막말을 했다. 신지울태가 뭐라 하려 했으나 비렴은 빙그레 웃음을 머금고 신지울태를 손짓으로 제지했다. 치우비는 신지사사의 귀를 잡아당기고는 귓속말로 말했다.

"나는 신시를 버리고 서쪽으로 가려는 것이 아닙니다. 믿을 만한 사람이 적어 걱정이 끝이 없었는데 당신을 만나게 된 것이 반가워서 그럽니다. 겁 준 것을 용서하십시오."

신지사사의 겁 많아 보이는 눈동자가 커졌다.

"정…… 정말이십니까?"

"나, 치우비는 거짓말을 하지 않습니다."

"그럼 다른 뜻이 있으셨다는 것입니까?"

치우비가 고개를 끄덕거리려는데 저쪽에서 앙칼진 목소리가 들려왔다. 부소댕기였다.

"틀렸어! 틀렸어! 치우비는 거짓말을 하지 않는다면서, 아까 귀족들 앞에서 거짓말을 했잖아! 그건 거짓말이 아닌가?"

치우비는 웃으며 말했다.

"아까도 알아뵈었습니다만, 부소댕기님은 대단한 분이시군요. 저는 거짓말을 하지 않았습니다. 다만……."

치우비가 말을 하려는데 부소댕기가 특유의 기분 나쁜 어조로 끼어들며 말했다.

"그래, 알아. 다른 사람이 못 미더워서 삼사께만 아뢰려고 한 게고, 지금은 내가 있어서 거북하다는 거지? 내가 그만한 눈치도 없을라고?"

치우비는 말문이 막혔다. 부소댕기는 보기보다 훨씬 영리한 사람 같았다. 치우비가 말문이 막혀 있자 부소구슬이 대신 말했다.

"댕기야! 이제 너는 나가 봐야 하지 않겠느냐? 아까부터 나를 붙들고 떠든 게 너도 한마디 하려고 그러는 것이냐? 그리고 웃뜸사울아비는 삼사께서도 함부로 못할 영웅이신데 왜 막말을 하는 게냐?"

"고모님! 아깐 회의중이라면서요? 내가 나이도 많고 엄마뻘은 될 것 같은데 어떻게 계속 말을 높여 준담. 징그럽게스리."

"어허! 저것 말버릇이……."

"내 말버릇은 신수 주룽의 저주 때문이니 고모님도 탓하지 말라구요. 웃뜸사울아비님도 탓하지 않겠지요?"

부소댕기는 서슴없이 치우비 앞에 딱 가서 서더니 치우비의 얼굴을 빤히 보며 말했다.

"어이구, 덩치가 커서 그렇지…… 잘생겼네, 남자답게. 내가 한 스무 살만 어렸어도……."

"댕기야!"

부소구슬이 얼굴이 붉어져서 호통을 치는데도 부소댕기는 눈 하나 깜빡하지 않았다. 치우비는 계속 바보처럼 웃고 있다가 정중히 말했다.

"어르신이시니 편할 대로 말씀하십시오. 다만 어머님뻘로 뵈지 않고 누님뻘 정도 되는 것 같습니다. 저 같은 멍청이를 좋게 봐 주시니……."

치우비는 멍청이라는 말을 입에 담게 되자 발이 생각나서 찌르르 가슴속이 울려 말을 이을 수 없었다. 마지막 치우비의 표정은 보지 못한 듯, 부소댕기는 깔깔 웃었다.

"역시! 역시야! 우리 그이 말이 틀림없어!"

사람들은 부소댕기가 무슨 소리를 하는지 의아했으나 그녀는 더 모를 소리만 했다.

"웃뜸사울아비님. 제 입을 용서해 주세요. 덕분에 저는 내기에 졌고 아주 기분이 좋네요. 하나 물어볼 게 있는데요?"

치우비는 발의 생각을 깊숙이 누르고 적어도 표정은 원래대로 회복했다. 그는 웃으며 정중히 대답했다.

"말씀하시지요."

부소댕기는 킥킥 웃으며 말했다.

"내 바깥사람은 고시가라예요. 고시씨라구요. 웃뜸사울아비와 싸운 적도 있지요. 그런데 그를 믿을 수 있나요?"

짧았지만 간단하지는 않은 질문이었다. 치우비는 입술을 깨물고 생각하다가 대답했다.

"솔직하게 말씀드려도 됩니까?"

"그럼요."

"웃뜸사울아비 치우비가 말씀드립니다. 고시가라님을 믿을 수 있는지는…… 아직 모르겠습니다."

부소댕기는 크게 웃음을 터뜨리더니 한참 동안이나 깔깔거리며 웃으며 말했다.

"맞아요. 믿지 못하는 게 맞죠. 그이는 지금 벌써 동쪽으로 갔어요. 그래서 내가 대신 회의에 나온 거구요."

"무슨 뜻입니까?"

"자신을 따라와 달라는 거예요."

"따라가다뇨?"

부소댕기는 치우비가 자꾸 묻자 답답하다는 듯 말했다.

"모르겠어요? 우리 그이는 동쪽의 일이 더 중요하다고 알리려는 거랍니다. 그이는 고시씨이고 고시울률님과 가까웠지만, 고시울률님이 안 계신 이상 동쪽에서 난리가 일어나는 것만은 막아야 한다고 생각하고 있어요. 아까 웃뜸사울아비님이 하신 말씀, 일부러 하신 말씀이겠지요? 고시 집안이 정말 들고 일어난다면 신시까지 닥쳐오는 데는 열흘도 안 걸립니다."

"어떻게 그리 빠를 수 있습니까?"

"지난번 신시 싸움이 끝난 다음 웃뜸사울아비 쪽 사람들은 신시에 남았죠. 작은 주신이라던가 하는 부족 사람들 말이죠."

"그렇죠."

"그런데 고시울률님이 신시 싸움에 동원했던 사람들을 모조리 돌려보냈을까요?"

치우비는 그제야 사태의 심각성을 깨닫고 깜짝 놀랐다. 그럴 법한 일이었다. 신시 싸움은 큰 피해 없이 마무리되었지만 치우천의 직속 부하라 할 수 있는 작은 주신 사람들이 신시 사람이 되어서 귀족에게 큰 반발을 샀다. 그렇다면 고시울률도 만에 하나에 대항하기 위해서라도 자신을 따르는 군대를 신시에서 멀지 않은 곳에 대기시켜 둘 수 있었다. 이것은 확실히 치우비의 예상과는 다른 것이었다.

부소댕기는 계속 말했다.

"웃뜸사울아비께서 솔직하게 말씀하시니 저도 솔직히 말씀드리죠. 우리 그이는 신시 싸움에서 많은 사울아비들을 끌고 왔고, 그들이 어디쯤 있는지 잘 압니다. 그래서 일단 그들을 달래 보려고 회의에도 나오지 못하고 먼저 떠난 겁니다. 그러면서 내게 말했어요. 웃뜸사울아비께서 현명하시다면 어서 동쪽으로 달려와서 그쪽의 사울아비들을 아울러 달라고요. 허나 웃뜸사울아비께서 대장감이 못된다면…… 자신도 어쩔 수 없을 것이라고요."

치우비는 한숨을 쉬며 말했다.

"무슨 뜻인지 잘 모르겠군요."

"무슨 뜻이기는요! 좋은 뜻이에요. 마누라를 여기 남겨서 이런 이야기까지 털어놓게 만들었으니 좋은 뜻은 좋은 뜻이지요. 어서 동쪽으로 서둘러 가셔서 우리 그이와 함께 사울아비들을 아우르고, 그 힘을 모아 서쪽을 치세요. 이건 좋은 기회입니다. 그러지 않고서는 동쪽과 서쪽을 한꺼번에 상대할 수 없어요."

"그건 좋지 않소."

갑자기 끼어든 것은 비렴이었다. 비렴은 여전히 태산 같은 위엄을 지닌 채 당당히 말했다.

"풍백 비렴이 말하오. 고시가라 대장의 뜻이 그렇다면, 대장 스스로 사울아비들을 모아 와서 힘이 되어 줄 수도 있을 거요. 정말 웃뜸사울아비를 돕고 싶다면 충분히 그럴 수 있을 것 아니오? 굳이 웃뜸사울아비를 그쪽으로 부르려는 건 무슨 의도요? 혹 웃뜸사울아비를 잡아 가두려는 것은 아니오?"

"그러면 여기 있는 내가 무사할까요? 인질이 있는데두요?"

"죄송하오만, 부소댕기님과 주신의 웃뜸사울아비가 인질로 같은 값이 될 것이라 여기시오?"

비렴은 부소댕기가 마음에 들지 않는 것 같았다. 그때 치우비가 말했다.

"부소댕기님은 아직도 저를 떠보시는 것 같군요."

"그렇게 생각하시나요?"

"나는 형님이 아니라서 머리로 생각하는 것은 서투릅니다. 허나 느낌이 그렇군요. 부소댕기님은 너무 여유만만하십니다. 인질로 남은 것 같지도 않구요."

부소댕기는 웃으며 말했다.

"웃뜸사울아비님의 눈은 날카롭군요. 맞습니다. 저는 인질이 아니었고, 제 스스로 일부러 떨어져 나온 겁니다."

"그 이유는?"

비렴이 날카롭게 묻자 부소댕기는 한숨을 쉬며 말했다.

"우리 그이가 마음의 갈피를 못 잡았기 때문입니다."

"고시가라가 신시를 칠 수도 있다는 겁니까?"

"신시를 지키는 것은 우리 그이의 일입니다. 고시울률님의 죽음이 정확하게 밝혀지지 않는다면…… 아니, 지금 고시 집안사람은 그게 웃뜸사울아비님이나 치우웃뜸이 한 짓이라 믿고 있습니다. 그게 확실해지지 않는다면 그럴 수도 있습니다."

부소댕기는 치우비를 돌아보며 말했다.

"웃뜸사울아비께서 그런 짓을 할 분 같지는 않습니다. 저는 제 눈을 믿기로 했고, 그래서 그런 사실을 알려 주고, 또 그 사람이 신시로 군대를 끌고 오는 것을 막으려고 여기 남은 겁니다."

치우비의 마음은 착잡하기 이를 데 없었다. 일단 자신은 모르는 일인데다, 치우천도 분명 그런 짓을 하지 않았지만 고시울률의 머리는 자기 집 귀퉁이에 묻혀 있었다. 소녀의 짓이라고 전해 듣기는 했어도 만의 하나 머리가 발견되기라도 한다면 고시 집안사람들은 분명 치우천이 시킨 일이라고 할 것이다.

'우리 집 마당에 큰 불똥이 숨어 있구나. 그걸 어떻게 한다지? 설마 누가 파 보지는 않겠지만…… 파서 다른 곳으로 옮길 수도 없는 노릇

이고……'

자신도 모르게 불안해하는 모습이 떠오르자 부소댕기의 눈빛이 이상해졌다.

"혹…… 고시울률님의 죽음에 뭔가 아시는 거라도?"

치우비는 말했다.

"저는 그날 회의장에 있었고 형님은 몸이 아파 꼼짝도 못하고 있었습니다. 고시울률님이 어떻게 돌아가셨는지 우리 형제는 모르는 일입니다. 안파견 한님을 두고 맹세합니다."

치우비는 자신의 성격에는 맞지 않았지만 말을 돌려서 궁색하게 거짓말을 감추었다. 그러고는 못내 찜찜한 느낌이 남아 한마디 덧붙였다.

"사람들이 하도 우리 형제를 두고 말들이 많으니 기분이 상해서 그렇습니다."

"그러면 동쪽으로 가서 그쪽 일을 처리하실 겁니까?"

부소댕기가 묻자 치우비는 생각했다. 자신도 생각한 것이 있었지만 천천히 말했다.

"아니, 됐습니다."

"예?"

"누가 뭐라든 저는 서쪽으로 가야 합니다. 유망은 분명 저희 형제를 기다리고 있습니다. 형님이 누워 계시니 저라도 가야지요. 그것만은 분명합니다."

부소댕기가 처음으로 당황한 기색을 보였다.

"동쪽으로 가야 합니다!"

"저도 생각이 있습니다. 저도 동쪽을 비우려던 것은 아니었습니다. 생각이 있습니다."

"허나 제가 말씀드린 것은 모르셨을 텐데요?"

"몰랐지요. 허나 그렇다고 크게 변할 것은 없습니다."

부소댕기는 흥미롭다는 듯 치우비를 바라보았다.

"저 같은 것이 알 필요는 없겠지만, 신시에 있는 군대의 숫자는 뻔합니다. 그것으로 어떻게 동쪽과 서쪽을 다 막아 내시렵니까? 더구나 우리 그이가 집안에 억눌려 지난번 싸움에 나왔던 사울아비들까지 몰고 온다면 어떻게 당하시렵니까?"

그것은 비렴이나 부소구슬도 궁금했던 터였다. 치우비는 간단히 말했다.

"저도 고민했습니다. 형님이 깨어 계셨다면 무슨 수를 내셨겠지만, 형님의 지혜를 얻지 못하니 둔한 저로서는 미칠 지경이었습니다. 허나 한 가지 수가 생각났습니다."

"그게 뭐지요?"

"그것은 삼사와 마누라님 외에는 알려 드릴 수 없습니다."

치우비가 까놓고 그렇게 말하자 부소댕기와 신지사사는 한숨을 쉬면서 밖으로 나가려고 했다. 그러자 치우비는 두 사람을 불러 세우며 말을 이었다.

"하지만 지금 형님이 계셨다면 이렇게 말씀하셨을 것 같군요. 거기에 두 분도 포함된다고요."

부소댕기는 킥 하고 웃음을 터트렸다.

"저는 신시에 칼끝을 돌릴지 모르는 고시가라의 아낙 되는 사람인데 두요?"

"그러니 더 사실대로 말씀드려야 할 것 같습니다."

"웃뜸사울아비! 대체 무슨 생각이시오?"

병예가 놀란 듯 말하자 치우비는 씩 웃으며 대답했다.

"형님 흉내를 내 보는 겁니다. 이럴 때 형님 같으면 이렇게 하셨을 것 같아서요. 그리고 우사님, 회의도 아닌데 편하게 말씀하세요."

병예도 더 사양하지 않고 말했다.

"거, 자꾸 형님 형님 소리만 하지 말고 자네 뜻을 솔직히 말하게나. 대체 무슨 뜻인가?"

"뭐, 간단합니다. 새로운 상대가 나타났으니 그를 맡아 줘야 할 사람도 필요해진 겁니다."

"음?"

"이 두 분이 중요한 일을 맡아 주셔야겠습니다."

"뭡니까?"

입을 다물고 있던 신지사사가 눈을 크게 뜨며 말했다. 그러자 신지울태가 한숨을 쉬며 말했다.

"사사 저 아이는 몸이 약해서 무슨 일을 해내기 힘들 것이야."

"저희 형님도 몸이 약했습니다. 신지사사님은 몸은 약하셔도 힘센 저를 겁내지 않고 할 말을 다 하며 자기보다 주신을 더 생각하시니 그야말로 사내다운 분이죠. 그런 분을 안 믿으면 누굴 믿겠습니까?"

신지사사는 치우비의 말에 감동된 듯 어깨까지 부르르 떨었다.

"태어나서 사냥 한번 제대로 못하고, 사내답다는 소리 한번 듣지 못하며 이날 이때까지 살았습니다. 헌데 다른 사람도 아닌 웃뜸사울아비께서 사내답다는 말씀을 해 주시니, 죽어도 한이 없습니다. 무슨 일이든 시켜만 주십시오. 내, 불속이라도 뛰어들겠습니다."

"아니, 아니, 불에 들어가라는 게 아닙니다."

이번에는 부소구슬이 말했다.

"댕기 저 아이는 힘없는 아낙인데다 나이가 들었고, 신수의 저주까지 받아 입이 험해 누구 하나 좋아하는 사람이 없는데 웃뜸사울아비께서는 무슨 큰일을 시킨다는 거요?"

"아닙니다. 꼭 부소댕기님이 해 주셔야 할 일이 있습니다."

"그게 뭡니까?"

부소댕기가 묻자 치우비는 웃으며 말했다.

"고시가라님을 구하는 일입니다."

"그이를 구한다고요?"

"부소댕기님. 고시가라님이 거느린 사울아비가 많다지만, 사울아비들이 제대로 지키고 있는 신시의 성벽을 넘을 수 있습니까? 저도 전에 해 보려고 했지만, 신시의 벽은 정말 높더군요."

"신시를 지키는 사울아비는 웃뜸사울아비께서 빼 가실 것이 아닙니까?"

"누가 그런다고 했습니까?"

치우비는 허허 웃었다. 부소댕기는 이해되지 않는다는 듯 말했다.

"웃뜸사울아비님은 서쪽으로 가서 유망과 싸울 것 아닙니까?"

"그렇습니다."

"거기는 유망도 있고 형천도 있고, 축융도 있으며, 헌원의 부하들도 유망을 도우려 개미 떼처럼 많이 몰려와 있다던데요."

"그럴 겁니다."

"그런데 사울아비가 어디서 나서 신시를 지키게 한다는 겁니까? 다섯천의 전사를 데리고 간다고 알고 있는데요."

치우비는 비로소 굳은 표정을 지으며 말했다.

"사울아비들은 신시를 지킵니다!"

"예?"

그 말에 부소댕기도 놀라고 다른 사람들도 놀랐다. 비렴도 급히 말했다.

"그럼 누구를 데리고 간단 말인가?"

"처음 성을 나설 때는 다 데리고 갑니다만, 그렇게 보이게만 하고 사울아비들은 돌려보낼 겁니다. 그리고 저와 몇백 명만 가는 겁니다."

"그게 될 말인가? 유망의 군대는 수십천이 넘는다는데?"

"그래서 제가 가야만 하는 겁니다. 신시의 사울아비를 다 몰고 가 봐야 일곱천 명이 될까 말까 합니다. 형님도 일어나지 못하신 상황에서 숫자로 상대해서는 이길 틈이 없습니다."

"적게 간다고 이길 방법이 있단 말인가?"

"있습니다."

치우비는 비로소 마음에 담고 있던 것을 말하기 시작했다.

"유망은 저희 형제에게 여러 번 당해서 전쟁 자체보다 우리 형제를 이기려는 마음으로 가득합니다. 형천은 저와 한 번도 제대로 된 승부를 내지 못해서 저와 겨루기를 손꼽아 기다리고 있을 거구요. 이건 제 생각이 아니라 형님이 정신을 잃기 전에 해 준 말이니 틀림없습니다."

"그거야 그럴 테지만, 그다음은?"

"제가 가서 형천에게 결투를 신청하는 겁니다! 싸움의 승패를 걸고 하는 결투 말입니다!"

비렴과 다른 사람들은 놀라 서로의 얼굴을 마주 보았다. 부족끼리의 전쟁에서도 피를 덜 흘리기 위해 유명한 전사나 부족장이 직접 나서서 결투로 승부를 판가름 짓는 일은 드물지 않게 벌어지는 일이었다. 허나 그것은 작은 부족 간의 싸움일 때 그렇지, 큰 전쟁을 그런 승부로 결정하는 일은 드물었다.

"순순히 응해 줄까 걱정되는 것이야."

신지울태가 염려하자 치우비는 자신 있게 말했다.

"틀림없이 응합니다. 형천은 세상 제일 용사로 소문난 사람이고, 전부터 저와 부딪치기를 원해 왔습니다. 제가 나서서 청하면 거절할 사람이 아닙니다."

"유망이 응해 줄까?"

병예가 말하자 치우비는 자신 있게 말했다.

"유망은 대부족장이고 형천을 거느리고 있습니다만, 유망 자신이 누구보다도 형천을 믿고 의지합니다. 그런 형천의 명예가 걸린 일이니 반드시 들어줄 겁니다."

"허나 웃뜸사울아비께서 거느린 전사가 적다는 걸 알면…… 그런 결투에 응할까요?"

신지사사가 조심스레 말하자 치우비가 대답했다.

"그러니 처음에는 많이 출발하는 척해야 합니다. 그다음 조용히 돌아와야 하는 거죠. 아무리 유망이나 형천이라도 실제로 제가 데리고 온 전사가 몇 안 된다는 것을 알면 멋쩍어할 테니까요. 형님이 지난번에 말했습니다. 아마 제가 대나무골로 나가면, 유망이나 형천은 섣불리 먼저 나서기를 두려워할 거라고요. 여러 번 당한 적이 있기 때문에 꾀에 빠지지 않으려고 먼저 움직이지 않을 거라고 말했습니다. 저는 그 말을 믿습니다."

"그거야 좋다만 네가 형천을 못 이기면 그걸로 끝이다."

"형천을 이기기는 어려워도 버티기는 할 수 있을 것 같습니다."

치우비가 자신 있게 말했지만 비렴은 그래도 걱정스러운 듯 덧붙였다.

"그렇다 쳐도 유망이 화가 나서 밀고 들어오면 어쩌겠느냐?"

"며칠만 벌면 됩니다. 제가 출발하기로 한다면 바로 사람을 보내 몽골과 타타르, 남쪽 마갸르와 키탄 등 여러 곳의 벗들에게 연락할 것입니다. 저는 대나무골까지 천천히 갈 것입니다. 질질 끌면 안 되겠지만 어느 정도까지는 유망이 분명히 기다릴 겁니다."

"그렇게 다른 부족 사람들이 모일 때까지 시간을 벌자는 것이냐?"

"그렇습니다."

"다른 부족 전사를 조금 더 빨리 모았으면 좋았을 것을."

병예가 한탄하자 치우비는 고개를 저었다.

"그럴 수야 없지요. 제가 출발도 하지 않았는데 저쪽 군대만 보내라고 할 수가 있습니까? 잘못하면 그들만 따로따로 지나족 군대의 밥이 될 지도 모르는데요. 마갸르나 키탄은 그리 멀지 않고 몽골이나 타타르는 멀지만 말을 잘 타니, 열흘 정도 시간을 벌면 하나하나 모여들 것입니다. 그러면 지나족도 지원군이 오는 것을 볼 때마다 사기가 꺾이겠죠. 그렇게만 된다면 해볼 만합니다."

병예가 고개를 끄덕였다.

"음…… 좋은 꾀구나. 비, 너의 꾀도 너희 형을 닮아 가는구나."

"형님이 깨어나면 비웃을 것 같습니다."

"형천을 네가 결투에서 정말로 당해 낼 수 있겠느냐? 이것이 가장 중요하다. 네가 형천과 결투를 하며 시간을 벌지 못하면 이 꾀는 무너질 수 있어."

치우비는 비로소 한숨을 쉬었다.

"그게 어렵기는 합니다. 형천이 얼마나 무서운 사람인지는 제가 누구보다 잘 압니다. 허나 저도 누구 못지않게 기술을 닦아 왔습니다. 형천을 이기지는 못해도 버텨 낼 수는 있을 것입니다. 죽을힘을 다해야겠지요."

"차라리 내가 가서 주술을 쓴다면 형천의 힘이라도 감당할 수 있을 것이다. 내가 싸우는 것이 어떻겠느냐?"

비렴의 말을 듣고 치우비는 가슴이 뭉클해졌다. 피도 통하지 않았지만, 비렴이 치우 형제를 얼마나 생각하는지 느껴졌기 때문이다. 하지만 치우비는 고개를 저었다.

"풍백님이 직접 싸움터에 나가시는 것은⋯⋯."

"아니야. 웃뜸사울아비가 결투에 나간다는데 풍백이 결투에 못 나갈 이유가 무엇이냐?"

비렴이 말하자 치우비는 간곡하게 말렸다.

"물론 이기실 수 있겠지요. 허나 형천은 주술의 힘으로 겨루고 싶어 하는 것이 아니니 풍백님과는 싸우려 들지 않을 것입니다. 저에게 맡겨 주십시오. 저도 형천과는 꼭 판가름을 내고 싶습니다."

비렴은 쩝 입맛을 다시면서 그제야 물러섰다.

"그럼 동쪽은?"

부소댕기가 묻자 치우비는 웃으며 말했다.

"부소댕기님이 가 주셔야죠."

"뭐라구요?"

"아까 말씀드리지 않았습니까? 고시가라님의 군사로는 신시 성벽을 넘기 어려울 겁니다. 그러니 부소댕기님이 고시가라님을 설득해 주세요. 저도 생각 없이 행동하는 것이 아니라는 것을, 신시가 준비되어 있다는 사실을 알려 주셔야 합니다."

"내가 지나족에게 일러바치면 어쩌려고 그러죠?"

"그럴 분이 아닐 것 같은데요. 그러시고 싶다면 그렇게 하십시오. 그러면 제가 먼저 죽겠지만, 그다음에는 저 대신 유망과 형천의 군대와 상대해야 할 테니까요."

부소댕기는 피식 웃었다.

"누가 치우 형제를 두고 형은 똑똑하고 아우는 힘이 세다고 했지? 아우야말로 힘도 세고 머리도 좋고 말도 잘하는구먼."

"부소댕기님은 형님의 머리가 얼마나 뛰어난지 모르셔서 그럽니다. 형님이셨으면 저처럼 이렇게 딱하게 머리 쥐어짜지 않고 툭툭 털듯 다

처리하셨을 겁니다."

비렴이 말했다.

"동쪽의 다른 고시 집안사람은 어찌하려느냐?"

"여기 이분에게 맡겨야지요."

치우비는 신지사사를 가리켰다. 신지사사는 놀라서 말했다.

"제가요?"

"동쪽의 귀족은 사울아비를 싫어할 겁니다. 말도 붙여 보기 어려울지도 모르죠. 그러니 같은 귀족이신 신지사사님이 제격입니다. 신지사사님이 그들을 설득해 주십시오. 어느 것이 주신을 위한 길이고 신시와 한웅님을 위한 일인지 말입니다. 정 안 되면 유망과의 싸움이 끝날 때까지 시간이라도 달라고 해 주십시오. 그게 신지사사님의 일이고, 제 목이 달린 일입니다. 저는 신지사사님께 목을 걸었습니다."

신지사사는 잠시 생각하다가 크게 고개를 끄덕였다.

"사내가 된 마당에 못할 것이 어디 있겠습니까. 목숨을 걸고 해 보겠습니다."

비렴이 말했다.

"너의 꾀는 자못 좋다. 그대로 착착 풀려 나간다면 좋기는 하겠지. 허나…… 위험한 것투성이다. 한 군데만 어그러져도 전부 잘못될지도 모른다. 할 수 없다만……."

치우비는 비렴의 걱정스러워하는 얼굴을 보고 탁 터놓고 말했다.

"저도 조마조마합니다. 제가 모자라 아무리 머리를 쥐어짜도 더 이상은 생각할 수 없습니다. 형님이 깨어나시기만 하면 해결해 주실 것입니다. 제가 가장 크게 믿는 것이 그것입니다. 요즘 놀랄 일이 생기고 기운이 약해져서 형님이 일어나지 못하시지만 저는 형님을 믿습니다. 반드시 일어나실 것이고, 그러면 혹 일이 잘못되더라도 형님이 처리해 주실 겁니다. 비럼님, 형님을 부탁드립니다. 누구보다 비럼님을 믿기에 드리는 부탁입니다."

비럼은 살짝 미소를 띠며 말했다.

"네 형이 일어났다면 무슨 수라도 냈겠지만, 못 일어나는 사람을 일어나게 해 달라는 게 말이 되느냐. 허나 내 힘을 다해 보겠다."

듣고만 있던 부소구슬도 떨리는 목소리로 말했다.

"주신의 앞날이 웃뜸사울아비의 어깨에 달렸네. 안파견 한님께서 신시를 지켜 주시고, 웃뜸사울아비께 힘을 주실 것이네. 부디 잘 다녀오게나."

그리하여 치우비는 다음 날 군대를 몰고 신시를 떠나기로 결정했다. 치우비가 떠나기 전 삼사는 커다란 선물 한 가지를 주었는데, 바로 치우비의 몸에 글자 주술을 깃들게 하여 큰 힘을 쏟아 낼 수 있게 만든 것이다. 온몸에 빽빽하게 붉은색으로 주술 글자를 써 준 다음 신지울태는 땀을 닦으며 말했다.

"글자 주술은 아주 강한 것이야. 그렇더라도 무조건 사람을 이기게 해 주지는 않을 것이야. 힘을 몇 배로 늘려 주는 것도 아니야. 다만 쉬 졸리거나 지치는 것을 막아 줄 것이고, 마시거나 먹지 못해도 며칠 동안 힘이 모자라지 않을 것이며, 큰 상처를 입을 경우가 와도 두어 번은 몸을 지켜 줄 수 있을 것이야."

병예도 말했다.

"세 번은 될 것이다."

치우비는 기뻐서 되물었다.

"형천이 공격해도 막아 낼 수 있습니까?"

"세고 안 세고의 문제가 아니다. 상처는 입지 않는다. 다만 맞은 아픔이 없어지는 것은 아니다. 아픈 것만 참는다면 죽거나 움직이지 못하게 되지는 않는 것이지."

"그게 어딥니까. 목숨을 세 개 더 붙여 주신 거나 다름없습니다."

"우리 나름대로 많은 고민을 했다. 한 사람의 몸에 갑자기 많은 주술의 힘을 넣을 수는 없는 법, 가장 쓸모 있을 법한 것으로 넣었다."

치우비는 진정으로 고마워했다.

"그것만으로도 큰 도움이 될 것입니다. 감사합니다."

"단 하나, 글자가 지워져 버리면 아니 되니 물에 들어가 몸을 씻으면 안 된다."

"그게 아마 제일 참기 힘든 일이 될 것이야."

병예의 말에 신지울태가 자못 걱정스러운 듯 덧붙이자 치우비는 웃으며 말했다.

"어차피 메마른 땅으로 가 싸우는 것이니 물에 들어가 씻을 일도 없고 그럴 짬도 나지 않을 겁니다. 뭐, 두어 달 안 씻는다고 어떻게 되겠습니까?"

신지울태가 놀라며 말했다.

"뭐, 뭐라고? 두어 달? 그럼 더러워서 어떻게 참는 것이야? 갑갑하고 냄새 나지 않는 것이야?"

"아이구, 사울아비들은 다 그렇습니다. 목숨 걸고 싸우는 판에 씻고 말고가 어디 있습니까?"

신지울태는 치우비를 무척 더러운 것이나 되는 양 찌푸리며 바라보았다. 치우비는 허허 웃으며 넘겨 버렸다.

글자 주술을 몸에 지니고 나온 치우비는 출발하기 위해 사람들을 배치했다.

무라, 알한, 울라트, 도깨비 등은 누구보다 믿을 수 있는 존재였기에 치우천을 보살피라고 억지로 남겨 두었으며, 울쿠타와 야쿠타, 유쌍, 치베 등은 각 부족에 전령으로 한발 먼저 출발하게 했다. 치베는 상처가 낫지 않았지만 가장 먼 곳에 있는 몽골족까지 가기에는 그보다 말을 잘 달리고 적임인 사람이 없었기에 그를 보낼 수밖에 없었다.

부소댕기와 신지사사도 먼저 조용히 떠났다. 감당하기 힘든 일들이 연달아 일어나 마음속으로는 견디기 힘들었지만, 치우비는 억지로 눌러 참고 힘든 내색을 하지 않았다. 아니, 도리어 평상시와는 다른 모습까지도 보였다. 회의장에서 자신의 전략에 대해 이야기하고 사람들을 설득시킨 모습은 치우천과 많은 부분이 겹쳐 있었다. 사람들은 '전보다 훨씬 현명해진 것 같은 웃뜸사울아비'의 이야기를 나누었다.

치우비가 떠나는 날, 문 밖에는 누리가 쪼그려 앉아 있다가 치우비가 나오는 것을 올려다보았다. 어른들이 있는 곳에 갈 수가 없어서 밖에 나와 쭈그리고 앉아 있었던 모양이다. 비록 시간이 없었지만, 치우비는 누리의 조그마한 얼굴에 난 눈물 자국을 보고는 애써 힘을 내어 억지스런 웃음을 띠며 걸음을 멈추었다.

"이 녀석! 울었냐?"

누리는 치우비가 그대로 지나치지 않고 말을 걸자 놀라면서 말했다.

"아뇨……."

"보면 안다. 사내자식이 왜 울고 그러냐?"

누리는 입을 삐죽거리며 말했다.

"아저씨는요?"

치우비의 눈도 붉어져 있는 것이, 남몰래 눈물을 흘린 자국이 보였다. 남들 앞에서는 애써 기운을 내지만 정신을 잃고 있는 형 치우천 옆에서 눈물을 흘리다가 나온 것이다. 치우비는 말문이 막히자 껄껄 큰 소리로 웃다가 누리에게 말했다.

"겁나냐?"

누리는 입을 뾰로통하게 내민 채 고개를 저었다. 치우비는 아차 싶어 다시 물었다. 이 녀석은 보통 아이들보다 훨씬 똑똑했다.

"싸움이 일어난다니 너도 겁먹는 거야?"

누리는 고개를 끄덕였다. 누리는 친아비인 치우바람과 달라도 너무도 달랐다. 얌전하고 조용한데다 아이치고는 놀랄 정도로 머리도 좋고 생각이 깊었다. 반면에 겁도 많고 마음도 약했다. 겁 많고 마음 약한 것을 뺀다면 치우바람보다도 치우천을 열 배는 더 닮아 있었다. 치우비는 그런 누리가 마음에 들었다. 형과 닮은 면이 있는 누리가 좋았고, 아이다운 누리가 좋았다. 그것은 남들은 모르는, 아이답지 않게 이를 갈며 뭔가를 위해 내달리기만 했던 그들 형제의 어린 시절에 대한 작은 동경이나 보상인지도 모른다. 치우비는 누리에게 큰 주먹을 불쑥 쥐어 보이며 말했다.

"누리야, 이것 봐라."

치우비가 자기 얼굴보다도 큰 주먹을 들이밀자 누리는 의아하다는 듯 올려다보았다. 치우비는 말했다.

"어때? 크지?"

누리는 고개를 끄덕였다.

"한번 만져 봐라. 돌로 때리거나 칼로 찔러도 된단다."

누리는 놀란 듯 고개를 저었지만 고사리 같은 손으로 주먹을 만지기는 했다. 힘을 주지 않았을 때는 약간은 거칠었지만 좀 클 뿐인 보통 손이었다. 그 손이 자신을 자주 안고 쓰다듬어 주어서 누리는 촉감을 잘 알고 있었다. 허나 일단 힘을 주니 주먹은 굉장히 딱딱하게 변해 버렸다. 돌을 만지는 기분이었다. 돌로 치고 칼로 쳐도 들어가지 않을 것 같았다. 치우비는 미소를 지으면서 말했다.

"단단하지?"

"네."

"이 주먹이 너를 지킨다. 우리 집을 지킨다. 주신을 지킨다. 그러니 아무것도 겁낼 것 없단다. 알겠니?"

누리는 왠지 모르게 눈물이 솟아올랐다. 입을 다문 채 제법 힘차게 고개를 끄덕였다. 단단하던 주먹은 부드럽게 변해 누리의 머리를 쓰다듬었다. 그리고는 갈기를 잡고 말에 올라타 순식간에 저만치로 사라져 갔다. 누리도 알고 있었다. 지금 치우비의 뒷모습은 평소에 보던 것보다 훨씬 움츠러들고 작아 보였다. 누리는 뒷모습을 보며 생각했다.

'아직 한 해가 안 지났는데……'

그때 누군가의 손이 누리의 머리를 쓰다듬었다. 아까보다 훨씬 작고 부드러운 손이었다. 누리는 누구의 손인지 잘 알았기 때문에 뒤도 돌아보지 않았다. 울라트였다.

"나와 있었네? 나가 놀 거야?"

울라트의 말에 누리는 고개를 저었다.

"너는 왜 밖에 나가 놀지 않니? 대체……."

울라트의 말이 끝나기도 전에 누리는 대답 없이 안으로 들어가 버렸다. 자기 방에 틀어박힌 모양이었다. 울라트도 누리를 귀여워했지만, 평원에서 자란 그녀는 누리 같은 아이를 이해하기 힘들었다.

"원 참……. 사내아이가 왜 저러지?"

그들 뒤에 소리 없이 무라가 나타나 흰 머리를 휘날리며 말없이 치우비의 등을 바라보고 있었다. 항상 넓고 든든한 등이었지만 오늘따라 그 등은 힘겨워 보였다.

"불안해."

무라가 불쑥 중얼거리자 울라트는 놀라서 말했다.

"무라 언니가 먼저 말을 다 하네? 오래 살고 볼 일이라니깐? 근데 뭐가?"

무라는 돌같이 굳은 얼굴에 처연한 빛을 띠며 말했다.

"비님은 비님이어야 해. 천님 흉내를 내서 숨을 필요는 없는 거야. 그게 불안해."

무라가 보기에 치우비는 불안했다. 치우비는 숨고 있었다. 치우비라는, 엄청난 짐을 걸머진 자신의 존재를 피해 형이라는 든든한 존재의 그늘로 자신도 모르게 숨고 있었다. 무라의 느낌으로 이것은 좋은 일 같지 않았다. 치우비는 치우비이고, 치우천은 치우천이다. 치우비가 치우천의 흉내를 내는 것은 바람직하지도 않을뿐더러, 치우비로서의 힘만 잃게 될지도 모른다. 이번 싸움은 느낌이 좋지 않다. 마음속으로는 이런 생각을 하고 있었지만 말로 하지는 못했다.

"무슨 소리야?"

울라트는 무슨 말을 하는지 알 수 없어 되물었지만 대답 없는 무라는 어느새 유령처럼 사라져 버린 다음이었다. 울라트는 고개를 몇 번 갸웃거리다가 안으로 들어갔다.

도합 육천의 전사와 신시의 대장들을 끌고 나갔던 치우비는 한나절만에 대부분을 조금씩 나누어 비밀리에 되돌려 보냈다. 부루벼락도, 쇠돌이도, 다른 믿을 만한 대장들도 돌려보냈다. 치우비와 끝까지 같이 갈 부대는 치우광과 치우벌, 부소다솔과 작은 주신과 치우우레가 거느리던 부대 중 가려 뽑은 팔백 명이 전부였다.

'내가 잘해야 한다.'

치우비는 약한 모습을 보이지 않으려고 말 위에서도 쾌활히 웃고 떠들었으나 속으로는 마음의 무게에 휘청거리면서 끊임없이 이를 악물고 있었다.

'결정을 내리는 입장이 되니 형님이 그동안 얼마나 힘들었는지 알 것 같구나. 형님이 없으니 내가 해야 한다. 반드시 해내야 한다.'

치우비가 굳은 의지로 다짐하고 다짐하고 또 다짐했건만, 잘 짜였다고 생각했던 치우비의 계획은 불행히도 걷잡을 수 없이 잘못 돌아가고 있었다.

현녀와 소녀

『태평어람(太平御覽)』 등에서 현녀(玄女)는 사람의 머리에 새 머리를 한
여자 선인으로 전해진다. 그녀는 헌원에게 병법과 여러 가지 기술을 전수해 준 것으로
전해지며 이름으로 미루어 볼 때 검은 피부를 가지고 있을 가능성이 높다.
이후 그녀는 도교의 방사들에게 추앙받아 '구천현녀(九天玄女)'라는 이름으로
널리 민간에 숭상되어 『수호지(水湖誌)』와 같은 소설에서도
자주 등장하는 인물이 되었다.

"소개해 드릴 분이 있습니다."

"허어. 그렇소?"

헌원은 담담한 얼굴에 가볍게 미소를 띠며 말했다. 그의 앞에는 얼굴
색이 상당히 검고, 검은 머리에 검은 눈을 지닌 여자가 무릎을 꿇고 있
었다. 아주 젊지는 않아 보였으나 정확한 나이를 짐작하기는 어려웠다.
굳이 말하자면 서른 살 남짓이라 할까? 얼굴만 검은 것이 아니라 콧날
이 오뚝하고 눈 주위가 깊고 눈이 매우 컸다. 그리고 검은색과 짙은 녹
색으로 눈초리를 그렸다. 긴 머리는 곱슬곱슬하며 물결쳐 흐르는 것 같
았다. 헌원도 이런 분위기의 사람을 본 적이 있었다. 사람이라기보다는
그가 도깨비라고 부르던 자들이었다. 치우 형제의 부하 도깨비와 닮은
점이 많았으되 보통 사람과 다른 점을 솜씨 있게 이국적인 분위기로 바
꾸어 치장할 줄 아는 여인이었다. 그녀의 모습이 우아하고 차분했기에
도깨비라면 치를 떠는 지나족 사람들도 그녀를 보고는 도깨비라고 부
르지 못했다. 도리어 그녀가 거쳐 온 일부 지역의 부족들은 그녀를 여신

으로 생각하여 숭배할 정도였다. 헌원이 그녀를 마다하지 않은 것도 그녀의 그런 점 때문이었다. 물론 더 큰 이유가 있었지만.

"현녀(玄女)님이 소개해 주시는 분이라면 당연히 만나 보고 싶은 마음이 듭니다."

지나족 사이에서 새롭게 불리게 된 그녀의 이름이 현녀였다. 간단한 이름이지만 단순히 얼굴색이 검다기보다는 지혜롭고 뭔가 깊이가 있게 들리기에 더 잘 어울리는 이름이었다. 현녀는 웃으며 말했다.

"살던 곳을 떠나 정처 없이 흘러온 사람을 거두어 주신 것만도 고마운 일인데, 거기에 다른 사람까지 얹어서 들어오게 되다니. 면목 없습니다."

현녀는 지나 말에 놀랄 정도로 능숙했다. 그뿐만 아니라 그녀는 거쳐 온 모든 지역의 말들을 능숙하게 익혔다고 했다. 그녀는 아주 멀리서 왔다고 한다. 서쪽 저 너머에 있다는 시암족의 땅과 더 서쪽에 있는 앗카드족의 땅, 그보다 더 멀어서 보통 사람은 이름조차 잘 듣지 못한 수메르족의 땅도 거쳐 왔다고 했다. 그녀의 고향은 애굽이라 불리는 곳이었는데 그곳이 어디인지는 아는 사람이 없었다.

"별말씀을. 멀리서 오셨고 큰 지혜와 많은 주술을 가지신 분이니 제가 부탁드릴 일이 더 많을 것입니다. 백 사람을 데리고 오셔도 저로서는 기쁠 뿐입니다."

현녀가 어떤 경로를 어떻게 거쳐서 여기 지나 땅까지 왔는지는 헌원도 몰랐고 현녀도 그에 대해서는 말을 하지 않았다. 다만 그녀가 지닌 지식과 주술의 힘이 놀라워서 많은 부족들에게 융숭한 대접을 받아 왔던 것으로 미루어 그녀의 고향이라는 애굽 땅에서도 결코 낮은 위치에 있지는 않았으리라는 것밖에는.

'필경 자리다툼이겠지. 대단히 높은 자리에 있었을 것이다. 그러니만큼 더더욱 위험하고 노리는 사람이 많았을 테지. 그러다가 자리를 잃고 죄를 쓰거나 했을 것이다. 부족에게 쫓기는 신세라도 되었겠지. 그러지 않고서는 저 정도 되는 여자가 이렇게 먼 곳까지 흘러올 리가 없다.'

헌원이 속으로 자신의 그럴싸한 짐작에 스스로 만족하고 있는데 현녀가 말했다.

"그분을 받아들이시면 헌원님의 입장이 묘해질 수도 있습니다. 허나 그분이 없으면, 전에 말씀드린 그것은 이루어 드리기가 어렵겠지요."

헌원은 조금 눈썹을 움직였다. 표정 변화는 거의 없었으나 안색을 드러내지 않는 헌원으로서는 큰 움직임이었다. 현녀는 그것을 알아본 듯, 다짐하듯 덧붙였다.

"이만 명의 군사를 무장시킬 수 있는 구리 무기입니다. 쉽게 얻을 수 있는 것이 아니지요."

"전쟁을 앞두고 있으니 있으면 더없이 좋은 물건이기는 합니다. 아니, 꼭 필요하다고 해야겠지요."

헌원은 담담하게 말했다. 현녀는 살짝 미소를 띠었다. 헌원이 담담하게 말하고 있었지만, 마음속은 절실했다. 주신과의 전쟁을 앞둔 지나족으로서는 앞선 주신의 구리 무기를 상대하는 것이 최고의 난제일 것이 당연했다. 현녀는 헌원의 마음을 들여다볼 수 있었다. 어려운 일은 아니었다. 애굽의 신관이나 귀족은 애당초 스스로를 신의 대변자나 신이라고 불렀다. 그만큼 사람들 앞에서는 감정의 표현을 내보이지 않는 자였다. 그 안에서 태어나고 자랐으며 남의 숨겨진 마음을 읽는 일을 해 온 현녀는 어떤 사람의 마음도 짐작할 수 있는 재능이 있었다. 그것이 넓은 동쪽 땅을 지배하는 지나족의 대족장이더라도 말이다. 이미 일은 성사된 것이나 다름없다고 생각하며 현녀는 말했다.

"주신에서 오신 분입니다."

"주신에서?"

헌원이 눈을 빛내자 현녀는 고개를 끄덕였다.

"그 때문에 헌원님이 좋아하실지도 모른다고 들었습니다. 주신에서 상당히 알려진 분이기 때문이지요."

"그분이 스스로 오신 것이겠지요?"

"물론입니다."

"그렇다면 나쁠 일이 없지요. 앞으로 우리는 주신과 싸우게 될지도 모르는데 저쪽에서 와 주는 것이 왜 나쁘겠습니까?"

"그게 그렇지 않습니다."

현녀는 요염하지만 맑게 웃으며 덧붙였다.

"여자분이거든요. 원래 주신에서 나신 분은 아니랍니다. 아마 헌원님 께서도 알고 계신 분일 거구요."

"내가 아는 사람이라면……?"

헌원은 순간 눈을 크게 뜨며 안광을 빛냈다.

"짐작 가는 사람은 두 사람…… 아니, 한 사람뿐이군요. 허나…… 믿어지지가 않습니다만."

"믿으셔도 될 듯합니다."

"내가 짐작하는 그 사람이라면……."

현녀는 살며시 웃으며 헌원을 바라보았다.

"틀림없을 것입니다. 카린에서 나셨고 몹시도 흰 얼굴을 가지신 분이 지요. 그분과 제가 처음 만났을 때 서로를 보고 참 놀랐답니다. 저는 이 렇게 검은데 그분은 너무도 희어서……."

"역시……."

헌원은 생각에 잠겼다가 이윽고 말했다.

"어렵겠습니다."

"믿지 못하시겠다는 말씀입니까?"

"그분은 내가 세상에서 가장 꺼리는 남자를 목숨보다 사랑하는 분입니다. 그런 분이 그와 곧 전쟁을 치르게 될 시기에 나에게 오다니. 누가 믿을 수 있겠습니까?"

현녀는 웃었다.

"그 때문에 그분은 그렇게 큰 선물을 가지고 오신 것입니다. 이만 명에게 줄 수 있는 좋은 구리 무기 말입니다."

"숨은 꾀가 있는지도 모릅니다."

"꾀라고 하기에는 저쪽에서 얻을 수 있는 것이 없습니다. 잃는 것은 크구요."

헌원은 다시 한번 깊이 생각하다가 천천히 말했다.

"그렇다고 해 둡시다. 그런데 현녀님은 무엇 때문에 그분을 도우시는 겁니까?"

"전부터 제가 몸을 기댈 수 있는 곳은 여기라 생각했습니다. 그렇지만 빈손으로 들어오고 싶지는 않았습니다. 그래서 기회가 오기를 기다리고 있었는데 그 기회가 왔다고 해야겠지요. 원래라면 이어질 수 없을 두 분을 엮이게 해 드린 것만으로도 저는 충분히 여기에서 지내며 보호받을 수 있게 되리라 믿습니다만."

현녀의 말은 어찌 보면 이기적이었다. 반면 그녀의 말투는 조금도 이기적으로 들리지 않았다. 오히려 솔직하다 못해 품위까지 느껴졌다. 헌원이 표정 변화 없이 한참을 끌자 현녀는 지루한 듯 덧붙였다.

"저는 더 이상 모르는 곳을 헤매고 싶지 않습니다. 일곱 해 동안을 낯선 땅만 헤매고 다녔지요. 이제는 한곳에 머물고 싶을 뿐입니다. 저를 의심하실 필요는 없습니다. 저는 주신이나 동쪽의 땅에는 발도 디딘 적이 없으며 더 이상 새로운 땅을 알고 싶은 마음조차 없습니다."

헌원은 담담한 눈빛으로 현녀를 한동안 바라보았다. 조금도 번득이지 않는 차분한 눈빛이었으나 현녀는 그 눈빛에 몸이 타들어 가는 강렬한 느낌을 받았다. 조금 전까지 현녀는 자신이 헌원의 마음속도 꿰뚫어 볼 수 있었다고 생각했는데, 이 차분한 시선을 대하고 나자 두려운 생각이 들었다. 자신이 꿰뚫어 본 것이 아니라 그가 일부러 마음속을 내보여 그렇게 느끼도록 한 것 같았다. 마음이 흐트러지려는 순간 헌원이 말했다.

"좋습니다. 그분…… 소녀님도 바라는 것이 있을 것 같은데요? 그분이 바라시는 것은 뭡니까?"

현녀는 자신도 모르게 안도의 한숨을 내쉬다가 아차 싶어 다급하게 말했다.

"아…… 그분이 바라시는 것은 두 가지지요."

"무엇입니까?"

"첫 번째는 저와 같습니다. 신변의 안전이지요. 주신에는 무서운 사람이 많다더군요."

헌원은 고개를 끄덕였다.

"그렇습니다. 무서운 사람들이 많지요. 원한을 맺으면 안 될 사람들이 많습니다. 모르기는 해도 소녀님은 그중에서도 가장 무서운 사람들과 원한을 맺은 것 같군요."

"그러니 주신만큼이나 무서운 사람이 많은 곳이 아니면 안전할 수 없겠지요."

헌원은 미소를 띠었다. 자신감의 표시인지 아니면 단순한 친절인지 아니면 말을 얼버무리려는 것인지 현녀로서도 도통 알 수가 없었다. 헌원은 물었다.

"나머지 한 가지는 무엇입니까?"

"소녀님은 이렇게 말하시더군요. 그것을 들으시면 헌원님은 아주 좋아하시면서도 아주 역정을 내실 거라고."

헌원은 미소를 지었다. 현녀는 기다리다가 더 참지 못하고 말했다.

"소녀님은 주신의 완전한 멸망을 바라고 계시더군요. 그 일은 헌원님이 아니면 하실 수 없을 거라고요. 그래서 헌원님을 어떻게든 돕고 싶다고……."

헌원이 갑자기 큰 소리로 웃었다. 현녀는 채 말을 다 잇지 못하고 입을 다물었다. 현녀는 주신과 지나족의 관계는 전혀 몰랐기에 헌원이 왜 웃는지, 소녀의 말이 왜 헌원을 격동시켰는지 짐작할 수 없었다. 무서웠다. 아무 이유도 없이 공연히 몸이 떨리고 무서웠다. 헌원은 한참을 웃다가 입을 다물고는 조용히 말했다.

"정말 소녀님이 그런 말을 하셨습니까?"

"예. 그분은…… 배신당했다고 하더군요. 그래서……."

현녀는 어깨가 조금씩 떨려 오는 것을 억누르며 간신히 대답했다. 그러자 헌원은 처음과 똑같은 차분한 말투로 느릿느릿 말했다.

"소녀님을 모시지요. 저는 지금껏 그분을 곱기만 한 분으로만 알았습니다만, 대단하시군요. 받아 주는 것이 아니라 제가 받들어 모셔야만 할 분이군요. 그래야…… 그분의 뜻이 이루어지는 모습을 보여 드릴 수 있을 테니까요."

"당신은 주신을 멸망시킬 생각이시군요."

"그렇소."

"주신은 따르는 부족들이 많다 들었는데요."

"상관없습니다. 모두 지나족이 될 테니까."

"모두가요?"

"그렇소. 모두가."

헌원은 미소를 띠며 다시 한번 말했다.

"하늘 아래에 있는 부족은 앞으로 모두 지나족이 될 것이오. 그것이 내 꿈이오."

현녀는 입을 열 수가 없었다. 현명한 현녀는 몇 마디만으로도 그가 무엇을 바라고 있는지 알 수 있었다. 어쩌면 터무니없는 망상일지도 모른다. 그 과정에서 벌어질 일들은 얼마나 엄청날 것인가? 허나 눈앞의 이 사람은 아무 표정 변화 없이, 마치 기르던 나무에 과일이 열렸다는 말을 하듯 평안하게 말하고 있었다.

헌원의 태도는 위압적이지도 않았고 적의도 없었다. 현녀는 그런 헌원이 점점 무서워졌다. 눈앞에 보이는 평온하고 차분한 사람이 무서워 견딜 수가 없었다.

'일단은 여기 머물지만 다른 곳을 찾아봐야겠어.'

현녀는 속으로 다짐하듯 중얼거렸다.

'더 이상은 도망치지 않으려 했지만…… 다른 곳으로 가야겠어.'

헌원이 말했다.

"소녀님과는 어떻게 만나게 되셨소? 그분은 주신에 계시지 않았던가요?"

"주신에서 나오셨습니다. 주신은 얼마 안 되어 큰 난리가 날 것이라고 하시더군요. 사실, 헌원님의 십육기인 중 한 분이 그분과 저를 만나게 해 주셨습니다."

헌원은 조용히 미소를 띠었다.

"지(知)인가요?"

"그렇습니다. 지님이 보내신 부하가 말을 달려 이곳까지 왔다더군요. 덕분에 유망님의 부하들도 가로막지 않아 보름 남짓 만에 도착했다 들었습니다."

"보름이라. 아무리 말을 급히 달렸어도 빨리도 왔군. 오자마자 현녀님을 만나고, 현녀님은 나를 만났고."

헌원은 혼잣말처럼 천천히 중얼거렸다.

"지가 계획한 일인가 보군요."

"총명하신 분입니다."

"그렇지요. 지가 했다면 틀림없겠지요. 슬슬 때가 된 것인가?"

헌원은 여전히 서두르지 않고 돌처럼 가만히 앉아 있었다. 생각을 하는 것이 아니라 그냥 앉아 있었다. 무슨 일에도 서두르지 않고, 항상 두 배 세 배 시간을 들이며 움직이는 것이 헌원의 특징이었다. 앞에서 고개를 숙이고 있는 현녀의 몸은 자신도 모르게 굳어 뻣뻣해지고 등에는 땀이 솟았다. 무한한 시간 동안 움직이지 않을 것 같던 헌원이 문득 생각난 듯 입을 열었다.

"소녀님을 불러 주시오. 날을 정해 만나고 싶군요. 그리고 그…… 구리 무기에 대해서도 듣고 싶고."

현녀는 고개를 끄덕여 대답을 대신했다. 헌원은 손바닥을 두 번 탁탁 쳤다. 그러자 십육기인 중 한 사람인 풍후가 곧바로 들어섰다. 헌원은 말했다.

"현녀님께 우리가 약속을 지키고 있다는 증거를 보여 줘야겠다. 금천과 알유, 이부에게 준비를 하게 하라. 그리고 다른 전사들 중 절반을 준비시켜라. 싸움에 나간다."

"유망님을 돕습니까?"

헌원은 표정 없이 고개를 끄덕였다. 현녀는 속으로 의아하게 생각했다.

'유망이라면 염제 신농 말인가? 헌원은 염제의 부하인 것으로 알고 있는데…… 어째서 그의 부하들이 염제의 이름을 함부로 부르는 것일까? 헌원이 염제를 제치고 지배자가 된 것인가?'

헌원은 아무 일도 없었다는 듯 풍후를 가만히 바라보았다. 풍후는 고개를 갸우뚱거리며 작은 돌을 만지작거리고 있었다. 풍후는 항상 뭔가 생각하면서 고개를 옆으로 갸우뚱하고 다녔다. 헌원은 그의 손에 있는 돌을 보고는 웃으며 말했다.

"아직도 들여다보고 있는가?"

현녀가 힐끗 보니 풍후는 평평한 작은 돌 위에 뾰족한 작은 돌 하나를 얹어 놓고 있었다. 그러더니 헌원에게 대답하면서 뾰족한 돌을 손가락으로 빙글 돌렸다.

"예. 아무래도 신기해서."

돌은 빙빙 돌다가 보이지 않는 실이라도 이어진 것처럼 한 방향을 가리키고 멈췄다. 신기하기는 했으나 현녀가 보거나 행할 수 있는 애굽의 주술이나 마법에 비하면 시시할 뿐이었다. 헌원도 현녀와 같은 생각인지 웃으며 말했다.

"뭐가 재미있다고 그리 오래 보는가? 아이들이 갖고 노는 돌조각에 불과한 것을. 자네는 여전하군."

풍후는 고개를 기우뚱하며 말했다.

"그러게 말입니다. 그래도 신기하고 아무리 생각을 해도 알 수가 없는 일이라. 언젠가는 쓸 데가 있을지도 모르옵고."

풍후가 간략하게 말하자 헌원은 웃으며 말했다.

"그런가? 하긴 생각하지 않으면 풍후가 아니지. 어쨌거나 자네는 현녀님을 돕게나."

풍후는 돌조각을 휙 돌리며 대답했다.

"예."

헌원은 현녀에게 고개를 돌려 이것저것 몇 가지를 더 말했다. 현녀의 능력을 이용하여 주민을 돕는 일에 대한 이야기였지만, 다르게 보면 주민들로 하여금 헌원을 따르고 찬양하게 만드는 일이기도 했다. 헌원은 또 한 가지를 요구했다.

"현녀님이 특별히 해 주셔야 할 일이 있습니다."

"어떤 것입니까? 제가 할 수 있을지⋯⋯."

"먼 곳에서 오신⋯⋯ 모습이 다르신 현녀님만이 할 수 있는 일입니다."

'내 얼굴이 이상하다 생각하는군. 웃기는군. 얼굴이 누렇고 눈도 작은 자기들이야말로 웃기고 못생겼다는 것을 모르는가?'

현녀가 가만히 헌원을 바라보자 헌원은 말했다.

"저는 하늘이 내리신 선물 세 가지를 받았습니다. 그것에 대해 사람들에게 자연스럽게 일러 주십시오."

현녀는 하늘이 내린 선물이란 말을 신이 내린 선물이라는 말로 받아들였다.

"어떤 선물이지요?"

"저를 도와줄 신수와 괴물과 칼입니다. 미리 말해 두어야 우리 사람들이 나중에 놀라지 않겠지요."

"신수?"

현녀는 소스라치게 놀랐다.

"하늘에서 칼도 받을 수 있고, 괴물도 받을 수 있습니다. 그런데 신이 신수를 내리셨단 말입니까? 신수는 사람에게 내릴 만한 것이 아닌데⋯⋯."

현녀로서는 이해가 되지 않았다. 애굽에도 신수와 같은 존재는 있었지만 그것은 인간으로서는 통제가 불가능한, 신의 변형이거나 반신적인 존재였다. 사람이 신수를 퇴치할 수는 있어도 신이 사람에게 내릴 수는 없었다. 사람이 감당하기에는 너무나 강한 존재들이었기 때문이다.

헌원은 말없이 웃으며 차고 있던 칼을 뽑아 들었다. 현녀는 깜짝 놀랐다.

"그 칼은⋯⋯?"

기이하게 여기저기 구부러진 모습도 이상했지만 더욱 놀라운 것은 재질이었다. 눈이 시릴 정도의 푸른빛으로 거의 투명해 반대쪽이 보이는 칼날. 그것은 보석 같았다. 허나 이런 칼의 모양이 될 만큼 커다란 보석은 본 적이 없었다. 세상의 희귀한 물건이 다 모인다던 애굽에서조차 그런 것은 상상해 본 적이 없었다.

　현녀의 놀란 얼굴을 보고 헌원은 말했다.

　"곤오(毘吾)라고 이름을 붙인 칼입니다. 다듬어 칼로 만드는 데 십칠년이 걸렸습니다."

　"놀라운 칼입니다. 아름답군요."

　"아름답기도 하지만 구리칼도 단번에 잘라 버릴 수 있을 만큼 강합니다. 아름다운 것만으로는 칼의 역할을 하지 못합니다. 무엇에도 부러지지 않을 만큼 강하고 무엇이라도 벨 수 있을 만큼 날카로워야 합니다. 그래야 이 헌원의 칼이 될 수 있겠지요."

　"헌원님의 사람도 그래야 하겠군요."

　현녀가 말하자 헌원은 눈을 형형히 빛내며 말했다.

　"나는 내 뜻을 위해서는 무엇이든 할 수 있소. 무엇이든 하려면 무엇이든 할 수 있는 능력이 있어야 하오. 그런 사람들이 필요하오."

　현녀는 두려움에 말없이 고개를 숙였다. 헌원은 미묘하기는 하나 다소 들뜬 억양으로 말했다.

　"나는 세상을 얻을 것이오. 세상을 하나로 만들어, 싸움과 걱정을 모두 없앨 것이오."

　'그런 뜻이었나?'

　현녀는 속으로 생각했다.

　'이 사람은 지나족을 통일할 생각이군. 어쩌면 주신까지도……. 그렇게 되면 이 동쪽 땅에서는 제일 큰 나라가 되겠군.'

그런 생각을 하고 있는데, 헌원은 칼을 뽑아 든 채 현녀에게 단호하게 말했다.

"언젠가 내가 애굽을 친다면 그대는 나를 돕겠소, 아니면 애굽을 돕겠소?"

현녀는 깜짝 놀랐다. 애굽이 여기서 얼마나 먼 곳인지는 말한 바 있었다. 헌데 이 사람은 애굽도 자신의 땅인 것처럼 이야기하고 있지 않은가?

"애굽까지 치실 생각입니까? 그곳은 너무도 먼……."

헌원은 눈을 크게 뜨며 말했다.

"하늘 아래의 모든 사람들은 지나족이 될 것이오. 모든 부족을 받아들일 것이며, 따르지 않는 부족은 없어질 것이오. 이것이 하늘이 내게 내리신 길이고, 내가 행할 길이오."

현녀는 헌원의 눈빛에서 그의 말이 결코 허풍이 아님을 보았다. 현녀는 암담해졌다. 헌원의 주위가 암흑으로 변해 가고, 그것이 모든 것을 빨아들이는 듯한 환상이 보일 듯했다. 황당하다고 생각했지만 지금껏 어느 부족에서도 볼 수 없었던 지나족의 엄청난 숫자, 사람이 부리는 신수, 거기다가 헌원의 능력까지 생각이 미치자 두려움이 치밀어 올랐다.

'맙소사! 이 사람은 정말 할 생각이야!'

현녀는 급히 머리를 조아리며 말했다.

"애굽을 치신다 해도 헌원님을 따르리다."

현녀가 말을 마치고 고개를 들었을 때, 헌원은 어느새 밖으로 나가고 없었다. 그제야 현녀의 얼굴에는 땀이 솟아올라 송골송골 맺혀서는 바닥으로 뚝뚝 떨어졌다. 현녀는 마음속으로 중얼거렸다.

'헌원이 가장 인자한 사람이라 들었는데, 그렇지 않다! 그는 무슨 짓이든 할 수 있는 사람이다.'

거대한 돌로 사원과 무덤을 만들 수 있는 엄청나게 발달한 애굽을 도망치면서, 현녀는 거기서 배운 지식과 주술만 이용하면 얼마든지 야만스러운 동쪽 사람들을 조종하고 다스릴 수 있다고 믿었다. 어디를 가든 사람들은 같았다. 돌로 된 성곽을 쌓아 올리는 수메르족 사람이건, 거친 밀림에서 사는 민족이건, 신기한 옷감을 짜는 지나족이건. 문명이 발달했건 발달하지 못했건 어디에나 영리한 사람, 위엄을 갖춘 사람, 머리가 뛰어난 사람들이 있었다. 어디에서나 정착하기 쉽지 않았다. 마지막 종착역으로 생각한 지나족에서 그녀는 더 무서운 사람을 만났고, 이제까지보다 훨씬 더 절망했다.

"그럼, 이만 가시지요."

현녀의 마음을 아는 듯 모르는 듯 풍후는 여전히 고개를 갸우뚱거리며 말했다. 손 위의 돌조각이 또 한 번 핑 돌아갔다가 어김없이 똑같은 방향을 가리키며 멈추어 섰다. 현녀는 저 돌조각처럼 자신이 헌원의 손 위에서 돌게 되는 것은 아닐지 걱정되기 시작했다.

'기회를 본다.'

현녀는 마음속으로 다짐했다.

고발

예로부터 자신이 억울한 일을 당했거나 가까운 사람이 그런 일을 당했을 때는
사람들에게 호소해 고발하곤 했다. 민심에 호소하여 공론을 일으켜
위정자의 귀에까지 들어가게 해야 재판을 받을 수 있기 때문이다.
공론을 크게 일으킨 경우는 공론 자체가 재판의 결과가 되는 일도 흔했기에
사람들의 귀를 솔깃하게 만들 변설의 재주가 중요했고,
이 중요성은 법제가 정비되지 않은 고대일수록 더했다.

치우비가 대나무골을 향해 떠난 지도 어느덧 열하루가 지났다. 출병
전날 굳은비가 하염없이 내리더니 며칠 동안 비가 쏟아져 후덥지근하
니 자연스레 불쾌감이 솟구치는 날씨였다. 그런 우중충한 하늘 아래 신
시는 폭풍 직전 같은 을씨년스러운 고요함에 잠겨 있었다.

유망의 난리와 고시씨 집안의 불온한 움직임은 신시 사람들의 마음
을 위축시켰으며 엄중한 신시의 통제가 그들의 행동을 제한했다. 치우
비가 실제 데리고 나간 군사가 극소수라는 것을 숨기기 위해 비렴이 신
시에 사람이 들어가거나 나오는 것을 사와라 한웅의 이름으로 철저히
제한했기 때문이다. 부루벼락, 쇠돌이, 거서기, 삼 네 사람이 신시에 있
는 네 방향의 성문을 각각 하나씩 맡아 철통같이 지키고 있었으며 사람
들은 들어올 수는 있어도 나갈 수는 없었다. 신시에 들어가면 다시 나올
수 없다는 것을 알자 다른 부족에서 온 방문객이나 상인들은 혀를 차며
발을 돌리거나 신시 밖 빈터에서 물건을 거래했다. 원하는 물건을 구하
지 못한 다른 부족의 사람들은 그 자리에 눌러 앉거나 불만을 토로하며

떠나가곤 했다. 간혹 신시의 성문이 열릴 때도 있었지만 대부분 가려서 뽑은 사울아비들이 나와 상인들에게서 식량이나 무기를 대량으로 사 가지고 돌아갈 뿐이었다. 뿐만 아니라 신시 안의 사람들 상당수는 혹시 있을지 모르는 싸움에 대비하여 화살을 만들고 돌을 나르는 일에 동원되었다.

거기에 서쪽의 유망이 어떻다느니 동쪽의 고시씨가 어떻다느니 하는 소문이 덧붙여져 뒤숭숭하고 불안한 분위기가 이어졌다. 언제든지 작은 불씨만 당겨도 금방 터질 것만 같았다. 다행히 금방이라도 들이닥칠 것 같았던 고시 집안의 군대는 신시 근처로 오지 않았다. 부소댕기와 신지사사가 활약하고 있는 모양이었다. 그러나 정찰 나갔던 사울아비들이 가지고 오는 정보에 의하면, 고시 집안의 반란군은 해산한 것이 아니라 신시 동남쪽 닷새 정도 거리에 모여 있었다. 신시를 칠 생각을 없앤 것이 아니라 정세를 보며 기다리고 있는 것 같았다. 이래저래 신시의 공기에는 불안감이 감돌 수밖에 없었다.

치우천은 아직도 깨어나지 못하고 있었으며 치우우레는 치우비가 떠나던 날부터 무슨 이유에선지 두문불출하고 앓는 소리만 냈다. 치우비가 떠날 때에도 문 앞에서 인사만 올리고 갔을 정도였다. 날씨가 좋지 않고 습해서 회복이 느려지거나 병세가 도졌을 것이라고 집안사람들은 소곤거렸다.

후덥지근하고 우울한 날씨 아래에서도 울라트는 태연했다. 양을 치며 살아가는 타타르족 출신답게 울라트는 낙천적인 성격이어서 날씨야 어떻든 큰 신경을 쓰지 않았다. 반 정도는 사막에 가까운 초원 지대에 살았기 때문에 농사를 짓는 부족처럼 날씨의 변화에 신경을 곤두세우지 않았기 때문이다. 울라트는 자리에 앉은 채 꾸벅거리며 졸기 시작했다. 그때 일이 터졌다.

째지는 듯 외치는 소리가 꾸벅거리며 졸던 울라트의 눈을 획 뜨이게 만들었다. 많은 사람들이 외치며 이우성치는 소리 같았다. 항상 조용한 신시 내에서 들려올 법한 소리는 아니었다. 소리는 이쪽을 향해 다가오고 있었다. 뭔가 심상치 않다고 느낀 울라트는 벌떡 일어나 외쳤다.

"리미! 리미! 무라 언니!"

울라트가 허둥지둥 외치면서 달려 나가 보았지만 집 안에는 아무도 없었다. 문 밖으로 나가 보니 무라를 비롯해 알한과 도깨비들, 작은 주신 전사들이 집을 빙 둘러싸고 서 있었다. 허나 소리를 지르며 그 앞으로 몰려드는 사람들의 숫자는 그들의 열 배, 스무 배도 넘어 보였다. 그들은 다가오면서 분노에 가득 찬 소리를 질러 댔다.

"저것 봐라! 저런 도깨비들이 우글대는 치우씨 집은 이미 도깨비 소굴이다! 신시 안에 저런 것들을 두다간 안파견 한님에게 우리까지 벌을 받는다!"

"치우천 놈이 잘못해서 지나족과 싸움이 났는데 그놈은 고시울률님까지 죽여서 주신을 이 모양으로 만들었다!"

"고시 집안이 들고 일어난 것도 치우천 놈 때문이니, 치우 집안은 책임을 져야 한다!"

"그놈도 안파견 한님에게 벌을 받아 죽어 간다지만, 더 기다릴 수 없다! 목을 베자!"

"치우천 놈의 목을 베어 제사를 지내자!"

"치우천 놈의 목을 고시 집안에 보내 싸움을 막자!"

군중은 떠들면서 집을 덮치려고 했다. 알한은 사람들에게 뭐라고 외쳤으나 듣는 이는 하나도 없었다. 울라트는 눈앞이 캄캄해졌다.

'아이구. 결국 터졌구나!'

울라트는 앞으로 나가서 뭐라 외치려 했으나 그녀가 입을 열기도 전에 흉터가 길게 난 텁석부리 남자가 먼저 외쳤다.

"타타르족 계집애는 입을 벌릴 자격이 없다!"

울라트는 화가 나서 뭐라고 받아치려는데 뒤에서 누가 팔을 잡아끌었다. 무라였다. 울라트는 무라가 자신을 말리려는 줄 알고 팔을 떨쳐내려고 했으나 무라는 나직하게 말했다.

"당신들도 입 벌릴 자격은 없다."

그 남자가 코웃음을 치며 침을 탁 뱉었다. 무라는 가만히 서서 눈살을 찌푸리는 듯하더니 그 자리에서 휙 사라졌다. 자신뿐 아니라 울라트까지 데리고 없어진 것이다. 침이 땅에 떨어지자 무라는 원래 자리에 나타났다.

"요술을 부리는 거냐? 내가 겁먹을 줄 아느냐?"

텁석부리가 기죽지 않고 외치자 무라는 눈살을 찌푸리며 남자에게 뭔가를 휙 던졌다. 그것을 보고 텁석부리는 안색이 변했다. 자신이 방금까지 목에 걸고 있던 동물 이빨을 꿴 목걸이였다. 텁석부리는 그제야 목을 움츠렸으나 물러서지는 않았다.

"도깨비답구나! 할망구!"

무라의 눈썹이 다시 꿈틀했다. 무라의 흰 머리는 아름다웠지만 주신 사람 중에 흰 머리의 여자는 노인뿐이니 그런 욕도 나올 수 있었다. 허나 할망구란 욕을 먹고 기분 좋을 리는 없었다. 당사자보다 울라트가 더 불같이 화를 내며 외쳤다.

"무슨 헛소리냐! 지저분한 털투성이야!"

그러는 사이 오른쪽에서는 욕지거리가 터져 나오면서 사람들이 몰려들기 시작했다. 누가 앞을 막아섰다. 알한이었다.

"네놈은 뭐냐!"

사람들이 외치자 알한은 여전히 웃으며 공손하게 말했다.

"그러는 당신들은 누구신지요?"

알한은 주신 말에 익숙했고 모습도 큰 차이는 없었지만, 서쪽 사람답게 약간의 이국적 풍모에 투르크 말투가 남아 있었다. 그것을 알아차리고 누가 외쳤다.

"이놈도 주신 사람이 아니다! 서쪽의 야만인 놈이다!"

"투르크 놈이다!"

"그놈도 쫓아내라!"

거대한 구리몽둥이를 들고 있는 알한의 팔뚝에 힘이 들어가기 시작했다. 그래도 태연히 웃으며 공손하게 말했다.

"그렇습니다. 저는 투르크의 알한이라고 합니다. 투르크 출신이지만 작은 주신 사람이며 주신 사람이 되었습니다. 여기는 집주인께서 제게 지켜 달라고 부탁하신 집입니다. 제가 왜 여기서 쫓겨나야 합니까?"

"여긴 주신 땅이니 나가랏!"

누가 다시 소리를 지르자 알한도 거의 동시에 말했다.

"주신 한웅님께서 우리 작은 주신 사람 전부를 주신 사람으로 삼아 주었는데도 주신 사람이 아니라는 겁니까?"

"우리 마음이다!"

다른 작자가 외치자 알한은 길게 늘어뜨린 머리를 뒤로 제치면서 몽둥이를 앞으로 돌렸다. 항상 공손하던 그의 입에서 거친 말이 나왔다.

"당신들이 마음대로 개같이 군다면, 저도 마음대로 해 드리죠."

"너 따위는……!"

외치며 앞으로 나서려는 자를 알한이 척 보니 사울아비도 아닌데다 늙은 사람이었다. 알한은 설레설레 고개를 저으며 미소를 띠었다. 남자는 화를 냈다.

"투르크 야만족 놈이 나를 비웃는 거냐?"

"당신은 내 상대가 아닙니다. 사울아비인 분이 나서십시오."

"뭐?"

알한은 한숨을 쉬며 말했다.

"제가 여러분을 막을 수 없다고 보십니까? 태산 회의에서 저를 보신 분이 없나 보군요."

그 말에 몇몇 사람은 화를 냈지만 수런거리는 사람도 있었다. 알한은 태산 회의 때 이름을 떨친 용사였기에 아는 사람이 있는 것 같았다. 알한은 태산 회의에서 금천에 이어 몽둥이 실력이 세상에서 두 번째 간다고 공인받은 용사였다.

한발 물러서 있던 리미와 개르, 마냥과 싱카도 더 참지 못하고 앞으로 나섰다. 그들은 예전에 치우천이 그들을 구해 줄 때 얻었던 각양각색의 화려한 옷과 장신구, 무기로 완전 무장하고 있어서 보기만 해도 기세등등했다. 특히 온몸이 새까맣고 눈과 이만 하얀 마냥과 붉은 머리에 상처투성이인데다 외팔이에 애꾸인 리미가 인상을 쓰자 군중도 움찔했다.

"여기는 주인님의 집이다!"

리미가 이글이글 불타는 눈으로 군중들을 둘러보며 왼쪽 팔에 도끼를 철컥 소리가 나게 끼웠다. 번들번들 빛나는 구리도끼였다. 그들은 도깨비라 손가락질받는 자신들의 처지를 알아서 신시 안에서는 항상 얼굴을 감싸고 고개를 숙이며 사람들의 눈길을 피했다. 무장한 적도 없었다. 허나 화려하게 무장을 하자 그들의 위세가 태산 회의의 용사인 알한보다도 그럴듯했다. 거기에 금발의 개르가 자신의 큰 키보다 더 큰, 거대한 돌칼을 어깨에 얹으며 소리쳤다. 개르의 손에 맞는 큰 구리칼은 만들기도 힘들뿐더러 만든다 해도 너무 무겁기 때문에 개르는 돌칼을 쓰고 있었다.

"함부로 구는 놈은 용서 없다!"

흥분한 주신 사람들은 그래도 물러서려 하지 않았다. 처음에는 알한 일행의 기세에 눌려 위축된 듯했으나 그들 중 많은 수가 전사나 사울아비 출신이었다. 잠시나마 위축되었던 것이 더 수치스러운지 군중들은 이윽고 더 크게 소리 지르며 움직이려 들었다. 급기야는 여기저기서 욕이 터져 나오고 아수라장이 되기 직전이었는데 다행히 두 필의 말이 날듯이 달려오며 그들 사이를 갈랐다. 말에 타고 있던 두 사람은 급히 내려 양쪽을 막아섰다. 쇠돌이와 부루벼락이었다. 쇠돌이는 흥분한 사람들을 막아서며 말했다.

"이게 뭔 짓이여유! 어여 물러나요, 물러나. 말로 하자구요, 말로. 허허."

쇠돌이는 웃는 낯으로 앞에 나서 있던 사람들을 밀어붙였다. 주신에서 쇠돌이의 힘은 치우비 말고는 당할 자가 드물었다. 살짝 미는 것 같았지만 수십 명의 사람들이 밀려서 비틀거렸다. 쇠돌이가 허허 웃는 얼굴을 하고 있기에 밀린 사람들도 화를 내지 못했다. 부루벼락은 무라와 알한 등을 바라보며 말했다.

"이러면 안 됩니다. 참으시오, 참아."

두 사람이 사울아비 큰스승을 상징하는 머리 끈을 두르고 있었기 때문에 사람들은 얼추 뒤로 물러섰다. 군중 속에서 누가 또 소리를 질렀다.

"무엇하는 짓이냐! 너희가 사울아비라면, 저들을 몰아내야 할 것 아니냐? 왜 편을 드는 거냐?"

"아, 이 사람들 왜 그러시나, 이러지들 말어유, 네?"

쇠돌이는 웃는 낯으로 말했으나 갑자기 군중들은 우, 하면서 목소리를 높였다.

"저놈들도 가짜 사울아비다!"

"치우씨의 졸개다!"

"같이 쳐 죽이자! 주신을 팔아먹은 놈이다!"

무라와 알한 등을 말리던 부루벼락의 눈이 갑자기 시뻘게지더니 뒤로 돌아서서 침을 탁 뱉었다.

"뭐라고?"

군중들은 저마다 부루벼락을 욕하고 있었다. 부루벼락은 몇 번 참으려는 듯 이를 악물었지만 계속 '주신을 팔아먹은 놈'이라는 말이 나오자 더 못 참겠다는 듯 꽥 소리를 질렀다.

"어떤 자식이냐! 내가 뭘 팔아먹었다고?"

부루벼락이 버럭 성을 내자 사람들은 기가 질린 듯했다. 그는 뻘겋게 충혈된 눈으로 사람들을 잡아먹을 듯 째려보면서 분에 못 이겨 몸을 덜덜 떨더니만 허리춤의 채찍을 허공에 휘둘렀다. 짝 소리가 나자 군중의 앞에 선 몇 명은 반사적으로 얼굴을 가렸지만 채찍이 그들을 친 것은 아니었다. 아무도 채찍에 맞지는 않았다. 부루벼락의 머리 위에 있던 사울아비 큰스승을 상징하는 머리 끈이 둘로 찢어져 땅에 떨어졌을 뿐이다.

"나, 큰스승 필요 없다! 내가 사울아비가 되고 목숨 걸고 싸운 건 말이다…… 옳은 일을 하려고 그런 거다! 너희 같은 개자식들을 지켜 주고 이런 수작이나 벌이려고 채찍을 쓴 게 아니란 말이다! 뭐라고 했나? 응? 주신을 팔아먹어? 이 개자식들이! 다 덤벗!"

부루벼락이 외치면서 갑자기 달려들려 하자 되레 싱카와 알한이 잽싸게 매달려 말렸다. 말리러 온 사람이 더 화를 내자 양쪽이 다 당황한 듯했다. 부루벼락이 계속 욕을 해 대자 쇠돌이가 억지로 웃는 낯으로 말했다.

"어이, 어이, 벼락 형. 그만혀요. 뭐 하는 거유?"

"필요 없다! 저놈들 다 죽이고 나도 죽을 거다! 이……."

"아, 그만혀!"

쇠돌이가 버럭 외치면서 땅을 쾅 딛자 땅이 발목까지 꺼지면서 사방이 울렸다. 무서운 힘에 사방이 조용해지자 쇠돌이는 날카로운 소리로 외쳤다.

"말로 혀요, 말로……. 아니, 다 집어치워유! 다들 집에 가유!"

사람들은 조용해졌지만 뒤에서 또 누가 외쳤다.

"네가 뭔데!"

그 순간 갑자기 사람들 사이에 뭔가가 번득하면서 몇몇 사람들이 뭔가 보이지 않는 힘에 밀려 비틀거렸다. 다음 순간, 한 사람이 쇠돌이 앞에 내팽개쳐졌다. 호리호리하고 입가가 뒤틀린 늙은 남자였는데 정신을 차리지 못하고 있었다. 어느 사이에 자기가 끌려 나와 내동댕이쳐졌는지 이해가 되지 않는 것이다. 어느새 그 앞에는 무라가 굳은 표정으로 서 있었다. 무라가 천천히 말했다.

"너는 왜 사람들 틈에 숨어서 소리만 지르지?"

사람들이 무라의 재주에 놀라 주춤거리자 울라트가 외쳤다.

"작은 주신의 울라트가 말합니다. 당신들은 속고 있어요! 치우천 오라버니는 고시울률님을 죽이지 않았고 전쟁을 일으키려고 하지도 않았어요! 누구보다도 싸움을 막으려고 하고, 주신을 지키려고 했어요! 그런데 당신들은 왜 그러죠? 왜?"

사람들이 뭐라고 맞받아 외치기도 전에 울라트는 다시 소리쳤다.

"당신들 중 누가, 치우천 오라버니가 고시울률님을 죽이는 것을 보았나요? 주신을 팔아먹을 생각이라면 왜 수많은 지나족을 무찔렀죠? 지나족에게 팔면 훨씬 좋을 텐데 왜 목숨 걸고 싸웠죠? 당신들은 대체 생각이 있는 사람들인가요?"

안타깝게도 울라트의 말은 전혀 먹히지 않았다. 사람들은 되레 흥분해 폭발할 기세였다. 그때 또 한 필의 말이 달려오며 말에 탄 사람이 큰 소리로 외쳤다.

"한웅님의 명령이다! 물러서라!"

달려온 사람은 풍백 비렴이었다. 흥분한 군중들도 풍백 비렴을 몰라볼 리는 없었다. 사람들은 뒤로 물러서서 존경을 표시했다. 비렴은 말을 세우고 여전히 의젓하며 태산처럼 무게 있게 말에서 내렸다.

"이 무슨 소란들인가?"

비렴이 외치자 사방이 죽은 듯이 조용해졌다. 흥분했던 부루벼락과 쇠돌이도 고개를 숙였다. 비렴은 주위를 둘러보다가 무라와 울라트, 알한에게 천천히 고개를 숙이며 말했다.

"주신의 풍백 비렴이 말하오. 못 볼 꼴을 보여 죄송하오."

사람들은 어어 하며 놀랐다. 그중 한 사람이 외쳤다.

"풍백께서 어찌 그런 말씀을 하십니까?"

그러자 비렴은 뒤를 돌아보며 날카롭게 외쳤다.

"이분들은 주신의 손님이고, 큰 은인이시다! 주신 밖의 부족에서 나셨지만 그 부족에서 한없이 높은 분들인데, 감히 이럴 수 있는가? 손님 대접을 이렇게 한다면 어떻게 주신 사람이 다른 땅을 마음 놓고 갈 수 있겠는가?"

비렴이 상대를 높여 정중히 대하니 군중들은 단박에 기가 질려 아무 소리도 하지 못했다. 비렴은 추상같이 소리쳤다.

"부루벼락! 쇠돌이!"

"사울아비 큰스승 부루벼락 여기 있사옵니다."

"사울아비 큰스승 쇠돌이 여기 있사옵니다."

두 사람이 답하자 비렴은 다시 외쳤다.

"너희들은 사울아비 큰스승이라는 것들이, 이것이 무엇이냐?"

비렴은 땅에 떨어진 부루벼락의 머리 끈을 힐끗 보고 또 외쳤다.

"부루벼락! 너는 이제 큰스승이 아니다. 도로 작은스승이다."

부루벼락은 고개를 숙이며 말했다.

"죽어 마땅합니다. 이 정도로 용서해 주시니 감사할 따름이옵니다!"

비렴이 코앞에서 단호한 조치를 내리는 것을 보고는 사람들은 얼어붙어 아무 말도 하지 못하고 기가 죽어 버렸다. 추상같은 비렴의 태도는 위풍당당했다. 비렴은 군중들을 향해서 말했다.

"치우 집안은 한웅님께 충성했고, 주신에 한없이 많은 공을 세웠다. 그런데 너희는 무슨 까닭으로 이런 짓을 하는 거냐?"

사람들 중 몇이 앞에 내팽개쳐진 사람을 가리켜 보였다. 그 사람은 체구도 작고 채신없어 보였지만 정신을 차린 듯 그 자리에 제법 의젓하게 앉아 있었다. 그는 당당하게 입을 열었다.

"풍백님께오서는 제가 누구인지 아십니까?"

비렴은 그를 가만 보더니 잠시 후 입을 열었다.

"너는 고시씨의 집에 있던 사람 아니냐? 이름은 기억할 수 없구나."

그는 곧 땅에 머리를 숙이며 말했다.

"풍백님께서 저 같은 것까지 알아봐 주시니, 뭐라 말할 수 없사옵니다. 저는 고시씨 집에 아비 때부터 종으로 있던 홀레부치라고 하는 놈입니다."

"그런데? 너는 왜 나와 있느냐?"

부루벼락이 조심스레 말했다.

"저놈이 사람들을 부추겨 이런 짓을 벌인 것 같습니다."

"네가 그랬느냐?"

홀레부치는 고개를 조아리며 말했다.

"그러합니다. 죽을죄인 것은 아오나 원통하여 그렇습니다."

"고시울률님이 끔찍한 일을 당하신 것은 나도 가슴 아프게 생각한다.

그런데 뭐가 원통하다는 거냐? 왜 치우씨 집으로 사람들을 몰고 온 거냐?"

"저는 어릴 적부터 고시울률님의 집에서 자랐사옵니다. 몸이 약해 어려서부터 집 밖에 나간 적도 별로 없는 놈이올시다. 그러니 치우씨 집안과는 알지도 못하고, 원수진 것도 없습니다. 원수커녕 여기 치우씨 집안의 어른이신 치우우레님은 저를 항상 잘 대해 주신 분이올시다. 고시울률님의 따님과 치우우레님이 부부였던 것은 아실 것이옵니다. 그분이 젊으셨을 때, 제가 큰 잘못을 저질러 벌을 받게 된 것을 치우우레님이 감싸 주어서 목숨을 건진 일도 있사옵니다. 더구나 고시울률님의 따님이신 미리내님도 저를 어릴 적부터 불쌍하다 여기시고 보살펴 주셔서 이 조그맣고 힘없는 놈이 이렇게 늙도록 목숨을 이어 갈 수 있었습니다그려."

홀레부치는 말재주가 뛰어나서, 사람들은 저도 모르게 궁금증을 가지고 그의 말에 귀를 기울이게 되었다. 원한이나 자기의 억울함을 말하기에 앞서 거꾸로 치우우레와 미리내에게 은혜를 입었다니, 호기심이 들 수밖에 없었다.

"그러한데 왜 치우 집안을 짓부수려는 거냐?"

비렴도 궁금하다는 듯 물었다. 홀레부치는 고개를 저었다.

"아니올시다. 제가 어찌 옛날 은혜를 잊고 치우우레님께 해코지를 하겠나이까? 저는 도리어 치우우레님을 위해 이런 것이옵니다!"

"허어! 네가 미친 게로구나. 이것이 어찌 위하는 길이겠느냐?"

비렴이 말하자 홀레부치는 고개를 저었다.

"아니옵니다. 저는 치우우레님을 어릴 적부터 뵈어 왔사옵니다. 치우우레님은 주신에서 가장 마음이 곧고 그른 일은 하지 않는 분이시옵니다. 그렇지 않습니까?"

그 말에는 비렴을 비롯해 군중들까지도 고개를 끄덕였다. 흘레부치는 사람들이 충분히 공감할 만큼 기다렸다가 불쑥 말했다.

"그런 치우우레님께 가장 중요한 것이 무엇이겠사옵니까? 주신을 위하는 것과 사울아비의 명예를 지키는 것 아니겠사옵니까? 제 말이 틀리옵니까?"

비렴이나 치우우레를 아는 사람들은 고개를 끄덕이며 말했다.

"그건 그렇겠지."

"헌데 아들 치우천이 잘못 태어나 치우우레님을 망치고 주신을 병들게 하고 있사옵니다. 저는 그것을 참을 수가 없던 것이옵니다!"

비렴은 안색을 바꾸어 외쳤다.

"치우천의 공은 한웅님께옵서도 인정했다! 치우천은 주신을 위해 많은 일을 했고, 그가 욕심을 가졌다고는 생각할 수는 없다! 그런 소리를 지껄이려면 증거를 보여야 할 것이다!"

비렴이 서슬 퍼렇게 외치는데도 흘레부치는 꼼짝도 않고 있다가 하늘을 우러러보며 외쳤다.

"하늘이 알고 땅이 알고 안파견 한님이 아십니다! 고시울률님은 치우천이 죽인 것입니다!"

이 말에 자못 흥미진진하게 이야기를 듣고 있던 울라트와 도깨비들을 비롯하여 평소 침착한 알한과 무라까지도 큰 소리로 외쳤다.

"거짓말이다!"

울라트는 분을 이기지 못해 자기도 모르게 나서며 외쳤다.

"내 목숨을 걸고, 그날 천 오라버니는 집 밖으로 한 걸음도 나가지 않았다! 훨씬 전부터 몸이 아파 움직이지도 못했단 말이다! 그런 사람이 무슨 재주로 고시울률님을 죽인단 말이냐!"

"헛소리다! 네놈은 거짓말을 하는 거다!"

무라마저도 파르르 떨며 소리쳤다. 그러자 흘레부치는 눈을 감으며 손가락을 쳐들었다.

"저기에 도깨비가 있군요."

"뭐?"

리미는 흘레부치가 갑자기 자신을 가리키자 흠칫했다. 리미의 당당한 모습은 어딘지 모르게 의기소침해 보였다. 리미는 지난번 고시울률과 도단이, 그리고 사울아비 한 명의 머리를 직접 땅에 묻었기에 몹시 불안해하고 있었다. 애써 표 나게 하지는 않으려 했지만. 흘레부치는 조용히 말했다.

"저 도깨비가 도끼로 나를 죽이면 나를 죽인 것은 도끼입니까? 도깨비입니까?"

"무슨 말이냐?"

"치우천이 사람을 시켜 고시울률님을 죽이게 했다면 죽인 것은 그 사람입니까? 치우천입니까? 손에 피를 묻힌 자도 나쁘지만 나쁜 것은 치우천 아니겠습니까?"

"헛소리!"

개르가 격분하여 외치자 비렴도 고개를 저었다.

"말이 되지 않는다. 증거가 없다."

"증거가 있습니다. 제 눈이 증거입니다."

"너를 무엇으로 믿는가?"

흘레부치는 돌연 단호하게 말했다.

"저는 보았습니다!"

"무엇을 보았단 거야! 천 오라비가 고시울률님을 죽이는 광경이라도 봤다는 거냐?"

울라트가 앙칼지게 외치자 흘레부치는 주르륵 눈물을 흘리면서 하늘을 우러러 탄식했다.

"아아. 고시울률님, 저를 용서하소서. 주인님은 머리가 없어서 안파견 한님 곁으로도 가지 못하셨을 것이니, 제가 주인님의 부끄러운 이야기를 할 수밖에 없습니다. 저를 용서하소서! 저를 용서하소서!"

홀레부치는 천천히 말했다.

"저는 그날, 한 여자가 주인님을 찾아오는 것을 보았습니다. 사울아비의 안내를 받고 고시울률님의 방으로 가더군요. 세상에 보기 드물 만큼 어여쁘게 생긴 여자였습니다. 고시울…… 울률님은…… 그…… 그 여자가 무슨 속을 가졌는지도 모르고 들이셨던 것입니다……. 아아…… 말을 하고 나면 내 입이 썩어 버릴 것 같습니다!"

"무슨 헛소리냐! 고시울률이 여자를 들이건 말건 그것이 무슨 상관이냐!"

울라트는 앙칼지게 소리쳤으나 무라는 가슴이 철렁 내려앉았다.

'혹시……?'

소녀가 고시울률을 죽였고 도단이와 고시울률, 그리고 이름 모를 사울아비의 머리를 들고 온 것을 본 사람은 리미와 치우천뿐이었다. 치우천은 정신을 잃어 아직도 깨어나지 못했고, 리미는 그 사실을 치우비에게만 이야기했다. 치우비는 놀란데다 그 뒤로 일이 마구 터지는 바람에 아무와 상의하지도, 다른 조치를 취하지도 않았다. 다만 리미에게 입단속을 하라고 단단히 일렀을 뿐이다. 무라도 이 일에 대해 몰랐지만 소녀의 그간의 행적 등을 보아 온지라 좋지 않다는 예감이 들었던 것이다. 직접 그 일을 듣고 본 리미의 불안감은 더했다.

홀레부치는 무섭게 눈을 빛내고 이를 갈며 말했다.

"그…… 그 여자는 치우천의 마누라인 카린족 여자였습니다……."

"미친놈!"

"헛소리!"

알한과 울라트가 동시에 외쳤다. 무라는 입을 다물고 있었다. 아니, 무라는 할 수 있는 최대한의 힘을 써서 버티고 있었다. 혹시나 자신도 모르게 표정을 일그러뜨리진 않으려고 있는 힘을 다했다. 비렴도 충격을 받은 듯 어깨를 움츠렸다. 비렴은 엄하게 외쳤다.

"지어낸 말이 아니렷다?"

"제 목숨 따위, 무엇이 아까우리까. 틀림없습니다. 틀림없습니다! 제 목을 걸고, 제 일가족의 목숨을 걸고, 돌아가신 고시울률님의 명예를 대신 겁니다."

군중 중에서 한 사람이 말했다.

"치우천 놈과 고시울률님은 앙숙이었는데…… 그놈의 마누라가 왜 찾아와?"

"그것도 늦은 밤중에?"

"할아버지와 손자가 같은 여자를 건드렸다는 거야? 대체…… 이게 뭐야?"

울라트는 자신이 모욕당한 것처럼 새빨개진 얼굴을 하고 외쳤다.

"무슨 허튼소리냐! 그럴 리가 없다!"

사람들은 빈정거렸다.

"마누라 단속 하나 못하면서 무슨 웃뜸이라고!"

사람들이 비웃고 욕하자 울라트는 목소리를 더 높였다.

"믿을 수 없다! 그 여자는 이미 집안을 엉망으로 만들고 제 발로 뛰쳐나갔다. 집을 버리고 뛰쳐나간 여자가 무슨 마누라란 말이냐!"

"오죽했으면 그랬겠느냐?"

울라트가 억울하고 속상해서 발을 굴렀으나 그녀가 소리친 것은 역효과를 낳았다. 사람들은 웅성거리며 비웃음과 멸시가 섞인 차가운 눈총을 보냈다. 흘레부치는 울라트의 말에는 대꾸하지 않고 계속 말했다.

"저도 말하지 않으려 했습니다. 허나…… 허나 할 수 없었습니다. 무슨 일이 있었는지는 저도 모릅니다만, 저도 그런 흉한 일이 벌어졌다고는 믿지 않습니다. 무슨 긴한 이야기를 전하러 온 것이라고 생각했습니다. 듣는 분들도 고시울률님의 명예를 더럽히지는 마십시오."

"그것뿐인가?"

비렴은 냉정을 되찾고 말했다.

"그것만 가지고는 아무것도 안 된다. 좋은 일은 아니지만 그게 고시울률님을 치우천이 죽였다는 증거란 말인가? 네가 잘못 보거나 거짓말을 하지 않았다는 증거는 어디 있지?"

"물론 그렇습니다. 그 모습을 보기는 했지만, 종놈 주제에 나설 수 없어서 그냥 그런가 보다, 나중에 어떻게 입막음을 할까 그런 생각만 했습니다. 주인님은 중요한 이야기가 있다고 하시면서 종들과 지키고 있던 사울아비들까지 물리셨지요. 여자 한 명인데 무슨 일이야 있겠나 싶었던 거죠. 이 늙은 놈도…… 아무 생각 없이 물러나서 방에 들어가 버렸습니다그려."

"그래서?"

"저는 어릴 적부터 주인님을 모신 터라…… 제가 자는 방은 다른 종놈들 방보다 주인님의 방에 가까웠습니다. 그날따라 잠이 오지 않아 누운 채 깨어 있었습죠. 그런데…… 주인님 방 쪽에서 비명 소리가 들리는 겁니다. 남자 목소리가 말입죠……. 그래…… 그래서 달려가서 문…… 문을 여는데…… 그…… 그년이 쓰…… 쓰러지신 주인님의 목…… 목을 베고 있었습니다!"

정말 충격적인 증언이었다. 비렴조차 믿어지지 않아 입이 벌어졌다. 흘레부치가 거짓말을 한다고는 생각지 않았다. 정말 소녀가 고시울률을 죽였단 말인가? 흘레부치도 슬픔이 지나쳤는지 주저앉아 크게 울었다. 무라가 흥분하여 외쳤다.

"작은 주신의 무라가 말한다. 나는 카린에서 났다. 소녀도 카린에서 났고 어릴 적부터 같이 커 왔다. 그 아이 혼자 당당한 남자인 고시울률을 죽였다고? 그 아이는 그럴 힘이 없다!"

흘레부치는 눈물이 범벅된 얼굴로 울부짖듯 외쳤다.

"나는 봤습니다! 이 두 눈으로 똑똑히 보았습니다!"

무라는 날카롭게 외쳤다. 항상 낮고 돌처럼 진중하던 무라가 낸 목소리 같지 않았다.

"그래서? 너는 네 주인의 목이 잘리고 있는 광경을 보고 뭘 했지?"

"모르겠습니다. 모르겠습니다. 나는 무섭고 정신이 나갈 것 같았습니다. 주인님은 하늘 같은 분이었습니다. 그런 분이 목이 잘리다니! 눈앞이 캄캄해졌습니다. 아무것도 보이지 않았습니다. 뒷덜미가 당기고 아찔하고…… 그대로 정신을 잃어버린 모양입니다. 나는 며칠이나 정신을 잃고 있다가 얼마 전에야 깨어났습니다."

무라가 다시 외쳤다.

"네가 죽이지 않았다고 어떻게 믿지?"

날카로운 지적이었지만 흘레부치는 소리쳤다.

"나는 그 자리에서 다른 사람들에게 발견되었습니다. 내가 고시울률님을 해쳤다면 그분의 머리는 어디로 갔단 말입니까?"

그 말에는 무라나 울라트도 입을 열 수 없었다. 비렴이 묵직하지만 초조한 어조로 말했다.

"좋다. 허나 이상한 것이 있다. 소녀가 어떻게 아무도 모르게 빠져 나갔단 말이냐? 고시울률님의 집에 사울아비나 다른 종이 없었단 말이냐?"

"그건 저도 모릅니다."

"그렇다면 그날 소녀를 데리고 온 사울아비는 어디 있느냐?"

"그 사람도 죽어서 머리가 없어졌습니다."

비렴은 놓치지 않고 날카롭게 말했다.

"그렇다면 소녀가 그 사울아비까지 죽여 머리를 잘라 갔다는 말이냐? 내가 알기로도 소녀는 고시울률님이나 사울아비를 당해 낼 여전사가 아닌데?"

비렴이 은근히 치우천의 편을 들자 흘레부치는 악을 썼다.

"그 여자는 사람이 아니라 요물입니다! 아무 힘도 없는 것처럼 보이지만 틀림없이 사람을 홀려 죽이는 재주가 있을 것입니다!"

그 말에 무라가 코웃음을 치며 말했다.

"어릴 적부터 같이 지낸 내가 모르는 일을 몇 번 보지도 않은 네가 더 잘 아는구나?"

흘레부치는 무라를 노려보며 말했다.

"그 여자가 이미 전에 같은 카린족 자매였던 여자 대장을 죽였다는 것은 알 만한 사람은 다 알고 있습니다! 카린족 여자 대장은 용감하기가 여느 영웅 못지않았다던데 그런 사람을 죽일 수 있었으면 당연히 고시울률님도 죽일 수 있지 않겠습니까?"

그 말에는 돌 같던 무라마저도 미미하게 얼굴색이 변했다.

'아냐. 그 애는…… 그 애는 아무 힘이 없어. 하지만……'

무라가 달리 생각해 보니 소녀는 싸움 기술은 모르더라도 그보다 더 무서운 독한 마음을 지니고 있었다. 그런 식으로 그녀는 강한 전사인 비냐를 죽게 만들지 않았던가.

'그럼 혹시…… 고시울률도 그렇게 당한 건가? 정말로?'

무라의 눈앞이 캄캄해졌다. 표정 변화가 없기로 유명한 무라마저도 눈에 보일 정도로 역력히 흔들리자 홀레부치는 쐐기를 박듯 독한 어조로 외쳐 댔다.

"치우천의 마누라가 고시울률님을 죽였으니 치우천이 죽인 것입니다! 그놈은 마누라를 시켜 고시울률님이 방심하도록 해 놓고 그분을 죽여 목까지 잘라 간 것입니다! 이런 짓이 신시에서 벌어지고 있습니다! 이것을 그대로 둘 것입니까? 그 때문에 고시씨 집안이 들고 일어났고 군대가 신시 언저리까지 와 있답니다. 자칫하면 전쟁이 날지도 모르는데 그런 짓을 한 사람을 그냥 둘 수는 없습니다."

비렴이 다시 입을 열었다.

"죽은 사람은 둘뿐인가?"

홀레부치가 머뭇거리자 홀레부치를 따라온 사울아비 한 명이 말했다.

"그 외에 고시울률님의 집에 죽은 사람은 없습니다."

다른 사울아비 한 명이 덧붙였다.

"똑같이 죽어서 머리가 없어진 사람은 있습니다. 꼭…… 이 일과 관계가 있는지는 모릅니다만, 선인님을 해친 죄로 갇혀 있던 도단이라는 박수도 죽어서 머리가 없어졌습니다."

쇠돌이와 부루벼락은 크게 놀랐다. 도단이가 감옥에서 죽었다는 것은 알았지만, 내막은 고시울률의 죽음이라는 큰 사건에 가려 알려지지 않았다. 다만 도단이는 전부터 스스로 죽기를 원해서 아무것도 먹지 않았기 때문에 그렇게 죽었으리라 믿고 있었다. 그런데 그도 목이 잘려 죽었으며, 그것이 치우천의 마누라인 소녀의 짓일지 모른다는 이야기를 듣고 쇠돌이와 부루벼락은 충격을 받은 듯했다.

비렴은 눈살을 찌푸리고 말했다.

"똑같이 머리가 없어졌는가?"

"예."

비렴은 눈을 빛내며 말했다.

"도단이가 갇혀 있는 곳은 고시울률님의 집 안이 아니지 않은가?"

"그렇습니다."

"그러면 소녀는 고시울률님을 죽여 목을 베고, 또 사울아비를 죽여 그 목도 베고, 많은 사울아비가 지키는 집에서 들키지도 않고 빠져나가면서 갇혀 있는 도단이까지 죽이고 목도 베어 갔다는 건가? 이상하지 않은가?"

그 사울아비는 머뭇거리며 말했다.

"그…… 그런데 그…… 목이 달아난 사울아비는…… 도단이라는 박수가 있던 굴을 지키는 사람이었습니다만."

비렴은 고개를 갸웃했다.

"그의 이름은 뭔가?"

다른 사울아비가 말했다.

"부소길이라고 합니다. 부소 집안사람입니다."

"좋다, 흘레부치. 네 말은 잘 들었지만 뭔가가 부족하다. 소녀가 고시울률님을 해쳤다고 해도, 그다음에 부소길을 죽이고 도단이까지 죽이기는 힘들다. 그럴 이유도 없다."

흘레부치는 완강하게 물고 늘어졌다.

"이유가 있습니다. 이유가 있습니다. 천한 종놈의 이야기라고 생각지 마시고 들어 주십시오."

"무슨 이유란 말인가?"

"소녀 그년을 고시울률님의 집으로 안내한 자가 부소길님입니다. 그렇다면 고시울률님이 죽었을 때 부소길님이 살아 있으면 그 짓을 한 것이 소녀라고 말할 증인이 살아 있는 셈입니다. 당연히 입을 막으려 하지 않았겠습니까?"

"그러면 도단이는 왜?"

"부소길님이 박수의 굴을 지켰다면, 그 박수도 보았을 테니 같이 입막음을 한 거겠지요."

훌레부치의 말은 그럴듯해 보였다. 허나 비렴은 눈을 빛내며 말했다.

"이놈! 그렇다면 네놈은 왜 살아 있는 거냐?"

비렴의 지적은 날카로웠다. 울라트나 무라, 알한의 마음속에도 잠깐 핏기가 도는 듯했다. 훌레부치는 단호하게 말했다.

"제 뒤통수를 봐 주십시오."

훌레부치는 고개를 숙이고는 허리춤에서 작은 돌칼을 꺼내 머리칼을 북 잘랐다. 훌레부치의 뒤통수에는 커다란 멍 자국이 있었다. 색깔이 퍼진 것이 꽤 심하게 맞았고, 며칠이 지난 것임을 알 수 있었다. 뭇사람들은 멍 자국보다도 그것을 보이려고 머리칼을 서슴지 않고 잘라 버리는 훌레부치의 과단한 행동에 더 놀랐다. 주신 사람들은 머리카락을 소중히 여겨 잘 손대지 않았다. 그런 머리칼을 서슴없이 자른 훌레부치의 행동은 진심에서 우러난 것이라는 생각이 분위기를 지배했다.

"저는 그때 뒤통수를 얻어맞았습니다. 그래서 정신을 잃고 있다가 이제 깨어났습니다. 죽을 정도로 맞은 것은 아니지만, 제가 늙은데다가 너무 놀라서 깨어나지 못했습니다. 그래서 이제야 움직이게 된 것입니다!"

군중들은 우, 하면서 흥분하기 시작했다. 비렴은 말했다.

"고시울릉님도, 부소길도, 도단이도 목을 베어 갔는데 네놈은 왜 하필 몽둥이로 쳤단 말이냐? 네 말이 맞다면 네 목도 같이 없어져야 하는 것 아니겠느냐?"

비렴은 군중을 설득하듯 말을 이었다.

"그리고 사람의 목을 잘라 본 사울아비는 알겠지만, 사람의 머리라는 게 그리 가벼운 것이 아니다. 그것을 여자의 몸으로 세 개나 들고 다니면서, 집을 지키는 사울아비들의 눈을 피해 다니기란 더더욱 쉬운 일이 아니다! 또 그럴 이유가 어디 있는가?"

"치우천이 카린 계집년을 시켜 주인님의 목을 베게 했다면 이유는 하나입니다. 확실히 일을 처리한 증거를 가져오란 것이겠지요!"

흘레부치는 실로 만만치 않게 비렴과 맞서고 있었다. 비렴이 보기에 흘레부치의 주장은 허점이 많았다. 사람을 죽여 잘린 머리를 들고 고시울률의 집을 빠져나가기가 고시울률을 죽이기보다 더 힘들다는 것을 사람들은 생각하지 않았다. 흥분한 군중은 복잡한 생각은 외면한 채 흘레부치의 단순한 주장을 받아들이는 것 같았다. 실제로 그렇게 했을 리가 없어도 자기가 그러리라 여기는 이야기를 사람들은 더 쉽게 받아들이고 진실이라 여겨 의심치 않았다. 상황이 좋지 않았다. 비렴은 온몸의 힘을 짜내어 외쳤다.

"흘레부치는 소녀가 고시울률님의 목을 베는 광경을 보았다고 했다. 그렇다면 소녀는 칼을 들고 있었을 텐데, 입막음을 하려면 칼을 쓰지 왜 몽둥이를 썼을까? 아무래도 이상하다. 더 자세히 알아보아야 할 것이다."

비렴의 지적은 예리했으나 군중은 흥분한 상태였다. 비렴이 진정시키려고 했으나 말을 듣지 않았다. 화가 난 비렴은 큰 소리로 외쳤다.

"삼사 중 하나인 나, 풍백 비렴이 알아보아야 한다는데 무슨 군소리들인가?"

흘레부치가 말했다.

"이 집을 뒤져 보아야 합니다!"

"그래서 몰려왔다는 거냐?"

"소녀가 치우천의 명령을 받아 주인님을 죽였다는 증거가 머리입니다! 그러니 그것이 이 집에 있을 것입니다. 더구나 주인님은…… 머리가 없으니 안파견 한님 곁으로도 못 가십니다! 반드시 찾아야 합니다! 안 그러면…… 주인님이…… 너무도…… 너무도 불쌍…….”

흘레부치는 엎어져서 대성통곡을 했다. 울음소리가 처절해서 도저히 지어내서 연기를 한다고는 생각하기 힘들었다. 엄격하기 그지없는 비렴의 눈으로 보아도 의심의 여지가 없을 정도였다. 군중들이 흘레부치의 충성에 감동한 듯 외쳤다.

“그렇다. 사내가 죽을 수는 있어도, 목을 잃는 것은 끔찍한 일이다!”

“싸움터에서 죽었다면 몰라도 여자에게 목을 잃었다면 안파견 한님 곁으로 갈 수도 없을 것이다!”

“고시울률님의 장례에 같이 묻히러 나설 사람도 없을 것이다! 그런 불명예스럽고 끔찍한 일이!”

싸움터도 아닌 곳에서 머리를 잃었다는 점, 그래서 안파견 한님께 받아들여지지도 못할 것이라는 점, 그 때문에 함께 순장될 사람조차 나서지 않는다는 점 등은 집안 전체를 망신시키는 최대의 불명예였다. 비렴은 무릎에서 힘이 빠지는 것 같아서 다시 한번 힘없이 더 알아봐야 한다고 말했지만, 흘레부치는 울면서 악을 썼다.

“더 알아보고 말고가 어디 있습니까? 소녀 그년이 우리 주인님의 목을 땄는데, 내가 보았다는데도 풍백님께서는 자꾸 시간을 끄십니까? 풍백님께서는 치우천의 명령이라도 받으신 겁니까?”

종 주제에 풍백에게 하기에는 너무나도 모욕적인 말이라 비렴은 노해 외쳤다.

“이놈! 천한 종놈 주제에 감히 나를 보고 무어라?”

그 말 한마디만으로도 비렴은 흘레부치를 때려죽일 수 있었다. 그러나 상황이 그렇지 않았다. 입을 다물고 있던 부루벼락과 쇠돌이도 노해서 흘레부치의 멱살을 잡아 올릴 듯 다가섰으나 군중들의 아우성에 뒤로 물러섰다. 되레 군중이 와하며 들고 일어나서 비렴에게 따지듯 외쳐 댔다.

"풍백님! 일이 미심쩍은 데가 있더라도 흘레부치의 말이 사실이라면 치우천은 죄를 벗을 수 없습니다!"

"그런 작은 일이 문제가 아닙니다!"

"비렴님이 이렇게 대놓고 편드실 줄은 몰랐습니다!"

비렴은 화도 나고 마음도 급하여 외쳤다.

"사실을 사실대로 밝히는 것이 나의 일이다! 앞뒤가 사실대로 밝혀지기 전에는 누구에게도 함부로 죄를 물을 수는 없는 일!"

쇠돌이도 참지 못하고 외쳤다.

"이놈들아! 도단이는 천 형과는 둘도 없는 사이였다! 그런 도단이를 누가 죽였다고? 그것을 믿으라는 거냐?"

부루벼락도 머리끝까지 화가 치밀어 올라서 소리쳤다.

"내 생각도 같다! 도단이가 누구에게 죽었다면, 천 형은 세상 끝까지 가서라도 원수를 갚을 사람이다! 그런데 무슨…… 뭐? 입막음을 하려고 벗을 죽여? 이 개 같은 것들아! 네놈들은 풍백님과 사울아비 큰스승인 우리의 말은 개소리로 듣고, 저 종놈의 말은 맞다고 생각하는 거냐? 모조리 죽여……."

허나 반대편에도 기질이 강한 사람은 많았다.

"풍백님이나 너희를 무시하는 건 아니지만, 맞는 말을 하면 종놈의 말이라도 들어야 하는 것이고 틀린 말을 하면 풍백님의 말이라도 믿을 수 없다는 것 아니냐!"

비렴이 치우천의 편인 것은 사실이었으나 그는 여전히 공정한 마음을 가지고 일의 전모를 밝히려는 마음이었고 흘레부치의 증언은 그럴듯하면서도 약간은 앞뒤가 맞지 않고 뭔가 감춰진 듯한 불쾌함이 있었다. 사람들 사이에서 아우성이 끓자 이대로는 곤란해지겠다는 생각이 들었다. 한편으로 생각하니 흘레부치의 말이 진실이라면 나름대로 근거가 충분하기도 했다.

'내가 치우천 녀석의 편을 들고 있는 것은 아닌가? 아니, 나도 모르게 그렇게 행동하게 된 것은 아닐까? 그래서는 안 된다. 그 녀석이 마음에 든다 해도 나는 주신의 풍백이다. 항상 옳은 쪽을 따라야 하고, 거짓 없이 처신해야 한다. 정말 치우천이 이런 일을 저질렀다면 죗값을 치르게 해야 한다.'

그렇게 생각하자 마음이 아팠다. 치우천의 재능에 대한 아까움과 그를 좋아하는 마음, 거기에 이런 일을 무모하게 벌인 데 대한 배신감 같은 감정까지도 뒤섞여 어느 것이 자신의 진심인지 알 수 없었다. 가슴이 아파 왔다. 항상 당당하고 평정을 잃지 않던 비렴의 눈에 핏발이 서고 얼굴이 붉어졌으며 호흡이 거칠어졌다. 사방에 적이 쳐들어오고 신시에 난리가 나도 꿈쩍 않던 풍백 비렴의 얼굴이 이렇게 흥분과 참담한 고소(苦笑)로 가득 차오르는 것을 사람들은 처음 보았다. 이윽고 비렴은 웅혼하지만 공허한 목소리로 외쳤다.

"주신의 풍백, 비렴이 말한다! 집을 뒤져 보라!"

울라트, 알한, 무라 등은 소리를 지르며 안 된다고 앞을 막아섰지만 비렴의 번쩍이는 눈동자가 그들을 물러서게 했다.

"죄가 없으면 막아설 이유가 없다!"

부루벼락과 쇠돌이가 나서서 알한과 무라를 공손히 제지했다.

"비렴님이 잘 알아서 하실 거요. 할 수 없지 않소?"

부루벼락은 무심코 리미를 돌아보았다. 리미의 흉한 얼굴이 끔찍할 정도로 굳어 있고 이마에서는 땀이 비 오듯 흘렀다. 부루벼락이 군중에게 등을 돌린 채 쇠돌이에게 살짝 눈짓을 하자 쇠돌이가 리미를 말리려는 듯 앞으로 나서서 리미의 굳은 얼굴이 보이지 않게 몸으로 막았다. 부루벼락의 마음도 착잡해졌다.

'뭔가 있는 건가? 좋지 않은데?'

부루벼락은 리미의 굳어진 얼굴을 보고 가슴이 섬뜩해졌다. 의혹이 든 것이다. 만에 하나, 흘레부치의 말이 사실이라면 자신은 어떻게 해야 할까? 치우천을 죽여 도단이의 원수를 갚아야 하나? 순간적으로 든 생각에 그럴 리가 없다고 마음을 다잡으려 했지만 몸이 저절로 떨려 왔다.

그때 알한이 크게 소리쳤다.

"작은 주신의 알한이 말합니다. 이건 명예 문제입니다! 주신에 공이 많고도 많은 치우 집안에 사람들이 밀고 들어와 집을 뒤지다니요! 누가 이런 모욕을 참을 수 있습니까? 나는 그렇게 못합니다! 집 안으로 한 발자국이라도 들어온다면 나는 목숨을 걸고 몽둥이를 휘두를 것입니다. 경고했으니 머리가 깨지건 팔다리가 부러지건 알아서들 하십시오!"

알한은 커다란 몽둥이를 쥐고 바람 소리가 나도록 돌렸다. 울라트나무라, 도깨비들도 소리를 지르면서 무기를 뽑아 들었다. 허나 군중은 흥분한 상태였고 그들 중 많은 수가 사울아비였기 때문에 겁을 먹기커녕 똑같이 무기를 뽑아 들며 집 안으로 들어가려 했다. 비렴 또한 온몸에 기운을 북돋웠지만 그는 아직도 어떻게 해야 할지, 어느 편을 들어야 할지 갈피를 잡지 못하고 있었다. 그때 커다란 외침이 집 안쪽에서 울려 나왔다.

"물러나시오!"

그것은 바로 이제껏 자리에 누워 있던 치우우레의 목소리였다. 치우우레는 가쁜 숨을 헐떡이고 땀을 비 오듯 흘리면서 커다란 도끼를 어깨에 메고 천천히 걸어 나왔다. 주인과 수없는 싸움을 함께해 온 치우 집안의 구리도끼였으나 지금의 치우우레는 머리와 수염도 반 이상 하얗게 센데다가 수척해지고 기운도 없어져서, 도끼에 눌려 질질 끌고 오는 듯했다. 그는 있는 힘을 다해 소리를 쳤다.

"내 집에 아무나 드나들게 할 수는 없소! 나는 거짓을 말하지 않는 치우우레고, 이런 나의 집은 안파견 한님 때부터 주신을 섬긴 다섯 집안 중 하나요! 허락받지 않은 사람들이 아무나 들어올 수 있는 곳이 아니란 말이오!"

치우우레의 기력은 쇠약해졌지만 목소리는 여전히 크게 울려 퍼졌다. 치우우레는 비록 사울아비 큰스승으로 아주 높은 위치는 아니었지만 사울아비들, 그중에서도 특히 바깥사울아비들의 존경을 많이 받고 있었다. 그 때문에 그가 나타나자 군중들의 기세는 살짝 누그러들었다. 흘레부치가 말했다.

"치우우레님, 저희는 치우우레님을 해코지하려는 것이 아닙니다. 다만 고시울률님의 억울한 죽음을 밝히고 나아가서는 치우우레님에게 행여 따라붙을지 모르는 소문을 막으려는 것입니다."

"이렇게 난리를 피우면서 나를 위한다고? 그 따위 헛소리는 하지 마라!"

치우우레는 일갈했으나 흘레부치는 파고들었다.

"치우우레님, 이 일은 짚고 넘어가야 합니다. 고시울률님은 치우우레님의 마누라셨던 미리내님의 아비셨습니다. 치우우레님은 고시울률님의 사위이니 아들과 같으십니다. 그런 분이 싸움터도 아닌 곳에서 몸과 머리가 따로 떨어지셨고 머리는 찾을 수도 없습니다. 이렇게 명예롭지 못하게 돌아가셨으니 안파견 한님 곁으로 가지도 못할 것이고 고인돌을 세울 수도 없을 것입니다. 그분의 장례에 따라 묻힐 종도 나서지 않을 것입니다. 그것을 어찌하시겠습니까. 어떻게 외면하시겠습니까?"

치우우레는 얼굴이 해쓱해지면서 소리쳤다.

"흘레부치는 듣거라. 여기 모인 여러분도 들으시오. 나, 치우우레는 지금껏 주신과 한웅님을 위해 살았으며, 나면서 지금까지 단 한 번도 남을 속이거나 거짓을 말한 적이 없소. 더구나 고시울률님은 내 마누라의 아비셨소. 사이가 썩 좋지는 않았지만 나, 치우우레가 그런 것마저 잊을 사람은 아니오. 내 아들들도 마찬가지요! 내 자신 있게 말하건대 내 아들놈들은 고시울률님을 죽이지 않았소! 그날 큰놈인 희네는 아파서 누워 있었고, 작은놈 나래는 한웅님의 회의장에 나가 있었소! 그런데 더 무엇이 필요하다는 말이오?"

강직하기로 소문난 치우우레가 외치자 사람들도 수군거리며 망설이는 눈치였다. 흘레부치만은 순간적이나마 치우우레의 얼굴이 해쓱해졌던 것을 느낄 수 있었다. 비렴도 뭔가 느낀 것 같았으나 굳이 말을 하지 않는데 흘레부치는 집요하게 파고들었다.

"치우우레님이 거짓말을 하신다고는 아무도 믿지 않습니다. 치우천 치우비가 그날 다른 곳에 있었다는 것은 잘 압니다. 허나 그들이 다른 사람을 시켰다면 어쩌겠습니까?"

"그런 일은 없다! 내 아들들은 그러지 않았다!"

"그럼 다른 사람은 어떻습니까? 태산 회의 때 사귄 벗들은? 도깨비들은? 종들은? 집안사람들은? 안파견 한님과 한웅님의 이름을 걸고 맹세하실 수 있습니까?"

치우우레의 얼굴이 창백해졌고 곧이어 노한 호통이 터져 나왔다.

"나는 주신의 사울아비 큰스승 치우우레다! 네가 무엇인데 한낱 종놈이 나보고 맹세를 하라 말라 하느냐? 네놈을 죽여 버리고 말겠다!"

치우우레가 도끼를 휘두르며 금방이라도 흘레부치의 목을 쳐 버릴 듯 달려들었다. 흘레부치의 행동은 실로 도를 넘어선 것이었다. 치우우레가 당장 목을 쳐 버린다 해도 아무도 무어라 할 수 없을 만큼 주제넘은 짓이었다. 흘레부치를 따라온 사울아비들조차 화난 치우우레를 말릴 수 없었다. 그런데 치우우레의 도끼가 흘레부치의 목에 닿으려는 순간, 그의 도끼를 쳐서 튕겨 낸 사람이 있었다. 풍백 비렴이었다.

치우우레와 사람들은 깜짝 놀랐다. 비렴은 나직한 말투로 치우우레에게 물었다.

"풍백 비렴이 말하오. 이 종놈의 죄는 죽어 마땅하니 반드시 죗값을 치르게 하겠지만 아직 목을 칠 때는 아닙니다."

"풍백 어른! 왜 이러시는 것입니까?"

치우우레가 놀라 눈물이 날 것 같은 눈으로 바라보자 비렴은 잠시 숙연한 표정을 짓다가 눈을 이글이글 불태우듯 하며 말했다.

"나는 주신의 풍백이오. 치우씨 집안에 정도 있고……. 나도 몹시 괴롭지만 일은 사실대로 처리해야 하오. 나 또한 이 종놈의 말을 믿지 않았지만 지금은 생각이 조금 달라졌소."

"우리는 고시울률님의 죽음과는 아무 상관이 없습니다!"

"상관이 있다고는 하지 않았소. 허나, 내 보기에 치우우레님 당신은 뭔가 더 아는 게 있는 것 같습니다."

"나는 거짓말을 하지 않습니다!"

"거짓말을 한다는 것이 아니오. 당신은 뭔가…… 우리가 알지 못하는 무엇인가를 알고 있는 듯하구려. 그것을 말하셔야 하오. 풍백의 지위와 한웅님과 안파견 한님의 이름으로 말합니다. 치우우레님은 아는 바를 있는 대로 말하시오!"

치우우레의 얼굴이 하얗게 질리면서 이마에 땀이 송골송골 솟아났다. 그때까지 간신히 서 있던 리미는 눈앞이 캄캄해졌다. 그날 벌어진 일을 본 사람은 자기와 치우천뿐이라 생각했었다. 그날 벌어진 일을 치우우레도 들은 것이 아닐까? 그렇다면 치우우레는 어디까지 들은 것인가? 일은 어떻게 될 것인가?

'주인님은 이 일과 상관이 없다. 허나…… 아무도 그렇게 생각하지 않을 거다! 설마…… 설마 큰주인님께서 그런 말을 하실 리가 있을까? 자기 목숨보다 소중한 아들인데…… 설마…….'

평생 싸움터를 누비며 어떤 강적과 맞서거나 죽음이 코앞까지 닥쳐도 두려워하거나 겁낸 적이 없던 리미였으나, 지금 그의 두 다리는 부들부들 떨고 있었다. 사람들이 그의 굳은 얼굴을 보지 못하게 리미의 앞을 막고 서 있는 쇠돌이의 얼굴도 긴장되어 있었다. 알한, 무라, 울라트, 싱카, 마냥, 비렴, 흘레부치까지 모든 사람들의 눈과 귀가 치우우레를 향해 있었고 백 명 가깝게 몰려온 사울아비들이며 신시 사람들도 긴장으로 어깨를 떨었다. 얼굴색이 하얗게 변했던 치우우레는 고개를 숙이고 천천히 말했다. 어딘가 허탈함과 공허함이 가득 찬 목소리였다.

"나, 치우우레가 말하오. 우리는 안파견 한님을 모시고 그때부터 싸움터를 누벼 왔던 집안이오. 까마득한 옛날, 안파견 한님 때부터 우리 집안의 사람들은 나쁜 부족을 물리치고, 도적들을 물리치고, 괴물과 신수나 귀신 들과도 두려움 없이 싸워 왔소……."

"그런 이야기가 아니라……."

흘레부치가 따지고 들려 하자 비렴이 성난 얼굴로 쾅 발을 굴렀다.

"한마디라도 끼어드는 놈은 당장 죽여 버린다!"

비렴의 입에서 무시무시한 호통이 터졌고 몸에서는 엄청난 살기가 흘러나왔다. 비렴이 발을 구른 땅은 반 자 가까이 파였으며 주변의 땅마저 쩍쩍 갈라졌다. 무시무시하게 긴장된 듯한 비렴의 눈에는 의외로 한 줄기의 눈물이 흘러내렸다. 비렴은 조용히 말했다.

"치우우레님. 계속 말씀하시오."

치우우레는 고개를 숙인 채 움직이지도 않았다. 이제 더 이상 주변의 어떤 것에도 신경 쓰지 않는 듯했다. 그는 계속 말을 이어갔다.

"지금 신시에서도 아는 사람은 아주 적지만…… 옛날에 그런 공이 있었기에 안파견 한님께서는 자부 선인님의 힘을 빌리셔서 우리 집안에 한 가지 힘을 내려 주셨소."

비렴이 놀라며 말했다.

"그것을 쓰시려는 거요? 그건 아니 됩니다!"

치우우레는 비렴의 말을 듣지 못한 듯 계속 말했다.

"안파견 한님은 치우씨 집안사람들이 거짓을 말하지 않고, 주신을 위해 살 것을 알아주셨소. 허나 다른 사람들이 우리 집안을 알아주지 않고 믿지 않는 일도 있을 것이라 보셨소. 그래서 정말로 억울한 일이 생긴다면 치우씨 집안사람들은 자기가 태어난 다음 오직 한 번, 목숨을 거는 대신 그 힘을 보일 수 있는 거요. 거짓을 말하면 그 자리에서 죽을 것이고, 거짓이 아니라면 안파견 한님과 자부 선인의 힘이 기적을 보여 주실 거요……"

다른 사람들은 그런 신기한 일이 있다는 것을 모르고 있었지만 비렴만은 알고 있던 듯했다. 비렴은 치우우레를 말리려고 했다.

"치우우레님, 그 힘을 쓰는 것만으로도 당신은 너무 많은 것을 잃게 됩니다. 여러 천 년 치우 집안이 내려오면서도 그 힘을 쓴 사람이 별로 없는 것은 그 때문이었소! 누가 뭐래도 나는 치우우레님을 믿소! 그런 힘을 쓰지 않아도 나는 치우우레님의 말을 믿을 것이오!"

"비렴님……"

치우우레는 비로소 고개를 들어 미소를 지으며 비렴을 바라보았다. 허나 그 미소에는 슬픔이 가득했고, 눈에는 눈물이 가득했다.

"나는 거짓말을 한 적이 없소. 내가 할 수 있는 것은 이것뿐이오."

치우우레는 큰 소리로 처절하게 외쳤다.

"나, 치우우레가 말한다! 고시울률님을 죽인 것은 내 아들 치우천의 마누라인 소녀이다!"

팽팽했던 긴장의 끈이 풀렸다. 항상 침착했던 무라가 놀라 그 자리에 주저앉았다. 알한은 비틀하면서 몽둥이에 기대어 간신히 넘어지지 않았다. 미소가 넘치던 그의 얼굴은 흙색으로 변해 버렸다. 울라트는 기절해 버렸다. 리미는 주저앉아 늑대 같은 소리로 거칠게 외치며 울부짖었다. 그 소리를 알아들은 사람은 없었지만 리미가 태어난 부족의 말로 '제발 그만!'이라는 뜻이었다. 흘레부치나 다른 사람들은 멍하니 치우우레의 목소리를 듣고 있을 뿐이었다. 너무도 의외였고 충격이 커서 잠시 동안은 뭐라 말조차 할 수 없는 듯했다. 비렴은 얼굴이 파랗게 질리고 몸이 완전히 경직되어, 아예 그 자리에 굳어 버려 돌로 변한 것 같았다. 아주 짧은 순간이었는데도 몇 달은 지나간 것 같았다. 치우우레는 곧바로 외쳤다.

"그러나 그것은 그년이 내 아들, 치우천을 괴롭히려 저지른 짓이다! 그런 짓을 하고 죄를 덮어씌우려 했기에 내 아들은 까무러쳐서 지금도 깨어나지 못하고 있다! 그다음 그년은 사라져 버렸다! 이것이 진실이다! 죄를 물으려면 그년에게 물어야 한다! 내 아들이 아니다! 내 아들이 아니다!"

치우우레의 목소리는 점점 처절해졌으며, 마지막 외침은 제정신으로는 듣기 힘들 만큼 크고 몸서리쳐지는 울림을 담고 있었다. 치우우레는 왈칵 피를 토했다. 검은 피가 아니라 시뻘건 핏덩어리였다. 치우우레는 토해 낸 핏자국을 닦지도 않고 외쳤다.

"하늘이시여! 안파견 한님이시여! 나, 치우우레는 거짓말을 하지 않았습니다! 내 아들이 소중하지만, 내 아들이 잘못한 것이 아니기에! 나는 말할 수 있고 하늘에 빌 수 있습니다! 고시울률님을 죽인 것은 소녀입니다! 나는 그녀의 말소리를 들었고, 희네는 놀라 까무러쳤습니다. 내 아들들은 아무것도 모릅니다! 그것을 밝혀 주소서! 내 말에 거짓이 없다고 화답해 주소서!"

귀를 잡아 뜯는 치우우레의 처절한 목소리를 들으며 비렴은 꼿꼿하게 굳은 몸을 부르르 떨었다. 비렴의 부릅뜬 눈에서는 굵은 눈물이 하염없이 흘러내렸다. 치우우레는 다시 하늘을 우러러보며 외쳤다. 하늘을 향한 그의 외침은 모든 힘과 모든 기력을 일시에 터뜨리는 것이라 눈과 귀에서까지 피가 흘러내렸다.

"안파견 한님을 지켜 온 치우 집안의 이름으로! 세상을 뒤엎는 자부 선인의 주술로 외치니! 내 말에 거짓이 없다면! 눈으로 보게 하소서! 기적을 보이소서!"

치우우레가 말을 맺는 순간 거센 바람이 휘몰아치기 시작했다. 바람은 삽시간에 둥글게 말려 빙빙 돌면서 무서운 힘으로 주변의 것들을 빨아들였다.

나뭇잎과 흙먼지와 자갈들이 바람에 휘말려 하늘로 솟구치며 사람들까지 휩쓸어 버릴 듯했다. 사람들은 우르르 넘어졌지만 서로 잡고 당기며 간신히 버텼다. 휘몰아치는 바람은 온갖 것들을 빨아들이면서 거대한 소용돌이 형상이 되어 갔다. 눈에 보이지 않는 바람이 아니라 온갖 것들이 섞여 돌아가는 거무튀튀하고 거대한 깔때기 모양으로 변해 갔다. 소용돌이는 치우우레의 머리 위를 맴돌아 하늘 위로 솟구쳐 오르는 듯하더니 일순간에 벼락 치는 소리를 내면서 터져 나갔다. 벼락이 코앞에 때리는 것 같은지라 비렴과 치우우레만 빼고는 전부 놀라 그 자리에 넘어졌고, 몇몇 사람은 머리를 감싸며 땅에 얼굴을 박기도 했다. 누가 외쳤다.

"하늘이…… 붉어졌다!"

그 사람의 외침에 사람들은 하늘을 우러러보았다. 조금 전까지 파랗던 하늘이 순식간에 붉게 물들어 있었다. 모든 하늘이 붉어진 것이 아니라 그들의 머리 위의 하늘만 붉게 변한 것이다. 그것은 어떤 형상을 띠고 있었다.

"불까마귀다!"

"자오지다!"

주신 사람들이 숭배하는 안파견 한님의 사자인 불까마귀, 자오지의 형상이었다. 해 속에 살며 안파견 한님의 뜻을 보인다는 새, 솟대 위를 장식하고 있는 바로 그 새인 자오지의 형상이 파란 하늘 아래 붉은빛으로 나타난 것이다.

치우우레는 하늘에 나타난 형상을 올려다보고는 두 눈에서 피눈물을 흘리더니 털썩 자리에 주저앉아 가쁜 숨을 내쉬며 중얼거렸다.

"고맙습니다. 안파견 한님. 고맙습니다…….'

형상은 잠시 후에 사라졌지만 사람들은 넋을 잃은 듯 하늘을 바라보고 있었다. 비렴만이 하늘에 나타난 형상에서 곧 눈을 돌리고 치우우레에게 걸어갔다. 치우우레는 힘든 듯 헐떡거리다가 비렴을 올려다보았다.

"비렴님…….'

비렴은 양 눈에 눈물이 글썽한 채로 말했다.

"그럴 것까지는 없지 않았소? 그 힘은 목숨을 걸어야 쓸 수 있는 것인데. 하물며 당신은 몸이 안 좋아서…… 지금…… 지금 그런 힘을 쓰면…….'

"이러지 않고서는 방법이 없었습니다……. 저는…… 저는 거짓말을 할 수는 없었습니다…….'

울라트와 알한, 무라 등은 기적이 나타난 것을 기뻐했으나 치우우레가 걱정되었다. 치우우레를 큰주인으로 섬기던 도깨비들은 치우우레의 상태를 염려하여 그의 주변으로 모여들었다. 가늘게 헐떡이던 치우우레가 갑자기 눈빛을 빛내면서 리미를 불렀다.

"리미야."

"예. 큰주인님!"

리미는 곧장 그 자리에 엎드려서 머리를 숙였다.

"이제 내 말이 거짓이라 할 사람은 없을 것이니…… 고시울률님의 머리를…… 그분이 안파견 한님 곁으로 가실 수 있게……."

말을 마친 치우우레는 힘을 잃고 스르르 쓰러졌다. 비렴은 깜짝 놀라 치우우레의 어깨에 손을 대고 몸에 기를 불어넣었다. 그러나 치우우레는 눈을 뜨지 않았고, 최후로 한 번 깊은 숨을 내쉬고는 몸을 축 늘어뜨렸다. 세상을 떠난 것이다.

"큰주인님!"

리미가 통곡을 하자 다른 도깨비들도 목을 놓아 울기 시작했다. 치우우레는 도깨비에 불과한 그들에게도 잘해 주던 좋은 주인이라 정이 들었던 것이다. 리미와 개르는 엎드려서 눈물만 흘렸고 싱카는 눈물을 거두고는 기도를 올렸으며 마냥은 눈물을 줄줄 쏟으며 이상한 춤을 추었다. 그가 있던 부족에서 용사를 하늘나라 낙원으로 인도하는 의미를 지닌 춤이었다. 도깨비들의 울음소리가 들리자 울라트나 알한, 무라도 치우우레의 죽음을 깨닫고 놀라고 슬퍼했다. 쇠돌이와 부루벼락은 껴안고 울었다. 비렴도 양 눈에 눈물이 그렁그렁 맺힌 채 조용히 치우우레의 눈을 감겨 주었다. 높은 귀족은 아니었지만 주신에서 손꼽히는 사울아비였고 많은 사람들의 존경을 받았던 치우우레가 집안에서 전해지는 마지막 기적을 보이고 죽자 모여들었던 사울아비들은 물론, 신시 주민조차 숙연해졌다. 사울아비들 중 몇 사람은 가슴을 치며 눈물을 흘렸고,

또 몇몇은 흘레부치의 말만 성급히 믿고 이런 일이 벌어지게 된 것을 한탄했다. 그러나 한 사람, 흘레부치만은 타는 눈빛을 거두지 않았다.

"풍백님!"

흘레부치가 외치자 비렴은 눈물을 거두지 못한 채 그쪽을 돌아보며 말했다.

"아직도 할 말이 남아 있느냐?"

그의 말은 조용하고 말투는 점잖았지만 은연중에 사람을 위압하는 냉랭한 기운이 돌았다. 그러나 흘레부치는 움츠러들지 않고 말했다.

"치우우레님의 죽음은 저로서도 슬픈 일입니다. 퍽이나 안되었습니다. 저도 그분의 죽음에 책임을 느낍니다. 그렇지만 아직 두 가지 일이 남아 있습니다."

"뭐냐?"

"첫째로, 치우우레님은 마지막에 리미……라는 저 도깨비에게 고시울률님의 머리를 돌려주라고 한 것 같습니다만."

리미가 눈물이 펑펑 쏟아지는 눈으로 흘레부치를 잡아먹을 듯 쏘아보자 비렴이 한숨을 쉬며 말했다.

"그래. 고시울률님도 안됐지. 리미."

"도깨비 리미 듣고 있습니다."

"네가 그분의 머리가 묻힌 곳을 아느냐?"

리미는 눈물을 쏟으며 고개를 푹 숙였다.

"그렇습니다. 큰주인님이 말씀하셨으니 저도 말씀드립니다. 저는 그때 안주인님이 버리고 간 머리를 어쩔까 하다가 하도 놀라고 겁이 나서 뒷마당 나무 밑에 묻었습니다."

"어디냐?"

비렴이 몸을 일으켜 세우자 리미는 내키지 않는 듯 앞장서서 뒷마당을 향해 갔다. 홀레부치도 따라갔고 치우우레의 시신을 수습하러 간 울라트와 다른 세 명의 도깨비를 제외한 다른 사람들도 뒤를 따랐다. 리미는 한 나무 밑을 삽으로 한참 파고는 흙이 잔뜩 묻은 보따리를 꺼냈다. 묻힌 지 며칠이 지났기 때문에 악취가 심하게 났다. 쇠돌이와 부루벼락은 도단이를 죽인 것이 소녀라고 확인되자 눈물을 흘리고 이를 갈면서 복수를 다짐했다.

"겁이 나서 풀어 보지도 못했습니다. 밖에서 언뜻 듣기로는 고시울률님과 도단이님, 그리고 사울아비의 목이라 했던 것 같습니다."

리미가 기어들어 가는 목소리로 말하며 보따리를 건넸다. 홀레부치가 울면서 보따리에 달려들려 했지만 비렴이 제지했다. 비렴은 떨리는 손으로 보따리를 받아 천천히 끌러 보았다.

보따리 안에는 한참 썩은 세 개의 머리가 있었다. 많이 썩고 상하여 본래의 모습을 분간하기 어려울 정도였다. 사람들은 죽음을 코앞에서 보면서 살아왔기에 썩어 가는 머리를 보고도 눈을 돌리지는 않았다. 비렴은 세 개의 머리를 손으로 만져 보며 꼼꼼히 살폈다. 얼굴 윤곽으로 같은 사람인지 알아보려는 것이다. 한 개의 머리는 수염 없이 젊었고 머리를 틀어 묶은 모습이 박수의 형상을 했으니 도단이인 듯했다. 비렴은 썩은 얼굴을 꼼꼼히 만져서 자신이 기억하던 도단이의 얼굴과 일치하는지 확인했다. 그다음 머리는 사울아비의 머리 끈이 달려 있고 짧은 수염이 남아 있는 것으로 보아 부소길의 머리 같았다. 세 번째, 고시울률의 머리로 생각되는 머리는 다소 이상했다.

'왜 얼굴이 망가져 있을까?'

머리에 꽂힌 구슬이 박힌 금장식은 고시울률의 것이 틀림없었다. 수염이나 나이의 정도도 고시울률이 맞았다. 그런데 그 머리는 얼굴 전체가 뭔가 둔기에 맞은 것처럼 부서져 있었다.

"고시울률님의 얼굴이 원래 망가져 있었느냐?"

비렴이 리미에게 묻자 리미는 멍하니 비렴을 바라보며 대답했다.

"보따리를 풀어 본 적이 없어서 모르겠사옵니다. 저는 종놈에 불과하니 풀 수 없었고, 치우천님이 기절하실 때도 보따리는 여전히 묶인 채였습니다. 저는 그대로 갖다 묻기만 했습니다."

홀레부치는 비렴의 손에 들린 머리를 힐끗 보고서 머리 장식이며 머리 모양이 틀림없다고 그 자리에서 큰 소리로 목 놓아 울었다. 비렴은 멋쩍기도 하고 홀레부치가 안됐다는 생각도 들어서 고시울률의 머리를 넘겨주며 말했다.

"고시울률님의 머리를 되찾았으니 장례를 할 수 있을 것이다. 이제 돌아가도록 해라. 다 끝났다."

홀레부치는 울음을 멈추며 눈을 빛냈다.

"끝나다니요? 무엇이 끝났다는 말씀입니까?"

"하기는. 아직 소녀가 잡히지 않았지. 허나 그 여자는 이미 먼 곳으로 도망갔을 것이다. 어쨌든지 그녀를 찾는 것은 나에게 맡기거라."

비렴이 좋게 타일렀으나 홀레부치가 말했다.

"아직 안 됩니다. 이상한 것이 있습니다."

비렴은 홀레부치의 집요함에 화가 치밀어 올랐다.

"무엇이 부족하다는 게냐? 치우우레님이 목숨을 던지면서 하늘에 빌어 기적까지 보였는데도?"

"저도 믿고 싶었습니다. 허나 아직 이상한 것이 많습니다."

"뭐가 또 이상하다는 거냐?"

"치우우레님은 왜 돌아가셨습니까? 하늘이 기적을 보이셨지만 치우우레님의 말씀이 맞다면 돌아가시지 않아야 하는 것 아닙니까?"

비렴은 노해서 소리쳤다.

"치우씨 집안이 하늘에 비는 일은 목숨을 버릴 만큼 큰 힘이 드는 것이다! 하물며 몸이 온전하지 못한 치우우레님이 그런 기적을 불러 일으켰으니 남은 목숨이 다하는 것도 당연한 일이 아니냐?"

"물론 치우우레님은 죄가 없으시다는 걸 저 또한 믿나이다. 허나 치우천이 죄가 없는지는 아직 모르는 일입니다."

"치우우레님이 그렇게 빌지 않았느냐?"

"아닙니다. 치우우레님은 분명 치우우레님의 말에 거짓이 없으면 기적을 보여 달라 비셨습니다. 치우우레님은 바로 돌아가셨습니다. 이건 치우우레님의 말씀이 참일 수도 거짓일 수도 있다는 뜻이라고 저는 믿습니다."

비렴은 화가 치밀어 버럭 소리를 치려 하는데 누가 조용히 말했다.

"풍백님. 제 생각도 그러하옵니다."

비렴이 놀라 돌아보니 말을 한 사람은 다름 아닌 솟대 단군이었다. 비렴은 놀라 되물었다.

"솟대 단군. 무슨 말씀이시오?"

솟대 단군은 흰 수염을 쓰다듬으며 말했다.

"하늘에 자오지가 나타난 기적을 보고 놀라 달려왔소이다. 그리고 이제껏 이 광경을 지켜본 사람들에게 이야기를 들었소이다. 치우우레님이 거짓을 모르는 분이라는 걸 저도 압니다. 허나 치우우레님이 기적을 보이고 돌아가신 것은, 저 종 녀석의 말대로 두 가지 뜻이 있다고 생각됩니다."

비렴은 울화통을 터뜨렸다.

"치우우레님이 힘을 쏟아 기적을 보였으니 그분의 말에 거짓은 없는 것이오!"

"석연치가 않습니다. 정말 기적이 일어났다면 치우우레님이 바로 죽지는 않았을 것이라 저는 믿습니다만."

"그러면 방금 일어난 기적이 거짓이라는 말이오?"

"기적은 거짓이 아니지만, 그 안에 석연치 않은 것이 엮여 있다고 볼 수밖에 없소이다. 풍백님, 풍백님이 삼사의 웃뜸이고 저보다도 높으신 것은 압니다만…… 하늘의 기적을 풀어 말하는 것은 솟대 단군인 제 말을 믿으시는 게 어떨지요?"

비렴은 난처해졌다. 솟대 단군이 직접 나서서 풀이를 하는 이상 자신도 꼼짝없이 그 말을 따라야 했다. 흘레부치가 말했다.

"주인님을 해친 치우 집안은 죄가 큽니다. 기적을 보였다고 하나 죄를 씻을 수는 없습니다!"

그러자 지금껏 잠자코 있던 부루벼락이 소리를 질렀다.

"네놈은 머리가 쪼개지고 싶은 게로구나! 종놈이 못하는 소리가 없다니!"

부루벼락이 흘레부치의 머리를 향해 채찍을 던졌으나 흘레부치의 주위에 섰던 몇 명의 사울아비들이 무기를 내밀어 부루벼락의 채찍을 막았다. 부루벼락은 소리를 질렀다.

"네놈들은 뭐냐?"

사울아비들은 굽히지 않고 되받아쳤다.

"당신이야말로 사람을 죽여 입을 막으려는 거요?"

"다들 물러서라!"

솟대 단군이 중간에 끼어들자 부루벼락과 쇠돌이도 물러서지 않을 수 없었다. 솟대 단군은 비렴을 못 본 척하며 흘레부치를 향해 말했다.

"너는 무슨 소리를 하고 싶은 게냐? 말해 보아라."

흘레부치가 대답했다.

"솟대 단군님이 그렇게 풀이를 해 주시니 이놈은 뭐라 드릴 말씀이 없습니다만, 설령 치우우레님의 마지막 말씀이 틀리지 않다고 해도, 치우 집안은 죄를 씻을 수 없습니다. 소녀가 치우천의 마누라이기 때문입니다."

"무슨 소리냐?"

"비록 치우천이 모르고, 치우우레님이 모르고 있었다는 것은 기적을 보았으니 믿습니다. 허나 모른다 해서 죄가 없어지는 것입니까? 분명 소녀는 치우천의 마누라로 있으면서 그런 짓을 저질렀습니다. 감히 제가 할 말은 아니옵니다만, 고시울률님이 돌아가시고 일이 흐지부지되면 누가 가장 이득을 보옵니까? 치우천이 아니옵니까? 더구나 소녀는 사라지고 없습니다. 그러면 누구에게 죄를 묻습니까? 고시울률님이 흘린 피의 대가는 누가 치러야 합니까? 아비가 죄를 짓고 도망치면 자식이 죗값을 치러야 하고, 마누라가 죄를 짓고 도망치면 남편이 죄를 갚아야 하는 것 아닙니까? 무조건 도망만 치면 되는 것입니까? 죽은 사람의 원통함은 누가 대신 치른단 말입니까?"

흘레부치가 흥분하여 외치자 꿀 먹은 벙어리같이 입을 다물고 있던 사울아비 몇몇이 맞다고 외치기 시작했다. 비렴도 당황했다. 당시만 해도 한 사람의 죄는 가족까지 연루되는 것이 보통이었고 일반적인 일이었다. 한 사람의 배신이나 죄의 값을 물어 집안사람이나 부족이 죄를 치르게 하는 것을 당연하게 여겼다. 그러니 비록 치우우레가 기적으로 결백을 증명하기는 했어도, 벌을 받아야 마땅한 일이었다. 그러자 무라가 절망적으로 외쳤다.

"소녀는 그 일이 벌어지기 전부터 치우 집안사람이 아니었다! 고시울률님을 해치기 전에 집을 제 발로 뛰쳐나갔으니 아무런 상관이 없다!"

흘레부치는 코웃음을 치며 말했다.

"누가 보았고 누가 들었습니까? 치우 집안사람밖에 보지 못했겠지요? 이미 저 빨간 머리 도깨비 놈을 비롯해 치우 집안에 있던 사람들은 거짓말을 너무 많이 했습니다. 그 말을 어떻게 믿는단 말입니까?"

치우 쪽 사람들은 화가 나서 코로 연기가 솟구칠 지경인데 흘레부치는 또 덧붙였다.

"백 번을 물러서서 그 말이 맞다 해도 치우 집안의 죄는 여전히 남습니다. 정말 죄가 없다면, 고시울률님의 목을 보았을 때 바로 고했어야 합니다. 땅에 묻고 흐지부지하려 했으니, 그것 또한 큰 죄가 아닐 수 없습니다!"

그러자 리미가 눈물을 흘리면서 악을 썼다.

"그건 도깨비인 내가 한 짓이다! 주인님은 목을 보고 정신을 잃으셨기 때문에 이 바보 같은 나, 도깨비 리미가 어리석은 짓을 했을 뿐이다! 큰주인님도 작은주인님도 몸이 아프셔서 움직이지 못하신 것이니 죄가 없으시다! 죄를 따진다면 나, 도깨비 리미가 벌을 받아야 한다! 그러니 내 목을 베어 가시오! 주인님과 주인님 집안에는 죄가 없습니다!"

리미가 자기 팔에 달린 도끼로 자신의 목을 내려치려 하자 쇠돌이와 부루벼락이 결사적으로 붙들어 막았다. 리미는 엉엉 울면서 발악하여 죽으려 했다. 비록 도깨비였으나 그 처절한 모습에 사람들은 눈을 돌렸다. 흘레부치는 지지 않고 악을 썼다.

"우리 주인님 고시울률님이야말로 주신의 높고도 높으신 분이셨는데 이렇게 머리가 떨어졌습니다! 그것을 갚아 주지 않는다면, 주신이 어찌 바른 부족이라 할 수 있겠습니까? 비렴님! 치우 집안의 죄는 크고도 큽니다! 그것을 덮어 버릴 것입니까? 주신에는 법도 없습니까?"

비렴은 틀렸다는 듯 눈을 감아 버렸다. 치우천이나 치우우레에게 죄가 있다고는 생각지 않았다. 그렇지만 이렇게까지 된 마당에 죄를 묻지 않을 수 없었다. 치우 집안의 죄를 밝힐 증거는 계속 나오고 있었지만 그것을 뒤집을 증거를 보일 수 없다면…….

치우 쪽의 사람들은 비렴만을 뚫어지게 바라보았고, 솟대 단군과 흘레 부치도 눈을 부릅뜨고 있었다. 다른 사울아비들도 비렴을 보며 외쳤다.

"법대로 하십시오! 법대로 하십시오!"

비렴은 마침내 고개를 푹 숙이며 말했다.

"하늘이 기적을 보였는데도 이래야 한단 말인가?"

솟대 단군이 조용하지만 속을 찌르듯 대꾸했다.

"기적의 풀이가 잘못된 것 같다고 제가 솟대 단군으로서 말씀을 드렸습니다."

솟대 단군은 하늘에 제사를 지내는 사람이고 신시에서도 존경받는 인물이었다. 그런 사람이 나타나 말을 하니 사울아비들은 흥분하여 왁 자지껄하게 떠들어 대기 시작했다. 급기야는 흥분하여 당장이라도 비렴이 있건 말건 치우천의 집으로 밀고 들어가 치우천을 때려죽이기라도 할 것 같은 기세였다.

비렴은 고개를 숙인 채 바위처럼 움직이지 않았다. 마침내 비렴의 입에서 깊은 한숨과 함께 돌이킬 수 없는 말이 떨어졌다.

"풍백 비렴이 말한다. 여기 있는 사울아비들은…… 치우천을…… 묶어라."

부루벼락의 눈이 튀어나올 것처럼 두드러지며 삽시간에 시뻘겋게 충혈되었다.

"비렴님!"

부루벼락이 소리치자 비렴은 언성을 높였다.

"내 말을 듣지 못했느냐!"

부루벼락은 얼굴을 시뻘겋게 물들이며 입을 반쯤 벌린 채 웅얼거렸다. 말을 하고 싶은데 말이 되어 나오지 않았다. 되레 쇠돌이가 먼저 울부짖었다.

"비렴님! 그건…… 그건 무슨 법이래유!"

비렴은 호통을 쳤다.

"주신의 법이지 무슨 법이냐!"

알한이 앞으로 나섰다. 그는 습관처럼 미소를 띠려 했지만 얼굴이 경
직되어 기이하게 뒤틀려 보였고 탄탄한 전신은 탈진한 것처럼 부들부
들 떨고 있었다.

"작…… 작은 주신의 알한이 말합니다……. 죄를 묻는다면 소녀라
는 여자에게 물으셔야 합니다. 그 여자를 잡아야 모든 것이 밝혀질 것입
니다. 그것이 순서 아닙니까?"

그 말을 듣고 솟대 단군이 수염을 쓰다듬으며 말했다.

"죄를 물을 사람이 도망쳐 없고 그 죄인이 가족이오. 소녀라는 아낙
이 머리를 들고 집에 돌아왔는데도 붙잡지 않고 순순히 보내지 않았소?
저 도깨비는 몹시 세다던데 그런 여자 하나 당하지 못했단 말인가?"

리미는 주저앉아 머리를 땅에 쾅쾅 찧으며 울음 섞인 소리로 크게 외
쳤다.

"저 같은 도깨비 종놈이 안주인이었던 분을 어떻게 막는단 말입니
까? 사이가 갈라져 뛰쳐나가셨다 한들 종놈 주제에 어떻게 손을 댄단
말입니까? 주인님이 정신을 잃으신 판에 다른 무엇이 보이겠습니까?
주신 사람들은 주인을 그렇게 모신단 말입니까?"

리미는 하늘을 보고 큰 소리로 울음을 터뜨리며 소리쳤다.

"머리를 숨긴 게 죄라면 저를 잡아 죽이십시오! 바보 같고 어리석은
도깨비인 제가 생각이 모자라 벌인 일이니 저를 죽이면 될 것 아닙니
까?"

솟대 단군은 침착하고도 냉정하게 리미의 말을 끊었다.

"그렇게 간단한 일이 아니다. 네깟 도깨비 놈 목의 값어치가 고시울 률님만 하다 생각하는 거냐? 이 일은 뒤가 이어져 있는지, 아닌지 알아보지 않으면 안 되는 일이란 말이다!"

비렴은 무섭게 울화통을 내며 소리쳤다.

"부루벼락! 쇠돌이! 이놈들 무엇 하는 거냐!"

비렴이 다그치자 부루벼락과 쇠돌이는 동시에 땅에 주저앉아 울면서 소리쳤다.

"못합니다! 비렴님. 천 형은 죄가 없습니다! 저희가 목을 걸겠습니다. 다시 생각하소서!"

"명령도 따르지 않으면서 네놈들이 사울아비 스승이라는 게냐! 네 이놈들!"

비렴이 발을 구르는 사이 사울아비들이 와하면서 덮쳐들려고 했다. 알한과 무라 등이 이를 악물면서 앞을 막아섰고 다른 도깨비들과 치우 집안의 종들도 싸움에 끼어들 태세였다. 비렴이 눈에 불꽃을 튀기면서 외쳤다.

"조용히 하라! 내 앞에서 싸움을 벌이겠다는 거냐!"

"비렴님!"

부루벼락과 쇠돌이 등이 비렴에게 매달리려 했다. 순간 부루벼락은 비렴과 눈이 마주쳤다. 비렴은 노하여 눈에서 불이 펄펄 끓는 것 같아 보였지만 한편으로는 부루벼락에게 눈짓을 하고 있었다. 쇠돌이는 우느라고 그것을 보지 못했으나 부루벼락은 곧 깨달을 수 있었다.

'그렇구나! 여기서 그냥 두었다가는 싸움이 나고, 자칫하면 천 형을 지키지 못할지도 모른다. 솟대 단군이 나선 이상 비렴님도 편을 들어 줄 수 없다. 비렴님은 그를 지켜 주려는 것일지도.'

그렇게 생각하자 부루벼락은 능청스레 쇠돌이의 옆구리를 꾹 찌르며 되레 우는 시늉을 하며 일어섰다.

"비렴님…… 비렴님…… 정말…… 이러시면 안 됩니다만…… 저 사울아비 스승 부루벼락, 명령을 받들겠사옵니다."

쇠돌이는 펄쩍 뛸 듯 부루벼락을 바라보는데, 부루벼락이 쇠돌이의 발을 꾹 밟았다. 그러자 쇠돌이도 깨닫는 게 있는 듯 히죽 미소를 지으려 했다. 그것을 보고 부루벼락은 누가 볼까 싶어서 다시 한번 쇠돌이의 발을 세게 밟았다. 아픔으로 쇠돌이의 얼굴이 찌푸려지자 부루벼락이 물었다.

"어디로 잡아가나이까?"

비렴은 말했다.

"한웅님의 집으로 간다. 이 일은 한웅님의 마누라님과 의논할 수밖에 없는 것이니."

비렴의 의도를 확인한 부루벼락은 능청스레 말했다.

"그러면 저희가 직접 데려가게 하소서."

그때 솟대 단군이 끼어들며 말했다.

"자네들을 못 믿는 것은 아니지만, 자네들은 방금까지 목을 내놓고 치우천을 풀어 주려던 사람들이니 남들이 믿지 않을 것일세."

부루벼락은 속으로 솟대 단군에게 갖은 욕을 퍼부었다. 하늘 제사를 받드는 솟대 단군을 속으로나마 욕을 한 것은 제멋대로 살아가는 부루벼락으로서도 처음 있는 일이었다.

"사울아비 스승, 부루벼락이 말합니다. 저도 사울아비인 이상, 맡은 일은 할 줄 압니다."

부루벼락이 항의했지만 솟대 단군은 웃으며 말했다.

"내 자네들을 믿지 못하는 것이 아니라 다른 사람들도 많은데 굳이 나설 필요는 없다고 말하는 거야."

부루벼락은 더 견디지 못하고 외쳤다.

"그럼 저놈들에게 데려가라고 하실 겁니까? 천 형은 몸이 약한데다 아파서 눈도 뜨지 못하고 있소! 저놈들이 끌고 가다 실수하는 척 땅에 팽개치기라도 하면 죽어 버릴 수도 있단 말입니다!"

흘레부치와 사울아비들 쪽에서 욕이 나왔다.

"죄지은 놈을 잡아가는 것이지 손님을 모시는 것이 아니다! 은근슬쩍 놓아주는 것보다야 낫지!"

"죄 없는 놈이면 안파견 한님이 보살펴 주실 것인데 네놈이 뭘 걱정이냐!"

분위기가 다시 흉흉해지려 하자 비렴이 나섰다.

"내 직접 끌고 가겠다! 아무도 나서지 말라!"

"하오나……."

숫대 단군이 끼어들려 하자 비렴은 무섭게 싸늘한 눈으로 숫대 단군을 보며 말했다.

"단군께서도 더 나서실 일이 아니오."

그 눈에 서린 증오감은 비렴이 숫대 단군에게 보내는 경계와 의혹의 감정을 그대로 보여 주고 있었다. 숫대 단군도 만만찮게 웃으며 말했다.

"이러한 큰일에다가 하늘에 자오지가 보이는 기적까지 보였는데 단군인 제가 말하지 않으면 누가 말하겠습니까?"

비렴도 바보가 아니었다. 숫대 단군은 고시율률과 가깝던 사람이다. 흘레부치가 앞장서기는 했지만 숫대 단군이 치우우레의 기적이라는 변수가 보이자마자 너무도 적절한 순간에 달려왔고, 준비라도 한 것처럼 기적에 대해 딴죽을 걸었다는 사실이 의심스러웠다.

'이건, 뭔가 있다. 아주 의심스럽다.'

비렴도 의혹은 떨치지 못하고 있었으나 진상이 무엇인지 짐작조차 할 수 없었다. 허나 지금 할 수 있는 일은 치우천을 안전하게 한웅의 집까지 데리고 가는 일이었다. 여기까지 온 이상 죄가 없다고만 주장할 수는 없었다.

'적어도 이 녀석이 정신을 차리면 방도가 생길 것이다. 그때까지 천 녀석이 죽지나 않게 하는 것밖에는……. 만의 하나 이놈이 죄가 있다면…… 아깝지만 용서할 수 없는 일이고…….'

비렴은 속으로 결심하고 있었다. 비렴은 솟대 단군에게 쐐기를 박듯 말했다.

"주신의 풍백 비렴이 말하오. 내가 치우천을 잡아갈 것이오. 그러니 솟대 단군님이나 누구도 나서지 마시기 바라오."

무라가 비렴의 앞을 막아섰다.

"안 됩니다!"

알한도 무라의 옆에 섰다.

"죄송합니다만, 비렴님. 그렇게 하실 수는 없습니다."

비렴이 말했다.

"너희 마음은 알지만 어쩔 수 없다."

무라가 뭐라 말하려는데 알한이 먼저 말했다.

"저는 물러설 수 없습니다. 작은 주신의 알한이지만, 저는 투르크의 전사이기도 합니다. 투르크의 전사는 물러서지 않습니다."

비렴은 화를 내지 않고 타이르듯 말했다.

"자네들은 나를 막을 수 없다네."

무라는 입을 다물고 보통 때의 차가운 자세로 돌아왔다. 그녀의 꽉 쥔 양 주먹에서 보이지 않는 기운이 무럭무럭 솟구치는 것 같았다. 작지만 다부진 알한의 몸 근육도 무섭게 터져 나갈 듯 팽창했다. 비렴은 긴장도 하지 않은 듯 말했다.

"나는 전쟁에 나갈 만큼 힘을 오래 쓸 수는 없네. 허나 주신의 풍백에게 전해지는 주술의 힘은 긴 시간이 아니라면 아무도 당할 수 없네. 안파견 한님 이래로 모든 풍백들은 그 힘으로 한웅님을 지켜 왔다네. 자네들이 다치는 것을 원치 않으니 물러서게."

알한은 눈물을 살짝 흘리면서도 밝게 웃으며 말했다.

"벗이 나에게 몸을 맡겼는데, 다칠까 봐 물러서다뇨. 차라리 죽여 주십쇼. 비렴님. 그래야 저세상에 가서 벗을 볼 낯이라도 서지 않겠습니까?"

비렴이 무겁게 한숨을 쉬는데 무라의 모습이 휙 하고 사라졌다. 무라의 빠른 몸놀림은 당할 자가 없는 경지에 도달해 있었다. 무라의 모습은 보이지도 않았다. 그와 동시에 비렴의 몸 오른편에 흙먼지가 퍼퍼퍽 피어오르면서 땅에 몇 개의 구멍이 뚫렸다. 비렴은 고개도 돌리지 않고 천천히 왼손을 들었다. 손에는 무라의 팔목이 잡혀 있었다. 돌과도 같은 무라의 표정은 변하지 않았지만 흰 얼굴이 더욱 해쓱하게 변해 있었다. 비렴은 힘을 쓰는 것 같지 않았지만 무라의 손목은 꼼짝도 하지 않았다. 무라는 몸을 뒤틀면서 비렴의 목덜미를 치려 했지만 비렴이 손목을 쥔 손가락에 약간 힘을 가하자 무라는 허리가 펄쩍 뒤로 꺾이며 진저리를 치듯 몸을 부들부들 떨었다. 비렴이 무라의 몸길을 제압하고 힘을 흘려 넣었던 것이다. 이를 본 알한이 몽둥이를 휘두르며 비렴에게 달려드는데, 비렴은 이번에는 오른손을 내뻗었다. 알한은 몽둥이로 비렴의 손을 걸어 내며 몽둥이의 반대쪽 끝으로 비렴을 올려치려고 했지만 비렴의 손이 닿자마자 저항할 수 없는 힘에 뒤로 밀려나 버렸다.

우당탕 소리와 함께 태산 회의의 몽둥이 실력 두 번째인 알한의 몸은 부러진 몽둥이와 함께 뒹굴며 마당 저편의 나무 밑으로 처박혀 버렸다. 비렴의 왼손에 잡혀 있는 무라는 무서울 정도로 몸을 퍼들퍼들 떨며 완전 맥을 놓은 듯 늘어졌지만 피가 날 정도로 입술을 깨물고 비명 소리만은 내지 않았다. 가장 믿고 있고 누구에게도 뒤지지 않던 두 명의 용사가 단숨에 제압되자 리미와 마냥 등 도깨비들도 비명 같은 함성을 지르면서 달려들려고 했다. 비렴이 입을 열어 크게 고함을 쳤다. 무서운 바람이 비렴의 입 바람을 따라오듯 비렴의 뒤에서부터 몰아쳐 흙먼지와 잔돌을 휘날려 도깨비들을 쓸어버렸다. 바람에 눈도 못 뜬 종들과 도깨비들이 먼저 뒤로 밀려 나뒹굴고, 마침내는 리미와 마냥마저도 뒤로 자빠지면서 저만치로 밀려났다. 무서운 술법이고 위력이었다. 비렴이 상상할 수 없는 힘을 보이자 사울아비들은 물론 흘레부치나 솟대 단군마저도 입을 딱 벌린 채 보고만 있었다. 한순간에 불과했지만 비렴의 얼굴에는 땀이 솟아오르고 호흡이 가빠졌다. 비렴은 무라를 내려놓고는 말했다.

"이제 더 이상 막지 말라."

그러면서 비렴이 안으로 발을 들이려는 순간 허공에서 깔깔거리는 웃음소리가 들려왔다. 괴이하고 흉측한 목소리라 비렴이나 솟대 단군 등은 놀라 하늘을 올려다보았다. 검은 그림자 하나가 훌쩍 치우천의 집 안에서 날아왔다.

"히히히. 풍백 어르신. 주신 풍백의 기술은 대단하구먼. 그런데 그런 걸 쓰면 목숨 깎아 먹는다는 건 모르냐?"

온통 시커멓고 때가 전 옷을 걸치고 헝클어진 흰머리에 구멍이 파인 것 같은 퀭한 눈을 지닌 사람은 바로 비울걸이었다. 그는 어느 틈에 집 안에 들어갔다가 나타난 것인지, 품에 치우천을 안고 있었으며 몸 주변에는 시커먼 검은 그림자 같은 기류들이 소용돌이처럼 맴돌고 있었다.

"네놈은 뭐냐?"

비울걸에게 풍기는 귀기를 가장 먼저 느낀 것은 솟대 단군이었다. 그는 이때까지의 온화한 표정을 싹 거둔 채 번득이는 눈초리를 하고는 앞으로 나섰다.

"사람 같지 않은 귀신 놈이 신시 안에 있다니!"

비울걸은 킬킬거리며 웃었다.

"기왕이면 귀신 닮은 사람 놈이라 해 주면 고맙겠는데 말야, 솟대 단군 나으리. 히히히. 거, 아무리 신시 안이라지만 말이 지나쳐. 타타르의 도깨비 왕이라면 제아무리 단군이라도 조금은 접어주고 들어가야 하는 거 아닌가?"

"그 정도 되니 신시 안에 들어올 수 있었겠지만 네가 누구건 귀신의 기운이 신시 안에 설치게 둘 수는 없다."

솟대 단군은 평소 보이는 조용한 인상이 아니라 잘 벼려 번뜩거리는 구리칼 같은 기세를 보이고 있었다. 원래 귀신, 도깨비를 상대하는 것이 단군의 주된 일 중 하나이기도 했기 때문에 당연한 반응이었을지도 모른다.

비렴은 의외의 말을 했다.

"만나 보고 싶었는데, 당신이 비울걸이오?"

비울걸은 무섭게 길고 때가 낀 손톱을 세워 공중에 빙빙 동그라미를 그리며 비웃듯 말했다.

"풍백 어르신이 나를 만나고 싶었다니 놀랍구려. 만나 보니 보기 좋으시오? 잘생겼지? 히히히."

비렴은 화를 내지 않고 말했다.

"치우천 옆에 도깨비를 부리는 주신 사람이 있다고 들었소. 하지만 그 사람은 주신 사람들을 만나려 하지 않았소. 만나 보고 싶었소."

비울걸은 킥킥 웃으며 말했다.

"잡소리 집어치우고 얼른들 비켜. 나는 요 녀석에게 받을 빚이 있어.

요놈은 내가 잡아먹을 놈이라구. 그러니 다치기 전에 다들 꺼지시지. 풍백이고 나발이고 나는 안 봐줘."

"저런 미친놈!"

솟대 단군은 비울걸의 욕설을 듣고 크게 화를 내며 허공에 휙휙 도안을 그렸다. 글자 주술을 쓰는 것이다. 정작 욕을 먹은 비렴은 조용히 말했다.

"당신의 이름이 비울걸이고 주신 사람이라면 비씨 집안사람 아니오? 나는 한 사람을 기억하오. 어릴 때 본 사람이지만 말이오."

히히덕거리던 비울걸의 표정이 조금 경직됐지만 곧 큰 소리로 웃었다.

"난 비씨가 아니라 비울씨인걸? 히히히. 미안하지만 잘못 짚었다."

비렴은 단호하게 자기 말만 계속 이어갔다.

"세상에 주신 사람으로 도깨비와 친하고 도깨비를 다루던 사람이 여럿 있다고는 믿지 못하겠소. 내가 알던 그 형도 그러했고. 융, 당신은 융 형님이 아니시오?"

비울걸은 크게 웃었다.

"이런 미친놈을 보았나? 나만 미친 줄 알았더니 더 미친 놈도 있네. 내가 몇 살로 보이느냐, 이놈아. 네 할애비면 할애비지 형이라니? 나를 물 먹이려는 것이냐? 히히히."

누가 보아도 비렴은 중년의 정정한 나이이고 비울걸은 폭삭 늙어 죽을 날만 기다리는 추레한 노인의 모습이었다. 비렴은 진중하게 말했다.

"겉모습이 모든 것을 말해 준다고는 믿은 적이 없소. 주신 사람이고, 도깨비와 친해 마음대로 부리며, 비씨 성을 가지고 항상 웃고 장난치는 것을 즐기오. 그런 사람은 융 형님 외에는 없소. 형님은 나보다 세 살 위이고, 어릴 적부터 나와 함께 놀며 열 살 넘어서까지 함께 컸소. 집안에서 도깨비 피붙이가 나왔다고 미움받고 도깨비가 자꾸 찾아오자 혼자 집을 나서서 그다음에는 죽었는지 살았는지 알 수 없었으나, 나는 이날 이제껏 그 형님을 잊은 적이 없었소."

"이 미친놈아. 나는 벌써 이백마흔네 살이야! 나보고 형님이라 하려면 이백 년은 먼저 났어야지!"

비울걸이 웃지 않고 악을 썼지만 비렴은 고개를 저었다.

"도깨비와 함께 지내면 그 기운이 섞여서 겉모습이 늙어 버릴 수도 있다고 알고 있소. 당신은 작은 주신 사람이 되기로 했다고 들었는데, 내 말이 틀렸다면 왜 항상 주신 사람을 피하면서 만나지 않는 거요? 그리고 방금 내가 쓴 풍백의 주술은 비씨나 치우씨 같은 풍백 집안사람이 아니면 알아보지도 못했을 것인데, 쓰면 살날이 줄어든다는 것까지 어떻게 알고 있는 거요?"

숫대 단군도 눈을 가늘게 뜨며 말했다.

"풍백께서는 정말…… 저 사람이 비울이라는 거요? 신시에서 도깨비 떼를 몰고 나갔다고 전해지는……?"

"미친놈들이 사람을 가지고 노는군! 나는 비울씨이지 비씨가 아니고, 이백마흔두 살을 먹은 늙은이야!"

비렴은 조용하지만 날카롭게 말했다.

"언제 두 살이 줄어들었소?"

비울걸은 움찔했지만 곧바로 외쳤다.

"너도 나만큼 살아 봐. 두 살 정도는 까먹고 살게 된다. 네놈들, 나를 놓고 이러쿵저러쿵하지 마라. 타타르의 도깨비 왕인 이 비울걸님은 가고 싶으면 가고, 오고 싶으면 오는 분이시다. 주신의 풍백이고 숫대 단군이라고 나를 우습게보면 큰코다친단 말씀이야. 어쨌든 나는 간다. 이놈은 내 거란 말야."

비렴은 정색을 했다.

"오랫동안 찾던 분을 이렇게 뵈어 다행입니다만, 그 아이는 데려가실 수 없습니다."

비울걸은 호호호 웃으며 무섭게 인상을 썼다.

"내 맘이다."

그 순간, 하늘에서 벌 떼 같은 그림자들이 무수하게 쏟아져 내리듯 사람들을 덮치기 시작했다. 비울걸이 부리는 도깨비였다. 온갖 흉악한 형상을 지닌 도깨비들이 무리를 지어 쏟아지듯 떨어져 내리자 두려움을 잘 모르는 사울아비들도 고함을 치며 겁을 먹었다. 솟대 단군은 침착하게 외쳤다.

"다 헛것이니 싸우려 들지 말고 이리로 들어오시오!"

솟대 단군이 손을 펴서 춤이라도 추듯 허공에 커다랗게 글자 주술을 펼치자 실제로 느껴지지는 않지만 바람과도 같고 빛살과도 같은 회오리가 일어나며 도깨비들을 밀어내기 시작했다. 사울아비들은 와 소리를 내며 빛의 회오리 안으로 몸을 피했다. 비울걸은 코웃음을 치면서 발로 땅을 두 번 굴렀다. 그러자 발밑의 땅이 갈라지고 흙덩어리가 분수처럼 솟구치면서 거대한 두 개의 사람 형상이 나타났다. 비울걸이 땅도깨비를 불러낸 것이다.

"이것도 헛것인지 보자!"

비울걸이 미친 듯 웃으며 발을 쾅쾅 구르자 사람 키의 두 배도 넘는 땅도깨비들이 커다랗게 포효하며 비렴과 솟대 단군을 향해 덮쳐 들어 갔다. 과거 지나족과의 싸움 때 위의 패잔병을 쓸어버린 도깨비였다. 비렴은 얼굴빛도 바꾸지 않고 양 주먹을 쥐더니 땅도깨비를 향해 힘껏 내뻗었다. 주먹이 닿지도 않았는데 땅도깨비의 몸에 두 개의 구멍이 펑펑 뚫려 버렸다. 땅도깨비는 찢어지는 비명을 지르며 주먹으로 비렴을 치려 했지만 비렴은 자세를 흐트러뜨리지도 않고 점잖게 도깨비의 공격을 피했다. 그와 더불어 다른 사울아비들도 다른 한 마리의 땅도깨비와 붙어 싸우고 있었다. 솟대 단군이 빛 무리를 발해서 그들을 보호해 주고 땅도깨비를 약화시켰기에 그들도 겁을 먹거나 밀리지 않았다. 도깨비와 치우 집안의 종 들은 땅도깨비에 놀라기도 하고 어찌해야 할 바를 몰라 우왕좌왕하고 있었다. 치우천의 집은 거대한 격돌에 휘말려 순식간에 찌그러지며 여기저기 무너져 가기 시작했다.

비렴에게 몸길을 잡혀 쓰러졌던 무라가 몸을 일으켰다. 그녀가 고개를 들자 그녀의 머리 곁으로 비울걸의 눈알도깨비 하나가 바짝 붙어 떠들어 댔다.

"빨리 와라, 빨리!"

무라는 처음에 얼굴 옆에 바싹 붙어 있는 눈알도깨비를 보고 깜짝 놀랐으나, 그 목소리가 비울걸의 것임을 깨달았다. 비울걸은 계속 떠들어 댔다.

"치우천 놈을 죽일 셈이냐? 힘들어 죽겠다! 빨리 이놈을 데리고 도망쳐라! 어서!"

무라가 의아해하자 비울걸은 빠르게 떠들어 댔다.

"내가 정말 풍백하고 솟대 단군을 이길 것 같으냐? 둘 중 한 놈도 힘들어! 더구나 여기는 내가 제일 힘쓰기 힘든 신시야, 신시! 매달리는 것도 오래는 못한다. 빨리 이놈을 데리고 가서 어떻게든 살려 보라구!"

그제야 무라는 정신을 차리고 몸을 벌떡 일으켰다. 비렴에게 당한 몸길이 여전히 저릿하고 고통이 심했으나 비렴에게 무라를 해칠 의도는 없었기에 무사했다. 무라는 비울걸에게 달려가 굳은 얼굴로 고개를 숙이고는 치우천을 받아 안아들었다. 그때 무라는 비울걸의 퀭한 시체 같은 눈에 어린 눈물을 보았다.

"어서 가라! 어서! 비렴 저놈은 피도 눈물도 없는 놈이라 이대로 죄를 쓰면 이놈은 죽는다. 어서 살려라! 어서!"

무라는 입술을 깨물고는 몸을 날렸다. 비렴은 치우천을 안고 달리는 무라를 놓치지 않았다.

"이게 무슨 짓이냐? 도망칠 수 있을 것 같냐?"

비렴이 화를 내며 양손을 허공에 빠르게 교차시키며 무엇을 뭉치는 동작을 취하자 무서운 기세를 보이던 땅도깨비가 움찔했다. 그러더니 땅도깨비의 거대한 두 개의 팔이 순식간에 뭉그러지면서 땅에 떨어졌다. 땅도깨비와 심령이 통하는 비울걸은 엄청난 고통을 느끼면서 울컥 피를 쏟고 땅에 털썩 주저앉았다. 땅도깨비가 멈칫하는 순간 비렴은 땅을 살폈다. 그는 땅에 있는 돌을 쥐려다가 멈칫하고 생각을 바꿔 흙을 한 덩이 쥔 다음 달아나는 무라의 등을 향해 던졌다. 비렴의 기운이 뭉쳐진 흙덩이는 쏜살같이 날아가서 정통으로 무라의 등을 맞혔다. 무라는 허리가 꺾이는 통증을 느끼면서 앞으로 쓰러졌다. 쓰러지는 순간 주먹으로 땅을 후려쳐서 치우천의 몸이 땅에 팽개쳐지는 것만은 막았다. 무라가 헐떡이는 차에 비렴은 두 번째 흙덩이를 집어서 던졌다. 그 찰나 누가 몸을 던지며 뛰어들었다. 작은 키의 그 사람은 비렴의 흙덩어리에 맞고 사정없이 땅에 처박혀 입으로 피를 토해 냈다. 비렴이 무라를 죽이려 던진 것은 아니었지만, 너무 가까이서 맞았기에 큰 상처를 입은 것이다. 울라트였다.

비렴은 멍한 표정을 지었다. 울라트는 많이 컸지만 앳된 티가 채 가시지 않은 여자아이인데다 무기를 든 전사도 아니었다. 그런 아이를 맞혀 피를 토하게 만들었다는 것이 비렴의 마음을 아프게 했다. 비렴은 평생에 걸쳐 무기를 들지 않은 여자를 해치거나 때린 적이 없었다. 하물며……. 비렴이 멍해 있는 사이 울라트는 입으로 피를 주룩 흘리면서도 무라에게 악을 썼다.

"빨리 가요!"

무라는 이를 악물고 일어나 달리기 시작했다. 이전만큼 빨리 뛸 수는 없었다. 울라트가 넘어지자 울라트를 따르던 도깨비들은 흥분하며 그제야 사울아비들을 향해 달려들기 시작했다. 울라트가 외쳤다.

"주신 사람들을 해치면 안 돼! 그보다…… 빨리 가……. 무라 언니를 도와……. 그래서……."

울라트는 말을 하다 말고 정신을 잃고는 고개를 땅에 박았다. 도깨비들은 무라를 따라 달리기 시작했다.

그 모습을 본 비렴은 하늘을 보면서 통탄했다.

"왜…… 왜 이래야 하는 것이냐!"

비렴이 통탄하는 사이 땅도깨비가 등 뒤에서 덮치려고 했다. 비렴은 온몸에 힘을 주며 무서운 기운을 발했다. 비렴이 땅을 휩쓸듯 팔을 휘젓자 아까보다도 훨씬 무서운 바람이 갑자기 생겨나면서 순식간에 회오리를 일으켰다. 무시무시한 바람에 비렴의 뒤를 덮치려던 땅도깨비가 휘말렸다. 땅도깨비는 비명을 지르며 순식간에 바람에 휘말려 처참하게 부서져 버리고 말았다. 솟대 단군과 사울아비들을 상대하던 다른 땅도깨비도 비렴에게 덤벼들었으나 무시무시한 삭풍에 휘말려 순식간에 박살이 나 버리고 말았다. 그러자 솟대 단군과 흘레부치, 사울아비들은 멈칫하더니 곧바로 무라의 뒤를 따라 달려가기 시작했다. 부루벼락, 쇠돌이도 그들을 따라 달려가고, 그제야 간신히 일어난 알한과 남은 종들도 뒤를 따라 달려갔다.

잠시 후 바람이 잦아들고 주변에 자욱이 휘날리던 흙먼지가 가시자, 엉망진창이 된 몰골로 입가에 피를 흘리고 쓰러져 있는 비울걸이 보였다. 땅도깨비들을 무리하게 부른데다 도깨비들이 박살 나자 자신도 심한 충격을 피할 수 없었던 것이다. 땅에 엎어져 정신을 잃고 있는 울라트도 보였다. 비렴이 돌아보니 비렴을 따라온 사울아비들은 그들을 따라가지 않고 있었다. 비렴은 한숨을 쉬고는 사울아비들에게 말했다.

"이 사람들이 주신의 법을 거역하여 치우천을 도망치게 했으니 별수없다. 묶어라."

울라트는 정신을 잃은 상태였고 비울걸은 히히히 하고 혼자 웃을 뿐 묶이면서도 저항하지 않았다. 다만 그를 묶은 사울아비들은 그의 몸에서 풍기는 퀴퀴한 악취에 질려 눈살을 찌푸렸다. 비울걸은 탈진했는지 순순히 묶이면서 비렴에게 씹어뱉듯 외쳤다.

"치우씨를 잡아 묶으면서 치우씨의 바람 주술을 쓰다니. 비렴, 네놈은 치우 집안에 창피하지도 않으냐? 내 도깨비들이 훨씬 낫다!"

비렴은 치우천과 그를 쫓는 사울아비들이 사라진 쪽을 보며 비울걸에게 말했다.

"도깨비 따위가 신시에서 활개 칠 수는 없소."

비울걸은 헐떡이면서도 비웃듯 말했다.

"글자 주술로 빽빽이 덮어 씌워진 신시라서 그렇지, 타타르나 몽골의 사막에서 나를 만났다면 이야기가 달라졌을 거다."

"그래서 신시에서는 안 된다는 말이오. 당신이야말로 신시에서 도깨비를 꺼내는 무리는 하지 않는 것이 좋았을 텐데."

비렴이 말하자 비울걸은 웃으며 말했다.

"그래도 그놈은 도망쳤다. 너는 못 따라갔지. 그러니 내가 이긴 거다. 재미있었냐? 히히히."

"도망을 친다면 어디로 치겠소?"

비렴은 서글픈 듯 웃어 보였다. 비울걸은 신경질을 내며 말했다.

"그래! 말은 그렇게 하겠지만 나는 안다! 제길! 그래서 네놈도 안 따라간 거지? 못 따라간 게 아니고."

비렴은 대답하지 않았다. 그러자 비울걸은 말했다.

"젠장. 네놈은 네가 천을 데려가면 어떻게 될 거라고 생각하는 모양인데, 그래선 절대 천 녀석을 살리지 못해. 그걸 몰라서 그러냐?"

비렴은 그제야 조용히 말했다.

"주신이 위험할 수도 있지만…… 천을 잃는 건 견디기 힘드오. 그래도 주신의 법이 더 중요하오."

비울걸은 화를 냈다.

"저 꽉 막힌 놈! 어릴 때랑 똑같다니까!"

비렴은 비울걸을 바라보았다. 비울걸은 자신이 실수했다고 생각한 듯 말꼬리를 돌렸다.

"제길. 한번 보면 어릴 때까지 다 짚어 낼 수 있는 게 이 도깨비왕의 신통력이니라. 모르느냐?"

비렴은 웃지도 않고 슬프게 말했다.

"아오."

부하들이 자신을 묶자 비울걸은 비렴에게 슬쩍 말했다.

"제발 나 같은 건 잊어버려라. 비융이란 놈은 죽어 버렸어. 늙어 빠진 도깨비 왕 비울걸이 있을 뿐이다. 알겠어? 너야 원래 그런 놈이니 알아듣겠지? 어차피 신시에서 한탕 치르고 잡혔는데 살아날 방법도 없으니 덜 아프게 죽여 주면 고맙겠다만. 히히히."

이상한 눈치를 느낀 비렴의 부하 한 명이 비렴에게 넌지시 물었다.

"정중하게 모실까요?"

비렴은 정색을 했다.

"신시 안에서 도깨비를 불러 죄인을 도망시킨 죄인이다! 똑같이 다뤄라!"

비울걸이 비틀거리면서 여전히 히히 웃으며 끌려 나가자 비렴은 남몰래 이를 악물면서 발로 땅을 찼다. 비렴의 발끝에 차인 땅은 그의 비통함을 대신하는 듯 세 치 깊이로 푹 꺼져 버렸다. 한동안 우우우 몸을 떨던 비렴은 부하들을 향해 명령했다.

"풍백 비렴이 말한다. 나, 풍백 비렴은 죄인을 잡다가 마음이 흔들려 죄인을 잡을 수 있음에도 일부러 잡지 않고 놓아주는 죄를 저질렀다. 그러니 나도 묶어라."

비렴의 부하들은 깜짝 놀랐지만 눈빛을 보고는 덜덜 떨며 다가와 비렴의 몸을 묶었다. 비울걸은 피식 어이없다는 듯 웃다가 씁쓸히 고개를 저었다. 비렴의 부하들은 비렴이 무슨 말을 하더라도 반드시 실행하고, 그래야만 한다는 것을 잘 알고 있었다. 한 부하가 다가와 울음을 터뜨릴 듯 더듬거리며 말했다.

"풍백님……."

허나 비렴은 한 치의 감정도 없는 듯 냉정하게 말했다.

"나도 죄인이다! 똑같이 다뤄라!"

치우비와 형천

지극히 잘 다스려지는 시대는 이웃 나라와 서로 마주 보이고,
닭과 개 짖는 소리가 서로 들릴 정도이며,
백성은 자신이 가진 음식을 달게 먹고 그들의 의복을 아름답게 여기며,
풍속을 편하게 생각해 자신이 하는 일을 즐거워하고,
늙어 죽을 때까지 서로 왕래하지 않는다.
— 노자(老子), 『도덕경(道德經)』에서

준비도 갖추지 못한 상태에서 신시를 떠난 치우비의 군대는 열흘 넘게 천천히 말을 달렸다. 팔백 명밖에 되지 않는 적은 숫자라서 행군 속도는 빨랐다. 원래대로라면 닷새도 걸리지 않았을 테지만 치우비는 서두르지 말라고 명령했다.

"우리가 출발하지 않았다면 몰라도 이미 떠난 이상 유망은 기다립니다. 그러니 천천히 가도 됩니다. 아니, 천천히 가야 시간을 법니다."

치우비는 가는 도중 몇몇 치우우레의 부하였던 나이 든 사울아비들을 남겨 패잔한 마갸르족의 부족장들을 만나 지원군을 얻어 보도록 했다. 올지 안 올지 불확실했지만 만에 하나를 대비해 사람을 보내지 않을 수 없었다. 치우비의 생각으로 각지에 나간 사람들이 소식을 전하는 데에는 최소한 열흘에서 한 달까지 걸릴 것이었다.

말을 잘 달리는 빠른 사람들을 보냈지만 그 정도 시간은 걸릴 수밖에 없었다. 마갸르족이 그나마 가까울 것이고, 그다음은 미아우나 키탄, 타타르, 몽골 순으로 도착할 것이다. 그들이 지원 부대를 보낸다 해도 군

대를 편성하는 데 시간이 걸릴 것이며 많은 숫자가 움직이므로 행군 속도는 더 느릴 것이다. 아무리 빨라도 가장 가까운 마갸르족이 오는 데보름 정도, 가장 먼 몽골족이 오려면 빨라도 두 달은 걸릴 것 같았다. 사실상 치우비는 자신의 부대를 도울 원군을 바라는 마음이 아니었다. 만에 하나 자신이 잘못될 경우 그들이 주신의 지원군이 되어 주기를 바랄뿐이었다.

만주 지방의 넓은 벌판이 끝나 가고 드문드문 산봉우리와 비탈이 들어선 헐벗은 땅에 다다르자 치우비는 군대를 멈춰 세우고 치우광을 불렀다. 치우광은 초췌해진 치우비의 얼굴을 힐끗 훑어보며 대답했다.

"사울아비 큰스승 치우광 여기 있습니다."

"이틀만 더 가면 대나무골이다. 여기서부터는 산비탈도 많고, 유망의 군대가 숨어 있을지도 모르니 믿을 만한 사울아비들을 보내 앞길을 터라."

"예."

"부소다솔님."

"사울아비 큰스승 부소다솔이오."

겁 많은 부소다솔이 맥없이 응답했다. 부소다솔은 치우비의 아저씨뻘이었지만 치우비가 웃뜸사울아비인데다 대장인지라 공적인 자리에서는 말을 높였다. 치우비는 그에게 식량과 장비의 점검을 명했다. 부소다솔은 패기 있는 모습은 아니되 우물거리면서도 계산과 준비만은 철저하게 했다. 부소다솔은 치우비에게 말했다.

"급히 오느라…… 그리 많은 준비를 하지 못했습니다만 사람 수가적으니 염려할 것은 없습니다."

치우비는 다행이라 생각했다.

그런데 부소다솔은 의외의 말을 덧붙였다.

"우리가 먹고 쓸 것은 문제가 없습니다만 다른 부족에서 지원군을 보낸다면 어떨까 싶습니다. 그들은 우리를 돕는 것이니 우리가 준비를 해야 하는데 말이죠."

"그들도 준비하지 않겠습니까?"

부소다솔은 고개를 저었다.

"물론 그렇습니다만 이번 경우는 우리가 도와 달라고 하는 겁니다. 분명 올 수 있으면 가능한 한 빨리 와 달라 말씀을 전했겠지요?"

"예."

"그렇다면 그들도 거치적거리는 짐을 짊어지고 오지는 않는다 봐야겠지요. 말을 타고 달려오는 데 소를 같이 뛰게 하며 끌고 오거나, 물주머니를 잔뜩 싣고 올 수는 없지 않겠습니까? 이번 같은 경우는 여기까지 도착할 때까지 먹을 것조차 무거워서 버리고 달려올 것 같은데요. 허허. 저는 그들이 배를 주린 채 도착해서 오자마자 물과 먹을 것부터 찾으리라 생각되는군요."

치우비는 무심코 고개를 끄덕였다. 치우비가 싸움에서는 강자였지만 이런 세세한 일까지 신경을 쓰지는 못했다. 부소다솔은 뭔가 생각하느라 손가락을 접었다 폈다 하면서 중얼거렸다.

"먀갸르와 미아우가 많이 보낸다면 삼천씩에 아흐레, 가장 적게 느리게 보낸다면 천씩에 열엿새. 키탄은 이천에 열아흐레 아니면 오천에 열이틀…… 타타르가……."

부소다솔은 한참이나 군사의 숫자와 그들이 도착할 날짜 등을 낱낱이 계산하여 머리를 굴리고 있었다. 치우비는 이것도 어려운 일이구나 싶어 말했다.

"알아서 잘해 주십시오."

부소다솔은 고개를 저었다.

"알아서 하긴 하지만 중요한 것은 웃뜸사울아비께서 정해야 합니다. 적게 준비할 것인지 많이 준비할 것인지, 아니면 중간으로 준비할 것인지 말입니다."

"예? 많이 준비해 두는 것이 좋지 않습니까?"

"꼭 좋은 것만은 아닙니다. 많이 준비하려면 그만큼 많은 물건을 바꾸어야 합니다. 많은 물건을 준비하는 데는 오래 걸리고, 쌓아 두고 지키기도 어려우며, 운반하기도 힘듭니다. 여차할 때 물러서게 된다면 적에게 빼앗길 수도 있구요."

"그렇다면 중간 정도로 준비해야 할 것 같습니다."

부소다솔은 침통하게 말했다.

"그렇다면 이백 명은 내주셔야 합니다."

치우비는 의아해했다.

"팔백 명밖에 없는데 이백 명이나 필요합니까?"

"많이 준비한다면 육백 명은 물건을 구하고 운반해야 합니다. 중간으로 한다면 적어도 이백 명은 필요하고, 적게 준비한다 해도 칠십 명은 있어야 할 겁니다. 제가 그런 일을 잘하는 사람을 백 명 정도 알고 왔으니 그런 겁니다. 그 사람들은 이 근처 사는 사람들이지만 제가 장사를 하게 해 주면 도와줄 겁니다."

싸움도 중요하지만 싸울 준비를 하는 일도 못지않게 중요하다는 것을 치우비는 새삼 깨달았다. 그런데 한 가지가 궁금해졌다.

"이 근처는 사람 사는 부족도 적어 많은 물건을 구하기가 쉽지 않을 것 같습니다만."

"물건은 끝없이 준비되어 있습니다. 나르기만 하면 됩니다."

"내 눈에는 왜 하나도 보이지 않지요?"

치우비가 석연찮다는 눈빛을 띠자 부소다솔이 머뭇거리며 말했다.

"왜…… 거 있잖습니까. 전에 잠깐 본 적 있는 서쪽에서 온 뚱보 상인 말입니다. 오다가 그 사람을 만났었습니다."

"시기르타 말씀이군요."

"예. 그 사람이 어떻게 알았는지 중간에 우리를 찾아왔습니다. 물건 걱정은 말라고 하더군요. 이미 준비해 두었고 계속 보내 준다고 말입니다."

"시기르타가 어느새…… 나도 만나고 갈 것이지……."

"바빠서 일 이야기만 하고 갔습니다. 나중에 또 올 것이니 그때 만나시면 됩니다."

치우비가 기뻐서 웃음을 보이자 부소다솔도 히죽 웃으며 치우비에게 살짝 귓속말을 했다. 부소다솔은 치우비의 아버지 치우우레의 부하이자 친구이기도 했으므로 치우비에게는 사실 아저씨 같은 사람이었다. 그러니 공식적으로는 말을 높였지만 사석에서는 그러지 않았다.

"비야, 네 형이 미리 준비했던 거란다. 형이 쓰러지기 전에 당부했다는구나. 자기가 몸이 아파 못 갈지도 모르지만 대나무골에는 너라도 반드시 갈 것이니 신경 써 달라고 말이다. 희네가 앞을 내다본 거지."

'형님이……'

기쁜 일이었지만 형 생각이 나자 치우비는 가슴이 저려 왔다. 발도 생각났다. 전신을 고통과 무력감이 감쌌다. 치우비는 기억을 꾹 눌러 담으려는 듯 한참 동안이나 고개를 숙인 채 말을 잇지 못하다가 이윽고 목소리를 높여 즐거운 듯 말했다.

"내일 회의를 해야겠습니다. 오늘은 좀 생각해 보겠습니다."

부소다솔은 걱정스러운 표정으로 장막을 나섰다.

'어딘가 비답지 않아. 걱정이다, 정말…….'

다음 날이 되자 치우비는 아침 일찍 회의를 열었다. 회의라고 해 봐야 치우비, 치우광과 부소다솔, 그 밖에 몇몇 사울아비 스승이 전부인 작은 회의였다. 사람들이 모이자 치우비가 말했다.

"여기, 대나무골은 남쪽과 서쪽을 잇는 중요한 길목에 있습니다. 따라서 여기는 반드시 손에 넣어야 남쪽의 미아우족과 서쪽의 키탄, 마갸르족이 주신과 이어질 수 있습니다. 형님…… 아니, 치우천님은 반드시 이곳을 되찾으라고 했습니다. 유망도 그것을 알기에 여기를 점령한 뒤에 움직이지 않고 있는 겁니다. 그러니 대나무골을 되찾을 수 있도록 여러분들의 좋은 생각을 부탁드립니다."

먼저 치우광이 말했다.

"사울아비 큰스승 치우광이 말합니다. 지나족은 말을 타는 사람이 거의 없고 활이 우리 것보다 훨씬 덜 나갑니다. 말 탄 부하들로 빠르게 활을 쏘며 적을 흩뜨리면 수가 많다고 해도 겁낼 것이 없겠지요."

치우광은 한마디를 더 보탰다.

"그런데…… 대나무골 동쪽, 판천이라는 곳에 유망이 성을 쌓는다고 들었습니다. 대나무골을 점령한 지 꽤 지났으니, 유망이 성을 다 쌓았을지도 모릅니다. 말 탄 부대는 성을 공격하기가 힘듭니다."

부소다솔이 말했다.

"사울아비 큰스승 부소다솔이 말하오. 성이 문제가 아닙니다. 대나무골은 산으로 둘러싸여 있고, 그 가운데 아주 좋은 평평한 땅과 강도 있소. 유망이 대나무골 한복판에 성을 쌓지 않고 주신에서 대나무골로 들어가는 길목인 판천에 성을 쌓은 것은 길목을 막자는 뜻이오. 그러니 우리는 산길을 넘어 뒤를 치는 것이 어떻겠소?"

그럴 법한 의견이었지만 치우비는 고개를 저었다.

"우리는 숫자가 적으니 산을 넘어 뒤를 치기는 힘듭니다. 앞을 맞아 지키면서 시간을 끌어야 합니다."

치우광이 다시 말했다.

"지나족은 숫자가 몇십천이라 하니 먹을 것이 문제일 것입니다. 산속에 두었을 리는 없으니 판천성이라도 쌓아 두었겠지요. 저에게 사울아비 오십 명만 주시면 산과 성벽을 넘어 그곳을 덮쳐 볼까 합니다만."

치우비는 역시 고개를 저었다.

"그것으로는 안 돼. 유망과 형천 등은 먹을 것 때문에 당한 적이 있어. 그렇게 허술하게 해 두었을 리가 없어."

"성을 쌓아도 공상 같은 돌벽을 쌓지는 못했을 겁니다. 잘해야 나무 울타리나 흙을 둘러쌓은 정도일 테죠. 그것이라면 충분히 상대할 수 있습니다."

치우광이 혈기를 이기지 못하는 듯 말했지만 부소다솔도 고개를 저었다.

"그쪽은 형천도 있고, 축융도 있을 겁니다. 유망도 절대 얕볼 수 없는 사람이라고 했고."

그러자 사울아비 스승 한 명이 말했다.

"우리도 그들에게 그리 뒤질 것은 없습니다만 축융은 조심해야 할 것 같습니다. 우리 쪽에는 주술사가 없습니다. 축융의 불 주술을 조심해야겠지요."

부소다솔이 중얼거렸다.

"축융은 전에 부달에게 칼을 맞았을 텐데 죽거나 다쳐 못 나오지 않았을까?"

"축융이 죽었다면 소문이 났겠죠."

치우비가 심드렁하게 되받자 치우광이 말했다.

"전에 들으니 대나무골이 물바다가 되었다는데, 문제가 되지는 않을까요?

그 말에는 부소다솔이 웃으며 말했다.

"대나무골에는 원래 한가운데 강이 흘러서 여름만 되면 물이 넘친다. 물바다를 만들었다 해도 날이 꽤 지났으니 거의 다 빠졌을 테지."

뾰족한 수 없이 이런저런 평범한 이야기를 하고 있는데, 전방을 살피러 보냈던 치우광의 정찰대가 돌아왔다는 보고가 들어왔다. 생각보다 빨리 돌아온 터라 사람들이 의아해했는데, 그들의 입에서 나온 이야기가 놀라웠다.

"대나무골 안으로는 들어갈 수도 없었습니다. 대나무골 안은 물과 진흙 뻘창으로 꽉 차서 도저히 말을 달릴 수 없었습니다! 달리기커녕 발이 빠져 말을 타고 들어갈 수도 없어 내려서 끌어야 했습니다."

"말이 못 달릴 정도란 말이냐?"

치우광이 되묻자 정찰대는 고개를 숙이며 말했다.

"대나무골은 물 천지입니다. 말이 아니라 배를 타야 할 정도입니다."

치우광은 놀라서 외쳤다.

"대나무골은 나도 가 보았지만, 부근에 강이 흐르기는 해도 전부 물로 찰 것 같지는 않았는데!"

부소다솔도 눈을 크게 뜨고 말했다.

"대나무골이 물바다가 되었다고 들은 지 꽤 되었는데 빠지지도 않는단 말이냐? 어떻게 대나무골이 아직도 물과 뻘창으로 찼다는 거냐? 유망이 무슨 수를 쓴 거지? 주술이 아닐까?"

부소다솔이 두려운 듯 말하자 치우비가 고개를 저었다.

"그럴 리가요. 유망이 장난을 친 것 같습니다. 강의 물길을 퍼뜨린 거겠죠."

치우광이 한숨을 내쉬었다.

"장난 정도가 아닙니다. 우리 멱을 잡은 거예요. 대나무골이 뻘창이 되었다면…… 어떻게 말을 몰고 간단 말입니까? 그런 데서 달리다간 말들이 넘어져 다리가 부러질 겁니다."

치우비의 안색이 해쓱해졌다. 부소다솔도 난감한 표정이 되어 중얼거렸다.

"말을 못 타게 된다면 주신 군대의 위력은 반도 안 남게 됩니다."

안 그래도 부족한 병력에 강대한 적, 거기에 기마 부대의 장점마저도 없어진다면 이 싸움은 지독하게 어려워질 것이 뻔했다. 마음의 고통을 억지로 감추고 있는 치우비의 얼굴은 더욱 찌푸려졌다.

"그래, 왔느냐?"

유망은 만족스럽다는 듯 웃었다. 전갈을 지니고 온 전령은 유망의 변덕스러운 반응에 어깨를 움츠리고 그의 눈치를 살피며 이마의 땀을 살짝 닦았다.

"몇이나 왔지? 응?"

"숫자는 다 합해서 천 명 남짓……. 그것도 안 되는 것 같습니다만……."

유망은 살짝 미간을 찌푸렸다가 큰 소리로 웃었다.

"천? 그래, 겨우 천이란 말이지? 제길, 너무 좋아서 기분이 더러워지는군."

유망은 상소리를 하다가 전령에게 물었다.

"앞장선 대장은 누구야?"

"치우비와 치우광이라고 합니다."

치우비라는 말에 짧지만 일순간 부족장들 얼굴에서 경직의 빛이 보였다. 단 한 사람, 형천만은 입꼬리를 말아 올리며 웃음을 지었다. 전령은 분위기가 변한 것이 자기 탓이기라도 한 것처럼 몸을 움츠리며 덧붙였다.

"주신에서부터 그렇게 떠났다고 합니다. 아마도 사방에서 군대를 끌어들이려는 모양입니다만…… 워낙 적은 숫자라서 단숨에 밟아 버릴 수 있을 것 같습니다……."

전령은 자기도 모르게 흥분하여 말을 하다가 아차 싶어 입을 다물었다. 고작 전령 주제에 이렇게 끼어드는 것을 유망이 얼마나 싫어하는지 비로소 생각났기 때문이다. 유망은 곱지 않은 얼굴로 그를 바라볼 뿐 뭐라고 말하지 않았다. 그러자 전령은 등에 땀이 솟아 저절로 넙죽 엎드렸다.

"주제넘게 나섰습니다! 죽여 주십시오!"

유망은 표정 변화 없이 내뱉듯 말했다.

"죽고 싶은 거야?"

"죽을죄를 지었습니다!"

"무슨 죄를 지었는데? 네가 보고 온 게 거짓이었어?"

"아…… 아닙니다!"

"근데 왜 죽여? 귀찮다. 내가 그렇게 한가한 줄 아느냐? 너 같은 놈 일일이 죽여 주게? 죽고 싶으면 나가서 죽든지, 아니면 죽을 각오로 싸우든지 햇!"

유망이 마지막 말을 하며 크게 호통을 치자 전령은 목이 붙어 있는 것이 신기하고 한편으로는 다행이라는 듯 고개만 계속 조아렸다.

유망은 혼잣말처럼 중얼거렸다.

"천 명? 천 명? 치우천! 네놈은 여전히 자신만만하구나!"

치우천이라는 말이 나오자 전령은 입을 닫고 살짝 옆으로 시선을 돌렸다. 말하기가 겁나는 것 같았다. 그러자 옆에 태산같이 무겁게 서 있던 형천이 작게 헛기침을 하며 말했다.

"대인족 형천이 말씀드립니다. 치우천은 오지 않았습니다."

유망은 웃음을 멈추고 의아하다는 듯 형천을 바라보았다.

"안 왔다고?"

"예. 치우천이 아니라 아우 치우비만 온 모양입니다."

"전사들을 더 모아서 오려는 걸까?"

"아닙니다. 치우천은 신시에서 나오지 않은 것 같습니다. 그들이 지나간 길마다 사람을 풀었지만, 치우천은 신시에서 나가지 않았다고 합니다."

"하하…… 하하하……."

유망은 작으면서도 앙칼지고 음침한 웃음을 흘렸다. 웃음소리는 자신의 마음속을 쥐어짜는 것 같았다. 주변에 늘어서 있던 심복들은 반사적으로 몸을 움츠렸다. 이럴 때의 유망은 위험했다.

"그 정도로 나를 얕보는가!"

유망이 크게 소리치며 앞에 놓인 나무 탁자를 주먹으로 내리쳤다. 탁자는 단번에 부서지며 바닥에 처박혔다. 자주 있는 일이기에 유망의 심복들은 놀라지도 않았다. 어디로 튈지 모르는 변덕이 불안할 뿐이었다. 형천이 한 발 더 앞으로 나오며 말했다.

"치우천을 꺼리는 것은 그의 머리 때문입니다. 머리가 오지 않는 것은 우리나 그놈, 모두에게 좋은 일입니다."

"뭐가 좋아?"

유망이 눈을 희번덕거렸으나 형천은 침착하게 말했다.

"머리가 딸리지 않은 곰 같은 아우 녀석 정도는 간단히 뭉갤 수 있으니 우리에게 좋은 것이고, 그놈은 잘난 머리가 떨어지지 않으니 좋은 것이겠지요. 놈이 꼬리를 말았는데 염제 신농께서 아쉬워하실 것은 없습니다."

형천은 특히 '염제 신농'이라는 말에 힘을 주었다. 부서진 탁자 조각을 움켜쥐고 휘두르기 직전이던 유망은 웃으며 나무토막을 등 뒤로 장난하듯 던졌다. 나무토막은 유망이 쥐었던 손 모양대로 찌그러져 있었다.

　"그런 건가, 형천? 놈이 꼬리를 내린 건가?"

　형천은 눈을 빛내며 천천히, 무겁게 말했다.

　"그렇습니다. 그놈도 결국 쥐새끼였습니다. 염제 신농께서 신경 쓰실 것 없습니다."

　"그래…… 그렇군. 그렇게 생각해야 하는 건가……."

　유망은 중얼거렸다. 그러다가 쾌활하게 웃으며 말했다.

　"이봐들, 그런데 무엇 하고 있는 거야? 주신 놈들이 왔다지 않은가? 준비한 대로 맞이해 줘야 할 것 아니야? 응?"

　유망의 심복들은 일제히 고개를 숙이며 말했다.

　"염제 신농께서 명령해 주십시오!"

　유망은 픽, 코웃음 비슷하게 웃으며 정색을 했다.

　"형천!"

　"예!"

　형천이 든든하게 대답하자 유망은 빠르지만 엄숙하게 말했다.

　"자네는 오천 명을 데리고 주신족의 부대 실력을 알아볼 겸 먼저 나가라. 뭐, 한 번에 무너뜨릴 수도 있겠지만 굳이 땀 흘릴 것은 없다. 놈들을 끌고 와서 우리가 준비한 것을 보여 주기만 해도 된다. 어차피 이긴 것, 서두르지는 마라. 알았나?"

　"예!"

　형천이 대답하자 유망은 즉시 외쳤다.

　"축융!"

　"예……."

축융이 음산한 목소리로 대답하자 유망은 물 흐르듯 유연하게 말했다.

"축융은 진 앞에서 기다리다가 주신 놈들이 몰려오면 준비한 것을 보여 줘라. 다 죽여도 좋겠지만 일단은 맛만 보여 준다. 알았지?"

"예······."

유망은 다른 부족장과 대장 들에게도 도도하면서도 빈틈없이 전략을 지시했다. 목소리에는 자신감이 넘쳤고 거역할 수 없는 위엄이 있었다. 이럴 때의 유망은 누구라도 감탄할 수밖에 없을 만큼 재치가 넘치고 비범했다. 변덕스럽고 종잡을 수 없는 성격이지만 심복인 부족장들이 그를 떠나지 않는 큰 이유 중의 하나였다. 축융은 비대한 몸을 느릿느릿하게 움직이며 나가다가 전령에게 슬쩍 물었다.

"주신에서 어떤 놈들이 왔는지는 아냐?"

"대장들 말입니까?"

"그래. 그중 얼굴이 타 버렸거나 얼굴에 헝겊을 감은 독한 녀석이 있었나?"

전령은 잠시 생각하다가 고개를 저었다.

"그런 녀석 이야기는 없었던 듯합니다."

"그런가······."

축융은 알듯 모를 듯 한숨을 내쉬고는 자기 자리로 가서 섰다. 유망은 열세 명의 대장과 부족장에게 지시를 내린 뒤 마지막으로 정리하듯 외쳤다.

"때가 되었다! 우리는 충분히 힘을 모았고, 충분히 준비했다! 지난번 실수를 열 배 스무 배로 되갚을 때가 온 것이다! 건방진 주신 놈들과 쓰레기 마갸르 놈들을 쳐 죽이고, 대장 놈들의 해골에 술을 부어 마실 때다! 염제 신농의 이름으로 우리는 이긴다! 반드시 이긴다!"

부족장들은 흥분하여 "염제 신농! 염제 신농!" 하고 외치면서 박자

를 맞추어 발을 구르고 손뼉을 치며 함성을 올렸다. 유망이 소리를 지르
자 부족장들은 흥분하여 소리를 지르면서 부하들에게로 달려 나갔다.
각자의 부하들이 재빨리 무기를 건네주자 부족장들은 무기를 높이 쳐
들고 함성을 지르거나 부족의 신, 혹은 정령의 이름을 불렀다. 그러자
각 부족과 부대의 전사들도 저마다 부족장과 대장들의 목소리에 화합
하여 무기를 허공에 휘두르며 있는 힘껏 고함을 질렀다. 대나무골 전체
에 함성이 넘치고 흥분이 하늘까지 뒤덮는 듯했다.

　부족장들이 흥분하여 물러나간 다음에도 형천은 그대로 제자리에 서
있었다. 유망은 어딘가 지친 듯, 자리에 주저앉아 손으로 얼굴을 감싸고
있었다. 형천은 묵묵히 유망을 내려다보고 있었다. 유망은 지친 듯 말
했다.

　"지치는군, 형천."

　"잘하셨습니다."

　유망은 맥없이 흥 하며 코웃음을 쳤다.

　"이제 대족장 놀이도 신물이 나. 아니, 구역질이 날 것도 같고……."

　"허……."

　형천이 맥없이 웃자 유망은 휴 하고 한숨을 쉬고 말했다.

　"아니, 아니다. 안다, 알아. 그래, 해야 하지. 해야 하는 일이고, 남들
은 못 되어서 안달인 일이지. 그래, 내가 배가 불러서 헛소리했다. 다 아
니까, 설교는 필요 없다는 거 알지?"

　"할 말이 없게 만드시는군요."

　형천이 살짝 웃자 유망은 피식 웃으며 중얼거렸다.

　"난 말이지, 사람을 고치고 싶은데…… 수천수만 목숨 가지고 장난
놀아야 하니 영 힘들다. 그렇다고 놀지 않을 수도 없고, 도망갈 수도 없
고……. 정말 안 맞는다. 안 맞는다구."

"그 수천수만의 머리가 유망님 어깨에 얹혀 있는 거죠."

"자꾸 날 우울하게 만들지 말게나. 그런데…… 그런데 말야……. 치우천, 그 녀석은 정말 안 온 건가?"

"그런 것 같습니다."

"또 기다려야 하나? 자네는 좋겠어."

"예?"

"치우비는 왔다지 않나? 자네는 이번에 털어 버릴 수도 있겠지만, 나는 또 기다려야 하는 건가……."

"허허. 저 하나만을 위해 싸우는 건 아닙니다."

유망은 날카롭게 대꾸했다.

"나에겐 좀 더 솔직해져도 좋다, 형천."

형천은 입을 다물었다. 유망은 말을 이었다.

"네 어깨에 얹힌 세상 제일의 용사. 그 이름의 무게가 염제 신농의 무게보다 가볍지는 않지. 자네에게는 때가 왔어. 그것을 떨쳐 버리거나, 혹은 죽어서도 지고 가거나. 헌데 말야……."

유망은 분한 듯 주먹을 쥐고 바닥을 몇 번 툭툭 두드렸다.

"그 녀석이 밉다. 아까 자네는 그 녀석을 쥐새끼라고 했지만 정말 그놈이 쥐새끼냐? 아니면 내가 쥐새끼 취급을 받는 거냐?"

"염제님은 당연히 아닙……."

유망은 형천을 째려보며 말했다.

"솔직하게 말해 봐."

형천은 입을 다물고 두어 번 헛기침을 한 다음 유망에게 말했다.

"제 생각에는 둘 다 아닌 것 같습니다. 그 녀석이 오지 못한 무슨 이유가 있겠죠."

"이유?"

형천은 난처한 듯 말했다.

"주신이 흔들리고 있다는 소리도 들립니다. 먼 곳의 일이라 정확하지는 않습니다만……."

"흔들린다?"

"주신 동쪽의 움직임이 이상해졌다고도 하고……. 치우천, 그 녀석은 원래 골골하지 않습니까? 말을 못 탈 만큼 아픈지도 모르죠."

"아픈 것은 나도 알지만, 그 녀석이 못 참을 일은 없을 건데?"

"정신을 잃으면 참고 자시고도 없습니다."

"그 녀석이 정신을 잃어? 흥! 그러면 정말 쥐새끼게?"

형천은 고개를 저으며 말했다.

"치우천은 선인이나 신수가 아닙니다."

유망은 뭔가 깨달은 듯 말했다.

"그런가……."

"왜 그리 초조해하십니까?"

유망은 바닥을 쳐서 흙을 튕겼다.

"마음에 들지 않는다. 처음에는 이렇게 하면 될 거라 생각했는데……."

"뭐가 말입니까?"

"그 녀석을 눌러 죽여 버리고도 싶고, 그 녀석을 고쳐 주고도 싶다."

"잡은 다음에 고쳐 주어도 되잖습니까?"

"그런 웃기는 짓을 어떻게 하나?"

"남들 눈을 신경 쓰실 필요는 없습니다. 염제 신농이시니까요."

유망은 고개를 저었다.

"고친다는 건 잔재주를 부린다는 게 아니라 살려 낸다는 뜻이야."

"복잡하군요. 죽이고도 싶고 살리고도 싶습니까?"

"죽이기는 싫다. 허나 그놈을 누르려면 죽이는 수밖에 더 있겠어? 그놈은 죽여도 누를 수는 없는 놈이다. 그저 그 정도로 만족할 뿐이지.”

형천은 고개를 저었다.

“둘 다는 안 될 것 같습니다. 하나만 고르십시오.”

유망은 껄껄 웃으며 벌렁 누워 버렸다.

“다른 놈들이 다 나를 이상한 놈이라고 하는데, 정말 미친 짓 한번 해볼까?”

“무슨 말씀입니까?”

유망은 대답보다 먼저 고개를 저었다.

“안 돼. 안 돼. 내가 이기면 그럴 필요가 없고, 그놈도 죽은 다음일 거다. 내가 지면 그땐 저절로 그렇게 되는데, 내가 미친 짓을 해 볼 틈도 없지 않은가?”

형천은 한숨을 쉬며 말했다.

“또 그 말씀입니까?”

유망은 눈을 빛냈다.

“형천. 나는 미친놈이지만 우리 지나족을 사랑한다.”

“당연하신 말씀입니다.”

형천은 말했다가 급히 덧붙였다.

“유망님이 그 미친…… 것이 당연하다는 말은 아닙니다.”

유망은 실없다는 듯 웃으며 말했다.

“그런 것을 일일이 용서받고 싶다면 나랑 아예 이야기하지 말지그래.”

“죄송합니다.”

“어쨌든지 말야, 내가 아니면 자네가 맡아 줘야 하는데, 자네가 안 된다면 차라리 치우천이 이끌어 주는 게 나을지도 모른다. 헌원은 안 돼.”

형천은 입을 굳게 다물고 대답하지 않았다. 유망은 중얼거렸다.

“그놈은 어떤 부족과도 잘 지낼 수 있다잖은가? 그럴 자신이 있다는 놈 아닌가? 헌원은 모든 부족을 정복한다지만, 할 수 있다 해도 손해나는 일이다. 헌원, 그놈은 그걸 몰라. 너나 나처럼 피를 흘리게 하고, 피를 흘려 본 놈들만 그게 얼마나 바보 같은 생각인지 아는 거다. 피를 피로 보지 않고, 무슨 생각이나 뜻으로 보는 놈이야말로 미친놈이다. 그런 놈이 사람을 홀려 세상을 망하게 하는 거다. 사람은 원래 짐승보다 나은데, 간혹 짐승만도 못한 자가 생기지. 그런 놈이 사람들의 세상을 좀먹어서 그래."

유망은 감정이 격앙되는 듯 몸을 일으키며 천천히 말했다.

"난 지나족을 착하고 센 부족으로 만들고 싶었다. 착하고 세다는 게 얼마나 힘든 일인지……. 치우천 놈은 그걸 한다고 하는데, 솔직히 나도 못 믿겠다. 센 부족으로 만드느냐, 착한 부족으로 만드느냐 둘 중 하나밖에 못 고를 것 같아. 그렇다면 나는…… 착한 부족이 낫다고 생각한다. 생각해 보면 전부 헛짓을 한 거야."

"세지 않으면 착해질 수도 없습니다."

"너도 헌원 물이 들었나? 센 것과 착한 것은 다른 거다. 세지려고 착한 것을 버리거나 착해지려고 힘을 버리는 건 멍청이나 생각할 짓이다. 아니면 사람을 홀리려는 사기일 뿐이지. 너도 헷갈리냐? 응? 둘 중 하나를 택하는 게 아니라 둘 중 어느 것을 우선할 것이냐의 이야기다."

"둘이 부딪힐 때가 반드시 옵니다."

"그렇게 부딪힐 때 택해야 한다는 거다. 제길. 그러니 문제인 거다. 보통 때는 세져야 할 때 세지고 착해져야 할 때 착해지면 된단 말이다. 다만 둘이 부딪혔을 때 어느 것을 고르느냐인데……."

"착해지려다가 망할 수도 있습니다."

유망은 웃었다.

"그런 걸로 망할 정도라면 빨리 망하는 게 나을 거야. 착해지려다가 망하거나 세지려다가 망하는 건 바보나 하는 짓이다."

유망은 중얼거렸다.

"부족장 짓도 몇십 년 하다 보니 알 것 같아. 부족장은 강해야 한다. 허나 힘이 강하다거나 머리가 제일 좋아야 한다는 건 아니다. 그런 건 부하가 대신할 수 있어. 부족장이 강해야 하는 건 마음이고, 신념이다. 아까 말한 것 같은 문제가 닥쳤을 때 정말로 부족을 생각하고 나가야 할 길을 정해야 하는 게 부족장이다."

말하다가 유망은 피식 웃었다.

"제일 나쁜 부족장이 어떤 부류인지 아나?"

"자기만 잘 먹고 잘살려고 하는 부족장이 제일 나쁘지 않겠습니까?"

"그것도 나쁘다. 쳐 죽여야겠지. 허나 더 나쁜 놈이 있다."

"자기 권세만 불리고 다른 사람을 종으로 부리려는 놈은요?"

"그것도 나쁘다. 토막을 내야 마땅하지. 그보다 더 나쁜 놈이 있다."

"모르겠군요."

"바로 '바보'다. 보통 바보는 불쌍할 뿐이지만 바보 부족장은 위험하다. 욕심쟁이보다 바보가 더 나쁘다. 스스로를 똑똑하고 잘났다고 믿는 바보는 훨씬 위험하다. 제대로 된 신념도 없으면서, 자기가 신념을 가지고 있다고 믿고 사람들을 몰아붙이는 놈들이다. 알지도 못하면서 밀어만 붙이고, 뻔히 일이 잘못되어 가는데도 바로잡을 생각을 안 하지. 네가 말한 욕심쟁이나 난폭자는 죽일 놈이지만 그래도 부족을 지키려고는 한다. 부족이 있어야 잘 먹고 잘사니까. 이런 잘못된 신념을 가진 놈이야말로 한번 잘못되면 부족을 씨도 안 남기고 망하게 만들지. 바보짓을 하면서도 자기가 잘하는 줄로 아니까 말이다. 힘만 세고 몰아붙이는 놈이라도 제대로 된 신념을 가진 놈은 지지 않을걸? 세상 제일의 용사님, 하나 묻겠다. 질 싸움을 피하는 놈이 강하고 용감한 건가, 질 줄 알면서도 무작정 달라붙는 놈이 강하고 용감한 건가?"

형천은 짧지만 묵직하게 말했다.

"전사로서 말씀드리자면 세 가지가 없는 놈은 용감한 전사가 못 됩니다. 첫 번째로 무서움을 모르면 용감해질 수 없죠."

"그걸 모르면 허풍일 뿐이지."

"두 번째로, 자기 목숨을 아끼지 않는 놈은 강해질 수 없습니다."

유망은 빙글빙글 웃으며 되받았다.

"목숨이 아까워야 노력도 하는 거니까."

"마지막으로, 남의 것도 자기 것만 못하지 않다는 것을 잘 알아야겠죠."

"힘을 말하나?"

"힘, 목숨. 둘 다입니다. 남도 자기만큼 애쓰고 살려고 하며 이기려고 하는 겁니다. 언제든 나보다 강해질 수 있고 나를 이길 수도 있는 겁니다. 그런 일이 닥치지 않게 애써야 하고, 닥쳤을 때 받아들일 줄 알아야 하겠죠. 그렇지 않으면 전사가 아니라 미친놈일 뿐입니다."

"그렇겠지. 미친놈. 그래, 미친놈이지."

유망은 눈을 똑바로 뜨고 말했다.

"내가 헌원을 싫어하는 이유가 바로 거기 있다. 그놈은 강하지만, 지더라도 인정하지 않고 목숨까지 밀어 넣을 놈이다. 목숨? 흥, 아니지. 그놈은 뭐든 밀어 넣을 수 있을 거다. 팔아먹을 수 있으면 조상님이나 신령님까지 팔아먹을 거다. 아직은 꽤 강해서 지지 않기 때문에 사람들이 모르는 것뿐이다. 그놈이 지게 된다면, 우리 지나족에게는 정말 무서운 일이 벌어질 것이다. 목숨을 건 모험을 할 수밖에 없을 때도 있지만 그놈은 아예 목숨을 담보로 걸어 놓고 있는 놈이다. 그것도 자기 목숨이나 부하 한둘이 아닌, 지나족의 목숨을 걸어 놓는 놈이다. 나도 욕심을 못 버려서 수만 명의 목을 가지고 장난 놀고 있는 못된 부족장일지도 모른다. 허나 나는 적어도, 내가 제대로 된 신념이 없다는 것 정도는 알고 있다. 그래서 도망칠 줄 알고, 지나족 전사를 죽게 할망정 지나족의 씨를 말릴 일은 하지 않는다. 비겁해지고 바보가 될지언정 그러지는 않을 것이다. 이렇게 생각하면 내가 미친놈인 게 속편하다. 하하. 어떻게 말하면, 이렇게 비겁해질 수 있다는 게 내가 내세울 수 있는 단 하나의 장점이다. 내 나쁜 점이지만 부족장으로서 어떨 때는 이게 도리어 장점이 된다는 거다."

유망은 말하다가 형천을 힐끗 보고는 한숨을 쉬었다.

"이봐, 사람이 어쩌다가 진정으로 이야기하는데 그런 굳은 표정 짓지 마라."

"주의 깊게 듣고 있습니다만, 잘 모르겠습니다."

유망은 토라진 듯 벌렁 자리에 돌아누웠다.

"자네는 정말 부족장을 할 생각이 없군."

"말씀하신 대로 세상 제일의 용사만도 감당하기 어렵군요. 어깨가 주저앉을 것 같습니다."

유망은 눈을 크게 뜨고 형천을 바라보더니 껄껄 웃었다.

"자네 지금, 농담한 건가?"

형천은 입맛을 다시며 대답하지 않았다. 유망은 낄낄대며 한참을 웃더니 갑자기 엄숙하게 말했다.

"형천!"

"옛!"

"치우비를 만나고 와라. 싸우든 죽이든 살리든 너 좋을 대로 해라. 내 생각 안 해도 좋다."

말이 떨어지자 형천은 푸욱 심호흡을 했다. 유망은 말했다.

"치우비 같은 놈에게 목이 떨어지는 일은 벌어지지 않을 것이라 믿는다."

형천은 크게 웃으며 우두둑 소리가 나게 손가락 마디를 꺾었다.

"절대로 그럴 일은 없을 것입니다!"

유망은 휙 등을 돌려 누우며 던지듯 말했다.

"그럼 됐다! 빨리 가라!"

형천은 돌아누운 유망을 향해 진심 어린 목소리로 대답했다.

"감사합니다!"

그러고는 엄숙한 표정을 짓고 한 발자국씩 막사 밖으로 걸음을 옮겨 갔다. 형천이 걸음을 옮길 때마다 쿵쿵 울리는 소리가 점점 커졌고, 형천이 유망의 막사를 떠나 십여 걸음을 옮겼을 때는 주변의 사람들이 놀라 두리번거릴 정도로 발걸음 소리는 크게 울려 갔다. 누워서 억지로 눈을 감고 있는 유망에게도 울림이 확실히 전해 왔다.

'그렇군……. 형천도 진심이구나……. 이게 몇 년 만인가. 저 정도로 형천이 힘을 써 보는 것은…….'

유망은 휴 하고 한숨을 쉬며 생각했다.

'형천이 부럽구나.'

"치우비! 썩 나서라! 나, 형천이 왔다!"

간신히 화살이 닿지 않을 곳에 군사를 멈춘 형천의 고함 소리가 사방을 찌르르 울리며 퍼져 나갔다. 안 그래도 진흙탕이 되었다는 대나무골의 상황이 퍼져 다소 위축되어 있던 전사들과 사울아비들은 그 소리에 어깨를 떨었다.

"형천이다!"

"형천이 직접 나섰다!"

한 사람에 불과했지만 이름의 무게가 진중을 압도했다. 몇 사람은 겁을 먹고 대다수는 애써 동요하지 않으려 했으며 나머지 몇은 치우비라면 형천을 상대할 수 있다고 생각하여 사기를 올리려 했다. 허나 형천의 존재를 무시할 수 있는 사람은 하나도 없었다. 치우비도 형천의 외침을 들었고, 처음에는 반사적으로 몸을 일으키려 했다. 허나 다음 순간, 치우비는 멈칫했다.

'내가 싸울 수 있을까?'

불안했다. 싸움을 할 때는, 몸을 움직이되 마음은 고요해야 한다. 조금의 흔들림도 없는 고요한 물 같은 마음에서 자신의 진정한 실력이 나온다는 것을 치우비는 잘 알고 있었다. 지금 치우비의 마음은 온통 헝클어져 있었다. 더구나 상대는 형천, 최고의 상태에서 전력을 다해도 장담할 수 없는 상대였다.

치우비는 반쯤 일어서다가 멈춘 엉거주춤한 자세에서 살짝 눈을 돌려 자신의 손을 내려다보았다. 눈에 잘 보이지 않지만 손은 미미하게나마 분명 떨리고 있었다. 형천에 비해 조금은 힘이 달리는 것을 알고 있었지만, 형천과 마주치는 것을 두려워해 본 적은 없었다. 지금은 두려웠다. 이럴 때 어깨를 툭툭 치며 용기를 북돋아 줄 형도 없었다. 발이 죽은 지금, 애써 싸워 승리해야만 할 이유도 목적도 절반은 날아간 셈이었다. 치우비는 치우천의 눈이 자신을 바라보고 있는 것을 느꼈다. 그 눈은 이렇게 말하고 있었다.

'비야, 내키지 않으면 나가지 마라.'

실제 보이는 눈빛은 아니었지만 치우비는 눈빛을 마주 대하기 부끄러워 얼굴을 돌렸다.

"치우비! 무엇 하는 것이냐? 나오지 않는 것이냐?"

이번에는 형천의 외침에 지나족 전사들의 고함 소리와 환호성이 뒤

따라 울렸다. 주신 전사들과 사울아비들도 웅성거리기 시작했다. 지나족 진영에서 "형천! 형천!" 하는 외침 소리가 박수 소리와 발 구르는 소리와 함께 울려 퍼졌다. 아우성 같은 환호가 이쪽의 전사들마저도 흥분시켰다. 통솔이 잘되는 작은 주신의 전사와 주신 사울아비였지만, 그런 그들조차 동요하기 시작했다. 몇몇 작은 주신의 전사는 손뼉을 치며 "치우비! 치우비!" 이름을 불러 댔다.

천하제일의 용사 형천과 치우비의 대결은 싸움에 인생을 건 전사들에게는 어쩌면 주신족과 지나족의 전쟁보다 중요한지도 몰랐다. 아무리 전쟁중이고 싸움중이라도 이름을 걸고 하는 이른 대결은 신성하고도 흥분되는 것이었다. 막상 당사자인 치우비는 허탈했다.

'내가 저들을 부리는 것인가, 저들이 나를 부리는 것인가? 참 야릇하구나. 형은 항상 이런 기분이었을까? 허허.'

허탈한 기분이 되자 오히려 떨리던 손이 가라앉았다. 좋은 기분은 아니었다. 앞장서서 나가는 것과 밀리듯 나가는 것의 차이는 컸다. 치우비는 공허한 마음으로 멍하게 말했다.

"나가 보겠습니다. 벌 아저씨, 부소다솔님, 뒷일을 부탁합니다. 치우광, 너는 내 뒤를 따라와라."

치우비는 가타부타 말하지 않고 도끼를 집어 들고 발걸음을 옮겼다. 막사 밖으로 나가자 작은 주신의 전사가 구름을 끌고 왔다. 여전히 크고 기운이 넘쳐 보였지만 치우비는 나이 먹은 구름의 기력이 예전만은 못함을 느끼고 있었다. 처음 구했을 때 구름은 일곱 살배기였다. 구름을 타게 된 지도 그럭저럭 십 년이 훨씬 지났으니 이제는 스무 살 가까이 되었을 것이다. 말은 서른 살을 산다고 하니 어느덧 구름도 전성기의 나이는 지난 셈이었다. 치우비는 무심코 중얼거렸다.

"구름도 많이 늙었네. 나도 나이를 먹었고."

뒤따르던 치우광이 웃으며 말했다.

"대장님은 나이를 먹은 게 아니라 이제 다 크신 겁니다. 형천이야말로 늙었지요."

치우비는 피식 웃고는 구름 위에 오르면서 말했다.

"광아. 내가 이기지 못하면 네가 잘해 주어야 한다."

치우광은 하하 웃었다.

"대장님이 왜 못 이기십니까? 대장님이 이깁니다. 내 말과 집을 다 걸어도 좋다구요."

치우비는 당당하지만 어딘가 처연한 표정으로 말에 올라탔다. 그리고 스무 명의 사울아비와 열 명의 작은 주신 전사를 거느린 치우비와 치우광은 형천 쪽을 향해 달려 나갔다.

치우비가 달려 나가자 지나족과 주신족, 어느 쪽을 가리지 않고 비명에 가까운 함성 소리가 들끓었다. 달려 나오는 치우비를 본 형천은 만족스러운 듯 빙그레 웃고 말을 달렸다. 그 뒤를 약 쉰 명의 지나족 전사가 따랐다. 어느 정도 전진하자 형천은 손을 저어 전사들을 뒤에 남게 했다. 형천 뒤에는 전사 한 명만 따라왔다. 그것을 본 치우비도 손짓을 하여 다른 사람들을 멈추게 하고 혼자 나아갔다. 그동안에도 지나족 전사들은 계속 형천의 이름을 마구잡이로 외쳐 댔고 주신 쪽은 치우비의 이름을 박자에 맞춰 외쳤다. 사람 수는 지나족이 훨씬 많았지만 주신 쪽은 일사불란하게 박자를 맞춰 외쳐 댔기에 양측의 소리는 비슷했다.

두 군대의 중간 지점에 먼저 도착한 형천은 훌쩍 말에서 내리더니 따라온 부하에게 말고삐를 주고는 뒤로 물러나게 했다. 커다란 도끼를 오른손에 들고 왼손에는 두툼하고 큰 나무 방패를 든 채 가슴을 펴고 여유 있게 치우비를 기다렸다. 산처럼 고요하고도 무게 있는 모습이었다.

치우비도 형천의 앞, 열 발자국 정도 떨어진 곳에 구름을 멈추어 세웠으나 치우비는 말에서 내리지 않았다. 치우비가 손에 든 것은 전에 형요의 보물 더미에서 얻은 질 좋은 구리도끼였고 허리에는 크리스와 구리단검을 차고 있었으며 말안장에는 활과 화살 같은 온갖 무기가 실려 있었다. 형천은 의아해하며 말했다.

"말에서 안 내릴 거냐?"

치우비는 웃으며 말했다.

"주신 사울아비는 말에서 싸웁니다. 이것은 전쟁이지 태산 회의 때 같은 겨루기가 아닙니다. 이해해 주십시오."

형천은 크게 웃었다.

"뭐, 그것도 좋다! 아무튼 너는 나를 보자마자 싸우겠다는 거구나."

"형천님이 혼자 나오신 이유도 그런 것으로 압니다. 그리고 저는 지금 주신의 웃뜸사울아비이며 제 부대를 이끄는 대장입니다."

형천은 껄껄 웃으며 말했다.

"네 말대로라면 여기는 전쟁터인데 말이라도 높여 달라는 거냐?"

치우비는 대답하지 않았으나 지나족은 치우비의 모욕적인 발언에 와 떠들면서 아우성을 쳤다. 치우비가 주신의 웃뜸사울아비라고는 하나 형천도 그에 못지않은 명예가 있는데다 나이가 훨씬 많으니 모욕적이라 받아들일 수 있었다.

형천은 그런 것에는 신경 쓰지 않고 가만히 치우비를 지켜보다가 치우비가 다가오자 뒤로 손을 번쩍 들었다. 그러자 지나족 전사들의 고함 소리가 뚝 그치고 곧이어 주신 쪽의 외침도 멎었다. 이어 형천은 큰 소리로 외쳤다.

"아무도 내 싸움에 끼어들지 마라! 끼어드는 놈은 전사도 아니며 개만도 못한 놈이다!"

순식간에 찾아온 고요한 적막 속에서 형천은 텁석부리 얼굴에 흠뻑 미소를 지으며 서툰 주신 말로 말했다.

"치우비! 반갑구나. 허허."

그 미소는 곧 싸울 적수를 대하는 것이 아니라 정말 친한 벗이나 오래전에 헤어진 아들을 대하는 것처럼 따뜻했다. 치우비도 기분이 나쁘지는 않았다. 허나 마음이 복잡한 치우비는 딱딱한 억지웃음밖에는 지을 수 없었다. 치우비는 지나족 말로 공손하게 말했다.

"반갑습니다, 형천님. 이렇게 또 싸움터에서 마주치게 되는군요."

"우리가 싸움터 아니면 만날 수 있겠느냐? 싸움터에서나마 만나니 더 반가운 것이 아닌가?"

형천은 웃음을 살짝 거두고는 여전히 주신 말로 치우비에게 이야기했다.

"치우비. 내가 지금 여기 온 것은 전쟁을 하기 위해서가 아니다. 너와 단둘이 싸워 보고 싶어서다."

치우비는 맥없이 웃었다.

"저는 전쟁이 아니라면 싸우고 싶지 않습니다."

"여기서 한 발짝만 더 내디디면 전쟁이다. 이번은 예전 싸움과는 많이 다를 것이다. 유망님은 생각이 아주 맑아지셨지. 나보고 나가 마음대로 하라 하셨다. 너와 싸우든 먼저 전쟁을 벌이든 뭐든 말이다."

"그렇습니까?"

"내가 원하는 바다. 전쟁도 전쟁이지만 나는 너와 마음껏 싸워 보고 싶다."

형천은 미소를 머금고 있었으나 치우비는 형천의 몸에서 솟아나는 기운에 몸이 저릿저릿해졌다. 예전에 몇 번 형천과 맞부딪힌 적이 있었으나 그때와는 또 달랐다. 커다란 파도에 몸이 휩쓸리는 것 같았다.

"치우비. 나도 말이다. 싸우는 걸 좋아하지는 않는다. 지는 게 싫을 뿐이다. 허나 너와 싸우는 것은 참으로 기쁘다. 이상하게도 기쁘다."

형천은 흐뭇하게 웃으며 말했다.

"나는 아주 젊었을 때를 빼고는 마음껏 싸우지 않았다. 자만해서가 아니라 상대를 이길 정도만 힘을 쓰면 충분했고, 싸우기도 싫었기 때문이다. 그런데 너와는 정말 싸워 보고 싶어진다. 내 도끼가 곧 네 머리를 부술지도 모르지만, 나는 너를 아주 좋아한다. 허허. 말이 우습군. 나는 말재주가 없어서."

치우비는 이렇게 웃는 형천이 예전의 기세등등하던 형천보다 몇 배나 무섭게 느껴졌다. 이상하게 몸이 위축되고 오금이 저려 왔다. 치우비는 억지로 마음을 다잡으려 했다.

'질 수 없다. 무너지면 안 된다.'

치우비는 도끼를 양손으로 틀어쥐고 억지로 기운을 북돋우며 말했다.

"저도 이렇게 싸우게 되어 기쁩니다."

형천은 고개를 갸웃거리며 말했다.

"기뻐 보이지 않는데?"

"아닙니다."

치우비는 돌연 말을 달리면서 번개같이 활을 꺼내 형천에게 세 발을 쏘았다. 빠른 솜씨였으나 형천은 어려움 없이 도끼와 방패로 화살을 하나씩 받아 내고 세 번째 화살은 몸을 살짝 옆으로 돌려 피했다. 다음 순간, 말을 탄 치우비는 도끼를 꺼내 들고 형천을 옆으로 치며 덮쳐들었다. 형천은 일격을 방패로 받아 냈지만 달리는 말의 속도에 밀려 몸을 두 바퀴나 돌리며 균형을 잡아야 했다. 달려가던 치우비는 능숙하게 말고삐를 돌렸다. 형천이 기분이 상한 듯 말했다.

"나는 전쟁을 하러 온 게 아니라 너와 겨루러 온 것이다."

"저는 전쟁을 하러 온 것입니다."

"말을 탄 너와 말을 타지 않은 내가 어떻게 제대로 겨룰 수 있단 말이냐?"

"저는 어릴 적부터 말 달리는 것을 배우고 그 기술을 닦았으니, 말도 제 도끼나 칼과 마찬가지입니다. 그렇다면 형천님도 말을 타시는 것이 어떻습니까?"

형천이 화를 내며 되받아쳤다.

"네 말대로라면 저 뒤에 있는 내 부하들은 내가 다스리고 싸움을 가르친 사람들이니 내 도끼와 방패나 마찬가지다. 너도 알지 않느냐? 내가 무엇 때문에 힘들게 혼자 나온 것인지. 너는 그런 것도 모르는 놈이 되었느냐?"

형천이 아무리 크다 해도 말을 타고 달리는 사람과 일대일로 겨루기는 어려웠다. 작은 사람이면 몰라도 치우비도 형천 못지않게 크고 구름도 대단히 큰 말이었기 때문이다. 형천이 바라는 것은 단순히 적을 죽이기보다는 치우비와 더불어 갖은 재주와 기술을 겨루는 일이었다. 말을 타고 달려오는 상대와 일합씩 겨루는 것도 묘미가 없지 않지만 형천이 바라는 것은 아니었다.

치우비의 주장은 주신 쪽에서 보아도 억지에 가까웠다. 일대일 대결을 한 명이 말을 타고 벌이는 것은 볼썽사나운 일이었다. 지나족 전사들이 형천의 엄명에도 불구하고 욕을 하며 아우성을 쳤지만 주신 사울아비들은 뭐라 변변히 대꾸도 못하고 침묵을 지킬 뿐이었다. 치우비는 외로웠고 이런 꼼수까지 쓰고 있는 자신이 답답했다. 허나 할 수 없었다.

"형천님. 알겠습니다만, 저는 기왕 말을 타고 있으니 차라리 내일 다시 싸웁시다. 내일은 말을 타지 않고 싸우겠습니다."

형천은 기분이 상했지만 이내 웃는 얼굴을 하고 말했다.

"네 녀석의 얕은꾀를 내가 모를 줄 아느냐? 내가 속아 주마. 내일 다시 오겠다."

그러고는 뒤로 돌아보지 않고 가 버렸다. 치우비도 돌아와 자기 막사에 처박혔다. 대결이 미뤄지자 주신이나 지나족 양쪽 다 맥이 빠졌다. 지나족은 치우비가 형천에게 겁먹어서 그러는 것이라 했고, 주신 사울 아비들은 이상하다 생각했다. 몇몇 사람은 잘난 척하면서 그건 다 형천의 기를 꺾기 위한 치우비의 작전이라고 했지만 사람들은 귀담아 듣지 않았다.

얕은수를 부려서 하루를 벌기는 했지만, 그날 밤 치우비는 제대로 잠을 이루지 못했다. 하루는 넘겼다지만 오늘 몇 번 부딪쳐 본 형천의 힘은 보통이 아니었다. 아니, 그보다도 형천의 여유 있는 태도가 더 두려웠다.

'정말 이렇게 버틸 수 있을까? 이기는 것도 쉽지 않을 텐데, 이기지도 지지도 않으면서 다른 부족의 벗들이 올 때까지 버틸 수 있을까? 내가 진다면 광이 버틸 수 있을까? 아니, 광은 아직 어리고 모자라다.'

생각하다 보니 도저히 잠을 이룰 수 없었다. 다음 날 싸움을 앞둔 치우비의 신경을 건드리지 않으려는지 술 주머니라도 걸머지고 찾아오는 사람조차 없었다. 아니, 누가 찾아왔다 해도 긴장이 되어 마실 수 없을 것이다.

몸을 생각하여 억지로 몸을 눕혔지만 이런저런 생각에 계속 뒤척이며 선잠이 들었던 치우비는 요란한 소리가 들려오는 바람에 놀라서 후닥닥 몸을 일으켰다. 이미 날이 밝았고 지나족 진영에서 요란한 함성과 노랫소리가 들려오고 있었다. 형천이 아침 일찍부터 치우비를 찾고 있었다. 허리가 뻐근하고 도끼를 잡는 손이 가볍게 떨렸지만 치우비는 억지로 용기를 짜냈다.

막사의 가죽 장막을 젖히고 나가 보니 어느새 부하들이 기다리고 있었다. 치우광이 구름의 말고삐를 잡고 기다리고 있었다. 매일 무심히 넘기던 자기 말의 모습에서 치우비는 문득 나이를 느꼈다. 구름은 아직 원기 왕성했지만 나이를 많이 먹어 앞으로 몇 년도 더 타기 힘들 것이다. 기분이 언짢아진 치우비는 말을 타지 않고 들고 있던 큰 구리도끼와 허리에 찬 크리스, 그리고 구리몽둥이 하나를 말 등에서 풀어 허리에 꽂은 뒤 걸음을 옮겼다.

전사와 사울아비 들은 자신을 안내하듯 줄을 지어 서 있었다. 그 사이를 따라가다 보니 어느새 새까맣게 몰려 있는 지나족과, 어제 겨루었던 공터에 벌써 나와 있는 형천의 모습이 보였다.

형천은 여전히 씩씩하고 자신만만한 모습이었다. 즐거운 듯 웃고 있었지만 몸에서는 무시무시한 힘이 솟구치고 있는 것이 느껴졌다. 치우비는 말없이 도끼를 손에 꽉 쥐고 앞으로 걸어 나갔다. 역시 도끼와 방패를 든 형천은 웃으며 말했다.

"잘 잤는가?"

"예. 덕분에."

"내 기분은 썩 괜찮네만, 자네는 어떤가?"

"저도 좋습니다."

치우비가 아무렇게나 대답하자 형천은 미소를 지었다.

"하루가 지났고, 나는 하루만큼 나이를 더 먹었네. 이런 좋은 기분이 언제 또 올지는 모르는 것 아닌가. 그러니 어서 시작함세."

"사양하지 않겠습니다."

치우비는 말을 끝마치자마자 달려들면서 도끼를 옆으로 휘둘렀다. 형천은 왼팔만으로 가볍게 방패를 돌려 치우비의 일격을 막았다. 쩍 하며 두꺼운 나무 방패에 금이 갔고 치우비의 도끼는 튕겨져 나갔다. 형천은 아무 일도 없었다는 듯 고개를 갸웃거렸다.

"너, 나를 얕보는 거냐?"

"그렇지 않소!"

치우비는 오기가 치밀어서 도끼를 허공에 몇 바퀴 빙빙 돌리면서 형천을 향해 달려들었다. 형천은 방패로 도끼를 쳐냈으나 치우비는 도끼날이 튕기자마자 번개같이 방향을 틀어 다시 형천의 다리 쪽으로 휘둘렀다. 형천은 오른손에 든 도끼로 이 공격도 튕겨 냈고 오른발을 내밀어 치우비의 다리를 걸려 했다. 치우비는 땅을 구르며 형천의 발길질을 피하면서 허리에 꽂았던 구리단검을 형천의 얼굴을 향해 던졌다. 그리고 곧장 도끼를 똑바로 세워 형천의 머리를 쪼개려고 했다. 형천이 구리단검을 피하는 사이 머리를 노리려는 생각이었다.

형천은 가볍게 고개만 살짝 돌려서 단검을 피하고 도끼를 발등에 얹으며 자루를 쥔 오른손을 들어 허공을 가르면서 다가오는 치우비의 도끼 자루를 콱 잡았다. 그리고 발등에 얹힌 도끼 자루로 치우비의 아래턱을 후려갈겼다. 치우비는 고개를 뒤로 젖혔으나 도끼 자루는 치우비의 턱을 스쳐 지나갔다. 치우비는 급한 나머지 크리스를 뽑아 자신의 도끼 자루를 잡은 형천의 손을 베려 했다. 그 손동작은 치우비가 몇 년 동안 연습한 것으로 늘어뜨린 왼손에 든 돌을 땅에 떨어뜨리는 사이에 크리스를 여덟 번이나 뽑았다 꽂을 수 있을 정도였다.

형천은 아슬아슬하게 크리스를 피해 손을 폈고 크리스는 자신의 도끼 자루를 파고들어 갔다. 치우비는 간신히 도끼를 되찾아 뒤로 몸을 한 바퀴 돌리며 두어 걸음 뒤로 물러서면서 허리에 크리스를 꽂았다. 치우비의 아래턱에서 피가 몇 방울 흘러내렸다. 치우비는 아찔한 통증을 느꼈다. 자루에 스쳤을 뿐인데도 꽤 깊은 상처가 난 것이다. 형천은 손발을 두어 번 움직였을 뿐, 그 자리에서 움직이지도 않았다.

피가 흐르는 아래턱을 손으로 문지르는 치우비의 모습을 본 형천은 인상을 찌푸리며 말했다.

"왜 예전만도 못한가? 빠르고 좋은 공격이었지만 치우비의 공격은 아니다. 왜 힘을 내지 않는가?"

말을 마친 형천은 크게 소리를 지르고는 도끼를 휘두르며 달려들었다. 바람 소리만 붕붕 정신없이 들릴 뿐 도끼날은 보이지도 않았다. 치우비는 도끼를 양손으로 힘껏 휘둘렀지만 자신의 앞을 가리기에만 급급했다. 땅땅땅 하며 도끼가 부딪히는 소리가 수도 없이 울려 퍼지는 중에 어느 틈엔가 형천의 방패가 날아왔다. 간신히 도끼 자루 끝으로 방패를 튕겨 냈으나 형천의 방패에는 줄이 달려서 자유자재로 조종할 수 있었다.

형천은 도끼를 보이지 않을 정도로 휘두르며 무섭게 공격을 가했다. 숨이 막힐 지경이었다. 치우비는 이를 악물고 버티면서 형천의 공격을 막아 넘겼다. 한 수 한 수 도끼를 막아 낼 때마다 몸속의 뼈까지 울리는 것 같았다. 형천의 방패도 치우비의 도끼에 여기저기 맞아서 사방의 모퉁이가 너덜너덜해졌다. 부서진 방패는 단면이 뾰족뾰족 튀어나와 더 위협적이어서 신경이 쓰였다. 두 번 정도 간신히 틈을 잡아서 방패가 이어진 줄을 크리스로 잘라 내려 했지만 헛손질만 했을 뿐이다.

치우비는 형천의 공격을 막아 내면서 뒤로 물러서고 있었다. 형천이 한 방 한 방 도끼를 내리칠 때마다 치우비의 발이 땅으로 조금씩 묻혀 들어갔다. 그만큼 형천의 공격은 위력적이었다. 치우비는 형천의 우박 같은 공격을 어찌어찌 막을 뿐 제대로 된 공격은 할 엄두도 내지 못했다. 형천도 이상하게 생각하는 눈치였다. 형천은 그러한 치우비를 추궁이라도 하듯, 공격 한 번 한 번에 강한 힘을 불어넣었다.

"왜 막기만 하고 받아치지 않느냐? 너는 이것밖에 안 되느냐?"

치우비는 다시 한번 있는 힘을 다해 도끼를 걷어 내고는 거칠고 급하게 심호흡을 했다. 치우비도 생각이 없지는 않았다. 형천의 공격은 완벽했지만, 그의 무기는 완벽하지 않았다. 형천의 도끼도 분명 굉장히 크고 좋은 구리로 만든 도끼였지만 아무리 그래도 주신에서 만든, 형요의 부모가 감추어 두었던 자신의 도끼만은 못했다. 그런 자신의 도끼가 삐걱거리는 느낌을 받았으니 형천의 도끼도 무사할 것 같지 않았다. 치우비는 정신을 집중하여 형천의 도끼를 부술 생각이었다. 처음 생각한 대로 버티기만 한다는 것은 헛된 생각이었다.

허공에서 붕 소리를 내며 원을 그리고 크게 지나가던 방패를 피한 치우비는 번개같이 크리스를 뽑아 형천에게 던졌다. 형천은 도끼 자루를 살짝 비틀어 크리스를 막았다. 크리스는 도끼 자루에 꽂혔다. 치우비는 이 순간을 기다리고 있었다. 다리를 내뻗으며 있는 힘을 다해 허리를 비틀고, 도끼를 몽둥이처럼 휘둘렀다. 형천은 그 도끼를 막아 냈다. 그러나 치우비의 모든 힘이 집중된 도끼의 일격이 형천의 도끼와 부딪히는 순간, 두 사람의 도끼는 박살이 나고 말았다. 형천의 도끼는 세 조각으로 부서져서 도끼 자루에서 흩어져 날아갔지만 치우비의 도끼는 반쪽만 날아갔다.

'됐다!'

치우비는 쾌재를 부르고 왼발을 축으로 돌면서 도끼를 옆으로 밀어 형천의 이마를 향해 쳐냈다. 허나 형천은 그사이 자신의 도끼 자루에 박힌 크리스를 뽑아 치우비의 도끼 자루 가운데를 쳐 오는 것이 아닌가!

치우비의 도끼 자루가 중간에서 끊어져 나가자 양팔로 힘을 주던 도끼가 균형을 잃고 형천의 머리 위로 빗나갔고 그나마도 손에서 미끄러져 날아가 버렸다. 형천의 손에는 아직도 크리스가 들려 있었다. 치우비는 놀라서 뒤춤에 꽂아 두었던 구리몽둥이로 맹렬하게 형천을 내리찍었다. 급하게 친 것이라 형천의 머리에서 빗나갔지만 대신 어깨를 내리치고 튀어나왔다.

그 순간, 형천이 찌른 크리스가 치우비의 왼 팔목에 깊이 박혔다. 치우비는 아픔은 둘째 치고 크리스를 도로 빼앗으려는 생각에 왼팔을 비틀며 재빨리 뒤로 물러섰다. 그러나 형천에게는 무기 하나가 더 남아 있었다. 방패였다.

형천이 당겨 올린 방패의 모서리가 뒤에서 날아와 치우비의 뒤통수를 강하게 치고는 튀어 나갔다. 치우비는 그 순간 동작을 딱 멈추었다. 형천도 맞은 어깨에 손을 얹으며 얼굴을 찡그린 채 뒤로 물러섰다. 구경하던 양측의 전사들은 일제히 소리를 질렀다. 주신 쪽 전사들은 놀라움으로 비명 같은 소리를, 지나족 전사들은 환호성을 질렀다. 형천도 어깨를 호되게 맞았고 치우비는 팔목을 깊이 찔렸다. 그것만으로는 피장파장이라 할 수 있었다.

하지만 치우비의 뒤통수를 후려갈긴 방패의 일격은 치명적인 것으로 보였다. 당장에 눈이 튀어나오고 머리가 쪼개지지 않은 것이 이상할 지경이었다. 형천도 그렇게 생각했는지 놀란 듯했지만 아쉬운 표정으로 치우비를 바라보고 있었다. 일격만 더 가하면 확실히 끝을 낼 것 같았는데도 형천은 한 손으로 방패를 집어 손에 든 채 더 나서지 않았다.

그때 치우비가 고개를 번쩍 들면서 구리몽둥이를 휘두르며 다시 달려들었다. 형천만이 아니라 모든 사람들이 깜짝 놀랐다. 치우비가 아닌 누구라도 그렇게 강하게 맞고 멀쩡할 수는 없다고 여겼기 때문이다. 형천조차 놀라움을 금치 못해서 구리몽둥이를 방패로 막으며 몇 번이나 뒷걸음질을 쳤다. 치우비가 제정신이 아닌 상태에서 마구잡이로 몽둥이를 휘두르는 것 아닐까 하는 생각이었다. 허나 치우비의 공격은 강하기 그지없어서 세 번을 부딪히자 형천의 방패는 드디어 산산조각이 나고 말았다. 네 번째 공격이 가해지자 형천은 부서진 방패를 버리고 들이 닥치는 구리몽둥이를 양손으로 잡았다. 보통 사람의 공격이었다면 한 손으로도 충분했겠지만 치우비의 공격은 형천으로도 방심할 수 없었기 때문이다.

형천이 구리몽둥이를 움켜쥐는 순간, 치우비는 몽둥이를 놓아 버렸다. 그러고는 오른손으로 왼 팔목에 박힌 크리스를 잡아 빼며 형천의 몸을 내리그었다. 이 일격에는 천하의 형천도 어쩔 도리가 없어서 몸을 뒤로 젖히며 넘어지는 것 외에는 방법이 없었다. 형천의 어깻죽지부터 배언저리까지 얕지 않은 칼자국이 나며 선혈이 튀었다. 형천은 뒤로 몸을 넘어뜨리는 와중에도 발을 들어 정확하게 치우비의 명치를 쳤다. 정확히 차이면 숨이 막히고 몸을 쓸 수 없는 급소였다. 그러나 치우비는 잠시 주춤했을 뿐, 넘어지려는 형천의 아래턱을 머리로 들이받았다.

형천은 몹시 놀랐다. 틀림없이 급소를 찼는데도 치우비의 반응이 없었다. 뿐만 아니라 딱딱한 바위를 찬 것 같았다. 발끝이 저릿하며 부러질 것처럼 아팠다. 다음 순간 치우비의 머리가 형천의 아래턱에 무섭게 부딪혀 왔다. 형천은 뒤로 나가떨어졌고 치우비는 머리를 들이받은 충격으로 땅에 엎어져 버렸다. 두 사람은 거의 동시에 몸을 일으켰다.

형천과 치우비 두 사람 모두 피투성이였다. 형천은 몸이 베인데다가 아래턱을 받혀 상반신과 입언저리가 피로 얼룩졌다. 몽둥이로 맞은 어깨도 뼈가 부러지지만 않았을 뿐 심상치 않았다. 치우비도 아래턱이 찢어졌고 왼팔목이 뚫렸다. 형천을 들이받느라 머리가 깨져서 얼굴에 피가 줄줄 흐르고 있었다. 당장 죽지 않은 것이 이상할 만큼 뒤통수와 명치를 심하게 맞았는데도 고통스런 모습을 보이지 않고 있었다. 치우비가 말했다.

"이것으로 만족하지 않으시겠지요?"

형천은 약간의 피를 튀기며 푸핫 하고 큰 소리로 웃었다.

"당연하다!"

치우비는 다시 말했다.

"피가 난 것은 괜찮지만 무기가 부서졌으니 다음에 다시 싸우도록 합시다. 그게 어떨지요?"

형천은 치우비의 말을 듣고 무슨 헛소리냐고 하려다가 문득 생각을 바꾸었다. 분명 자신이 이긴 대결이다. 뒤통수에 들어간 일격이나 명치의 일격은 절대 만만한 것이 아니다. 뒤통수를 맞으면 정신을 잃고 명치를 맞으면 숨을 쉬지 못한다. 그런데 치우비는 멀쩡했다.

'저 녀석이 나 모르게 매에 버티는 기술 같은 것을 익혔단 말인가? 그렇다면 무기를 들지 않고 싸우는 건 위험하지.'

그렇게 생각한 형천은 웃으며 말했다.

"좋다. 나도 부족장이고 너도 웃뜸사울아비인데, 이렇게 주먹질로 아웅다웅하는 것은 우습겠지. 무기를 얻어 싸우도록 하자."

"잘 부서지지 않는 무기를 구하면 싸움을 청하겠습니다."

"좋다."

형천은 뒤로 돌아 자신의 진영으로 갔다. 비록 치우비를 쓰러뜨리지는 못했지만, 지나족 전사들은 환호하며 반겼다. 치우비도 크리스만 손에 든 채 돌아섰다. 주신 사울아비들도 당당하게 싸운 치우비를 환호했다. 겉보기에는 치우비가 더 심한 타격을 입었을 것 같았지만, 아프지 않은 듯 태연히 걸어오는 치우비를 보자 실제로는 이겼다는 생각이 들었던 것이다. 치우광이 기뻐하며 달려오자 치우비는 치우광에게 몸을 기대며 작은 소리로 말했다.

"막사로 가자."

치우광이 의아해하자 치우비는 작은 소리로 중얼거렸다.

"솔직히 내가 졌다. 내가 버틴 건 주술 때문이다."

"주술이라뇨?"

치우광은 잘 몰랐지만, 치우비는 주신을 떠날 때 삼사에게 글자 주술을 선물 받았다. 삼사는 정성 들여 몸에 글자 주술을 심어 주었다. 치우비는 형천과 싸우다가 뒤통수에 방패가 날아오는 것을 피하지 못했다. 주술의 힘을 발동시켜 몸을 단단하게 만들어 아픔을 없앤 것이다. 그 때문에 두 번이나 치명적인 일격을 맞고도 버틸 수 있었다. 지금은 괜찮지만 주술의 효력이 떨어지면 곧바로 기절해 버릴 것 같았다. 주술은 몸을 무적으로 만드는 것이 아니라 아픔을 나누어 나중에 느끼게 해 주는 것이었기 때문이다.

형천도 만만찮은 상처를 입었다. 이 정도라면 며칠은 싸움에 나서지 못할 것이다. 좋은 무기를 구한다는 핑계를 댄다면 며칠을 벌 수 있을 것 같았다. 그러다 보면 구원군이 오거나 신시에 있는 치우천이 어떻게든 해 줄 것이라고 믿었다. 자신이 할 수 있는 일은 거기까지라 생각했다.

"어쨌거나 시간은 벌었다. 형천이…… 빨리…… 빨리 낫지 않기를 바랄 뿐이다."

치우비는 치우광의 부축을 받아 막사로 들어섰다. 주술이 풀리지 않아서 통증은 느껴지지 않았지만 몸이 잘 움직이지 않는 것을 보니 나중에 닥칠 충격이 굉장할 것 같았다.

그날은 지나족 쪽에서도 아무런 반응이 없었다. 그날 밤 주술이 풀리자 치우비는 몸에 펄펄 열이 끓어 올라 몸을 가눌 수 없었다. 언어맞은 뒤통수 때문인지 자꾸만 구역질이 나고 눈앞이 캄캄해져서 정신을 잃을 것 같았다. 자신이 대장이라는 책임감 때문에 드러눕거나 정신을 잃어서는 안 되었다. 그러면서 자신은 최선을 다했으며 이렇게 며칠 시간을 끌고 나면 일이 잘 풀릴 것이라고 억지로 자기 자신에게 속삭였다.

'잘될 거야. 잘될 거야. 형천은 나보다 더 다쳤을 거야. 결투가 끝나지 않았으니 이렇게 시간을 벌면 되는 거야. 내가 맞을 거야. 그렇지? 형.'

다음 날 아침, 밖에서 들려오는 요란한 함성에 치우비는 눈을 억지로 떴다. 치우광이 서둘러 들어와 치우비에게 밖으로 나갈 것을 재촉했다. 억지로 몸을 일으켜 밖으로 나온 치우비는 믿어지지 않는 광경에 입을 딱 벌렸다. 저 앞의 지평선을 까맣게 메우며 다가오고 있는 것은 다름 아닌 지나족의 군대였다. 베어 낸 통나무 뗏목이나 통나무에 매달려서 물바다가 된 대나무골의 성에서 쏟아져 나오고 있었다. 그 숫자는 적어도 오천은 될 것 같았다. 나무를 미리 준비한 군사들이 물에 잠겨 있는 성에서 나오고 있었다. 주신의 전사와 사울아비들은 힘이 빠져 썩은 나뭇등걸로 변한 듯 허탈한 얼굴로 멍하니 그 광경을 지켜보았다. 치우비도 막막해서 어쩔 줄을 모르고 있는데 치우광이 말했다.

"어떻게 합니까?"

부소다솔이 달려와 말했다.

"피해야 하네!"

치우벌은 다른 의견을 내놓았다.

"지금 도망쳐 봐야 소용없다. 차라리 물을 다 건너기 전에 어서 저들을 쳐야 한다. 물을 못 건너게 해야 한다."

치우비는 머리가 어찔어찔했지만 결단을 내렸다.

"화살을 있는 대로 들고 말을 탄 다음, 물가로 가서 저들에게 활을 쏘아 물리칩시다. 어서!"

치우비가 소리치자 사울아비들이 우르르 달려가 말을 몰아왔다. 부소다솔은 재빨리 사람들을 보내 화살을 계속 짐 더미에서 내오게 했다. 사울아비들은 정신없이 화살과 활과 각자의 무기를 집어 들고 말에 올라타서 대열을 갖추기 시작했다. 치우벌과 치우광은 벌써부터 목이 쉴 정도로 호통을 쳐 가며 부하들을 단속하여 줄을 세웠다. 그것을 보고 있던 치우비는 막막하고 후회스러운 생각밖에 없었다.

'내가…… 내가 잘못 생각했구나. 이건 전쟁인데…… 형천이 계속 일대일로 싸워 주리라고 믿은 내가 어린애였구나! 내가 바보였구나!'

애당초 싸움이 붙는다면 승산은 없었다. 허나 치우비는 물러설 수 없었다. 물러설 때 물러서더라도 최대한 버틸 수 있을 때까지는 버텨야만 했다. 여기서 버티지 못하면 나중에 도움을 주러 온 다른 부족의 군대들이 각개 격파당하여 전멸할 것이기 때문이다. 그들이 도착할 때까지는 적어도 열흘 이상 남았고, 그동안 치우비는 고작 팔백 명의 부하로 오만에 달하는 지나족과 맞설 수밖에 없었다.

의문의 토굴 속에서

『삼국유사』에 언급된 단군 신화를 살펴보면 천부인에 대한 이야기가 나온다. 천제 환인의 아들이자 단군의 아버지인 환웅(한웅)이 천부인 세 개와 풍백, 운사, 우사를 거느리고 내려왔다는 이야기이다. 신화에서는 환인, 환웅 등이 한 명의 인물인 것으로 묘사되어 있지만 이는 실제로 안파견 한으로 대별되는 한(칸) 시대와 그 뒤를 이은 한웅으로 대별되는 신시 시대가 있었다고 해석할 수도 있다. 그리고 이후 제사장이었던 단군이 한웅 체제의 부족 국가 형태에서 풍백, 운사, 우사의 기존 권력 체계를 승계하여 더 발전된 제정일치의 정치 체제를 만들어서 이어져 왔다고 해석함이 타당하다.

여기서 천부인이란 여러 가지 이설이 있으나 일반적으로는 청동거울, 청동검, 청동방울로 해석되는데 필자는 그러한 몸체보다는 훨씬 상징적인 권위의 의미가 있다고 본다. 현실적으로는 신앙의 형태조차 갖추어지지 않았던 고대에서의 본질적인 권위의 상징물로 파악하고 싶으며, 그런 권위의 전승이 환인 시대로부터 전승되어 이어졌다는 의미가 물질적 분류보다 중요하다. 천부인이 고착된 사물이 아니라 문양이나 부호, 혹은 깃들어 있는 의미로 전승되는 것이라면 유물적인 분류는 중요하지 않을 것이고, 그 때문에 천부인의 실제 정체가 정확히 전승되지 않은 것이 아닐까 추측할 뿐이다. 본문에서는 초자연적인 고대의 힘으로 서술하지만 이는 필자의 세계관하에서의 맥락이다.

무라는 털썩 무릎을 꿇고 이를 악문 채 가쁜 숨을 내쉬었다. 혹시나 숨소리라도 새어 나갈까 조심스레 호흡을 조절했다. 아무리 무라가 몸놀림이 빠르고 강하더라도 낯선 신시성 안에서 사람을 업은 채 도망치기란 애초에 불가능했다. 그래도 무라는 도망쳤다. 비울걸과 울라트의 필사적인 도움 덕분이었다. 치우천을 안고 달리다가 다시 업고 달리기를 몇 번이나 했던가?

'여긴 어딜까?'

공개적으로 쫓기는 처지에 처하다 보니 방향 감각을 잃어버렸다. 무라는 자연스레 사람이 적게 다니는 곳으로 달릴 수밖에 없었다. 그 와중에 사울아비 무리와 마주쳐서 포위되었지만, 리미와 개르 등이 결사적으로 사울아비들을 붙잡고 늘어지는 바람에 도망칠 수 있었다.

그들이 어떻게 되었는지는 알 수 없다. 리미와 개르 등의 도깨비들은 종의 신분이었기 때문에 사울아비들과 싸우거나 무기를 휘두르지도 못하고 몸으로 덮쳐눌러 다리를 잡고 매달릴 뿐이었다. 아마 전부 붙잡혔을 것이다.

잠시 동안 숨을 고르자 조금 정신이 들었다.

'이런 일이 있을 줄 알았다면 신시성 안을 자세히 돌아보는 거였는데.'

무라는 치우천을 고쳐 업으며 땅에서 무릎을 떼었다. 어둡고 침침한, 땅속 깊숙한 굴. 자연적으로 생긴 동굴은 아니고 사람이 판 것이 분명한 깊고도 복잡하게 얽힌 미로 같은 굴이었다. 이렇게 넓고 깊은 굴에 돌아다니는 사람이 없었다. 귀를 곤두세우고 들어 봐도 근처에 사람이 오가는 기척은 느낄 수 없었다. 굴 안에는 곳곳에 기름을 담은 토기에 심지를 박은 등잔이 있었다. 기름 그릇이 굉장히 큰데다 먼지가 쌓인 것으로 보아 잘해야 두어 달에나 한 번 기름을 채우거나 심지를 바꾸는 것 같았다. 등잔은 듬성듬성 있어서 굴 안을 밝히기에는 턱없이 모자랐다. 굴을 밝히기보다는 어쩌다가 들어오는 사람들이 굴 안에서 길을 잃지 않게 하려고 피워 놓은 불이 아닐까 싶었다.

'이렇게 깊고 복잡한 굴을 땅 밑에 만들어 놓고 무엇을 쌓아 두지도 않고 드나들지도 않다니…… 여긴 대체 뭐 하는 곳이지?'

이제는 쫓는 사람이 없는 것 같았기에 무라는 치우천을 조심스레 땅에 내려놓고 숨을 골랐다. 치우천은 여전히 정신을 차리지 못했다. 얼굴은 보이지 않았지만 숨소리는 작고 약했다. 무라는 자기도 모르게 한숨을 쉬었다.

'대체 어쩌다가 이런 꼴이 되었을까? 피해 들어온 것은 좋지만 어떻

게 나가지? 주신의 영웅이 하루아침에 죄인 신세가 되다니…… 원 참…….'

무라는 알한이 생각나자 더더욱 서글퍼졌다. 도깨비들이 시간을 벌어 주는 사이 자신은 할 수 없이 오던 길을 되돌아 뛰어야만 했다. 그러고 보니 뒤에서 자신을 추격하던 자들과 다시 마주칠 수밖에 없었다. 위기에 빠진 무라를 구해 준 것이 알한이었다. 그는 도깨비들과는 달리 인정사정없이 몽둥이를 휘두르며 한 무리나 되는 사울아비 속으로 뛰어들었다. 덕분에 무라를 둘러싼 포위망이 단숨에 흐트러졌고 무라는 도망칠 수 있었다.

마지막 순간에 알한은 신시 중앙에 솟아 있는 큰 기둥 같은 것을 눈으로 가리키며 작게 말했다. 저리로 가라고. 그러고 난 다음 알한의 몽둥이가 부러졌고, 그는 사울아비들에게 에워싸였다. 알한도 사람을 죽이면서까지 저항하지는 않았다. 하지만 그래서야 겹겹이 둘러싸인 사울아비 손에서 빠져나갈 수는 없었을 것이다.

어디로 갈지 몰랐던 무라는 알한의 말을 믿기로 하고 기둥을 향해 달렸다. 뒤에서 사람들이 아우성치며 따라오는 것 같았으나 뒤도 돌아볼 수 없었다. 큰 기둥은 담장 없는 큰 집 가운데에 세워져 있었는데, 주변에는 마침 아무도 없었다. 기둥의 맨 아래쪽에 작은 문이 하나 있었다. 무라는 다른 생각을 할 겨를도 없이 문 안으로 뛰어들었다. 들어오고 나니 왜 이런 좁은 곳으로 뛰어들었을까 하는 후회가 들었다. 쫓기다가 이런 좁은 곳으로 뛰어드는 일은 자살행위나 마찬가지인데 말이다. 허나 그 순간 무라는 무조건 뛰어들 수밖에 없었다.

'뭐가 나를 홀렸나?'

무라는 고개를 저었다.

'아냐. 정신이 없어서 그랬던 거야. 어쨌든 아무도 쫓아오지 않았으니 이걸로 된 거야. 그런데…… 이제부터는 어떻게 하지? 도대체 여기는 어디며 사람들은 왜 쫓아오지 않는 것일까? 추격이 계속된다면 어떻게 피해야 할까?'

아무튼 더 이상 신시에 있을 수는 없었다. 도깨비들이나 알한, 울라트, 비울걸까지도 잡혔다. 신시만이 아니라 이제는 주신 전체가 적이 된 셈이다. 무라는 치우천을 데리고 치우비에게 가는 것이 좋겠다고 생각했다. 그리고 난 다음 그들과 함께 작은 주신으로 가건, 야율쿠리가 있는 키탄이나 초초룬이 있는 마갸르, 아니면 몽골, 타타르…… 하다못해 카린의 쑤앙마이에게 가더라도 형제를 박대하는 일은 없을 것이다. 지나족이나 주신만 아니라면 어디든 괜찮을 듯싶었다. 그렇게 생각하고 나니 용기가 났다.

'여기서만 나가면 된다. 신시의 성벽만 빠져나가면 그만이다. 성벽이 높지만 넘어가서 개명수를 부른 다음 둘이 타고 달리면 어느 말도 따라오지 못할 것이다.'

무라는 마음을 정하고, 가쁜 숨을 내쉬고 있는 치우천을 돌아보았다. 추격자도 없는 것 같았고 치우천도 금방 정신을 차릴 것 같지는 않으니 잠시 이대로 두어도 괜찮겠다는 생각이 들었다. 무라는 탈출할 길을 찾기 위해 걸음을 옮기기 시작했다. 혼자라면 신시의 사울아비들에게 잡히지 않을 자신이 있었다.

간간이 놓인 기름등잔을 따라 꼬불꼬불한 미로 같은 길들을 한참동안 걷고 나니 들어왔던 작은 문이 보였다. 다행스러운 일이었지만 여기까지 오면서 사람은 한 명도 만나지 않았다. 이쯤 되자 도리어 그것이 의심스러워졌다.

'왜 아무도 보이지 않을까? 함정이 아닐까? 아니, 내가 여기 올 것을

누가 알 리가 없는데. 혹시 여기가 괴물이나 귀신을 가두는 장소는 아닐까?'

그렇게 생각하자 뒤에 두고 온 치우천이 걱정되었다. 무라는 고개를 저었다. 동굴은 어둡고 이상할 만큼 조용하고 음침했지만 무섭거나 흉한 것이 있을 것 같지는 않았다. 무라는 달의 정기를 받고 태어났기 때문에 귀신이나 요사스러운 존재의 기운을 잘 느꼈다. 그런 것들이 있었다면 진작 느꼈을 것이다. 아니, 그보다는 되레……

'아니, 뭔가 있기는 한 것 같지만…… 사람이나 짐승도 아니고…….'

그러고 보니 동굴 문 밖에 높은 기둥이 있었다.

'주신 사람들은 그것을 무어라고 했더라? 그렇다. 솟대. 솟대라고 불렀다. 신경을 쓰지 않아서 깨닫지 못하고 있었구나. 그리고 그 솟대는…… 그렇구나!'

무라는 그제야 깨달았다. 주신 사람들은 안파견 한님을 섬기고, 안파견 한님을 도와줬던 신수라고 전해지는 불까마귀, 자오지를 숭배한다. 그래서 높은 기둥을 세우고 안파견 한의 상징인 자오지, 새의 형상을 위에 달아 주신의 상징으로 삼는다. 높이 솟은 솟대 주변은 아무도 드나들 수 없으며 함부로 들어가려고도 하지 않는다. 심지어 죄를 지은 사람이 솟대 부근으로 들어가도 따라가 잡지 않을 정도이다. 간단히 말해 신성한 지역이다. 카린에서 쑤앙마이의 거처 주변에는 아무도 들어가지 못하게 하는 것과 마찬가지였다. 그것은 예전에 처음 신시에 왔을 때 지나가는 이야기로 들었던 내용이었다. 그때 알한도 같이 있었던 것 같다. 알한은 그것을 기억하여 사람들이 잡으러 오지 못하는 이곳으로 가라고 말해 주었던 것이다.

'그러면 이제는 괜찮을 테지. 하지만 왜 사람들이 가까이 오지 못하게 하는 걸까? 뭐가 있기는 한 걸까?'

주신에 대해 잘 알지 못하는 무라는 그것이 무엇인지 알 수 없었다. 아니, 사실 신시 사람들도 솟대 주위가 금지 구역이라는 것만 알지, 실제 뭐가 있는지, 있기는 한 것인지 아는 사람은 많지 않았다.

'그렇다 해도 이 굴은 사람이 만든데다 기름등잔도 있으니 가끔이라도 누가 드나드는 게 분명해. 신시에는 단군이라는 사람들이 있는 것 같던데…… 신관이나 제사장 같은 사람들이었지. 그들이 드나들면 발각될 수도 있겠네. 빨리 길을 찾아 빠져나가는 것이 좋겠다.'

거기까지 생각한 무라는 호흡을 하여 힘을 모은 다음 번개 같은 빠르기로 굴에서 빠져나갔다. 바깥은 어느새 어둑어둑해졌고 사람들도 보이지 않았다. 솟대에서 조금 벗어난 부근에서는 상당한 숫자의 사울아비들이 무리를 지어 돌아다니고 있었다. 자신과 치우천을 찾는지도 몰랐다. 하지만 이제는 더 이상 잡히지 않을 자신이 있었다. 들키지 않게 어둠 속과 집이나 나무 구석구석을 이용하여 빠져나가면 된다. 무라는 몸을 날려 그늘에 몸을 숨기면서 신시 밖으로 나갈 길을 찾았다. 개명수를 불러 볼까도 생각했지만 성벽이 너무 높아 부르는 소리도 안 들리고 들린다 해도 넘어올 수 없을 것이다. 혼자 힘으로 성문이나 성벽으로 빠져 나가야 한다. 성문은 사울아비들이 지키고 있어서 빠져나가는 것은 무리였다. 그렇다면 성벽뿐인데, 밖에서 성벽을 넘어 안으로 들어가는 것은 거의 불가능하지만, 성벽 안에서 성 밖으로 나가는 것은 어렵지 않을 것 같았다. 안에서는 성벽 위로 오르는 길이 있을 테니, 성벽 높이만큼 긴 밧줄만 구한다면 그것을 타고 내려가면 될 것 같았다.

마음이 밝아진 무라는 성벽의 그늘진 곳에 자라던 칡덩굴을 한 아름 주워서 솟대 아래로 돌아왔다. 사울아비들은 꽤나 열심히 신시 안을 순찰하고 있었지만 숨어 다니기는 이제 어렵지 않을 듯싶었다. 솟대 부근에는 여전히 사람의 기척이 없었다. 허나 동굴로 들어와 치우천을 앉혀

두었던 자리까지 온 무라는 당황해서 칡넝쿨을 땅에 떨어뜨리고 말았다. 눕혀 두었던 치우천이 온데간데없이 사라져 버린 것이다.

'어떻게 된 거지? 일어났나? 누가 들어왔나?'

엉뚱한 길로 잘못 들어온 것이 아닌가 주변을 살폈다. 길을 잘못 든 것은 아니었다. 무라는 마음이 급해지자 손목에 묶었던 헝겊을 풀고 품에서 부싯돌을 꺼내 불을 붙였다. 잠시나마 주변이 밝아졌다. 무라의 눈에 땅바닥에 희미한 발자취가 보였다. 무라의 발자국과 또 다른 발자국 하나. 치우천의 발자국인 것 같았다. 그렇다면 하필 자리를 비운 사이에 치우천의 정신이 들어 혼자 일어섰다는 말인가? 아직 안에 있을지도 몰랐다. 무라는 헝겊에 붙은 불이 커지자 커다란 기름등잔을 찾아 들고 동굴 안을 찾기 시작했다. 치우천의 모습은 보이지 않았다. 땅바닥에 있던 발자국들도 바닥에 돌이 깔린 곳으로 접어들자 사라지고 말았다.

정신없이 헤매던 무라는 앞에서 사람의 인기척을 느꼈다. 처음에는 치우천이 아닌가 했지만 자세히 들어 보니 아니었다. 치우천이라면 기운이 없어서 잘해야 터벅터벅 걷고 있을 텐데 그 사람의 몸놀림은 민첩했다. 무라는 들고 있던 기름등잔의 불을 급히 껐다. 느낌이 좋지 않았다. 누군지는 몰라도 그냥 둘 수 없었다.

무라는 조심스레 기름등잔이 없는 동굴 벽의 움푹 파인 구석으로 몸을 숨겼다. 그자가 지나가면 다짜고짜 후려갈겨 기절이라도 시킬 생각이었다. 무라가 숨고 얼마 안 있어서 어둠 속에서 흰 그림자가 번뜩 스쳐 지나갔다. 무라도 머리부터 얼굴까지 흰데 그 사람도 온통 흰빛인 것 같아 기분이 언짢았다. 무라는 힘을 모으고 있었으므로 번개같이 뛰쳐나가면서 흰 그림자를 향해 주먹을 날렸다. 빠르기라면 무라를 능가할 사람은 세상에 거의 없었다. 허나 흰 그림자는 놀랍게도 무라의 주먹을 피했다. 그것만이 아니라 반격까지 해 왔다. 무라는 바람 소리를 느끼고 얼굴을 젖혀 간신히 공격을 피했다. 깜짝 놀란 무라는 발길질을 연달아 하며 뒤로 물러섰다.

흰 그림자도 한 걸음 물러서더니 다시 무시무시한 속도로 공격해 오는 것이 아닌가. 도합 세 군데를 노리고 들어오는 공격이 날카로워 무라는 자신도 모르게 신음 소리를 냈다. 있는 힘을 다해 몸을 틀며 양손으로 두 군데의 공격을 걷어 냈다. 애써 방어했음에도 왼쪽 어깨에 얼얼한 통증이 느껴졌다. 도대체 사람 같지 않은 속도였다. 귀신이나 괴물이 아닐까도 싶었지만 그렇다고 물러설 무라가 아니었다. 화가 치밀어 오른 무라는 있는 힘을 다해 다리를 옆으로 쓸 듯이 찼다. 흰 그림자는 번개같이 피했지만 발에 반응이 있었다. 똑같이 한 대씩 주고받은 것이다.

흰 그림자는 다시 덤벼들었고 무라도 물러서지 않았다. 무라는 목숨을 거는 각오로 흰 그림자와 악전고투를 치렀다. 멀리 떨어진 등잔불밖에 없어서 별만 뜬 밤보다도 캄캄한 어둠 속이라 거의 느낌만으로 싸워야 하기에 더 힘들었다. 더구나 흰 그림자는 무라만큼, 아니 어쩌면 더 빨랐고 공격도 날카로웠다. 어둠 속에서 힐끗 보니 그자도 긴 흰머리를 하고 있는 것 같아서 무라는 소름이 끼쳤다. 자기 자신과 싸우거나 자신과 똑같은 괴물이 자신을 놀리는 것은 아닌가 하는 생각이 들었다. 싸움은 치열했지만 무라는 다른 자들에게 들킬까 봐 아무 소리도 내지 못하게 이를 악물었다. 흰 그림자 역시 소리를 내지 않았다.

'도움을 청하지 않는 걸 보니 적어도 이자는 나를 쫓는 사람은 아닌가 보군.'

무라는 그렇게 생각하고는 싸우면서 조심스레 누구냐고 물어볼 생각이었다. 흰 그림자도 그런 생각을 했는지, 그쪽에서 작은 목소리가 들려왔다. 주신 말이었다.

"넌 귀신이냐 사람이냐?"

무라는 공격을 하려다 말고 번개같이 뒤로 몇 발자국 물러섰다. 흰 그림자도 쫓지 않고 물었다.

"넌 대체 누구냐? 여기서 무엇 하는 것이냐?"

그는 목소리로 보아 늙은 남자인 듯했다. 흰 그림자처럼 보인 것은 머리나 수염이 희기 때문인 듯했다. 주신 남자들은 나이를 먹으면 상투를 올리기 때문에 긴 수염을 펄럭거리는 것을 머리카락으로 잘못 본 것 같았다. 귀신이 아닌 것을 확인하자 마음이 놓인 무라는 대답했다.

"쫓기는 중이다. 너는?"

흰 그림자는 무라의 목소리를 듣고 어이가 없다는 듯 말했다.

"여자 아닌가? 젊은 것 같은데?"

"묻는 말에나 대답해라."

무라가 말했지만 흰 그림자는 피식 웃으며 말했다.

"더구나…… 주신 말은 잘하지만 주신족 같지 않구나. 서쪽에서 오지 않았느냐?"

"그건 알아서 무엇하느냐? 너야말로 누구지? 너도 지금 쫓기는 중이냐?"

흰 그림자는 탄식하듯 말했다.

"그래. 나도 쫓기기는 한다. 여긴 너 같은 이방인이 올 곳이 아니다."

"여기가 어딘데 그러느냐?"

그 사람은 기가 막힌다는 듯 말했다.

"너는 여기가 어딘지도 모르고 숨어들었느냐?"

"사람들이 다니지 않는 곳으로 왔을 뿐이다."

"여기에 들어올 때 솟대를 못 보았느냐?"

"그건 보았다. 나는 솟대 근처로는 주신 사람들이 올 수 없다는 것도 안다."

"그렇다. 설령 죄지은 사람이 도망쳐 들어와도 함부로 잡을 수 없다. 솟대 밑은 단군만 드나들 수 있으니까. 그러니 너는 여기 오면 안 된다. 냉큼 나가라."

흰 그림자는 답답하고 안타깝다는 듯 말했다. 무라는 여전히 감정을 드러내지 않고 말했다.

"너도 쫓겨서 숨어든 것 같은데 무슨 헛소리냐? 그런데 솟대 밑에는 모두 이런 굴이 있는 거냐?"

"그렇지는 않다. 주신의 마을마다 솟대가 있지만 굴이 있는 곳은 여기뿐이다. 여긴 신시의 가운데 있는 특별한 곳이니까. 너, 좋은 말로 이야기할 때 나가라. 이곳을 함부로 돌아다니면 죽는다."

"왜 죽는단 말이냐? 뭐가 있기에?"

"여긴 마주치기만 해도 사람을 그 자리에서 죽이는 아주 무섭고도 신성한 물건을 모신 곳이다. 대주신의 한웅님 말고는 아무도 그것을 볼 수 없다."

"그게 뭐냐니까?"

무라가 채근하자 흰 그림자는 비웃듯 말했다.

"아직도 모르겠느냐? 여기에 신시가 선 것이 그것 때문이다. 주신이 있는 것도 그것 때문이다. 주신이 세상 제일의 부족인 것도 그것 때문이다. 바로 천부인이다."

무라는 깜짝 놀랐다. 그녀는 쑤앙마이 밑에서 자랐기 때문에 세상의 신비한 선인과 보물 이야기를 많이 알고 있었다.

"자부 선인이 주신을 세운 안파견 한님에게 주었다는 그 천부인이냐? 그것이 정말 있는 물건이었나?"

"그러니 좋은 말로 할 때 사라져라. 여기는 안전한 곳이지만 네가 헤매다가 천부인이 있는 가운데 큰 굴로 들어가면 그 자리에서 죽는다. 대

주신의 한웅님이나 한웅님이 되실 분만이 천부인을 보고도 죽지 않으며 이야기를 할 수 있다. 단군이나 솟대 단군일지라도 그것을 볼 수 없다. 보면 죽는다. 그 자리에서! 그래서 이 굴에는 사람이 없다."

"이야기를 한다고? 천부인은 물건 아닌가? 물건이 어떻게 이야기를 한단 말인가?"

"너는 몰라도 된다!"

"그런 너는 어떻게 그렇게 잘 아느냐? 주신 사람일지라도 그런 것은 모를 텐데?"

"나는 안다. 그럴 사정이 있지. 헌데 생각이 바뀌었다."

"뭐라고?"

"너를 내보냈다가 잡히면 나에 대해서 말할 것 아니냐? 그렇다고 이 신성한 곳에 이방인, 그것도 여자를 놔둘 수도 없으니 결국 너는 죽어야겠다."

말이 끝나자마자 휙 하고 날카로운 공격이 날아들었다. 뭐라고 대꾸할 틈도 없어서 무라도 주먹을 쥐고 싸우기 시작했다. 무라가 주로 강한 힘으로 때리고 차는 공격을 하는 데 비해 흰 그림자는 발은 쓰지 않고 손가락으로 찌르고 손날로 베는 공격을 했다. 맨손인데도 흰 그림자의 공격은 구리칼 못지않게 날카로워서 스칠 때마다 벤 것 같은 상처가 났다. 반면 무라의 공격은 이상하게 솜뭉치를 치는 것처럼 별 타격을 주지 못했다. 분명 흰 그림자가 한 수 위인 듯했으나 그는 늙어서 숨을 헐떡이는 것 같았다. 때문에 무라는 피투성이가 되면서도 간신히 버티고 있었다. 무라도 느려졌지만 상대도 기운이 빠져 가는지 간간이 맞는 타격이 늘고 있었다. 이대로 가면 누가 죽든지 반드시 한 사람은 죽을 것 같았다. 무라는 물러서며 말했다.

"나는 이기건 지건 물러서지 않는다. 하나만 묻자. 혹시 네가 여기 있던 사람을 데려 갔느냐? 아니, 본 적이라도 있느냐? 그것만 말해 주면 고맙겠다."

"여기 다른 사람을 데리고 들어온 거냐?"

"그렇다. 분명 정신을 잃고 있었는데 잠시 자리를 비웠다 와 보니 없어졌다."

흰 그림자는 킥킥 웃었다.

"난 본 적 없다. 너를 죽이고 그놈도 찾아 죽여야겠군. 입은 막아야 하니까."

"네까짓 게 그럴 수 있을 것 같으냐?"

무라는 화가 나서 더 치열하게 공격했다. 흰 그림자는 무라의 주먹을 튕겨 내면서 말했다.

"벌써 헤매다가 천부인의 방에 들어가 죽었을지도 모르겠는데?"

무라는 화가 나서 외쳤다.

"그 사람은 천부인의 방에 가도 죽지 않을 거다! 그는 주신 제일의 영웅이다!"

흰 그림자는 주춤하며 믿을 수 없다는 듯 외쳤다.

"그 사람이 혹 치우천 아니냐? 아니, 그러고 보니…… 너도…… 이야기를 들은 적 있다. 흰 머리의 여전사…… 그래, 무라! 너는 카린의 무라지?"

무라는 입술을 깨물며 죽을힘을 다해 달려들며 말했다.

"그래! 이제 나야말로 네 입을 막아야겠다!"

이자를 놓치면 자신과 치우천까지 위험해질 것 같았다. 무라는 독한 마음을 품고 몸속에 숨겨져 있던 달의 기운을 끌어내기 시작했다. 아수타란의 나쁜 기억 때문에 어지간하면 쓰지 않으려 했던 힘이었지만 상황이 어쩔 수 없었다. 그때 저쪽에서 아이의 외침 소리가 들려왔다.

"무라 누나! 잠깐만요!"

낯익은 목소리였다. 무라는 깜짝 놀라 외쳤다.

"누리?"

곧이어 타박타박 다가오는 작은 발자국 소리가 들렸다. 분명 누리의 발자국 소리였다. 누리는 달려와서 말했다.

"싸우지 말아요!"

무라는 반가워서 누리의 손을 꽉 잡으며 말했다.

"네가 어떻게 여길? 잡혀가지 않았니?"

"여기 흰 단군님이 구해 줬어요. 다른 사람들은 잡혀갔어요!"

"흰 단군?"

무라는 흰 단군을 만난 적은 없지만 치우천에게서 이야기는 들은 적이 있었다. 그러고 보니 온통 흰색인 것도, 솜씨가 대단한 것도, 왜 천부인과 동굴을 잘 아는지도 이해가 되었다. 치우가람 일파가 다 잡혔지만 흰 단군은 도망쳤다고 알고 있었으며, 치우천이 맥달의 생사 여부를 확인하려고 애타게 찾은 사람이기도 했다. 흰 단군이 왜 여기 있는 것일까? 누리는 왜, 어떻게 구한 것일까? 묻고 싶은 말이 많고도 많았지만 무라가 입을 떼기도 전에 누리가 말했다.

"천 아저씨가 여기 있나요?"

"어서 찾아야 해."

"같이 찾아봐요."

누리가 웃으며 말하자 흰 단군이 내키지 않는다는 듯 말했다.

"치우천 그 녀석이 나쁜 놈은 아니지만, 누리 네 아비의 원수다. 그런데 그 녀석을 돕겠다는 거냐? 나는 내키지 않는다."

누리가 안타까운 듯 말했다.

"날 잘 돌봐 주었어요. 천 아저씨도, 비 아저씨도요."

"안 그랬으면 내가 둘 다 가만두지 않았을 거다."

"그러면 안 돼요! 흰 단군님도 도와주세요. 네?"

"아직 한 해가 지나지 않았는데, 정말 괜찮으냐?"

"괜찮아요!"

누리가 울 것처럼 외치자 흰 단군은 한숨을 쉬었다.

"그래. 더 싸워 무엇하겠느냐. 나는 이제 단군도 아니니……."

흰 단군은 무라에게 말했다.

"싸우지는 않겠다. 여기서 빨리 나가는 게 좋을 것이다."

누리가 말했다.

"단군 할아버지도 도와주세요."

"내가?"

흰 단군은 망설이다가 내키지 않는 듯 말했다.

"할 수 없지. 알았다."

무라는 흰 단군 같은 자가 왜 아이에 불과한 누리의 말을 듣는 것인지 이해할 수 없었다. 무슨 까닭이 있는 것이 분명했다. 그녀는 예의 무뚝뚝하고 냉정한 말투로 돌아가 말했다.

"누리, 숨긴 게 있었구나. 한 해가 지나지 않은 것은 또 뭐지? 하지만 지금은 그냥 넘어가자. 천님을 찾아 빠져나가는 게 급하다."

흰 단군은 누리를 업으며 말했다.

"좋다. 너는 저쪽에서 나가는 문 쪽을 찾아봐라. 내가 안쪽을 찾겠다. 천부인의 방 근처로 가면 죽게 되니까. 찾아보고 여기서 다시 만나기로 하자."

무라는 의심스러운 듯 말했다.

"내가 안쪽을 찾겠다."

흰 단군은 코웃음을 치며 말했다.

"내가 천부인의 방에 대해 말 안 했던가? 자칫 잘못 들어가서 구멍에 빠지면 죽는단 말이다."

"구멍에 빠져?"

무라가 고개를 갸웃하자 흰 단군은 말했다.

"이 동굴 끝에는 천부인의 방으로 통하는 구멍이 있다. 복잡한 동굴이라 그리로는 가기조차 힘들다. 보통은 빙빙 돌다가 도로 문 쪽으로 돌아나가게 된다. 천부인이 있는 방은 산 사람은 들어갈 수 없지만, 간혹 아주 높은 사람들이 죽으면 안파견 한님을 섬기기 위해 그 방으로 던져 넣기도 한다. 그래서 구멍이 뚫려 있다."

무라는 왠지 불길한 생각이 들었다.

"내가 그리로 가 보겠다. 아무래도 불안하다."

그때 멀리서 소란스러운 소리가 들려왔다. 흰 단군과 무라는 흠칫하여 서로 얼굴을 바라보고는 귀를 기울였다. 한두 사람이 내는 소리가 아니었다. 수많은 사람들의 웅성거림 같았다. 우는 소리와 뭔가 노래하는 소리가 섞여서 들려 왔고 소리는 점점 가까이 다가왔다. 흰 단군은 인상을 쓰며 말했다.

"누가 장례를 치르러 들어왔군!"

"천부인이 있다면서 장례?"

무라가 묻자 흰 단군은 귀찮다는 듯 말했다.

"높은 사람이 죽었을 때는 천부인 곁에 장례를 치르기도 한다. 여기 있다가는 들킨다! 일단 빠져나가야 한다!"

"어떻게?"

무라가 말하자 흰 단군은 일단 누리를 업고 앞장서며 말했다.

"동굴은 외길 같지만, 아까 말한 천부인의 방 쪽으로 돌아서 가면 문으로 돌아나갈 수 있다. 나만 따라와라! 꾸물대다가는 들키니 빨리 움직이자!"

세 사람은 최대한 소리를 내지 않으려 조심하면서 동굴 벽을 타고 움직였다. 장례를 치르러 온 사람들은 몇몇은 울고, 몇몇은 죽은 사람이 안파견 한님 곁으로 가기를 빌며, 몇몇은 죽은 사람의 살아생전의 덕을 칭송하기도 했다. 여러 목소리 중에 하나를 듣고는 무라는 몸을 흠칫했다.

'그 녀석이군!'

흘레부치의 목소리였다. 뭐라고 하는지 내용까지 알아들을 수는 없었지만 그자의 목소리가 틀림없었다.

'여기 장례 치르러 온 사람은 고시울률이구나. 하필이면……'

무라는 마음이 더 조급해졌다. 다른 사람들에게 들키는 것도 곤란하지만 저들에게 들킨다면 최악이었다.

"서두르자."

무라는 짧지만 단호하게 말하고는 걸음을 재촉했다. 그러자 휜 단군이 말했다.

"역시 생각대로 고시울률 그놈의 장례군. 몇십 년 만에 처음 천부인을 모신 곳에 묻히는 사람이다. 운도 좋은 놈이군."

"놈?"

휜 단군은 한숨을 쉬며 뭐라고 하려다가 마음을 돌린 듯 걸음을 재촉했다. 그렇게 복잡한 동굴을 헤매며 동굴의 깊숙한 곳에 들어서자 무라의 걸음이 느려졌다. 휜 단군은 쯧 하고 혀를 차더니 말했다.

"너는 이방인이니 견디기 힘들 것이다. 참고 천천히 움직여라."

무라는 납처럼 시퍼렇게 얼굴이 질린 채 와들와들 떨고 있었다. 보이지는 않지만 형언할 수 없는 힘이 무라가 걸음을 옮기는 것을 막고 있었다. 몸이 움직여지지 않았으며, 사지가 저릿저릿했다. 무서워서 견딜 수가 없었다. 아수라란 같은 괴물이나 신수도 두려워하지 않던 무라였지만 이번만큼은 어쩔 수 없었다. 뭔가 생각나거나 느껴지는 것도 아닌데, 본능에 가까운 공포심이 가슴 깊숙한 곳에서 밀고 올라와 억누를 수가 없었다. 누리도 마찬가지였다. 이방인이 아니어서 조금 나은 듯했지만 입을 양손으로 틀어막고 덜덜 떨고 있었다. 누리의 온몸에서 배어 나오는 땀이 흰 단군의 옷에까지 스며들고 있었다.

"아이도 참고 있는데, 너도 참아라. 나는 단군의 글자 주술을 몸에 새겼으니 괜찮다만."

무라는 몇 걸음 더 옮기지 못하고 주저앉아 버리고 말았다. 그러고는 온몸을 웅크리고 머리를 감싸 쥐었다.

"난…… 난 못 가……."

무라는 정신이 희미해지자 자기도 모르게 카린 말로 중얼거렸다. 그것을 본 흰 단군은 혀를 찼다.

"대단한 여자라 생각했는데 너도 별수 없군."

흰 단군은 망설이다가 누리를 한 손으로 받쳐 안고 무라를 등에 업었다. 그는 중얼거렸다.

"치우천, 그 녀석도 별수 없을 것 같은데…… 여기서 죽든지 아니면 잡혀서 죽겠지. 아깝기도 하고 밉기도 한 놈이었는데……."

흰 단군은 두 사람을 안고 업은 채 천부인의 방과 통하는 구멍 앞을 지나쳐 갔다. 단군의 징표라 할 수 있는 글자 주술을 새긴 흰 단군이었지만 구멍 근처를 지나갈 때에는 그도 다리가 후들거렸다. 천부인의 힘이 가장 강하게 느껴지는 곳이라 무라와 누리는 아예 기절한 상태였다. 흰 단군은 천부인께서는 용서하시라는 말을 주문처럼 중얼거리면서 앞을 지나쳤다. 그 근처는 여태껏 신시에서 많은 사람들이 장례를 치를 때 사용했던 여러 잡동사니들이 먼지에 뒤덮인 채 뒹굴고 있었다. 유난히 큰 기름등잔이 있어서 그리 어둡지 않았다.

죽어서 안파견 한님과 가장 가까운 물건인 천부인 옆으로 가는 것은 영광스러운 장례였다. 수많은 종이나 추종자들을 함께 순장시키는 것보다 더 큰 영예였다. 허나 천부인은 한웅이 아니면 누구도 직접 볼 수 없고, 보면 죽는다고 알려져 있다. 그래서 구멍을 통해 시체를 던지면 천부인 곁으로 가도록 해 둔 것이다. 고시울률이라면 그럴 자격이 있었다. 목이 없는 상태에서는 안 되었겠지만 목을 다시 찾은 이상 여기 묻힐 수 있었다.

이곳을 지나가다가 사람 발자취를 남기는 것은 좋지 않은지라 흰 단군은 조심스레 걸음을 늦추었다. 그런데 구멍 앞에서 흰 단군은 뭔가를 발견했다. 다른 것들처럼 오래되지 않은 듯 등잔 빛을 받아 번쩍이고 있어서 금방 눈에 띄었다. 작은 칼이었는데 뱀처럼 구불구불하게 생긴 특이한 모습이었다.

'무기가 있으면 무슨 일이 생겨도 도움이 될 것이다.'

흰 단군은 무기를 잘 쓰지 않았지만 이런 상황에서 무기는 도움이 될 수 있었다. 신기한 모양이 이상하게 마음을 끌었다. 집어 들고 보니 구리칼 같기는 한데 구리칼에 비해 훨씬 가볍고 날카로워 보였다.

'이거 보물이로군.'

흰 단군은 그것을 집어 허리춤에 찔러 넣고 서둘러 반대편으로 걸음을 옮겼다. 흰 단군은 알지 못했지만 그것은 치우천이 가지고 다니던 크리스였다.

치우천은 꿈을 꾸고 있다고 생각했다. 꿈을 꾸면서 스스로 꿈속에 있다고 생각한 적은 없었다. 하지만 지금은 분명 꿈속이었다. 아직 눈을 뜨지도 못했고 몸도 움직일 수 없었다. 온몸이 이상하게 아팠다. 열이 올랐거나 다리부터 시작되는 아픔이 아니라 뭔가에 온몸을 얻어맞거나 높은 데서 굴러 떨어진 것 같은 통증이었다. 눈을 감았는데도 눈앞에 거대한 빛의 덩어리가 떠 있었다. 빛이 말을 걸었다. 이것이 꿈이 아닐 리 없었다.

너는 죽지 않았구나. 네가 정해진 그 사람이냐?

빛의 덩어리는 치우천에게 묻고 있었다. 조금 전부터 계속. 치우천은 대답할 수가 없었다. 입이 떨어지지 않았다. 뭐가 뭔지 알 수 없었다. 빛 덩어리가 다시 말했다.

때가 되어 알려 주는 소리가 있었다. 네가 나와 인연이 있겠느냐?

치우천에게 문득 우린 구슬을 이용하여 신수와 이야기하던 기억이 떠올랐다. 지금 상황이 그와 비슷했다. 입을 열어 말할 필요는 없다. 마음으로 이야기하면 될 것 같았다.

들을 수 있소?

그렇다.

정해진 사람이라는 게 무슨 뜻인지 모르겠소.

너는 나의 부름을 들었다. 그래서 정신을 잃었으면서도 여기까지 기어와 뛰어내렸다. 쇠붙이를 지니고 있으면 죽으니 버리고 오라는 말까지도 듣고 그대로 했다. 그러니 너는 분명 정해진 사람이다. 선택받은 사람이다.

여긴 어딥니까? 나는…… 나는 우리 집에 누워 있었는데…….

여기는 신시의 솟대 밑이다.

내가 왜 여기에 왔소?

치우천이 묻자 눈앞의 빛이 크게 빛나더니 이상한 광경이 치우천의 뇌리로 스며들었다. 무라가 자신을 안고 동굴로 도망쳐 들어왔다. 그러고는 자신을 놓고 나갔다. 자신은 눈도 뜨지 못한 채 비틀거리며 일어나 걸어서 홀린 듯 동굴 안을 향했다. 큰 등잔이 켜 있고, 낡고 오래된 이상한 물건들이 먼지를 뒤집어 쓴 채 널려 있는 곳에서 치우천은 몸의 무기와 쇠붙이를 몸에서 떼어 냈다. 그리고 굴로 뛰어들었다.

내가…… 그랬던가? 내가 왜 그랬지? 당신이 불렀소?

그렇다.

내가 왜 동굴로 들어오게 되었소? 여기는 어디고, 당신은 누구요? 아니, 무엇이오?

그것은 나중에 알려 주겠다.

지금 알고 싶소만.

서둘러서는 안 된다. 지금 그것을 말해 주면 너는 딴생각에 빠져서 내게 답을 주지 않을 것이다. 나는 오래 기다렸다. 답을 듣고 싶다.

무슨 답을 듣고 싶은 거요?

빛은 치우천에게 말했다.

너의 꿈은 주신의 한웅이 되는 것이지?

치우천은 이 빛이 선인이나 신수처럼 초월적인 힘이라고 직감했다. 이 빛이 이미 모든 것을 안다면 숨기는 것 없이 솔직해야 한다고 생각했다.

그렇소.

왜 한웅이 되려고 하느냐?

주신과 이 세상을 바로 잡기 위해서요.

주신과 세상을 어떻게 바로잡고 싶으냐?

치우천은 잠시 생각하다가 말했다.

일단 지나족을 물리쳐야겠지요. 그리고 평화롭게 모든 부족이 같이 살 수 있는 세상으로 만들고 싶소.

지나족을 왜 물리쳐야 하느냐? 다른 부족이어서냐?

아니오. 그들은 세상을 전부 지나족으로 만들고 싶어 하오. 하지만 내 생각으로 그것은 사람들을 결코 편하게 만드는 일이 아니오. 겉보기에는 좋을 것 같지만 피가 강처럼 흐르고, 죽은 사람이 산처럼 쌓이게 만드는 바보짓이고 욕심이고 사기요. 사람은 애당초 날 적부터 각자 다르오. 부족마다 생김새가 다르고, 습관이 다르고, 믿고 행동하는 것이 다르오. 그런 것을 억지로 하나로 묶을 수 없소. 그렇다면 차라리 모두 벗이 되고 생김새나 습관이 다르더라도 서로 이해하고 받아들이는 세상으로 만들고 싶소. 하나로 뭉쳐진 세상보다, 제각기 다른 사람들이 어울려 사는 세상이 더 좋다고 생각하오.

그것이 가능하리라 생각하느냐?

가능하지 않더라도 애써 보아야 하는 것 아니겠소?

너는 선인들도 많이 만났고 신수들도 만나 보았다. 주술의 강력한 힘도 알고 있다. 네게 그런 힘이 주어진다면 어떻게 쓰려느냐?

그 물음에 치우천은 딱 잘라 말했다.

나는 쓰지 않겠소.

그러한 힘을 이용하면 네 꿈이 이루어질지도 모르는데? 사람들은 너를 두려워할 것이고 지나족도 네 상대가 되지 않을 텐데?

치우천은 비웃듯 말했다.

나는 자부 선인을 직접 만났고, 발귀리 선인이나 쑤앙마이 같은 선인도 만나 뵈었소. 물론 그분들은 나 따위는 비교도 할 수 없을 만큼 강한 분들이셨고. 선인들은 앞으로 주술의 힘이 점점 사라질 것이라 말씀하셨소. 그때는 곧바로 이유를 알 수 없었지만 후에 곰곰이 생각해 보니 이해가 되었소. 나도 그분들의 생각이 맞다고 여기오. 주술의 힘은 강하지만 그것은 실패한 거요.

주술의 힘이 강한데 실패했다는 것은 무슨 뜻이냐?

주술의 힘은 강하지만, 그것은 세상을 더 활기차고 풍요롭게 만들어 주지 못했소. 그 힘은 강하지만, 얻기가 아주 어렵고 너무 오래 걸렸소. 그래서 세상의 모든 것들 중 아주 적은 숫자만이 주술의 힘을 지녀 선인이 되거나 신수가 되었소. 그들은 힘을 얻고 강해질수록 혼자 지내다 고립되었소. 얻은 자는 점점 힘을 키웠고, 죽지도 않고 사라지지도 않고 그 힘은 커져서 세상 자체를 뒤엎어 버릴 지경이 되었소. 그러니 힘이 있어도 그것을 쓸 일이 없어져 버렸소. 도리어 잘못된 자들이 힘을 얻어 잘못된 곳에 쓸 위험성만 커졌소. 자부 선인이나 혼돈 선인 같은 분이시라면 단 한 번의 손짓으로 세상 전부가 없어져 버릴 거요. 그런 큰 힘은 세상을 위해 좋지 않소. 뭐, 이미 자부 선인이나 혼돈 선인 같은 분들이 다른 세상을 창조하신다는 말을 들은 바 있소. 그분들이 무엇 때문에 그래야만 하는지 요 근래 느끼게 되었소. 세상은 애쓰며 살아야 하오. 그래야 가치가 있는 것이고, 그렇지 않은 것은 아무런 의미도 없소.

너에게 그런 힘이 주어진다 해도 거부할 것이냐?

치우천은 웃으며 말했다.

있으면 좋겠다는 욕심이 생길지도 모르오. 어릴 때는 그런 생각을 많이 했소. 허나 지금은 그런 힘이 있어도 쓰지 않을 것이오. 아니, 주술이라는 것을 아예 없애 버리는 것이 세상을 위해 진정으로 좋은 일이라 생각하오.

너만 그러한 힘을 갖고 있고 다른 자들에게는 없다고 하면 네 뜻을 더 쉽게 이룰 수 있을 것 아니냐? 모두 네 발아래 무릎을 꿇을 것 아니냐?

치우천은 농담조로 대꾸했다.

자꾸 욕심 생기게 하지 마시오. 어차피 내게 그런 힘이 주어진다고는 믿지 않소. 안 그래도 앞으로 어려운 싸움을 끝없이 해야 할 것 같아서 마음이 복잡한데 바람 넣지 마시구려.

우스갯소리하지 말고 대답이나 해라.

그런 힘으로 남을 억누르면 남도 어떻게든 그런 힘을 얻으려 할 것이오. 설령 남은 얻지 못하고 나만 가진다 해도 내가 영원히 살지는 못할 것 같구려. 내가 죽고 난 후 그 힘이 어떻게 쓰일지, 누구에게 떨어질지 장담할 수 없소. 정말 내 손에 그런 힘이 들어온다면 내 손으로 그 자리에서 없애야 한다고 생각하오.

네가 영원히 살 수 있다면?

안파견 한님조차 영원히 살지는 못하셨소.

선인들은 영원히 살지 않느냐?

그들은 사는 것이 아니오. 나 혼자 생각이지만, 그들은 영원히 살게 된 순간 이미 죽은 것과 똑같아진 거요. 세상에 그것보다 끔찍하고 지루한 일은 없을 거요. 나도 죽음을 피하려 애쓰고 오래 살려고 발버둥 치겠지만, 영원히 사는 것만은 사양하오. 그건 끝없는 형벌이나 다름없지 않소? 죽지 않고 영원히 산 다면 세상에 무엇이 의미가 있고, 무엇을 위해 애를 쓰겠소? 자식을 낳아 키 우지도 못할 거요. 조금만 지나면 자식이 늙어 죽는 것을 보아야 할 테니까. 자식의 자식이 죽거나 다치거나 사고를 당하는 것도 견뎌야 하고. 생각만 해 도 끔찍하오. 그렇다고 내 자식과 후손까지 영원히 산다면, 언젠가는 세상이 내 자식들로 꽉 차서 움직이지도 못하게 되어 버릴 테니 그 또한 끔찍한 것 아 니겠소? 안파견 한님이 선인처럼 될 수 없어서 영원히 살지 못한 것이 아니라 생각하오. 그분도 스스로 금을 긋고, 그 이상 욕심을 부리지 않으셨음이 분명 하오. 그래서 존경받는 분이 되었을 테고 말이오.

치우천은 웃으며 덧붙였다.

아무리 오래 살아도 죽음이라는 것이 정해져 있다면, 그것은 영원히 사는 게 아니오. 생각도 안 날 만큼 까마득하게 오래 살더라도 언젠가 죽는다면 영 원한 것은 아니고, 그 힘이란 것도 결국은 다른 누구에게 넘어갈 것이오. 그러 면 문제는 똑같이 되풀이될 것 아니오.

너는 생각을 많이 하는 사람이구나. 너무 많이 생각하는 것 같지 않으냐?

목소리의 말에 치우천이 대답했다.

난 생각하는 게 좋고, 생각하며 사는 게 좋을 뿐이오.

네가 한웅이 되고 주술의 힘을 마음대로 할 수 있게 된다면 주술이라는 것을 어떻게 할 것이냐? 자세히 말해 보아라.

내게 기회가 온다면, 주술을 아예 없애고 싶은 생각이오. 선인들은 다른 세계로 떠나신다지만 고립자나 신수 들이 남아 있소. 나는 이들을 없애거나 선인을 따라가게 만들고 싶소. 이 세상은 사람이건 짐승이건 자기 타고난 몸과 머리만 가지고 사는 것이 좋을 것 같소. 될 수 있다면 그렇게 하고 싶소. 하지만 한웅이 된다고 해서 선인이나 신수를 어쩌지는 못할 테니 할 수 있는 것이라면…….

치우천은 조금 더 생각해 보고 덧붙였다.

주신에는 글자 주술이라는 것이 있는데 그것도 흩어 버리고 싶소. 발귀리 선인의 뜻에 따르면 말은 흩어질수록 힘이 약해진다 했소. 글자도 그러하겠지. 글자라는 것은 지금 비밀에 붙여져서 강한 주술로 쓰이지만, 생각해 보면 아주 쓸모 있을 것 같소. 주술 같은 치우친 힘 없이도 말이오. 그런 좋은 것을 주술의 힘만 탐내어 묶어 두고 몇몇만 쓰는 것은 마음에 들지 않는군요. 차라리 모든 사람이 글자를 알게 되면 주술의 힘이 흩어져서 거의 사라질 것 같은데 한웅이 되면 꼭 그렇게 해 보고 싶소.

주신에는 천부인도 있지 않느냐?

천부인의 이야기는 들었소만 정말 있는지는 모르겠소. 뭐, 그게 정말 있고 주술력이 있다면 그것도 그냥 두어서는 안 되겠지. 안파견 한님이 남기신 것이니 없애서야 안 되겠지만 주술의 힘은 어떻게든 없앴으면 싶구려.

글자 주술의 힘을 쓰는 삼사나 단군의 힘은 어떻게 할 것이냐?

주술을 쓰지 않더라도 삼사나 단군들이 할 일은 많고 힘과 지식은 대단하다고 믿소. 몇몇만 배울 수 있고 사용할 수 있는 주술이 아니라 사람이 가진 재주로 일을 해내야 사람다운 사람의 세상을 만드는 것이라 여기오.

빛 덩어리는 더 이상 묻지 않으려는 듯 침묵했다. 치우천은 조용히 생각하다가 말했다.

그런데 하나 궁금한 것이 있소.

무엇이냐?

내가 이런 생각을 한 게 내 생각이오, 아니면 이렇게 되도록 정해져 있던 거요?

무슨 뜻인지 모르겠다.

뭐라 말하긴 힘들지만…… 내가 말한 것은 내가 평소 하던 생각이기는 하오. 하지만 왜 내게 자꾸 이런 일이 생기는지 알 수 없단 말이오.

빛 덩어리는 대답이 없었다. 치우천은 속으로 픽 헛웃음을 웃으며 말을 이었다.

세상에 선인도 있고 신수도 있다지만 선인을 만난 사람이 몇이나 되겠소? 선인을 직접 만났다는 사람 이야기는 안파견 한님 말고는 한 번도 들어 본 적조차 없었소. 그런데 나는 자부 선인을 만나고, 발귀리 선인을 만나고, 쑤앙마이니 맥달이니 나로서는 헤아려 짐작할 수도 없는 선인들과 자꾸 얽혀들게 되었소. 그래서 나도 이런 생각이 많아지고, 이런저런 생각을 더 하게 되었소. 이건 우연한 일이 아니오. 우연히 이렇게 될 수는 없다는 말이오.

네가 할 일이 있기 때문이다.

치우천은 씁쓸하게 말했다.

그럼 내가 할 일도 정해져 있는 거요? 뭐, 대단하다면 대단하고, 놀랍다면 놀라운 일이지만, 난 그리 달갑지 않소. 내 길은 내가 걷고 싶을 뿐인데, 모든 것이 다 짜여 있어서 내가 그 안에서 놀아나는 것이라면……. 하하.

치우천은 웃다가 버럭 소리를 쳤다. 아니, 소리치듯이 흥분된 감정으로 생각을 전했다.

난 싫소. 내 힘으로 이루고, 내 힘으로 하고 싶소. 선인이니 신수니 주술이니 운명이니, 필요 없소. 내가 이겨 나갈 것이고, 내가 해 나가고 싶소! 그러니 알고 싶은 거요. 내가 아무리 발버둥 쳐도 어쩔 수 없이 밀리고 끌려서, 나는 당신들, 아니 선인이건 뭐건 그들이 정해 놓은 대로 따라야만 하는 거요?

빛 덩어리는 침묵을 지켰다. 치우천은 흥분하여 소리쳤다.

내가 갈 길은 이미 정해진 거요? 그런 거요? 그렇다면 내가 하지 않을 수는 없는 거요? 내가 하지 않는다면 누가 대신하게 되는 거요? 아니면 내가 이런 생각을 갖고 고민하고 지금 이렇게 악을 쓰는 것도 정해진 거요? 그렇다면 나는 무엇이오? 내 생각은 무엇이며, 내 행동은 무엇이오?

그것은 나도 알 수 없다. 하늘의 뜻인지도 모른다.

하늘이 혼자 모든 걸 하면 그만 아니오? 이 세상 모든 것이 하늘의 장난이라는 거요?

하늘의 장난이 아니라, 하늘이 너에게 바라는 것이 있다는 말이다.

바라고 안 바라고 문제가 아니라 내가 내 생각대로 사는지 아닌지를 알고 싶을 뿐이오.

빛 덩어리는 움츠러드는 듯하다가 다시 밝아지며 선명한 색깔처럼 말을 전해 왔다.

너는 모든 것 속의 작은 하나이나, 모든 것의 주인이기도 하다. 이것이 진실이다.

이해할 수 없소. 듣기 좋은 껍데기 같은 소리요. 내가 모든 것의 하나건 모든 것의 주인이건, 그 모든 것이 정해진 길만을 걷는다면, 내가 바람에 날리는 티끌 하나와 다를 것이 무엇이오?

세상의 의지는 하나가 아니다. 운명도 하나가 아니다.

내가 선택할 수 있다고 말하는 거요?

빛 덩어리는 대답하지 않았다. 치우천은 화가 나서 외쳤다.

이미 정해져 있는 것 중에 하나를 뽑는다고 달라질 것은 없소. 어차피 정해진 길을 따르는 것이니까!

왜 그런 것에 화를 내는가? 선인 또한 모든 것이 하늘의 뜻이라고 믿고 정해졌다고 믿는 자신의 길을 간다.

아니오. 아냐.

치우천은 부글부글 끓어오르는 마음을 억지로 가라앉히며 외쳤다.

내 문제가 아니오. 내 한 몸의 문제가 아니기 때문에 화나는 것이오. 나는 이 세상을 사랑하오. 내가 속한 가족도, 내 부족인 주신도, 하다못해 싸우고 있는 지나족도, 짐승도, 나무도, 산도, 물도, 바람도 모두 사랑하오. 모든 것들이 치열하게 다투고 치열하게 경쟁하면서도 함께 어울려 열심히 살아가고 있소. 그 모든…… 모든 것이 뭔가가 정해 놓은 하나의 길을 그냥 따라가는…… 그런 것이라면 나는…… 나는 참을 수가 없을 뿐이오. 나와 가족과 벗과 사람과 모든 것의 모든 일이…… 다만 하늘이라는 뭔가가 정해 놓은 대로 따르는 것이라면…… 이 모든 것들이 다 무슨 의미가 있겠소?

격렬하게 외치고 나자 마음이 진정되었다. 치우천은 마음을 가다듬으려 애쓰면서 중얼거리듯 말했다.

내가 한웅이 되려는 것은 다른 뜻이 아니오. 내가 한웅이 되어 사람들이 싸움을 하지 않고 잘 살 수 있다면 얼마나 좋겠소? 하지만 그럴 수는 없을 거요.

그럴 자신이 없는가? 모든 족장이나 지도자는 할 수 있다고, 노력한다고 말하지 않는가?

노력한다고 말하면 좋은 족장은 될 수 있겠지만, 모두를 잘 살게 한다거나 영원히 싸움 없이 평화로운 세상을 만든다는 따위의 말은 거짓이오. 헌원이 바로 그렇소. 스스로의 거짓말에 취해 있소. 나는 헌원을 미워하지 않지만, 반드시 그를 막아야만 하고 꺾어야 한다고 생각하오. 바로 그 이유 때문이오.

그의 뜻이 왜 틀리다고 생각하는가?

한집에서 나서 같이 자란 식구들도 싸우고, 아무리 모두를 잘 살게 하려 해도 결국은 누구는 더 잘 살고 누구는 더 고생하는 법이오. 세상 부족을 지나족으로 묶는다는 것은 결국 지나족의 대족장이 자기 명령을 듣지 않는 놈은 전부 죽이겠다는 말과 다를 바가 없는 거요. 나는 그런 거짓말을 늘어놓으며 사람들을 다스리고 싶지는 않소. 헌원의 다른 점은 존경스럽고 놀랍기 이를 데 없지만, 그런 생각이 숨어 있기 때문에 나는 결코 그를 따르지 않을 거요.

네가 바라는 세상은 무엇이냐? 모두가 평화롭게 사는 세상?

그러면 좋겠지만, 내가 세상을 다스려도 어디선가는 싸움이 계속될 거요.

그러면 모두가 잘 먹고 잘살게 하는 것인가?

그것 역시 좋겠지만, 내가 아무리 애를 써도 누구는 굶주리고 못 가진 것을 한탄하며 세상을 저주할 거요. 많은 사람은 자기 배만 부르면 그만이 아니라, 옆의 사람보다 잘 먹어야 맛을 느끼지 않소? 그런 욕심이 없었다면 모두가 선인이 되었을 거요. 하하.

그러면 너는 아무 생각도 없는 것이냐? 되는 대로 살게 한다는 것이냐?

아니오.

치우천은 단호하게 말했다.

나는 사람들이 노력하고 애쓸 수 있는 세상을 만들고 싶은 거요. 사람은 욕심이 있으니, 애쓴 만큼의 결과를 반드시 거둔다고는 말할 수 없을 거요. 허나 적어도 모두가 뭔가를 위해 애쓰고 싶어 하는 세상이라면, 그래서 애쓴 만큼 뭔가를 얻을 수 있고, 그것을 믿고 바라며 애쓸 수 있는 세상을 이룬다면 나는 그것으로 만족하오. 자신을 위해서 자신의 땀을 흘릴 수 있는 세상. 주신은 주신을 위해, 지나는 지나를 위해, 키탄은 키탄을, 미아우는 미아우를, 마갸르는 마갸르를 위해 힘을 다해 같이 사는 세상이오.

그렇다면 서로 싸우지 않겠는가?

어느 정도의 싸움은 어쩔 수 없소. 중요한 것은 서로를 있는 그대로 받아들여 인정하는 세상이오. 그러다 보면 싸우지 않는 것이 자신에게도 이득이 됨을 알게 될 거요. 어울려 각자 좋을 대로 사는 게 제일 좋다는 것을 깨닫게 될 거요. 나는 그 이상은 바라지 않소.

그다음은?

빛 덩어리의 질문에 치우천은 웃었다.

영원히 살 것도 아닌데 왜 그다음 일까지 걱정해야 하오? 정해진 운명을 따르기 싫어서 당신에게도 이런 말을 한 것인데, 내가 왜 다음 세상에까지 굴레를 물려주어야 하오? 다음 세상에는 다음 세상의 치우천이 있을 거라 믿을 뿐이오.

빛 덩어리는 환하게 빛나며 말했다.

너에게 한 가지를 알려 주겠다. 네가 걱정하고 안타까워하던 것은 바로 내가 걱정하고 안타까워하던 일이기도 하다. 나는 너로 인해 답을 얻었고 이제 너를 인정한다.

치우천은 여전히 태연하게 말했다.

당신은 어떤 선인이기에 나를 인정한다 만다 하시오?

그대의 조상이 나를 만들고 가장 위대한 선인이 나에게 힘을 주었다. 나는 그들의 의지의 일부고 넋의 일부다. 사람이 다룰 수 있는 가장 큰 힘 중 하나가 나이다.

당신……?

치우천이 짚이는 것이 있어서 움찔하는데, 빛 덩어리는 시야를 온통 뒤덮어 작열하듯 빛나며 말했다.

나는 천부인이다. 자부 선인이 만들어 힘을 주시고 안파견 한과 주신의 한 웅들이 지켜 온 힘이다.

의외의 원군

> 개돼지 같은 용기도 있고, 모리배의 용기도 있고,
> 소인의 용기도 있고, 군자의 용기도 있다.
> 음식을 탐해 염치없고 시비도 모른 채 죽고 살기로 먹고 보는 것은 개돼지의 용기요,
> 재물을 다투어 사양할 줄 모르고 과감하게 날치며 보이는 이득이라면
> 맹렬하게 달려드는 것은 모리배의 용기요,
> 죽는 것을 가볍게 여기며 난폭하게 날뛰는 것은 소인의 용기요,
> 권세나 이익에 기울지 않고 나라를 다 주어도 소신을 굽히지 않고,
> 죽음을 중히 여기되 의리를 지켜 굽히지 아니함이 군자의 용기다.
> —『순자(荀子)』,「영욕편(榮辱篇)」에서

땅을 까맣게 메우면서 달려오는 지나족의 대군을 보자 치우비의 눈앞이 캄캄해졌다. 지나족 대군과 한두 번 맞서 본 것이 아니지만 이렇게까지 열세인 적은 없었다.

'오늘 여기서 죽을지도 모르겠구나!'

속으로 각오를 다진 치우비는 마음을 가다듬으며 입술을 깨물었다.

'죽을 때 죽더라도 쉽게 쓰러지지는 않겠다.'

치우비는 치우광을 비롯한 대장들을 불러 모아 소리치듯 말했다.

"웃뜸사울아비 치우비가 말합니다. 지나족이 쳐들어왔으니 맞서 싸워야 합니다. 좋은 수가 있으면 말해 보시오."

제일 먼저 부소다솔이 외쳤다.

"부소다솔이 말하오. 우리는 수가 너무 적으니 맞붙어 싸우는 것은 무모한 일이오. 일단 이 자리를 피해야 하오. 지나족이 대장끼리 결투를 하는 중에 먼저 쳐들어왔으니, 그것만 소문내도 지나족은 사기가 꺾일 것이고 우리가 할 일은 다한 셈이라 생각하오."

치우광도 소리쳤다.

"사울아비 큰스승 치우광이 말합니다. 도망치면 어디까지 도망치겠습니까? 이기기 힘들더라도 굳게 자리를 지키고 방어하면서 시간이라도 끌어야 합니다."

뒤이어 치우벌도 말했다.

"사울아비 큰스승 치우벌이 말하오. 우리는 방어할 울타리도 구덩이도 파 놓지 않았으니 지키기는 무리요. 차라리 치고 나가야 합니다."

치우비는 제각각 다른 세 대장의 의견을 듣고 속으로 부르짖었다.

'형님! 형님 같으면 어떻게 할까? 얼마 안 되는 이 숫자로 어떻게 싸울 수 있을까? 내가 어떤 결정을 내려야 할까?'

예전에 치우천이 했던 말이 생각났다.

─비, 이 녀석아. 네 머리가 나만 못한 것이 아니야. 네가 나만 믿고 머리를 쓰지 않는 것이다.

문득 떠오르는 생각이 있었다.

'나는 이기려고 이곳에 온 것이 아니다. 해야 할 일이 한두 가지가 아니기 때문에 모든 것을 만족시키려고 무리하게 별짓을 다 했다. 지금도 세 대장의 의견이 다르나, 이 세 가지 방법이 다 일리가 없는 것도 아니다. 내가 꼭 하나만 택할 필요는 없지 않은가? 그래! 세 가지 모두 택하는 거다.'

치우비는 가슴을 주먹으로 쾅 치면서 외쳤다.

"좋소! 그렇다면 세 가지 방법을 다 씁시다!"

세 대장은 의아한 눈길로 치우비를 바라보았다. 부소다솔이 우물쭈물하며 말했다.

"비야…… 아, 아니…… 웃뜸사울아비. 어떻게 세 가지를 다 한다는 거요? 부대를 셋으로 나누자는 거요?"

"아닙니다. 도망치고, 이 자리를 지키고, 지나족의 사기를 꺾고. 세 가지를 동시에 하는 겁니다!"

"도망치고, 지키고, 적의 사기를 꺾는다? 도대체 어떻게?"

시간이 없었다. 지나족은 느리지만 빈틈없이 줄을 이은 채 새까맣게 몰려오고 있었다. 치우비는 급히 말했다.

"우리는 어릴 적부터 손발을 맞춘 가족 같은 부대요. 대열만 흐트러뜨리지 않으면 버틸 수 있습니다."

치우비는 대장들에게 지시했다. 부소다솔은 이백 명의 부하들을 시켜 화살과 식량을 있는 대로 말 등에 싣게 했고, 치우광은 활을 잘 쏘고 멀리 날리는 궁수들로 이백 명을 고르게 했다. 치우벌은 남은 절반의 군사들로 하여금 울타리를 만들려고 장만했던 커다란 나무판들에 구멍을 뚫어 손잡이를 달게 했다. 그냥 나무판에 구멍을 뚫고 가죽 끈을 매는 것이라 일제히 달라붙자 금방 만들 수 있었다. 치우비는 이들을 이백 명씩 네 열로 세웠다. 양쪽 가장자리에 나무판으로 만든 방패를 놓고 중앙에 활 잘 쏘는 전사들과 화살과 짐을 실은 부대를 두었다.

열이 만들어지자 치우비는 소리쳤다. 우선 적들의 기세에 질린 사울아비들의 사기를 올려 주기 위해서였다. 구체적으로 그렇게 생각했다기보다는 뭔가 불편한 기분에 본능적으로 움직인 것이다.

"너희는 세상에서 제일 뛰어난 주신의 사울아비다. 그리고 작은 주신의 전사다! 우리는 많은 싸움을 했고, 오랜 시간 동안 같이 훈련했기 때문에 서로 말을 하지 않아도 손발을 맞출 수 있다! 그렇지 않은가?"

치우비가 늠름하게 외치자 조금 맥이 없어 보이던 사울아비들도 자못 큰 함성을 울렸다. 치우비는 다시 크게 외쳤다.

"지금부터 우리는 저놈들 속으로 파고들어 간다! 우리는 지나족이 아니다. 지나족처럼 미련하게 땅에 웅크려 덜덜 떨지 않는다! 말을 타고 싸우고! 싸우면서 지키고! 적을 산산이 흩어 버린다! 숫자는 적지만 저놈들은 우리 상대가 되지 않는다!"

고작 팔백 명밖에 되지 않는 숫자로 적진 가운데를 뚫고 들어간다는 것은 자살행위일 수도 있었다. 허나 어차피 이판사판인데다가 그들 사이에서 영웅으로 손꼽히는 치우비가 기세 좋게 외치자 사울아비와 전사 들 또한 환호했다.

"너희는 대열에서 이탈하지 않고 말을 몰면서 앞사람을 쫓아 어디까지건 달릴 자신이 있는가? 나는 그런 장난을 일곱 살 때 마쳤다만!"

사울아비와 전사 들은 와 웃으며 소리를 질렀다.

"나는 여섯 살 때 했소!"

"사울아비로 말을 타며 자랐는데 누가 그것을 못하겠소!"

"나는 사울아비는 아니지만 타타르 출신의 작은 주신족이오. 몽골족 못지않게 말을 탈 수 있소!"

"나는 훈족 출신이라 사울아비에게도 뒤지지 않는다! 훈족은 태어날 때부터 말을 탄다!"

"예끼 이놈아, 거짓말도 적당히 해라!"

사울아비와 전사 들은 시끄럽게 떠들고 웃었다. 긴장이 풀리는 듯했다. 치우비는 껄껄 웃었다.

"좋다! 좋아! 너희가 할 일을 아는가? 맨 바깥의 두 열!"

몇 명의 전사가 대답했으나 소리가 작았다. 치우비는 다시 큰 소리로 외쳤다.

"맨 바깥의 두 열!"

"옛!"

"예엣!"

"와아!"

부하들이 크게 소리를 지르자 치우비도 크게 외쳤다.

"너희는 죽는 순간까지 손에 든 방패를 놓지 않고 동료들을 지켜 줄 수 있는가?"

"그럴 수 있소!"

"있소!"

"가운데 활 잘 쏘는 열!"

"예에엣!"

"와앗!"

아까보다 숫자가 적은데도 그들은 악을 쓰다시피 더 크게 소리를 질러 대답했다.

"너희는 말을 타며 화살을 쏠 수 있는가? 겨누어 맞힐 필요도 없다! 사방이 지나족이니 눈 감고 쏘아도 맞을 것이다!"

치우비가 외치며 껄껄 웃자 부하들도 따라 웃었다. 그러면서 또 나름대로 호기를 부리며 왁자하게 떠들어 댔다.

"오늘 지나 돼지 놈들 원 없이 맞혀 보겠구먼!"

"저놈들 이제 다 죽었어! 내가 반은 죽일 거요!"

궁수들이 기세 좋게 외치자 치우비는 가운데의 짐을 잔뜩 얹은 전사들에게 말했다.

"가운데 짐을 맡은 열!"

그들은 짐 더미에 눌려 거의 싸울 수 없는 처지인지라 대답이 작았다. 그것을 보고 치우비는 웃으며 말했다.

"무기를 쓰지 않는다고 불만스러운 거냐? 괜찮으니 솔직히 말해 봐라!"

"그렇습니다!"

"우리도 활이나 방패는 잘 쓸 수 있단 말입니다!"

치우비는 호기 있게 껄껄 웃으며 말했다.

"좋다. 좋다! 하지만 짐을 지키고, 활 쏘는 전사에게 화살을 대 주는 일도 중요하다! 누구 한 사람이 적을 몇 죽이느냐가 중요한 것이 아니다! 우리 모두 적을 얼마나 죽이고 흩어 버리느냐가 중요한 것이다!"

전사들이 다시 환호했지만 여전히 짐꾼을 맡은 몇몇은 입이 댓 발은 나와 있었다.

"그건 그렇습니다만……"

"다음번 돌격 때에는 너희가 활을 쏘게 해 주마!"

치우벌이 치우비에게 말했다.

"치우벌이 말하오. 저들에게 창을 맡기는 것이 어떻겠소?"

"창 말입니까?"

"지나족은 거의 다 걸어서 싸운다지만 말을 타고 싸우는 놈들도 있을지 모르네. 방패 틈으로 그런 놈들을 찔러 떨어뜨리는 것도 좋지 않겠는가?"

좋은 생각 같기도 하고 위험한 생각 같기도 했다. 결단은 빨리 내려야 했다. 치우비는 짐꾼 전사들에게 물었다.

"너희들, 짐을 지키면서 창을 쓸 자신이 있는가?"

전사들은 환호성을 올리면서 기뻐했다.

"문제없습니다!"

"우리도 잘할 수 있단 말입니다!"

"좋다! 그러면 너희는 창을 맡아라. 짐도 돌보고 창 공격도 해야 하니 할 일이 적지 않다! 활을 맡은 사람은 화살을 말 등에 옮겨 실어라. 혼자 활과 화살을 다룰 수 있겠지?"

"맡겨 두십쇼!"

"한두 번 해 본 일이 아닙니다! 활만 아니라 창, 칼, 도끼, 몽둥이, 도리깨! 무엇이든 쓸 수 있습니다! 창만 쓰라 하시면 되레 편합죠!"

그러자 방패 역할을 맡은 군사 중 한 사람이 크게 웃으며 말했다.

"지나족 말 타는 놈들이야 방패로 때려도 다 고꾸라질 거야! 나중에 봐라!"

"맞다! 맞다!"

치우비는 부하들의 사기가 순식간에 크게 오르자 만족해하며 치우광, 치우벌, 부소다솔에게 말했다.

"대장이 앞장을 서는 법. 우리가 앞장을 섭시다!"

치우광은 기뻐하면서 나섰고, 치우벌도 위엄 있게 나섰으나 겁 많은 부소다솔은 덜덜 떨며 말했다.

"나…… 나는 이제까지 앞장서 본 일이 없는데?"

치우비는 껄껄 웃으며 말했다.

"그러니 이번에 한번 서 보시는 겁니다!"

그러면서 슬쩍 부소다솔에게 작은 소리로 말했다.

"제 옆에 계시는 것이 가운데 숨는 것보다 나을 텐데요, 아저씨?"

부소다솔은 허옇게 질린 얼굴에 억지로 웃음을 띠었다.

"그…… 그래! 가자! 나도 주신의 사울아비다! 그럼! 나도 앞장선다!"

부소다솔의 치밀함과 철두철미하게 준비하는 자세는 사울아비 사이에서도 유명했으나 그에 못지않게 겁 많은 것도 유명했던 터라 사울아비와 전사 모두 크게 웃었다. 부소다솔 스스로도 겁 많은 것을 숨기려 하지 않았기에 부소다솔은 조롱감이라기보다는 부대의 기분 좋은 상징 같은 것이 되어 있었다. 치우비는 그 순간을 놓치지 않고 외쳤다.

"부소다솔님께서도 몸을 아끼지 않고 앞장을 서시는데, 너희는 너희 몸을 아끼겠느냐?"

"아닙니다!"

"어서 갑시다! 피가 끓는구먼!"

부하들은 환호했다. 아까 우스갯소리를 하던 방패잡이가 다시 크게 외쳤다.

"부소다솔님! 우리가 지켜 드릴 테니 걱정 마시고 적을 많이 죽여 주십시오! 저는 방패밖에 없지만 나중에 누가 많이 죽였나 내기하는 겁니다!"

부소다솔도 재치 있게 받아쳤다.

"좋지! 좋아! 어디…… 어디 한번 나중에 보자구! 신시에서 가장 좋은 술을 나에게 한턱내는 거야! 말 두어 마리어치는 마실 수 있으니 미리 준비나 해 두게!"

"부소다솔님이나 준비해 두십쇼! 하하핫!"

상대가 되지 않을 것 같은 압도적인 열세 속에서 치우비는 치우광, 치우벌과 함께 제일 앞에 서며 외쳤다. 치우비의 생각대로 적당히 들뜨고 마치 장난이라도 벌이러 가는 듯한 기분이 되어 있었다.

'느낌이 좋다.'

치우비는 만족하면서 크게 소리쳤다.

"나를 따라 앞으로!"

치우비의 고함 소리와 함께 나무 방패로 양옆을 둘러싼 팔백 명의 사울아비들은 뱀처럼 길게 열을 지은 채 일제히 달려 나갔다.

자기들 숫자에 비하면 한 줌에 지나지 않는 치우비의 부대가 돌격해 오자 지나족은 의외라 생각하는 듯했다. 대나무골 전체는 거의가 물과 뻘로 뒤덮여서 기마 부대의 돌격이 불가능했다. 지나족은 치우비를 공격하러 나섰으며 그중 선두의 부대는 이미 뻘창을 벗어나 있었다. 자신들도 공격하기 좋았지만 주신의 돌격도 어쩔 수 없었다.

지나족의 선봉에 선 인물은 능숙한 기마술로 계속 주변을 돌며 방어

할 채비를 갖추도록 지시했다. 그는 예전에 별동대를 이끌다가 크게 패하고 비울걸에게서 간신히 도망쳤던 위였다. 지나족에서 드문 기마의 명수였으므로 다시 부대의 대장을 맡은 것이다.

"주신 놈들은 한 줌도 안 된다! 앞에 방패를 걸고 활과 돌을 준비했다가 다가오면 일제히 쏴라!"

하지만 그보다 먼저 주신 군사들이 쏜 화살이 우르르 날아왔다. 위는 말을 껑충 뛰어 화살을 피했지만 지나족 전사들은 몇 명이 쓰러졌다. 위는 화가 나서 외쳤다.

"마주 쏴라!"

위의 판단은 성급했다. 지나족의 궁수들은 일제히 수많은 화살을 날려 댔지만, 지나족의 활은 사거리가 짧았다. 화살들은 달려오는 주신족의 앞에 떨어지며 와르르 꽂혔다. 치우비는 씩 웃었다.

"저 녀석, 성질이 급하군. 자, 화살 날아온 쪽으로 제각기 알아서 다시 쏜다!"

주신 부대는 달리던 속도를 늦추지 않은 채 화살을 날렸다. 지나족은 많은 수로 빽빽이 모여 있어서 피하거나 방패로 막을 수 없었다. 백 명이 쏜 화살에 불과했지만 스무 명 이상의 지나족 궁수들이 화살에 맞고 뒹굴었다. 지나족 궁수들도 지지 않고 다시 화살을 날렸다. 눈이 밝은 치우비는 시간을 정확히 재고 있었다.

"방패! 위쪽"

치우비가 소리치고 양쪽에서 방패를 든 군사들이 머리 위로 방패를 올리자마자 지나족의 화살이 우박같이 떨어져 내렸다. 주신 부대의 선두가 속도를 줄이지 않고 지나족 진으로 돌입하려고 하자 위는 소리쳤다.

"놈들의 앞을 막아라!"

소리치자마자 지나족의 기마병 스무 명 정도가 주신족의 선두를 잡기 위해 몰려 나왔다. 주신족의 선두는 네 명뿐인 좁은 대형이었다. 지나족 기마병은 은연중에 네 명씩 줄을 지어 맞서 달려 나가게 되었다. 지나족 중에는 말을 타고 싸울 수 있는 자들이 적었기에 지나족 기마병들은 자부심이 높았다. 때문에 일대일 대결을 해 보고 싶어진 것이다. 그것을 보고 위가 외쳤다.

"바보들아! 그렇게 가면 안 된다!"

주신의 군사가 비록 적지만 이러한 가느다란 대형으로 돌격한다면 앞에 선 군사는 분명 보통의 용사가 아닐 것이다. 그런 자들에게 일대일로 맞서기는 무리라고 위는 판단했다.

"모조리 나가! 닥치는 대로 부딪쳐야 한다!"

위의 호령에 지나족의 기마병 삼백 명 정도가 앞장선 스무 명의 뒤를 따라 급히 달려 나가기 시작했다. 그들이 뒤를 쫓기도 전에 지나족과 주신족의 선두는 정면으로 부딪혔다. 부딪힌 것처럼 보였으나 정말로 충돌한 것은 아니었다.

어느 틈에 네 명의 지나족 기마병은 말과 함께 허공을 날고 있었다. 허공으로 그들의 피가 뿌려졌다. 두 명의 기마병과 세 마리의 말이 왼쪽으로 한참동안 날다가 떨어졌고, 두 명의 기마병과 한 마리의 말이 오른쪽으로 날다가 처박혀 뒹굴었다. 지나족이 무기를 휘두르기도 전에 엄청난 힘의 무기가 네 사람과 네 필의 말을 좌우에서 쓸어버렸다.

두말할 것도 없이 왼쪽에 선 것은 치우비였고, 오른쪽에 선 것은 치우광이었다. 순식간에 네 명의 기마병이 박살 나서 흩어지자 지나족은 비명을 질렀다. 치우비는 자루가 긴 도끼의 끝을 최대한 길게 잡고 도끼를 휘둘렀기 때문에 꽤 먼 거리에서 지나족을 벨 수 있었다. 치우광의 무기는 기다란 도리깨였기 때문에 치우비보다 유리했다. 보통의 경우에는 그렇게 무기를 휘두르면 힘이 들어가지 않아 타격을 주기 힘들지만 워낙 괴물 같은 힘을 가진 두 사람이었기에 그런 묘기가 가능했다. 다음 순간 두 번째 줄의 기마병들에게도 똑같은 운명이 찾아왔다.

곧이어 세 번째 줄의 기마병이 덮쳐들었다. 치우비나 치우광의 힘이 아무리 대단해도 두 번 이상 그런 큰 힘을 연달아 쓰고 나면 균형을 잡을 수 없었다. 치우비와 치우광은 약속이라도 한 것처럼 무기를 고쳐 쥐었다. 이번에도 지나족 기마병들이 무기를 휘둘러 보기도 전에 섬광이 일어나며 두 기마병의 허리가 꺾여 상반신이 허공으로 날아갔다. 치우비의 도끼가 두 사람의 허리를 한꺼번에 갈라 버린 것이다.

치우광의 도리깨는 오른쪽 지나족 전사의 얼굴을 후려갈겨 머리와 몸이 팽이처럼 돌며 옆으로 날아가게 만들었다. 가운데 남은 한 명의 지나족 전사는 긴 창에 꿰어 몸이 허공으로 치솟았다. 치우벌의 솜씨였다.

지나족 기마병들도 독이 올랐는지 악을 쓰며 계속 돌진했다. 비록 말 주인은 죽더라도 말과 말이 부딪히면 저쪽도 무사할 수 없었다. 그들의 생각대로 주인 잃은 네 필의 말은 놀라 날뛰면서 방향을 바꾸려 했으나 그럴 만한 시간이 없었다. 그 순간 치우비와 치우광이 급히 대열을 벌리면서 말을 두 마리씩 자신들의 사이에 밀어 넣었다. 눈앞에 틈이 보이자 말들은 무작정 틈으로 뛰어들었다. 그러자 치우비와 치우광 뒤에 선 사울아비들도 간격을 벌려 말들은 벌어진 통로 사이로 빨리듯 들어갔다. 네 번째 줄과 다섯 번째 줄의 기마병들이 놀라서 방향을 바꾸려 했으나 워낙 거리가 짧아 방향을 바꿀 틈이 없었다. 더구나 말들 스스로 충돌을 피하려 했다.

그들은 비명을 지르며 호랑이 아가리 같은 주신 부대의 열 사이로 뛰어들었고, 치우광과 치우비의 공격에 허리가 꺾이며 말에서 떨어져 주신 기마병들의 발굽에 처참하게 짓밟혔다. 주인 잃은 말들은 적들에게 엉키지 않고 곧바로 갈라진 틈 사이를 통해 뒤쪽으로 빠져나갔다.

다섯 번째 줄의 가운데에 선 지나족 기마병은 겁을 먹고 죽을힘을 다해 말 방향을 돌리려 했으나 피를 줄줄 흘리는 시체가 날아들었다. 치우벌이 창에 꿴 시체를 그들에게 밀어붙인 것이다. 적도 아니고 조금 전까지 같이 싸운 동료의 시체가 왈칵 덮쳐 오자 지나족 기마병은 비명을 올리며 말에서 떨어졌다. 그리고 곧바로 말발굽에 밟혀 동료의 시체와 함께 박살 나 버렸다.

동시에 치우비를 필두로 한 주신 기마대 선두가 지나족의 진으로 뛰어들었다. 창이며 돌이며 수많은 무기들이 세차게 선두를 노리고 들어왔으나 치우비와 치우광이 도끼와 도리깨를 미친 듯 돌리며 수많은 무기들을 튕겨 냈다. 특히 치우광의 도리깨는 무기를 막는 데 더 없이 유리했기 때문에 큰 도움이 되었다. 도리깨의 무서운 소용돌이에 걸리면 무기건 사람이건 방패건 한 번의 타격을 견디지 못하고 박살 났다. 중간에 간혹 남은 자가 있어도 치우벌의 날카로운 창술에 찔려 쓰러졌다.

치우비와 치우광 두 사람은 정신이 없었다. 말이 달리는 속도를 늦추지 않은 채 수없이 앞을 막아서는 적들을 베어 넘기고 닥치는 대로 부숴 버리기는 너무도 힘들었다. 평소 싸우던 것보다 몇 배나 빨리, 힘 있게 무기를 쓰지 않으면 안 되었다. 좁은 지역으로 무섭게 파고들자 지나족은 두려움에 질려 사방으로 갈라지려 했다. 전면적인 공격을 가했다면 지나족도 겁쟁이가 아닌 이상 맞아 싸웠겠지만 불과 네 줄, 지나족의 대열로 여섯, 일곱 명의 지역만 무시무시한 압박을 받자 그들은 저절로 갈라서며 옆으로 피하려 했다.

몇몇 지나족 전사들이 창을 찔렀지만 주신 기마대의 측면은 방패로 막혀 있었다. 더구나 도망치고 짓밟히는 자들 때문에 겨냥할 수도 없었다. 안에서는 화살이 계속 날아들고, 방패의 틈 사이로 긴 창이 나와서 용기 있게 달려들던 지나족의 몸을 꿰었다. 지나족은 놀라 양쪽에서 마구 활을 쏘았지만 방패에 막혔다. 궁수들은 제 딴에 잘한답시고 하늘을 겨누고 화살을 쏘았지만 겨우 네 열로 이루어진 주신 부대를 맞히기는 힘들었다. 양쪽에서 날아든 화살들은 주신 부대를 맞히지 못하고 건너편에 있는 지나족의 머리 위로 쏟아져 내려 주신의 궁수 부대가 쏜 화살보다 몇 배의 희생자를 냈다.

몇몇 용감한 작은 대장들이 긴 창을 든 부대를 뽑아 주신군의 옆을 노리려고 했지만 그들이 달려들 때쯤에는 이미 주신의 기마대는 지나족의 진을 통과해 버린 다음이었다. 덕분에 양쪽에서 달려들려던 창을 든 보병 부대가 서로 부딪히며 와르르 넘어지는 웃지 못할 참상이 벌어졌다. 두 사람의 초인적인 힘 덕분에 지나족의 진형이 돌파되자 치우비는 소리쳤다.

"뒤로 돌아 다시 한번!"

주신의 대열은 방향을 바꾸어서 뒤에서 적의 대형을 다시 돌파하기 시작했다. 뒤에서 돌파를 당하자 지나족의 대열은 아까보다 더더욱 헝클어졌다. 분노에 가득 차 삼백 명의 기병을 직접 이끌고 그들을 추격하던 위는 말고삐를 잡아당겼다. 자기 군대의 진형 속을 스스로 뛰어들어 혼란을 가중시킬 수는 없기 때문이다.

"돌아라! 돌아서 저놈들 앞을 막자!"

위는 자기 진형을 밖으로 멀리 돌아 치우비가 돌파를 마치고 밖으로 나올 지점을 찾아 말을 달렸다. 위의 머릿속에는 오로지 치우비만이 있을 뿐 혼란에 빠져 우왕좌왕하며 속절없이 말굽에 짓밟히는 부하들은 안중에도 없었다.

"오호! 저놈 나래구나?"

많이 떨어진 후방에서였지만 높은 단에 올라 서 있던 유망은 치우비를 단번에 알아보았다. 그러고는 혼자 중얼거렸다.

"역시 멋진 놈이다. 멋진 놈이야. 하지만……!"

유망은 전령들을 불러 말했다.

"형천, 축융에게 전해라. 저놈, 돌파는 멋지지만 이 근방에서 저곳을 제외하고는 기마대가 달릴 수 있는 땅은 없다. 돌격할 자리를 잘 잡기는 했지만 조금만 벗어나면 뻘창이라 말을 달릴 수 없을 것이다. 그러니 경솔하게 많은 부대를 내보내지 말고 기마 부대만 써서 놈들을 물에 빠지게 해야 한다! 그리고 나면 놈들은 산 채로 잡힐 수밖에 없지!"

전령들은 소리 높여 염제 신농의 덕을 칭송하고는 사방으로 명령을 전하러 달려 나갔다. 유망은 선두 부대가 처절하게 짓밟히는 데도 눈을 가늘게 뜨고 웃음을 머금은 채 그 광경을 바라보고 있었다.

선두에 선 위의 부대가 대혼란에 빠지자 뒤쪽과 양옆에 있던 지나족 부대도 가만히 있지는 않았다. 그들은 대열을 정비하여 각각 자기 부대에 속해 있던 기마병들을 내보냈다. 수가 그리 많지는 않았지만 세 곳의 기마병들은 각각 삼백 명 정도씩은 되어서 합하면 치우비가 거느린 부대보다 많았다. 그 기마병들은 치우비 부대의 양옆과 후방에서부터 쳐들어왔다. 전방에서 위의 부대는 길을 차단하려고 벼르고 있었다. 치우비는 정신없이 앞길을 열다가 사방에서 달려드는 기마 부대를 발견했다.

'우릴 포위할 생각이구나! 누구 생각일까? 빠르고 정확한 판단이다.'

포위되는 것은 피해야 했기에 치우비는 위의 진형 안에서 다시 방향을 틀어 원을 그리듯 나아갔다. 부대가 치우비를 따라 전진하여 마침내 대열의 꼬리를 따라잡자 치우비의 진은 완전히 원 모양이 되었다. 그리고 그 안에 천 명 가까운 지나족이 갇히게 되었다. 그들은 숫자는 많았지만 진을 돌파당하고 대장의 지시도 받지 못했으므로 도망치려고 갈 팡질팡하고 있었는데 완전히 포위되자 더욱 혼란스러워했다.

치우비는 꼬리잡기를 하듯 대열의 꼬리를 따라 빙빙 돌았고 주신의 궁수 부대와 창을 든 군사들은 화살과 창으로 갇혀 버린 지나족을 수도 없이 쓰러뜨렸다. 일방적인 학살이었으나 치우비는 이 상태로 계속 있으면 곧 포위된다는 것을 알고 있었다. 치우비는 말을 달려 대열 맨 뒤의 전사에게 다가가 외쳤다.

"내 말을 앞으로 전해라!"

치우비는 다음 작전을 지시했다. 숫자가 적기 때문에 한 명씩 말을 전해도 금방 지시가 전달되었다.

위의 한 부대가 도살당하자 바깥쪽의 지나족 부대는 공포에 질려 사방으로 달아나기 시작했다. 그들이 산산이 흩어져 달아나자 양쪽과 뒤에 있던 주력 부대는 그들과 뒤엉켜 전진할 수 없게 되었다.

허나 네 곳의 기마병들은 앞을 막던 자기편 패잔병이 줄어들자 치우비의 부대를 노리고 달려들었다. 그뿐만 아니라 뒤쪽의 가장 큰 부대에서 두 무리의 군사들이 뛰어나왔다. 형천과 축융의 부대가 직접 나선 것이다. 각각 직속 부하라 할 수 있는 몇백 명씩만 데리고 나왔지만 모두 정예병이었다. 형천은 어지럽게 도망 다니는 패잔병들에게 외쳤다.

"바보 같은 것들아! 다시 열을 갖춰 싸워라! 아니면 밟혀 죽어!"

형천은 어지럽게 앞에서 거치적거리는 자기편 패잔병들을 몰인정하게 밀어 붙이면서 소리쳤다.

"도망치지 마라! 우리 숫자가 훨씬 많다! 도망가는 놈은 내게 죽는다! 치우비, 저놈만 잡으면 우리가 이긴단 말이다!"

축융도 흥분하여 소리를 질렀다.

"놈들의 앞을 막아라! 우리 앞을 막지 말고 놈들의 앞을 막아야 할 것 아니냐!"

치우비는 초조하게 기다렸다. 마지막으로 자기 뒤에서 명령이 전해
오면 전달이 끝난 것이다.

'막 생각해 낸 방법이었지만 쓸모가 있을 것 같았는데……'

"명령이오!"

뒤에서 전해 오는 말에 치우비는 반색했지만 막상 전해진 자신의 명령
은 처음 자신이 한 말과는 달라져 있었다. 치우비는 이상하게 생각했다.

'왜 내가 처음에 한 말에서 어떤 것은 빠지고 어떤 것은 덧붙게 된 거
지?'

미묘하게 말이 달라져서 걱정되었지만 더 기다릴 수가 없었다. 지나
족의 한 진형 안으로 파고들어 거의 전멸시켜 버렸지만, 지나족 전사의
수는 끝도 없었다. 형천이 이끄는 지나족의 기마병들은 치우비의 앞을
봉쇄했고 축융의 부대가 뒤를 막아섰다.

치우비의 오른쪽은 말이 달릴 수 없는 뻘창이었다. 치우비가 앞으로
가면 기마병들이 막아설 것이고 뒤로 돌아가면 축융의 부대가 덮칠 것
이며, 중간인 왼쪽을 빠져나가면 양쪽의 부대가 동시에 덮쳐들 것이다.
그렇다고 이대로 원을 그리고 돌고만 있다가 지나족이 다 도망쳐 나가
면 갈 데 없이 포위될 것이다. 때가 되었다고 생각한 치우비는 크게 고
함을 질렀다.

"전부 나가라!"

명령 소리가 들리자마자 팔백 명의 사울아비들은 원을 그리고 있던
형태 그대로 사방으로 폭발하듯 흩어지며 달리기 시작했다. 네 명이 한
조가 되어 미친 듯이 주변에 있는 지나족을 내리치며 퍼져 나갔다. 원이
폭발하여 꽃모양으로 번지는 것 같기도 하고, 태양에서 빛살이 사방으

로 터져 나오는 것 같기도 했다.

"저건 또 뭔가?"

형천과 축융의 부대는 치우비의 부대의 앞과 뒤를 노리고 있었는데 그들이 뿔뿔이 흩어져 버리자 당황했다. 이백 개로 나뉜 사울아비들은 혼란에 빠진 지나족 사이를 미친 듯 달리면서 닿는 대로 무기를 휘둘러 댔다. 특별히 노리고 친다기보다 풀을 헤치듯이 마구 치면서 달리는 것이었으나 지나족은 속수무책으로 쓰러졌다. 사울아비들의 구리 무기는 무거운데다가 말 달리는 속도까지 붙었기에 맞으면 타격이 컸다.

부대장이었던 위는 팔백 명에 불과한 치우비의 부대에 자신의 부대가 유린당하자 이를 갈았다. 그는 부하를 중시하는 성격이 아니었다. 허나 주신에게 완전히 당한 것이 이번이 세 번째라고 생각하자 분노가 치밀어 올랐다. 유망의 성격을 볼 때 이번 패전은 그냥 넘어갈 것 같지 않았다.

'어떻게든 치우비를 쓰러뜨리지 못하면 내 목이 달아난다!'

위는 발작적으로 기마병들을 몰아 마구잡이로 자기 진을 흐트러뜨리면서 달렸다. 그는 다른 사울아비건 자기편 부하건 가리지 않고 짓밟으며 오로지 치우비 한 명만을 노리면서 달렸다. 치우비를 이기기는 어렵겠지만 그를 붙들어 놓기만 해도 형천과 축융이 달려올 시간을 벌 수 있다는 계산이었다.

"이렇게 흩어지면 어쩌자는 겐가?"

치우비와 치우광의 앞을 막는 지나족은 이제 없었다. 부소다솔은 치우비와 치우광의 뒤에 바짝 붙어 헐떡이며 따라가다가 틈을 잡아 간신히 외쳤다. 부소다솔의 등 뒤는 치우벌이 지켜 주고 있었다. 그러자 치우비는 웃으며 말했다.

"그러게요. 이제 모아야겠네요."

치우광은 걱정스러운 듯 말했다.

"제대로 모일까요? 지금은 지나족이 정신을 못 차리고 있지만, 다른 부대가 반격해 오면 흩어진 채 죽을지도 모릅니다!"

치우벌도 숨을 돌릴 새도 없이 말했다.

"전부 흩어진 것도 아니야. 우리를 따라잡을 수 있는 기마 부대는 흩어지지 않았고, 되레 우리를 에워싸려는 것 같다."

싸움터에서 잔뼈가 굵은 치우벌은 역시 노련했다. 그는 한곳을 가리켜 보이며 말했다.

"저쪽 후방에서 기마 부대가 앞을 막으려다 진세를 가다듬는구나."

치우비는 그쪽을 보고는 대답했다.

"형천이 앞에 선 것 같습니다. 덩치가 커서 저도 보이는군요."

그러자 치우벌은 뒤쪽을 턱으로 가리키며 말했다.

"뒤에서는 말 타지 않은 부대가 서두르지도 않고 따라오고 있다. 그놈들은 뭐 이상한 재주라도 있느냐? 말도 타지 않으면서 우리를 따라오다니."

치우비는 그것도 간단히 대답했다.

"축융일 겁니다. 그놈들한테는 가까이 가면 안 됩니다. 불 주술이 무섭습니다."

그때 잠시 바람이 불어 먼지가 엷어지며 저쪽에서 무서운 기세로 똑바로 이쪽으로 돌진해 오는 지나족 부대가 보였다. 그것을 보자 치우벌은 놀라며 말했다.

"저놈들! 저놈들은 뭐냐! 마치…… 우리를 노리고 오는 것 같구나!"

"저를 아는 놈 같군요. 저 하나만 노리는 것 같습니다."

"피하자!"

치우비 치우광이 장사라지만 이쪽은 고작 네 명인데 돌진해 오는 기마병은 삼백 명도 넘어 보였다. 부소다솔이 겁을 먹고 말하자 치우비는 웃으며 말했다.

"아뇨. 이쯤이 적당하군요. 여기로 모이게 합시다!"

치우비가 치우광과 치우벌에게 가리켜 보인 곳은 벌판 가운데에 조금 높이 솟은 땅이었다. 사람 키 남짓하게 완만하게 솟은 곳이었는데 치우비는 그리로 뛰어 올라가며 말을 멈춰 세웠다.

"여기서 둥글게 섭시다."

네 사람이 그리로 올라서자 치우비는 목청껏 소리쳤다.

"주신의 웃뜸사울아비, 치우비가 여기 있다! 주신 사울아비들은 이리로 모여라. 나를 이길 자신이 있는 지나족 놈들은 얼마든지 덤벼 보아라!"

흩어진 사울아비들을 한데 모으는 데는 그 이상의 방법이 없었지만 반면 그것은 스스로 표적이 되겠다는 소리나 다름없었다. 부소다솔은 놀라고 겁이 나서 외쳤다.

"나래야! 너 미쳤느냐!"

"형님. 이건 좀 힘들지도……. 적이 너무 많습니다! 우리만 포위당하면……."

치우광도 당황한 듯 말했지만 치우비는 평온한 얼굴로 말했다.

"나는 우리 사울아비들을 믿는다. 위험하겠지만 이 정도도 하지 않고 어떻게 남의 윗자리에 서겠느냐?"

치우벌이 손에 침을 탁 뱉어 창을 고쳐 쥐며 말했다.

"나래 네 말이…… 아니, 웃뜸사울아비의 말씀이 맞소! 한번 해 봅시다. 죽게 되면 죽으면 그만이지 뭐!"

힘이 가득한 치우비의 목소리는 그 부근 구석구석까지 울려 퍼졌다.

순간 사방으로 흩어져 길을 뚫던 사울아비들과 도망치던 지나족, 치우비를 추격하던 지나족 기마병들도 치우비의 목소리를 듣고 일순 동작을 멈추었다.

위는 추격하려던 치우비가 멈추어 선 모습을 보고 탄성을 올리며 부하들을 재촉했다.

"저놈들이 미쳤군! 가서 짓밟아 버리자!"

멀리서 진형을 수습하던 형천 또한 희열에 차 크게 외쳤다.

"도전하는 거냐? 나래, 아니 치우비! 좋다! 가자!"

축융도 길게 찢어진 눈에 흥분한 기색을 감추지 않고 부하들에게 소리쳤다.

"저…… 건방진 놈을 태워 버리자! 달려라!"

"재미있겠다! 재미있겠어!"

유망은 성안의 높은 망루에 올라 그 광경을 보면서 연신 감탄하고 즐거워했다. 주변의 대족장 한 명이 그 틈을 타서 전군을 출동시키자고 했으나 유망은 차갑게 대꾸할 뿐이었다.

"지금 나가서 언제 저기까지 갈까? 네 대가리는 그 정도밖에 안 되냐? 이 싸움은 형천에게 맡겨 두라구. 그래야 하는 거야!"

치우비의 목소리가 울려 퍼지자 바야흐로 혼전이 시작되었다. 사방으로 흩어졌던 주신 사울아비들은 말머리를 돌려 집결 지역인 치우비 앞을 향해 달려가려 했다. 지나족 일부가 앞을 막아서고, 일부는 치우비를 향해 달려갔다. 몇백 개로 흩어진 사울아비들의 소대가 전장 전체에서 무시무시한 혈전을 벌이며 제각기 돌파를 시작했다.

치우비에게 가장 먼저 달려든 것은 근방에 있던 지나족이었다. 적의 대장이 불과 서너 명과 함께 한곳에 서 있었다. 그것은 도망치고 있던 그들도 공을 세울 수 있다고 속삭이는 강렬한 유혹이었다. 이토록 속수무책으로 패주한다는 것은 지나족 전사들에게도 치욕이고, 화나는 일이었다. 도망치던 지나족이 사방에서 분노의 함성을 지르며 까맣게 모여들었다. 부소다솔은 얼굴이 질려 금방이라도 쓰러질 것 같았지만, 그래도 떨리는 손으로 구리칼을 뽑아 들 수밖에 없었다. 치우비는 치우광과 치우벌을 향해 여유 있게 말했다.

"하던 대로 하면 될 겁니다."

사방에서 악다구니처럼 달려드는 지나족을 보고 안 그래도 경험이 적은 치우광은 긴장해 있었는데, 느긋한 치우비의 태도를 보고는 마음이 가라앉았다. 치우벌은 경험 많은 사울아비 큰스승답게 표정도, 태도도 담담하게 창을 몇 번 고쳐 쥐었을 뿐이다. 이윽고 불에 뛰어든 불나방처럼 지나족이 몰려들자 치우비의 도끼와 치우광의 도리깨, 치우벌의 창이 일제히 춤추기 시작했다.

"치우비님이 위험하다!"

"스승님들을 지키자!"

사울아비들은 엄청난 숫자의 지나족이 치우비를 에워싸자 분노의 함성을 지르며 분발하기 시작했다. 방패를 들었던 전사들은 방패를 내던지고 손에 맞는 무기를 휘두르거나 커다란 방패를 휘둘러 대며 전진하는 자도 있었다. 사울아비 한 사람 한 사람의 기량 앞에 지나족은 상대가 되지 않았다. 그들은 구리 무기를 들고 있었고 능숙하게 말을 몰 수 있었다.

그런 사울아비들을 돌 무기와 숙련되지 않은 실력의 지나족이 막아서려면 대열을 짜서 조직적으로 상대해야 했다. 허나 치우비의 도전적인 행동에 지나족의 대장부터 흥분하여 무조건 달려드는 판국이니 사울아비들은 생각보다 수월하게 적진을 헤쳐 나갈 수 있었다.

형천과 축융이 둘 다 치우비를 쫓느라 자신의 부대에 명령을 내리지 못한 것은 치우비에게 행운이었다. 선봉에 섰던 위의 부대는 성에서 나와 물을 건넜던 지나족 부대 전체의 사분의 일밖에 안 되는 숫자였다. 형천과 축융이 뛰쳐나와 버리는 바람에 나머지 부대들은 싸움에 끼어들지 않고 상당한 시간 동안 정세를 보고만 있었다. 위의 부대가 흩어졌지만, 치우비도 고립되고 사울아비들도 흩어진데다가 대장의 명령도 없는 판에 굳이 뛰쳐나갔다가는 상황을 헝클어뜨릴 우려가 있었다.

치우비, 치우광, 치우벌은 둥글게 등을 마주 대고 버티어 서서 미친 듯 무기를 휘둘러 댔다. 맨 처음 몇 명의 지나족이 공을 탐내 달려들었으나 곧 세 사람의 무기에 맞고 땅에 나뒹굴었다. 숫자는 적었지만 세 명의 솜씨가 대단했고, 넓지 않은 공간에 서로 등지고 섰기 때문에 많은 숫자가 한 번에 덤벼들 수 없었다. 잘해야 일고여덟이 덤벼드는 정도였는데 그 정도는 막아 내기에 충분했다.

세 사람은 짧게 달려 나가 적을 쳤다가도 자기 자리로 물러섰다 다시 나가기를 자유롭게 하면서 기마술을 최대로 발휘했다. 스무 명가량의 지나족 중 열 명 이상이 즉사했고 나머지는 크고 작은 부상을 입고 나뒹굴었다. 그렇게 되자 지나족은 활을 쏘고 돌을 던지기 시작했다.

치우비의 도끼와 치우광의 도리깨, 치우벌의 창이 날아오는 화살들을 걷어 냈다. 사방에서 많은 화살이 말에 날아들었지만 거의 막을 수 있었다. 지나족은 활이 그리 강하지 않고 화살이 느렸기 때문에 가능한 일이었다. 돌도 꽤 날아들었지만 얼굴을 향해 날아오는 것 말고는 맞으며 버텼다. 그런 것까지 일일이 쳐낼 틈은 없었다.

화살과 돌도 그들을 쓰러뜨리지 못하자 지나족은 화를 내며 미친 듯이 달려들었다. 그리고 활과 돌멩이도 날리기 시작했는데, 흥분했기 때문인지 되레 지나족 전사의 등이나 뒤통수를 맞고 쓰러지는 경우도 허다했다. 치우벌은 긴 창을 휘둘러 화살을 막다가 틈을 보아 가까이 달려드는 지나족 전사를 재빨리 찔러 댔다. 치우광은 미친 듯이 도리깨의 작은 막대를 돌리면서 화살과 지나족의 머리며 무기를 동시에 쳐내곤 했다. 치우비는 커다란 도끼로 지나족을 치고 화살을 막고 다른 지나족의 무기를 막고 다시 돌을 쳐내는 등, 수도 없는 공격을 받으면서도 매끄럽기 그지없게 적들을 치고 날아드는 무기를 쳐냈다. 지나족은 말을 노리지 않았다. 자기편이 앞을 가렸기 때문에 화살로 말을 노리기보다는 말 위에 탄 사람을 노리는 편이 쉬웠다.

싸움은 힘들었다. 몸은 금방 피로해지고 집중력도 서서히 떨어져 갔다. 얼마 지나지 않아 치우벌은 어깨에 화살을 맞았다. 옆구리에 지나족의 창이 스쳤다. 치우광은 왼쪽 눈에 돌을 맞고는 눈두덩이 퉁퉁 부어올라 눈을 제대로 뜰 수 없었고 발목에도 상처를 입었다. 누가 벤 것인지, 화살이 스친 것인지 돌아볼 틈조차 없었다.

치우광은 분노하며 도리깨를 더 무섭게 돌리려 했지만 휘두르는 속도는 점점 느려져서 이제는 간신히 적을 막아 내고 있었다. 치우비만이 담담한 표정으로 입을 굳게 다문 채 자유로이 말을 놀리며 지나족을 쳐 넘겼다. 치우벌에게 한 지나족 전사가 달려들었다. 치우벌은 창을 휘둘러 지나 전사의 무기를 쳐 버렸는데 그는 용감하게 달려들며 치우벌의 창을 양손으로 잡고 놓지 않았다. 창이 붙잡힌 치우벌은 크게 당황했지만, 뒤에서 부소다솔이 튀어나와 구리칼로 지나족 전사의 어깨를 찍었다. 원래는 목을 치려했는데 솜씨가 변변찮은데다 흥분해서 어깨만 치고 만 것이다. 그래도 지나족 전사는 고통을 이기지 못하고 창을 놓았고 치우벌은 간신히 다시 날아드는 화살 두 대를 막아 냈다.

"이놈! 이놈!"

부소다솔은 흥분하여 정신이 반쯤 나간 얼굴로 쓰러진 지나족 전사에게 칼질을 했다. 솜씨 좋은 사울아비 같으면 일격에 목숨을 끊었을 텐데 부소다솔은 그렇지 못했다. 그가 칼을 마구 휘두르자 지나족 전사는 숨은 끊어지지 않았지만 온몸에 깊은 상처를 입었다. 극심한 고통에 지나족 전사는 짐승처럼 울부짖으며 비명을 질러 댔다. 그 소리가 처참하여 달려들던 다른 지나족이 찔끔해서 주춤거렸는데 치우벌은 그 틈을 놓치지 않고 무섭게 달려 나가 세 명의 지나족 전사를 순식간에 창으로 꿰어 버리고 위기를 모면했다.

"다솔! 마음을 가라앉히게!"

치우벌이 외쳤지만 부소다솔은 흥분을 가라앉히지 못했다. 사울아비 큰스승인 부소다솔이건만 자기 손으로 사람을 쳐 쓰러뜨린 것은 처음이었기 때문이다. 그는 흥분에 반쯤 넋이 나간 상태가 되어 미친 듯이 지나족 전사들 속으로 뛰어들며 칼을 휘둘러 댔다. 치우벌은 그것을 보고 놀라 그를 구하기 위해 따라갈 수밖에 없었다.

그러다 보니 네 명이 단단하게 구축했던 작은 진이 헝클어져서 치우비와 치우광 둘만이 수없이 몰려드는 지나족과 맞서야 했다. 두 사람은 정신없이 날아드는 공격에, 이야기를 할 틈도 없이 등을 맞대고 미친 듯이 싸웠다. 둘 중 한 사람만 쓰러져도 끝장이다. 둘 중 누구라도 쓰러지면 등이 훤하게 노출될 것이다. 두 사람이 아무리 싸움을 잘한다 해도 난전중에 등 뒤를 노리는 공격까지 막을 수는 없었다.

"저기다! 저기다!"

대장인 치우비 주변으로 지나족이 까맣게 모여드는 광경을 본 사울아비들은 저마다 흥분하여 용을 쓰며 그쪽으로 향했다. 지나족 전사들도 개미 떼처럼 모여들었다. 모든 싸움의 흐름이 두 사람에게 집중되었다. 그럼에도 불구하고 치우비와 치우광, 두 사람은 무시무시한 힘을 발휘하여 처절하게 싸웠다. 무수하게 공격을 걸어 냈던 치우광의 도리깨의 윗마디가 어느 틈엔가 떨어져나갔다. 그러자 치우광은 달려들던 지나족의 다리를 한 손으로 잡아 다른 손의 구리몽둥이와 함께 휘둘러 댔다. 다리를 잡힌 재수 없는 지나족 전사는 치우광의 손에 휘둘려 다른 지나족 전사의 머리와 맞부딪히면서 함께 즉사했다. 치우광은 걸레처럼 변해 가는 지나 전사의 몸을 휘둘러 다른 많은 적들을 넘어뜨리고 상처를 입혔다. 그야말로 참혹하기 이를 데 없는 무기인지라 아무도 함부로 다가서지 못했다.

멀리서 그것을 본 지나족의 한 대전사가 형천에게 말했다.

"치우비 옆에 있는 어린놈, 대단하군요!"

형천은 무심코 말했다.

"어리고 피가 끓으니 저렇게 할 수 있지. 그보다 치우비는……."

형천의 목소리가 떨리는 것 같아 대전사는 무심코 되물었다.

"네?"

형천이 본 치우비는 거대한 구리도끼를 신중하고도 빠르게 휘두르며 달려드는 적을 낱낱이 쳐내고 있었다. 대전사가 보기엔 미친 듯이 도끼를 휘둘러 대는 모습이 치우광과 마찬가지 같았다.

"어린놈이나 치우비나 막무가내로 싸우는 것뿐입니다. 잘 싸우기는 합니다만……."

"아니다."

형천은 무거운 목소리로 침통하게 말했다.

"눈이 밝다면 치우비, 저놈의 얼굴을 잘 보아라."

대전사는 눈을 비비고 치우비를 잠시 보더니 말했다.

"치우비, 저놈 저렇게 힘들여 싸우면서도 찡그리지도 않고 눈 하나

깜박하지 않는군요. 이상한 놈입니다."

"아직도 치우비 저놈이 막무가내로 싸우는 것처럼 보이느냐?"

형천은 불안해졌다. 지난번 결투 때 둘이 다 상처를 입었지만 형천은 내심 자기가 이겼다 생각하고 있었다. 힘도 자기보다 약했고 기술도 그다지 는 것 같지 않았다. 더구나 뒤통수의 일격을 허용했으니 치우비는 죽거나 쓰러졌어야 했다. 그런데도 멀쩡한 이유는 아무래도 주술이나 속임수 때문일 테고, 그렇다면 치우비는 자신을 이길 수 없다고 여겼다. 실력이 늘기커녕 예전만도 못한 것 같았다.

형천은 아쉬웠지만 한편으로는 만족했기 때문에 결투할 생각을 버리고 군사를 몰고 공격을 가한 것이다. 허나 지금 치우비의 모습을 본 형천은 가슴이 서늘해졌다. 치우비의 얼굴은 형천과 겨룰 때처럼 망설이고 꺼리는 표정이 아니었다. 텅 비어 아무 느낌도 담겨 있지 않은 표정에 눈빛만이 무섭게 빛났다.

'저놈…… 저 얼굴이다. 저게 저놈의 무서운 얼굴이다. 지난번 나와 싸울 때는 저 얼굴이 아니었지. 저 얼굴을 한 치우비는 무섭다. 무서운 놈이다. 녀석은 지금도 크고 있었단 말인가?'

형천은 속으로 되물었다.

'나는 세상 제일의 용사다. 허나 내가 싸울 때 저렇게 텅 빈 것 같으면서도 가득 찬 마음이 된 적이 있었던가?'

그렇지 못했다. 마음을 비우기보다는 꼭 이기고 싶다는 생각으로 싸웠고 지나족을 지키고 천하제일이라는 이름을 지켜야 한다는 책임감으로 싸워 왔다. 그러나 그가 어렸을 때, 유망과 함께 지나족을 하나로 묶자며 일어섰을 때에는 달랐다. 치우비와 비슷했던 것 같았다. 그때의 용맹으로 형천은 천하제일의 용사가 되었다. 지금은 그때보다 기운도 세지고 싸움 기술도 늘었지만 그때에 있던 뭔가가 빠져나갔다. 어딘가 모자란 것이 있었다.

'그래서 나는 초조했나? 그래서 나는 저 녀석과 싸우기를 그렇게 원했나?'

형천은 격전중임에도 불구하고 한참 동안이나 꼼짝 않고 깊은 생각에 잠겼다. 옆을 따르던 대전사들은 형천이 돌연 멈추어 서자 의아해했으나 감히 재촉하지는 못했다. 결과적으로 그 작은 일이 치우비에게 행운이 되었다. 치우광과 치우비 두 사람이 미친 듯한 격전을 치르는 상황에서 형천이 뛰어든다면 둘은 곧바로 쓰러질 수밖에 없었다.

"형천은 무얼 하는 건가! 치우비 놈을 잡을 기회인데! 에잇! 더 빨리 뛰어라! 달려!"

비대한 몸집 때문에 네 사람이 든 가마를 타고 있는 축융은 가마꾼을 재촉했다. 그러나 아무리 가마꾼들이 빨라도 말을 타고 달리는 것보다는 느릴 수밖에 없었다. 형천이 멈칫거리고 축융이 채 닿지 못하는 사이, 수백 명의 지나족 전사들을 처절하게 막아 낸 치우비 치우광의 옆에 드디어 최초의 주신 군사가 뛰어들었다.

"족장님! 제가 왔습니다!"

작은 주신 출신의 전사였다. 말단 전사여서 이름까지는 미처 기억할 수 없었으나 목소리는 치우비의 귀에 익었다. 주신이 아닌 타타르족 출신으로 예전에 도둑이었던 남자였다. 수많은 지나족 전사를 뚫고 오느라 온몸에 먼지와 피를 뒤집어써서 얼굴조차 분간할 수 없었다. 자신도 만신창이가 되었으면서도 목숨을 걸고 달려와 준 부하의 용기에 치우비는 가슴이 뭉클했다.

주신족 전사 한 명이 도착할 때 지나족 전사는 열 명, 스무 명이 덤벼들었다. 타타르 도둑 출신의 작은 주신 전사는 두 명의 지나족을 죽이고 날아든 돌에 맞아 쓰러졌다. 이어 쏟아진 지나족의 수많은 무기에 그의 몸은 갈기갈기 찢어져 형체조차 남지 않았다.

치우비는 몸을 뺄 겨를이 없었다. 그의 구리도끼는 여전히 무섭게 허공을 가르며 한 번에 한 명의 지나족 전사를 쓰러뜨렸다. 치우광도 눈에서 불을 뿜었다. 그는 무기 대신 휘두르던 지나족 전사의 부서진 시체와 그나마 부러져 반도 남지 않은 도리깨 자루를 던져 버리고 맨주먹으로 두 명의 지나족 전사를 동시에 쳐서 날려 버렸다. 그리고 무섭게 외쳤다.

"이놈들! 나 치우광이 여기 있다! 모두 덤벼라!"

눈에서 불을 뿜을 듯 악을 쓴 치우광은 땅에 깊이 박혀 있는 돌을 뽑았다. 사람 넷이 올라갈 만큼 거대한 돌이었지만 치우광은 소리를 지르며 단번에 엎어 버렸다. 한꺼번에 열 명 이상의 지나족이 비명을 지르며 돌에 깔려 넘어지자 귀퉁이를 뚫고 두 명의 사울아비가 나타났다. 한 사람은 도끼를 들고 수염을 길렀고, 다른 사람은 짧은 몽둥이와 구리칼을 휘두르고 있었다.

"치우광 스승! 우리가 왔소!"

두 사람은 형제 사울아비로 치우우레를 어릴 적부터 따랐고, 지금은 치우광의 직속 부하로 있는 자들이었다. 그 둘도 먼지와 피를 뒤집어써서 목소리만 알 수 있었지 얼굴을 알아볼 수 없었으나 치우광은 반가워서 왈칵 눈물을 쏟을 뻔했다. 그중 짧은 몽둥이를 든 사람은 기다란 창을 잘 다루었는데, 그가 지금 든 몽둥이는 창이 부러지고 남은 자루 끄트머리였다. 얼마나 호되게 싸우며 왔으면 긴 창이 저 지경이 되었을까 싶어 가슴이 미어졌지만 치우광은 눈물을 참으며 외쳤다.

"내 양옆을…… 아니, 웃뜸사울아비님을 양옆에서 지켜라!"

두 사람은 지쳐서 금방 쓰러진다 해도 이상하지 않았지만 힘찬 목소리로 대답한 뒤 치우비를 도와 지나족을 쓰러뜨리기 시작했다. 조금 뒤 다시 세 명의 작은 주신 전사가 포위망을 뚫고 도착했고 사울아비도 두 사람이 더 왔다. 사람이 늘고 포위망이 흐트러지기 시작하자 지나족 전사들의 압박이 약해졌다. 두 번째로 도착한 형제 사울아비는 정신없이 싸우는 와중에 각각 돌과 칼을 맞고 쓰러졌지만 새로 온 사람들이 지켜주어 죽음을 면할 수 있었다.

멀리 성안 높은 곳에서 싸움을 보고 있던 유망은 화가 나서 소리를 질렀다.

"형천은 뭐 하는 거야! 축융은 뭐 하는 거고! 다른 대전사들은 전부 뭐 하는 거냐! 지금 잡아야 해! 치우비 놈은 지금 잡아야 한다구!"

유망은 발을 구르다가 큰 소리로 명령을 내렸다.

"성안에 남은 전사들은 모조리 나가라! 남은 배를 타고 뗏목을 타고 안 되는 놈은 헤엄이라도 쳐서 몰려 나가! 치우비를 잡아라! 치우비를 잡는 거다!"

겉으로는 비록 형천을 나무라고 있었지만 사실 유망이 화를 내는 이유는 형천이 치우비를 잡지 않는 데 있지 않았다. 누구보다도 형천을 잘 아는 유망이다. 먼발치에서 본 것이지만 유망도 싸움을 잘 아는 남자다. 치우비의 표정까지는 보이지 않았지만, 그 무서운 분투와, 형천이 돌연 멈추어선 것을 보고 느낌을 받지 않을 수 없었다. 형천이 치우비의 기세 앞에서 기가 꺾이고 회의에 빠졌다는 것을 유망은 직감하고 있었다.

'이대로 치우비 놈을 놔두면 당장은 아니더라도 앞으로 형천이 위험하다. 목숨이 아니더라도 형천의 기가 꺾인다!'

이렇게 생각한 유망은 서두를 수밖에 없었다. 유망이 화를 내며 서두르자 유망의 변덕과 무서움을 잘 아는 부하들은 미친 듯이 서두르며 성 밖으로 몰려 나갈 준비를 하기 시작했다. 허나 주신의 기마 부대를 막기 위해 물을 터뜨린 것이 출격을 방해하게 되어 추가 출격은 생각만큼 빨리 이루어지지 못했다.

포위가 약해지자 축융은 화를 내며 길길이 날뛰었다.

"저러다가는 다 잡은 먹잇감을 놓치겠다! 서둘러라! 조금만 더 가면 된다!"

치우비가 무섭다지만 축융은 자신이 있었다. 저렇게 치우비가 한눈을 팔지 못하는 사이 다가가 불 주술로 크게 내갈기면 불에 탄 숯 덩어리가 되어 버릴 것이다. 큰 주술을 쓰면 자기편도 덩달아 피해를 입겠지만 치우비의 존재는 조무래기 부하 몇몇과 비길 것이 아니었다.

독한 마음을 먹고 달리는 축융의 앞에 있던 지나족 전사들이 갑자기 흐트러졌다. 이상한 낌새를 느낀 축융이 내다보는데 그 앞으로 휙휙 두 발의 화살이 날아오는 것 아닌가?

"어떤 놈이 감히!"

화가 난 축융은 불 주술로 화살을 쳐내며 가마에서 뛰어나왔다. 그의 앞에는 많은 지나족 전사들이 허둥지둥 도망쳐 옆을 지나갔다. 끝나가는 싸움판에서 갑자기 무슨 일이 일어났을까 의아해진 축융은 도망치는 졸개 한 놈을 잡아 물었다.

"이놈들아! 이겨 가는 판국에 어딜 도망치는 거냐!"

그 군사는 대족장인 축융이 눈을 부라리는데도 개의치 않고 덜덜 떨며 외쳤다.

"귀…… 귀신입니다! 앞에 귀신이!"

"멍청한 놈아! 귀신이 나와도 나, 축융님의 불 주술은 못 당한단 말이다!"

축융은 화가 나서 조무래기를 내동댕이쳐 버리고 나서려는데 그 앞에 누가 다가섰다. 그의 모습을 보고 축융은 가슴이 철렁 내려앉았다.

"너…… 네 이놈이!"

축융은 한편으로 놀라 가슴이 철렁하면서도 한편으로는 묘한 호승심이 치밀어 올랐다. 불 주술의 힘을 단단히 믿는 축융은 치우비가 아니라 어떤 장사도 두려워하지 않았다. 그러나 단 한 사람, 자신의 불 주술을 버티어 내고 자신에게 상처를 입혔던 지독한 전사의 모습만은 그의 마음속에 깊이 자리 잡고 있었다. 그가 나타난 것이다.

온 얼굴에 칙칙하고 거친 천을 감고, 눈만 빛나는데다 검은 머리에 검은 옷, 검은 말을 탄 모습은 정말 귀신과 같았다. 하물며 손에 든 기다란 창마저도 검은색이었다. 부달이었다. 그 뒤로 진을 치고 있는 쉰 명 정도의 사울아비들도 검은 옷에 검은 말에 검은 무기를 들고 있어서, 수는 적지만 그야말로 저승에서 온 군대 같았다. 지나족이 두려워할 만도 했다. 부달은 가라앉은 목소리로 음울하게 말했다.

"하늘이 도와 너를 다시 만났구나, 축융."

익숙하지 않아 서툰 지나족 말이었지만 그조차도 음산하게 들려왔다. 원래 부달은 활달한 미남자였는데 축융의 불 주술을 버티면서 얼굴과 온몸이 흉측하게 변했으며 목청까지 데어 소리마저 거칠고 음울해졌다. 성격마저도 음침해지고 무서워져서 같은 사울아비 부하들도 무서워서 쩔쩔매는 판이었다.

"네놈이 여기 나타나다니! 염제 신농님의 덕분으로 네 칼의 앙갚음을 하게 되었구나!"

축융도 가늘게 째진 눈초리를 더욱 치켜 올리며 잔혹한 미소를 띠었다. 그리고 양 소맷자락을 펄럭이며 비대한 몸을 쿵쿵 울리면서 천천히 부달에게 다가섰다. 부달은 조용히 서서 움직이지도 않고 음울하게 내뱉었다.

"네가 앙갚음을? 그러면 나는?"

축융은 껄껄 호탕하게 웃고는 잔혹하게 외쳤다.

"네 따위 찌끄래기 놈이 내 불 주술에 죽지 않고 살아난 것이 더한 수치다. 이번에는 뼛속까지 까맣게 태워 주마. 와라!"

그때 부달 뒤편에서 한 사람이 불쑥 얼굴을 내밀었다. 얼굴이 약간 가무잡잡하고 고양이처럼 활달하게 생긴 어린 여자였는데 부달의 등 뒤에 매달려 온 것 같았다. 축융은 그 여자가 얼굴을 내미는 순간 부르르 어깨를 떨며 뒤로 한 걸음 물러섰다.

"너……! 너는?"

여자는 축융을 보자마자 흥 코웃음을 치면서 부달에게 능숙한 주신 말로 물었다.

"저 돼지가 축융인가요?"

부달이 고개를 끄덕이자 여자는 킥킥 웃으며 말했다.

"어서 밟아 버려요. 불 주술 따위는 신경 쓰지 말구요."

축융은 부르르 어깨를 떨며 말했다.

"네놈이…… 네놈이 주술사를 데려오다니! 그것도 하백족의 물 주술사를! 이런 치사한 놈!"

부달은 큭큭 비웃는 소리를 내며 짧게 말했다.

"데려온 것이 아니다."

여자도 웃으며 말했다.

"맞아! 우리는 오다가 만났을 뿐이야. 그냥 네가 오늘 재수 없다고 생각하는 것이 좋지 않을까, 돼지?"

"감히 지나족 대부족장인 나를!"

벌컥 화를 내는 축융을 향해 여자도 지지 않고 외쳤다.

"그러는 너는 나를 하찮은 물 주술사라고 지껄였지? 나는 하백족의 진몽희다! 너, 돼지 이번에 단단히 잘못 걸렸어! 오늘이 네놈 제삿날이다!"

그 여자는 진몽희였다. 축융은 기가 질린 듯 뒤로 한 발자국 물러서며 믿어지지 않는다는 듯 외쳤다.

"왜! 대체 하백족의 진몽희가 왜 이런 곳에 온단 말이냐! 진몽희는 몇백 년 동안 사람들에게 얼굴을 보인 적이 없는 것을! 아니다! 너같이 젖비린내 나는 계집아이가 진몽희일 리가 없다!"

진몽희가 깔깔거리며 맑게 웃자 부달이 음산하게 말했다.

"말이 필요 없다. 안파견 한님이 도우신 것이다. 이제 그만 죽어라, 뚱보."

부달은 방금까지 그림자처럼 서 있던 것이 믿어지지 않을 만큼 무서운 기세로 축융을 향해 돌진했다. 축융은 괴로움에 가득 차 괴성을 지르면서 양손을 휘둘러 수없이 많은 불덩어리를 부달을 향해 날렸다. 하지만 그 불덩어리들은 부달의 등에 탄 진몽희가 손을 휘저을 때마다 힘없이 허공에서 픽픽 꺼져 버렸다.

천부인의 선택

생계가 우주의 중심이 되고,
팔계의 구조가 생계에 보조적인 형태로 이루어지게 된 데에는
우주 전체를 꿰뚫는 거대한 의지, 융세(隆世)의 뜻이 작용했다고 전해진다.

치우천은 말을 할 수 없었다. 잘 돌아가던 머리마저도 완전히 정지된 듯했다. 치우천은 주신 사람이었고, 수도 없이 안파견 한님과 천부인의 이름을 듣고 그것을 믿으며 자랐다. 바로 그 천부인과 당돌하게 대화를 나누고 있었던 것이다. 자부 선인 앞에서도 물러섬이 없던 치우천이었으나, 천부인은 그것과는 또 다른 존재였다. 그것은 치우천의 믿음이었고 신앙이었다.

'내가 무슨 소리를 지껄인 것인가.'

치우천이 제일 먼저 한 생각은 바로 그것이었다. 허나 빛 덩어리는 밝게 빛나며 말했다.

그대는 나를 만든 안파견 한님의 뜻을 잘 헤아리는 사람이다. 너에게 내 힘을 맡길 수 있다. 세상을 위해 내 힘을 쓰라.

천…… 천부인은…….

직접 말하는 것이 아닌데도 치우천은 말을 더듬었다. 그러다가 다시 정신을 가다듬어 말했다. 저절로 말투부터 변했다.

천부인은 한웅님만이 만날 수 있는 것 아닙니까?

그렇다. 허나 모든 한웅이 만날 수 있는 것도 아니었다. 안파견 한님 때부터 헤아려 네가 딱 네 명째다.

아니, 하지만 나는 한웅이 아닙니다. 한웅이 아닌 사람이 천부인을 만나면 죽는다고……. 나는 지금 죽은 것입니까?

아니다. 나는 주신을 지키는 힘이다. 그러기 위해 주신을 이끄는 한웅의 소원을, 주신을 지키기 위해서만 들어주라고 만들어졌다. 함부로 사람을 해치지는 않으나, 고약한 마음을 품고 나를 노리는 도둑들은 용서하지 않았다. 몸에 쇠붙이를 지닌 채 들어오면 내가 원하지 않아도 그 사람은 죽는다. 내가 만들어졌을 때 세상에는 쇠붙이를 쓰는 사람이 없었지. 그것뿐이었는데 사람들은 나를 보면 죽는다고 믿었다. 사실 나도 그편이 덜 번잡스러웠다. 그런 소문이 있어도 나에게 다가오는 놈들은 도적들이니 가차 없이 죽였을 뿐이다.

천부인을 뵈어야 진정한 한웅이 된다고 말들 합니다만…….

그건 너희 사람들이 정한 것일 뿐 나와는 상관없다. 한웅이 무슨 짓을 하건 그건 너희 몫이다. 나는 다만 한웅의 자격을 지닌 사람이 주신을 지키기 위해 힘을 원할 때 약간씩 도와준 것뿐이다. 그러려면 목숨을 걸어야 하니 용기 있는 한웅만이 나를 찾았고, 대부분은 쉽게 들어줄 만한 소원을 부탁했다. 허나 세월이 흐르면서 이제는 나를 찾는 한웅조차 없어진 지 오래다. 지금의 주신은 나를 만드신 안파견 한님의 주신이 아닌 것 같다.

치우천은 고개를 끄덕였다.

그건…… 그렇다고 생각합니다.

내가 왜 존재해야 하는지 의미가 없어졌다. 나에게는 그런 시시한 소원을 들어주는 것 따위가 아닌, 아주 크고 거대한 힘이 있다. 그런데 왜 나와 같은 힘을 여기에 가두어 두고, 왜 이렇게 무의미하게 오랜 세월을 기다리게 하는지 알 수 없었다. 이것으로 무슨 일을 하여야 하는지, 누가 나를 제대로 써 줄 것인지 알 수 없었다. 허나 너를 만나 의미를 알게 되었다.

나는 당신을 없애겠다고 생각했습니다만…….

치우천은 약간 찔끔한 기분으로 말했다. 빛 덩어리는 말했다.

너는 나만을 없애는 것이 아니라 세상의 주술과 사람을 뛰어넘는 힘들을 없애고, 사람들의 세상을 일구겠다고 말했다. 그렇지?

그렇습니다.

네가 한 가지 알아야 할 것이 있다. 그러한 결정은 너 혼자 내린 것은 아니다. 네가 정확히 짚었다. 세상을 대표하는 선인들은 이 세상을 다른 사람의 손에 맡기기로 하고 이미 대부분이 세상을 떠나가셨다.

쑤앙마이께 간단히 들은 적이 있습니다.

그렇다. 그래서 주술의 힘도 대부분 끊어지게 되었다. 원래 주술과 도의 힘은 세상 자체의 생명에서 나온 것이다. 선인들이 주술의 큰 근원을 끊었지만 그렇다고 전부 막힌 것은 아니다. 더구나 세상에는 많은 고립자들이 있다.

신수 말씀이군요.

그렇다. 그들을 넘지 못하면 사람들의 세상은 오기 힘들지도 모른다. 고립자를 굴복시키고, 그들에게 이 세상을 포기하게 만드는 힘이 필요하다. 사람의 힘으로 부리는 주술로 고립자를 굴복시켜야 그들은 떠날 것이고, 그 후에 그 힘을 사람의 손으로 흩어 버릴 수 있어야 모든 것을 이루는 것이다. 나는 그것을 위해 준비된 힘이었고, 그 뜻을 이룰 사람은 바로 너다.

제가…… 제가 어떻게…… 저는 신수 한 마리도 상대하기 힘듭니다. 그런데…… 모든 고립자를 굴복시키다니요?

천부인은 웃는 것처럼 빛을 발하며 말했다.

고립자의 힘과 자부 선인의 힘 중 너는 어느 쪽이 세다고 생각하느냐?

자부 선인은 대선인이시니 당연히…….

세상의 모든 고립자를 모아도 자부 선인이 지닌 힘의 백의 하나, 천의 하나도 되지 않는다. 고립자나 신수 들은 기껏해야 산을 부수고 강을 말리는 정도지만 자부 선인께서는 하나의 세상으로 변하실 정도시니까.

하나의 세상이라고요?

자부 선인의 생각과 마음이 모든 것을 이루는 하나의 완전하고 통일된 세상이다. 그 이름을 성계(星界)라고 한다. 네가 있는 주신과 같은 나라가 이 땅에는 수백, 수천 개가 있으며, 그러한 땅이 우리의 이 세상의 허공 중에는 수천의 수천의 수천 개가 있으며, 다시 그러한 것이 헤아릴 수 없이 많다. 그것이 이 세상이다. 허나 자부 선인이 변하신 세상 또한 이 세상에 비해 결코 작은 세상이 아니다. 그것은 밝고, 올바르고, 떳떳하고도 온화한 세계이다. 자부 선인께서 사람을 믿고 도우려 하시며 스스로도 사람이셨던 것처럼, 훌륭하고 위대한 사람들의 영혼으로 이루어져서 세상 사람들을 돕고 이끌어 줄 세상이니라.

이것은 지난번 쑤앙마이에게도 들었던 말이지만 더 구체적이었다. 치우천은 도대체 크기를 짐작조차 할 수 없었다. 잠시 머릿속으로 헤아려보려다가 깨끗하게 포기했다. 그냥 한없이 크고 넓다고만 생각하면 그만이었다.

그것 말고 다른 세상도 있습니까?

이전까지 우주는 세 개의 계로 이루어졌었다. 네가 살아 있고, 살아 있는 것들이 있는 생계(生界), 죽은 자들이 있는 사계(死界). 그리고 모든 것을 만들고 지켜보는 신계(神界)이다.

치우천은 우주니 신계니 생계니 하는 단어의 의미는 알 수 없었으나 말로 하지 않는 대화에서는 뜻을 자연히 짐작할 수 있었다. 다만 우주라고 하는 공허하고도 시커먼 공간은 하늘을 뜻하는 것 같은데 구체적으로 무슨 의미인지는 알 수 없었다. 느낌으로 볼 때 자신이 살고 있는 이 세상이 그 안을 떠다닌다는 것 같은데 그것 또한 무슨 조화 속인지 이해할 수 없었다. 개념이 하나하나 전달이 되어도 너무도 이상하고 이해가 가지 않았다. 발귀리 선인과 대화할 때와 흡사했다. 치우천은 하나하나 생각하려 들지 말고 그냥 어느 정도 잊건 빼먹건 통째로 받아들이기로 생각했다.

신계가 하늘이십니까?

그럴 수도 있고 아닐 수도 있다.

그 세 개의 계…… 계라고 하는 것이 맞습니까? 그것들에 대해서는 대략 짐작이 갑니다만, 그럼 성계가 더해져서 네 개의 우주…… 뭔지는 모르지만, 그 우주가 되는 것입니까?

더 있다. 자부 선인만 한 대도력을 지닌 선인이 혼돈 선인이시니, 그분은 살기 위해 싸우고 다른 것을 죽이고 빼앗는 존재다. 혼돈 선인이 이전부터 자신의 생각과 합당한 자들의 혼을 모아 두었다가 이번에 그들이 어울리는 세계를 만드니 그것을 마계(魔界)라 한다.

그것은 나쁜 세계가 아닙니까?

좋고 나쁘고는 인간에게만 그러할 뿐이다. 다른 것을 죽여서 먹지 않고는 살 수 없는 것이 생명이고 다른 것과 싸워 이기지 못하면 살지 못하는 것이 생명이니, 생명의 그러한 힘을 지키고 보장하는 힘의 근원은 사람의 작은 소견으로 함부로 말할 수 있는 것이 아니다. 물론 마계는 사람 세상이 있는 한 영원히 사람들의 적이 될 것이며, 사람들을 죽이고 해치려 할 것이다만. 마계의 힘과 싸우는 것 또한 너희 사람들이 알아서 할 일이다. 싸우건 무릎을 꿇건 말이다.

그러면 다섯 개입니까?

세 개가 더 있다. 고립자들이 멋대로 살아갈 환계(幻界), 존재를 포기한 자들이 살아갈 유계(幽界), 질서와 정의의 힘을 지니게 될 빛의 세상인 광계(光界)가 그것이다.

그런 세계들이 왜 필요한 것입니까?

사람들이 죽고 다시 태어나기 위함이다. 세상을 사람에게 맡긴다는 것은, 이 좁디좁은 땅 조각을 맡긴다는 의미가 아니다. 우주의 모든 존재를 사람에서 비롯된 영혼으로 채우고, 영혼을 순환시킴으로써 우주를 활기 있게 하는 것이다. 지금까지는 생계에서 죽은 자들 중에서 원하는 자만이 다시 태어났으나 앞으로는 모두가 다시 태어나게 된다.

허…….

인간의 영혼은 계속 세상을 겪으며, 변하고 단련될 것이다. 죽은 자들의 사계 또한 완전히 사람들의 생각을 따르게 된다. 영혼을 너희 사람들의 기준과 법과 사상으로 선하고 좋게 만들기 위해 노력할 것이다.

그렇다고 모두가 착해지겠습니까?

그것도 이미 준비되어 있다. 착하고 나쁘고는 사람의 기준일 뿐이다. 다만 사람의 기준에 맞추어서 사계가 이끌어질 뿐이다. 여전히 착하고 나쁜 것의 싸움은 계속될 것이다.

그것은 무엇을 위해서입니까?

우주를 활기차게 만드는 것이지…….

정말 복잡하고도 활기차질 것 같군요. 그래서 우주가 어떻게 되라는 것입니까? 영원히 싸우고 헤매고 빙빙 돌라는 것입니까?

끝가지 들어라. 무엇인가 찾기 위함이다.

찾아요? 무엇을 찾습니까?

그것은 아무도 모른다. 신계에서 선택할 따름이다. 네 생각과는 달리 신계는 어떤 우주의 무슨 일에도 간섭하지 않는다. 그러한 일은 몇백, 몇천 년에 한 번도 있기 힘든 일로 알고 있다.

우주 전체가 멋지고 아름다운 세계로 바뀌는 것을 보고 싶어 하는 것입니까?

모른다. 그렇게 간단한 일이 아니다. 신계는 우주가 망하건 말건 그 자체를 너희 사람의 손에 맡긴 이상에는 더 이상 간섭하지 않을 것이다. 그것이 바로 사람의 세상이라는 의미이다. 선한 자가 이기건 악한 자가 이기건 결국은 사람이 정하고 택하는 것이다. 세상을 어떻게 만들건 그 자체가 가치 있는 일은 아닐 테지. 선인 한 명이 한 우주를 만들 수 있는데, 어떻게 그 위에 있는 신계에서 그런 작은 일을 바라랴?

하지만 신계에서 모든 운명을 정했다면?

내가 이 모든 것을 말해 준 이유가 네 질문 때문이다. 신계가 모든 것을 예정해 두고 모든 것을 정했다고 하면 이 모든 것을 어떻게 설명하겠느냐? 신계는 분명 이 우주, 앞으로 팔계로 나눌 우주에서 무엇인가 원하는 것이 있다. 그것도 분명 한번 얻으면 끝나는 것이 아니고, '무엇인가 반복되기를' 원하고 있다. 모든 것을 결정지었다고 하면 이런 일을 반복할 이유가 없다. 그렇지 않은가?

치우천은 생소하고 광대한 개념 때문에 머리가 터져 나갈 지경이었다. 허나 천부인의 말에는 설득력이 있었다.

무엇인가를 원하는 것은 모든 것을 다 할 수는 없다는 소리이고, 그렇다면 모든 것을 신계가 정한 것은 아니라는 말이 된다. 이건가요?

네 생각은?

나는 맥달이라는 사람을 알고 있습니다. 그 여자는 앞날을 줄줄이 꿰뚫고 있으며, 일어날 일을 전부 알고 있는 사람입니다. 앞일이 정해져 있지 않으면 어떻게 그것을 본단 말입니까?

치우천은 맥달을 생각하자마자 마음속이 처연해지며 텅 빈 것 같았다. 의외로 천부인은 그의 말에 곧바로 반응했다.

맥달? 자부 선인이 키웠던 맥달 말이냐?

그렇습니다. 아시는군요.

나는 자부 선인의 힘을 받았으므로, 자부 선인이 아는 것을 얼마쯤 공유한다. 그 여자는 선인의 힘이나 주술로도 알 수 없는 수수께끼 같은 존재다. 어떻게 그런 존재가 나왔는지 자부 선인도 알지 못했다. 다만…….

다만 뭡니까?

신계가 영향을 끼친 일은 없다고 아까 말했지만 맥달이 태어날 무렵 신계의 의지가 잠시 이 세상을 비추었다고 한다. 확실치는 않으나 자부 선인이나 다른 선인들은 그때 신계가 직접 영향을 끼쳐서 맥달이 태어났으리라 믿고 있다. 맥달의 존재는 큰 영향을 주었다. 그녀의 예지가 아니었으면, 선인들이 지금의 생계를 버리고 다른 계를 만드는 일이 더 늦어졌을 것이다. 그렇다면 맥달은 신계의 의지를 세상에 전하는 대변자일지도 모르고, 혹은 신계가 세상에 변화를 주려 만든 존재일지도 모른다. 맥달이 모든 것이 정해져 있다고 말한 적 있느냐?

그건…… 아니라고 했습니다. 뭔가 다르게 움직이면 다르게 변하며, 그녀 자신도 그러한 것을 뒤집기 위해 무척이나 노력하고 있습니다.

예언을 하는 자가 예언을 엎기를 바란다. 당연하고도 가련한 일이다.

세상에 그녀만큼 강하지만 불쌍한 사람은 없을 것입니다. 생각할 때마다 마음이 아픕니다.

너는 그 여자를 특별하게 생각하고 있구나.

그…… 그렇습니다. 하지만 그녀는 죽은 것 같습니다.

그러하냐?

혹시 그녀가 살아 있지는 않습니까?

일말의 희망을 품고 되물었으나 천부인의 반응은 담담했다.

자부 선인일지라도 세상의 모든 일을 다 아시지는 못한다. 특별히 찾지 않으면 말이다. 그러니 그분의 일부분인 나도 그것까지는 알 수 없다. 알고 싶다면 알아봐 줄 수 있다만…….

이런 일에 당신의 힘을 쓰면 아니 된다는 것이겠지요?

그렇다.

당신의 힘이 대단한 것도 믿고, 함부로 쓰지 않는다는 다짐도 했지만, 퍽이나 섭섭하군요.

네가 선택받았다고 해서 귀중한 시간을 우스개 장난에 쓰지는 말라.

그런 것도 없이 무슨 재미로 삽니까? 하하.

치우천은 허탈해져서 맥없이 웃었으나 천부인은 심각하게 말했다.

너는 고시씨냐?

아닙니다. 치우씨입니다. 치우천이 제 이름입니다.

고시씨는 삼대를 잇지 못하고 바뀔지도 모르겠구나. 그러면 사와라 한웅의 이름도 바뀔 것인데, 너는 새 한웅의 이름으로 생각해 둔 것이 있느냐?

만약에, 만약에 한웅이 된다면 자오지 한웅으로 이름을 정하리라 생각한 적은 있습니다.

자오지라…… 오랜만에 듣는 이름이군. 안파견 한님의 불까마귀 말이구나.

그렇습니다. 제 이름은 하늘이라는 뜻의 천이고, 제 아우는 난다는 뜻의 비입니다. 자오지라면 솟대 위에 새겨진 좋은 이름이기도 하고, 또 하늘을 나는 새이니 잘 맞는다고 여겼습니다.

그렇구나. 네가 한웅이 되기를 기다리마. 허나…… 한웅이 되기는 쉽지 않을지도 모른다. 잊지 마라. 나는 네가 말한 대로 고립자나 주술의 힘을 세상에서 몰아내려 할 때만 도와주지, 그 외의 일에는 네가 죽더라도 도움을 주지 않는다. 몹시 위험한 상태인 것 같은데, 네가 스스로 이것을 헤쳐 나가야 내 힘을 쓸 수 있을 것이다.

어차피 당신 힘은 기대하지 않았습니다. 그건 그렇고, 아까 내가 왜 이리 오게 되었는지 말해 준다고 하지 않았습니까?

그건 내가 말하지 않아도 곧 알게 될 것이다.

아까 들었던 우주에 대해 더 듣고 싶은 것이 있습니다만.

나중에 인연이 닿는 자에게 들어라. 나는 너무 많은 이야기를 했다. 가급적

잊는 것이 나을 것이다. 어차피 지금 사람들 중 누구도 알아듣거나 확인할 수도 없는 이야기니까.

그것을 끝으로 빛은 다시 한번 환해졌다가 사라지려 했다. 치우천은 아쉽기도 하고 궁금하기도 해서 외쳤다.

당신과 이야기하려면 어떻게 해야 합니까?

나를 마음속으로 부르면 된다. 단, 주변에 사람이 한 명이라도 있으면 나는 대답하지 않을 것이다.

퍽이나 쌀쌀맞으십니다그려.

그대는 이곳으로 오느라 많이 다쳤으니 움직일 수 있게 해 주겠다.

감사합니다. 쌀쌀맞지는 않으시군요.

치우천이 여전히 농담조로 말했으나 천부인은 엄숙하게 선포하듯 말했다.

치우천이여, 치우천이여. 그대는 스스로의 힘으로 그대의 앞길을 열어라. 그러면 그 뒤를 따라 세상이 열리고 우주의 방향이 정해질 것이다. 부디 자오지 한웅이 되어 원하는 바를 이루기를 빈다, 치우천.

마지막으로 큰 울림을 남기고 천부인의 빛은 치우천의 마음속에서 사라져 버렸다. 치우천은 눈을 번쩍 떴다.

굴 안은 캄캄했고 한 줌의 빛도 없었다. 눈을 뜨고 있는지 감고 있는지도 알 수 없었다. 치우천은 조심스레 몸을 움직여 보았다. 별반 다친 데는 없는 것 같았지만 몸이 저리고 움직이기 힘든 것은 여전했다.

'움직이게 해 줄 힘이 있으면 다 낫게 해 주지, 결국은 쌀쌀맞군.'

실없는 생각을 하며 치우천은 일어나 앉았다. 방금까지 나누었던 천부인과의 대화가 꿈같기만 했다. 그것은 꿈이 아니었다. 치우천은 조심스레 주변을 더듬거렸다. 처음 손에 잡힌 것은 사람의 뼈였다. 치우천은 깜짝 놀라 재빨리 손을 거뒀다. 오래전 천부인 옆에 모시기 위해 이곳으로 던져진 시체 같았다.

'이곳은 오랫동안 아무도 들어오지 않았다 했으니 시체가 많겠군. 부싯돌을 가지고 있는 시체도 있을지 모른다. 장사 지낸 시체에는 없겠지만, 천부인은 도둑들도 몇 번 왔다가 죽었다고 했다. 도둑이라면 부싯돌을 가지고 있을 것이다.'

치우천은 끈기 있게 여기저기를 더듬으며 부싯돌처럼 쓸 만한 것들을 찾았다. 전쟁터에서 헤매며 살아온데다가 천부인 같은 신비한 존재와 이야기를 나눈 다음이라 백골이 널려 있어도 두려운 마음은 들지 않았다. 한참을 더듬거리니 뭔가 매끈매끈한 돌이 잡혔다. 무슨 옥 같았다. 치우천은 그것을 무심코 집어든 채 다시 부싯돌을 찾아 헤맸다. 한참을 더듬거리며 찾고 있는데 위에서 웅성거리는 소리와 사람의 기척이 들렸다. 치우천은 반가워서 소리를 지르려다가 마음을 바꾸었다.

'나는 분명 쫓기는 몸이라고 했다. 그래서 무라가 이리로 데리고 도망 왔다고 들었다. 모습을 보이면 위험할지도 모른다.'

치우천은 기어서 조심스레 구석으로 몸을 숨겼다. 그곳에 백골이 된 시체가 있었다. 그것을 옆으로 치우는데 무엇이 손에 잡혔다. 헝겊으로 묶은 다 떨어진 주머니 같은 것이었다. 치우천이 손을 대자마자 삭아 버린 헝겊은 재가 되어 바스러져 버렸다. 그리고 그토록 찾았던 부싯돌이 손에 잡혔다.

'됐다.'

구멍 위쪽의 웅성거림은 멎지 않았다. 멀리서 사람들이 울며 곡을 하는 것 같았다.

'누가 죽어서 장사를 치르러 왔나 보군. 꽤 높은 사람이 아니면 이곳에 올 수 없을 텐데. 누가 죽었단 말인가? 혹시……'

불현듯 불안해졌다. 치우천은 소리를 죽이고 기다렸다. 한참 지나자 몇 사람이 다가와서 구멍에 시체를 던져 넣었다. 시체는 조용히 미끄러지며 구멍에서 툭 떨어졌다. 밖에서는 다시 우는 소리, 웅성거리는 소리가 한참 들려오더니 이내 조용해졌다. 치우천은 주변이 완전히 잠잠해질 때까지 기다렸다가 조금 전 시체가 떨어진 곳을 짐작하여 그곳으로 기어갔다. 그 시체는 막 장사 지낸 것이라 옷도 입었고 각종 장식품도 그대로 달고 있었다. 치우천은 부싯돌을 몇 번 튕겨 불을 냈으나 그것만으로는 시체의 얼굴을 알아볼 수가 없었다. 치우천은 할 수 없이 시체를 향해 고개를 숙이고 마음속으로 생각했다.

'어차피 당신은 죽었고, 여기 장사 지낸 다른 사람들처럼 뼈가 되고 옷은 삭을 것이오. 그러니 내가 옷을 빌린다 해서 나무라지는 마시오.'

치우천은 부싯돌을 찾은 곳 주변에서 기다란 뼈 하나를 주워 온 다음 시체의 옷을 찢어 뼈에 감아 횃불처럼 만들고 부싯돌을 당겼다. 뼈는 주변에도 많았지만, 행여 한웅님이나 주신의 조상들 뼈를 이렇게 쓰고 싶지는 않았다. 다만 부싯돌을 지닌 자는 필경 도둑이었을 테니 이렇게 다루더라도 죄가 될 것은 없다고 생각했다. 한참 동안 부시를 친 끝에야 헝겊에 불이 붙었다. 그러고 나자 주변이 밝아졌다. 치우천은 시체를 보고는 흠칫하며 놀랐다. 역시 고시울률 같았다. 몸은 그리 상하지 않았지만 얼굴이 많이 썩은데다 무엇에 맞아 뭉개져 알아볼 수 없을 정도였다. 그러나 옷과 머리 모양 등을 보아하니 고시울률이 틀림없었다. 더 자세히 살펴보니 목 부분에 얼기설기 꿰맨 자국이 보였다. 그것을 보자 치우천은 한숨이 나왔다.

'발각되었구나. 내가 머리를 보자마자 정신을 잃었으니 사람들이 놀라 어딘가 숨겼을 것이다. 머리 부분만 많이 썩은 것을 보니 땅에 묻었던 모양이구나. 아, 바보같이! 그것을 들켰으니 목을 꿰매 여기에 장사를 지냈겠지. 쫓기는 몸이 되어 무라가 나를 데리고 도망쳤겠지. 카린에서 자란 무라가 여기가 어딘지 알 리가 없을 텐데 여기 던져 넣을 정도였으니 무척이나 일이 급했구나.'

상황만 보아도 치우천은 일이 어떻게 된 것인지 짐작이 갔다. 그렇다면 소녀의 함정에 꼼짝없이 빠진 셈이다. 분해서 화가 치밀어 올랐다. 소녀가 한없이 증오스러웠다.

'어차피 벌어진 일이다. 아버님은 무사하실까? 몸도 성치 않으신데 큰일이다. 아버님께 무슨 일이 생긴다면 그 여자를 절대 그냥 두지 않겠다! 아, 내가 정신을 잃지만 않았어도 일이 이렇게 되도록 놓아두지는 않았을 것인데! 치우천아, 치우천아! 너는 고작 그런 일에 까무러칠 정도로 약한 놈이었더냐? 그래서 어떻게 세상을 바꾸고 헌원을 이긴단 말이냐?'

치우천은 분해서 몇 번이고 주먹으로 땅을 쳤다. 그러다가 고시울률의 시체에 대고 중얼거렸다.

"외할아버님. 이제 돌아가셨으니 어머님을 보아 외할아버님이라 불러 드리겠습니다. 당신도 참 안되셨습니다. 대주신의 한웅을 꿈꾸시던 분이 고작 그런 계집의 손에 목을 잘리다니요. 제가 사람을 잘못 보아 그런 미친 계집을 집에 들였으니 제 책임도 크군요. 나중에 저승에서 무슨 꾸지람을 하셔도 다 받겠습니다. 쌓인 것도 많았지만 이제는 부질없군요. 그리고 보니 어머님이 돌아가시기 전까지는 외할아버님도 제게 잘 대해 주셨는데…… 어쩌다 이런 일이 생겼는지……."

생각해 보니 고시울률과는 한없이 으르렁거렸지만 나쁘지 않은 기억도 있었다. 이미 죽은 사람인데 미워해서 무엇하겠는가? 잠시 멍하니 생각에 잠겨 눈물을 흘리던 치우천은 정신을 차렸다.

'이러고 있을 때가 아니다. 서둘러서 나가야겠다.'

구멍을 어떻게 기어 올라가나 생각하고 위쪽을 비춰 보니 밧줄이 한 줄 걸쳐져 있었다. 시체는 그냥 던져졌지만, 한웅이 천부인을 보러 올 수 있으니 내려오고 올라갈 수 있게 준비는 해 두는 것 같았다. 마지막으로 천부인을 한 번 보고 싶어서 치우천은 주위를 둘러보았으나 천부인이라 생각되는 것은 보이지 않았다. 치우천은 속으로 생각했다.

'천부인을 칼과 거울과 곡옥이라고 하고 무슨 문장으로도 생각하던데, 사실 천부인은 형체가 없구나. 하긴 자부 선인의 힘이 깃들어 있다면 어떤 모습으로도 나타날 수 있겠지만.'

치우천은 아까 무심코 집어든 옥이 생각났다. 그것은 장식품으로 많이 쓰는 구부러지고 구멍이 뚫린 곡옥이었는데, 크고 매끈하게 다듬어진데다가 어둠 속에서도 놀라울 만큼 밝고 선명한 빛을 내는 보물이었다. 가만 살펴보니 그것에도 한웅의 문장이 조그맣게 새겨져 있었다. 예전에 죽은 어떤 한웅님의 몸을 꾸미다가 같이 이곳에 남은 물건이 분명했다.

'오래전 다른 한웅님의 물건이구나. 그냥 보기에도 대단하다. 세상에 둘도 없는 보물 같구나. 욕심나는 것은 아니지만, 나중에 내가 여기 들어왔었다는 증거가 필요할 수도 있으니 가지고 가자.'

치우천은 곡옥을 챙겨 넣은 뒤 뼈로 만든 횃불을 들고 조심스레 밧줄을 타고 올라가기 시작했다. 허나 몸이 회복되지 않아서 한 손으로는 밧줄을 타기 힘들었다. 할 수 없이 치우천은 횃불을 꺼서 허리춤에 찔러 넣고는 양손으로 밧줄을 타고 안간힘을 쓰며 구멍 위로 올라갔다. 생각보다 구멍이 깊어서 땀투성이가 되어 한참을 올라가서야 밖으로 나올 수 있었다. 밧줄이 걸려 있지 않았다면 빠져 나오지 못했을 것이다. 구멍 밖으로 나오고 보니 꼬불꼬불 동굴이 복잡하게 엉켜 있었다.

'가만. 크리스를 여기 두고 간 것 같은데…… 그것만은 도로 찾아

야지.'

치우천은 한참 동안이나 주변을 찾았지만 크리스는 보이지 않았다.

'아까 장례를 치르러 온 사람들이 집어 간 걸까? 아깝군.'

치우천은 섭섭했지만 별수 없다 생각해 조심스레 동굴을 빠져나가기 시작했다. 동굴 안은 어두웠지만 여기저기 기름등잔이 밝혀 있어서 그럭저럭 걸을 만했다. 가는 도중에도 최대한 조심했지만 의외로 사람은 한 명도 없었다. 그러다 보니 어느덧 동굴 밖으로 이어진 듯한 작은 문이 보였다. 밖은 아직 어둡고 이슬이 사방에 맺힌 것이 곧 동이 틀 것 같았다. 동이 터 날이 밝으면 하루를 더 이곳에서 숨어 지낼 수밖에 없다. 치우천은 일단 문틈으로 밖을 조심스레 살핀 다음, 아무도 없는 것을 확인하고 살며시 밖으로 나섰다. 나서고 보니 솟대 아래였다.

'나는 신시에서 자고 나고 자랐으면서 솟대가 있는 것만 알았지, 솟대 아래 굴이 있고 거기 천부인을 모셨다는 건 몰랐구나. 그래서 솟대 부근으로는 사람이 다니지 않게 된 것일까? 그런데 단군들이라도 있어야 할 텐데 하나도 보이지 않으니 이상하구나.'

치우천은 밖으로 나오자 아버지에 대한 걱정으로 마음이 급해졌다. 그래서 어둠을 틈타 그늘을 찾아 숨어 가며 집으로 향했다. 신시의 길은 손바닥 보듯 알고 있으므로 별 어려움은 없었다.

'나와 무라가 쫓겼다면, 집 근처도 누가 지키고 있을지도 모른다. 위험할지도 모르지만 아버님 일이 급하니 별수 없다.'

치우천은 마음을 단단히 먹고 집 근처를 유심히 살핀 후 조심스레 집의 담장을 넘었다. 아무래도 불안했지만 아버지의 안부를 확인하고 싶은 마음이 이성을 억눌렀다. 그러나 치우천이 담을 넘는 순간…….

"잡았다!"

"치우천이다!"

외침 소리와 함께 날아온 밧줄에 걸려 치우천은 땅에 넘어졌고, 정신을 차릴 겨를도 없이 온몸이 꽁꽁 묶이고 말았다. 치우천은 놀랐지만 이내 태연하게 자신을 묶는 사울아비들에게 말했다.

"살살하게. 난 아픈 사람이고 치우 집안의 웃뜸이네. 이렇게 마구 다루어도 된다고 생각하는가?"

"네가 치우웃뜸일지라도 마누라를 시켜 고시울률님을 죽인 놈이니 대접을 해 줄 수 없다!"

한 사울아비가 눈을 부라리며 외치자 치우천은 쓸쓸하게 웃으며 말했다.

"역시 그렇게들 알고 있는가? 하지만 오해일세."

"오해? 오해는 무슨 오해? 네놈 아비가 벌써 네놈 죄를 덮어 주려다가 죽었는데 오해는 무슨?"

그 말에 치우천은 눈을 부릅떴다.

"아버님이…… 아버님이 어찌 되셨다고?"

잡혀서 묶이는 와중에도 평안히 미소를 띠고 있던 치우천이 불을 뿜을 듯 눈을 부릅뜨자 사울아비는 놀란 듯 움찔하며 말했다.

"치우우레님은 목숨을 걸고 치우씨 집안의 그 뭐냐, 주술을 썼다. 그리고 곧 돌아가셨으니 네놈이 죄가 있는 것이지 뭐냐?"

치우천은 그 말을 듣고는 얼굴을 몇 번이나 꿈틀꿈틀하며 일그러뜨리다가 급기야는 그 자리에서 목을 놓아 울기 시작했다. 너무도 서럽게 우는지라 사납게 대하던 사울아비들도 애틋해졌는지 치우천을 잠시 내버려 두었다. 치우천은 그렇게 한참 울다가 울음을 그치고는, 눈물에 젖었지만 타는 듯한 눈초리로 사울아비들에게 말했다.

"나를 삼사님이 계신 곳으로 보내 달라. 내가 죄가 있다 생각되어도 내 이야기는 들어야 할 것이다. 나는 치우 집안의 웃뜸이니 말을 할 권리가 있다. 나는 죄가 없다. 내가 모든 것을 밝힐 것이다."

사울아비들은 치우천의 태도가 당당한 것을 보고 말했다.

"치우웃뜸. 당신은 정말 죄가 없다고 말하는 건가?"

"나는 사실만 말한다."

사울아비 중 한 명이 고개를 끄덕이며 넌지시 말했다.

"이렇게 되어 슬프다. 우리도 치우웃뜸 당신을 믿고 존경했다. 허나 당신은 너무 큰 죄를 지었다. 비렴님이나 치우우레님도 당신을 위해 애쓰셨지만 죄를 벗을 증거가 없었다. 당신의 집 나무 밑에서 고시울률님의 머리가 나왔고, 당신 마누라가 고시울률님을 죽였다. 어떻게 죄를 벗어난단 말인가?"

"일단 나를 삼사님 앞으로 보내 다오."

"지금은 만날 수 없고, 날이 밝으면 너희 집에 있던 자들 모두가 신시가운데 광장에서 벌을 받게 되어 있다. 너도 그리로 가야 한다."

"그러면 가자."

치우천은 몸을 몇 번 비틀거렸으나 초연한 태도로 일어나 사울아비들이 이끄는 대로 걸음을 옮겼다. 사울아비들은 그의 당당한 기세에 뭔가 느끼고 적잖이 감탄한지라 별말 없이 치우천을 인도했다.

헌원의 선전 포고

> 고대 중국의 세계관에서 헌원 황제는 중앙의 상제였고
> 동서남북 네 방향에도 그곳을 주관하는 상제가 있었다.
> 동방상제는 태호(太嗥)이며 목신(木神) 구망(句芒)의 보좌를 받는다.
> 서방상제는 소호(少嗥)이고 금신 욕수(蓐收)의 보좌를 받는다.
> 북방상제는 전욱(顓頊)이며 보좌신은 수신 현명(玄冥)*,
> 남방상제는 염제(炎帝)이고 보좌신은 화신 축융(祝融)이다.
> 황제의 보좌신은 토신인 후토(后土)이다.**
> —『회남자(淮南子)』,「천문(天文)」편에서

하백족은 물의 부족이고, 멀리는 발귀리 선인, 가까이는 여자 선인인 오로파라에게 물의 주술을 이어받았다고 전해지는 신비한 부족이다. 진몽희는 그중에서도 선택된 지도자로, 비밀스럽게 전승되는 물 주술의 힘을 물려받을 수 있는 사실상 부족장이었다. 지난번 치우비의 도움으로 진몽희가 된 후 비전의 수련을 거쳐 물 주술을 완벽히 익힐 수 있었다. 불은 물을 이길 수 없는 것이니, 불 주술을 쓰는 축융에게 물 주술을 쓰는 진몽희는 천적 중의 천적인 셈이었다. 하백족의 물 주술은 사람을 해치는 데에는 축융의 불 주술에 한참 못 미쳤지만 불 주술은 확실하게 제압할 수 있었다. 세상을 두려움에 떨게 한 축융의 불 주술도 진몽희 앞에서는 타 버린 등잔불만도 못했다.

한편 지나족 중에서는 누구보다도 먼저 싸움에 끼어들었어야 했던

---

* 해신, 풍신인 우강(禺强)이라고도 한다.
** 이는 오행설과 사방설이 성립된 후대의 전설이 분명하나 그 시대의 인물을 유추하는 데 도움이 된다.

위는 의외로 한발 물러선 채로 있었다. 그도 처음에는 제일 먼저 치우비를 잡겠다는 생각에 말을 달렸다. 그보다 한발 앞서 흥분한 부하 전사들이 떼로 몰려가 공을 탐냈으나 그들은 치우비와 치우광, 두 사람의 무서운 힘 앞에 떼로 죽어 넘어져 시체로 쌓여 갈 뿐이었다.

'치우비는 그렇다 쳐도 저렇게 무서운 놈이 주신에 있었단 말인가?'

치우비와 치우광의 무서운 분투를 눈앞에 대하자 위는 맞부딪기가 겁났다. 위는 스스로에게 속삭였다.

'한 놈이면 몰라도 두 놈이니 직접 부딪치지 않아도 좋겠지. 힘을 뺀 다음에……'

위는 간사한 생각을 하며 자신이 달려가는 대신 열심히 부하들을 독려하듯 이리저리 뛰었다. 직접 싸우기는 무서웠지만 부하 앞에서 꽁무니를 빼는 것처럼 보이기는 싫었기 때문이다. 치우비와 치우광이 지치면 그때 맞상대를 해서 공을 독차지할 속셈이었다.

위의 생각과는 달리 치우비와 치우광의 주변에는 어느 틈엔가 사울아비들이 하나둘씩 모여들기 시작했다. 처음에는 몇 명이었고 그나마도 사방에서 쏟아지는 공격에 금방금방 나가떨어졌지만, 수가 점점 불어나 수십 명이 되어 이제는 대열까지 갖춘 터라 만만하게 공격할 수가 없었다. 그뿐만 아니라 치우비와 치우광 등이 얼마나 적을 많이 죽였는지, 주변에 쌓인 시체들의 숫자가 엄청났다. 사울아비들은 시체를 방패 삼아 화살과 공격을 피하기까지 했다. 안 되겠다 싶어진 위는 일그러진 표정을 지으며 부하들에게 명령을 내렸다.

"이대로 두어서는 치우비를 놓친다! 궁수 부대를 있는 대로 모아 와라!"

위의 명령만 기다리며 따라다니던 부하들은 기마병들이었기에 금방 이백 명에 가까운 궁수를 모아 왔다. 위는 그들에게 잔혹한 명령을 내렸다.

"너희는 여기서 치우비가 있는 쪽으로 화살을 퍼붓는다! 치우비만 노릴 것은 없다. 그 주변으로 화살 비를 퍼부으면 그놈도 맞아 떨어지지 않고는 배기지 못할 것이다!"

지나족 궁수뿐 아니라 위의 직속 기마병까지도 깜짝 놀랐다. 위의 부하로 있는 소대장 한 명이 조심스레 말했다.

"그러면 그리로 몰려들고 있는 우리 편도 죽습니다!"

지나족 궁수들도 떠들어 댔다.

"아무리 대장을 잡는다지만 우리 편을 향해 화살을 날리다뇨!"

위는 날카로운 눈초리로 부하들을 노려봤다.

"닥쳐라! 대장을 잡아야 싸움에 이길 수 있다! 우리 편이 조금 죽는다 해도 이기는 게 더 중요하다!"

"너무합니다!"

위는 화를 내며 소리를 질렀다.

"대장의 말을 따르지 않는 놈들은 목을 벤다! 지금 싸우기 싫다는 거냐? 싸움터에 나와 싸우기 싫어하는 놈은 죽는 거란 말이닷!"

한 궁수가 활을 내던지며 외쳤다.

"나는 못합니다요! 싸우기 싫다뇨! 대장님! 우리 편이 저렇게 목숨을 내놓고 적 대장을 잡으려 싸우고 있습니다요! 그런데 그리로 화살을 쏘다뇨! 그건……."

그가 말을 마치기도 전에 위의 창이 목을 꿰뚫어 버렸다. 그는 놀란 듯 눈을 부릅뜨며, 뭔가 소리치려는 표정 그대로 숨이 끊어져 넘어졌다. 위는 찢어지게 고함을 질렀다.

"말을 듣지 않는 놈은 죽는다! 어서 쏴라!"

눈앞에서 죽음을 본 전사들은 어쩔 수 없이 활을 둘러메고 화살을 쏘기 시작했다. 치우비 등과 난전을 벌이던 지나족 전사들은 무수한 화살이 비처럼 쏟아지자 혼란에 빠져들었다.

"뭐야! 주신족 부대가 또 있는 거야?"

"이게 웬 화살이냐! 아이구! 나 죽는다! 맞았어!"

"으아! 우리 편이다! 우리 편이 활을 쏜다!"

"뭐 하는 거냐! 아이구! 우리 편이라구!"

위의 명령으로 느닷없이 벌어진 화살 공격은 사울아비들에게도 적지 않은 피해를 입혔다. 지나족 전사뿐만 아니라 사울아비도 당황했고 여러 명이 화살에 맞아 쓰러졌다. 허나 사울아비들은 대부분 죽기를 각오한 처지였기에 어깨나 팔 정도에 화살을 맞은 이들도 물러서기커녕 독기를 뿜으며 무기를 휘둘렀다. 지나족 전사들도 유망과 형천의 훈련을 오랫동안 받아 용맹에는 뒤지지 않았으나 자기편에게 공격을 받았다는 충격이 그들을 머뭇거리게 만들었다.

치우비나 치우광은 화살 한 대 스치지 않았다. 힘이 많이 빠지기는 했으나 부하들이 모인 상황에서 한숨 돌리게 된 두 사람이 화살 정도를 쳐내지 못할 이유가 없었다. 도리어 끝없이 몰려들던 지나족 전사들이 주춤하여 제 발로 물러서는 바람에 숨이 턱 끝까지 닿아 제풀에 쓰러질 지경이었던 사울아비들은 화살을 맞으면서도 살았다고 느낄 정도였다. 의외의 결과를 지켜본 위는 더욱 화를 내고 다시 화살을 퍼붓게 했으나 그때는 벌써 사울아비들 중 방패를 지녔던 군사들이 방패로 화살을 낱낱이 거두어 내고 있었다.

주신족을 쓰러뜨리기커녕 포위망만 느슨해지자 위는 미친 듯이 화를 냈다.

"병신 같은 놈들이! 더 달려들어야 화살이 무섭다고 물러나? 저놈들이 전사 맞느냐? 돌격하라고 명령해라!"

소대장들조차 위의 그릇된 행동에 회의를 느끼고 있었다. 그중 늙수그레한 소대장이 더 참지 못하고 위에게 말했다.

"적의 화살도 아니고 우리 편 화살이 쏟아지는데 누가 가고 싶겠습니까? 용감하고 아니고를 떠나……."

위는 창 자루로 소대장의 얼굴을 후려쳤다.

"닥쳐랏! 판얼! 너도 죽고 싶은 게냐!"

판얼이라는 소대장은 많은 하급 전사들에게 존경을 받는 군인이었다. 더구나 나이도 많고 성격도 후덕한데다 원만해서 비록 부하이기는 하지만 위도 함부로 대할 수는 없었다. 그런데 위는 성급함을 이기지 못하고 부하들 앞에서 그의 얼굴을 후려치는 짓까지 저지른 것이다.

주변의 분위기가 싸하게 바뀌었다. 안 그래도 억지로 눌러 참고 있던 부하들의 불만이 폭발하기 일보 직전이었다. 판얼은 조용히 고개를 숙였다.

"가겠습니다. 명령이라면 가겠습니다. 가서 우리 지나족의 용맹을 보여 주겠습니다. 누가 감히 우리 지나 전사들이 용감하지 않다 하겠습니까? 제가 가겠습니다."

판얼은 나지막한 말투로 위를 은근히 비꼬고는 말을 달렸다. 분통이 터진 소대장들과 위의 부하들도 묵묵히 그 뒤를 따라 달리기 시작했다. 명령에 따라 모여들었던 지나족 궁수들도 위에게 차가운 눈길을 보내며 뒤를 따랐다. 위에게 보라는 듯이 활을 내던져 버리고 땅에서 돌을 쥐어 들고 가는 자도 있었다. 처절하게 외면당한 느낌에 위는 치를 떨었으나 그다음에 어떻게 해야 할지 생각할 수가 없었다. 그는 속으로 독하게 내뱉었다.

'말조차 듣지 않는 것들! 가서 치우비와 함께 죽어 버려라!'

한참이나 멍하니 서 있던 형천은 정신을 차렸다. 저쪽 먼발치에서 지나족이 흩어지고 있었는데, 한복판에 축융이 있었다. 축융은 가마에서 내려서 연신 불 주술을 쓰고 있었다. 축융은 몸을 아끼는 성격이라 결정적일 때 이외에는 싸움에 참여하는 일이 드물었다. 그런데 가만 보니, 웬 검은 말을 타고 검은 천으로 온몸을 두른 기이한 전사가 축융을 매섭게 몰아붙이고 있지 않은가?

"축융이 위험하다!"

형천이 깜짝 놀라 그리로 말을 달리려 하자 부하들 중 한 명의 대전사가 말했다.

"치우비는 어쩝니까?"

"죽이는 것보다 살리는 게 급하다!"

형천은 외치면서 말을 몰아 축융을 향해 달려갔다. 부하들도 형천의 말에 두말없이 그리로 따라 달리기 시작했다. 위의 무모한 화살 공격 덕분에 한숨을 돌리고 주변을 둘러보던 치우광은 형천이 다른 곳으로 가는 것을 발견하고는 놀라서 말했다.

"형천이 다른 데로 갑니다!"

치우광이 생각하기에 그것은 기쁘기 짝이 없는 일이었다. 조금 전까지는 정신이 없어서 그런 생각까지 할 겨를이 없었다. 그러나 조금 숨을 돌리자마자 든 생각은 형천에 대한 걱정이었다. 이렇게 지치고 힘이 빠진 상태에서 형천이 덮친다면 대책이 없었다. 그런데 금방이라도 덮쳐들 것 같던 형천이 다른 곳으로 달려가자 잃어버렸던 목숨을 다시 얻은 것 같은 기분이 들었다.

그러나 치우광이 치우비를 돌아보니, 치우비는 의외로 담담했다. 얼굴은 무표정한 그대로였고 눈빛만 맑았으며 무슨 생각에 빠져 있는지 아니면 아무 생각도 안 하는지 알 수 없었다. 치우광의 말을 아예 듣지도 못한 것 같았다. 치우광은 갸웃하다가 뭔가를 깨달았다. 둘이 똑같이 정신없는 싸움을 거치고 난 다음이라 둘 다 먼지며 적의 피를 뒤집어쓴 상태였지만, 치우비의 몸에는 작은 상처 하나도 나 있지 않았다. 자신의 몸에는 크고 작은 상처가 수십 군데도 넘게 나 있었다. 더군다나 자기는 숨이 가쁘고 힘들어 이제야 간신히 한숨을 돌린 참인데, 치우비는 놀랍게도 숨소리조차 거칠어지지 않았다. 싸움을 한 것이 아니라 가만히 서서 쉬고 있던 사람 같았다. 치우광 자신도 오늘만큼 잘 싸운 적은 없었을 것이라고 자부할 정도였는데, 막상 눈으로 그런 의외의 결과를 보자마자 부끄러운 생각마저 들었다. 치우비의 모습은 믿어지지 않을 정도였다. 눈앞에 조용히 서 있는 치우비가 너무도 커 보여서 구름을 찌르고 솟아오른 산 같았다.

'오늘의 형님…… 아니, 웃뜸님은 어제 웃뜸님과 다르다! 하하. 어떻게 이런 사람이 세상에 있단 말이냐! 더구나 우리 편이고 우리 형님 되신다구! 형천 따위가 무슨 세상 제일이냐! 비 형님이야말로 세상 제일이다!'

유망의 닦달을 받은 지나족 전사들은 판천성 안의 나무란 나무는 전부 긁어모아 나무 뭉텅이처럼 보이는 조잡한 뗏목을 만들어 간신히 출진 준비를 갖추었다. 워낙 급히 만들어서 어떤 것은 탈 수 있었지만 어떤 것은 매달려서 헤엄쳐 가야 하는, 배라고 볼 수도 없는 한심한 것들이었다. 허나 이렇게라도 서두르지 않으면 유망의 성화에 몇 명은 목이 달아날지 모르기 때문에 별수 없었다.

"대강 준비가 되었……."

"어서 나가라!"

유망의 명령을 받은 대족장은 배가 잘 만들어졌는지 어떤지는 묻지도 않고 명령부터 내렸다. 유망이 무서웠기 때문이다. 성안에 있던 전사들 중 칠천 명이 그렇게 꾸역꾸역 성 밖으로 몰려 나가기 시작했다. 성안의 군사는 아직 삼만이 넘게 남아 있었으며, 판천성 뒤쪽에 야영을 하는 부대도 있었지만, 그것이 한계였다. 유망은 모조리 나가라고 했지만 정말 다 내보낼 수도 없는 일이고 급조한 배로 그만큼 나가는 것도 문제가 많았다. 커다랗고 그럴듯한 뗏목에는 말과 무기 등을 싣고, 대부분의 군사들은 뗏목의 가장자리를 잡고 헤엄을 치거나 나무토막 몇 개를 덩굴로 둘둘 만 것을 끌어안고 매달려서 물장구를 퍼덕이며 나가는 형편이었다.

조금은 난잡한 이 행렬이 성을 떠나자마자 이상한 일이 생기기 시작했다.

"어이쿠! 뗏목 끈이 끊어졌다!"

비명 소리와 함께 말 세 마리와 무기를 산처럼 실은 뗏목 하나가 와르르 헝클어지면서 말과 무기가 물속으로 처박히기 시작했다. 뗏목 가장자리를 붙잡고 가던 전사들 중 헤엄을 잘 치지 못하는 이들도 살려 달라고 아우성을 쳤고 물에 빠진 말이 놀라 날뛰는 바람에 난장판이 되었다.

"대체 어느 놈이 뗏목을 엉망으로 묶은 거냐!"

도하 부대를 지휘하던 대전사 한 명이 화를 내며 소리를 질렀는데, 그것만이 아니었다. 또 다른 뗏목 하나가 풀어져 소동이 일어나는가 싶더니만, 곳곳에서 큰 뗏목들이 퍽퍽 풀려 가라앉기 시작했다.

"아이고! 나 죽는다!"

"이게 뭐냐! 물귀신이냐!"

"사람 살려라!"

지나족 전사들 중 강가에 살던 사람은 그래도 헤엄이라도 칠 줄 알았

지만, 많은 수가 물이라고는 졸졸 흐르는 시냇물이나 우물밖에는 구경
해 보지 못한 사람들이다. 그런 사람들이 떼거리로 물에 빠지자 아우성
과 소란은 엄청나게 확산되기 시작했다.

"너희 놈들이 전사 맞느냐! 겨우 물 가지고 무슨 난리법석을 피우는
거냐! 가만히 건져 주면 그만⋯⋯."

지휘를 맡은 대전사들과 소대장들이 소리치는데 더 이상한 일이 일
어나기 시작했다. 먼발치에서 물에 빠져 죽는다며 난리를 피우던 전사
한 명이 갑자기 잠잠해진 것이다. 물을 먹었나 싶어 의아하게 생각한 군
사들은, 그의 몸이 곧바로 둥둥 떠오르며 몸 주위가 붉은색으로 번져나
가는 광경을 보고 부르르 몸을 떨었다. 무언가 그를 죽인 것이다.

"귀신이다!"

"아이쿠! 물귀신이 있다!"

그와 때를 같이하여 여기저기서 군사들이 푹푹 물속으로 잠겨 들어
갔다. 끌려 들어간 사람들은 주변의 물을 벌겋게 물들이며 곧바로 시체
가 되어 뒤집힌 생선처럼 물 위에 떠오르기 시작했다. 공포의 충격이 지
나족 전체를 휘감았다. 뗏목들은 계속 풀려 물에 잠기고 물에 빠진 사람
들은 필사적으로 살려 달라고 부르짖으며 동료의 몸을 물속에 밀어 넣
으며 떠오르려고 아우성을 쳤다. 끌려 들어갔다가 죽어서 떠오르는 참
혹한 시체들이 솟구치고 물에 떨어진 말들이 아우성을 치며 사람들을
짓밟았다. 뗏목 위에 있던 몇몇 군사들은 미친 듯 물속을 향해 무기를
휘둘러 댔으나 아무것도 걸리지 않았다. 도리어 여기저기서 흰빛이 번
쩍거리기 시작했다. 그때마다 뗏목 위에 있던 전사들이 순식간에 물로
끌려 들어가 처박혔다.

전사들의 공포와 혼란은 통제할 수 없을 정도가 되었다. 그 와중에
한 번에 수십 명씩이 물속에 처박혔다가 시체가 되어 떠오르는 일이 반

복되었다. 지나족 전사들은 공포에 휩싸여 자기편이나 적을 가리지 않고 무기를 마구 휘둘러 여기저기서 피가 치솟는 아수라장을 연출했다. 도하 작전을 맡은 대전사는 정신을 차리려고 애썼다.

'귀신이 아니다! 밝은 낮에 귀신이라니! 이건 분명 누군가의 짓이다! 물에 익숙한 누가 우리를……'

거기까지 생각이 미쳤을 때 대전사의 뒷덜미로 흰빛이 번득였다. 그는 누가 뒷덜미를 끌어당기는 바람에 균형을 잃고 물속으로 거꾸로 곤두박질쳤다. 대전사는 헤엄을 제법 치는 사람이었으나 물속으로 거꾸로 떨어지자 헤엄을 칠 경황조차 없었다. 다만 물속에서도 눈을 감지 않고 뜰 수 있었고, 그것이 그가 할 수 있었던 일의 전부였다. 부옇게 먼지로 흐려진 물속에서의 일그러진 시야 속으로 이상한 모습들이 보였다. 그것들은 물속을 거침없이 헤엄치면서 손에 든 무엇을 내던지고 있었다. 마치 낚시를 하는 것 같았다. 가는 줄에 작지만 탄탄한 낚시 바늘을 달아 그것을 던져서 물 밖의 사람들을 물속으로 끌어들이는 것이었다. 역시 귀신이 아니라 사람이 분명했다.

'역시!'

대전사는 분노에 가득 차 무기를 뽑으려 했으나 물에 빠지면서 무기는 잃어버린 상태였다. 더구나 낚싯바늘에 꿰인 뒷덜미에서 지독한 통증이 전해졌고, 바늘이 자신의 몸을 교묘하게 여기저기 휘두르는 바람에 몸을 움직일 수가 없었다. 바늘에 꿰인 고기가 달아나려고 발버둥 쳐도 낚시꾼의 교묘한 동작에 꼼짝도 하지 못하는 것과 똑같았다.

그의 앞에 웬 흰 그림자가 번득이며 솟아올랐다. 놀랍게도 그것은 전사도 아니고 강건한 남자도 아닌, 쭈글쭈글한 얼굴에 흰머리가 가득한 노파였다. 대전사는 기가 막혔다.

'한평생 싸움터를 달린 대전사인 내가 저런 할망구에게? 안 돼! 말도

안 돼!'

대전사는 단말마의 비명을 질렀으나 한 움큼의 거품을 토해 냈을 뿐이다. 쪼글쪼글한 할망구의 작은 칼은 여지없이 대전사의 심장에 박혔다. 흐릿한 의식 속에서 대전사의 뇌리는 마지막 기억을 토했다.

'하…… 하나밖에 없어. 그런데…… 그런데 이들이 왜……? 이것들처럼…… 물에서 사는 물고기 같은 부족은…… 하…… 하백족.'

그들은 물에서 산다고 전해지는 신비의 부족 하백족이었다. 대전사는 더 이상 생각할 수 없이 숨이 멎어 버렸다. 고작 할망구에게 죽었다는 처절한 한만을 가득 품은 듯 그는 눈을 감지 못했다. 그를 찌른 노파가 하백족의 원로로 높은 지위의 여전사였다는 것을 알았다면 눈을 감을 수 있었을지도 모르지만.

부달의 맹공에 축융은 연신 밀리고 있었다. 부달은 말을 귀신같이 몰며 창을 자유자재로 다뤘으며, 축융의 장기인 불 주술은 진몽희가 차단했기에 제대로 저항조차 할 수 없었다. 그럼에도 불구하고 축융은 부달의 집요한 공격을 힘겹게나마 빠르게 피하고 있었다. 뚱뚱하다고 해서 축융이 빨리 움직일 수 없는 것은 아니었다. 성격이 느리고 서두르기를 싫어하기 때문이기도 했고, 다른 한편으로는 빨리 움직이면 땀이 나게 되는데 땀을 흘리는 것은 불 주술을 쓸 때 좋지 않았기 때문에 그런 성격이 된 것이기도 했다.

허나 불 주술도 먹히지 않고 목숨의 위험을 느끼게 되자 축융도 이것저것 가릴 새 없이 몸을 날리고 구르는 등 있는 힘을 다할 수밖에 없었다. 부달은 창으로 축융의 몸을 많이 찔렀지만 축융의 몸이 워낙 뚱뚱하고 가죽이 두꺼워 잔 상처는 많을지언정 중상을 입히지 못했다. 더구나 진몽희를 뒤에 태워 불 주술은 막을 수 있었지만 진몽희의 무게 때문에 말의 속도가 느려져서 아슬아슬하게 축융의 숨을 끊을 기회를 놓쳤다. 그래도 부달은 내색하지 않고 집요하게 축융만을 노렸다.

꽤 많은 지나족 전사들과 축융의 가마꾼들도 결사적으로 축융을 지키려고 덤벼들었으나, 부달을 에워싼 쉰 명 정도의 검은 옷 사울아비들이 그들을 막아 아무도 축융과 부달의 싸움에 접근하지 못하게 했다. 축융은 분통이 터지고 수치스러워서 죽고 싶을 지경이었다. 지나족 대족장이고, 남만의 정복자이며 불 주술의 천하제일의 대가 축융이 땅에 몸을 굴리며 먼지 범벅이 되어 도망 다니는 것이 억울하고 서럽기 짝이 없었다. 그나마도 큰 몸을 놀리는 것이 점차 힘겨워져서 조금만 더 있으면 멀거니 목을 내놓아야 할 처지였다. 그런 축융에게 반가운 목소리가 들려왔다.

"물러나라! 나 형천이 상대한다!"

형천이 예의 무시무시한 도끼를 휘두르며 달려왔다. 부근까지는 말을 타고 달려왔으나 무기를 휘두르기 위해 말을 내린 형천은 미친 듯 뛰어오고 있었다. 그 모습이 말 탄 것보다 더 빠른 듯 느껴졌다. 달려오는 형천을 본 쉰 명의 사울아비들은 말을 멈추고 부달을 돌아보았다. 하나같이 조용하고 차분하면서도 음울한 것이, 대장인 부달을 빼닮아 있었다. 달려오는 형천을 보자 지나족 전사들은 환호했고, 가마꾼 중 살아남은 몇은 사울아비들이 멈칫한 틈을 타서 결사적으로 달려들어 축융의 앞을 막아섰다. 부달은 형천이 나타났다는 소리를 듣자 미련 없이 말머리를 멈춰 세웠다. 부달이 돌격을 멈추자 진몽희가 소리쳤다.

"축융은요?"

진몽희는 부달이 더 공격하지 않을 것 같아 아까운 생각이 들었다. 가마꾼 몇이 앞을 막아섰다고는 하지만, 조금 무리를 한다면 형천이 오기 전에 대족장인 축융을 끝장낼 수도 있을 것 같았기 때문이다. 부달은 픽 코웃음을 치며 말했다.

"저런 뚱보와 노는 것, 재미없다. 비 형에게 가 봐야 한다."

그러면서 미련 없이 소리쳤다.

"물러서자!"

쉰 명의 기마대는 그림자처럼 호위하듯 부달의 주위를 감싼 뒤 형천이 닿기 전에 다른 쪽으로 달려가 버리고 말았다. 하도 깔끔하게 빠져나가서 호되게 당하고 있던 축융조차도 꿈을 꾼 것같이 느껴질 지경이었다. 축융은 긴장이 풀리면서 다리에 힘이 빠져 그 자리에 주저앉고 말았는데, 곧바로 달려온 형천이 그를 잡아 일으키며 말했다.

"괜찮은가?"

축융은 울 것 같은 얼굴로 형천을 바라보며 더듬거렸다.

"나…… 나는…… 이런 꼴로……."

형천이 축융을 힐끗 보니 온몸이 먼지와 흙에 범벅이 된데다 상처와 핏자국이 온몸에 가득했다. 자부심이 강한 축융답지 않았다. 큰 상처는 없는 것 같았다. 형천은 쾌활한 미소를 지으며 축융의 등을 두드렸다.

"무사하니 됐네!"

축융은 울상이 되어 엉망이 된 자신의 꼴을 내려다보며 말했다.

"죽고만 싶네!"

형천은 크게 너털웃음을 터뜨리며 말했다.

"죽지 않고 살았는데 뭘 그러는가? 살다 보면 이런 일은 항상 있는 거야. 나도 땅에 구르고 얻어맞은 적이 한두 번이 아니란 말야. 그러니 잊어버리게나!"

축융은 눈을 가늘게 뜨면서 씨익 웃었다.

"자네가 와 줄 줄은 몰랐네."

"음? 왜?"

"내가 자네를 생각하는 것처럼 자네가 나를 생각하는 줄 알았거든⋯⋯."

형천은 어이없다는 듯 축융을 보더니 피식 웃었다.

"자네가 나를 어떻게 보든 자네는 우리 편이야. 함께 싸우고 있지 않나?"

축융은 킬킬거리며 웃었다.

"아, 시원하다. 그래. 하루 종일 부끄럽기만 하지만, 참 시원하군그래. 벗끼리는 미안하다고 하는 게 아니지. 나도 더 할 말은 없네."

비록 같은 편이기는 하되, 항상 음흉하고 속을 알 수 없던 축융이 이렇게 말하는 것은 형천으로서도 처음 들은 터라 흐뭇한 생각이 들었다. 축융은 샐쭉한 눈초리로 알 수 없는 표정으로 짓고 말했다.

"하백족 진몽희만 없었다면 이렇게는 안 되었을 거야."

형천은 눈살을 찌푸렸다.

"하백족? 진몽희가 나타났다고?"

"직접 내 귀로 들었어. 어린년이던데 진몽희라니. 놀랐지 뭔가."

"아니, 좋지 않은걸. 주신과의 싸움에 왜 하백족이 나선단 말인가? 좋지 않아. 뭔가 좋지 않아!"

형천은 몸을 일으키고 뒤로 돌아 말을 가져오라고 외쳤다. 등을 돌린 형천의 눈에는 유망이 있는 판천성의 모습과 성 입구에서 벌어진 아수라장이 한눈에 들어왔다. 워낙 키가 커서 멀리 떨어진 광경도 쉽게 눈에 들어왔던 것이다.

"이건⋯⋯ 문제가 있다! 나 먼저 간다, 축융! 자네는 물러서서 쉬게! 성이 이상하네!"

형천은 도끼와 방패를 둘러메고 말에 올라타 떠나 버렸다. 축융은 한숨을 내쉬고는 중얼거렸다.

"같은 대족장이라도, 싸움에는 역시 형천이구나. 싸움만 아니라, 사람됨도 형천이다. 나는…… 큭큭큭……."

잠시 처절하게 웃던 축융은 가마꾼에게 호령하여 가마에 올라탄 다음 성 쪽으로 천천히 되돌아가기 시작했다. 싸움을 계속할 기분이 아니었기 때문이다.

판얼과 다른 위의 부하들은 치우비를 잡기 위해 결사적인 각오로 돌진하고 있었다. 그들은 분노했고, 목숨 따위는 아랑곳하지 않았다. 자기편 화살의 공격을 받았던 지나족 전사들은 싸우기보다는 한발 물러서 있었는데, 그런 그들은 판얼 일행의 엄숙한 분위기를 보고 다시 흥분하기 시작했다. 그러나 그들의 앞을 막아선 사람이 있었다.

"지나족, 못 지나간다."

치우벌이었다. 그는 먼지를 뒤집어써서 사울아비인지 알아볼 수 없었고 상투 끝의 댕기조차 찢어져 사울아비 중에서도 큰스승이라는 것도 금방 알아볼 수 없을 정도였다. 그의 온몸은 만신창이였지만 창은 아직도 멀쩡했다. 창 전체가 피를 뒤집어써서 붉게 빛나 보였는데 구리로 만든 창끝이 번쩍이고 있었다.

치우벌의 앞에는 몇 사람이 몸을 포갠 채 땅에 쓰러져 있었는데 대부분은 지나족 전사였고, 그 가운데 거의 파묻혀 있는 것은 사울아비 스승의 시체 같아 보였다. 그것이 부소다솔임을 알 리 없는 판얼은 조용히 말했다.

"나는 지나 대인족의 전사, 판얼이다. 그대의 용기는 대단하지만 나는 치우비와 싸우러 간다. 앞을 막지 마라."

치우벌은 크게 웃었는데, 웃음소리에는 이를 가는 것 같은 처절함이 담겨 있었다.

"나는 주신의 사울아비 큰스승 치우벌이다. 치우비는 내 조카뻘 되며, 나는 여기 쓰러진 부소다솔의 수십 년 된 벗이고, 대주신의 물러서지 않는 사울아비 큰스승이다. 너 같으면 비켜나겠는가?"

판얼은 한숨을 지으며 말했다.

"당신도 치우씨인가? 마갸르족에서 유명한 치우우레와 어떻게 되는가?"

판얼은 견식이 넓어 치우우레에 대해서도 잘 알고 있었다. 치우벌도 대답하지 않을 수 없었다.

"나는 창을 처음 손에 쥔 날부터 이 나이가 될 때까지 우레 형님과 함께 싸워 왔다."

놀랍게도 판얼은 깊이 고개를 숙여 절을 했다. 같이 가던 지나족 전사들뿐 아니라 치우벌까지도 깜짝 놀랐다. 판얼이 말했다.

"나 판얼, 지나족으로 주신과 싸우지만 치우우레란 이름을 한없이 존경해 왔다. 그런 분 바로 옆에 있던 사울아비와 싸우게 되다니 영광이다. 허나 나는 지나족의 용기를 증명하러 왔다. 사울아비 큰스승 치우벌, 비키지 않겠다면 한 수 청한다."

판얼은 정중하게 전사의 예의를 다하면서 무기를 고쳐 쥐었다. 판얼이 쓰는 것은 두 개의 기다란 나무 방망이였다. 치우벌은 부소다솔의 죽음 때문에 극도로 분노해 있었지만 상대가 지나족답지 않게 정중하게 나오자 자신도 예의를 갖추어 말했다.

"판얼, 당신의 용기는 대단하다. 아무도 지나족이 용기 없다는 소리는 하지 못할 것이다. 정중히 당신의 결투에 응하겠다."

치우벌은 상대의 무기가 짧은 나무 몽둥이라는 것을 알고는 말했다.

"나는 긴 창을 쓰고, 당신은 짧은 무기를 쓰니 결투를 하기에는 당신이 불리하다. 나는 사울아비 큰스승이다. 당신 혼자 덤비지 않아도 공평

하지 않다고 말하지 않겠다."

판얼은 미소를 지었다.

"사울아비 큰스승은 공정하다. 하지만 여기는 싸움터고 누구 무기가 짧은지는 겨뤄 봐야 안다. 나는 지나족의 용기를 증명하러 왔으니 일대 일로 싸워야 한다. 이봐라."

판얼은 되레 부하 한 명을 불러 말했다.

"사울아비 큰스승께서 지치셨으니 목이 마르실 거다. 나는 제대로 싸우지 않아 지치지 않았으니 공평하지 않다. 물주머니가 있으면 저분께 통째로 갖다 드려라."

치우벌은 호탕하게 웃었다.

"그러지 않아도 된다! 당신을 우습게 보아서가 아니라, 나 치우벌. 싸움터에 살면서 이까짓 갈증을 못 참을 남자는 아니다!"

판얼은 정중하게 말했다.

"못 참는다는 것이 아니라 존경했던 전사에 대한 예의로 생각해 주시오."

지나족 전사가 물주머니를 내밀자 치우벌은 웃으며 받아들었다.

"그렇다면 기쁘게 받겠다. 거참 시원하군."

치우벌은 머리 위부터 물주머니를 쏟아 부어 먼지를 씻고 고개를 저어 물을 털어 내고는 웃으며 말했다.

"좀 전까지 기분이 참 더러웠는데 시원해졌다. 고맙소, 전사 판얼."

"감사하오, 사울아비 큰스승."

판얼은 두 개의 몽둥이를 휘두르며 치우벌에게 달려들었다. 치우벌은 긴 창을 빈틈없이 돌리면서 판얼의 몽둥이를 막으며, 가까이 오지 못하게 원천적으로 길을 봉쇄했다. 판얼의 몽둥이 실력도 보통이 아니었다. 두 개의 몽둥이는 비록 짧았지만, 그는 치우벌의 몸을 직접 때리기보다는 치우벌의 긴 무기인 창을 쳐내고 비틀고 두 몽둥이 사이에 끼워 부러뜨리려는 듯 현란한 재주를 펼쳤다. 보통 적을 치려고만 덤벼드는 기술과는 근본적으로 차이가 있었다. 치우벌도 정신을 똑바로 차리고 창을 후리고 돌리며 갖은 기술을 다 보였다. 보는 사람들에게는 한 자루의 창이 수십 자루로 늘어난 것 같고, 두 자루의 몽둥이도 수십 개로 늘어난 것처럼 보였다. 치우벌의 창이 몇 번이나 판얼의 목과 가슴을 찌를 뻔했지만 판얼의 몽둥이도 치우벌의 창을 몇 번이나 부러뜨릴 뻔했다. 지나족 전사들은 두 장수의 훌륭한 대결에 빠져, 원래의 목적과 싸움조차 잊어버린 채 갈채까지 보내는 이도 있었다. 허나 오래되지 않아 날카로운 목소리가 지나족 전사들의 귓전을 울렸다.

"뭣들 하고 있는 거냐!"

소리를 지르며 말을 타고 달려온 것은 위였다. 위가 다시 나타나자 지나족 전사들은 동요했고, 판얼마저도 동요하여 멈칫했다. 사울아비 치우벌은 한번 싸우면 싸움에만 온 신경을 쏟을 뿐 옆에서 벼락이 쳐도 놀라지 않는 훈련을 받아 온 터라 조금도 머뭇거리지 않고 창을 내뻗은 다음이었다. 창은 방심한 판얼의 가슴을 여지없이 찔렀다. 치우벌은 깜짝 놀라 창을 뽑았으나 이미 판얼의 가슴에는 큼지막한 구멍이 뚫린 다음이었다. 판얼은 일순간 자신의 뚫린 가슴을 내려다보았으나 곧 미소를 지었다.

"내가 졌구려."

판얼이 말하자 치우벌은 놀랍기도 하고 애석하기도 해서 더듬거렸다.

"아니…… 이것은……? 대체 왜?"

"전사가 한눈을 팔았으니 할 말이 없는 것. 당신도 못 이기면서 치우비를 이긴다고 덤비려 했군요. 허나 치우비였다고 해도…… 나는…… 물러서지는 않았을…… 지나족은 용기 있는……."

"지나족은 용기 있는 부족이오! 세상 어느 부족에 용기 있는 사내가 없겠소?"

"그러니 그것을……."

말을 다 끝내지 못하고 판얼은 숨을 거두었다. 주변에서 구경하던 지나족 전사들도 울음을 터뜨리며 판얼의 죽음을 안타까워했고, 비록 전쟁터에서였지만 당당하게 벌어진 결투가 의외의 결과를 내자 분개하기도 했다. 치우벌도 이기기는 했지만 허탈하고 화가 나기도 했다. 명예로운 승리가 아니었으니 안타까웠고 판얼이라는 전사가 보여 준 기개가 아깝기도 했다. 대강 지나 말을 알아들을 수 있는 치우벌은 판얼이 죽게 된 근원이 저 애꾸눈 대장에게 있다는 것을 듣게 되었다. 화가 머리끝까지 치민 치우벌은 미친 듯 창을 휘두르며 위에게 덤벼들었다. 위는 여전히 싸울 생각보다 부하들을 다그치기만 하다가 난데없이 창이 날아들자 깜짝 놀랐다.

"웬 놈이냐?"

위는 능숙한 기마술로 말의 방향을 바꾸면서 치우벌을 짓밟으려 했지만 치우벌 또한 평생 말 등에서 살아온 사울아비였다. 말이 나아가고 발을 딛는 것에 대한 지식은 몽골족이나 다를 바 없는 치우벌은 위가 말을 모는 방식을 순식간에 간파하고는 말의 배 쪽으로 창을 교묘히 찔러 넣어 말의 뒷다리를 찔러 버렸다. 뒷다리를 찔린 말은 날뛰지도 못하고 그 자리에서 폭삭 주저앉았고 기마술의 달인이라던 위는 땅 위를 데굴데굴 굴렀다.

치우벌이 대장을 쓰러뜨렸으면 지나족 전사들이 분노하여 달려들어야 하는데 아무도 달려들지 않았다. 그러기커녕 되레 와하면서 환호를 올리지 않는가?

치우벌은 어안이 벙벙할 지경이었다.

'자기들 대장을 떨어뜨렸는데 왜들 저러지? 지나족 전사들이 다 미쳤나?'

위와 판얼 사이에 있었던 일을 알 수 없는 치우벌은 멍할 뿐이었다. 그래서 떨어진 위를 쫓아가 찌르지도 못하고 멀뚱히 서 있을 수밖에 없었다. 더 놀라고 분한 것은 위 본인이었다. 부하들이라는 것들이 대장이 말에 떨어졌는데 환호성을 지르고 어느 한 놈 구해 주거나 싸우려 들지 않았다.

위의 얼굴이 붉으락푸르락해지자 그제야 몇몇 지나족 전사들이 정신을 차렸다. 기분이야 고소했지만 이러다가 나중에 정말 큰 탈이 날 수 있다고 생각한 지나족 전사들은 치우벌을 향해 돌아섰다. 허나 남자답기도 하고 존경하던 판얼과 부끄러움 없이 싸웠던 장수를 해치고 싶지는 않았다. 지나족 전사들은 연신 눈짓을 하며 치우벌더러 빠져나가라는 신호를 보냈다. 치우벌은 뭐가 뭔지 알 수는 없었지만 적들 속에 계속 머물다가는 난처해질 지경이라 급히 몸을 돌리려 했다. 허나 위가 칼을 주워 들고 득달같이 쫓아오면서 양손의 큰 칼을 휘둘러 대기 시작했다. 위의 실력도 보통이 아닌데다가 치우벌은 지친 상태라 공격을 막아 내기도 힘이 들었다. 위는 망신을 당한 터라 독이 가득 올라서 칼질 하나하나가 사납기 짝이 없었다. 더구나 벗이었던 부소다솔의 시체를 그냥 놓고 갈 수도 없어서 치우벌은 더더욱 곤란했다.

위는 치우벌을 몰아붙이면서 더 이상 싸우기 싫어하는 부하들에게 소리를 질러 댔다. 대장의 명령을 대놓고 어길 수 없는지라 지나족 전사들은 주춤거리며 무기를 고쳐 들고 다가오기 시작했다. 치우벌은 속으로 생각했다.

'내가 오늘 부소다솔과 함께 죽는구나. 마지막에 멋진 결투를 했으니 아까울 것도 없다.'

그때 이변이 일어났다. 북서쪽에서 먼지구름이 일어나며 지나족이 후퇴하기 시작한 것이다. 그것을 본 위의 부하들은 마침 싸우기도 싫은데 자기편이 후퇴하는 모습이 보이자 옳거니 싶어 주춤거리며 외쳤다.

"위님! 우리 편이 밀립니다. 우리도 물러나야 합니다요!"

위는 신경이 거슬려 싸우면서도 버럭 소리를 질렀다.

"무슨 헛소리냐!"

그들과 조금 떨어진 곳으로 형천이 부하들을 이끌고 무섭게 달려가는 모습이 보였다. 방향은 판천성 쪽이었으니 누가 보아도 후퇴하는 것처럼 보였다. 판천성 물길의 난리를 수습하러 달리는 것이었지만 말단 군사들이 그런 것까지 꿰뚫어 볼 리가 없었다.

"형천님도 후퇴하셨습니다요!"

위는 용감하고 사나이다웠지만 누구보다 자신의 목숨을 아끼는지라 그 말에 섬뜩해서 소리쳤다.

"그럴 리가 없다!"

그러다 보니 위의 칼질도 점점 어지러워져서 치우벌은 점차 반격을 시도하게 되었다. 전사들이 두리번거리다 보니 이번에는 축융의 가마가 먼발치에서 후퇴하는 광경도 보였다.

"축융님도 후퇴하시는뎁쇼!"

"너 이놈! 이름이 뭐냐? 왜 자꾸……."

위는 마음먹고 방해하려는 듯 자꾸 신경을 거슬리는 부하에게 호통을 치려 했지만 되레 치우벌의 창에 스쳐 뺨에서 피만 쏟았다. 더구나 저쪽에서 부달의 검은색 기마 부대가 지나족 전사들을 검불처럼 쓸어 버리며 치우비를 구원하러 달려가는 모습이 보였다. 지나족 전사 중 몇 명은 판얼을 존경해 왔던지라 이 기회에 밉살스런 위가 죽어 버렸으면 속이 시원하겠다고 생각하고 대놓고 떠들어 댔다.

"아이구! 저쪽에 귀신 부대가 나타났습니다요! 우리도 살려면 일단 물러나야 하는 것 아닙니까? 염제 신농님의 힘을 빌려야 귀신을 이길 것 아닙니까? 지금 어서……."

위는 화도 치밀고 정신이 헛갈려서 완전히 몰리기 시작했다. 여기서만 빠져나가면 부하 놈들을 하나도 남기지 않고 쳐 죽이면 좋겠다 싶은 심정이었다. 그런데 위의 눈에도 의외의 광경이 보였다. 북서쪽에서 상당한 인파가 밀고 내려오고, 자기편이 정신없이 퇴각하는 광경이 보였다. 위 주변의 부하들도 그것을 보고는 와 소리를 지르며 위의 명령조차 듣지 않고 도망쳐 버렸다.

'저놈들은 어디서 또 나온 놈들이냐! 분명 치우비는 한 줌 밖에 안 되는 놈들만 데리고 왔는데? 이거 또 치우천의 잔꾀에 걸려든 건가? 그래서 형천님과 축융님도 후퇴하신 걸까? 그렇다면 혼자 여기서 싸워 봐야 개죽음이다!'

재빨리 생각을 굴린 위는 이를 악물고 반격을 가하기 시작했다. 상대 하나도 떨어뜨리지 못하고 퇴각한다면, 부하 놈들을 다그칠 명분이 서지 않았기 때문이다. 상대인 치우벌은 안 그래도 판얼과의 싸움에 기를 쏟았고, 나이도 한창때가 지난지라 지쳐 쓰러질 지경이었다. 위가 공격에 힘을 가하자 치우벌은 빙글 돌며 막아 내려다 발을 헛딛고 넘어지고 말았다. 다리에 힘이 풀렸기 때문이다. 위가 치우벌의 창을 한쪽 칼로 걸어 내며 다른 칼로 치우벌을 끝장내려는데 갑자기 한쪽 다리가 시큰하며 몸이 꺾여 버렸다. 위는 데굴데굴 땅에 뒹굴었는데 다리에 난 상처가 깊어 피가 발자국처럼 위의 뒤를 따라왔다.

'대체 뭐냐? 적은 한 놈도 없었는데? 부하 놈들이? 그……놈들이 이젠 뒤에서 나를 기습까지? 이 개자식들 다 죽인다!'

위는 배반감에 무섭게 분노했고 상처도 아팠기에 그대로 정신없이 도망쳐 버렸다. 치우벌이야말로 어떻게 된 영문인지 알 수 없었다. 주변에 아무도 없었는데 위가 왜 다리에 상처를 입었고 자신은 목숨을 건진 것일까? 그 생각에 대답이라도 하듯 땅에서 누가 벌떡 일어섰다. 치우벌은 죽은 사람이 살아난 줄 알고 비명을 으악 질렀다. 그는 놀랍게도 부소다솔이었다.

"다솔, 자…… 자네…… 죽었으면 안파견 한님 곁으로……"

"이 사람아! 나 안 죽었어! 나…… 나…… 죽은 척하고 있었는데…… 무서워서 혼났다구!"

부소다솔이 울 듯한 얼굴로 덜덜 떨며 말하자 치우벌은 반갑기도 하고 우습기도 해서 배를 잡고 웃다가 불같이 화를 냈다. 자신은 죽을힘을 다해 부소다솔을 구하려고 적진 속에 뛰어들었고 부소다솔이 죽은 것을 보고 분노했는데, 정작 부소다솔은 죽은 척한 것뿐이라니!

"이 나쁜 사람아! 나는 죽을 고생을 했는데 편하게 누워서 죽은 척을 하고 있어? 아니, 내가 왔는데도 나까지 속이다니! 그럴 수 있는 건가?"

"지…… 지나족이 많았잖아. 나는 말야…… 달려 나가다 보니 무서워서……. 그래도 마지막에 내가 애꾸 놈에게 한 칼 먹였잖아. 봐주게. 응?"

"못 봐줘!"

말은 그렇게 했으나 부소다솔이 우습기도 하고 어떻게 보면 대견하기도 했다. 무엇보다 오랜 벗이 죽지 않고 살아 있어 반가웠다.

"오늘은 알 수 없는 일만 일어나는군그래. 누가 적인지 아닌지 알 수가 없어. 지나족과 우리는 정말 적인 걸까? 아닌 걸까?"

치우벌이 무심코 중얼거리자 부소다솔이 말했다.

"자네답지 않게 뭔 소리인가? 그런데 비, 그 아이는? 무사한가?"

"아이쿠, 그렇지. 뭐, 무사하겠지만 어서 가 보세."

지나족은 혼란스러운 성 앞에서 대장들이 철수한 뒤로 이미 다 빠져 나가 후퇴하고 있었다. 치우벌은 부소다솔과 함께 절뚝거리며 치우비에게 향하기 시작했다.

치우광과 사울아비들은 지나족이 마침내 후퇴하자 환호성을 질렀다. 잘 벼린 칼처럼 긴장해 있던 치우비도 비로소 긴장을 풀고 도끼를 내려놓았다. 한바탕 심한 격전을 치렀기 때문에 지나족을 추격할 힘은 없었다. 그런 치우비의 앞으로 쉰 명 정도의 검은 옷을 입은 사울아비들이 달려왔다. 선두에 선 것은 부달이었다. 부달의 모습은 음산해서 귀신 같았지만 치우비의 눈에는 그렇게 반가울 수가 없었다.

"부달 형! 이거 반갑구려!"

부달은 고개를 까닥 숙이며 말했다.

"웃뜸사울아비께서는 말씀을 낮추시지요."

"아니, 아니. 우리 사이에 뭘 그러시오? 더구나 우리 목숨을 구한 것이나 다름없는데."

치우비가 말하는 사이 부달의 뒤에서 날렵한 몸매의 진몽희가 뛰어내리며 말했다.

"나는 반갑지 않은가요?"

치우비는 놀란 표정을 지었다.

"어? 진몽희님? 당신이 여길 어떻게……?"

"왜 왔겠습니까? 도우려고 왔지요."

진몽희는 생긋 웃으면서 아수라장이 되어 버린 판천성 앞을 가리켰다. 눈이 밝은 치우비는 판천성 앞의 광경을 보고 그것이 진몽희가 이끄는 하백족의 솜씨임을 대번에 알아보았다.

"고마운 일이군요. 하백족의 도움이 없었다면 지나족의 지원 부대에 크게 당했을 겁니다."

부달도 덧붙였다.

"진몽희님 덕분에 축융을 쉽게 물리칠 수 있었습니다."

치우비는 진몽희나 부달이 왜 여기 나타났는지 이해할 수가 없었다. 치우비는 부달에게 물었다.

"부달 형은 공상에 계신 줄 알았는데 어떻게 오셨습니까?"

부달은 미소라도 짓는 듯 자못 부드러운 눈빛을 보이며 대답했다.

"공상을 지키는 것이 일이지만 공상에 쌓여 있는 구리를 질쾌와 불쇠 할아버지에게 나르는 것도 제 일입니다. 이미 여러 번 다녀왔지요."

치우비도 치우천의 명령으로 불쇠와 질쾌, 포리가 구리 무기를 만들고 있다는 것은 알고 있었다. 치우비가 고개를 끄덕이자 부달은 고개를 숙이며 덧붙였다.

"좋지 않은 소식이 있습니다."

"뭔가요?"

치우비가 되묻자 부달은 음울하게 말했다.

"구리 무기를 만드는 곳이 습격받았습니다."

치우비는 놀라면서 말했다.

"습격이라뇨? 그곳은 아는 사람도 거의 없을 텐데…… 어떻게?"

"그러게 말입니다. 그곳을 아는 사람은 몇 되지도 않으며, 모두 입이 무거운 사람들입니다. 나도 그 때문에 지극히 조심해서 숨어 다녔고 아무에게도 발각된 적이 없습니다. 그런데 지나족이 몇천 명이나 갑자기 쳐들어왔다고 합니다. 그래서 애써서 만들어 놓은 구리 무기를 거의 빼앗겼다고 합니다."

"구리 무기를 지나족에게요?"

치우비도 심각해졌다. 엄청나게 수가 불어난 지나족에게 주신이 아직까지 그나마 우위를 지키는 것은 사울아비의 전투력과 구리 무기의 위력 덕이었다. 그런데 지나족이 수많은 구리 무기를 얻었다고 하면 간단하게 볼 문제가 아니었다. 허나 치우비는 그보다 먼저 사람들의 안위부터 물었다.

"사람들은 괜찮습니까? 질쾌는요? 불쇠 할아범은요? 무사합니까?"

"지나족이 워낙 많이 쳐들어왔고, 거기 있던 사람들은 대부분 싸움을 잘하는 사람들이 아니었습니다. 질쾌가 침착하게 판단해서 빠져나오기는 한 것 같습니다만…… 구리 무기가……."

"사람들이 무사하다면 다행입니다. 구리 무기는 할 수 없지요. 도망치면서 그 무거운 것들을 싸들고 올 수도 없잖습니까. 사람들이 무사하다니 나쁜 소식은 아니군요."

치우비가 밝게 웃으며 말하자 부달은 고개를 끄덕였다.

"그렇게 생각해 주니 다행이군요. 이번에 그리로 가다가 도망쳐 오는 사람들과 만났습니다. 어떻게 할까 하다가 마침 대나무골에서 유망이 진을 치고 있다는 이야기를 듣고 먼 신시까지 가느니 이리로 와 보자 해서 온 것입니다."

"저도 대나무골로 오다가 만난 겁니다."

진몽희가 끼어들면서 말했다. 치우비는 진몽희가 고맙기도 했지만, 왠지 모르게 부담스럽게 여겨졌다. 하백족은 주신 편도 들지 않고 지나족의 편도 들지 않는다 했는데, 어째서 마음을 바꾸어 싸움에 참가했는지 알 수 없었다. 하백족과 진몽희에게 크게 신세를 진 것은 사실이라 치우비는 진몽희에게도 깊이 고개를 숙이며 감사를 표했다.

"주신 웃뜸사울아비 치우비가 말씀드립니다. 하백족과 진몽희님의 도움은 정말로 감사하게 생각합니다."

진몽희도 공손하게 예의를 갖추었다. 주신의 웃뜸사울아비가 예를 취하는데 가만있을 수는 없었다. 진몽희는 예를 취한 후 생긋 웃으며 말했다.

"이제 하백족과 주신은 한 부족이나 마찬가지인데 고맙다는 말씀, 하지 않으시어도 됩니다."

치우비는 얼굴을 붉혔다. 진몽희의 속셈을 알 것 같았기 때문이다. 예전에 푸른 구슬을 얻기 위해 하백족에서 난리를 피웠을 때, 원래대로라면 치우비는 진몽희에게 장가를 들었어야 했다. 발을 생각하여 죽어도 그리 못한다 했기에 하백족도 할 수 없이 물러섰던 것이다. 허나…….

'발이 죽었다는 소문이 하백족에게도 퍼졌구나. 그래서 하백족이 이렇게 나섰구나!'

치우비는 진몽희의 고양이처럼 밝게 빛나는 눈빛이 부담스러워져서 우물거리며 부달에게로 얼굴을 돌렸다. 모든 것을 깨달을 수 있었다. 치우비로서 이런 상황이 꽤나 부담스러웠다. 결국 하백족은 발의 죽음을 계기로 치우비와 진몽희를 맺어 주려고 과감한 행동에 나선 것이다. 차라리 진몽희 혼자 치우비를 좋아해서 벌어진 일이라면 수습이 간단할 수 있었으나 그럴 리는 없었다. 물론 진몽희도 치우비에게 호감을 갖고 있었다. 하지만 둘이 만났던 시간은 너무도 짧았다. 둘의 관계보다 이제는 주신의 웃뜸사울아비가 된 치우비의 배경을 하백족이 원한다고 보아야 했다. 주신의 무력인 사울아비를 모두 관할하는 웃뜸사울아비에게 부족장 격인 진몽희가 시집을 간다면 작고 외부와 접촉이 없던 외로운 하백족의 위치는 더 이상 오를 수 없을 만큼 견고해지는 것이다. 하백족의 늙은 원로들은 분명 그것을 바라고 있고, 그 때문에 꺼려 왔던 지나족과의 싸움에 과감하게 뛰어든 것이 분명했다. 더구나 치우비의 목숨을 구하다시피 했으니 치우비는 앞날이 두려워졌다.

'이거 큰일이구나. 하백족에게 은혜를 입었으니 그냥 넘겨 버릴 수도 없다. 진몽희는 예쁘고 마음에 드는 여자이기는 하지만, 내가 어떻게 발을 잊고 다른 여자와 웃으며 살 수 있단 말인가? 혼자 살지언정 다른 여자와 살 마음은 없는데.'

치우비는 진몽희의 곱지만 날카로운 눈빛을 더 바라볼 엄두가 나지 않아서 불쑥 부달에게 말했다.

"질쾌와 불쇠 할아범을 만나러 갑시다. 어떻게 습격을 받았고, 누구 짓인지 이야기를 들어야겠습니다."

그러고 나서 진몽희에게 정중하게 말했다.

"이 이야기는 주신 사람들의 일이니, 죄송합니다만……."

진몽희는 의외로 서글서글하게 웃으며 말했다.

"염려 마시고 이야기 나누십시오. 저도 할 일이 있습니다."

진몽희는 갈대로 만든 피리를 꺼내 불었다. 안 그래도 형천과 지나족이 물 근처에 다다른 것이 보였기 때문이다. 이만하면 물러설 때가 된 것이다. 피리 소리는 물속의 하백족에게 물러서라는 신호였다. 하백족은 물속에서 자맥질을 하여 전장을 벗어났고, 지나족은 물에 빠진 사람과 말 등을 수습하느라 법석을 떨 수밖에 없었다.

구리 무기를 만들다가 도주해 온 사람들은 불쇠와 질쾌, 재주 많은 도깨비인 포리를 비롯하여 삼천 명가량 됐다. 숫자는 삼천이지만 여자와 아이, 노인도 끼어 있어서 간신히라도 싸울 수 있을 만한 남자는 천 명이 조금 넘는 정도였다. 과거 치우천이 공상을 치러 갈 적에 떼어 놓고 계속 구리 무기를 만들 것을 지시 내린 사람들이었다. 지나족은 구원부대인 줄 알고 제 풀에 놀라 물러섰지만 사실 이들의 전투 능력은 없는 것이나 마찬가지였다. 본거지를 잃고 이곳까지 흘러오느라 굶주리고 지친 이주민 집단에 불과했다. 낯익은 불쇠와 질쾌, 포리를 발견한 치우비는 기뻐하며 오랜만에 만난 회포를 풀었다. 불쇠는 치우비를 보자 울 듯한 얼굴로 넋두리를 했다.

"거의 다 빼앗겼네. 거의 다 빼앗겼어. 도대체 사람도 살지 않는 그 깊은 계곡에 우리가 있는 것을 지나족이 어찌 알고 전사들을 보냈는지 알 수가 없어. 몇 년 동안 만든 좋은 무기들을 다 놓고 도망 나왔다네."

치우비는 웃으며 말했다.

"어르신이 무사하셔서 다행입니다. 빼앗기기는 했지만 구리 무기야 언젠가는 망가지고 없어질 것 아닙니까? 어르신이 잡혀 가셨으면 지나 족도 계속 구리 무기를 만들었을 테니 그보다는 잘된 것 아니겠습니까?"

불쇠는 얼굴을 실룩거리며 말했다.

"흥! 지나족이 나를 잡았다 해도 허탕이지! 나는 지나족을 위해서는 죽어도 구리 물건을 만들지 않는다네! 그러느니 두 손모가지를 잘라 버리는 게 낫지!"

그러면서 치우비에게 살짝 말했다.

"정말 중요한 것은 갈로산 아래 바위 무더기 밑에 감추어 두었네. 빼앗기지 않았어."

치우비는 정말 중요한 것이 무엇인지는 몰랐으나 고개를 끄덕였다. 질쾌도 오랜만에 만나니 얼굴이 그을고 남자다워져서 예전의 단군 같은 모습이 아니었다.

"비 형, 반갑소그려. 아니지. 이제 웃뜸사울아비님이 되셨으니 이제 는 예를 받으셔야겠소. 단군 질쾌가 인사드리오. 허허."

"질쾌 형, 그런 소리 말게나. 모자라는 사람이 큰 자리를 맡아 죽을 노릇이라네. 허허."

포리도 달려 나와 치우비에게 인사를 했다.

"도깨비 포리, 주인님께 인사드립니다. 오랜만에 뵙습니다."

포리는 얼굴 전체에 곱슬곱슬한 수염이 잔뜩 자랐고 눈빛은 한층 더 현명해 보였다.

"그래. 반갑구나."

불쇠가 말했다.

"저 녀석은 도깨비지만 아는 것이 많고 손재주가 좋아서 도움을 많이 받았다네."

그렇게 이야기를 하는데 질쾌가 조용히 치우비를 불러 말했다.

"비 형, 웃뜸사울아비시지만 일단 비 형이라 부르겠소. 나는 우리를 친 것이 누구인지 알 것 같소."

"지나족이라고 하지 않았소?"

"지나족은 맞소. 어느 부족인지도 알고 있소. 그들은 금천의 부족이었소. 대장으로 알유와 이부도 있는 것 같았소. 지난번 태산 회의 때 겨루었던 사람들 말이오."

질쾌의 말에 치우비는 등골이 오싹해졌다.

"틀림없습니까?"

질쾌는 눈을 빛내며 말했다.

"금천은 주신에서 도망친 배신자의 자손이고, 우리 집안과는 대대로 원수지간이오. 다른 사람은 몰라도 나는 그놈의 부하들만 보아도 알아볼 수 있소. 죽건 살건 싸워서 집안의 원수를 갚고 싶지만 놈들의 숫자가 많아 도망쳐 나오는 수밖에 없었소."

치우비에게 질쾌의 집안 이야기는 들리지도 않았다.

"금천, 알유, 이부였다면…… 헌원의 부하 아닙니까?"

"그렇지. 헌원의 부하들이오. 헌원이 우리 뒤통수를 친 거요. 유망이 아니라."

치우비는 믿기 힘들었다. 지금까지 항상 온유하게 대했고, 치우 형제와 몇 번을 싸우기는 했어도 대놓고 주신과 맞상대하기를 꺼렸던 헌원이다. 그런데 이렇게 배후에서 기습을 해서 치우천이 몇 년에 걸쳐 고심해 만든 구리 무기를 몽땅 빼앗았다면 문제였다. 치우천의 말대로 이제 헌원이 본격적으로 야심을 드러낸 것으로 보아야 했다. 주신과 치우 형제에 대해서도 노골적으로 적대감을 드러낸 것이다.

"헌원이…… 결국 나서는군요. 형님의 말이 옳았군요. 언젠가 그러리라 생각은 했지만……."

치우비의 감정은 복잡했다. 헌원은 형 치우천이 가장 경계하는 인물이었지만 발의 아버지이기도 했다.

'발이 죽어서 나와의 연줄도 끊어졌다고 여기는지도 모른다. 헌원의 부하들이 구리 무기로 무장한다면 유망보다도 훨씬 껄끄러운 상대가 될지도 모른다.'

치우비의 마음이 무거워지는데 질쾌가 넌지시 말했다.

"그런데 더 문제가 되는 일이 있다오."

"뭡니까?"

"사실 내 입으로 말하기가 참 그렇소. 그래서 아무에게도 이야기하지 않고 처음 이야기하는 것이오."

"무슨 이야기이기에 그러십니까?"

질쾌는 말하기 어려운 듯 몇 번 우물쭈물하다가 마침내 입을 열었다.

"우리가 구리 무기를 만들던 계곡은 정말 잘 감춰진 곳이고, 근처에 작은 부족조차 하나 없는 외진 곳이었소. 천 형 같은 사람이 고른 곳이니 지나족은 알아낼 수 없었소."

"그런데요?"

"그런데 지나족은 그곳을 정확히 알고 들이닥쳤소. 우리도 빈틈없이 경계를 했기 때문에 놈들의 정찰병이 왔다면 대번에 잡았을 거요. 그런데 놈들은 정찰병 하나 보내지 않고, 어느 날 밤 수천 명이 귀신같이 몰려들었소. 그건…… 그건 놈들이 그곳을 우연히 찾아낸 것이 아니라, 누가 장소를 지나족에게 말해 주었기 때문이오."

"그럴 리가요. 그 장소에 대해서는 나도 모르고 있었습니다. 그런데 누가 알려 준단 말입니까?"

질쾌는 머뭇거리다가 조심스레 말했다.

"나는 놈들이 쳐들어왔을 때 구리 무기 창고에 불을 지르느라 마지막까지 숨어 다녔소. 불은 질렀지만 구리는 불에 타는 물건도 아니고, 지나족이 불을 빨리 꺼서 거의 빼앗겼을 거요. 하지만 중요한 건 그게 아니오. 지나족이 불을 끄러 모였을 때, 나는 뒤쪽 그늘진 곳에 숨어 있었소. 그때 알유와 이부가 불을 끄는 것을 지휘했고, 그 때문에 나도 둘이 있는 것을 보았던 거요. 그런데 불이 꺼지고 나서……."

질쾌가 자꾸 말을 돌리자 치우비는 안달이 나서 말했다.

"그래서요? 속 태우지 말고 어서 말하시구려."

질쾌는 무거운 어조로 들릴 듯 말 듯 작게 말했다.

"그들은 산처럼 쌓인 구리 무기를 보고 기뻐하며 서로 이렇게 말했소. 소녀가 가져온 정보가 정확했다고 말이오."

치우비는 깜짝 놀랐다.

"소녀……라니요? 그러면?"

질쾌는 무거운 표정으로 괴롭게 말했다.

"사실이오. 내 두 귀로 똑똑히 들었소. 천 형의 마누라인 그분을 욕하고 싶지 않지만, 그분 말고 다른 소녀는 없소. 아니, 다른 여자가 천 형의 그런 비밀을 알 수는 없는 거요. 오직 세상에 자네 형수 그분만이……."

치우비는 이를 부드득 갈며 외쳤다.

"그 여자를 형수라 부르지 마시오! 그…… 그 여자 때문에 형님이……."

질쾌는 깜짝 놀라 말했다.

"무슨 소리요? 무슨 일이 있었소?"

"그 여자가 무서운 짓을 저질렀소. 형님은 아무 짓도 하지 않았는데 맥달을 찾는다는 이유만으로 시샘해서 죽이려 한데다 무서운 짓까지 저지르고 집을 뛰쳐나가 사라졌소! 그런데 헌원에게 그런 비밀을 팔아먹다니! 형이 무슨 잘못을 했다고 그리 미워하고, 주신까지 망치려고 작정을 했는지! 그 여자는 요물이오! 요물!"

치우비는 화가 나서 속에 있는 말을 뱉어 내고 싶었지만 고시울률의 죽음과 얽힌 비밀은 말할 수 없었기에 대강만 말했다. 질쾌는 깊이 한숨을 쉬며 말했다.

"나도 알유와 이부의 말을 믿기 힘들었소. 만약 정말이라면…… 천형에게 무슨 일이 있었을 거라고 생각했는데…… 그런 일이 있었구려. 아, 무서운 여자구려."

치우비는 화를 참을 수 없었다. 지금까지 소녀가 벌인 일만으로도 소름이 끼칠 지경이었다. 그런데 소녀는 어느 틈에 한발 나아가서 치우천뿐 아니라 주신 전체를 위험에 빠뜨릴 수 있는 짓까지 서슴지 않았다. 더구나 치우비가 자기 몸보다도 더 끔찍하게 생각하는 형에게 온갖 해를 끼쳤는지라 이제 더 이상 가련하다거나 이해하고 싶은 마음조차도 들지 않았다. 치우비가 씩씩거리자 질쾌는 진정하라는 듯 말했다.

"비 형, 진정하오. 또 한 가지 걱정되는 것이 있소."

"뭡니까?"

"우리가 숨어 있던 계곡에 쳐들어온 헌원의 부하들은 열천도 넘는 많은 숫자였소. 그들이 그냥 돌아간다면 모르지만…… 이리로 오면 문제 아니겠소?"

"헌원과 유망은 가는 길이 다른 데 과연 올까요?"

"모르는 거요. 가는 길이 다르다고는 하지만, 헌원은 이제 구리 무기를 빼앗으면서 자네 형제, 아니 주신과는 완전히 적이 된 셈이지. 그렇다면 유망과 손을 잡지 말란 법도 없고. 헌원이 유망에게 구리 무기를 실어 바치면서 함께 주신을 상대한다고 하면…… 자네 형제가 아주 힘들어질 걸세."

치우비는 두려워졌다.

"유망과 형천, 축융도 간신히 상대하고 있는데…… 헌원과 십육기인까지 쳐들어온다면 어렵습니다. 안 그래도 신시에 지금 큰 난리가 나서 이리로 데리고 올 수 있는 사울아비의 숫자가 아주 적었는데 말입니다. 그래도 부달 형과 질쾌 형이 와 주어서 힘이 납니다."

"부달 형의 부하야 백 명도 안 되고, 우리가 데리고 온 사람 중 싸울 만한 사람은 천 명도 안 될 텐데 그깟 숫자가 무슨 도움이 되겠소?"

치우비는 피식 웃었다.

"신시에서 제가 데리고 온 숫자가 팔백 명입니다."

질쾌는 크게 놀랐다.

"뭐? 아니 유망의 군대가 수십천인데, 팔백 명? 아무리 자네라고 해도 그게 되겠나?"

치우비는 한숨을 쉬었다.

"별수 없었습니다. 사정이 복잡해서 말입니다. 여기저기 사람을 보냈으니 조금만 버티면 각 부족의 벗들이 와 줄 겁니다. 그때까지 버티는 게 문제지만요."

치우비는 깊은 한숨을 쉬며 말했다.

"솔직히 저는 형천과 제가 결투라도 하면서 시간을 끌어 보려고 했습니다. 그런데…… 이틀도 못 버텼습니다. 제가 잘못 생각했습니다. 질쾌 형, 부달 형과 진몽희님이 도와주시지 않았으면 모조리 죽었을 겁니다. 전쟁을 그렇게 간단하게 생각해서는 안 됐는데 말입니다."

허나 질쾌는 되레 예의를 거두고 편하게 말하여 치우비의 용기를 북돋워 주었다.

"너무 그렇게 생각하지 마시게. 저 형천과 유망과 수십천의 적을 고작 팔백 사울아비를 가지고 버티지 않았는가? 더구나 자네, 형천과 결투도 했다며? 세상에 치우비 말고 누가 그럴 수 있겠는가? 용기를 내게. 자네는 훌륭한 대장이니 이길 수 있을 걸세."

치우비는 질쾌의 따뜻한 말에 용기를 내어 남은 대장과 부대를 소집해서 다시 싸울 준비를 했다. 팔백 명의 사울아비 중 이백 명이나 되는 숫자가 죽거나 다쳤지만 지나족의 시체는 그 세 곱이 넘게 널려 있었다. 그중 백 명 가까이가 치우비와 치우광이 쳐 죽인 자들이었다. 치우비가 점검해 보니 살아남은 사울아비가 육백 명에 부달의 부하가 백이십 명이었다. 직속 부하는 오십 명이었으나 질쾌 일행과 함께 오던 사울아비도 있었다. 질쾌와 불쇠 일행 중 그런대로 싸울 수 있는 사람이 천 명 정도였고 나머지 사람들도 급한 대로 울타리를 세우거나 짐을 나르는 일등은 시킬 수 있었다. 또 하백족의 전사가 천 명 가까이 왔다. 무엇보다 하백족은 물에 익숙하여 유망의 부대가 성을 빠져나갈 때 타격을 줄 수있으니 잘하면 버틸 수 있을 것도 같았다.

치우비는 그 와중에도 시간을 끌기 위해 지나족에게 사자를 보내, 전장에 뒹굴고 있는 부상자들을 데리고 가고 시체도 수습하자고 제안했다. 유망 측도 부상자가 많았고, 치우비의 사람 같지 않은 분전과 갑자기 나타난 하백족의 지원 부대가 마음에 걸렸는지 아니면 대응할 전략을 세울 시간이 필요했는지 순순히 제안에 응했다.

치우비와 유망의 싸움은 다음 날에도 소강 상태였다. 싸움터 수습이 끝나지 않았기 때문이다. 한편 치우비에게 펄쩍 뛰어오를 정도로 기쁜 연락들이 도착했다. 먼지를 뒤집어쓰고 지쳐서 쓰러질 듯한 말을 탄 연락병들이 마치 짠 것처럼 연달아 치우비의 진영을 찾았다. 제일 먼저 도착한 것은 몽골족의 보돈차르가 보낸 연락병이었다. 연락병들이 하루에 줄지어 도착한 것은 시기르타 때문이었다. 시기르타는 넓은 지역에 정보망을 가지고 있었기에, 각 부족의 연락병은 시기르타를 통해 빠른 길을 안내받다 보니 자연스럽게 비슷한 때에 도착하게 된 것이다.

"보돈차르님께서는 아무래도 주신의 치우천님이 걱정되신다 하여, 모두 몽골로 돌아가지 않고 반 정도의 기마 부대를 천천히 진군하도록 명령하셨습니다. 그런데 치베님이 달려오다 그들과 마주치게 되어, 그 부대를 함께 이끌고 오고 계십니다. 이틀이면 도착하실 것입니다."

치우광도 뛸 듯이 기뻐했다.

"몽골족은 말을 잘 타는데다가 용감하고, 더구나 보돈차르족이라면 몽골족 중에도 당할 자가 없다는 강한 부족 아닙니까?"

부소다솔이나 치우벌도 기뻐했다.

"몽골족의 기마 부대가 와 준다면 버티기가 수월해지지."

치우비도 기뻐하며 물었다.

"숫자는 얼마나 되나?"

"이천 명에 가깝습니다."

고작 팔백 명으로 시작하여, 이제 삼천 명 남짓한 병력으로 불어난 치우비 부대에 이천 명이 더해진다는 것은 반갑기 그지없는 일이었다. 뒤를 이어 연락병들이 줄을 이어 도착했다.

"마갸르족의 와난강, 와난수님이 많은 마갸르족의 연합 부대를 이끌고 달려오고 계십니다. 늦으면 사흘, 빠르면 이틀이면 도착할 것입니다. 숫자는 사천 명이 넘고, 천 명이 말을 탄 강한 전사들입니다."

"키탄족의 대족장 야율쿠리님은 유망이 또 움직였다는 말에 크게 노해서, 부족의 강한 전사 삼천 명을 끌고 달려오고 계십니다. 닷새면 충분히 도착하십니다! 다른 부족도 연락이 닿는 즉시 군대를 몰고 달려오라 하셨으니 더 많은 전사들이 올 것입니다!"

"미아우의 여족장 초초룬님께서는 각각 수십 마리의 독뱀과 수천 마리의 벌레를 부릴 줄 아는 이천오백 명의 용감한 미아우 전사를 이끌고 오실 것입니다! 유망의 군대가 아무리 많아도 미아우족의 독을 쓰면 전멸시킬 수 있으니, 주신 부대는 안심하시라고 특별히 말씀도 전하셨습니다! 나흘에서 엿새 사이에 도착하실 것입니다."

"타타르의 앗수라트족과 앙가마이족은 연합한 훈족의 부대와 함께 밤을 새워 달려오고 계십니다. 부족장님이 소식이 없자 전 부족의 전사들이 주신으로 찾으러 오던 길이어서 더 빨리 오게 된 것입니다!"

치우비는 덩실덩실 춤이라도 추고 싶은 기분이었는데, 타타르족이 훈족과 함께 온다는 이야기에 놀라서 물었다.

"주신과 훈족의 나단선우와는 싸움을 했었는데 훈족도 오나?"

연락병은 웃으며 말했다.

"바로 그 나단선우가 직접 옵니다."

나단선우는 카린산의 싸움에서 양역의 기습에 죽을 뻔한 사람이라 그가 직접 온다는 사실이 믿어지지 않았다. 그러자 타타르 앗수라트족인 연락병은 킥킥 웃으며 말했다.

"우리 족장님이 그 미련한 사람을 잘 구워삶으신 것도 있지만, 나단선우도 용감한 전사이기는 합니다. '태산 회의의 영웅'이라는 치우비는 내 손으로 이길 것이다. 그 녀석은 내가 세상에 얼마나 강한지를 알릴 수 있는 좋은 먹이다. 그런데 유망 따위가 내 먹이에 손대는 것은 용납할 수 없다' 면서 스스로 오기를 원했다는군요."

치우벌이 웃으며 말했다.

"재미있는 녀석이군. 그런데 그놈이 오면 비 너와 또 겨루려고 드는 것 아니냐? 골치 아프겠는걸?"

치우비는 흐뭇하게 말했다.

"나단선우는 적이었지만 용감했습니다. 당당한 사내였어요. 야율쿠리도 항상 저를 이겨 보겠다고 하다가 정이 든 벗인데 나단선우도 그렇게 되었으면 좋겠습니다."

"나단선우는 원래 지나족 헌원과 동맹을 맺은 것으로 알고 있었는데 정말 우리 편이 되어 줄지……?"

부소다솔은 걱정스레 말했지만 치우비는 개의치 않았다. 그들은 치우비의 예상보다 빨리, 며칠 안에 도착할 것이고 지금은 병력도 늘어난 데다 적도 타격을 받은 터라 그 정도는 버틸 수 있을 것 같았다. 그들이 도착하면 숫자가 만 명이 넘는 대군이 되는지라 유망의 군대라 해도 충분히 상대할 수 있다고 생각했다.

치우비는 싸움터에서의 일은 참 알 수 없다고 혼자 생각했다. 질쾌와 불쾌가 헌원에게 구리 무기를 빼앗긴 것은 원통하지만, 그 덕분에 자신은 구원군을 얻어 살아날 수 있었다. 주신의 상황이 급박하게 굴러가고 음모가 끝이 없던 것은 좋은 일이 아니었지만, 그 덕분에 그를 우려한 각 부족장들이 군대를 남겨 두거나 부족장을 찾으러 달려온 탓에 구원군이 빨리 오게 된 것도 묘한 일이었다. 그러나 반대로 안 좋은 소식도 들려오기 시작했다.

"서남쪽에서 땅이 새카맣게 보일 정도로 많은 군대가 진군하는 모습이 보였는데, 아무래도 지나족 같습니다!"

"북서쪽에서도 군대가 오는데 뱀의 표식을 들고 있었습니다. 뱀은 지나족의 표식이니 걱정스럽습니다."

치우비는 놀랐다. 뱀의 표식을 지닌 것은 지나족이 분명했다. 무엇보다 뱀 표식은 헌원 화산족의 상징물이었기 때문이다.

"그렇다면 헌원이 온단 말인가?"

치우비가 놀라자 치우광은 말했다.

"우리를 도우러 오는 것은 아닐까요? 헌원과 유망의 사이는 그리 좋지 않으니 그럴 수도 있다고 봅니다만."

부소다솔은 반대 의견이었다.

"아무리 사이가 좋지 않아도 유망과 직접 붙어 싸울 정도로 헌원이 강한가? 더구나 헌원이 천이가 만들던 구리 무기를 빼앗았다고 하니 걱정이네."

치우비도 좋았던 기분이 다시 우울해졌다.

"구리 무기를 빼앗긴 것도 문제입니다만…… 구리 무기를 빼앗은 부대가 그것을 싣고 이리 온다면 더 문제입니다."

치우벌이 걱정스레 말했다.

"우리 주신 사울아비가 지나 전사 네다섯 정도는 상대하지만, 그것은 구리 무기가 있기 때문이야. 지나족은 구리 무기가 없어서 족장이나 대장이 되어야 간신히 쓰는 판이니 지금까지 수가 많아도 상대할 수 있었던 거야. 그런데 지나족 전사들이 구리 무기를 쓰게 된다면…… 앞으로의 전쟁은 힘들어질 텐데……."

치우비도 낙관적일 수 없었다.

"거기다가 헌원이 끼어들면 저쪽의 세력이 굉장히 강해질 것입니다. 군대도 많이 올 것이고……. 유망, 형천, 축융만도 상대하기 힘든데 헌원의 십육기인도 대단한 사람들이니까요."

"이름은 들었지만, 그들이 그리 대단한가?"

치우비는 한숨을 쉬었다.

"열여섯 전부를 아는 것은 아닙니다만, 그들 중 적송자, 광성자 두 사람은 선인의 도를 닦아 주술이 무섭고, 끽구는 힘으로만 따지면 형천만큼 무서운 사람입니다. 알유, 이부도 태산 회의 때 비록 우승을 하지는 못했지만 힘센 장사들이고요. 거기다 비휴는 수천 마리의 늑대를 손발처럼 부리고, 상망은 약을 잘 쓸뿐더러 감춘 것이 많은 사람이고, 지와 이주는 머리가 좋아서 꾀를 내면 무서울 것입니다. 이들 말고 제가 모르는 사람들도 그만큼 무서운 사람들이라 보아야 하니, 우리 편 부대가 도착한다 해도 지금보다 나아지지 못할지 모릅니다."

치우비의 걱정은 생각보다도 더 빨리 사실로 입증되었다. 그날 해가 지기 전에 유망이 진을 치고 있는 대나무골 동쪽의 판천성으로 다가오는 수많은 군대가 눈에 보이기 시작했다. 연락병이 달려와서 그 부대에 대한 것을 보고했는데, 그들이 전한 내용은 충격적이었다.

"그들은 헌원의 부하였습니다. 그런데…… 믿을 수 없을 정도로 수가 많습니다. 스무천은 넘는 것 같습니다. 제가 간 북동쪽의 부대는 금천의 부대였으며 알유와 이부, 그리고 다른 몇 명의 대장이 있는 것 같았습니다."

치우비는 질쾌를 통해 경고를 받았기에 한숨만 쉬고 말았으나 치우벌은 탄식했다.

"금천은 유망을 버리고 헌원 편에 붙었는데…… 하필 그가 구원군으로 올 줄은 생각도 못했다. 우리에게는 아주 나쁜 소식이다."

그 말을 들은 치우광이 물었다.

"금천은 태산 회의에서 몽둥이 실력으로 우승한 사람이니 강한 전사겠습니다만, 재주가 있다 한들 한 사람이니 겁낼 것은 없지 않습니까?"

치우벌은 고개를 저었다.

"그렇게만 볼 것이 아니다. 금천은 대부족을 이끄는데다 몽둥이질만 잘하는 것이 아니라 부하를 키우는 능력도 뛰어나다. 싸울 줄 모르는 부하들도 금천이 가르치면 몇 달도 안 되어서 놀랄 만큼 용감한 전사가 된다고 하는데, 몽둥이질을 가르치는 재주가 뛰어나기에 그렇다. 금천의 부하들과 싸울 때는 조심해야 한다. 지나족이라도 금천의 부하들의 싸움 기술은 사울아비 못지않다는 소문도 있다. 형천의 부하보다 더 무섭다는 말이다."

서남쪽에서 다가오는 군대를 정탐한 사울아비도 돌아와 아뢰었다. 그 내용은 더 충격적이었다.

"서남의 대장은 비휴와 끽구입니다. 신도와 울루라는 거인들이 앞장서서 '지나족은 이제 하나가 되어 주신과 싸운다. 헌원님의 뜻은 정해졌다. 주신을 망하게 할 때까지는 멈추지 않는다'는 노래를 부르고 있습니다."

치우비는 주먹으로 바닥을 쳤다.

"형님의 말이 맞았다! 드디어 헌원이 칼을 뽑았군!"

헌원을 사람 좋고 주신에 호감을 가진 지나족으로 생각하던 치우벌과 부소다솔은 과격한 노래의 내용에 충격을 받은 듯했다.

"그 노래가 정말이냐? 틀림없느냐? 헌원이…… 그 정도로 나올 사람은 아닌데……."

치우비는 긴장하며 말했다.

"헌원이 시작한 것입니다. 구리 무기를 얻었으니 자신이 생겨서 제 모습을 보이는 겁니다. 앞으로 싸움은 어려워질지도 모르겠습니다. 이제 우리의 적은 유망이 아니고, 유망과 헌원을 합친 지나족 전부입니다!"

치우비가 당차게 말하자 다른 대장들도 용기를 냈다.

"그래! 팔백 명으로 수십천이 넘는 유망의 군대와도 싸운 우리다!"

치우벌이 용기 있게 말하자 치우광이 말했다.

"저쪽은 기껏 두 배가 늘어나겠지만 우리는 열 배가 늘어나니 더 쉬워질 것입니다! 하하하!"

"그래! 싸움도 해 보니 별것 아니더라! 이기면 그만이다! 하핫!"

부소다솔도 호기 있게 외쳤다. 다만 부달은 처음부터 끝까지 묵묵히 서 있기만 하고 말이 없었고 눈빛 하나 변하지 않았다. 진몽희는 하백족의 부족장이라 회의에는 끼었어도 내용은 듣지도 못한 것처럼, 씩씩한 치우비의 모습만 바라보고 있었다. 그러나 용기를 보인 것과는 별개로, 치우비의 마음속은 까맣게 타들어 갔다.

'결국…… 결국은 헌원님과 싸우게 되는구나. 발아. 너는 그것을 바라지 않았을 텐데……. 미안하다, 미안하구나.'

죽음의 문턱에서

『산해경』, 『사기』 등 중국의 고문에도 풍백, 운사, 우사의 이야기는 자주 나온다.
풍백 등의 이름은 관직명이며, 치우 시대의 풍백은 비렴,
우사는 병예였다는 기록이 보인다.
그들의 신통력은 대단하여, 신룡인 응룡의 주술을 능가하는 등 많은 활약을 한다.
주목할 것은 고대에는 중국 측에도
풍백, 운사 같은 삼사를 두었다는 기록이 있다는 것이다.
이방의 관직 체계를 중국이 받아들인 것은 어떤 의미에서였을까?

치우천은 한웅의 집 한 귀퉁이에 있는 토굴에 감금되었다. 토굴이라
고는 하지만 한웅의 집에 속한 감옥인 셈이니, 신시에서 가장 경계가 엄
중한 곳에 투옥된 셈이다. 토굴 안은 캄캄했으나 작은 불이 피워져 있었
고 토굴답지 않게 굴 여기저기 두꺼운 통나무로 창살을 나누어 죄인들
이 갇혀 있었고 안에도 지키는 사울아비들이 있었다. 사울아비들의 인
상은 험상궂어 보였으나 그들은 치우천을 홀대하지 않고 비교적 정중
하게 맞아 주었다. 한 사울아비는 이런 이야기도 했다.

"영웅이신 치우웃뜸을 이런 곳에서 뵐 줄은 몰랐습니다. 참, 세상이
엉망입니다. 좀 참고 계십시오."

또 다른 사울아비는 이런 이야기도 했다.

"마누라님이 치우천님을 잘 뫼시라고 했습니다. 마누라님은 치우천
님이 죄가 있다고는 믿지 않으십니다. 부디 죄가 풀리시기를 바랍니다."

치우천은 마음이 풀리는 것 같았지만 아버지의 죽음 때문에 그런 말
이 귀에 들어오지 않았다. 토굴 안에 들어가는데 맞은편 굴에 갇힌 사람

이 치우천을 불렀다. 알한이었다.

"치우천님. 정신을 차리셨군요!"

"아…… 알한님? 당신도 갇혔습니까? 왜 상관없는 당신이…….'

말하던 치우천은 금세 입을 다물었다. 자신과 아버지를 지켜 주려다가 잡힌 것이 분명했기 때문이다. 알한은 많이 맞았는지 얼굴과 온몸이 상처투성이였지만 밝게 웃으며 말했다.

"염려 마십시오. 다 잘될 것입니다."

"다른 사람들은?"

치우천의 물음에 알한은 씁쓸히 대답했다.

"모두 잡혔습니다. 도깨비들도 잡혔고 비울걸과 울라트마저도 잡혔습니다. 비울걸은 단군들이 데려간 것 같고, 도깨비들은 지위가 낮아서 바깥 굴에 갇혔습니다. 울라트는 여자 감옥으로 갔구요. 치우 집안사람들은 종까지 잡혀 갔습니다."

"나를 잡는 것은 그렇다 쳐도 왜 종들까지?"

"치우우레님이 돌아가시고 난 다음 모두가 싸웠기 때문입니다. 그런데 무라님은요? 무라님이 치우천님을 데리고 도망쳤는데요?"

"무라님은 저도 모르겠습니다. 정신을 차리고 보니 혼자였습니다."

사울아비들은 치우천의 앞을 막아섰다.

"여기 있는 사람들과는 이야기를 하실 수 없습니다. 정해진 법이니 그만하시지요."

치우천은 알한과 더 이야기를 하고 싶었으나 별수 없었다. 차갑고 축축한 토굴 안 골방에 혼자 갇힌 치우천은 대신 아까의 사울아비를 불러 넌지시 물었다.

"나는 정신을 잃어서 뭐가 뭔지 알지 못합니다. 내가 무슨 죄로 갇힌 것이고 어떻게 되었는지 알려 주실 수 있습니까?"

사울아비는 이상하게 여기며 되물었다.

"치우웃뜸께서는 모르신단 말입니까?"

"모릅니다."

"허. 여기를 지키는 짓을 몇 년도 넘게 했지만, 자기가 무슨 죄로 들어왔는지도 모르는 분은 처음 만나 봤습니다그려. 솔직히 믿을 수가 없습니다."

치우천은 쓴웃음을 지으며 말했다.

"나도 믿을 수가 없구려. 그러나 정말 모르겠으니 은혜를 베푼다 치고 알려 주시오."

"저도 잘은 모르고…… 원래 갇힌 사람과 이야기를 하면 안 됩니다만…… 마누라님이 잘 돌봐 드리라 하셨으니 아는 데까지는 말해 드리겠습니다그려……."

사울아비는 작은 목소리로 치우천의 집에서 일어나 대소동을 치우천에게 상세하게 말해 주었다. 온종일 감옥에서 지내는 사람들인지라 답답해서인지 바깥소문을 주워듣는 것은 꽤 빠르고 정확했다. 치우천은 아버지가 자신의 결백을 증명하려고 하면서도 끝내 거짓말을 하지 않았고, 나아가서는 금기시된 집안의 힘인 기적까지 일으키고 눈을 감았다는 이야기를 듣고 눈물을 참을 수 없어 몇 번이나 울었다. 사울아비는 치우천이 처량하여 말을 멈추려 했으나 치우천은 울면서도 이를 악물고 계속하라고 하여 이야기를 끝까지 들었다. 치우천이 슬픔을 억지로 참는 모습을 보고 사울아비도 가슴이 뭉클해졌다.

"이게 제가 아는 전부입니다. 치우웃뜸님을 뵈니 제 마음이 다 아파집니다요. 흘레부치란 종이 지독한 놈입죠. 너무 염려하지는 마십시오. 큰일이기는 하지만 웃뜸님이 죄지은 것도 아니고 도망간 마누라가 한 짓인데 죄를 좀 쓰더라도 설마 죽기야 하겠습니까?"

사울아비는 위로한답시고 말했지만 치우천의 마음은 무거웠다.

'죽지 않는다 해도 이 죄를 그냥 뒤집어쓰면 내 꿈은 물거품이 된다. 고시울률의 죽음과 나와는 결코 관련이 없다는 것을 증명하지 않으면 신시에 발을 붙일 수 없게 되고…… 작은 주신으로 돌아가서 처음부터 다시 시작하는 수밖에는 없다. 비도 마찬가지로 죄를 쓰게 되는데…… 그건 안 된다.'

그러는 중 밖이 소란스러워지더니 사울아비들이 다급하게 들이닥쳐 토굴 안을 밝히고 정돈했다. 얼마 지나지 않아 한웅의 마누라인 부소구슬이 치우천을 찾아왔다. 마누라님이 직접 자신을 찾아와 준 것이 고마워서 치우천은 엎드려 절을 했다. 부소구슬은 안타깝다는 듯 말했다.

"고생이 많구나. 네 아버님까지 그리 되셨다니, 참으로 안타까울 뿐이다."

아버지 이야기가 나오자 치우천은 다시 눈물을 흘렸다. 눈물이 영원히 마르지 않을 것 같았다.

"죄가 있으면 값을 치러야 하옵니다만, 억울합니다."

부소구슬은 한숨을 쉬며 말했다.

"나는 너를 믿는다. 아니, 너밖에는 믿을 사람이 없다. 하지만 신시 사람들이 전부 그렇지는 않으니 나로서도 어쩔 수 없구나. 풍백 어르신께서도 굴에 갇히셨고…….'"

"비렴님은 왜요?"

"마음이 약해져서 너를 놓아주었다고, 스스로 묶으라 하고서 갇히셨단다. 고집불통이시지. 우사님과 운사님이 애를 쓰고는 계시지만 고시씨와 친한 귀족들이 미친 듯이 설치고 다닌단다. 신시 밖 멀지 않은 곳에 고시씨들이 원수를 갚겠다고 수십천의 군대를 몰고 왔다는 소문이 돌아서, 다른 못난 귀족들도 고시씨 편에 붙어 너를 죽이라고 난리란다.

그래야 고시씨의 반란이 멎는다는 거야. 네가 없었다면 신시는 벌써 어떻게 되었을지 모르는데……. 참으로 못나고 못난 사람들이다."

"고시 집안에서 군대를 몰고 왔습니까?"

부소구슬은 연신 한숨을 내쉬며 치우비가 출정하기 전에 나누었던 이야기와 부소댕기, 신지사사가 고시가라와 동쪽 귀족을 달래러 갔던 이야기를 해 주었다.

"그런데 댕기나 사사 그 아이들이 오지도 않았고 그 사실을 아는 이도 없을 것인데, 어디서 퍼졌는지 고시 집안이 수십천 군대를 끌고 신시 부근에 있다는 소문이 돌았단다. 그래서 문제가 크단다. 그러나 염려 말거라. 내가 그래도 한웅의 마누라이고 네가 주신을 위해 세운 공이 수도 없는데 네 목숨 하나 건지지 못하겠느냐?"

치우천은 속으로 한숨을 쉬었다. 목숨이 아까운 것은 아니었다. 문제는 죽느냐 사느냐가 아니고, 죄를 뒤집어쓰느냐 결백을 증명하느냐였다. 지금 죄를 쓰면 간신히 쌓아올린 신시의 기반은 무너질 수밖에 없고, 자신이 무너지면 막 웃뜸사울아비가 된 비도 무너질 수밖에 없으며, 나아가서는 지나족이 신시를 뒤덮어 버릴 것 같았다. 신시에도 뛰어난 사람은 있지만 겨우 주신을 보존하는 정도밖에 할 수 있는 일이 없었다. 그렇게 되면 다른 부족들이 하나하나 지나족에게 먹히고, 지나족은 지금보다 몇 배나 강해져 결국에는 주신도 무릎을 꿇고 헌원이나 유망의 세상이 될 것이다. 죽어도 그런 일이 벌어지게 내버려 둘 수는 없었다. 허나 부소구슬에게 이야기해 보았자 소용없다고 생각하여 한 가지만 부탁했다.

"제 목숨이 문제는 아닙니다. 다만 죄를 쓴 것은 억울하니, 내일 사람들 앞에서 이야기를 할 수 있게 기회를 주십시오. 죄가 없다는 것을 사람들 앞에서 스스로 밝히고 싶습니다."

부소구슬은 걱정스러운 듯 말했다.

"그럴 수야 있지만…… 자신이 있느냐?"

"부탁드립니다."

부소구슬은 걱정되는 듯 고개를 끄덕이며 돌아갔다. 치우천은 너무 울어서 눈이 퉁퉁 부었지만 이내 마음을 다잡고 깊은 생각에 잠겼다.

'내가 풀어야 할 것은 두 가지다. 첫째는 소녀가 내 명령을 받고 고시 울률을 죽인 것이 아니라는 것을 밝혀야 한다. 두 번째로는 고시울률의 머리를 땅에 묻게 만든 책임인데, 이것은 피할 수가 없다. 그러나 두 번째 죄는 내가 세운 공으로 바꿀 수 있으니, 어떻게 해서든 내가 소녀를 시키지 않았다는 것만 증명하면 그만인데……. 소녀가 어디 갔는지도 알 수 없으니 방법이 없구나. 목숨을 걸고 내가 진실을 밝히는 방법밖에 없을지도 모르겠다.'

치우천은 자신도 아버지처럼 하늘에 호소해 볼까 하는 생각을 했다. 그 호소는 주술 같아 보였지만 특별한 기술이나 주문이 필요한 것은 아니었다. 정말로 진실되고 목숨을 거는 마음으로 하늘에 호소하면 이루어진다는 집안의 전설 같은 것이었다. 치우천은 그런 기적이 정말 일어날 것이라고 생각해 본 적도 없었다. 그러나 독실한 성격의 치우우레는 그것을 정말 믿었고, 실제로 기적을 일으켜 보였으니 자신도 하면 될 것도 같았다. 그러나 치우천은 고개를 저었다.

'그렇게 한다고 해도, 기적을 일으키면 몸의 힘이 빠져나가 나 같은 약골은 죽을지도 모른다. 비 녀석이라면 괜찮을지도 모르지만 나에게는 무리다. 더구나 나는 의심이 많은 성격이라 그렇게 진실된 마음으로 하늘에 빌 수 있을지도 솔직히 모르겠다. 진실을 밝힌다 해도 죽거나 다시 쓰러져 버린다면 주신에 무슨 도움이 되겠는가?'

결국 방법은 하나뿐이었다. 내일 벌을 받기 전에 사람들 앞에서 자신의 결백을 믿게 만드는 것이다. 고시울률의 머리를 숨겼던 벌은 받아야 하지만 적어도 자신이 남을 암살하는 음모의 주동자라는 누명만은 벗어야 했다.

그러나 몹시 힘든 일이며 유리한 증거는 하나도 없었다. 자신은 굴에 갇힌 신세이고, 이야기하거나 정보를 들을 사람도 없어 답답하기 짝이 없었다. 치우천은 들었던 이야기들을 하나도 빠뜨리지 않고 처음부터 차근차근 짚어 나가기 시작했다. 치우천이 생각에 잠겨 있는 동안에도 시간은 어김없이 흘러 토굴 밖에는 날이 밝아왔다.

밤을 꼬박 새우며 생각에 잠겨 있던 치우천은 사울아비의 인도로 밖으로 나섰다. 나가 보니 어느새 해가 하늘 높이 뜬 아침이었다. 치우천의 뒤로 알한도 뒤로 손이 묶인 채 끌려 나왔다. 치우천은 여전히 생각에 잠겨 있어서 알한도 말을 붙이지 못했다. 신시 복판의 광장으로 가는 길에 치우천 일행은 다른 일단의 사람들과 만났는데, 그들은 도깨비들과 울라트, 치우천 집안의 종들을 끌고 오고 있었다. 리미를 비롯한 도깨비와 울라트 등은 치우천을 보자마자 놀라면서도 울음을 터뜨릴 것 같은 얼굴이 되었다. 허나 치우천은 그들을 보고서도 말 한마디 없이 깊은 생각에만 잠겨 있었다.

신시 광장은 많은 사람들로 가득 차 있었다. 상당수는 귀족들과 그를 따라온 사울아비, 집안 종 들이었으나 보통 사람들도 많이 있었다. 야속하게도 그들 중 상당수는 치우천이 모습을 보이자 우, 하면서 야유를 보내며 어지럽게 욕을 해 댔다. 간간히 치우천을 욕하지 말라는 사람도 있었지만 그 소리는 작았다. 치우천이 주신을 위하여 무슨 일을 했는지는 잊은 것 같았다. 귀족들은 고시울률의 죽음과 동쪽의 반란이 치우천 때문이라며 비난했다. 그것이야 그럴 수도 있겠다 싶었으나 신시의 백성마저 자신을 욕하는 것을 듣고는 치우천은 마음이 아팠다. 그런 사람들이 자신을 욕하는 이유는 간단했다. 주신이 어떻고 지나족이 어떤가는 그들의 관심 밖이었다. 그들은 이유야 어떻건 치우천이 신시를 몇 번이나 싸움에 휘말리도록 만들어 생활에 불편을 주었기에 치우천을 욕하고 있었다. 그 이상은 생각하지도 않았다. 치우천은 한숨을 쉬었지만 뭐라고 반응하지는 않았다.

광장의 한쪽에는 널따랗게 단을 쌓아 올린 곳이 있었는데 가장 높은 곳에 부소구슬이 있었으며 밑에는 각 집안의 웃뜸들을 비롯한 수십 명의 귀족이 앉아 있었다. 오른편에는 솟대 단군과 단군 들이 있었고 왼편에는 병예와 신지울태가 사울아비 스승들을 거느리고 있었다. 그 앞에는 치우천보다 먼저 온 비렴이 무릎을 꿇고 앉아 있었고, 조금 뒤에는 비울걸이 꿇어앉혀졌다. 치우천은 비렴의 옆에, 울라트, 알한 등은 비울걸의 옆에 앉혀졌으며, 도깨비나 종 들은 단 아래에 꿇어앉혔다. 올 사람이 다 온 듯하자 우사 병예가 힘없는 목소리로 말했다.

"주신 삼사의 대표로 말하오니 재판을 시작하겠습니다. 오늘 재판할 내용은 아주 중요한 것으로, 고시 집안의 웃뜸이셨던 고시울률님의 죽음에 대한 것입니다. 원래대로는 한웅님께서 직접 처리하셔야 하겠으나 몸이 편찮으신 관계로 마누라님께서 재판을 하실 것입니다. 안파견 한님께서 깨우침을 주시어 죄 있는 사람을 벌주고 죄 없는 사람은 억울함을 풀게 하소서."

재판이라고는 해도 정해진 절차나 의식이 있는 것은 아니었다. 부소구슬은 내키지 않는 듯 치우천을 불러 세워 간단히 물었다.

"지금 죄를 받을 몸이니 치우웃뜸이라고 하지 않겠다. 치우천. 네가 고시울률을 죽였느냐?"

치우천은 짧게 대답했다.

"아닙니다."

"그럼 사람을 시켜 고시울률을 죽이게 했느냐?"

"결코 아닙니다."

부소구슬은 이런 재판을 하는 것이 익숙하지 않는 듯 주위를 둘러보았다.

"누구 대신할 사람 없소?"

원래 이럴 경우에는 명석한 비렴이 재판을 맡아 처리하곤 했으나 지금은 비렴도 죄인이었다. 병예는 늙고 패기가 없었으며, 신지울태는 남앞에 나서기를 싫어하는데다 친했던 치우천을 심문하고 싶지 않아 했다. 그러자 솟대 단군이 긴 수염을 쓸어내리며 나섰다.

"삼사께서 하시지 않으신다면 다음은 웃뜸사울아비신데, 웃뜸사울아비도 자리에 없으니 제가 할까 합니다."

"그러시지요."

부소구슬이 선선히 말하자 솟대 단군은 치우천에게 물었다.

"솟대 단군으로서 한웅님 대신 치우천 너에게 묻겠다. 너는 죄가 없다 하지만, 네 마누라가 고시울률님을 죽이는 광경을 보았다는 사람이 있다. 더구나 네 집 마당 흙 밑에서 고시울률님의 목이 나왔다. 무조건 모른다고 하는 것은 말이 되지 않는다."

치우천은 대답했다.

"제 마누라였던 소녀가 한밤중에 세 개의 목을 들고 와서 저에게 들이밀었습니다. 그것이 바로 고시울률님과 어느 사울아비, 그리고 제 벗 도단이의 목이었다고 들었습니다. 저는 당시 몹시 아팠는데, 그 이야기를 듣고 너무도 놀라 정신을 잃었다가 어제야 깨어났습니다."

"지금은 멀쩡해 보이는데?"

치우천은 고개를 저었다.

"제 아버님이 돌아가셨고, 이런 큰일을 맞았으니 죽을힘을 다해 정신을 차리고 있는 것입니다. 듣기로 제 아버님은 그 일이 우리 집과 아무 관련이 없다는 것을 밝히기 위해 치우 집안의 기적을 보이셨다고 들었습니다만."

솟대 단군은 수염을 쓰다듬으며 말했다.

"치우우레님의 일은 안되었다. 나도 그 기적을 보았지. 하늘에 자오지의 형상이 나타났다. 허나 고시울률님을 죽인 게 네 마누라인 소녀였다는 것을 증명했을 뿐이다. 네 아버님은 네가 그 일과 관련이 없다고 믿었지만, 증거는 없다."

"소녀는 그 짓을 저지르기 전에 저와 다투고 집을 나갔습니다. 저에게 나쁜 마음을 품고 죄를 씌우기 위해 그런 짓을 저질렀다고 생각합니다."

솟대 단군은 비웃듯 일그러진 웃음을 보였다.

"네가 미워서 그런 것이라면 손쉬운 방법이 얼마든지 있었을 것인데, 어찌 그렇게 힘들고 어려운 일을 했겠느냐?"

"그것은 저도 알 수 없습니다만 소녀는 저에게 복수하기 위해 그런 것입니다."

"네 말은 변명에 지나지 않는다."

솟대 단군은 딱 잘라 말하고는 큰 소리로 말했다.

"치우천, 너는 고시울률님과 사이가 좋은 편이 아니었지?"

"솔직히 말씀드리자면, 그렇습니다."

"너는 주신에 제법 공을 세웠고, 치우웃뜸이 되고 네 아우가 웃뜸사울아비가 되었다. 그러나 고시울률님과는 이렇게 저렇게 의견이 맞지 않았지? 그래서 마음대로 움직이기 힘들었지?"

치우천은 선선히 대답했다.

"그렇다고 볼 수 있습니다."

"그렇다면 고시울률님이 죽어서 제일 덕을 많이 보는 사람이 너 아니냐? 그래서 네 마누라를 시켜서 고시울률님을 죽게 만든 것이 아니겠느냐?"

군중들이 우 하고 맞다는 듯 소리를 지르자 치우천은 크게 웃었다. 치우천의 웃음소리는 크고도 맑아서 많은 사람들이 내는 야유 소리를 뚫고 울려 퍼졌다.

"지난 일을 가지고 이리저리 맞추니 그럴듯하게 들릴 수도 있습니다만, 우스울 따름입니다. 정말 고시울률님을 죽이려고 했다면 제 아우를 보내거나 싸움 실력이 좋은 부하를 보내지요. 힘도 없는 마누라를 보내 다른 사람을 죽이라고 하는 사람이 어디 있답니까? 일을 그 따위로 꾸미는 사람도 있습니까?"

군중들의 생각에도 이상하기는 했다. 솟대 단군은 고개를 저으며 말했다.

"그런 틈새를 노리고 마누라를 보냈는지도 모르잖느냐?"

치우천은 다시 웃었다.

"제 아우 비 녀석은 웃뜸사울아비인데다가 세상 제일 장사라는 형천과도 맞서 싸울 녀석입니다. 신시 안에서 누가 비보다 힘이 세단 말입니까? 제 벗인 몽골족의 치베는 태산 회의 때의 활쏘기 선수였고 밤에 불을 켜지 않아도 대낮처럼 물건을 보고 활을 쏘아 절대 빗나가지 않습니다. 그런 치베가 밤에 숨어서 활을 쏜다면 누가 피할 수 있단 말입니까? 또 저를 구했던 카린의 무라는 몸놀림이 빨라 마음만 먹으면 아무도 그녀를 보지도 못하고 잡을 수도 없을 만큼 빠릅니다. 그런 무라가 숨어 들어가서 습격한다면 누가 막을 수 있고 누가 그것을 밝혀낼 수 있단 말입니까? 다른 재주 있는 벗과 부하도 많습니다. 제가 정말 고시울률님을 죽이려 했다면, 그런 사람들을 두고 왜 싸움이라고는 해 본 적도 없는 마누라를 보냈을까요?"

군중들도 치우천의 부근에 있는 수많은 영웅들의 이야기는 익히 알고 있는 터였다. 치우천의 말을 듣고 보니 그럴 법했다. 그런 부하들을 두고 하필 마누라를 자객으로 보냈다는 것은 아무리 생각해도 이해가 가지 않았다. 치우천은 군중들이 수군거리는 것을 느끼자 다시 한번 힘 있게 말했다.

"결과를 부정하지는 않습니다. 그러나 결과만 보고 억지로 맞추려 하니 이렇게 이상해지는 것입니다. 지금 제게 죄가 있다고 말씀하시며 제가 죄를 벗을 증거를 내놓으라 하시지만, 사실 제가 죄가 있다는 증거 또한 없지 않습니까? 단지 소녀가 제 마누라였다는 것, 그리고 고시울 률님을 죽였다는 것. 이 두 가지 밖에 확실한 것은 없지 않습니까?"

군중들이 자기도 모르는 새 치우천의 말에 동조하듯 고개를 끄덕이기 시작하자 치우천은 목소리에 힘을 주었다.

"지금 이 일은 여기저기 어색한 것투성이입니다. 원래 진실이 밝혀지면 정말 그랬구나 싶게끔 매끄럽게 이해되기 마련입니다. 이 일은 그렇지 않습니다. 이러이러해서 그랬구나 생각하면 여기가 이상하고, 또 이러저러해서 그랬구나 생각하면 다시 다른 곳이 말이 안 됩니다. 결국 우리는 아직 진실을 알지 못하고 있다고 생각합니다. 저 또한 죄를 뒤집어쓰고 있습니다만 진실을 꼭 밝히고 싶습니다."

군중들 중 몇몇이 와하며 박수를 보냈다. 사실 이렇게 저렇게 생각해보아도 말이 안 되고 답답한지라 속 시원하게 궁금증이 풀렸으면 좋겠다는 생각에서 나온 박수였다. 솟대 단군은 주객이 전도되자 화를 냈다.

"너는 죄인이지 재판을 맡은 사람이 아니야!"

"재판은 누가 죄를 지었는지 밝히고 죄지은 사람을 벌주려고 하는 것입니다. 저는 비록 죄인의 몸이지만 제 죄를 벗기 위해 사실을 밝히는 일도 못한다는 말입니까?"

그때 부소구슬이 적절하게 끼어들어 말했다.

"사실을 밝히는 것이 중요하니 솟대 단군은 신중하시게."

솟대 단군은 치우천을 윽박지르려다가 할 수 없이 멈추었다. 그러나 이내 눈을 부릅뜨며 말했다.

"네가 그렇게 말하지만, 다른 것은 그렇다고 해도 너희 집안사람은 고시울률님의 목을 보고도 함부로 감추어 묻고 그 사실을 알리지 않았다. 그 자체도 죄가 되지만 그것보다 더 문제가 되는 것은 그렇게 감추려고 한 것이다."

사람들이 동의한다는 듯 소리를 지르자 치우천은 웃으며 말했다.

"감추려고 마음먹었다면 쥐도 새도 모르게 감추거나 없앴을 것입니다. 하필이면 집 마당에 감춘 것은 놀라고 당황했기 때문입니다. 그것이 죄라면, 머리를 감춘 죄는 달게 받겠습니다."

"모든 죄를 달게 받아야지!"

"아닙니다. 다른 죄는 받을 수 없습니다. 잘못한 것이 없기 때문입니다."

"이런 끔찍한 짓은 네가 시켰다고밖에 볼 수 없지 않느냐?"

"저는 시킨 적이 없습니다. 저는 그때 정신을 잃었습니다. 하물며 집에서 싸움이 일어나고 아버님이 기적을 보이고 돌아가시는 것조차 보지 못했습니다."

"네가 정신을 잃었는지 아닌지 어떻게 아느냐? 그런 척했는지도 모르잖느냐?"

"저희 집에서 도망쳐 나갈 때 몹시 급했을 것인데, 제가 정신이 있었으면 제 발로 뛰었을 것입니다. 그때 본 사람들이 있다면 제가 그런 척했는지 아닌지 알 수 있을 것입니다."

저만치에 서 있던 사울아비들 몇이 수군거리다가 한 사람이 나서며 말했다. 그들은 그때 현장에 있었거나 사건에 어떻게든 개입했던 사람들이었다.

"맞습니다. 나는 그때 직접 쫓아가기까지 했던 사람입니다. 치우천은 완전히 늘어져 있었습니다. 일부러 그런 것인지 아닌지 정도는 저희도 보면 알지요."

솟대 단군은 화를 내며 말했다.

"네가 정신을 잃었건 아니건 상관없다. 어차피 이 일은 소녀라는 여자가 한 짓이지?"

치우천은 선선히 고개를 끄덕였다.

"본 사람까지 있다니 그것은 틀림없을 듯싶습니다."

"그런데 죄가 없다니? 설령 그렇다 해도 그것을 증명할 수 없지 않느냐? 더구나 네 마누라가 한 짓이면 너와 너희 집 사람들도 벌을 받아야 한다! 그런데도 끝까지 우기는 거냐?"

"분명히 말씀드리거니와, 소녀가 그 짓을 저질렀을 때는 제 마누라가 아니었습니다."

솟대 단군은 어느덧 흥분하고 있었다.

"너와 같이 살던 여자가 마누라지, 어떻게 마누라가 아니란 거냐? 지금 이 자리에 없다고 마누라가 아니라고 한다면 다냐? 그것을 믿는다면 이 사건 때문에 세상에 죄가 있는 놈은 하나도 없을 것이다."

"제 말이 사실이라는 것을 밝히고 싶습니다."

"밝혀? 번드르르한 혀를 교묘하게 놀려서 죄를 벗으려고 한다만 그렇게 되지는 않을 것이다. 허락할 수 없다. 곱게 벌을 받아라. 지나족을 이기고 공상을 친 공로는 있으니, 죽지는 않게끔 마누라님께 잘 말씀드리리라."

치우천은 가슴을 펴며 말했다.

"죽고 사는 것은 중요하지 않습니다. 없는 죄를 뒤집어쓸 수는 없습니다. 고시울률님은 저와 사이는 좋지 않았다지만, 그래도 제 어머니를 낳으신 분입니다. 아버님도 안 계신 지금 그분의 복수는 제 손으로 해야 합니다. 그때 같이 목이 잘린 박수 도단이는 가까운 벗이었습니다. 그 복수도 제 손으로 해야 합니다."

"그러면 네 목을 네가 따면 되겠군."

솟대 단군이 냉랭하게 비꼬자 치우천은 눈을 크게 뜨며 말했다.

"제게 죄가 있는지 없는지, 마누라님과 많은 사람들이 보는 앞에서 밝혀 볼 것입니다. 하늘이 머리 위에 있고 안파견 한님이 계십니다."

솟대 단군은 발을 구르며 외쳤다.

"너는 네가 고시울률님을 죽인 증거를 내놓으라 하지만, 반대로 네가 그러지 않았다는 증거도 없지 않느냐. 너는 증거가 더 필요하다! 그냥 이 꼬투리 저 꼬투리 물고 늘어져서 질질 끈다면 아무것도 되지 않을 것이야! 고시울률님은 돌아가셨고, 그 짓을 한 것은 네 마누라야. 네가 죄를 벗을 길은 엎드려 비는 것뿐인데 어찌 뻣뻣하게 구는 것이냐!"

치우천은 부소구슬을 향해 한쪽 무릎을 꿇고는 말했다.

"제게 죄를 벗을 기회를 주소서."

솟대 단군이 다시 외쳤다.

"마누라님께서 보시는 재판을 이처럼 어지럽히는 것도 죽을죄야!"

치우천은 지지 않고 되받았다.

"저는 자신이 있습니다. 제가 결백을 밝히지 못한다면, 모든 죄, 제 목으로 갚으리이다!"

부소구슬은 긴장된 목소리로 천천히 말했다.

"그리해 보게나."

주변의 귀족들은 죄인에게 무슨 기회를 주냐고 안 된다며 소리쳤으나 치우천은 기뻐하며 부소구슬에게 얼른 절을 했다.

"마누라님의 은혜, 갚을 길이 없사옵니다."

솟대 단군은 부소구슬의 명이 떨어지자 할 수 없이 한발 물러섰지만 여전히 치우천에게 냉소적으로 말했다.

"죄를 벗을 수 있다고 믿는다면 헛된 발버둥이라도 쳐 보든지."

치우천은 솟대 단군의 말은 무시하는 듯 먼저 큰 소리로 외쳤다.

"치우웃뜸 치우천이 말합니다. 마누라님의 말씀도 계셨으니 제가 잠시 동안 일의 앞뒤를 밝힐 것입니다. 저를 미워하건 그렇지 않건 간에 사실을 밝히기 위해서는 무엇이든지 본 대로 숨김없이 말해야 할 것입니다."

치우천은 잠시 말을 끊었다가 힘을 주어 외쳤다.

"우선 사람들의 말을 들어야겠습니다. 처음부터, 하나도 빼놓지 않아야 합니다. 저를 의심하는 사람이 아직도 많으니 저와 가까웠던 사람들의 말은 될 수 있으면 듣지 않도록 하겠습니다. 제가 시켰다거나 짰다고 의심하실 분이 계실 것 같기 때문입니다. 제일 먼저 고시울률님이 돌아가셨을 때 그 광경을 보았고, 또 내게 죄가 있노라 말한 사람이 있다던데, 누구입니까? 앞으로 나와 주십시오."

그러자 저만치 구석에 있던 흘레부치가 쭈뼛거리며 일어섰다.

"고시 집안의 종놈인 흘레부치가 감히 나섭니다."

흘레부치는 종치고는 기세가 당당한 편이었으나 역시 신분 탓에 이러한 재판에 나섰던 경험이 적어서인지 이렇게 많은 사람들과 마누라님까지 있는 자리에 서게 되자 어딘가 주눅 들고 불안한 것 같아 보였다. 전에는 치우천 놈이라고 마구 불렀으나 많은 사람이 모인 곳에서 종놈이 감히 반말을 할 수 없는 것도 어느 정도 영향을 주었다.

흘레부치는 불안한 눈빛으로 치우천을 바라보았으나 그를 바라보는 치우천의 눈매에는 응당 있을 것 같은 증오나 분노의 감정은 보이지 않았다. 담담하고 맑은 눈빛이어서 홀레부치는 속으로 적잖게 놀라고 겁이 났다. 치우천이 자신에게 분노의 감정을 보였다면 자신도 마주 볼 배짱은 있었으나, 그런 것이 없어 오히려 두려운 생각이 들었다. 홀레부치는 자기도 모르게 말했다.

"비록 종놈이 주제넘게 나섰으나 치우웃뜸께서는 너무 나무라지 마소서."

치우천은 담담히 말했다.

"나는 당신을 나무라지 않습니다. 당신은 주인의 죽음을 보았고, 그것을 넘길 수 없었으니 충성스러운 종입니다. 당신으로서는 당연히 해야 할 일을 했을 뿐이니 설령 내가 죄를 벗지 못해 죽는다 해도 당신을 원망하지는 않습니다."

홀레부치는 기가 꺾였다. 이전까지만 해도 증오스럽게만 여겨지던 치우천에 대한 분노가 이상하게 사그라졌다.

"내…… 내가 무엇을 해야 합니까?"

"고시울률님의 죽음과 관련되어 당신이 본 것과 행동한 것을 하나도 빼지 말고 말씀해 주시기만 하면 됩니다."

홀레부치는 몇 번 헛기침을 하고는 그가 보았던 것과 행동했던 것을 하나도 빼지 않고 말했다. 홀레부치의 말솜씨는 훌륭해서 치우천이나 듣는 사람들은 그 광경을 직접 보고 있는 것처럼 느껴질 정도였다. 치우천은 듣는 것조차 끔찍한 이야기였을 텐데도 미동도 하지 않고 이야기를 끝까지 들었다.

홀레부치는 그토록 초연한 치우천을 보고 속으로는 경악했다. 치우천이 정말 죄가 없는지, 아니면 자신으로서는 듣거나 본 적도 없을 만큼 배포가 큰 악당이든지 둘 중 하나라고 생각했다. 홀레부치가 설명을 마치자 치우천이 물었다.

"그랬군요. 잘 들었습니다. 훌륭한 기억력입니다. 당신이 직접 보고 들은 것이 조금도 틀리지 않겠지요?"

"그렇습니다. 맹세할 수 있습니다."

"소녀는 분명히 고시울률님의 방으로 혼자 갔다고 했지요? 그것을 보셨다고 했지요?"

"사울아비 한 사람의 안내를 받는 것을 보았고, 그 사울아비는 곧 나갔습니다."

"그 사람이 부소길이라는 사울아비로, 박수 도단이의 굴을 지키던 사람이었지요?"

"그렇습니다."

"소녀가 들어가고 난 한참 뒤에 흘레부치, 당신은 소녀가 고시울률님의 목을 베는 것을 보셨군요."

"그렇습니다."

"소녀는 고시울률님의 목을 베고, 또 도단이와 사울아비 한 사람의 머리를 베어 갔다지요?"

"직접 본 것은 아니지만, 그들의 목이 잘라진 채 발견된 것도 맞고, 그들의 머리가 나중에 고시울률님의 머리와 함께 나왔으니 그렇겠지요."

치우천은 가만히 고개를 끄덕이며 말했다.

"당신은 아주 공정합니다. 보지 않은 것은 말하지 않는군요."

"보지 않은 것을 함부로 입에 올릴 수는 없지요."

"좋습니다. 헌데 고시울률님의 집과 감옥 사이는 꽤 멀었을 텐데 왜 그렇게 했을까요?"

"그들의 눈에 띄었기 때문에 그러지 않았을까 생각하고 있습니다. 부소길이 소녀를 안내했으니, 나중에 입을 막아야 했을 것 아닙니까?"

치우천은 살짝 미소를 지으며 말했다.

"그럼 그 자리에서 그 광경을 본 흘레부치, 당신은 왜 목을 베지 않았을까요? 당신을 기절까지 시켜 놓았으니 목을 베기는 쉬웠을 텐데요?"

흘레부치는 얼굴을 찌푸리며 말했다.

"내가 그 여자가 아닌데 어찌 알겠습니까? 비렴님도 그것을 물으셨지만 나는 알 수 없습니다. 아마 내가 죽었거니 생각했겠지요!"

잠자코 눈을 감고 앉아 있던 비렴이 입을 열었다.

"나도 그 일이 이상하다고는 생각했다. 그러나 더 이상 생각할 수는 없었으니."

치우천은 한 가지를 더 짚어 말했다.

"당신은 그때 뒤통수를 맞아 기절했다고 했지요?"

"그렇습니다."

"소녀가 고시울률님의 목을 베다가 갑자기 날아와 당신의 뒤로 가서 뒤통수를 쳤단 말입니까?"

그것은 아주 간단한 것이었지만 비렴이나 흘레부치 본인도 미처 생각하지 못했던 일이었다. 비렴은 소녀가 칼을 들고 있었는데 언제 몽둥이를 바꿔 쥐었을까 생각했고, 흘레부치는 그런 작은 일은 신경도 쓰지 않았다. 얼빠질 정도로 이상한 일이었으나 아무도 생각지 못한 사실이었다.

"그…… 그건……."

"소녀가 목을 벨 때 당신에게 등을 보이고 있었습니까? 마주 보고 있었습니까?"

흘레부치는 덜덜 떨기 시작했으나 간신히 태연하게 말했다.

"등…… 등을 보이고 있었습니다."

"소녀가 뒤돌아보고, 몸을 날렸습니까?"

"그…… 그건 보지 못했습니다."

"사람이 보이지 않을 정도로 빨리 움직이는 것도 불가능하지는 않습니다. 그러나 소녀는 그럴 재주도 없고, 혹 있다고 해도, 소녀가 몸을 날렸으면 그 자리에서는 없어져야 합니다. 그 자리에 그대로 있고 당신의 뒤로 가서 뒤통수를 후려갈기려면 몸을 둘로 나눠야 하는데, 말이 되지 않습니다. 당신은 맞는 순간에 소녀가 몸을 날려 사라지는 것을 보았습니까?"

"아…… 아니…… 보지 못했습니다. 소…… 소녀는 그 자리에 있었고, 놀란 것 같았습니다."

치우천은 서두르지도 않고 시간을 끄는 것도 아닌, 담담한 말투로 말했다.

"간단한 것 아니겠습니까? 소녀 말고 다른 누가 그 방에 있었겠지요. 소녀와 목적을 같이하는 누가 말입니다."

흘레부치는 자기도 모르게 흥분하여 크게 소리를 질렀다.

"그게 누구란 말입니까? 치우천님, 당신의 부하가 아니었습니까?"

치우천은 여전히 담담하게 말했다.

"내 부하라고 할 수는 없지만, 내 부하가 아니라고 할 증거도 없지요. 그러니 생각해 보자는 것입니다. 흥분하지 마십시오. 차근차근 생각하지 않으면 작은 것을 놓치게 되고, 작은 것을 놓치면 큰 것도 놓치게 됩니다."

군중들은 또 한 사람의 방조자가 있었다는 사실이 맥없이 밝혀지자 술렁이기 시작했다. 치우천은 지체 없이 말했다.

"자, 생각해 봅시다. 소녀는 고시울률님의 목을 베고 있었으니 힘들었을 것입니다. 흘레부치, 당신은 소녀가 어떤 칼을 들고 있었는지 기억합니까?"

그러나 흘레부치에게 그것은 떠올리기 싫은 기억인지라 눈에 보일 정도로 흥분하기 시작했다.

"아…… 아…… 그건…… 주인님이…… 그건 너무 끔찍해서……."

"끔찍해도 기억해야 원수를 갚을 수 있습니다."

"원수는 당신일 거야!"

흘레부치가 참지 못하고 함부로 외쳤으나 치우천은 무서울 정도로 담담히 말했다.

"내가 원수라는 게 밝혀진다면 내 목을 치면 되니, 우선은 사실을 밝혀야 합니다. 칼은 어느 정도 크기였습니까? 구리칼이었습니까? 돌칼이었습니까?"

흘레부치는 눈을 질끈 감고 억지로 흥분을 가라앉히며 생각하다가 외쳤다.

"검은 돌칼이었소! 작은 것이었소. 이삭을 벨 때 쓰는 반달 모양의 자그마한 칼이었소!"

"틀림없습니까?"

"그렇소! 기억이…… 빌어먹을 기억이…… 나오!"

흘레부치가 공공장소에서 감히 상스러운 말을 했지만 아무도 그것에는 신경 쓰지 않았다. 치우천은 말했다.

"이 자리에 계신 분들 중 싸움 경험이 많은 사울아비님이 대답해 주십시오. 이삭 벨 때 쓰는 작은 반달 돌칼로 사람의 목을 베는 것이 쉽습니까, 어렵습니까?"

대부분의 군중들이 동물과 싸우고, 전쟁 때는 사람을 베기도 하는 장정들이었으나 질문이 끔찍하여 많이 망설였다. 마침내 늙은 사울아비 한 명이 연신 헛기침을 하며 말했다.

"사울아비 택길란이 말합니다. 그건…… 참 쉽지 않은 일이지요. 구리칼로 베어도 사람의 목을 한 번에 베기는 굉장히 힘듭니다. 하물며 돌칼이고…… 더구나 작은 것이라면…… 몹시 힘들 것입니다. 그런 칼로 사람의 목을 벤 적은 없지만 멧돼지를 작은 돌칼로 썰어 본 적이 있는데, 하루 종일 걸렸습니다. 다리 하나 자르는 것도 톱질을 하듯 한참 동안 썰어야 하는데…… 하물며 사람의 목을 그렇게 썰기란……."

치우천은 눈 하나 깜짝하지 않고 말했다.

"사울아비이신 당신도 그러한데, 여자가 한다면요?"

"아무리 빨라도 두 각은 썰어야 할 겁니다. 아이구…… 그건 정말……."

홀레부치는 참기 힘든 듯 외쳤다.

"그게 뭐가 중요하다는 겁니까?"

치우천은 간단히 말했다.

"중요합니다."

치우천은 다시 늙은 사울아비 택길란에게 물었다.

"몽둥이로 사람의 뒤통수를 쳐 단번에 기절시키기는 쉽습니까?"

택길란은 그 말에는 수월하게 대답했다.

"일부러 기절시키는 것을 말씀하시는 겁니까?"

"그렇습니다."

"약하게 치면 아프고 말 것이고, 세게 치면 죽어 버릴 것이니 알맞을 정도로 치는 것은 쉽지 않지요. 아무렇게나 쳐도 될 것 같지만 사실은 퍽 힘듭니다. 사람을 많이 쳐 보지 않은 사람은 뒤통수를 친다 해서 단번에 기절시키기가 쉽지 않습니다. 그러니까……."

택길란은 몸을 돌려 직접 자기의 뒤통수 아래 목과 연결된 부분을 보여 주면서 말했다.

"여기를 정확히, 어느 정도 적당한 힘으로 치면 기절시킬 수 있습니다. 그냥 뒤통수에 맞으면 기절하지 않을 수가 있고, 또 어디를 치건 너무 세게 치면 눈이 튀어 나오거나 죽어 버릴 수도 있습니다. 사울아비라면 어려울 것 없겠습니다만."

흘레부치가 끼어들어 말했다.

"나를 죽이려 친 것이고, 내가 죽었다 생각했을 겁니다! 그러니 목을 베지 않은 것입니다!"

치우천은 고개를 저었다.

"그건 흘레부치 당신의 추측일 뿐입니다. 택길란님, 그러면 하나만 더 말씀해 주십시오. 자기가 뒤통수를 쳐서 기절시킨 사람이 죽었는지 살았는지 모를 수 있습니까?"

택길란은 어이없다는 듯 웃었다.

"치우천님도 싸움을 여러 번 하신 사울아비님이신데 모르실 리 없잖습니까?"

"제 입으로 말할 수 없으니 공정한 말씀을 듣고 싶은 것입니다."

택길란은 껄껄 웃었다.

"사울아비나 아니, 누구라도 알 겁니다. 자기가 쳐 놓고 숨 쉬는가 만져 보거나 목의 맥이 뛰는지 짚어 보거나 그냥 보기만 해도 그 사람이 죽었는지 살았는지 모를 리가 없잖습니까? 어린 아이, 아니 계집아이라도 그런 것은 알 것입니다!"

"그러면 고시울룰님의 방으로 숨어 들어가 사람을 몽둥이 한 방에 기절시킬 수 있는 사람이라면 쓰러진 사람이 죽었는지 살았는지 모를 리는 없겠군요?"

치우천이 말하자 택길란도 조금 당황했고 흘레부치는 입을 다물어 버렸다. 자신의 주장이 일고의 가치도 없다는 것이 입증되었기 때문이다. 당황한 흘레부치는 떼를 쓰듯 말했다.

"급해서, 시간이 없어서 그냥 도망치느라 그랬을 수도 있을 것이오!"

허나 치우천은 조용히 말했다.

"작은 돌칼로 차근차근 목을 따서 들고 나갈 정도인 사람이, 그 정도 시간이 없었다고 볼 수는 없잖습니까?"

"누군가의 눈에 띄었을 수도 있는 거요!"

"흘레부치, 정신을 잃은 당신이 발견된 건 다음 날 아침이지요? 그때까지 아무도 몰랐으니 소녀와 당신을 몽둥이로 내리친 다른 사람은 다음 날 아침까지, 적어도 도단이와 사울아비 부소길의 목을 베러 갈 정도로 시간이 있었습니다. 그런데 당신이 죽었는지 아닌지도 살피지 않고, 멀리 감옥까지 가서 그들의 목을 베면서도, 직접 그 광경을 죄다 목격한 당신의 목을 붙여 둔 이유가 뭐라고 생각합니까?"

흘레부치는 말문이 막혀 버렸다. 군중들도 흥분하여 왜 그랬느냐고 치우천에게 소리쳐 묻기 시작했다. 그러자 치우천은 말했다.

"역시 하나밖에 생각할 수 없습니다. 실수로 죽이지 않았을 리는 없으니, 흘레부치를 일부러 살려 둔 것이 틀림없습니다. 살려 두어야 하는 까닭도 한 가지 밖에는 없습니다. 즉, 고시울률님을 죽인 것이 소녀라는 사실을 흘레부치의 입을 통해 사람들에게 알려야만 한다는 것이겠지요. 그래서 흘레부치를 죽이지 않은 것이 분명합니다."

멍하니 듣고만 있던 솟대 단군이 외쳤다.

"자기가 죄를 지으면서 자기 죄를 까발린다는 것은 있을 수 없는 일이다!"

"아니, 있을 수 있습니다. 목적이 있으니까요."

"무슨 목적이냐?"

"소녀, 그 여자가 일을 저지르고 증인을 살려 놓고 도망가면, 그 죄는 당연히 저와 우리 집안사람들이 뒤집어쓰지 않겠습니까?"

"그건 네 주장일 뿐!"

"소녀는 고시울률님의 집에서 꽤나 떨어진 곳에 있는 감옥으로 가서, 부소길과 도단이를 죽이고 목도 베었습니다. 왜 그랬겠습니까? 입막음을 하기 위해서였겠습니까? 흘레부치는 멀쩡히 살려 두고서요? 아닙니다. 부소길을 죽여 입막음을 하려다가 도단이를 죽인 것이라면 앞뒤가 안 맞습니다. 도단이는 박수이니 장님입니다. 감옥에 갇혀 있으니 도단이를 죽이려면 굴 안까지 들어가야 합니다. 굴 밖을 지키고 있었을 부소길을 죽이는 것을 보았을까 봐 굴 깊숙한 곳에 갇힌 도단이를 죽이는 것은 말도 안 됩니다! 되레 도단이를 죽이기 위해 밖을 지키던 부소길을 죽였다고 보아야 옳습니다!"

"그러면 도단이는 왜?"

"그것이 바로 증거입니다! 저는 도단이와 벗입니다. 그리고…… 그리고…… 소녀가 저를 미워하게 된 것은 제가 맥달 선인님을 찾는 데 질투를 느꼈기 때문입니다. 저와 맥달 선인님은 아무 관계도 아니고 전 그분을 존경할 뿐이지만, 그녀는 그것을 오해하여 미쳐 버렸습니다. 미친 게 틀림없습니다! 맥달 선인님을 제가 찾게 된 것은 도단이가 맥달 선인님을 찌른 데서 시작되었습니다! 아아, 죽고 싶을 만큼 창피하여 말하기 싫은 일입니다만, 창피한 일이라고 숨길 수는 없기에 전부 말씀드리는 것입니다! 소녀가 미워한 것은 저이고, 그 원인은 맥달 선인 때문이니, 빌미를 준 도단이야말로 소녀가 절대 용서할 수 없는 사람이었을 겁니다! 그러니 고시울률님을 죽인 수고를 하고서도 굳이 감옥까지 가서, 두 사람의 목을 베어 제게 던지고 간 것입니다! 저도…… 저도 너무도 놀라고 두려워 까무러치는 바람에 결국 아버님을 돌아가시게 만드는 죄를 지었습니다! 못난 저를 생각하면 죽고 싶을 뿐이지만, 사실을 밝혀야 하기에 이렇게 악을 쓰는 것입니다!"

치우천은 거침없이 열변을 토하다가 아버지 치우우레의 죽음을 생각하고는 눈물을 펑펑 쏟기 시작했다. 군중들도 비로소 머리가 깨이는 것 같아 맞다고 소리치기 시작했다. 이것 또한 증거는 없으되, 모든 것이 맞아 떨어지는 유일한 설명이었다. 치우천과 맥달, 소녀와의 묘한 관계나 질투와 맥달의 죽음에 대한 소문은 이전부터 신시 전체에 퍼져 왔던 바였다. 그것까지도 다 맞물려 답이 나오니, 이제는 소녀가 무엇을 노리고 그런 짓을 했는지 사람들도 동감하기 시작했다. 예기치 않게 일이 흘러가자 솟대 단군은 얼굴을 실룩이며 외쳤다.

"그 말이 맞다면 왜 너는 죽이지 않았는가?"

"저는 지금 이 많은 사람들의 원망을 사고, 안 그래도 죽을 위험에 있습니다. 자기 손으로 죽이기보다 이렇게 죽어 가도록 함정을 판 것이야 말로 그녀의 무서운 점입니다. 아니, 그 여자같이 독하고 미쳐 버린 계집이 할 수 있는 최대의 복수겠지요! 생각하면 어려운 문제도 아니었습니다. 다만 도단이를 죽인 것을 고시울률님의 죽음과 맞추려고 했기에 앞뒤가 안 맞았던 것입니다! 이제는 여러분들도 진실을 깨달으셨을 것입니다!

다시 말씀드립니다만, 여러분도 납득하시리라 믿습니다만, 소녀는 그 짓을 저질렀을 때 제 마누라라고 볼 수 없습니다. 낯부끄럽습니다만, 그 여자는 이미 저를 한 번 죽이려 했다가 실패한 적이 있습니다. 물론 마누라 하나 제대로 다스리지 못한 제 잘못이 큽니다. 허나 제가 비록 못났을지언정, 전에 말한 대로 고시울률님을 해치라고 시키지도 않았습니다. 그 여자는 우리 집안을 노리고 그런 짓을 저질렀으니 당연히 우리 집안에 죄를 물어서는 안 된다는 말입니다. 그 여자가 제 마누라이기 때문에 제가 시켰다며 죄를 물으시지만, 지아비에 대해 복수하여 죄를 씌우려는 여자가 마누라입니까? 그 여자야말로 고시울률님의 원수인데, 그렇게 하여 저를 죽인다면 원수가 바라는 대로 해 주는 것이 아닐지요?"

치우천의 막힘없는 언변에 사람들은 저도 모르게 옳다고 외쳤다. 솟대 단군조차 얼굴이 붉어져서 할 말을 찾지 못했다. 치우천은 또 한 가지를 지적했다.

"아직도 이상한 것은 있습니다. 흘레부치는 분명 고시울률님의 방으로 들어간 것은 소녀 한 사람이었다고 했습니다. 부소길이 소녀를 데리고 왔지만 곧 나갔다 했지요. 그런데 흘레부치의 뒤통수를 내리친 사람은 누구였을까요?"

"그건……."

당신 부하가 아니었냐고 말하려던 흘레부치는 입을 다물었다. 말해 봐야 증거가 없으며 설득력도 없기 때문이었다. 허나 솟대 단군은 끝까지 말을 했다.

"강하고 잘났다는 네 아우나 벗이겠지."

치우천은 솟대 단군의 마음을 들여다보듯 꼭 짚어 말했다.

"제가 아까 제 아우나 벗들 이야기를 했지만 고시울률님이 어떤 분입니까? 누가 고시울률님의 집 안을 마음대로 드나들 수 있을까요? 모르기는 몰라도 하늘 군대의 사울아비 중 많은 수가 고시울률님의 집 주변을 지키지 않았던가요? 하늘 군대의 사울아비들의 눈을 속일 사람이 세상에 많다고는 볼 수 없습니다만?"

"네가 그렇게 잘났다고 하는 네 아우일 수도 있지 않느냐? 치베라는 몽골 놈이나 무라라는 카린 년일 수도 있지!"

치우천은 가볍게 웃으며 되물었다.

"고시울률님이 돌아가시자마자 제가 한 짓이라고 소문이 파다했고 많은 사람들이 믿었지요. 그건 그전부터 고시울률님과 제가 사이가 안 좋았기 때문이었겠지요?"

"너도 잘 아니 다행이구나."

"그런데 고시울률님 정도 되시는 분이 과연 저나 제 벗들에 대한 경계를 하지 않았다 여기십니까? 자나 깨나 누가 어디를 가는지, 혹 집 근처를 얼씬거리지 않는지 살폈을 것이고, 꼬투리라도 잡혔다면 당장 난리가 났을 것입니다. 누가 고시울률님 집을 넘어 들어가는데도 아무도 모를 정도로 하늘 군대 사울아비들은 멍청하지도 않고, 눈에 띄었는데도 그것을 덮어 주고 머리가 나올 때까지 기다렸을 리도 없다고 생각합니다만."

치우천이 말하자 솟대 단군은 할 말을 잃었다. 저편에 앉아 있던 많은 사울아비들도 단번에 안색이 변해 버렸다. 그들 중 상당한 숫자의 노련한 사울아비들이 자나 깨나 치우천과 일행의 동정을 살피고 있었고 한 사람당 몇 명이나 붙어 숨어서 지켜보고 있었다. 그야말로 어느 것 하나 그들의 이목을 속일 수 없었다. 소녀와 치우천이 싸우고 소녀가 뛰쳐나간 것조차 그들은 이미 다 알고 고시울률에게 보고까지 했다. 소녀의 뒤를 끝까지 추적하지 않은 것은 그들의 커다란 실책이었다. 다만 그것조차 치우천이 미리 짠 계략이 분명하다고 스스로 위안해 가며 입을 다물고 있었던 것이다.

치우천이 낱낱이 사실들을 밝히고, 그것이 자신들이 쉬쉬하며 알고 있던 비밀과도 정확히 일치하는 데야 뭐라고 토를 달 수 없었다. 더구나 지금 치우천의 말에 반박을 하면 하늘 군대 사울아비들이 멍청하여 상대를 놓치는 얼간이라고 말하는 것이나 다름없지 않은가? 치우천은 한 술 더 떠서 말했다.

"여기에 고시울률님의 집을 지키던 사울아비들도 와 계십니까? 한 분만 말씀에 답해 주십시오."

부소다솔은 치우천이 잘해 나가는 것 같아서 곧 소리쳤다.

"한 사람 나서거라."

마누라님의 말까지 떨어지자 사울아비들은 얼굴이 흙빛이 되어 서로의 얼굴을 돌아보았다. 곧 한 사람이 책임을 지겠다는 듯 단호한 표정으로 나섰다. 중년의 나이에 진중한 표정을 지닌 덩치가 큰 남자였다.

"사울아비 큰스승 우발두레라고 하오. 고시 집안을 지키는 사울아비 웃뜸이니, 내가 대답하겠소."

우발두레는 진솔한 표정으로 치우천은 묵묵히 바라보며 말했다.

"치우웃뜸님의 말은 잘 맞아떨어져 감히 말로 이기지는 못하겠소. 나는 아직도 치우웃뜸님밖에 그럴 사람이 없다고 생각하나, 고시울률님의 죽음에는 우리도 책임이 크오. 치우웃뜸님이 죄를 지었건 아니었건 죄를 지은 놈을 세상 끝까지라도 따라가 잡고 싶을 뿐이오. 나는 안파견한님의 이름으로 맹세하건데 사실만 말할 것이니, 치우웃뜸님도 사실만 말해 주시기를 바라오."

우발두레가 뼈가 있는 말을 하는데도 치우천은 담담하게 말했다.

"그날, 소녀가 고시울률님의 집으로 들어가는 것을 우발두레님은 모르셨습니까?"

"모르지는 않았소. 부소길이 데리고 왔고 고시울률님이 모두 물러가라 하셨기에 물러나왔을 뿐이오."

"그러면 고시울률님이 돌아가신 것을 아시지는 못했습니까?"

"그분의 명령이 계신데 어찌 집 안을 기웃거리겠소?"

"비록 고시울률님이 물러나라 하셨더라도 소녀가 정말 위험한 여자라 생각하셨으면 경계하셨을 것 같습니다만?"

치우천은 조용하지만 날카롭게 말했다. 적어도 그의 말은 우발두레의 마음속에 박히는 것 같았다.

우발두레는 고개를 푹 숙였다.

"그렇소. 그녀가 그런 짓을 할 수 있으리라고는…… 조금도…… 생각지 못했소. 고시울률님은 나이가 꽤 되셨지만, 여전히 건강하고 강하신 분이었는데……."

"우발두레님은 싸움도 많이 하셨고 사람을 보시는 눈이 꽤 있다고 생각됩니다만."

우발두레는 대답하지 않았지만 뒤에 섰던 사울아비들이 우, 하면서 우발두레가 최고의 사울아비라며 소리쳤다. 치우천은 고개를 끄덕이며 말했다.

"저도 소녀가 마음은 독할지언정 사람을 해치는 기술이 있다고는 생각지 않습니다. 우발두레님도, 남을 해치는 기술을 익힌 사람은 상대가 여자라 해도 알아보는 눈이 있으실 텐데 그런 일이 벌어져 이상하다 여기셨겠군요."

우발두레는 주저하다가 말했다.

"그렇소. 주술의 기운도 없었고, 독을 쓴 것도 아니니 이상할 뿐이오. 방심하셨다고밖에는 볼 수 없는데……."

우발두레가 말을 흐렸으나 치우천이 대신 말했다.

"다른 사람도 아닌 제 마누라였던 여자이니 고시울률님이 방심했을 리도 없다고 여기시는군요?"

"사실…… 그렇소. 이해가 되질 않소."

"저도 이해하기 힘듭니다."

우발두레는 한숨을 쉬며 억울하다는 듯 주먹으로 몇 번이나 가슴을 쳤다.

"나는 지켜야 할 분을 지키지 못한 죄인이나 다름없소! 고시울률님의 무덤에 같이 들어가려던 사람이나, 고시울률님이 고인돌을 세우지 않고 한웅님들 곁에 묻히게 되어서 죽지 못해 살아가는 사람이오. 내 정말 사실을 알고 싶소! 미칠 지경이란 말이오!"

치우천이 보기에도 우발두레나 훌레부치나 충성스럽기 그지없는 사람들이 분명했기에 안타깝다는 생각까지 들었다. 허나 담담히 물었다.

"이해가 가지 않는 것이 두 가지 있습니다. 고시울률님이 물러가라 하셨다지만 우발두레님이나 사울아비들이 집 바깥의 경계까지 풀지는 않으셨을 것 아닙니까?"

"당연하오!"

"제 아우는 웃뜸사울아비로 뽑혔고 제가 보기에도 당할 자가 드문 장사입니다만, 만약에 제 아우가 고시울률님의 집으로 숨어들려 했다면 우발두레님의 눈에 띄지 않을 수 있었을까요?"

우발두레는 한숨을 쉬었다.

"아우님 걱정을 하시는 모양인데 그럴 필요는 없소. 그때 웃뜸사울아비께서는 한웅님 옆에 계시지 않았소? 적어도 그분이 직접 들어오지 않은 것은 분명하오."

"그것 때문이 아닙니다. 대답해 주십시오."

"말하건대 치우비님이 밀고 들어왔다면 우리가 다 덤벼도 뚫고 들어갔을 수도 있겠지요. 허나 몰랐을 리는 없소."

"치베는 모르시겠지만 제 벗 중 가장 몸놀림이 빠른 사람은 카린의 무라입니다. 알고 계시겠지요?"

"잘 알고 있소. 당신과 당신 벗들이 신시에 들어올 때부터 한 번도 놓친 적이 없소."

"무라가 들어가려 했다면 정말 모를 수도 있었습니까?"

"자존심 때문에 하는 말은 아니고, 정말 당신들 중 하나가 들어왔으면 차라리 좋았겠다고 생각하오. 몰랐을 리는 없소. 나나 내 부하들도 평생 싸움질과 염탐질로 밥을 먹고 늙어 가는 사울아비들이오. 놓칠 수는 있을지언정 알지 못했을 수는 없소!"

치우천도 약간은 장난스럽게 한숨을 쉬었다.

"그렇다면 까놓고 말해 누가 밖에서 안으로 들어갔을 수는 없겠습니다그려. 주술사나 도깨비라면요?"

"단군도 몇 분이나 계시니 낌새는 못 챘을 리 없소. 그 정도도 못하고서 어떻게 주신의 최고 어르신 중 한 분을 지킨단 말이오?"

치우천은 빠르게 말했다.

"그러면 흘레부치의 뒤통수를 후려친 사람은 대체 어떻게 들어왔을까요?"

우발두레는 이를 뿌드득 갈며 말했다.

"나도 모르겠소! 아니! 그렇다면 당신은……."

우발두레가 분노와 놀라움이 뒤섞인 눈초리로 치우천을 바라보자 치우천은 묵묵히 고개를 끄덕였다.

"그것밖에는 방법이 없지 않습니까?"

솟대 단군과 비렴이 놀라 외쳤다.

"무슨 소리냐? 그럼 안에 있던 누군가가?"

치우천은 무겁게 고개를 끄덕하면서 입을 다물었다. 고시씨 귀족들 사이에서 난리가 났다.

"어느 누가 그런 미친 짓을 한단 말이냐?"

"말도 안 된다! 우리 집안사람을 욕보이는 소리다!"

치우천은 버럭 호통을 쳤다.

"마음대로 떠들지 말고 증거를 대고 말하시오!"

귀족들 중 누가 외쳤다.

"저놈의 혓바닥에 속지 마라! 고시 집안을 짓밟으려는 수작이다!"

치우천은 냉소를 흘렸다.

"치우 집안은 마음대로 짓밟으려 했으면서, 진실을 알려 주는데 자기 집안을 짓밟는다고요?"

"모두 조용히! 조용히 해라!"

부소구슬이 적절히 호통을 쳐서 혼란은 간신히 가라앉았으나 이번에는 숫대 단군이 준엄하게 말했다.

"치우천, 너야말로 증거 없이 집안사람을 모함하지 마라!"

치우천은 처음으로 노기를 드러내며 말했다.

"모함이 아닙니다. 저는 제 의견은 한마디도 말하지 않았고, 제 벗이나 저희 집안사람에게 말을 시키지 않았습니다. 오로지 고시 집안의 사람들에게만 몇 가지 물었고, 이상한 것이 발견되었습니다. 집안의 누군가 관련되어 있지 않고서는 어떻게 이런 일이 일어날 수 있습니까? 흘레부치의 뒤통수를 친 사람은 누구입니까? 소녀가 들어온 것은 부소길이 안내했다고 해도, 나갈 때는 어떻게 노련한 우발두레님조차 모를 수 있습니까? 그것도 여자가 머리를 잘라 들고 나갔는데도 말입니다!"

우발두레도 흥분하여 외쳤다.

"내 잘못이고 책임을 피할 생각은 없다! 그러나 우리는 아무도 집 밖으로 나가는 것을 알지 못했다!"

치우천은 외쳤다.

"그렇다면 그날 밤이나 그다음 날 아침까지 집 안에서 밖으로 나간 사람은 한 명도 없습니까? 물건을 들거나 지고 나간 이가 정말 한 명도 없습니까?"

그 말에 우발두레는 깜짝 놀라며 말을 더듬었다.

"그…… 그건…… 아니, 종들과 집안 아낙들이 나간 일은 있지만…… 그…… 그건……."

치우천은 눈을 부릅뜨며 다그쳤다.

"누구입니까? 집 안에서 굴을 팠거나 날개가 돋아 하늘로 날지 않았다면, 소녀가 집 밖으로 나갈 방법은 그것뿐입니다!"

"그럴 리가 없어! 모두가 평소 집 안에 있던 잘 알던 아낙들과 종들이었으니…… 그…… 그건……!"

치우천은 심각한 표정으로 목소리를 돋우며 쩌렁쩌렁하게 외쳤다.

"아무도 제쳐 놓고 생각할 수는 없습니다! 고시울률님의 집에서 고시울률님과 흘레부치 말고 다치거나 없어진 사람이 있습니까?"

"어…… 없다."

"다른 사람으로 변장해서 나갔다면 그 사람을 죽이거나 옷을 벗기지 않으면 안 됩니다. 그러나 다친 사람이 없다면 그 방법은 아닙니다. 그렇다면 우발두레님도 의심하지 않을 만큼 믿을 만한 사람에게 바싹 붙어 지나갈 수밖에 없고, 그렇다면 그 믿을 만한 사람이야말로 흘레부치의 뒤통수를 치고 고시울률님을 죽이는 데 힘을 쓴……."

우발두레는 얼굴이 시뻘겋게 변해서 울부짖듯이 외쳤다.

"그럴 리가 없어! 그럴 리가 없단 말이야!"

흘레부치도 얼굴이 벌겋게 되어 외쳤다.

"치우웃뜸님! 당신은 지금 고시 집안사람에게 죄를 덮어씌우려는 것입니까?"

"죄를 덮어씌우는 것이 아니고 사실을 밝히는 것뿐입니다. 당신들은 나에게 죄가 있다는 것만 보이려 애썼기 때문에, 방금까지 밝혀진 사실 같은 많은 일들을 대충 넘겨 지나쳤습니다. 하지만 이렇게 많은 일들이 얽혀 있고, 일의 진실을 밝힐 수 있는 많은 사실들이 있습니다. 그것을 들여다보아야 진실이 밝혀집니다. 나는 내 죄를 벗는다거나 고시 집안에 죄를 씌울 목적으로 이런 일들을 캐물은 것이 아닙니다. 허나 지금까지 일을 볼 때 고시 집안사람 중 누가 일을 도운 것이 분명합니다."

치우천은 말을 하다가, 고민하고 있는 우발두레를 측은한 듯 바라보며 말했다.

"우발두레님, 괴로우시겠지만 마음을 정하십시오. 이 명예롭지 못하고 추악한 일에 휘말린 우리가 하늘 아래 떳떳이 서려면, 있는 그대로의 사실을 밝히는 수밖에 없습니다."

우발두레는 심각하게 고민하고 있었다. 그가 누구를 보았는지, 무엇을 생각하는지는 치우천도 알 수 없었지만 그 인물이야말로 사건을 해결하는 데 있어서 결정적으로 중요한 사람인 것만은 틀림없었다. 치우천은 우발두레를 다그치지 않았다. 우발두레를 잘 알지는 못했지만, 치우천이 볼 때 거짓을 꾸밀 사람이 아니었다.

그때 솟대 단군이 말했다.

"좋다. 너는 네게 겨누어진 화살을 고시 집안에 되쏘아 보냈구나. 네 혀는 정말 매끄럽고 무섭다. 허나 고시 집안의 누가 이 일을 도왔다 해도 네가 죄를 벗은 것은 아니다. 오히려 나는 네가 더더욱 의심스러워진다. 네가 고시 집안사람을 꼬드겨서 이 일을 시켰다면, 네가 지은 죄는 더욱더 크다!"

그럴듯한 이야기였으나 치우천은 가볍게 받아넘겼다.

"내가 고시 집안사람을 꼬드긴다고요? 그럴 수 있다면 무엇하러 소녀를 들여보냈습니까? 그냥 그 사람을 시켜서 고시울률님을 죽이면 그만입니다. 왜 이런 소란을 부렸을까요? 억지입니다."

"억지라고 하지만, 그렇지 않으리란 법도 없는 것!"

치우천의 말을 들고 난 군중은 누구도 솟대 단군의 말에 동조하지 않았다. 치우천의 설명이 더욱 간단하면서도 합리적인지라 솟대 단군의 말이 억지스럽게 여겨질 뿐이었다. 우발두레가 입을 열지는 않았으되,

저렇게 심각하게 고민하고 있다는 것은 치우천의 추리가 맞는다는 것을 입증했다. 치우천은 덧붙여 말했다.

"한마디 더 해 봅시다. 흘레부치가 뒤통수를 맞은 것과 우발두레님이 지키는 고시울률님의 집 안을 누구도 들어가지 못했고 의심을 살 만한 누구도 나가지 않았다는 것을 볼 때, 고시 집안사람이 그 일에 엮여 있는 것은 틀림없습니다. 고시 집안의 누가 흉한 마음을 품고 있지 않고서야 쉽게 고시울률님을 죽이는 데 동조했다고 보기는 어렵지요. 그렇다면 우리는 일의 앞뒤를 바꾸어 생각할 필요가 있습니다. 즉, 소녀가 고시울률님을 죽이기 위해 고시 집안사람을 이용했다고 생각했지만 그게 아니란 말입니다. 그날 처음으로 고시울률님의 집 안에 들어간 소녀가 누구를 꼬드겨 이용했다기보다, 집 안에 있던 누가 소녀를 보고 기회를 틈타 고시울률님을 죽인 것이 맞다고 봅니다."

타당한 말이었기에 아무도 토를 달지 못했다. 당시 누가 그 자리에 있었느냐 없었느냐를 증명한 것만으로 상황이 달라져 버렸다. 치우천은 씁쓸하게 웃으며 말했다.

"아직 분명한 것은 아니지만, 그렇다면, 소녀가 고시울률님을 죽였다기보다 그자에게 이용당했다고 볼 수 있겠군요. 흘레부치님은 비렴님에게 이렇게 말했다지요? 활을 쏘아 사람을 죽이면 그 사람은 화살이 죽인 것인가, 아니면 쏜 사람이 죽인 것인가? 흘레부치님, 그런 말을 하셨지요?"

얼굴이 시퍼렇게 변한 흘레부치는 고개를 숙였다. 치우천은 그를 다그치지 않고 말했다.

"우발두레님이 고민하고 계시니, 다른 사울아비들에게 묻습니다. 저나 제 벗, 우리 집안사람이 고시 집안사람과 만나는 모습을 보신 적이 있습니까? 아까 우발두레님은 저와 제 무리가 신시에 들어섰을 때부터 놓친 적이 없다고 하셨습니다. 저나 우리 집안의 누가 고시 집안의 누군가와 만났다면 사울아비님들이 모를 리 없을 것입니다만."

사울아비들은 꿀 먹은 벙어리처럼 아무런 말도 하지 못했다. 솟대 단군이 되레 외쳤다.

"사울아비들의 눈과 귀를 속였을 수도 있잖은가!"

"그럴 수도 있겠지요. 그러나 그것 역시 증거는 없는 억측입니다. 자꾸 일의 결과에 과정을 맞추려 들지 마시기 바랍니다."

"맞추려는 것이 아니라 도대체 어떻게 고시 집안사람이 그럴 수 있겠느냐?"

치우천은 허, 하고 탄성을 내뱉고 말했다.

"하늘 군대의 큰스승이었던 치우가람 형제와 부루버들님의 일은 어땠습니까? 누가 그럴 것이라고 생각한 적이 있습니까? 사람의 마음이 한결같다면 일어날 수 있는 일입니까? 그렇지 않으니 끔찍한 일이 생긴 것이고, 이런 일은 뿌리까지 캐내 밝혀야 하는 것 아니겠습니까?"

그 일은 모르는 사람은 몰랐지만, 아는 사람들은 잊을 수 없는지라 입을 다물 수밖에 없었다. 고시 집안이라고 그런 일이 일어날 수 없다는 보장은 없었다. 치우천은 옛 생각이 나자 불쾌해져서 솟대 단군에게 쏘아붙였다.

"저는 솟대 단군님과 맺힌 것이 없다 여겼는데, 어이하여 솟대 단군님은 원한이 있는 것처럼 말씀하십니까? 누가 보면 오해하겠습니다."

안 그래도 솟대 단군이 자꾸 우기는 것처럼 나왔기에 군중들도 와하며 함성을 올렸다. 얼굴이 붉으락푸르락해진 솟대 단군은 한발 물러서는 수밖에 없었다. 분위기는 완전히 치우천에게로 돌아선 것이나 다름없었다. 되레 묵묵히 있던 비렴이 말했다.

"풍백 비렴으로서 말하오. 아직은 치우웃뜸이 완전히 죄를 벗었다고 볼 수는 없소이다. 고시 집안의 누가 꾸민 일일지도 모르지만, 그자가 아무도 모르는 사이 치우웃뜸과 짰을 가능성도 적으나마 있으니, 그 사람이 누군지 밝혀져야만 결론을 내릴 수 있을 것이오. 더구나 치우 집안은 큰 누명은 벗는다 하여도 고시울률님의 머리를 함부로 다루어 집 뒤에 파묻어 숨기려 한 죄는 벗을 수 없을 것이외다. 어쨌거나 우발두레 큰스승은 사실을 말하는 것이 좋을 것이오."

비렴답게 치우침 없는 고지식한 의견이었다.

"풍백님의 말씀이 맞사옵니다. 제가 죄를 벗는다 하여도, 제 집안사람들이 고시울률님의 머리를 뒤뜰에 파묻은 것은 참으로 어리석었고 죄가 없다고는 할 수 없습니다. 그에 대한 죄는 다스려야 마땅합니다."

부소구슬은 멋쩍은 듯 말했다.

"그것은 작은 일인데 큰일이 밝혀지기 전에 굳이 따질 필요가 있는가?"

비렴이 말했다.

"풍백 비렴이 마누라님께 아뢰옵니다. 작은 일이라도 넘기지 말아야 법을 정한 의미가 있는 것이라 아뢰옵니다. 우발두레가 고민하고 있지만, 결정은 스스로 내려야 하니 누구도 그에게 말을 걸어 마음을 흔들리게 하면 아니 되옵니다. 그러니 그사이 작은 일들을 처리하는 것도 좋을 것이라 아뢰옵니다."

부소구슬은 고개를 끄덕였다.

"그 말이 맞습니다. 그럼 풍백께오서는 작은 일들을 먼저 처리하시지요."

"저도 죄를 지은 몸인지라 감히 풍백으로서 말하기가 꺼려지옵니다. 참지 못해 이렇게 끼어든 것도 죄이니 마누라님께서는 살펴 주소서."

"풍백님께서는 너무 꼼꼼하셔서 탈입니다. 풍백님의 죄야 공에 비하면 죄랄 것도 없지요."

"죄인을 알고서도 전력을 다하지 않은 것은 분명 죄이며, 저는 풍백 자리를 내놓고 매 스무 대를 맞아야 할 것입니다."

부소구슬은 고개를 저었다.

"풍백 자리를 내놓으시다니! 허락할 수 없소. 풍백님이 일부러 놓아준 것도 아니고, 잠시 마음이 흔들려서 최선을 다하지 못했을 뿐이오. 풍백님의 자리에 계신 분이 매를 맞을 수는 없으니 매 한 대당 가죽 두 장씩 계산하여 가죽 마흔 장을 바치시오. 더 이상 이에 대해 말하지 마시오!"

비렴의 잘못에 더 이상 벌을 내리는 것 자체가 힘든지라 부소구슬의 판결은 현명한 것이었다. 비렴은 판결이 내려지자 비로소 속이 시원해진 듯했다. 그는 몸을 일으키며 말했다.

"이제 풍백 비렴으로 말하오. 아직 치우웃뜸의 결백이 밝혀지지는 않았지만, 적어도 치우 집안의 모든 사람들이 짰다고는 할 수 없으니 번거로움을 줄이기 위해 치우웃뜸을 뺀 나머지 사람의 판결부터 내리겠소. 우선 머리를 함부로 다룬 죄를 저지른 것은 리미라는 도깨비인데 큰 죄이기는 하나 주인을 생각하여 놀라 한 짓이고 사람도 아닌 도깨비인 것을 생각하여 매 마흔 대의 벌을 내리는 것이 적절하다고 봅니다."

매 마흔 대면 약한 사람은 맞다가 자칫 죽을 수도 있을 큰 벌이었으나 그 말을 멀리서 듣고 있던 리미는 웃고 있었다. 자기 때문에 주인집이 큰일이 났는데 그 정도 처벌이라면 기쁘게 받을 생각이었다. 그 정도 매에는 죽지 않을 자신도 있었다. 비렴은 덧붙여 말했다.

"아울러 치우우레님도 그것을 알았으되 말하지 않았으나 이미 돌아가신 분이니 죄를 줄 수는 없을 것이오. 치우천을 잡으러 간 사울아비들을 방해한 치우 집안사람들도 죄를 지은 것이지만, 자기 집안사람을 지키려 한 것 또한 이해가 되니 집안사람들 한 사람당 매 스무 대, 또는 매 한 대당 가죽 두 장씩 바치는 것이 맞다 생각되오. 치우천의 벗들은 집 안사람이 아닌 손님이고 벗이었으며 다른 부족의 사람이니 주신의 법을 묻기가 어렵소이다. 더구나 반항은 했지만 사람을 죽이지 않고 날 있는 무기를 함부로 쓰지 않았으니 죄를 줄 수는 없다고 생각됩니다."

부소구슬은 지겨웠는지 무턱대로 고개를 끄덕였다.

"좋소, 좋소. 풍백의 말씀이 몹시 맞소. 그렇게 하도록 하고, 놓아줄 사람은 놓아주시오."

단 아래에 붙들려 있던 치우 집안의 종들과 벗들이 풀려났다. 솟대 단군이 말했다.

"비울걸이라는 이름을 지닌 타타르의 도깨비 왕은 신시 안에서 도깨 비들을 몇 번이나 불러냈습니다. 이것은 금지된 일이니 단군으로서 그 것을 말하지 않을 수 없습니다."

부소구슬은 말했다.

"그런데 그 사람이 비씨 집안의 비웅이라고 하는 소문이 있던데요?"

비렴은 고개를 숙이며 말했다.

"그런 것으로 아옵니다."

"비웅이라면 나도 들은 적 있는 가엾은 사람이오. 어릴 적에 신시를 떠나기는 했지만, 사와라 한웅께서도 불쌍한 아이라 말하셨던 기억이 나오. 그 아이가 이렇게 변해 돌아올 줄은 몰랐소. 원래 날 적부터 도깨 비와 떨어질 수 없는 아이이니 죄를 내릴 수는 없다 여기오."

부소구슬도 많이 늙었고 그녀는 옛 기억 때문에 비웅을 자꾸 아이라 불렀지만, 실제 겉보기에는 부소구슬의 할아버지라 해도 이상하지 않 을 정도로 늙은지라 비울걸의 외모를 아는 사람들은 속으로 웃지 않을 수 없었다.

이렇게 작은 일들이 처리되는데도 막상 큰 비밀을 알고 있는 우발두레는 그때까지도 고민하고 있었다. 그러나 아무도 그에게 말을 할 수는 없었다. 그에게 말을 걸어 마음을 흔들리게 해서는 안 된다는 비렴의 말이 있었기 때문이다. 더구나 고민이 얼마나 심각한지 우발두레는 땀을 비 오듯 흘리고, 순식간에 초췌해져 까무러칠 것 같은 표정으로 변해 버렸다. 때문에 아무도 불만을 토로할 수 없었다. 치우천도 쉽게 결정을 내리지 못하는 우발두레를 불쌍하게 생각했다. 그에게 잠시 시간을 주고, 남은 사실을 더 확실히 밝힐 작정으로, 이번에는 비렴에게 물었다.

"치우천이 풍백 비렴님께 여쭙니다. 고시울률님의 머리를 직접 보고 싶었습니다만, 이미 장례를 치렀으니 그럴 수는 없겠지요. 하여 여쭙습니다. 저희 집 뒤 켠에서 세 개의 머리가 나왔을 때 비렴님이 직접 보셨다고 하셨지요?"

"그랬네. 이미 며칠이 지난 터라 머리들이 상했지만 세 개 모두 틀림없다 여겨졌네."

"상했는데도 얼굴을 알아볼 수 있었습니까?"

"보는 것만으로는 알아보기 어려워서 손으로 만져 보았네. 손으로 만져 보아도 생김새를 거의 짐작할 수 있다네. 다만……."

"다만 무엇입니까?"

"고시울률님의 머리는 얼굴이 몹시 상해 있어서 머리 모양과 수염과 장식으로 알아보았을 뿐이네."

"그렇습니까? 알아볼 수 없을 정도로 많이 상했습니까?"

"그랬네. 그러나 머리 모양이나 장식 등은 틀림없었네."

"소녀는 목을 베었다는데 얼굴이 왜 그리 많이 상했을까요? 들고 다니다가 부딪혔을까요?"

"그 정도로는 그럴 수 없네. 단단한 것으로 여러 번 맞아 망가져 있었네."

"그렇다면 고시울률님이 얼굴을 맞고 죽었을까요?"

"나도 그전까지는 이상하다 여겼네. 소녀가 고시울률님을 죽였다고 한다면 몽둥이로 얼굴을 치기보다는 다가가서 칼로 찔러야 한다고 여겼네. 힘없는 여자가 남자를 죽인다면, 그렇게 하지 않으면 힘들 테니까. 허나…… 흘레부치의 뒤통수를 몽둥이 든 사람이 쳤다면 그 사람이 고시울률님의 얼굴을 쳐 죽인 것이라고 생각할 수 있겠군."

비렴의 추리에 치우천도 고개를 끄덕였다.

"그렇습니다. 옳으신 말씀이라고 생각합니다."

비렴은 문득 깨달았다.

'저 녀석이 이 정도를 모를 리가 없을 텐데? 아! 그렇구나! 그렇다면 고시울률을 직접 죽인 것조차 소녀가 아니라 그 사람이 되는군! 그렇다면 소녀는 단순히 들러리가 되니 죄를 묻기 힘들어진다. 그러면 가뜩이나 희미해진 치우천과의 연관성도 더 희미해진다. 자기 입으로 말하기 어려우니 내 입을 빌어 대신 사람들에게 그것을 못 박는구나! 허허. 대단한 녀석이다. 우발두레의 표정을 보아하니 치우천에게 죄가 없는 것이 거의 확실하구나. 숨은 사람이 누구인지는 모르지만 치우천이 죄를 벗는 것은 틀림없겠구나.'

비렴은 속으로 시원하기도 했고, 치우천이라는 녀석의 머리가 두려워지기도 했다. 머리만 좋은 것이 아니라 사람들을 끌어당기는 언변이나 자기 의견을 직접 내놓지 않으면서도 마음대로 좌중을 이끄는 능력과 배짱이 실로 놀라웠다.

'주신을 이끌어야 할 인물은 치우천뿐이다. 다른 사람 누구도 상대가 되지 않는다. 그런데 치우천은 항상 헌원, 한 사람만 두려워했는데…… 헌원은 조용하고 온화한 사람으로 알고 있었는데…… 치우천이 그렇게 생각한다면…… 혹 헌원, 그자는 정말 무서운 자가 아닐까? 주신에 있어 유망보다 더 위험한 사람은 헌원이라는 말인가? 아니, 그런 생각을 하고 있을 때가 아니다. 아직 재판이 끝난 것도 아니고, 우발두레가 무슨 소리를 할지는 모르니까. 어쨌거나 나는 안파견 한님이 보시는 이 재판에서 사실을 밝혀내는 데에만 마음을 써야 한다. 그것이 내 일이니까.'

비렴은 마음을 가다듬으며 주변을 둘러보았다. 치우천은 말없이 우발두레만을 바라보고 있었다. 부소구슬이나 다른 사람들도 그러했다.

그런데 솟대 단군의 모습이 들어왔을 때, 비렴은 눈썹을 꿈틀했다. 분명 조금 전까지 솟대 단군은 얼굴색까지 변해서 흥분해 있었다. 헌데 지금 그의 표정은 편안했고 얼굴에 득의의 미소를 떠올리고 있지 않은가? 치우천을 잡으러 갔을 때부터 솟대 단군이 치우천에게 좋지 않은 마음을 품은 것 같다는 느낌을 받은 바 있었고, 재판 과정에서도 그러했다. 그런데 치우천의 말대로 결과가 풀리려는 순간인데, 의외로 솟대 단군의 표정은 차분하고 흡족한 것처럼 보였다. 이상했다.

'뭔가 있다. 솟대 단군이 무슨 일을 꾸민 걸까? 왜 갑자기 표정이 바뀌었을까? 위험하다. 뭔가 위험…….'

비렴은 오랜 세월 숱한 일을 겪은 풍백답게 본능적으로 위기의식을 느꼈다. 그러나 비렴이 더 이상 생각을 이어 나가기도 전에 아무도 짐작하지 못했던 그야말로 놀라운 일이 벌어지고 말았다. 광장과 마주 보고 있는 솟대 부근에서 큰 소란이 벌어지더니, 많은 사람들이 환호성을 지르면서 광장으로 달려왔다. 처음에는 심드렁하게 여겼던 사람들은 많은 사람들이 몰려오는 모습을 보고 무슨 난리라도 난 것일까 걱정되어 자리에서 일어섰다. 그런데 그 아우성 소리가 가까워지면서 사람들이 떠드는 소리가 들려왔고, 그 소리가 사람들을 까무러칠 정도로 놀라게 만들었다.

"기적이다! 기적이 일어났다!"

"천부인께서 기적을 내리셨다!"

"안파견 한님께서 기적을 일으키셨다!"

모두가 놀라고 당황한 가운데 부소구슬이 외쳤다.

"웬 소란이냐? 무슨 일이 일어난 것이냐?"

귀족들과 병예, 신지울태가 무슨 일이 일어났는지 알아보러 사람을 보내기도 전에 커다란 무리는 광장 쪽으로 달려왔다. 광장에 모여 있던 사람들의 눈은 자연스럽게 그쪽을 향했다. 그들 중 눈 좋은 사람들에게는 무리의 한가운데, 수많은 사람들에 의해 높이 떠받들어져 있는 한 사람의 모습이 보였다. 아무도 짐작하지 못했던 사람, 한가운데에 서서 여유 있게 주변을 둘러보고 있는 사람은 놀랍게도 죽었던 고시울률이었다.

"기적이다! 안파견 한님께서 죽은 고시울률님을 살려 내셨다!"

"주신의 한웅이 되실 분이라 안파견 한님과 천부인께서 살려 보내신 것이다!"

믿어지지 않는 기적을 본 군중들은 놀라움에 취해 목이 쉬도록 외치면서 안파견 한님과 고시울률을 칭송하고 있었다. 목이 잘려 죽은 고시울률이 다시 살아나 나타났다는, 전대미문의 기적 앞에 광장에 모였던 사람들은 얼어붙은 듯 한동안 움직일 줄 몰랐다.

죽은 자가 살아나다

인간이 가장 두려워하는 죽음을 극복하는 것이야말로 인간과 신의 경계를 가르는
가장 분명한 수단이며, 전설이나 신화에 빠지지 않는 요소이다.
모든 인간은 죽기 마련이라는 것을 잘 알고 있으면서도 죽지 않거나,
죽어서도 살아날 수 있을 것이라는 기적에 대한 막연한 동경은
근대에 이르기까지도 인간의 머릿속을 떠나지 않고 있으며,
그 때문에 허황된 일들이 자주 벌어진다.

모든 사람이 놀라고 충격을 받았지만 누구보다 충격을 받은 사람은
치우천이었다. 다른 사람들, 심지어는 냉정한 비렴조차도 기적이 일어
났다고 믿고 있었다. 그러나 치우천은 믿을 수 없었다. 치우천이라고 기
적을 믿지 않는 것은 아니었다. 놀라운 신수와 선인의 세계를 직접 보고
체험한 것으로 따지면 누구도 그와 비교할 수 없었다.

그러나 이 기적만은 믿을 수 없었다. 이유는 간단했다.

'세상에 어떤 기적이 일어나더라도 죽은 사람이 살아나는 것만은 있
을 수 없다! 가능한가 불가능한가를 떠나, 그것은 세상을 뒤집는 일이
다! 차라리 안파견 한님이 살아나셨으면 믿을 수 있다. 그러나 안파견
한님도 살아나시지 못했는데 고시울률 같은 사람이 죽었다가 다시 살
아날 리가 없다!'

그런 치우천조차도 이 믿을 수 없는 기적에 뭐라고 말 한마디 할 수
없었다. 일어날 수 없는 일이 실제로 일어났다. 치우천의 잘 돌아가는
머리도 정지되어 버렸다.

사람들은 아우성을 치며 고시울률이 되살아난 기적을 놀라워하고 숭상하고 찬양했다. 부소구슬마저도 자리에서 일어섰고 삼사와 솟대 단군도 자리에서 일어섰다. 안파견 한님과 천부인이 힘을 보여 고시울률을 살려 냈다면, 고시울률은 안파견 한님의 대리자가 되는 것이나 마찬가지였다. 마누라님이나 삼사라 할지라도 고시울률에게 고개를 숙이지 않을 수 없는 상황이었다. 고시울률은 목에 난 붉은 흉터를 자랑스럽게 내보이려는 듯 옷깃이 헐렁한 옷차림을 하고 양손을 벌려 주변의 놀라움과 칭송을 받아들이고 있었다. 그를 떠받들고 행진하던 사람들은 소리를 높여 신이 나서 외쳤다.

"고시울률님은 한웅이 되실 분이다. 안파견 한님이 천부인을 시켜 죽었던 고시울률님의 목을 붙여 살려 내셨다!"

아무도 그 말을 부정할 수 없었다. 수천, 아니 만 명에 가까운 군중들은 놀라 경악하면서 이 기적에 고개를 숙이고 곧이어 열광하며 고시울률을 칭송했다. 고시울률은 신성한 재판장의 단 위로 인도되었고 거침없이 뚜벅뚜벅 올라섰다. 심지어 한웅의 대리자인 부소구슬에게 목례조차 하지 않았으나 누구도 그를 제지하거나 그의 행동에 이의를 제기할 수 없었다. 되살아난 그는 지금, 안파견 한님의 대리인이었다.

부소구슬은 떨리는 목소리로 간신히 입을 열었다.

"고시……울률님. 당신 정말 살아오시었소……?"

고시울률은 당당하고 거만하게 고개를 끄덕였다. 그리고 치우천을 노려보면서 입을 열었다.

"이놈 때문에 목이 잘렸으나 안파견 한님의 은총을 입어 살아올 수 있었소."

그 말 한마디에 치우천의 운명은 결정되었다. 군중들은 귀족이나 평민을 가리지 않고 무섭게 흥분하여 광기로 들끓었다. 눈앞에 나타난 기적과 권위에 놀라고 승복하지 않을 사람은 없었다. 대부분의 사람들이 치우천을 욕하기 시작했고, 간사한 혀 놀림에 잠시 귀가 솔깃했던 것을 후회하고 저주했으며, 많은 사람들이 돌을 주워 던지기 시작했다. 신성한 재판장에 돌이 날아들고 몇몇 사람들은 단 위로 뛰어올라 치우천을 잡아 죽일 듯 욕을 하는데도 사울아비들조차 제지할 수 없었다.

우사 병예도, 운사 신지울태도, 마누라님인 부소구슬도 입을 열 수 없었다. 안파견 한님의 이야기가 전설이 된 신시에서 안파견 한님의 힘을 부정할 수 있는 사람은 없었다. 하물며 목이 잘려 천부인 옆에 장사 지낸 사람이 목이 붙어 다시 나타났으니, 천부인의 은총과 안파견 한님의 힘을 누가 부정할 수 있겠는가? 다만 단 한 사람, 비렴만이 침착하려 애쓰면서 고시울률에게 떨리는 목소리로 물었다.

"정말…… 그 일을 치우천이 시켰습니까?"

고시울률은 코웃음을 치며 말했다.

"그렇소! 누군지 모르지만, 그놈의 부하 한 놈이 소녀와 함께 나를 죽였소. 모든 것은 저놈의 나쁜 꾀이고, 일을 복잡하게 만든 것도 죄를 피하려고 저놈이 꾸민 일이오!"

치우천은 지금까지 결정적인 논리를 세웠지만, 그에게도 직접적인 증거는 없었다. 그러나 고시울률은 이제 이 자리에 존재하는 것 자체가 증거인지라 비렴도 부정할 수가 없었다. 이상하게 마음이 내키지는 않았으나 평생 성실하게 풍백의 지위를 수행한 비렴에게도 안파견 한님의 기적을 대놓고 부정할 용기는 없었다. 비렴은 마지막 용기를 내어 한 가지를 더 물었다.

"그…… 그 사람은 고시울률님의 집 안에 있던 사람 같은데…… 그 것이 누구였습니까?"

고시울률은 마음에 들지 않는다는 듯 눈살을 찌푸리더니 허리에 찬

칼을 뽑으며 놀라서 멍청히 있는 우발두레에게 다가갔다.

"고시……울률님. 정말 살아오시어서 다행……."

감격에 겨워 간신히 중얼거리던 우발두레는 다음 순간, 고시울률이 내리친 한칼에 머리가 쪼개져 피를 허공에 뿌리며 쓰러져 죽고 말았다.

그때까지 멍하니 혼란에 빠져 있던 치우천의 머리가 선명하게 튀어오른 피를 본 순간, 다시 숨 가쁘게 돌아가기 시작했다. 뭔가 모자랐다. 이 기적이 믿어지지 않았으나 부정할 수도 없었다. 그러나 뭔가, 아주 작은 사실 한 가지만 더 깨달을 수 있다면 모든 것이 분명해질 것 같았다.

치우천에게 돌이 하나 날아들어 이마를 쳤다. 크지 않은 돌멩이였지만 매섭게 던진 것이라 피가 주르륵 흘렀다. 치우천은 아픈 것도 몰랐다. 필사적으로 생각에 몰두하여 아픔을 느끼지도 못했다. 자기를 향해 우박같이 쏟아지는 돌과 욕설도 치우천의 귀와 피부에는 하나도 느껴지지 않았다. 그의 귀에는 고시울률이 외치는 소리만 들릴 뿐이었다.

"신성한 재판을 어지럽게 만들어서 죄송합니다. 그러나 이놈, 우발두레야말로 모든 것을 치우천과 함께 짜고 나를 죽이려 했던 놈이오! 안파견 한님께서 제일 먼저 저놈을 쳐 죽이고 치우천 놈도 죽이라 하셨소. 나는 그대로 움직일 뿐이니 아무도 끼어들지 마시오!"

"허나……."

비렴이 말하려 하자 고시울률이 화를 벌컥 냈다.

"저놈의 간사한 혓바닥에 여기 있는 모두가 속을 뻔하지 않았소! 안파견 한님이 나를 보내지 않았다면 저놈은 사람들을 속이고 죄를 벗어났을 것이오! 치우천 저놈은 한시라도 빨리 죽여 입을 다물게 만들어야 주신에 평화가 올 것이오!"

원래대로라면 고시울률의 행동은 무례하기 짝이 없는 일이었으나 아무도 그를 제지할 수 없었다. 더구나 피를 본 군중들이 흥분하면서 광기의 소용돌이가 시작되었다. 그것은 폭풍같이 번져 아무도 막을 수 없었다. 사람들은 욕을 하며 저주를 퍼붓는 것으로 모자라, 누가 먼저라고 할 것도 없이 우발두레의 시체와 치우천이 있는 곳으로 돌을 던져 댔다. 조금 전처럼 산발적으로 날아들던 돌팔매가 아니라 아예 우박처럼 돌들이 날아들기 시작했다.

치우천은 외치고 싶었다.

우발두레는 부하들을 거느리고 집 밖을 지키고 있었는데 집 안으로 들어갔을 리 없다고. 그리고 안파견 한님이 하필 우발두레나 자신을 지목하여 재판장에서 죽이라고 말씀까지 하실 리도 없다고. 그렇게 말하는 것은 뭔가 숨기기 위해, 입을 막기 위해 하는 짓에 불과하다고 외치고 싶었다. 그러나 입은 열리지 않았다. 머리는 돌아가는데 몸이 말썽을 부렸다. 머리도 온전치는 않았다. 느끼지는 못했지만, 돌이 비 오듯 날아와서 몸 여기저기에 맞았기 때문이다. 치우천은 자기도 모르는 새 스르르 그 자리에 쓰러져 버렸다. 머리는 돌아갔지만, 그 외의 것들은 부옇게 흐려지기 시작했다. 그러나 반대로 그 순간, 쓰러진 충격이 되레 치우천의 몸을 깨워 극심한 고통을 주면서도 치우천의 사고를 촉진했다. 쓰러지는 순간, 치우천의 눈에 들어온 고시울률의 모습, 칼을 휘두르는 그의 옷깃을 볼 때, 치우천의 생각은 완성되었다.

'나는…… 나는 천부인의 굴에서…… 불을 켜려고 고시울률의 옷깃을 찢었다……. 그런데 지금 고시울률의 옷은 멀쩡하다…….'

그것을 깨달은 순간, 치우천의 머리는 의문스럽던 모든 조각과 단서들을 맞추었고, 완성된 결론을 만들어 냈다.

'모든 것을 꾸민 게 고시울률이었다! 그는 죽지 않았다! 죽은 척한 것이다!'

모든 것이 분명해졌다. 모든 단서가 하나로 맞추어지고, 말이 되지 않던 모든 것들이 유연하게 풀렸다. 그러나 의혹을 풀자마자 짙은 허탈감이 밀려왔다.

'그러나…… 내가 졌다. 늦었다.'

치우천은 말을 할 기력도 없었다. 이대로 돌에 맞아 죽거나 칼을 들고 다가오는 고시울률의 칼에 맞아 죽을 뿐이다. 아무도 말릴 수 없고, 말리려 들지도 못할 것이다. 완벽하게 당한 것이다. 모든 것을 알았지만 설령 기력이 있어서 말을 한다 해도 사람들이 믿어 줄 것인가?

'틀렸다.'

눈앞에서 기적을 본 사람이 이것저것 생각할 리가 없다. 자신의 눈으로 본 놀라운 사실에 도취되어, 생각보다는 흥분된 감정만 떠오를 것이다. 아무런 말도, 진리도, 생각도 소용이 없다. 고시울률에게 진 것이다. 포기하고 마지막으로 눈을 감으면서 치우천은 체념 어린 최후의 생각을 했다.

'치우가람을 잡고 끝이라 여겼는데, 아니었구나. 고시울률이 있었다. 아니, 분명히 그 말고 누가 또 있다. 이런 생각은 고시울률이 할 수 있는 것이 아니다. 그는 이런 연기를 할 만한 인물도 못 된다. 누가 있다. 그래서 고시울률을 움직였구나. 하하……. 나는 바보였다. 졌구나. 완전히 졌다. 아버님, 못난 아들을……. 아우야, 못난 형을 용서해 다오……'

사람들이 치우천의 간사함을 욕하며 돌을 던지는 바람에 고시울률은 비웃듯 그것을 바라보며 칼을 내리치지 않았다. 치우 집안의 종들과 도깨비들, 단 아래 있던 울라트와 알한 등은 비명을 지르며 할 수 있는 한 최대한의 발악을 하며 사람들을 막으려 했지만 수많은 사람들에 밀리고 가려져 아무런 영향을 주지 못했다. 부소구슬과 비렴이나 병예나 신지울태도 자신들이 아끼던 치우천이 처참하게 돌에 맞아 죽어 가는 것을 보면서도, 눈을 질끈 감고 목소리 한번 낼 수 없었다. 거대한 기적의 칭송이 광기가 되어 몰아치는 단상 위의 상황을 바꿀 수 있는 것은 세상에 없을 것 같았다.

6권에 계속

❀ 주신족 ❀

치우천(蚩尤天, 희네)

이야기의 주인공. 성인이 되기 전의 이름은 희네인데 얼굴이 희고 여자보다 잘생긴 용모를 지녔기에 그런 이름을 얻었다. 치우비의 쌍둥이 형이지만 이란성 쌍둥이라 닮지는 않았다. 주신의 사울아비로 이야기의 장을 여는 인물이다. 힘은 세지 않으며 절맥(絶脈)으로 인해 다리를 절어서 말조차 잘 타지 못하는, 사울아비로서는 크나큰 단점을 지녔지만 뛰어난 지략과 올곧은 마음, 큰 그릇을 가진 청년이다. 후에 주신 14대 자오지 한웅으로 등극하는 치우천왕이 바로 그이다.

치우비(蚩尤飛, 나래)

치우천의 동생이며 치우천과 함께 이야기의 주인공. 비길 데 없는 힘과 침착함과 성실함을 타고난 장사이며 대용사이다. 치우천의 쌍둥이 동생이며 언뜻 둔해 보이지만 실은 그렇지 않다. 형 치우천을 숭배하여 형의 말이라면 무엇이든 따르며, 형을 누구보다 좋아하고 형을 가장 잘 알고 감탄하는 사람이기도 하다. 따를 자가 없을 정도의 힘과 용맹을 지녀 대영웅으로 알려지지만 의외로 수줍고 아이들을 좋아하는 따뜻한 성격이다.

사와라 한웅

주신의 제13대 한웅. 소탈하고 좋은 성격이며 평화를 사랑하는 인물이다. 재위 기간 내내 주신을 평화롭게 만든 좋은 한웅이지만 단점도 있다.

누리

치우바람의 아들이며 치우바람이 사막으로 떠난 후, 치우천 치우비 형제가 맡아서 키우게 된다. 아버지인 치우바람보다는 치우천과 닮은 면이 더 많다. 영리하고 눈치가 빠르며 의지가 강하다. 얌전하고 조용하며 생각이 깊었지만 겁이 많고 마음이 약한 면도 보인다. 모든 사람들에게 귀여움을 받는 존재.

흘레부치

고시 집안의 늙은 종. 고시울률의 죽음을 목격하여 고발자로 나선다. 천한 출신의 볼품없는 늙은 종이지만 언변이 좋아서 치우 집안을 위기로 몰고 간다. 간계를 꾸민다기보다는 충직한 성품의 인물이다.

신지사사

신지씨 집안의 젊은 귀족. 명석하고 용기도 있지만 허약하여 싸움이나 말타기조차 못하기 때문에 귀족인데도 별반 두각을 나타내지 못한다. 그러나 치우비에게 인정받은 후 주신을 위해 최선을 다한다.

부소댕기

사울아비 큰스승이자 손꼽히는 대장인 고시가라의 부인. 후덕하고 똑똑한 여인이지만 어려서 신수 주룽의 저주를 받아 입만 열면 남의 비위를 긁는 저주를 받았다. 싸움은 해 본 적 없지만 당당한 여걸이다.

우발두레

고시 집안의 경비대장으로 사울아비 큰스승이다. 꼼꼼하고 진중한 성품의 사울아비였으나 뜻밖의 죽음을 맞는다.

❀ 지나족 ❀

공손헌원(公孫軒轅)

후에 황제(黃帝)로 알려지게 되는 지나족의 대족장, 우두머리. 핏줄로는 주신족 갈래였던 소전(小典)의 아들이지만 스스로는 지나족이라 굳게 생각하고 있다. 역시 비길 데 없이 큰 그릇과 지략, 큰 뜻을 품은 영웅으로 흩어져 있는 지나족을 모아 하나로 뭉치게 하고 결국에는 주신을 정복하여 모든 부족을 통일하려는 야망을 지닌 인물이다. 중국(지나인)의 시조로 받들어지는 인물이기도 하다.

유망(炎帝神農, 염제 신농)

헌원 이전에 지나족을 지배했던 대부족장. 염제라는 직함과 신농이라는 직함을 가지고 있는데 최초에 농사와 약을 알아내 가르쳤다는 신농씨의 후손이다. 대영웅의 그릇을 가졌으나 독과 마약 때문에 서서히 몸과 마음을 잠식당하여 파멸해 가는 비운의 영웅이기도 하다.

형천(形天)

유망을 진심으로 따르는 충성스러운 용사. 천하제일의 장사로 알려질 만큼 힘과 용기, 무예에 당할 자가 없는 인물이기도 하다. 사람보다 큰 도끼를 휘두르며 치우비를 능가할 정도의 힘을 가졌고, 유망의 쇠락을 지켜보면서

도 끝까지 마음을 바꾸지 않는 올곧은 무인이다. 후에 진(晉)나라 때의 대시
인 도연명이 「독산해경시(讀山海經時)」에서 그의 변하지 않는 충성을 찬양
하여 후일에까지 알려졌다.

웃 카린족 웃

소녀(素女)

카린(곤륜)산 쑤앙마이(서왕모)에게 키워져 유망에게, 다시 사와라 한웅
에게, 치우천에게, 마지막으로 헌원에게 보내지는 여자로, 모든 남자의 넋을
잃게 할 만큼 요기에 가까운 매력을 지닌 여인. 치우천을 마음속으로 흠모하
나 이루어지지 않자 복수에 불타기도 한다. 겉으로는 단지 매력적인 여인 같
지만 속으로는 매서운 강단과 독한 마음도 품고 있는 여자다. 지금까지 전해
지는 방중술의 표본인 책 『소녀경』을 낳게 되는 주인공이기도 하다.

무라(武羅)

쑤앙마이가 아끼는 카린산 여인족의 젊은 여자 영웅으로, 무기 대신 주먹
을 잘 쓰고 몸놀림이 극히 빠른 여전사이다. 대단한 미모를 지녔지만 길게
늘어뜨린 흰 머리와 돌과 같이 무표정한 얼굴과 성격 때문에 남자들을 두려
워하게 만드는 여걸이다. 치우비에게 남모를 감정을 지니지만 끝까지 마음
을 숨기고 친구로 대한다. '개명수'라고 하는 영물, 흰호랑이를 타고 다닌다.

⊗ 기타 종족 ⊗

현녀(玄女)

애굽 출신. 얼굴색이 검기도 하지만, 지혜롭기 때문에 붙여진 이름. 흔히 도깨비라 부르는 이국적인 외모를 가졌으나 그런 자신을 우아하고 차분하게 치장할 줄 안다. 지나 말에 능숙하고 지금껏 거쳐 온 모든 지역 말들을 할 줄 안다. 상황 파악이 빠르며 현재는 헌원의 밑에 있지만 야욕 많은 헌원을 두려워하며 언젠가는 떠나리라 생각하고 있다.

⊗ 선인 ⊗

맥달

선인 발귀리의 자손이며 미래를 손바닥처럼 내다볼 수 있는 능력을 지닌 천하의 재녀. 미래를 보는 무서운 능력 때문에 아기일 때 버림받고 자부 선인에게 구원받아 신수인 맥에 의해 키워졌다. 그 때문에 치우천에게 맥달이라는 이름을 받는다. 미래를 내다보는 힘에 대해 끝없는 부담을 느끼지만 치우천에 대한 애정 때문에 모든 것을 견디어 낸다. 후에 우사의 지위에 오르며 『해동감결』을 쓰게 되는, 최고의 대예언가이다.

⊗ 신수 ⊗

주룽

『산해경』에서는 촉룡이라 불리는 신수다. 1권 초입에 등장한 신수로 파충

류와 두더지를 합한 것 같은 사악한 괴물이다. 땅속에 사는 신수이며 하늘을 나는 자오지나 붕 종족의 새 신수와는 원수지간이다. 저주를 거는 것에 능하며 응룡과 함께 주신에 대적한다.

치우천왕기 5 : 음모의 부활

1판 1쇄 2011년 5월 7일 | 1판 9쇄 2023년 10월 6일

지은이 이우혁

책임편집 임지호 | 편집 지혜림
디자인 윤종윤 이원경 | 저작권 박지영 형소진 최은진 서연주 오서영
마케팅 정민호 서지화 한민아 이민경 안남영 김수현 왕지경 황승현 김혜원 김하연
브랜딩 함유지 함근아 고보미 박민재 김희숙 정승민 배진성
제작 강신은 김동욱 이순호 | 제작처 영신사

펴낸곳 (주)문학동네 | 펴낸이 김소영
출판등록 1993년 10월 22일 제2003-000045호

주소 10881 경기도 파주시 회동길 210
문의 031) 955-8892(편집) 031) 955-2696(마케팅) 031) 955-8855(팩스)
전자우편 editor@elmys.co.kr | 홈페이지 www.elmys.co.kr
인스타그램 @elixir_mystery | 트위터 @elixir_mystery

ISBN 978-89-546-1459-7 04810
      978-89-546-1456-6 (세트)